BASTEI
LÜBBE
TASCHENBUCH

Titel in der Regel auch als E-Book erhältlich

Über die Autorin:

Schon in jungen Jahren interessierte sich Susanne Picard für fantastische Stoffe: Zu den ersten Erinnerungen gehören die Mondlandung von Apollo 11 und der Kinofilm »Schneewittchen« von Disney. Nach diversen Umwegen als Kinomitarbeiterin und Redakteurin für Business-Fernsehen, arbeitet sie seit 2007 als Lektorin, Übersetzerin und Autorin im Fantasybereich. Sie lebt und arbeitet in Bonn.

Susanne Picard

Dunkelmond

Roman

BASTEI
LÜBBE
TASCHENBUCH

BASTEI LÜBBE TASCHENBUCH
Band 20689

1. Auflage: Februar 2013

Dieser Titel ist auch als E-Book erschienen.

Vollständige Paperbackausgabe
Bastei Lübbe Taschenbuch in der Bastei Lübbe GmbH & Co. KG

MIX
Papier aus verantwortungsvollen Quellen
FSC® C006701
FSC www.fsc.org

Originalausgabe

Textredaktion: Manfred Weinland
Kartenzeichnung: Dipl.-Ing. Nils Kreutzer
Titelillustration: © Arndt Drechsler, Rohr i. Nb
Umschlaggestaltung: Guter Punkt, München
Satz: two-up, Düsseldorf
Gesetzt aus der Minion
Druck und Verarbeitung: CPI-Ebner & Spiegel, Ulm
Printed in Germany
ISBN 978-3-404-20689-6

Dunkelmond

EISEBENEN
KANTIS
KHARISAR
FLUSS LICHON
GRÜNER TURM
HOCHWALD
MOND-SEE
ERATHI
PRÄRIEN
VON ERATHI
WALD VON
DASTHUKU
KLOSTER
DES WESTENS
HAUS AMADIAN
GUZARAT
SAPHIR-MEER
NÖRDLICHE
LORANON-BERGE
BARAT
GUZAR
SÜDLICHE
CANYONS
VON POROWAK
ENTARAT
DERI
SANDWÜSTE
VON SOLIFE
STEPPEN
VON ENTARAT
SIRAKAND
DABAZAR
VANION SEE
KANTAR BERGE
SOLIFE
BERG FAROKANT
KLOSTER
DER TIEFE
FLUSS CORTARON

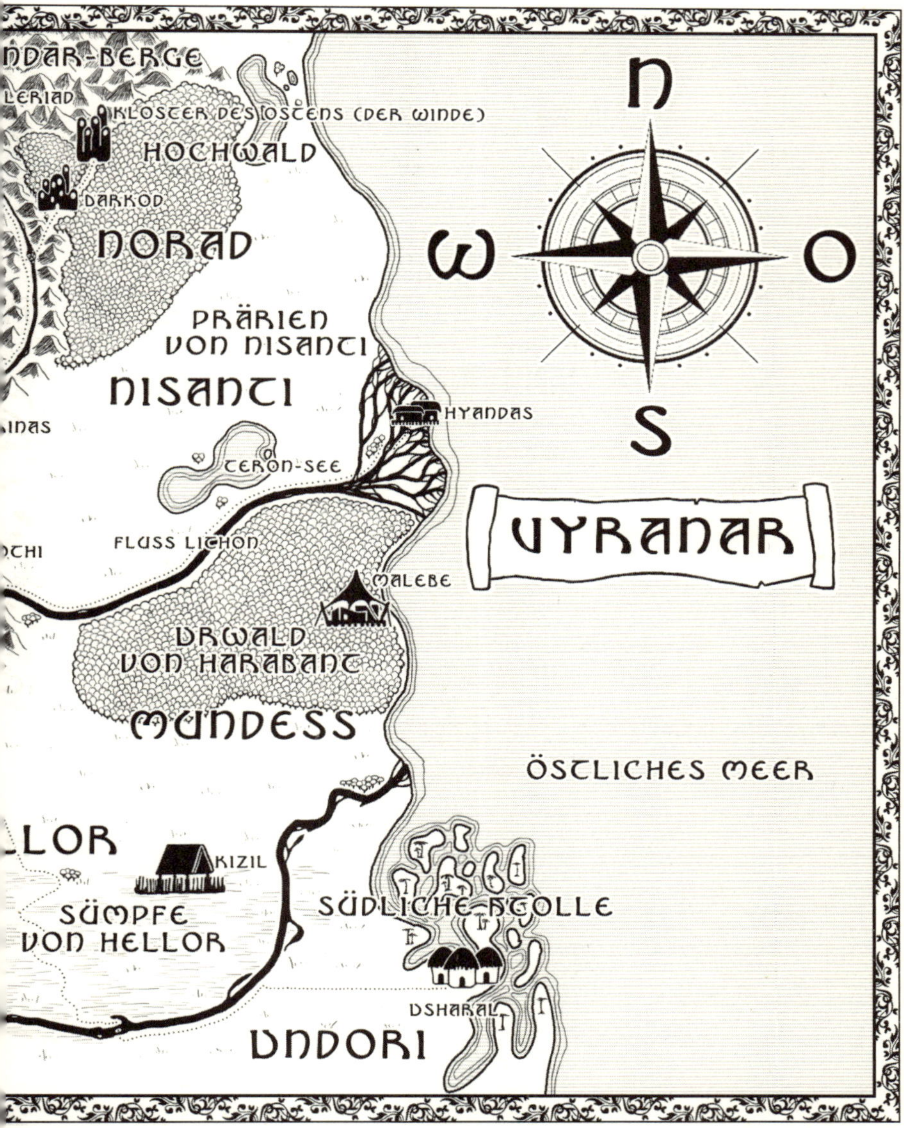
NDAR-BERGE
LERIAD
KLOSTER DES OSTENS (DER WINDE)
HOCHWALD
DARKOD
NORAD
PRÄRIEN
VON NISANTI
NISANTI
INAS
HYANDAS
TERON-SEE
FLUSS LITHON
THI
MALEBE
URWALD
VON HARABANT
MUNDESS
ÖSTLICHES MEER
LOR
KIZIL
SÜDLICHE ATOLLE
SÜMPFE
VON HELLOR
DSHARAL
UNDORI
N
W
O
S
UYRANAR

Prolog

Die Erinnerung an diesen Tag kehrt immer wieder.

Schon Kleinigkeiten reichen, um die Bilder in Sanara aufsteigen zu lassen. Das Gefühl sanft schmeichelnder, trockener Hitze auf ihrer Haut, wie es sie nur in den Bergen westlich des Saphirmeeres gibt. Der warme, aschige Geruch nach verbranntem Schwarzstein und Kräutern in den Bronzebecken.

Unwillkürlich gesellen sich dann Geräusche hinzu, und sie muss die Augen schließen, so deutlich werden die Bilder. Das leise Murmeln zweier Männer, die vor dem Altar um den Segen des Dunklen Mondes bitten. Beinahe lautlose Schritte eines Shisans, der die Schwarzsteinbecken entzündet. Leises Scharren von Füßen auf Granit, kaum hörbarer Atem und unterdrücktes Husten hinter ihr.

An dieser Stelle erwacht die Erinnerung zu vollem Leben und löscht jede andere Wahrnehmung aus. Sanara ist wieder eine Schülerin des westlichen Tempels, dem Heiligtum des Dunklen Mondes. Es ist der Tag, an dem ihr Bruder den Segen erhalten soll.

Sie kniet in einer dämmrigen Halle, ganz vorn beim Altar. Das Gewölbe wird von den letzten Strahlen der purpurroten Sonne erhellt, die durch die von Mustern durchbrochenen Granitwände fallen. Doch auch der Dunkle Mond, erkennbar an den Feuern, die auf seinem dunklen Rund brennen, ist zu sehen. Die Robe des Ältesten Shisans vor dem Altar wird erleuchtet, die düsterroten Strahlen des Mondes lassen die gelben und roten Stickereien auf dem Stoff noch stärker hervortreten. Es scheint, als bräuchte sie nur die Hand auszustrecken, um die heiligen Zeichen von Feuer und Erde zu berühren.

Die festliche Kleidung des Mannes, der neben dem Ältesten kniet, glänzt dagegen in feurigem Gelb und ist mit Diamanten und Bergkristallen bestickt.

Sanara trägt eine ähnliche Robe. Das Gelb und die Diamanten symbolisieren die Farben des Hauses Amadian, des ältesten der Häuser der Menschen. Der Mann, dessen Rücken sie ansieht, ist das Oberhaupt dieses Hauses und ihr Vater.

Sie ist seine Jüngste, ein Kind, das erst ein Jahr bei den Shisans des Westens lebt, um die Kunst der Feuermagie und die Herrschaft über die Seelen zu erlernen. Das Feuer beherrscht sie schon leidlich, doch noch darf sie die Jenseitigen Ebenen, wo die Seelen der Toten hausen, nicht allein besuchen. Zu unsicher ist sie beim Gesang des Liedes, das sie dabei an die diesseitige Welt binden soll; zu groß ist die Gefahr, dass sie sich in den endlosen Nebeln jenseits dieser Welt verlöre. Das Lied ist schwer zu erlernen, es besteht nicht aus Worten und kann daher nicht aufgeschrieben werden.

Sanara geht es nicht schnell genug. Sie kann es kaum erwarten, selbst ins Allerheiligste des Tempels zu treten und den Dunklen Mond um sein Zeichen zu bitten. So, wie ihr Bruder Sinan es heute tun darf. Dazu wird der Gottesdienst abgehalten, und deshalb ist ihr Vater über das Saphirmeer hierhergereist.

Der Dunkle Mond ist höher gestiegen. Er steht nun genau über dem abgeschlossenen Bereich des Tempelraums, der nach Westen weist. Die Richtung des Schöpfers der Menschen, den sie Akusu nennen, den Dunklen Mond. Sein Zwilling, der Goldene Mond, ist schon über dem Tempeldach verschwunden und nicht mehr zu sehen. Sein Strahlen ist nur zu erahnen.

Für einen Moment bleibt in ihrer Erinnerung die Zeit stehen. Die leisen Geräusche verstummen, so auch die Gebete ihres Vaters und des Ältesten Shisans. Und Sanara fragt sich, ob dies der Moment ist, in dem ihr Bruder das Zeichen des Schöpfers empfängt. Sie weiß, das Zeichen wird seiner Magie entsprechen. So ist es immer. Jeder Magier, der sich am Ende seiner Lehrzeit Akusu, dem Dunklen Mond, stellt, erhält auf seinem Körper ein sichtbares Zeichen in der Farbe seiner Magien. Sinan besitzt zu gleichen Teilen die Macht über die Erze der Erde und die Glut des Feuers, und so wird sein Zeichen sicher orange sein mit schwarzbraunen Linien und seine Ergebenheit dem Dunklen Mond gegenüber bezeugen.

Sanara schließt die Augen und versucht, sich vorzustellen, wie ihr Zeichen einst aussehen wird. Wahrscheinlich werden gelblohende Flammen, in denen schwarzbraune Schlieren wabern, ihren linken Arm bis zur Schulter hinaufwandern – Symbol für ihre Macht über die Seelen. So ist es auch bei ihrem Vater.

Sie senkt den Kopf im Gebet und hält den Atem an, denn sie fürchtet, ein Geräusch könnte die weihevolle Stille stören, die sich im Tempelraum ausgebreitet hat.

Doch an dieser Stelle schlägt die friedliche und erwartungsvolle Stimmung ihrer Erinnerung jedes Mal ins Gegenteil um. Es wird heller. Das sanfte, rötliche Licht weicht grellen, silbrig-goldenen Strahlen, die durch die jäh geöffneten Türflügel des Tempelraums hereinströmen.

Sanara schaudert. Eiskalter Wind umweht sie und vertreibt die trockene Wärme auf ihrer Haut. Angst erfasst sie so plötzlich, dass sie aufstehen und fliehen will, bis sie begreift, dass der Weg durch die einzige Tür des Tempels versperrt ist.

Versperrt von den Feinden der Menschen, den Feinden des Reiches Guzar, dessen Fürst ihr Vater ist. Sie kennt die Soldaten nicht, die nun mit festen Schritten auf ihn und den Ältesten zukommen. Ihre Anführer tragen silbrig glänzende Kettenhemden mit leuchtend blauen Waffenröcken darüber.

Die Luft, die Sanara atmet, ist auf einmal so von Feuchtigkeit geschwängert, dass sie zu ersticken, ja, zu ertrinken glaubt. Ein eindringlicher Geruch nach weißen Wasserlilien, fremd in diesem Tempelraum, breitet sich zusammen mit eisiger Winterkälte aus, und wieder überkommt Sanara der Drang zu fliehen. Die Angst kriecht zusammen mit der Kälte bis in ihre Knochen. Sie weiß, sie darf keine Sekunde länger hier bei den fremden Soldaten bleiben!

Sie will blind davonrennen, doch da packen sie zwei kräftige Hände. Sie will aufschreien, doch sie spürt die Trockenheit und Wärme der Finger, die sich um ihre Schulter und auf den Mund gelegt haben. Es ist einer der Shisans, der sie von ihrem Vater, dem Ältesten und den beiden fremden Soldaten fort in die Schatten des Altars zieht.

Sanaras Panik lässt nach, als der Shisan etwas von seiner Körperwärme in sie fließen lässt. Angst und Kälte werden vertrieben, sodass sie sich beruhigt und den Anführer der Fremden genauer betrachten kann. Es ist ein hochgewachsener Krieger, dessen rabenschwarzes Haar ihm weit den Rücken hinabfällt. Nur auf dem Hinterkopf hat er einen kleinen Knoten hineingedreht. In der schlanken Hand hält er ein Schwert. Es ist leicht gekrümmt, nicht gerade wie das ihres Vaters. Die blassen, langen Finger umschließen locker das Heft.

Ihr Blick wandert zu seinem Gesicht. Seine Züge sind gleichmäßig und edel, und seine Haut ist nicht dunkel oder von Sommerflecken gezeichnet, wie es die der Menschen meist ist, sondern hell und eben wie die Oberfläche einer Perle. Sanara erinnert sich an die Worte ihres Lehrers, der von den Elben erzählte: dem Volk des Goldenen Mondes. Sie seien schön von Gestalt und Angesicht und würden weit älter und stärker als die Menschen, denn sie beherrschten die Kräfte des Lebens. Sie seien Magier des Wassers und des Windes, aber auch einer Kälte, die den Menschen fremd sei.

Sanara begreift, dass sie zum ersten Mal in ihrem Leben einen Elben sieht. Einen Fürsten dieses Volkes.

Doch als sie ihm in die Augen sieht, muss sie alle Kraft aufbieten, um nicht vor Entsetzen aufzuschreien. Unwillkürlich entfährt ihr ein Schreckenslaut, der den Krieger dazu veranlasst, sich nach ihr umzudrehen.

Die Augen, die er auf sie richtet, haben die grausam klare Farbe des frühen Morgenhimmels, wenn die Purpursonne noch nicht aufgegangen ist und nur die grellweiße Sonne ihre Strahlen in die Welt schickt. Eine Stunde, die hier im Kloster des Westens in geschlossenen Räumen verbracht wird, da es die Stunde der Elben ist und den Menschen nach altem Aberglauben magische Kraft entzieht. Die Pupillen in diesen blauen Augen gleichen einem liegenden Arka-Nusskern, was sie noch fremdartiger wirken lässt.

Das Lächeln, das seine schmalen Lippen umspielt, ist verächtlich, als sein Blick auf Sanara fällt. Sie spürt, wie flammende Wut darüber die kalte Angst in ihr verdrängt. Welches Recht hat er, hier einzudringen und sie – die Tochter eines Fürsten! – zu verachten? Sie richtet sich auf und erwidert den Blick des Kriegers so stolz wie möglich.

Seine Mundwinkel zucken, doch dann wendet er sich wieder ihrem Vater zu.

»Fürst Amadian!« Seine Stimme ist wie ein klarer Hochgebirgsbach, dessen Wasser weich ist und dennoch Steine zu schleifen vermag. »Ihr könnt Euch sicher denken, warum ich hier bin. Ich fordere endlich den Tribut von Euch, der mir als neuer König zusteht und den Ihr mir bisher schuldig geblieben seid!«

Ihr Vater gibt nicht nach. »Mein Reich ist Euch nichts schuldig, Prinz Tarind«, erwidert er ruhig.

Ein Ruck geht durch den hochgewachsenen Elben, als der Fürst ihm den Königstitel verweigert.

Der Älteste stellt sich neben Siwanon Amadian. »Die Herrschaft kann Euch nie ganz gehören, Prinz, bis das Siegel der Welt geändert wurde«, sagt er mit seiner milden und leisen Stimme. »Sicher haben Euch die Priester des Nordens und des Ostens das gesagt.«

»Es sei denn, ihr Menschen erkennt, dass schon eure bloße Anwesenheit in der Welt diese zerstört!«, stößt Tarind zwischen den Zähnen hervor. »Nur das Volk des Vanar besitzt die Macht über das Leben! Daher gebührt uns die Herrschaft, und es wäre besser für Euch, Fürst Amadian, Ihr würdet sie mir freiwillig überlassen!«

»Wir Menschen zahlten den Elben noch nie Tribut«, widerspricht ihr Vater dem Elben. »Denn wie der Tribut aussieht, den Ihr fordert, Prinz, weiß ich. Nie werde ich mein Volk Eurer Sklaverei ausliefern, nur um meinen Titel zu behalten, dessen seid gewiss. Doch nun geht in Frieden, denn mir ist der Sinn nicht nach Krieg zwischen unseren Völkern. Menschen und Elben sind Brüder in der Schöpfung. Keiner von uns hat das Recht, sich König über den anderen zu nennen.«

Schneller, als Sanara mit den Augen zu folgen vermag, liegt die Schneide von Tarinds schlankem Schwert an ihres Vaters Kehle. »Jedes Wort, das Ihr sprecht, führt Euer Volk auf den Weg des Todes, wie Ihr es wohl von Eurem Schöpfer gelernt habt«, zischt der Prinz. »Seid Ihr doch selbst ein Meister der Jenseitigen Ebenen! Nun denn, wenn Ihr nicht gewillt seid, mir Euer Volk zu überlassen, damit ich die Welt befrieden und von den Magiern des Todes und des zerstörerischen Feuers befreien kann, dann werdet Ihr selbst mir dienen!«

Im nächsten Moment krümmt sich Siwanon Amadian vor Schmerz. Dornenranken schlingen sich aus dem Nichts um seine Handgelenke. Auf eine Bewegung von Tarinds Schildhand hin windet sich auf einmal ein rauschender Wasserstrudel um seinen Körper und droht, das Oberhaupt des Hauses Amadian zu ertränken. Der Älteste des Tempels macht einen Schritt auf den Fürsten zu und murmelt Worte des Feuers, um das Wasser zu verdampfen.

Sanara sieht nur das Aufblitzen der goldenen Mondstrahlen auf Stahl, hört ein kurzes Sirren, dann rollt der Kopf des Ältesten vor ihre Füße. Der Körper des Priesters sackt in einer rasch größer werdenden Blutlache am Boden zusammen. Im nächsten Moment steht Tarind wieder still, wischt mit einem Tuch das Blut von der Klinge und richtet seinen Blick erneut auf Fürst Siwanon, der in dem Wasserstrudel verzweifelt nach Luft ringt.

Der Griff des Shisans, der Sanara hält, wird fester. Vorsichtig zieht er sie noch tiefer in die Schatten.

Der Prinz geht auf den Fürsten zu. Langsam verschwindet der Wasserstrudel. Sanaras Vater hustet und atmet schwer, als das Wasser sich langsam auflöst.

»Ihr werdet mit mir kommen, Fürst Amadian. Ihr werdet bekannt machen, dass Ihr mich im Kampf gegen die Magien des Todes, des Feuers und der Erde – kurz, gegen die Zerstörung dieser Welt! – unterstützt.«

»Nein. Das werde ich nie tun. Ich werde mich niemandem unterwerfen«, presst ihr Vater hervor. Er hebt den Blick und sieht dem Prinzen furchtlos ins Auge.

Sanaras Herz geht vor Stolz auf. Selbst gebunden verliert ihr Vater keinen Zoll seiner Würde. Sie windet sich heftig im Griff des Priesters, um zu ihm zu laufen. Doch er hält sie fest, wenn auch mit Mühe.

Tarind richtet sich auf. »Ich werde Euch zwingen, wenn Ihr es nicht freiwillig tut. Ich werde der Welt den Frieden bringen, den sie verdient. Niemand wird mich aufhalten.«

Zu Sanaras Überraschung lacht ihr Vater leise. »In der Tat, nicht einmal Euer Vater konnte es. Sein Tod kam Euch sehr zupass, nicht wahr, Prinz?«

»Wie könnt Ihr es wagen!« Mit einem wütenden Schrei will sich Tarind auf ihren Vater stürzen, doch sein Begleiter hält ihn mit einer Hand zurück.

»Nicht, mein König«, sagt er so leise, dass nur die es hören können, die sich in seiner Nähe befinden. »Nehmen wir den Fürsten gefangen. Wenn er in unserem Verlies sitzt, können wir über ihn sagen, was wir wollen. Niemand wird das Gegenteil behaupten können … wenn wir es niemandem gestatten, Eure Worte oder die des Fürsten zu bezeugen.«

Sein Blick ist kalt und wirkt leblos, ohne Gefühle, als er über die Anwesenden schweift. Sanara kann es kaum glauben, als sie erkennt, dass seine dunkelblauen Augen runde Pupillen haben wie ihre eigenen. Das ist kein Elb. Da steht ein Mensch neben dem elbischen Prinzen! Aber wie kann ein Mensch blaue Augen haben?

Bevor sie länger darüber nachdenken kann, hat der Shisan, der sie hält, sie hinter eine Säule aus gelbem Granit gezogen. Er kauert sich hin und zieht sein weites rotgelbes Gewand über sie. Sanara will sich widersetzen, doch dann hört sie entsetzte Schreie, rasche Schritte schwerer Soldatenstiefel, Waffengeklirr, das feuchte Schmatzen von Klingen, die in Fleisch eindringen, schwere Gegenstände, die auf den granitenen Boden fallen. Und immer wieder Aufschreie, erstickt und verzweifelt. Laute des Todes.

Sie erstarrt vor Grauen, als ein plötzlicher Ruck durch den Körper des Shisans geht, als wäre er gestoßen worden. Er stöhnt auf – anscheinend vor Schmerz –, erschauert und wird still. Die Anspannung in seinen Muskeln lässt auf einmal nach, sein Körper lastet jetzt schwer auf ihr.

Irgendwann verebbt der entsetzliche Lärm, doch noch wagt sie nicht, sich zu rühren.

Später wird sie nicht wissen, wie lange sie so in der Stille unter dem Leichnam ihres Beschützers gekauert hat. Vielleicht nur Sekunden, aber es kommt ihr wie eine Ewigkeit vor.

Dann, irgendwann, reißt jemand den Körper von ihr fort.

Sanara schreit auf, doch die Hand, die sie packt, von dem Toten fortzieht und in den Arm nimmt, ist warm und stark. Sie wird an einen muskulösen Körper gepresst, den Körper eines Magiers, der die Erze der Erde im Feuer zu schmieden versteht.

Es ist Sinan. Weinend schmiegt sie sich an ihn. Er streicht ihr über das Haar und murmelt beruhigende Worte.

Schließlich wagt sie es, aufzusehen und dreht sich um. Ihr Bruder will sie hindern, doch sie reißt sich los.

Ihr bietet sich ein Bild des Schreckens.

Im ganzen Tempelraum verstreut liegen Tote. Blutspritzer und -lachen beflecken den gelblichen Granit der Halle, besudeln die heiligen Muster des Dunklen Mondes auf dem Boden und an den Wänden und die roten, gelb bestickten Roben der Shisans.

Sanara lässt ihren Bruder stehen, beißt die Zähne zusammen und tritt zwischen die Toten und all das Blut. Sie muss ihren Vater finden! Doch noch während sie sucht, spürt sie, wie ihr Bruder nach ihrer Hand greift. Er zieht sie fort. Als sie sich weigern will, wird sein Griff fester.

»Nein, kleine Schwester! Er ist nicht da! Er hat uns verraten! Ich habe gesehen, wie er mit dem Prinzen fortging!«

Sie starrt ihren Bruder fassungslos an. Er hat bernsteinfarbene Augen, so wie sie und ihr Vater. Doch der Ausdruck darin ist jetzt anders als früher. Nicht mehr fröhlich und übermütig, sondern hart, zornig und verletzt.

»Das kann nicht sein! Er weigerte sich, den Elben zu geben, was sie wollten!«, widerspricht sie.

»Und doch ging er mit ihnen, stößt ihr Bruder hervor. »Er ging mit ihnen und tat nichts, um uns zu retten! Dabei hätte er als Seelenherr die Macht gehabt, sie alle auf der Stelle zu töten!«

Sanara schweigt. Ihr Lehrer sagte – und sie selbst weiß es mittlerweile aus eigener Erfahrung –, dass man nicht einfach so in die Leere jenseits der Welt zu gehen vermag. Man braucht alle Kraft und Konzentration dazu. Ihrem Vater aber wurde vom Prinzen beides genommen. Und doch – ihr Vater versteht es meisterlich, die Seelen auf den Jenseitigen Ebenen zu beherrschen. Hat ihr Bruder vielleicht doch recht? Vielleicht hätte er es bewerkstelligen können.

Doch ihr Vater ist fort und hat sie hier inmitten der Ermordeten zurückgelassen.

»Komm, kleine Schwester. Wir müssen fort«, sagt Sinan jetzt milder. Er legt den Arm um sie und führt sie fort. »Sieh nicht hin. Hier lebt niemand mehr. Es gibt nur noch dich und mich. Ab jetzt werde ich für dich sorgen.«

Der Weg, vorbei an den Ermordeten im Tempelraum und nach draußen, scheint endlos zu dauern, aber sie wendet den Blick kein einziges Mal ab. Sie will das Bild jedes einzelnen Toten in sich aufnehmen, keinen Blutstropfen vergessen. Sie will für immer im Gedächtnis bewahren, dass der elbische Fürst in seiner

Grausamkeit wahrhaftig alles zerstört hat, was ihr Leben bis dahin ausmachte.

An dieser Stelle nimmt der Schmerz jedes Mal überhand und tötet die Erinnerungen ab. Die Bilder verlöschen.

Sie ist wieder in ihrer Gegenwart, in der sie auf der Flucht ist.

Jeden Tag ihres Lebens.

Kapitel 1

»Vor undenklichen Zeiten existierte nur das Chaos, in dem Ys, der Geist der Harmonie, und Syth, der Geist der Veränderung, um die Vorherrschaft kämpften. Das Chaos existierte in einem Ei, doch es war zu eng für Ys und Syth. Denn Ys war ein Geist der Harmonie und der Ruhe und immer bestrebt, die Dinge zu glätten, während Syth die Neuschöpfung, die Veränderung und den ständigen Aufruhr liebte. Sie rangen lange Zeit um die Vorherrschaft, und es war Syth, der diesen ersten Kampf gewann. Das Ei explodierte, und dabei entstanden durch die Kräfte von Ys und Syth Meer und Land, Licht und Dunkel, Schöpfung und Verderben.«

Von der Schöpfung der Welt
Erste Rolle der Schriften des Klosters der Weisen Zwölf

Sinan setzte vorsichtig einen Fuß vor den anderen.

Der Boden unter ihm hätte jederzeit nachgeben können, so dicht befand er sich an der Bruchkante des Steilufers. Die rotbraune Erde unter ihm war durchtränkt vom Regen, der nun schon tagelang anhielt und auch jetzt unablässig auf Sinan fiel. Das Wasser tropfte an ihm herab, rann ihm aus dem Haar und ließ seine lederbesetzte Tunika schwer wie Blei am Körper kleben.

Es war, als wolle selbst der Himmel nicht, dass er vergaß, wer er war: ein Gefangener des Elbenkönigs.

Die Worte schmeckten bitter wie Galle in Sinans Mund.

Vor noch gar nicht so langer Zeit war er ein freier Mann gewesen. In Kharisar, der nördlichsten Stadt der Menschen, im Reich des Khariten, des Herrschers von Erathi, hatte er ein ruhiges Leben geführt.

So ruhig das Leben eines Mannes, der auf der Flucht ist, sein kann.

Sinan straffte stolz die Schultern. War man je freier als auf der Flucht? Wenn niemand erfahren durfte, wer man war? Die Entscheidungen fielen in solchem Falle leichter, waren unabhängig von allen Einflüssen.

Doch dieses Leben gab es nicht mehr. Jetzt war er ein Sklave der Elben.

Tarind, ihr König, war mit seinem Heer gekommen und hatte die endlosen Steppen von Erathi mit Krieg und Vernichtung überzogen. Kharisar war erst belagert und schließlich grausam erobert worden. Sinan hatte in seiner Schmiede versucht, seine Nachbarn zu retten, doch als die elbischen Soldaten gekommen waren, hatte auch er sie nicht schützen können. Nur er und der Sohn seiner Nachbarin waren am Leben geblieben – Sinan, weil er als Schmied den Elben von Nutzen sein konnte, Hedruf, weil Sinan behauptet hatte, seine Arbeit sei nur mit einem Gehilfen möglich.

So viel Blut, so viele Tote, so viel Leid, das er hatte mit ansehen müssen.

Sinan versuchte, die Bilder des Massakers in seiner Schmiede zu verdrängen. Nicht zum ersten Mal hatte er erleben müssen, wie grausam Elben den Menschen gegenüber waren. Für einen Augenblick schloss er die Augen, um die brennenden Tränen dahinter zurückzuhalten.

Sinan trat noch ein wenig näher an die Bruchkante des Abhangs. Er hatte keine Angst, abzustürzen. Tief in seinem Inneren ertappte er sich bei dem Wunsch, der Boden möge unter ihm nachgeben und ihn in die Tiefe reißen, wie wenige Tage zuvor die Hängebrücke. Er wäre nicht länger ein Gefangener gewesen. Lieber tot als versklavt!

Doch die Elben vergalten Selbstmord und Tod eines menschlichen Gefangenen in ihrem Heer mit der Hinrichtung derer, die ihnen als Sklaven von geringerem Nutzen waren.

Sinan war ein fähiger Waffenschmied, das wussten die Elben, und so musste er tagaus, tagein ihre Harnische reparieren und Schwerter schärfen. Er wusste, wenn er sich leichtfertig in Gefahr begab und umkam, würde Hedruf dafür büßen müssen. Hedruf, den er während Kharisars Eroberung als Einzigen vor dem sonst sicheren Tod hatte bewahren können.

Er sah sich noch einmal vorsichtig zu den Wachen um, die in einiger Entfernung unter einem verkrüppelten Baum saßen und ihn und die anderen Menschen misstrauisch beobachteten. Dann ballte er die Hände zu Fäusten und spähte über die Kante hinweg in die Tiefe.

Hier am Rand der Klippe stand ein Baum, doch wahrscheinlich war er nicht tief genug im regenweichen Boden verwurzelt; als Brückenkopf taugte er nicht. Sinan musste herausfinden, wie tief das Wasser in die Erde vorgedrungen war und ob Teile des Wurzelwerks offenlagen.

Seit Stunden schon suchte er am Steilufer des Lithon nach einer Möglichkeit, das Fundament für eine Behelfsbrücke zu legen. Seit einem Zehntag schickten die Soldaten ihn und andere menschliche Gefangene am Steilufer auf die Suche nach einem geeigneten Platz, denn die Brücke, die hier seit Generationen über den Lithon geführt hatte, gab es nicht mehr. Und doch wollte der König der Elben den Fluss an dieser Stelle überqueren, denn weiter südlich begannen die Berge, die er mit seiner Armee mied. Er war auf dem Weg in die Hauptstadt. Von dort wollte er zu einem weiteren Feldzug aufbrechen, dem letzten. Danach würden die Reiche der Menschen aufgehört haben zu existieren.

Sinan verdrängte erneut die Bitterkeit, die ihn bei diesem Gedanken überkam.

Er wusste, so nah an der Bruchkante würden die Anker, die er geschmiedet hatte, keinen Halt finden, doch er musste herausfinden, wie weit das Hochwasser das Steilufer unterspült hatte.

Die tagelangen Regenfälle hatten den Fluss anschwellen lassen wie nie zuvor. Die meiste Zeit des Jahres war der Lithon ein träger Fluss, und hier im grasbewachsenen Hügelland von Erathi wirkte er noch jungfräulich. Meist floss sein Wasser, das sich im Laufe vieler Zeitalter tief in die Lehmhügel gegraben hatte, kaum hüfttief durch ein breites Kiesbett und an Sandbänken vorbei. Hochwasser führte er nur im Frühjahr, wenn im Norden das Eis schmolz. Der Frühjahrsregen, der auch jetzt auf Sinan herabfiel, tat sein Übriges. Dann wurde der Fluss ein reißender Strom, und es wurde schwierig, ihn zu überqueren. Selbst in der Hauptstadt Bandothi, viele hundert Meilen flussabwärts, war das zu spüren.

Doch das Hochwasser war nie von langer Dauer und selten gefährlich. Die Menschen kannten und erwarteten es sogar, denn es trug zur Fruchtbarkeit des Landes rund um die Hauptstadt bei. Der Fluss kam, überflutete die Felder, hinterließ fruchtbaren Schlamm darauf und kehrte in sein Bett zurück.

Doch jetzt existierten die sanften Hänge nicht mehr, die in den Jahren zuvor zum Fluss führten und von grünen Büschen und Gras bewachsen gewesen waren. Jetzt schien es, als habe der reißende Strom die Berge wie mit einem Schwert zerteilt. Nackte, rötliche Lehmwände stürzten von den mit kurzem Gras bewachsenen Hügelgipfeln hinab in das Flussbett, wo die schäumenden Strudel sich immer tiefer in die Uferhänge gruben. Das Wasser war rotbraun gefärbt vom Lehm, den es aus den Hängen wusch. Der Fluss war zu einem wilden Tier geworden, das gierig an der Erde fraß, als wäre sie eine erlegte Beute.

Als Kind hatte Sinan gelernt, Fluss, Berg und Wald gebe es seit der Schöpfung der Welt durch Ys und Syth, und alles werde durch die beiden Schöpfergeister geschützt. So hatten sie dafür gesorgt, dass Fluss und Land sich gegenseitig nährten, anstatt sich zu zerstören.

Doch er hatte derartige Geschichten schon lange nicht mehr gehört. Auch wenn sie ihm immer wieder in den Sinn kamen, sie hatten nicht mehr Bedeutung als die Märchen und Gesänge, die der Musikant im Lager zum Besten gab.

Sinan selbst glaubte schon lange nicht mehr daran, dass es die Schöpfergeister kümmerte, was in Vyranar, ihrer Schöpfung, geschah. Er war überzeugt, dass Ys, die die Ordnung und Harmonie der Welt bestimmte, fortgegangen war, so wie sie es schon einmal vor Äonen getan hatte.

Wenn noch einer der Schöpfergeister auf der Erde weilte, dann war es Syth, der Herrscher über die stete Veränderung und das Chaos. Vielleicht hatte er von dem sonst eher träge dahinfließenden Strom Besitz ergriffen. Das Toben und Schäumen des Wassers jedenfalls hätte dafür gesprochen.

»Heda! Was machst du da, Schmied? Weg von der Kante, oder willst du mit deiner dunklen Erdmagie jetzt auch noch den restlichen Boden verschwinden lassen?«

Der Ruf schreckte ihn aus seinen düsteren Gedanken. Es war einer der elbischen Wachsoldaten. Er war aufgesprungen, schirmte die Augen mit der Hand ab und sah finster zu Sinan hinüber. Er kam näher, zögerte jedoch, an dem verkrüppelten Baum vorbeizugehen, dessen Wurzelwerk Sinan untersuchte.

Fürchtete schon Sinan, bei einem unbedachten Schritt zu verunglücken, so hatte der Elb wohl noch größeren Respekt vor dem ihm unbekannten Element.

Im nächsten Moment spürte er, wie eine feste Hand ihn an der Schulter packte und von der Kante des Steilufers zurückriss. Es war einer der menschlichen Sklaven, ein Schmied, wie er. Ein zorniger Blick traf ihn.

»Du bringst uns in Gefahr!«, zischte Githalad. »Willst du, dass wir alle umgebracht werden?«

Sinan biss sich auf die Unterlippe und unterdrückte die Antwort, dass sowohl er als auch Githalad sicher die Letzten waren, die von den elbischen Soldaten etwas zu befürchten hatten. Beide geboten sie in hohem Maße über die Magien der Erde und des Feuers – ohne sie hätten der König und sein Heer keine Möglichkeit gehabt, nach der großen Schlacht von Kharisar ihre Schwerter und Harnische wiederherzurichten.

Er sah zu dem Elb hinüber. Obwohl die Entfernung zwischen ihnen mindestens zwanzig Schritt betrug, konnte Sinan seine Augen sehen, die in tückischem Grün funkelten. Ein Windmagier.

Plötzlich hatte Sinan das Gefühl, die Luft um ihn herum sei zu kalt, um sie zu atmen. Sie schmerzte in den Lungen, mit jedem Atemzug mehr. Es war, als könne sein Körper mit dem so lebensnotwendigen Element umso weniger anfangen, je mehr davon seine Lungen in sich hineinsogen.

Für einen endlos scheinenden Augenblick glaubte Sinan, er müsste ersticken. Kälte rann durch seine Adern und ließ das Blut langsamer zirkulieren. Er konnte die Augen nicht von dem Elb abwenden, der ihn mit seinen seltsam grünen Augen unverwandt ansah, und Sinan glaubte, um seine Mundwinkel ein Zucken zu bemerken. Doch vielleicht war das nur eine Täuschung, denn im nächsten Augenblick senkte der Elb den Kopf und spuckte aus.

Sofort ließ der Druck in Sinans Lungen nach.

Weil ihm das Herz bis zum Halse schlug, gelang es ihm nicht, genügend von der plötzlich wieder dünnen und wärmeren Luft einzuatmen. Sinan spürte kaum, dass seine Knie nachgaben. Er sank laut keuchend zu Boden.

Jetzt ließ auch Githalad Sinans Schulter langsam los, jedoch nicht, ohne ihm noch einen mahnenden Stoß zu versetzen.

»Du hast noch Glück gehabt«, zischte er. »Vergiss nicht: Wir sind Menschen. Wir sind nicht wie sie auf den Tod aus.« Dann ging der Ältere wieder zu der Stelle, an der er nach einem etwas felsigeren Untergrund gesucht hatte.

Sinan blinzelte die Nässe fort, die von den Hunderten kleinen Zöpfen, zu denen sein Haar geflochten war, rann, und zwang die heiße Wut über seine Hilflosigkeit mühsam nieder. Die Vorstellung, den Elben in einem Strom glühender Lava sterben zu sehen, half ihm dabei.

Er holte noch einmal tief Luft und setzte an einer anderen Stelle seine Suche fort. Langsam verrauchte sein Zorn, und die Vernunft kehrte zurück. So sehr es ihm auch missfiel, Githalad hatte recht. Die Elben maßten sich an, die Herren über Leben und Tod zu sein. Dafür hasste Sinan sie.

Doch es wäre falsch gewesen, Gleiches mit Gleichem zu vergelten.

Kurz bevor die Rote Stunde anbrach, begannen die Elben, ihre Gefangenen zusammenzutreiben und ins Lager zurückzubringen.

Am Horizont, wo der Regen den ganzen Tag Erde und Himmel hatte ineinander verschwimmen lassen, hatte die Weiße Sonne nun die Wolken aufgerissen. Gleißende Strahlen erhellten die Steppe. Das Licht war rosig, doch es wurde rötlicher, je tiefer die Weiße Sonne sank. Bald würde nur noch die Rote Sonne am Himmel stehen.

Sinan war froh, dass der Regen nachgelassen hatte. Es tröpfelte noch vereinzelt aus düsteren Wolken, die dort, wo die endlose Hügelkette an den Himmel stieß, wie die Glut in der Esse seiner Schmiede aufleuchteten.

Sinan hob den Kopf in Richtung des Lichts, das durch die Wolken brach. Seine Kleidung und die der anderen war trotz der Sonnenstrahlen durchweicht, aus dem Haar tropfte ihnen das Regenwasser. Beides begann in der zunehmenden Wärme zu dampfen.

Doch Sinan wusste, dass kaum Hoffnung bestand, beides über Nacht im Lager trocknen zu können. Die Elben erlaubten den menschlichen Gefangenen kein Feuer. Dafür gab es mehrere Gründe; einer war, dass die Elben das Feuer oft noch mehr fürchteten als die Kräfte der Erde oder die Macht über die Tiere, die viele Menschen besaßen. Umso mehr genoss Sinan die schwache Wärme, die von den wenigen purpurfarbenen Strahlen ausging, die durch die schmalen Wolkenspalten drangen.

Für Sinan hätte das Feuer eher praktischen Nutzen gehabt. Es regnete bereits seit dem Aufbruch von Kharisar vor zwei Zehntagen fast ununterbrochen. Es gab Gefangene im Lager, die behaupteten, der Regen sei den Wassermagiern des Königs zu verdanken und diene nur dazu, die Feuermagier unter den Menschen zu schwächen.

Sinan teilte diese Meinung nicht. Der Fluss hatte es ihm bestätigt: Die Natur selbst war in Aufruhr. Wenn man eine fremde Macht hinter den Geschehnissen vermuten wollte, dann wohl den Schöpfergeist der Zerstörung.

Die Elben wussten, dass die Menschen in ihrem Heerzug nicht fliehen konnten, denn ein schmales goldfarbenes Kettchen war jedem von ihnen um den Hals gebunden worden. Diese Ketten – jede von ihnen eher ein schmales Band – waren nicht aus Metall, sondern einem anderen Stoff. Sinan hatte gesehen, dass er aus den giftigen Rindenfasern der Resatpflanze hergestellt wurde, aber an der meist gefleckten oder dunklen Haut der Menschen sah es so aus, als sei es aus dem Licht des Goldenen Mondes gewirkt.

Sinan empfand das Band, so leicht und zierlich es auch war, als eine Last. Er war ein Mensch, ein Magier des Feuers und der Erde gleichermaßen. Ihm war, als entzöge ihm das kalt glitzernde Band Kraft, auch wenn er es nicht deutlicher spürte als ein Haar auf der Haut.

Die Wolken hatten sich wieder geschlossen, als sie im Lager eintrafen. Die Gefangenen hatten ihre Behausungen nicht im befestigten Fort der Elben selbst, sondern davor. Man hatte einen Platz vor der provisorischen Palisade abgeteilt und mit Raqor-Gebüsch umgeben, dessen fingerlange giftige Dornen jeden, der bei Sinnen war, davon abhielten, sich hindurchzukämpfen.

Sie treiben uns wie Vieh in einen Pferch, dachte Sinan grimmig und blieb stehen, während sich die anderen durch den schmalen Durchgang in dem zwei Klafter hoch aufragenden Dornengesträuch drängten. Der Boden des runden Platzes war hier, wie am Ufer des Lithon, durch den andauernden Frühlingsregen aufgeweicht und schlammig. Selbst provisorischen Unterständen bot er kein sicheres Fundament. Die Gefangenen waren zumeist Erd- und Feuermagier und hätten den Boden schnell trocknen können, doch die Anwendung von Magie war innerhalb der Dornen nicht möglich. Man misstraute den Energien der Erde und des Feuers und hatte alle Magie darin gebannt. Dass auch Wasser- und Luftmagier ihre Kräfte an niemandem innerhalb der Dornen anwenden konnten, war nur ein schwacher Trost und machte die behelfsmäßig errichteten Schuppen, in denen je zehn der Gefangenen gemeinsam hausten, nicht besser.

Immerhin hatten die Hirten und Pferdemeister dafür sorgen können, dass jeder der Gefangenen mittlerweile eine Decke aus Filz besaß, die in den Nächten die Kälte ein wenig vertrieb. Zudem schliefen die Menschen gemeinsam auf einem Podest, einem *lannon*, wie es bei den Menschen Sitte war, die den Norden und den kühlen Osten Vyranars bewohnten. Normalerweise war dieses Podest beheizt, doch hier musste die gegenseitige Wärme reichen. Sinan und die anderen Handwerker sorgten regelmäßig dafür, dass die Dächer dicht waren und es nicht in die Unterstände hineinregnete.

Sinan zog es das Herz zusammen, als er die wenigen Männer sah, die das jämmerliche Lager bevölkerten. Die Zahl der Frauen war noch geringer. Die Elben hatten nur wenige Gefangene gemacht; ausschließlich Menschen, denen so viel Magie innewohnte, um nützlich zu sein. Die anderen hatte der Elbenkönig nach dem Kampf den Soldaten überlassen, die die Stadt für ihn in den kommenden Jahren besetzt halten würden.

Für die Überlebenden der einjährigen Belagerung war das unter Umständen ein härteres Los, als wenn sie versklavt und auf den Heerzug nach Süden mitgenommen worden wären. Sinan wusste, was man sich über den Statthalter erzählte, dem Tarind die Amtsgeschäfte übertragen hatte. Ein Verwandter des Königs, ein Magier des Wassers und der Kälte, der in seinem Hass auf die Magien des Dunklen Mondes ebenso unerbittlich war wie Tarind selbst.

Sinan ließ den anderen den Vortritt. Er hatte es nicht eilig, sich in den kläglichen Unterstand zurückzuziehen, wo nichts auf ihn wartete als das Gemeinschaftslager, zusammengepfercht mit den anderen. Doch als er als Letzter den schmalen Eingang dorthin passieren wollte, hielt ein Elb ihn grob zurück.

»He!«

Sinan blieb zögernd stehen. Die Angst, die in Gegenwart der Elben jeden Menschen überfiel und die er tagsüber meist unterdrücken konnte, wuchs und drohte, ihn zu überwältigen. Er ballte die Hände zu Fäusten und kämpfte gegen die irrationale Furcht an.

Er hatte sich heute verbotenerweise an die Bruchkante des Steilufers gewagt. Githalad hatte ihn gewarnt, doch eigentlich hatte Sinan geglaubt, dass der elbische Soldat ihn ausreichend hatte büßen lassen. Es konnte den Elben nicht daran gelegen sein, die Gefangenen über Gebühr zu strafen und sie aus purer Lust an der Folter zu quälen; die Menschen befanden sich hier, weil der König sich von den Fähigkeiten jedes Einzelnen von ihnen einen Vorteil versprach. Wer nicht irgendeinen Wert hatte, war in Kharisar zurückgelassen worden.

Sinan spürte einen Stoß gegen die Schulter. »Ich rede mit dir!«

Er hob kurz den Kopf und sah dem elbischen Soldaten ins Gesicht, der ihn vor wenigen Stunden fast hätte ersticken lassen. Obwohl Sinan unter den Menschen als groß galt, überragte ihn dieser Soldat noch um eine Handbreit. Wie die meisten Soldaten in König Tarinds Heer hatte auch er einen Teil seines glatten Haars zu einem Knoten auf dem Kopf gewunden und starrte nun verächtlich auf den Menschen herab.

»Das tust du«, gab Sinan zurück und ignorierte den Geruch nach brackigem Wasser, der den Soldaten umgab und der ihm fast den Magen umdrehte. »Und du wirst mir sicher gleich sagen, warum mir diese … Ehre zuteilwird.«

Der Elb hätte ihn für diese Antwort am liebsten geschlagen. Seine Hand zuckte an das Schwert, das er an der Hüfte trug.

Sinan zwang sich, den Blick nicht abzuwenden.

Für einen Augenblick war es still. Dann wurde der Geruch nach schalem Wasser vom bitteren Duft zerriebener Blätter vertrieben. Ein anderer Mann trat vor und schob den Wachmann mit einer ruhigen, aber bestimmten Geste beiseite. Natürliche Autorität umgab ihn. Sie war so stark, dass Sinan sich zwingen musste, nicht zurückzuweichen und vor Kälte zu schaudern. Im Gegensatz zur Wache war das hier ein Elb von hohem Rang. Das konnte Sinan an seinem Harnisch sehen, der aus vielen kleinen Lederstücken bestand, die mit feinen Stahlringen verbunden waren. Auch sein Waffengurt war viel besser gearbeitet als der des Soldaten. Sinan konnte auf der mit Brokat überzogenen Schwertscheide sogar Goldstickereien erkennen.

Sinan schluckte und hob den Kopf. Diese Angst, die tief in seinen Knochen saß, war nichts weiter als Instinkt, und dem würde er nicht nachgeben. Er erinnerte sich an seinen Zorn auf das Volk des Goldmondes, der nicht nur wegen der Zerstörung Kharisars in ihm brannte.

Die Angst verblasste.

Der Wachsoldat schnaubte verächtlich, doch der Hauptmann erwiderte Sinans Blick nachdenklich.

»Ich suche einen Dunkelmagier, der die Erde und das Feuer gleichermaßen beherrscht.«

»Wenn du einen Schmied suchst, solltest du nach Githalad fragen«, erwiderte Sinan und versuchte, gleichmütig zu klingen.

»In diesem Fall ist Githalad nutzlos«, erklärte der Hauptmann. Seiner Stimme war nicht zu entnehmen, ob er es bedauerte, stattdessen einen so trotzigen Menschen wie Sinan ansprechen zu müssen.

Sinan zog die Augenbrauen hoch, doch er antwortete nicht. Er empfand Widerwillen. Widerwillen dagegen, Githalad, den er nicht mochte und der doch ein Mensch war wie er, auszustechen. Und Widerwillen, sich den Elben mit einer positiven Antwort in die Hände zu spielen.

Schließlich ergriff der Elb wieder das Wort. »Das Zeichen auf deinem Arm zeigt, dass du ein Dunkelmagier bist, der den Segen seines Schöpfers erhielt«, sagte er. »Githalad dagegen hat sein Handwerk in seiner Familie erlernt. Doch er meinte, für die Aufgabe, mit der ich zu dir komme, reiche das nicht aus.«

Sinan senkte langsam den Blick, obwohl es ihm widerstrebte, die Elben um sich herum aus den Augen zu lassen. Sein Blick fiel auf seinen Unterarm, auf dem die Ausläufer jenes Mals zu sehen waren, das er vor vielen Jahren vom Dunklen Mond erhalten hatte. Langgezogene Flammen in der Farbe, die man erhielt, wenn man das Rot der Erde und das Gelb des Feuers zu gleichen Teilen mischte, zeichneten die Form seiner Muskeln nach. In den Flammen blutrote Linien, einige plan und eben, manche geformt wie Kristalle als die Gaben der Erde. Jede der Formen war von einer dunklen, schwarzbraunen Linie gesäumt, die das Licht zu schlucken schien: Symbol dafür, dass der Dunkle Mond ihm und der Magie in ihm seinen Segen gegeben hatte.

Es war nicht das erste Mal, dass Sinan den Tag verfluchte, an dem er es erhalten hatte.

»Das *daikon* des Heerführers ist beschädigt«, sagte der Hauptmann nach einer Pause, als Sinan auch weiterhin schwieg. »Er hat mich beauftragt, unter den Dunkelmagiern, die der König in Kharisar fand, einen Waffenschmied zu suchen, der ein so altes und kostbares Schwert wie das seine neu schmieden kann.«

Sinan antwortete wieder nicht. Doch diesmal war es seiner Überraschung geschuldet, nicht seinem Trotz.

Das hatte er nicht erwartet.

Doch der Gedanke, auf den Bruder des Mannes zu treffen, der bereits mehrfach sein Leben zerstört hatte, weckte sein Interesse. Er hob den Blick erneut zum Hauptmann.

»Also sucht der Heerführer nach mir«, sagte er leise.

Die Augen des Hauptmanns verengten sich. Zum ersten Mal war eine Regung auf seinem Gesicht zu erkennen.

Sinan wusste nicht zu deuten, ob es Unbehagen oder Zorn war.

»Du bist doch ein Schmied.« Das klang ungehalten. »Das *dai-*

kon des Heerführers ist kostbar. Githalad sagte, du wärst der Einzige im Heerzug, der in der Lage wäre, es zu erneuern.«

Sinan konnte ein Lächeln nicht unterdrücken. Er hatte geglaubt, es gäbe nur noch Ungerechtigkeit auf der Welt. Aber vielleicht griff Ys, Herrin über das Gleichgewicht, doch manchmal noch ein – und wenn, dann dieses Mal zu seinen Gunsten.

Er nickte langsam. »Ich verstehe.«

Die Miene des Hauptmanns war wieder unbewegt, als er sagte: »Dann folge mir.«

Sinan ignorierte den Wachtposten, der neben ihm stand, und ging entschlossen hinter dem Hauptmann her. Dieser gab sich keine Mühe, seine schnellen und langen Schritte den seinen anzupassen. Sinan war ein durchtrainierter Mann, der es an Kraft problemlos mit einem einfachen Elbensoldaten hätte aufnehmen können. Dennoch keuchte er schon nach kurzer Zeit ob des Tempos, das der Hauptmann an den Tag legte.

Sie erreichten das eigentliche Heerlager der elbischen Soldaten. Nur wenige waren während der letzten Stunde des Tages noch vor ihren Zelten. Doch die, die es waren, zollten dem Hauptmann eine solche Ehrerbietung, dass Sinan klar wurde: Dieser Mann war weit mehr als nur ein einfacher Hauptmann des Heers.

Doch bevor er länger darüber nachdenken konnte, kamen sie in der Mitte des Lagers an. Das königliche Zelt war größer als die anderen, denn es diente auch für Besprechungen und Audienzen. Es war von einem ausgeblichenen dunklen Grün; auf dem Dach hing ein Banner mit dem Wappen des Königs. Obwohl Sinan es in der zunehmenden Dämmerung nicht sehen konnte, wusste er, dass es ein aus Wolken geformter Baum war – das Zeichen der Elben aus dem Hause Norandar.

»Warte hier«, befahl der Hauptmann und verschwand im Zelt.

Sinan blieb allein zurück.

Seine grimmige Euphorie erlosch. Die Elben in seiner Nähe hatten gesehen, dass der Hauptmann ihn mitgebracht hatte. Das bewahrte ihn davor, sich dafür rechtfertigen zu müssen, dass er sich vor dem Zelt des Königs herumtrieb.

Und doch sorgten die mitunter reglosen oder hasserfüllten Blicke dafür, dass die Angst, die Menschen in der Gegenwart von Elben unweigerlich befiel, wie eine Spinne seinen Nacken hinaufkroch und einen klebrigen Faden der Furcht nach dem anderen um den Mut schlang, der ihn aufrecht hielt. Er hatte wilde Freude empfunden, als der Hauptmann ihm die Gelegenheit geboten hatte, zumindest einem der beiden Herrscherbrüder näherzukommen. Doch jetzt umklammerte kalte Angst Sinans Herz.

So lange war er auf der Flucht gewesen, immer hatte er verbergen können, wer er war, aus welchem Haus er stammte. Nur wenige hatten es gewusst und niemand in Kharisar. Doch jetzt schien das Ende zu nahen. Immer war er geflohen, nie war er lange an einem Ort geblieben, immer aus Furcht, Tarind könnte entdecken, dass der Sohn des Menschenfürsten Siwanon noch lebte.

Sinan hatte versucht, den Tag zu vergessen, an dem diese Flucht begonnen hatte. Doch nun, hier, vor dem Zelt des Königs von Norad, bröckelte die Mauer, die in seiner Seele die schrecklichen Wunden umgab, die jener Tag in ihm hinterlassen hatte.

Sinan ballte die Fäuste. Doch die Bilder stiegen so unerbittlich in ihm auf wie Blasen in kochendem Wasser.

Der Geruch der Schwarzsteinbecken.

Das Rascheln der Roben, die kaum hörbare Stimme des Vaters, der die Gebete spricht, mit denen ein Seelenherr den Segen des Dunklen Mondes für seinen Sohn erfleht.

Das Lächeln der geliebten kleinen Schwester. Ihre bernsteingelben Augen, in denen das überschäumende Temperament einer reinen Feuermagierin funkelt. Ihre Blicke folgen ihm neugierig und auch ein wenig neiderfüllt, als er allein ins Allerheiligste des Tempels geht.

Die Stille dort, die dunklen Strahlen des Akusu, die ihn umfangen und schließlich so heiß werden, dass sie ihm das Zeichen auf die Haut brennen, das ihn für immer als Gebieter über die Erze der Erde ausweisen wird.

Dann wird die Luft plötzlich kalt und feucht, kälter und feuchter, als sie es westlich des Saphirmeeres je zuvor wurde. Panik steigt in Sinan auf, löscht das angenehme Feuer in seinem Arm, und rasch verbirgt er sich hinter einem Sims, das ihm durch ein durchbrochenes Element in der Wand den Blick nach draußen gestattet

Eine Stimme, hart und glatt wie Eis. Sinan weiß, wem sie gehört, durch das Loch in der gelben Granitmauer kann er den Sprecher deutlich sehen. Es ist Tarind, der Sohn Dajarams von Norad. Die Elben nennen Dajaram Norandar ihren König, ein Konzept, das die Menschen nicht kennen. Sie haben keinen obersten Herrscher.

Die ruhigen Antworten des Vaters. Dann, schneller, als er reagieren kann, Schreie, Waffenklirren, dumpfe Schläge, Kriegsrufe. Der gelbe Granit um ihn herum färbt sich dunkelrot. Das Schwert Tarinds kennt kein Erbarmen und tötet rascher, als ein Mensch reagieren kann.

Und doch dauert es viel zu lange.

Als Sinan bemerkt, dass der Vater nicht eingreift, spürt er Zorn. Es ist ein Zorn, von dem er noch nicht weiß, dass er nie wieder verlöschen wird.

Siwanon steht still wie eine Statue da. Er wird vom Begleiter des Königs an Handgelenk und Nacken festgehalten, ja, doch der Vater ist ein Seelenherr. Er hat die Macht über den Tod! Sinan ist sicher, dass sein Vater Tarind und den anderen Mördern mit einem einzigen Wort den Garaus machen und die anderen retten könnte.

Doch es ist, als wolle sein Vater das nicht. Erst, als alles vorbei ist, sinkt er auf die Knie, als habe er keine Knochen im Leib. Er wehrt sich nicht, als der Begleiter des Königs ihn im Nacken packt und schließlich mit sich zerrt.

Dann herrscht Stille. Stille, die in Sinans Ohren dröhnt und in die sich nur langsam unendlich leises Weinen –

»Bist du der Schmied, den zu suchen ich Gomaran ausgeschickt habe?«

Sinan kannte diese Stimme. Sie ließ ihn bis ins Mark schaudern.

Ich werde Euch zwingen, wenn Ihr es nicht freiwillig tut, Fürst Siwanon.

Er konnte einen Schreckenslaut nicht unterdrücken und fuhr herum. Beinahe wäre er gefallen, doch er fing sich und richtete sich auf. Mühsam versuchte er, seinen Herzschlag und seinen Atem unter Kontrolle zu bekommen.

»Ja!«, stieß er hervor, als er sich etwas gefasst hatte.

Ohne ein weiteres Wort ging der Elb, der diese Worte an ihn gerichtet hatte, an ihm vorbei. Der Luftzug, der dabei entstand, war so kalt wie die jenseitige Leere.

Sinan schauderte erneut. Dann spürte er einen Stoß im Rücken. Der Hauptmann bedeutete ihm, seinem Herrn zu folgen.

Sinan gehorchte unwillkürlich und versuchte, während der wenigen Schritte zum Zelt des Heermeisters die Erinnerungen an den grausamen Tag seiner Weihe abzuschütteln. Vor dem zurückgeschlagenen Tuch des Eingangs blieb er stehen. Immer noch saß die Spinne der Angst spürbar in seinem Nacken. Er konnte sich nicht überwinden, ins düstere Innere zu treten. Es war, als führte man ihn zum Richtblock.

Wider alle Vernunft fragte sich Sinan, was wäre, wenn Tarind ihn damals doch gesehen und sein Wissen weitergegeben hatte. Immer wieder hatte Sinan gehört, wie sehr er seinem Vater gleiche. Vielleicht hatte man ihn längst erkannt. Nicht jeder Schmied trug das Zeichen des Akusu, allein das musste ihn schon verdächtig machen.

Ein weiterer Stoß machte ihm klar, dass er keine Wahl hatte. Zögernd betrat er das Innere des Zelts. Es war dämmrig, nur von wenigen goldfarbenen Lampen erhellt. Nach einer Weile hatte er sich an die schwache Helligkeit gewöhnt. Zuerst wunderte er sich, dass ein Mann mit so wenig Licht auskommen konnte, dann fiel ihm ein, dass Elben die Nacht liebten und helles Licht verabscheuten.

»Du fürchtest dich.«

Wieder riss die Stimme des Heerführers Sinan aus seinen Gedanken. Er biss sich auf die Unterlippe. Für einen Augenblick schämte er sich. Nie hätte er einem Elben gegenüber Schwäche zugeben wollen, und besonders galt das für einen Elben aus dem Haus Norandar.

Nun war es zu spät.

»Ja«, räumte er schließlich ein und vermerkte mit Genugtuung, dass seine Stimme fest klang. »Doch ich werde meiner Furcht nicht nachgeben.«

Er wusste nicht, ob diese Worte seinem Gegenüber galten oder nur ihm selbst. Er hob den Blick und spürte erneut Angst in sich aufwallen, als er dem Elben vor sich zum ersten Mal in die Augen sah.

Doch nichts geschah.

Vorsichtig nahm Sinan sich die Zeit, seinen Gegner genauer zu betrachten. Was er sah, überraschte ihn. Er hatte erwartet, einen Mann zu erblicken, der genauso aussah wie Tarind selbst. Es war allgemein bekannt, dass der Herr von Norad und sein Bruder von der gleichen Mutter am gleichen Tag, ja, zur gleichen Stunde, geboren worden waren; so, wie Ys einst den Goldenen und den Dunklen Mond in der gleichen Stunde zur Welt brachte.

Und so war Sinan das Gesicht, in das er sah, vertraut, obwohl er Telarion Norandar nie zuvor begegnet war. Es waren die gleichen blassen, beinahe schönen Züge, die geraden, dichten Brauen und die elbischen Augen, die er seit jenem Tag des Grauens nicht mehr hatte vergessen können.

Und doch unterschied sich Telarion Norandar grundlegend von seinem Bruder, dem Elbenkönig: Tarind war Wassermagier, und so waren seine Augen leuchtend blau. Die seines Bruders hingegen waren von einem Grün, das der Farbe frischen Laubs entsprach, die längliche Pupille darin von dunklem Gold. Tarind umwehte der schwere, feuchte Duft von Wasserlilien, doch Telarion verströmte den trockenen, rauchigen Duft von verbranntem

Yondarharz. Der Geruch war so stark, dass er Sinans Atemwege reizte.

Und auch, wenn das Haar Telarion Norandars genauso rabenschwarz und dicht war wie das seines Bruders – ohne andersfarbige oder von der Sonne gebleichte Strähnen, wie es bei Menschen so oft der Fall war –, fielen ihm die Haare nicht lang und offen über den Rücken. Telarions Haar war kurz geschnitten, als habe ein Barbier es größerer Mühe nicht für wert befunden, und stand vom Kopf ab, als sei es erst vor wenigen Sekunden durchwühlt worden. Nur wenige dünne Haarsträhnen waren mit silbernen, grünen und goldenen Fäden umwickelt und fielen über das linke Ohr bis auf Höhe seines Kinns.

Sinan empfand ehrliches Staunen. Er hatte noch nie einen Elben oder einen Menschen mit so kurzen Haaren gesehen und fragte sich, wieso ausgerechnet ein so hochrangiger Herr der Elben sich so verstümmelte.

Doch der Heerführer ließ ihm keine Zeit, darüber nachzudenken.

»Mir ist gleichgültig, welche Gefühle du für mich hegst, Schmied«, brach Telarion Norandar das Schweigen. »Glaube mir, sie können nicht hasserfüllter sein als die, die ich für deinesgleichen empfinde. Doch mir ist im Gegensatz zu den Kindern des Dunklen Mondes das Leben heilig, also hast du im Augenblick nichts zu fürchten. Githalad sagte, du könntest mein Schwert neu schmieden.«

»Sodass Ihr es wieder gegen meinesgleichen erheben könnt?«, brach es aus Sinan hervor.

Noch vor seinem nächsten Atemzug spürte er, dass sich eine Hand wie eine Eisenklammer um seine Kehle legte und zudrückte. Gleichzeitig wurde er mühelos angehoben, sodass nur noch seine Zehenspitzen den Boden berührten. Sinan war kein leichter Mann, aber der Bruder des Königs atmete nicht einmal schneller.

»Du hast recht, mit meinem Schwert habe ich vielen von deinesgleichen das Leben genommen«, sagte der Heerführer mit ruhiger Stimme, die in seltsamem Gegensatz zu der Rücksichtslosigkeit stand, mit der er Sinan die Luft abdrückte. »Und ich kann mich an keinen erinnern, der es nicht verdient hatte, in den Tod geschickt zu werden. Bei dir wäre es nicht anders, wenn meine Soldaten dich nicht bräuchten. Denn ich höre, du bist aufsässig und ungehorsam.«

Wut kochte in Sinan hoch, so heiß, dass die Finger des Heerführers zurückzuckten. Dann ließ er los. Hustend rieb Sinan sich den Kiefer unter dem Ohr, wo sich der Daumen des Heermeisters so gnadenlos in sein Fleisch gegraben hatte.

Gerne hätte er geglaubt, dass es die plötzlich aufwallende Hitze gewesen war, die Telarion Norandar in die Schranken gewiesen hatte. Doch dann sah er, dass der Hauptmann neben den Heerführer getreten war und ihm die Hand auf die Schulter gelegt hatte. Ebenso fiel ihm auf, dass Telarion Norandar sich die Hand, mit der er Sinan gepackt hatte, an der Hose aus dunklem Wildleder abwischte, als sei sie besudelt. Schweigend brachte Gomaran seinem Herrn ein Tuch und eine Schüssel mit Wasser.

»Es war ein Seelenherr und Fürst der Menschen, der meinen Vater Dajaram qualvoll sterben ließ«, erklärte der Heerführer, während er sich die Hände wusch. »Ihr Menschen vergöttert den Tod. Ihr schätzt das Leben gering und nennt euch Herren über die Jenseitigen Ebenen. Warum sollte ich es bedauern, einen von euch dorthin zu befördern?«

Er schien darauf keine Antwort zu wollen, sondern trat wieder an den provisorischen Tisch, auf dem sein *daikon* lag. Er nahm es, zog die Klinge aus der Scheide – Sinan erkannte, dass sie aus dem schwarzen Holz des Yondarbaums gemacht und mit goldgrünem Brokat überzogen war – und reichte sie Sinan mit dem Heft voran.

»Sieh dir diese Klinge an. Wenn du sie neu schmieden kannst, bin ich dir zu Dank verpflichtet, denn sie bedeutet mir viel.«

Langsam, als fürchte er, es könne zubeißen, griff Sinan nach dem Heft des *daikons*, das der Heerführer ihm hinhielt und auf dessen polierter Klinge sich die goldenen Lampen spiegelten.

Kaum hatten sich seine Finger um die überaus fein gewebten Stoffbänder gelegt, mit denen das Heft umwickelt war, vergaß Sinan, wessen Schwert es war und welche Verbrechen damit begangen worden waren.

Seit seiner Zeit im Kloster des Westens hatte er keine so edle Waffe mehr in Händen gehalten. Schlanker, schimmernder Stahl, eine gute Elle lang und leicht gebogen, Stahl, der aus sich selbst heraus zu leuchten schien, das Heft aus dem harten, dunklen Holz des Yondarbaums und umwickelt mit dem weichen Stoff, den die Elben aus der Rinde des Resatbaums zu weben verstanden. Er hob die Waffe an und wirbelte damit herum. Das Schwert sang leise, als es die Luft durchschnitt. Es lag ausgezeichnet in der Hand und war so perfekt ausbalanciert, als sei es von Meister Vakaran persönlich geschmiedet worden – damals, als das Volk des Dunklen und das des Goldenen Mondes noch friedlich miteinander lebten, bevor Syth Zwietracht zwischen ihnen gesät hatte.

Eine wahrhaft königliche Klinge.

Doch sie war fast ein bisschen zu leicht, so als habe der Waffenmeister zu wenig Stahl verwendet. *Es ist alt*, dachte Sinan. *Vielleicht stammt es wirklich aus der Zeit Vakarans. Wenn der Fürst noch damit kämpft, wurde es schon zu oft geschliffen und zu oft nachgeschärft.*

Sinan genoss das Schimmern des hellen Stahls und hob schließlich die Klinge dicht vor die Augen. Mit der Spitze eines Fingers fuhr er vorsichtig die scharfe Schneide vom Heftansatz bis hin zur Spitze entlang.

Da! Eine tiefe, keilförmige Scharte war in die Klinge geschlagen worden, eine Fingerlänge unterhalb der Spitze. Vorsichtig versuchte Sinan, das Schwertblatt zu biegen, um zu sehen, ob die Scharte einen Riss verursacht hatte – und tatsächlich, dünner als ein Haar zog sich quer zur Länge des Klingenrückens ein Spalt durch den mehrlagigen Stahl.

Er nickte langsam und ließ das Schwert sinken. »Wenn Ihr damit weiterkämpft, wird es brechen. Es ist ein altes und kostbares Schwert. Haltet es in Ehren. Doch benutzt es nicht mehr im Kampf.«

Damit reichte er das *daikon* an den Heerführer zurück.

»Du kannst es nicht neu schmieden?«

Die Enttäuschung, die in den Worten Telarion Norandars mitschwang, überraschte Sinan.

»Nein, das könnte niemand. Man kann es erneuern, doch es wäre nicht mehr dasselbe.«

Der Fürst schwieg und schien Zwiesprache mit dem Schwert zu halten. Seine langen Finger strichen nachdenklich über den Stahl der Klinge, als danke er der Waffe still für ihre Dienste. Sinan konnte sehen, dass der Heerführer dieses Schwert in hohen Ehren hielt und trauerte, weil er es hergeben musste.

Er fragte sich, ob Tarinds Bruder es auch dann noch so in Ehren gehalten hätte, wenn er gewusst hätte, dass es von einem der angesehensten Dunkelmagier der Alten Zeit stammte.

»Ich vermute, eine Klinge Meister Vakarans gibt man nicht gerne auf«, sagte er schließlich.

Der Heerführer warf ihm einen Blick zu. »Es ist ein Erbstück des Hauses Norad«, erwiderte er nach kurzem Zögern. »Meister Vakaran verletzte sich einst bei seiner Arbeit die Sehnen der rechten Hand und wurde von einem meiner Vorfahren, einem Herrn des Lebens, geheilt. Das Schwert war der Lohn. Seither wird es in meinem Haus immer an den männlichen Nachkommen, in dem die Gabe des Lebens am stärksten ist, weitergegeben.«

Sinan wusste nicht, was er antworten sollte. Ihm wäre lieber gewesen, nicht zu erfahren, dass ausgerechnet in der Familie jenes Elben, den er mehr hasste als alles andere auf der Welt, ein zutiefst menschliches Werkstück so in Ehren gehalten wurde.

Auch Telarion Norandar senkte den Blick, als schäme er sich, so viel preisgegeben zu haben.

»Nun, wie es scheint, habt Ihr mich vergeblich gerufen«, sagte

Sinan schließlich. »Deshalb werdet Ihr wohl nichts dagegen haben, wenn ich gehe.«

Er wollte sich umdrehen, doch Telarion Norandars scharfe Stimme hielt ihn auf.

»Ich habe dir nicht erlaubt, zu gehen, Schmied«, sagte er und schob Vakarans Schwert vorsichtig in die Brokatscheide zurück. »Ich bin der Heerführer meines Bruders. Ich brauche eine Waffe, die meiner würdig ist. Du sagst, dieses Schwert sei nicht mehr kampfgeeignet. Du wirst mir ein neues fertigen.« Er sah auf. »Und behaupte nicht, dass du es nicht kannst. Für einen Schmied, der eine Waffe Vakarans erkennt und der den Segen des Dunklen Mondes erhielt, sollte das eine Ehre sein. Zudem bist du mir, so wie die anderen Gefangenen, zu Gehorsam verpflichtet.«

Der hochmütige Ton ließ Sinan den kurzen Moment des Verständnisses zwischen ihnen vergessen. »Ich bin weder Euch noch Eurem Bruder etwas schuldig!«, stieß er hervor. »Ihr brüstet Euch des Mordes an den Kindern des Akusu in einem Atemzug mit der Behauptung, Ihr hieltet das Leben in Ehren! Und Euch soll ich, ein vom Dunklen Mond gesegneter Schmied, ein Schwert schulden?« Sinan spuckte aus. »Ich werde die mir geschenkte Magie nicht anwenden, um Euch, Telarion Norandar, ein Werkzeug an die Hand zu geben, mit dem Ihr meinesgleichen weiterhin so abschlachten könnt wie bisher.«

Zu seiner Genugtuung hörte er, dass der Heerführer zischend die Luft einsog. Seine Hand fuhr an den Dolch, den er in seiner Schärpe trug, doch dann beherrschte er sich. Der Zorn verschwand aus seinen Augen und machte Nachdenklichkeit Platz.

»Selbst das schlimmste Raubtier beschützt die Seinen«, sagte er nach einer Weile. »Du bist ein Mensch und ein Sklave, ich hätte das bei meiner Bitte bedenken müssen... Also gut, ich werde dir beweisen, dass ich für mein Gelübde als Herr des Lebens mehr tun kann, als mir die Haare zu scheren. Wenn du mir dieses Schwert schmiedest, erweist du mir einen großen Dienst. Ich werde dir dafür ebenfalls eine Bitte gewähren.«

Sinan starrte den Heerführer an und suchte in seinem Gesicht nach Hinweisen, dass er seinen Vorschlag nicht ehrlich meinte. Doch Telarion Norandar erwiderte seinen Blick ruhig und wich nicht aus.

Es war Hauptmann Gomaran, der erst Sinan einen zornigen Blick zuwarf und sich dann an seinen Fürsten wandte. »Herr, was wollt Ihr damit beweisen? Habt Ihr es nötig, vor einem Sklaven zu Kreuze zu kriechen?«

Telarion Norandar warf ihm einen belustigten, ja, beinahe entschuldigenden Blick zu. »Nein.«

Gomarans Miene blieb missbilligend, doch er sagte nichts weiter. Nicht, weil er dem Bruder des Königs gehorsam sein wollte, wie Sinan erstaunt bemerkte, sondern weil zwischen den beiden Elben ein wortloses Einvernehmen herrschte.

Ein fast schelmisches Lächeln zuckte um die Lippen des Heerführers, dann wandte er sich wieder Sinan zu.

»Nun, gilt der Handel?«

»Ich darf Euch also um etwas bitten?«

»Ich werde dir nicht versprechen, dass ich das Schwert, das du mir fertigst, nicht gegen die Deinen erhebe«, erklärte der Heerführer mit zusammengezogenen Brauen. »Ich bin ein Herr des Lebens, ich werde den Tod immer bekämpfen, wenn ich ihn sehe.«

Sinans Mundwinkel zuckten verächtlich. Als ob er auf eine solche Gunst angewiesen wäre, noch dazu von jemandem aus dem Haus Norandar! Er wollte schon ablehnen, doch dann fiel ihm etwas ein. Es gab etwas, worum er bitten konnte. Nicht für sich. Doch es würde diesem überheblichen Fürsten zeigen, wie groß die Bitte wirklich war, die er an Sinan herantrug.

Sinan straffte die Schultern. »Gebt jedem Haus im Lager der Menschen ein Feuer. Menschen brauchen Wärme. Eure Sklaven werden Euch nicht lange von Nutzen sein, wenn sie ständig Nässe und Kälte ausgesetzt sind.«

Wieder fuhr Gomaran auf. »Herr! Das bedeutet, den Menschen eine Waffe zu überlassen! Das könnt Ihr nicht wollen!« Es klang, als ertrage er es nicht, dass die Freundlichkeit des Heerführers ausgenutzt würde.

Telarion hörte ihm nicht zu. Er starrte Sinan wortlos an. Damit hatte er nicht gerechnet.

Beinahe hätte Sinan gelächelt, als er sah, wie sehr er den Bruder des Königs mit diesem Begehren aus der Fassung gebracht hatte. Doch er beherrschte sich.

»Ich habe dir einen Wunsch gewährt, und ich betrachte mich an mein Wort gebunden«, sagte der Heerführer nach einer langen Pause. »In der Mitte des Lagers, wo meine Soldaten es von außen bewachen können, soll von dieser Stunde an Tag und Nacht ein großes Feuer brennen, an dem ihr kochen dürft und an dem die Schwächsten unter euch sich wärmen können. Doch ich werde nicht gestatten, dass ihr in euren Hütten eure üble Magie an einem Feuer speist, das meine Soldaten nicht im Auge haben.«

Sinan wollte schon Luft holen, um zu widersprechen, als Telarion Norandar fortfuhr: »Der Dienst, den du mir für das Feuer zu leisten hast, wird darin bestehen, mir die beste Waffe zu schmieden, zu der du fähig bist. Ich erwarte deine höchste Kunst, Schmied. Für dich wird keine Rolle spielen, für wen du es tust und welchem Zweck das Resultat dienen wird.«

Er ging an Sinan vorbei zum Ausgang des Zeltes, wo er dem Wachsoldaten Befehle gab. Sinan hörte, wie er den überraschten Widerspruch des Mannes im Keim erstickte. Dann kam er wieder herein und blieb dicht vor Sinan stehen.

Der wäre fast zurückgewichen, als der Fürst so direkt auf ihn zukam. Wieder regte sich die Angst unter der wilden Zufriedenheit, mit der ihn das Gespräch erfüllt hatte. Es kostete mehr Kraft denn je, den Kopf nicht zwischen die Schultern zu ziehen und den eisigen Blick des Heermeisters zu erwidern.

»Morgen früh wirst du hier, neben meinem Zelt, eine Werkstatt vorfinden. Bring bei Sonnenaufgang dein Werkzeug mit.«

Damit wollte er sich abwenden. Das Gespräch war für ihn offenbar beendet.

»Hier?«, stieß Sinan hervor. »Ich soll das Schwert hier schmieden?«

Telarion wandte sich um und musterte Sinan kalt. »Ich habe keine Macht über die Erde oder über das Feuer, und ich vertraue dir nicht. Deshalb solltest du nicht vergessen, dass jeder Versuch, mich zu betrügen, nicht nur mit deinem Tod enden wird… Obwohl ich nicht genau weiß, ob das eine Drohung für dich und deinesgleichen darstellt«, fügte er noch hinzu. Die Verachtung in seiner Stimme ließ Sinan zusammenzucken.

Er wusste nicht, was er antworten sollte, doch Telarion Norandar verließ das Zelt ohne ein weiteres Wort und ließ den Schmied mit seinem Hauptmann allein. Sinan war erleichtert, als der Teppich hinter dem Fürsten zuschlug. Die Kälte und der prickelnde Geruch nach verbranntem Harz ließen sofort nach, und zugleich wich auch ein Teil der Angst aus ihm.

Doch als Sinan in sich horchte, war da kaum Erleichterung. Die Angst war fort, doch in sich fand er nur Leere. Und Scham. Darüber, ein Gefangener zu sein. Ein Sklave, der die Freiheit für ein Feuer aufgegeben hatte und nun dem Gegner ein Schwert fertigen musste, mit dem dieser seine Macht zu festigen vermochte.

Der fast wohltuende, warme Zorn, der ihn seit dem Aufbruch aus Kharisar erfüllt hatte, war fort.

Er hatte das Recht verwirkt, zornig zu sein.

Der Weg zurück in den Pferch, wie Sinan ihn für sich nannte, schien länger zu dauern als der Weg zum Steilufer des Lithon und wieder zurück. Sinan empfand keine Wärme, obwohl die Wolkenbank sich nach Osten verzogen hatte und der untergehenden roten Sonne gestattete, ihre Strahlen über die Welt zu breiten. Nicht einmal der Gedanke, dass er den Seinen ein Feuer beschafft hatte, vertrieb die zehrende Enttäuschung hinreichend.

Es war anstrengend, aufrecht zu gehen und sich nicht anmerken zu lassen, wie sehr die Begegnung mit dem Heerführer an seinen Kräften genagt hatte. Er ging langsamer, als er musste, setzte einen Fuß vor den anderen und ermahnte sich wieder und wieder, den Rücken zu straffen, während er an den Elben vorbeiging, die ihm verächtliche und finstere Blicke zuwarfen.

Als er im Lager der Menschen ankam, war die rote Sonne hinter den fernen Hügelketten verschwunden. Es war still, und ein wenig verwirrt blieb Sinan hinter dem Eingang stehen. Er hatte erwartet, ein großes Feuer und aufgeregte Gefährten in der Mitte des Lagers vorzufinden, doch da war nichts. Nur ein paar Frauen saßen zwischen zwei Hütten, wo sie sich einen behelfsmäßigen Unterstand gebaut hatten, und bereiteten, wie jeden Abend, den kalten Gemüsebrei zu, der ihnen allen als Nahrung diente.

Enttäuschung und Zorn stiegen in Sinan auf. Er hätte wissen müssen, dass es dem Heerführer nicht ernst war mit seinem Versprechen. Nun, dann würde er seines auch nicht halten! Beinahe war er erleichtert, dass er nun kein Schwert würde schmieden müssen, mit dem der Heerführer weiter gegen das Volk des Akusu kämpfen konnte.

Er überlegte schon, wie er erreichen könnte, dass nur er für seine Weigerung bestraft würde. Da sah ihn eine der jüngeren Frauen, die Gemüse für das Abendessen putzte. Sie ließ den geschliffenen Stein fallen, der ihr als Klinge diente – etwas anderes gestatteten die Elben hier nicht – und rannte aufgeregt auf Sinan zu.

Sinan kannte sie, sie war eine der Frauen, die bei ihm auf dem *lannon* schliefen. Berennis war eine Erdmagierin und verstand sich auf Tiere. Sie schien ihn zu mögen und hielt sich oft in seiner Nähe auf. Er hatte sie bisher immer abgewiesen, doch ihm war nach der Begegnung mit dem Bruder des Königs so kalt, dass der Gedanke, sie könne sich heute Nacht wieder so eng an ihn schmiegen wie in den Nächten davor, an Reiz gewann.

So wich er ihr nicht wie sonst aus. »Stell dir nur vor, Sinan, die Soldaten haben Githalad und vier andere fortgeschickt, um trockenes Holz für ein großes Feuer zu besorgen! Es scheint, als habe der König endlich ein Einsehen! Wir dürfen sogar das Gemüse heute Abend daran rösten!«

Sinan konnte angesichts ihrer Freude nicht anders, als zu lächeln.

Doch es war ein schwaches Lächeln, wie er an ihren folgenden Worten erkannte.

»Was ist los mit dir?«, fragte sie. Ihre Hand, die seine Linke genommen hatte, packte fester zu. »Du bist ganz kalt. Githalad sagte, der Hauptmann hat dich bestrafen wollen, weil du heute zu nah an das Steilufer gegangen bist.«

»Nein, das war es nicht. Der Hauptmann wollte, dass ich mir die Rüstungen einiger seiner Leute ansehe.« Die Lüge war ihm entschlüpft, bevor er sich eines Besseren hatte besinnen können. Doch es widerstrebte ihm, zuzugeben, dass er dem Heermeister ein neues Schwert schmieden sollte.

Vorsichtig befreite Sinan seine Hand aus der ihren und versuchte, die Enttäuschung in ihren Augen zu ignorieren. »Berennis, ich werde schlafen gehen. Ich werde ab morgen öfter ins Lager der Elben gehen müssen und will erholt sein. Sag Hedruf Bescheid, dass ich ihn morgen früh brauche.«

Er wandte sich um und ging in Richtung der Hütte, in der sich seine Decke und sein Karren mit den Schmiede-Werkzeugen befanden.

»Ich werde dich rufen, wenn die Suppe heiß ist!«, rief sie ihm hinterher. »Es wird dir guttun!«

Er drehte sich nicht um.

In seiner Hütte legte er sich auf dem *lannon* in eine Ecke, sodass die anderen, wenn sie später nachkamen, nicht über ihn klettern mussten. Dann wartete er unter seiner klammen Decke darauf, dass sich Zufriedenheit einstellte, weil er den Seinen ein Feuer beschafft hatte.

Doch sie kam nicht. Stattdessen fand er nur nagende Schuld in seinem Inneren. Ja, nun hatten die Sklaven der Elben ein Feuer. Doch Sinan musste sich fragen, wie viele von ihnen durch das *daikon*, das er dafür würde schmieden müssen, letztendlich das Leben verlieren würden.

Er überlegte lange, doch er fand keine Möglichkeit, sich dem Pakt, den er mit dem Bruder des Königs geschlossen hatte, zu entziehen.

Irgendwann war er doch eingeschlafen. Erst als eine warme Hand ihn an der Stirn berührte, schreckte er auf.

»Ruhig, Sinan«, murmelte Berennis. »Ich bin es nur. Ich habe eine Schale Suppe für dich.«

Sinan setzte sich auf und blinzelte. Es war bereits tiefe Nacht. Durch den zurückgeschlagenen Eingang sah Sinan das große Feuer in der Mitte des Platzes. Darüber war der silberne Mond zu sehen, der dem Dunklen und dem Goldenen in jeder Nacht in einigem Abstand folgte. Fröhliches Gelächter und Gemurmel waren draußen zu hören, dazwischen Gesang. Erst war Sinan irritiert, dann fiel ihm ein, dass sich ein Musikant unter den Gefangenen befand. Auch vor der Hütte war eine Unterhaltung im Gange.

Sinan schloss die Augen. Für einige wenige Augenblicke war er wieder in seiner Schmiede in Kharisar, gegenüber der Schänke. Die Schuld und die Scham, die ihn schon so lange bedrückten, fielen von ihm ab.

»Nimm. Die Suppe wird kalt. Wenn du öfter zu den Elben gehen willst, musst du wieder zu Kräften kommen.«

»Danke«, sagte er einfach und trank.

Die Suppe war die erste warme Mahlzeit, seit sie Kharisar verlassen hatten; sie erfüllte ihn mit angenehmer Wärme. Er trank langsam aus und stellte die Schüssel dann an den Rand des *lannon*. Eigentlich hätte Sinan nichts lieber getan, als sich wieder hinzulegen, doch Berennis sah ihn besorgt an.

»Du wirkst sehr erschöpft«, sagte sie langsam.

Sinan nickte. »Ich würde gern mit dir tanzen, aber …«

Berennis lächelte. Nach kurzem Zögern setzte sie sich neben ihn. »Ich könnte auch hierbleiben. Bei dir.«

Der Gedanke eines warmen Körpers neben sich war verführerisch.

Doch Sinan schüttelte schließlich den Kopf. Berennis war eine schöne Frau, doch Sinan hatte das Gefühl, als betrüge der Handel, den der Heerführer ihm aufgezwungen hatte, jeden Einzelnen seiner Gefährten. Schon dass Berennis ihm eine Schüssel Suppe gebracht hatte, belastete sein Gewissen zusätzlich. Er hatte es nicht verdient, und noch weniger, dass sie sich neben ihn legte und ihm Wärme spendete.

Er wandte sich ab und sah nicht, wie Berennis sich enttäuscht umdrehte und die Hütte verließ.

»Nun, meine Kleine? Bist du bei unserem Schmied abgeblitzt?« Eine beinahe höhnische Männerstimme erklang vor der Hütte.

Sinan kannte die Stimme. Sie gehörte Aedan, einem Gehilfen Githalads.

»Sei still, Aedan!« Berennis klang unwirsch. »Aus dir spricht nur der Neid.«

Zu Sinans Erleichterung schwang keine Traurigkeit in ihrer Stimme mit. Sie war stark und selbstsicher und konnte sich offenbar ihrer Haut erwehren.

Doch Aedan ließ nicht locker. »Kein Wunder, wenn sogar ein Grantler wie er dich abweist!«, spottete er. »Ich bin jedenfalls froh, dass eine wie du, die den Elben nachts das Bett wärmt, nicht auf meinem *lannon* schläft. Und vielleicht tust du ja noch mehr als das, wer weiß das schon.«

»Lass sie in Ruhe, Aedan.« Das war Githalad. »Geh, Kind, und erfreue dich am Feuer, solange wir es haben.«

Es hielt Sinan nicht mehr auf seinem Lager. Sosehr er selbst sich schämte, er konnte nicht zulassen, dass Aedan in dieser Weise über Berennis sprach. Er trat vor den Eingang, sah Berennis, die schon beinahe wieder am Lagerfeuer war, und blieb vor Aedan stehen. »Wenn du nicht dein Schandmaul hältst, werde ich es dir persönlich stopfen! Du weißt, dass Berennis, wie uns allen, keine Wahl blieb und deshalb deinen Spott nicht verdient. Soll sie sich töten lassen, statt bisweilen zu einem von ihnen ins Bett zu kriechen?«

Aedan zuckte zusammen, als er Sinan sah. Er war nur ein wenig jünger als der Schmied, aber er wusste sehr wohl, dass Sinan ihn im Faustkampf jederzeit besiegen konnte. Er brummte etwas Unverständliches.

Githalad sah erst Sinan, dann Aedan nachdenklich an. Doch er mischte sich nicht ein, sondern aß weiter.

Sinan ließ Aedan nicht so einfach davonkommen. »Was war das? Oder wagst du nicht, es zu wiederholen?«

Trotzig sah Aedan zu ihm auf. »Ich sagte, sie werden erst dann die Menschen besiegt haben, wenn alle so denken wie dieses kleine Flittchen. Oder so wie Githalad!«, ereiferte er sich und funkelte Sinan wütend an. »Noch gibt es Kinder des Dunklen Mondes, die sich gegen die Elben zur Wehr setzen und mit ihnen nichts zu tun haben wollen! Ich dachte, du würdest zu ihnen gehören!«

Sinan schnaubte verächtlich. »Ich gehöre nicht zu den Piraten von Undori und auch nicht zu den Nomaden der Wüste! Was lässt dich denken, dass die Elben das Wüstenreich Solife nicht erobern werden?«

»Sinan hat recht«, warf Githalad ruhig ein. »Tarind wird den Zaranthen besiegen, ob wir uns wehren oder nicht. Hinter ihm stehen die Völker der Elben. Und wer steht auf der Seite des Zaranthen? Nicht einmal der Parom von Undori.«

Aedan spuckte aus. »Dieser verfluchte Elb kann in der Wüste von Solife nur mithilfe von Dunkelmagiern gewinnen. Solange es Menschen wie euch gibt, die sich ihm und seinem verfluchten Bruder nicht entgegenstellen, und Weibsbilder wie Berennis, die es den Elben gestatten, sich an ihrer Kraft zu laben, haben die Kinder des Vanar leichtes Spiel! Sogar dort!«

Es folgte ein langes Schweigen.

Sinan nagte an seiner Unterlippe. Er hatte sich das nie überlegt, aber nun, da Aedan es ausgesprochen hatte, wusste er auf einmal, warum Berennis immer wieder seine Nähe gesucht hatte. Es war vielleicht auch das Interesse an ihm als Mann, doch als Feuermagier war er auch wärmer als sie. Unbewusst hatte er ihr von seiner Kraft und Wärme im Schlaf abgegeben, und heute Abend hatte sie sich revanchieren wollen.

Doch er hatte sie abgewiesen. Diese Erkenntnis trug nur zur Mehrung der Schuld bei, die er ohnehin schon empfand. Und doch mischte sich auch wieder ein Funken Wut auf die Herrscherzwillinge in seine Scham.

Niedergeschlagen ließ er sich neben Aedan auf dem Baumstumpf nieder.

Schließlich ergriff Githalad wieder das Wort. »Was schlägst du vor, Aedan? Tarind ist unter anderem so erfolgreich, weil die Elben ihn als ihren König anerkennen. Er befiehlt, und sie folgen ihm. Alle. Hast du je erlebt, dass jemand ihm oder seinem Bruder widersprochen hätte?«

»Wir Menschen werden uns ihnen nie unterordnen. Wir ordnen uns niemandem unter! Das ist nicht die Art der Kinder des Akusu«, widersprach Sinan. Er mochte weder Aedan noch Githalad besonders, doch in diesem Fall stand er ganz auf Aedans Seite.

Githalad stand ächzend auf. »Ich würde euch raten, solch aufrührerische Reden nicht vor anderen zu führen. Ich würde es bedauern, wenn ein Elb euch ersäufen oder ersticken ließe. Wenn er es überhaupt dabei belässt, nur euch zu töten. Ihr kennt die Gesetze, die Tarind Norandar aufgestellt hat. Sinan war heute beim Hauptmann des Heermeisters und hat es am eigenen Leib erfahren!« Er wandte sich an Sinan. »Der Kessel, in dem die Frauen uns Essen gekocht haben, ist noch nicht leer. Wenn ich mit der Suppe wiederkomme, will ich euch über ein anderes Thema reden hören, verstanden?«

Damit ging er in Richtung Feuer.

Aedan grunzte ärgerlich und spuckte aus. »Er gebärdet sich, als hätte Tarind ein Recht darauf, die Kinder des Dunklen Mondes zu unterjochen.«

Sinan schwieg eine Weile. Er suchte Zuversicht in sich, fand aber keine.

»Vielleicht hat Tarind das auch«, hörte er sich plötzlich murmeln. Es war, als habe sich seine Hoffnungslosigkeit, die auch von der Begegnung mit dem Heermeister herrührte, ein Ventil gesucht.

Aedan sah ihn stirnrunzelnd an. »Was soll das heißen?«

Sinan zauderte. »Vielleicht hat Tarind das Siegel der Welt. Es würde erklären, warum Kharisar erobert wurde. Die Stadt fiel nur, weil ein Erdbeben die Festungsmauer einstürzen ließ. Selbst die Erde wandte sich gegen den Khariten!«

»Ach was, das Siegel!«, schnaubte Aedan. »Das Siegel der Welt ist eine Legende, die von den Shisans erfunden wurde. Es hat nie existiert.« Er warf Sinan einen schiefen Blick zu. »Glaubst du etwa an dieses Märchen?«

Sinan zuckte mit den Schultern. »Wer außer einem Seelenherrn könnte schon wissen, ob es das Siegel wirklich gibt«, meinte er vage. »Aber man könnte angesichts der Siege Tarinds tatsächlich meinen, es sei in seinem Besitz.«

Aedan lachte laut auf. »Ich hätte nie gedacht, dass ausgerechnet du zu denen gehörst, die an dieses Siegel glauben! Wenn es so ist, wie du sagst, und dieser Elb und sein Zwilling das Siegel in ihren Besitz gebracht haben, dann kann es ihnen nur einer verschafft haben: Siwanon Amadian. Ein Mensch.«

Sein Vater. Sinan ballte die Fäuste so fest zusammen, dass sich seine Nägel in die Handflächen gruben, und verfluchte sich. Warum war er nicht wieder schlafen gegangen, statt sich hier über Dinge zu unterhalten, die nur in der Fantasie existierten und die er normalerweise selbst ins Reich der Märchen verbannte?

»Ich sage nicht, dass es das Siegel wirklich gibt«, knurrte Aedan nach einer Pause. »Trotzdem. Angenommen, deine Theorie stimmt – wie sollte Tarind es beeinflussen? Nur ein Seelenherr könnte das, denn wie die Legende berichtet, hat Ys, die Herrin des Gleichgewichts, es halb auf den Jenseitigen Ebenen verankert. Nur ein Dunkelmagier, der die Nebel zu betreten vermag, könnte es von dort lösen. Und Fürst Amadian war einer der Größten in dieser Art von Magie.«

Sinan war dankbar, dass Aedan trotz des flackernden Feuers wahrscheinlich nicht sehen konnte, wie Röte in seine Wangen stieg. Doch er sagte wieder nichts. Er wollte nicht verraten, von wem er abstammte.

Er konnte nur hoffen, dass sein Schweigen Aedan davon abhielt, weiter über dieses Thema zu spekulieren. Doch der Schmiedegehilfe tat ihm nicht den Gefallen.

»Es heißt, dass der Fürst von Guzar Kinder hatte«, sagte Aedan halblaut, als befürchte er nun doch, belauscht zu werden. »Und er war einer der größten Seelenherren, die je lebten. Du stammst doch aus Guzar. Weißt du nicht mehr darüber? Was erzählt man sich in den Schänken am Saphirmeer über das Massaker, das Tarind im Kloster des Westens anrichtete?«

Aedan sah Sinan forschend an. Doch dieser schwieg weiter und starrte nur vor sich hin.

»Also, ich habe in Kharisar immer wieder Gerüchte gehört, dass vielleicht eines der Kinder Tarinds Vernichtung des Hauses Amadian überlebte. Und vielleicht hat es Siwanons Gabe geerbt, dann gäbe es noch Hoffnung.«

Sinan konnte nicht mehr an sich halten. »Hoffnung worauf?«, stieß er hervor. »Das Siegel ist verloren! Die Kinder des Akusu müssen damit leben, dass sie von ihrem größten Fürsten betrogen und verraten wurden – und dass Tarind ihn und seine Nachkommen ausgelöscht hat, als sie ihm nicht mehr von Nutzen waren! Vanar, der Goldene Mond, ist der Ältere. Er hat gesiegt, Siegel hin oder her.«

»Sinan! Ich sagte doch vorhin schon, dass solche Reden gefährlich sind«, brummte Githalad, der mit drei großen Schüsseln

Gemüsesuppe herankam. »Verschwendet keine Gedanken an die Dinge, die ihr nicht ändern könnt! Sinan hat recht, die Kinder des Siwanon sind tot. Wenn es je einen gab, der unter den Geschöpfen des Akusu den Titel König verdient gehabt hätte, dann der Fürst von Guzar. Seine Kinder würden das wissen, und sie würden sich in irgendeiner Form der Menschen annehmen, statt zuzusehen, wie Tarind ein Reich der Menschen nach dem anderen erobert.«

Sinan konnte die beiden Gefährten nicht ansehen.

Githalad reichte ihm eine Schüssel. »Iss, Junge. Du bist erschöpft und wirst deine Kraft morgen brauchen.«

Schweigend nahm Sinan die Suppe an. Er war dankbar, dass Githalad nicht offen aussprach, dass er wusste, welchen Auftrag Sinan erhalten hatte.

»Solches Gerede nützt keinem«, sprach der Ältere weiter. »Das Siegel ist eine Legende. Genau wie die Herrschaft über Vyranar, die Tarind und sein Bruder anstreben. Sie werden früh genug feststellen, dass man dieses Ziel nicht erreichen kann. Und dann werden auch für die Kinder des Akusu wieder bessere Zeiten anbrechen.«

»Und es wäre besser, wenn die Menschen es beschleunigten, statt sich zu beugen!«, warf Aedan leise ein.

Githalad ignorierte seine Worte und begann, mit Sinan darüber zu sprechen, wie Stahl am besten gehärtet werden konnte. Aedan schwieg. Doch auch wenn Sinan ihn nicht ansah, spürte er doch genau, wie zornig Aedan war.

Sinan konnte es ihm nachfühlen.

Er wusste Githalads Wunsch, dass jeder Mensch hier im Heerzug überlebte, zu schätzen. Und doch, wie konnten er und seine Gefährten sich einfach in das Schicksal ergeben, das Tarind und sein Bruder den Menschen aufzwangen? Wie konnte Githalad das von den Menschen erwarten, geschweige denn verlangen! Die Elben nahmen sich ohne jeglichen Respekt, was sie wollten, und verlangten von den Menschen Frondienste, als sei ihnen das Sklavendasein in die Wiege gelegt.

Doch Dunkelmagier waren frei. Auch wenn sie vom jüngeren der Zwillingsmonde abstammten, sie waren den Goldmagiern nicht unterlegen. Ys hatte dafür gesorgt, dass ihre und die Gaben des Syth gleichmäßig und gerecht unter den Kindern der Zwillingsmonde aufgeteilt wurden. Die beiden Söhne des Dajaram hatten das vergessen und vernichteten die Kinder des Akusu, wo sie sie fanden.

Sinan wünschte sich plötzlich, er hätte etwas tun können, um die Elben aufzuhalten. Es reichte nicht aus, einen Nachbarsjungen zu retten. Es genügte auch nicht, unbewusst etwas Wärme an eine junge Frau zu geben, die von den Elben immer wieder ihrer magischen Kraft beraubt wurde. Auch ein Feuer war viel zu wenig. Kleinigkeiten reichten nicht aus.

Beinahe wünschte er, er hätte Githalad und Aedan sagen können, dass die Kinder des Siwanon sehr wohl überlebt hatten.

Beide.

Und dass eines dieser Kinder sogar große Macht über die Jenseitigen Nebel besaß und vielleicht sogar das Siegel – wenn es dieses Ding überhaupt gab – finden konnte. Auch wenn nicht er selbst es war, hieß das nicht, dass er untätig bleiben musste.

In den letzten Wochen hatte Sinan diesen Gedanken fast aufgegeben, aber nun fand er ihn wieder verführerisch: der Name Amadian, reingewaschen vom Verrat seines Vaters, der während Tarinds Massaker im Kloster des Westens nur dagestanden hatte, ohne etwas zu tun.

Vielleicht hatte nicht nur Aedan recht, sondern auch Githalad. Die Kinder des Siwanon lebten noch. Und sie konnten die Augen vor dem Unrecht nicht verschließen.

Und auch wenn sie bisher nichts getan hatten, vielleicht ließ sich das ändern. Zumindest für sich konnte er sprechen.

Schon das bloße Nachdenken darüber spendete Sinan Trost.

Kapitel 2

»Und Akusu vermachte seinen Kindern, den Menschen, die Herrschaft über den Tod, über die Hitze des Sommers und den Herbst, in dem die Natur stirbt, über den Mittag und den Abend, den Süden und den Westen. Ihnen gehört das Feuer, das einst von Syth kam. Ihnen ist auch die Kunst gegeben, Metalle zu schmieden und die Schätze der Erde zu formen. Und weil Vanar seinen Kindern bereits die Gabe des Lebens vermacht hatte, verliehen Syth und sein Sohn Akusu den Menschen die Gabe, die Seelen selbst zu beherrschen. Auch die der Toten, sodass die Menschen seither von ihren Brüdern, den Elben, auch die Herren des Todes geheißen werden.«

Von der Schöpfung der Welt
Erste Rolle der Schriften des Klosters der Weisen Zwölf

Sanara blieb zwischen den dahinhastenden Menschen in einem Streifen Sonnenlicht stehen und blickte zum türkisfarbenen Himmel hinauf, der zwischen den eng zusammenstehenden Dächern von Bandothi zu erkennen war. Die beiden Sonnen brannten unbarmherzig in die engen Gassen hinab; auch die großen Sonnensegel, die zwischen den Zinnen und Balustraden der Dachterrassen aufgespannt waren, änderten nichts an den brütend heißen Temperaturen in den Straßen.

Schon seit Wochen war das so. Keine Regenwolke störte das blasse Blaugrün des Himmels, kein Lüftchen strich kühlend über die Hauptstadt. Die Bauern klagten, dass der Lithon in diesem Frühjahr trocken sei wie die Wüste von Solife. Das Gemüse wurde knapp, und heute würde Sanara ihrer Wirtin nur wenig Wechselgeld vom Einkauf zurückbringen können. Sie sah auf ihren Korb hinab. Schon jetzt sah das Laub der Feuerrüben nicht mehr frisch aus. Der Winter war hart und lang gewesen, doch statt dem Land nun die feuchte und laue Frühlingswärme zu schenken, strich seit einigen Zehntagen der heiße Atem der südlichen Steppen von Guzar und Solife durch das Tal des Lithon und staute sich im Talkessel von Bandothi.

Sanara machte Hitze wenig aus, doch erst jetzt, da die Weiße Sonne langsam den Himmel verließ, wagte sie es, in dem Lichtfleck stehen zu bleiben, den eine Lücke in den Sonnensegeln schuf.

Sie schloss die Augen und hob das Gesicht der Roten Sonne entgegen. Der Lärm und die Menschen ringsum entrückten für einen Moment weitestgehend ihrer Wahrnehmung. Ihr Tag war schon anstrengend genug gewesen, doch das Abendgeschäft der Taverne stand noch bevor. Wieder würden die Menschen sich in Lurys Schankraum versammeln, Ondras Suppe essen, vergorene Stutenmilch trinken und darüber spekulieren, ob Tarind, der Herrscher der Elben, und sein Zwillingsbruder das Siegel der Welt in ihren Besitz gebracht hatten und sich die Jahreszeiten deshalb änderten. Die Winter wurden kälter und länger, sodass die Wintersaat erfror. Die Sommer hingegen wurden drückender und heißer und ließen die Ernte auf den Feldern verdorren. Der Lithon führte zu viel Wasser oder zu wenig. Es gab keine Harmonie mehr in den jahreszeitlichen Gegebenheiten. Vielmehr schien es, als habe Ys die Welt ein weiteres Mal verlassen.

Sanara nagte an ihrer Unterlippe und verdrängte diese Gedanken. Sie wollte sich ganz dem Streicheln der Roten Sonne auf ihren Wangen hingeben, den Berührungen der trockenen Hitze…

Doch es war ihr nicht vergönnt. Abrupt kehrte sie in die muffige Schwüle der Stadt und den Lärm der Menschen, die sie bevölkerten, zurück. Sie spürte einen Stoß an der Schulter, und der weite Ärmel ihrer Bluse blieb an etwas hängen. »Hey! Ist das zu glauben!«, rief eine tiefe Bassstimme. »Steht hier mitten auf der Straße und träumt!«

Sanara musterte den Träger, der sie angerempelt hatte, und befreite ihre Bluse von dem groben Holz des Fasses, dass er auf der Schulter trug, bevor das dünne Leinen reißen konnte.

»Pass selbst besser auf, wo du hinläufst!«, schimpfte sie dabei und versuchte, den Korb in ihrem Arm so zu balancieren, dass Kräuter und Gemüse, die sie darin verstaut hatte, nicht herausfielen.

Der Mann brummelte etwas Unverständliches und verschwand in der Menge.

Sanara holte tief Luft und sah sich nach ihrem Begleiter um, konnte ihn aber nicht mehr entdecken.

Sie seufzte ungehalten. Sie hatten keine Zeit, sich ablenken zu lassen. Ondra wartete auf das Gemüse für das Abendgeschäft, das Sanara und der Wirtssohn in der Vorstadt von Bandothi bei Bauern erworben hatten. Doch obwohl Mehtid schon vierzehn Sommer zählte, war er in vielerlei Hinsicht noch ein Kind.

Ärgerlich wandte Sanara sich um und ging festen Schrittes den Weg zurück, den sie gekommen war. Bestimmt hielt Mehtid vor den Auslagen eines der Weber in dieser Gasse Maulaffen feil. Die bunten und feinen Stoffe, die hier gewebt wurden, sprachen seine jugendliche Eitelkeit an, auch wenn weder er selbst noch seine Eltern sich auch nur einen Fingerbreit der Brokate und Tücher hätten leisten können.

Doch Mehtid war nirgends zu sehen, nicht einmal vor der Weber-Werkstatt mit den wunderbaren vielfarbigen Seidenstoffen aus Undori. Sanara sah sich ein wenig ratlos um. Wo mochte der Halbwüchsige bloß stecken?

Sie legte sich in Gedanken eine geharnischte Schimpftirade zurecht, doch dann wurde ihre Aufmerksamkeit von Rufen abgelenkt. Schreie ertönten, dazu der Klang dumpfer Schläge.

Weiter hinten in der Gasse hatte sich vor einer Werkstatt eine Menschentraube gebildet.

Stirnrunzelnd lief Sanara dem Tumult entgegen. Sie konnte nur hoffen, dass sie nicht Mehtid dort fand.

Als sie ankam, waren die Menschen zurückgewichen und standen in weitem Halbkreis um eine der Hausfassaden herum. Unwillkürlich hielt auch Sanara inne, als sie erkannte, dass sich die Leute von der Tür einer Weber-Werkstatt zurückgezogen hatten.

Aus dem Inneren wehte ein eisiger Luftzug, der die Wärme, die sie vor wenigen Minuten so freudig in sich aufgesogen hatte, fast vollständig vertrieb.

Elben.

Am liebsten hätte Sanara sich umgedreht und wäre geflohen. Sie hasste das ältere Volk, vor allem den König und seinen Zwilling, und ging ihm aus dem Weg, wo sie nur konnte. Alles hatten die Kinder des Vanar ihr genommen.

Aus der Werkstatt des Webers ertönten jetzt wieder Rufe, Befehle wurden gebellt. Hektisch sah Sanara sich nach dem Sohn der Wirtsleute um. Sie wollte nicht ohne ihn gehen.

Er war nicht zu sehen. Und doch war sie sich sicher, dass er hier irgendwo war. Nervös wich sie ein paar Schritte zurück.

Dann zerrten Soldaten der Palastwache einen Mann auf die Straße. Einen Menschen, wie an seiner dunklen Haut und den verfilzten und hochgebundenen Locken deutlich zu erkennen war. Wahrscheinlich war es der Weber dieser Werkstatt selbst, denn seine Frau eilte weinend hinter den Soldaten her, die ihren Mann auf die Gasse gezerrt hatten.

Die Wachen übten keinerlei Zurückhaltung. Sie hatten dem Mann grob den linken Ärmel vom Kittel abgeschnitten, nun hing er in Fetzen von der Schulter hinab und entblößte den Arm des Mannes. Auf seiner Haut waren rote, abstrakte Muster zu erkennen, die an stilisierte Tiere erinnerten; schwarzbraune Streifen symbolisierten eine Landschaft. Der Weber war ein Magier, der mit Tieren zu sprechen und umzugehen verstand und dies auch bei den Shisans gelernt hatte.

Nicht jeder, der in Bandothi solche Zeichen am Arm trug, wurde verhaftet. Doch wer sie besaß, musste sich beim Vogt der Festung melden, die über der Stadt thronte, und seine Zauberkraft in den Dienst des Königs der Elben stellen. Offenbar hatte dieser Mann das versäumt.

Sanara trat von hinten an eine Frau heran, die sich nicht wie die anderen zurückgezogen hatte, sondern nur halb hinter einem Stapel aus Stoffballen versteckte. Dort war sie ein wenig vor der kühlen Luft und der Elben-Aura, die Angst und Panik schürte, geschützt.

»Was ist passiert?«

Die Frau betrachtete Sanara aufmerksam, als wolle sie sich vergewissern, dass sie keine Spionin der Wache war. »Jarondin ist ein guter Weber und hat viele Neider«, sagte sie schließlich. »Doch er wollte sich nicht beim Vogt melden, weil er keinen Tribut in Form von Arbeit zu leisten bereit ist.«

Sanara nickte langsam.

Es gab nicht mehr viele von Akusu Gesegnete, die hier in der Hauptstadt noch ihrem Tagwerk nachgehen konnten, ohne wenigstens ein paar Tage pro Woche dem König der Elben zu dienen. Oft hielten die Menschen zusammen und verrieten die Ihren nicht, wenn dem so war. Doch wenn Neid ins Spiel kam, konnte es schnell passieren, dass man sich in den Verliesen des Herrschers wiederfand.

Irgendjemand musste den Weber an die Elben der Palastwache verraten haben. Vielleicht ein Nachbar, der sich erhoffte, lästige Konkurrenz auszuschalten, vielleicht auch einer, der sich bei der Wache einschmeicheln wollte. Aber vielleicht hatten Jarondin auch einfach nur seine außergewöhnlich schönen Stoffe verdächtig gemacht.

Sein Fehler war in jedem Fall, sich dem Fronvogt des Königs nicht zu melden. Jetzt büßte er dafür, indem die Elben Wasser beschworen, das in seine Lungen drang, dazu Eiskristalle, die trotz der Hitze an seinen Wimpern wuchsen, und Raqordornen, die sich um seine Glieder schlangen.

Seine Frau jammerte und versuchte, ihren Mann aus dem Kreis der Wachen herauszuziehen, doch sie kam gegen die Kraft der

Elben nicht an, die zudem noch größer wurde, je mehr sie den Weber quälten. Die Frau neben Sanara trat vor und legte den Arm um die Frau des Webers, doch sie hatte Mühe, sie zu beruhigen.

Sanara wusste, warum. Die Soldaten würden den Mann mit in die Festung nehmen, die über der Stadt thronte. Dort würde dem Weber eine Prüfung bevorstehen. War seine Magie stark genug, würde er nach der Strafe, die ihn erwartete, weil er in Freiheit hatte leben wollen, in die Dienste des Hauses Norandar und somit in das gezwungen werden, was Menschen mit Stolz Sklaverei nannten. Erwies sich seine Kraft hingegen als zu schwach, würde er wegen Täuschung hingerichtet werden.

Die Haartracht des Webers, die die Haare nach alter menschlicher Sitte bändigte und sie dennoch frei sprießen ließ, wirkte wie ein Symbol dafür, dass es für ihn wahrscheinlich schlimmer sein würde, unter jemandem dienen zu müssen, als zu sterben.

Sanara holte Luft, um den Hauptmann der Elben, der seinen Soldaten gelassen dabei zusah, wie sie den Weber quälten, um Milde zu bitten. Doch ihr kam jemand zuvor.

»Lasst ihn los!«

Bisher hatte Sanara ihn nicht entdecken können, doch nun schoss Mehtid aus der Menge hervor und warf sich den Soldaten entgegen, von denen einer gerade eine neue Dornenranke um die Kehle des Webers schlang.

Sanara erschrak. Sie wusste, dass Mehtid die Elben hasste. Er hatte erst vor zwei Jahren mit ansehen müssen, wie die Wache des Vogts seinen Bruder gefangen nahm. Harajid hatte sich nichts weiter zuschulden kommen lassen, als einem der Soldaten zu widersprechen. Es hatte ihn das Leben gekostet, sein Kopf war, abgetrennt von einer Ranke, Mehtid vor die Füße gerollt, bevor dieser auch nur einen Schreckenslaut hatte von sich geben können.

Mehtid war wie von Sinnen. Bevor Sanara ihn zurückhalten konnte, war er schon an ihr vorbei und packte die Ranke, die sich um den Hals des Webers gewickelt hatte. Er zerrte daran, als könne er allein Jarondin aus den Klauen der Soldaten befreien.

Zuerst starrten die Soldaten überrascht auf den mageren Halbwüchsigen, doch sie fingen sich rasch. Während der Hauptmann Mehtid im Nacken packte wie eine wildgewordene Katze, beschwor einer seiner Männer eine weitere Ranke, fast so dick wie Mehtids Unterarm. Der Weber, der dadurch Zeit hatte, um zu Atem zu kommen, sank in sich zusammen.

Einen Augenblick später erfasste die Ranke den Jungen und schlang sich um seinen mageren Körper.

Nur wenige Menschen standen um Sanara und die Soldaten herum; die meisten hatten zu viel Angst. Angst vor dem, was die Soldaten vielleicht mit ihnen tun würden, wenn sie sich nicht zurückhielten, Angst, selbst die Kraft zu verlieren. Die Wenigen, die in der Nähe ausgeharrt hatten, wichen noch weiter zurück.

Auch Sanara schloss kurz die Augen. Die Furcht vor den goldenen Zauberkräften kroch ihr wie ein eisiges Insekt zwischen den Schulterblättern hinab und überwältigte sie beinahe. Doch dann hörte sie, wie Mehtid verzweifelt nach Luft rang, während sich die Ranke immer fester um ihn schloss.

Für den Bruchteil einer Sekunde glaubte sie, die Stimme ihres Bruders zu hören.

Wut, kleine Schwester. Suche die Wut in dir, und lass sie die Flamme schüren, die in dir brennt, wenn sie dich benutzen und dir deine Kraft nehmen wollen. Dann kannst du ihnen trotzen, denn damit rechnen sie nicht.

Sie war frei und kein Elb würde sie vom Gegenteil überzeugen können, trotz der Angst, die sie allenthalben verbreiteten.

Sie straffte sich, trat festen Schrittes neben den Hauptmann und sprach ihn an.

»Herr! Mendaron, bitte!«

Der Elb drehte sich nicht einmal um. »Was willst du?«

»Lasst ihn gehen! Er ist doch noch ein Kind und weiß nicht, was er tut!«

Der Hauptmann richtete seinen Blick nun zögerlich auf Sanara. Er war gut einen Kopf größer als sie, und als Sanara in die eisfarbenen Augen schaute, deren Pupillen so fremd wirkten, wäre sie beinahe zurückgewichen. Doch sie riss sich zusammen. Mit dieser Arroganz, dieser Überheblichkeit, hatte sie schon einmal ein Elb angesehen.

Doch sie war ein Mensch und frei. Damals wie heute.

»Er ist ein Kind«, wiederholte sie hartnäckig und brachte sogar einen Knicks zustande, um dem Hauptmann ihren Respekt zu bezeugen. »Er sah seinen Bruder von der Hand eines der Euren sterben, als er klein war. Verzeiht ihm die Trauer!«

Die Mundwinkel des Hauptmanns zuckten. Er wandte sich ab und gab einem seiner Männer ein Zeichen.

Zu Sanaras Entsetzen war Mehtid einen Wimpernschlag später von einem schimmernden Wasserwirbel eingehüllt.

»Wie könnt Ihr so grausam sein!«, schrie sie auf und wollte nach vorne stürzen, um Mehtid aus dem Wirbel herauszuziehen. Doch der Hauptmann hielt sie grob zurück.

»Die Order kommt vom Heermeister selbst!«, knurrte er. »Niemand mit einem Zeichen des Akusu darf seine dunkle Magie vor ihm oder seinem Bruder, dem König, verbergen – oder er wird bestraft!«

»Der Heerführer ist Bruder des Königs und ein grausamer Mann!«, schrie Sanara wütend.

»Er ist ein Herr des Lebens und hasst den Tod! Und wer die dunklen Zauber ausübt, ohne es zu melden, dient dem Tod!«

Der Mann verstärkte seinen Griff und zog Sanara noch ein Stück von Mehtid und seinen Männern fort. Sie spürte, wie sich die Wärme ihres Blutes durch die Stelle, an der er ihren Oberarm umklammert hielt, davonstahl. Ihre Knie wurden weich.

Er nahm ihr die Kraft.

»Das dürft Ihr nicht!«, schrie sie wieder. Doch es hatte nur zur Folge, dass noch mehr Kraft aus ihr in den Hauptmann verschwand. Das Blut, das ihren rechten Oberarm durchströmte, schien zu erkalten und diese Kälte mit in den Rest ihres Körpers zu nehmen.

Sanara konnte sehen, dass Mehtids Lippen sich in dem eisigen Wasser, das wieder und wieder um ihn herumfloss, bläulich färbten.

Sie schloss die Augen.

Bevor sie wusste, was sie tat, hatte sie in den Strudel, der Mehtid umgab, hineingegriffen und hielt den Jungen an der Schulter fest. Einen Wimpernschlag später war ihr Ärmel durchnässt, denn ein Schwall eisigen Wassers hatte von Mehtid auf sie übergegriffen. Ihre dünne Bluse klebte wie eine zweite Haut an ihrem Oberkörper. Der Hauptmann lachte spöttisch, als unter dem nassen, weißen Stoff erkennbar wurde, dass Sanara kein Brustband trug.

Doch Sanara hörte es nicht. Ihr wurde plötzlich warm, regelrecht heiß. In ihr schien ein Feuer zu brennen, so gleißend wie die Rote Sonne. Sie sah es nicht, doch der Wasserwirbel, der nun auch sie zu erfassen drohte und der von dem Soldaten ausging, der links von ihr und Mehtid stand, wurde auf einmal schwächer. Ein lautes Zischen erfüllte die Luft, dann waren die drei in dichte Nebelschwaden gehüllt. Der Wasserwirbel verschwand und löste sich in nichts auf.

Einen Augenblick später war auch der Nebel wie Dunst im Morgenlicht gewichen. Die Ranke, die Mehtid gehalten hatte, verwelkte, schrumpfte und fiel von dem Jungen ab. Doch bevor die Überreste auf dem Boden aufkamen, waren sie bereits zu grauer Asche geworden, die von Mehtids geschwächtem Körper fortgeweht wurde.

Sanara ging in die Knie und fing Mehtid auf, der nun, da ihn die Ranke nicht mehr hielt, stolperte und erschöpft zu Boden sank. Der Soldat, der links von ihr gestanden hatte, der Wassermagier, schrie vor Wut auf. Bevor sie ausweichen konnte, war er heran und hatte ihr die flache Hand ins Gesicht geschlagen. Danach erst wurde er von seinen Kameraden zurückgehalten.

Die Wange schmerzte, und halb betäubt hob Sanara die nasse Bluse ans Gesicht, um es zu kühlen.

Die Kameraden hatten den rasenden Soldaten mit vereinten

Kräften zurückgezerrt. Es kam selten vor, dass ein Wachsoldat mit bloßen Händen auf ein Kind des Akusu losging; wenn es nicht der Kraftübertragung diente, galt eine solche Berührung unter Elben als unschicklich und sogar schmutzig. Doch in seinem Zorn hatte der Soldat das vergessen. Hektische rote Flecken hatten sich auf seinen Wangen gebildet. Er wollte sich erneut auf sie stürzen und streckte schon die linke – die magische – Hand nach ihr aus. In den dunklen, schrägen Pupillen loderte eine bernsteinfarbene Flamme, die das Blau seiner Iris fast überstrahlte. Seine glatten, blonden Haare fielen ihm wirr ins Gesicht und klebten auf der Stirn, als würde er schwitzen.

Panik erwachte in Sanara, als sie begriff, dass sie ihre Feuermagie auf ihn übertragen hatte. Das hatte sie nicht gewollt. Sie umklammerte Mehtid und versuchte, den halb Bewusstlosen aus der Reichweite des Wütenden zu bringen. Doch bevor er sie erreichen konnte, schoben sich zwei Männer zwischen sie und die Wachen.

Menschen.

»Lasst sie in Ruhe!«, brüllte der eine, »Los! Macht sie fertig!«, der andere.

Einen Augenblick herrschte Stille, dann brach Lärm aus, als sich die Menschen, die bisher furchtsam dagestanden hatten, auf die fünf Wachsoldaten und ihren Hauptmann stürzten.

Sanara versuchte, aufzustehen und Mehtid mit sich zu reißen. Taumelnd kamen sie auf die Beine, während sich die Menschen ringsum mit den Elben eine Schlägerei lieferten. Es war, als habe Sanaras Eingreifen ihnen klargemacht, dass Elben zwar stärker als Menschen sein mochten, die Kinder des Akusu jedoch eindeutig in der Überzahl waren.

Sanara wusste nicht, wie genau sie es schaffte, doch es gelang ihr, Mehtid aus der immer mehr ausufernden Schlägerei und dem Getümmel herauszuzerren. Sie nahm den Gemüsekorb, den sie hinter dem Stapel aus Stoffballen abgestellt hatte, in die eine und den Sohn der Wirtsleute an die andere Hand, und rannte los.

Sanara hastete durch die Gassen und spürte kaum, wie Mehtid immer wieder stolperte. Er war noch geschwächt, und es fiel ihm schwer, mit ihr Schritt zu halten. Sie hörte auch nicht, was er sagte.

Nur fort von den Wachen, fort von den Elben!

Wie hast du dich nur so vergessen können. Wie konntest du nur!

Sie verlangsamte ihren Schritt erst, als sie in den kleinen Hof der Taverne einbogen, der von einer hohen Mauer umgeben war, welche die Mittel- von der Oberstadt Bandothis trennte.

»… uns nicht länger gefallen lassen! Sanara! Hörst du mir überhaupt zu?«

»Ich lasse mir nicht noch einmal gefallen, dass ihr so spät kommt!«, empfing eine strenge Stimme die beiden. Die Wirtin stand breit und bedrohlich vor dem Herdfeuer, über dem bereits ein großer Kupferkessel hing.

Sanara wich ihrem forschenden Blick aus, ging in die Küche und fing an, Rüben, Lauch und Spinat auf der Schnittfläche der Tischplatte zu verteilen. Sie warf Mehtid einen warnenden und Ondra einen entschuldigenden Blick zu.

»Es war nicht unsere Absicht, Ondra. Wir gerieten in der Webergasse in eine Menschenmenge. Ein Weber wurde verhaftet. Er hat sich nicht beim Vogt gemeldet.«

Mehtid, der sich auf dem Weg nach Hause überraschend schnell wieder gefangen hatte, beförderte seine Zwiebeln und die Kräuter achtlos auf Sanaras Gemüse. Er war zornig, doch er wollte es seiner Mutter gegenüber nicht zugeben. Auch wenn er vor Sanara kein Blatt vor den Mund nahm, war er klug genug, vor seiner Mutter keine aufrührerischen Reden zu schwingen.

Sanara konnte nur hoffen, dass Ondra nicht erriet, was passiert war. Mehtid hatte sich dank Sanaras Feuerkraft zwar gut von Kälte und Wasser erholt, doch er war blass und nicht so energiegeladen wie sonst. Ihr selbst war immer noch eiskalt, als hätte sie zu viel von ihrem Feuer abgegeben.

Feuer, das nun ein Elb hat.

Sanara biss sich auf die Unterlippe. Elben waren in der Lage, den Menschen Wärme und magische Kraft zu stehlen und sie für sich selbst zu nutzen. Der Gedanke, dass dieser Elb nun von ihrer Kraft getrieben wurde, wenn wohl auch nicht lange, war für Sanara fast unerträglich. Sie tröstete sich damit, dass ein Wassermagier wie er so viel Feuer in sich als äußerst unangenehm empfinden musste.

Ondra wandte sich wieder ihrem Kessel zu. »Es ist kaum zu glauben, dass es noch so dumme Menschen gibt«, brummte sie und schürte noch einmal das Herdfeuer.

Mehtid schnappte sich ein Messer und begann eine der blauen Rüben zu schälen. Er schnitt viel zu viel von der Knolle herunter, doch Sanara war froh, dass er über seinem Ärger die Arbeit in der Taverne nicht vergessen hatte.

»Aber Mutter, das kann so nicht weitergehen!«, platzte es unvermittelt aus ihm heraus. »Erst waren es nur die Seelenherren, die verboten wurden. Das war ja noch verständlich, immerhin hat ein Seelenherr den Vater des Königs ermordet. Kein Wunder also, dass er und sein Bruder sie alle hassen… auch wenn es schrecklich ist, keine Seelenherren mehr zu haben«, fügte er hastig hinzu.

Sanara sah, wie sich die Wirtin, ohne etwas zu erwidern, abwandte.

Mehtids Tante, Ondras Schwester, war eine bekannte Seelenherrin gewesen, die die Seelen der Toten *hinübergeleitet* hatte. Dem Glauben der Menschen zufolge kehrten die Seelen aller Lebewesen zurück zu ihren Schöpfern. Bei den Menschen war dies Akusu, der Dunkle Mond, der sie als sein Volk geschaffen hatte. Doch allein konnten die Seelen den Weg in den Nebeln der Jenseitigen Ebene nicht finden; es waren die Seelenmagier, die ihnen mit Gesängen und ihrer Macht dabei halfen. Nachdem vor etwa zehn Jahren die Ausübung der Seelenmagie verboten worden war, hatte man Ondras Schwester, wie so viele Seelenherren und -herrinnen, verhaftet und in die Festung Bathkor gebracht. Sie erhob sich mitten in Bandothi auf einem Felsen, und in ihr residierte der Elbenkönig. Niemand hatte je wieder etwas von ihnen gehört.

Die Seelenherren, die man nicht festgenommen und hingerichtet hatte, arbeiteten im Geheimen – oder verbargen ganz, über solche Macht zu verfügen.

Mehtid sah sich durch die Reaktion seiner Mutter bestätigt. »Siehst du! Dieser Weber tat nichts weiter als das, wozu ihn der Dunkle Mond bestimmt hat.« Er warf das Gemüsemesser auf den Tisch.

»Der König und sein Bruder *müssen* weg!«, sagte er nach einer Pause halblaut. »Ich weiß, dass der Heermeister für sich beansprucht, ein Herr des Lebens zu sein. Doch mit dem, was er tut, begünstigt er nur den Syth und das Chaos.«

Ondra tat so, als habe sie nicht richtig zugehört und schüttete noch etwas Wasser in den Kessel.

Sanara schnitt eine Lauchstange in Ringe. »Mehtid hat nicht unrecht«, sagte sie. »In Bandothi leben mehr Menschen als Elben. Wir könnten sie besiegen, wenn wir nur wollten!«

»Schluss jetzt«, rief Ondra. »Ich will in diesem Haus keine aufrührerischen Reden hören, verstanden? Und schält die Rüben gefälligst etwas sorgfältiger.«

Mehtid wollte protestieren, doch ein Blick Ondras hielt ihn zurück. Mit grimmiger Miene machte er sich wieder an die Arbeit.

»Sanara, wenn du den Lauch fertiggeschnitten hast, hilf Lury und Settar in der Schankstube. Heute gibt es viel zu tun.«

Sanara musste lächeln, als Ondra mit einem Zwinkern in ihre Richtung eine zusätzliche Prise Salz in den Eintopf streute.

Je salziger das Essen, desto durstiger die Gäste.

Einige Stunden später stieß Sanara die Tür, die vom Schankraum in die Küche führte, erschöpft auf. Sie stellte einen Stapel leerer Schüsseln so heftig auf den Tisch, dass es klirrte. Sanara ließ sich auf die Küchenbank fallen. Seit sie vom Markt zurückgekommen war, hatte sie nicht einen Moment gesessen.

Ondra hatte recht gehabt, heute waren die Gäste zahlreicher

als sonst. Die Schlägerei in der Webergasse war das Stadtgespräch schlechthin und hatte sich wie ein Lauffeuer verbreitet. Selbst jetzt, nachdem die Zwillingsmonde schon hoch am Himmel standen, kamen noch Gäste, die von Tumulten in den Straßen erzählten. Auch in anderen Bereichen der Stadt hatten es Menschen den Passanten in der Webergasse gleichgetan.

Viel wurde von einer Feuermagierin erzählt, die die Patrouille in die Schranken gewiesen hatte. Dass sich ein Kind des Akusu so zu wehren verstand, sorgte für zwiespältige Meinungen. Ein paar Leute, die schon zu viel getrunken hatten, behaupteten, dass es sich um eine geheime Gesandte des Zaranthen von Solife handele, die helfen sollte, den Widerstand in der Stadt des Königs von Norad zu organisieren.

Lury und Ondra hatten schnell begriffen, dass Sanara und Mehtid enger in die Sache verwickelt waren, als sie zunächst hatten zugeben wollen. Doch bis jetzt hatte Sanara sich den drängenden Fragen der beiden entziehen können.

Als die grob gezimmerte Küchentür hinter ihr zufiel, sperrte sie auch den schlimmsten Lärm aus der Schankstube aus. Für einen Moment genoss Sanara die ungewohnte Ruhe. In der Küche war es düster, nur das Herdfeuer brannte noch vor sich hin. Ondra war nicht hier, wahrscheinlich richtete sie für die besseren Gäste die Nachtlager her. Müde starrte Sanara in die Dampfschwaden, die aus dem Kessel mit dem Rest der Gemüsesuppe aufstiegen, sich kräuselten und schließlich verschwanden.

Sie stand auf, öffnete die Tür zum Hof und atmete die Nachtluft ein, die hereinströmte und nur wenig kühler war als bei Tag. Über dem Nachbarhaus waren der Goldene und der Dunkle Mond zu sehen. Wie immer standen die Zwillinge, die sie waren, dicht beisammen. Der Dunkle Mond stand ein wenig unter dem Goldenen und war nur an den winzigen roten Flecken zu erkennen, die wie heruntergebrannte Feuer glühten. Im Gegensatz zu dem Goldenen Mond, Vanar, und dem Silbernen, Ys, dessen Schein hinter dem Eingangstor zu den Stallungen der Taverne nur zu erahnen war, konnte man die Scheibe Akusus bei Nacht am besten an diesen Feuern erkennen: den Seelen der Verstorbenen, die zu Akusu hatten gehen dürfen.

Wie immer, wenn sie zum Dunklen Mond aufblickte, fühlte Sanara sich gestärkt, so als stünde sie in besonderer Verbindung zu seinen Feuern.

Für einen Moment fand ihre Seele Ruhe. Der Duft des köchelnden Gemüses, die Nachtluft, der Anblick ihres Schöpfers, das gedämpfte Lachen und Rufen aus der Schankstube… all das vereinigte sich in ihr zu einem wunderbar vertrauten Gefühl.

Hier bin ich zu Hause.

Sie war dankbar, ein solches Heim zu haben, denn so war es nicht immer gewesen. Zu lange hatte sie auf der Straße leben müssen, von der Hand in den Mund, immer ein Messer am Körper, immer auf der Suche nach einem Schlafplatz, ohne Vertrauen und immer in Angst vor einer Patrouille.

Hier war das nicht so. In Lurys Taverne hatte man sie aufgenommen, obwohl sie nichts weiter gewesen war als ein Mädchen in zerrissenen Lumpen. Man hatte ihr eine Schlafstelle in der Nähe des Herdes zugewiesen, und – was fast noch wichtiger war – der Wirt und seine Frau vertrauten ihr.

Für andere war dies nur eine Taverne von vielen. Aber für Sanara bedeutete es viel, viel mehr: Es war ihr Unterschlupf – auch wenn er sich in der Hauptstadt befand, wo der König der Elben residierte.

Sanara wandte den Kopf. Die Taverne befand sich im mittleren Ring der Stadt. Über den Zinnen und Dächern der eng zusammenstehenden Gebäude war der Stadtaufbau zu erkennen. Hinter dem Hof der Taverne lag die Mauer, die die Oberstadt abgrenzte, wo die meisten Adelsfamilien, die auch am Hof der Könige von Norad verkehrten, ihren Sitz hatten. Einer der westlichsten Türme der Festung, die noch über der inneren Mauer der Oberstadt lag, war hinter der Dachterrasse der Taverne auszumachen.

Sanara spürte auf einmal wieder die feuchte Kälte in sich, die der Hauptmann und der Soldat in ihr hinterlassen hatten. Die ständige Bewegung und die Hitze im Schankraum hatten sie fast vergessen lassen, was heute Nachmittag passiert war.

Plötzlich spürte Sanara, wie sich eine Hand auf ihren Rücken legte. »Träumst du wieder?«

Sie wandte sich schuldbewusst um. »Ondra! Ich bin schon unterwegs.«

Die Tavernenwirtin tätschelte Sanara den Rücken. »Nein. Ich muss dir danken, dass du Mehtid vor den Soldaten gerettet hast.«

Sanara wandte sich überrascht um. Sie hatte Zorn erwartet, sobald Ondra und Lury herausfanden, was Sanara getan hatte. Doch das Lächeln auf Ondras Gesicht ließ sie glauben, was sie gehört hatte. Langsam ging Sanara wieder hinein und setzte sich an den Tisch. »Es tut mir leid, dass ich ihn nicht davon abhalten konnte, sich mit den Wachen anzulegen.«

Ondra schwieg eine Weile, dann erwiderte sie: »Mehtid sagt, du hast einen von ihnen besiegt.«

Sie stellte eine Schüssel mit Suppe neben Sanara ab. Brotstückchen schwammen darin, selbst ein paar kleine Streifen Ketribraten hatte Ondra nicht vergessen. »Iss. Es ist deine erste Mahlzeit seit dem Frühstück… Du solltest den Soldaten besser aus dem Weg gehen.«

Sanara hielt die Nase dicht über den Teller und schnupperte die wohlriechenden Aromen von Kräutern und Gemüse. Sie hatte tatsächlich seit dem Frühstück in der Morgendämmerung nichts mehr gegessen und spürte auf einmal, wie hungrig sie war. Mit großem Appetit begann sie zu essen.

»Ich bin der Wache nicht absichtlich in den Weg getreten«, sagte sie nach ein paar Löffeln mit fester Stimme. »Sie quälten den Weber, nur weil er sich nicht beim Vogt gemeldet hat. Dieses Gesetz, das der Bruder des Königs erlassen hat, ist so demütigend!« Ihre freie Hand ballte sich, ohne dass sie es merkte, zur Faust.

»Als Mehtid auf sie zustürzte, begannen sie, ihn zu quälen«, sprach sie weiter. »Der Hauptmann sah ihnen zu, als habe er ein

Rudel junger Hunde vor sich, das sich um einen abgenagten Knochen balgt!« Sanara hatte sich in Rage geredet. Sie hielt inne und nahm noch einen Löffel Suppe. Doch als sie schluckte, war ihre Kehle wie zugeschnürt. Trotz ihres kaum gestillten Hungers bekam sie kaum noch etwas hinunter.

»Hat er dich berührt?«

Sanara dachte an die plötzliche Kälte, die der Hauptmann in ihr ausgelöst hatte. Selbst die heiße Suppe konnte ihren Schauder nicht unterdrücken. »Ja. Er war ein Elb aus Kantis. Sein Haar und seine Augen waren so farblos wie Eis. Das Wasser des anderen konnte ich abwehren.«

Sie griff sich an die linke Schulter, als wäre ihr etwas eingefallen. Ihre Bluse war schon lange wieder getrocknet, doch auf dem ehemals hellen Leinen befanden sich nun über ihrer linken Brust hautfarbene Flecken. Die alte Bluse, die irgendwann einmal weiß gewesen war, wies Flecken auf, die sich nicht mehr herauswaschen ließen, doch als Sanara diese hier sah, erschrak sie.

Sie versuchte, den Schrecken zu verbergen, zog die Schnüre des angedeuteten Mieders etwas fester und tauchte den Holzlöffel noch einmal tief in die Suppenschüssel. »Elben der Kälte sind das Schlimmste«, sagte sie, vielleicht ein wenig heftiger als notwendig. »Bei ihnen weiß ich nie, ob mir kalt ist, weil ich Angst habe, oder ob ich Angst habe, weil mir kalt ist.«

Ondra nickte langsam. »Ich verstehe dich.«

Die Wirtin begann mit hektischen Bewegungen die irdenen Schüsseln, die Sanara achtlos auf den Tisch in der Mitte der Küche gestellt hatte, abzuwaschen. Es klirrte, und Sanara bekam Angst, dass eine der teuren Schalen zerbrechen könnte.

Doch bevor sie Ondra ablenken konnte, sprach die Wirtin weiter.

»Sanara, glaub mir, niemand weiß besser als ich, wie ungerecht der König und sein Bruder regieren. Ich verstehe, dass du etwas dagegen unternehmen willst. Doch nach allem, was auch dir schon geschehen ist… Gerade du solltest vorsichtiger sein!

Oder liegt dir nichts an deinem Leben? Du hast eine Gabe, verschwende sie nicht!«

»Denkst du denn, Mehtid zu retten war eine Verschwendung meiner Gabe?«, begehrte Sanara auf. »Und die Stadt ist groß! Es gibt viele Magier. Ich trage kein Zeichen. Sie werden mich nicht finden.«

»Woher willst du das wissen?« erwiderte Ondra heftig. »Ich hasse Tarind und die Grausamkeit seiner Wache ebenso sehr wie du. Meine Schwester wurde getötet! Und mein Sohn! Und ich danke dir, dass du den zweiten gerettet hast. Und doch …« Sie hielt inne.

»… fürchtest du, dass sie nun hinter mir her sind«, beendete Sanara den Satz.

Ondra wandte sich um und sah dem Schankmädchen ins Gesicht.

Sanara wurde noch ein wenig blasser. Sie hatte noch nicht darüber nachgedacht, dass der Heerführer in seinem Gesetz befohlen hatte, jeden, der nicht gemeldeten Dunkelmagiern Hilfe gewährte, so zu behandeln und zu bestrafen wie die betreffenden Dunkelmagier selbst.

»Aber die Angst, dass sie dich und deine Familie nun angreifen, wenn sie mich finden«, murmelte sie, »ist größer.«

Ondra schwieg und konzentrierte sich darauf, die Schalen mit Sand auszuscheuern.

Sanara schluckte. »Was sollte die Wache von mir wollen, Ondra? Ich trage das Zeichen nicht und bin ein einfaches Schankmädchen. Das Gesetz des Heermeisters besagt nur, dass sich die beim Vogt melden müssen, die stark genug sind.«

»Du bist stark genug. Lury und ich wussten das immer. Sinan hat es uns gesagt, als er uns bat, dich aufzunehmen. Doch nun weiß es auch die Wache.«

Sanara starrte in ihre Suppenschale. Der Appetit war ihr gründlich vergangen. Sie wusste selbst, dass sie das war, was man in Guzar einen Feuerkopf nannte: ein Feuermagier, dem das Feuer seiner Seele in den Kopf gestiegen war. Ihre Amme, ihr Vater, selbst ihr Lehrer im Kloster hatten mehrfach festgestellt, dass sie jähzornig war, oft auffuhr und dann Dinge sagte oder tat, die ihr hinterher leidtaten.

Sie dachte an den Augenblick zurück, als der Hauptmann aus Kantis sie zum zweiten Mal von Mehtid fortgerissen hatte. Wie wütend sie gewesen war und wie zornig. Und wie sie die Worte der Macht ausgesprochen hatte, ohne nachzudenken. Und nun trugen ein Wassermagier und vielleicht sogar ein Hauptmann, der über Eis und Kälte gebot, mehr ihres feurigen Zorns in sich, als sie sich je hätte träumen lassen.

»Iss deine Suppe, solange sie heiß ist«, sagte Ondra in mildem Ton. »Gegen elbische Kälte hilft nur Wärme. Mehtid ist jetzt bei den Ställen. Kannst du ihn bei den nächsten Einkäufen begleiten? Er muss morgen mit einem der Zugpferde zum Hufschmied.«

»Natürlich.« Sanara hob die Schüssel und trank den Rest der Brühe. Sie stellte die leere Schale neben die Waschschüssel. »Danke, Ondra.«

Nach einem kurzen Zögern stellte sie noch eine Frage. »Ondra, ich … ich muss noch einmal los, in die Vorstadt. Kommst du für den Rest des Abends ohne mich aus? Ys ist bereits aufgegangen, die Gäste werden sich bald zurückziehen.«

Ondra sah Sanara merkwürdig an, doch schließlich nickte sie. »Geh nur. Settar und ich werden Lury helfen, und Mehtid hat sich auch genug ausgeruht.«

Sanara brachte ein dankbares Lächeln zustande. Dann huschte sie durch die Tür in die Nacht hinaus.

Trotz der Dunkelheit waren die Gassen von Bandothi noch voller Menschen. Die ungewöhnliche Hitze hatte dafür gesorgt, dass bereits im Frühjahr die Gepflogenheiten, die sonst während des Sommers ihre Verbreitung fanden, von den Bewohnern der Stadt ausgelebt wurden. Im Sommer wurde es tagsüber so heiß, dass zur Mittagszeit, wenn sich beide Sonnen ihrem Zenit näherten, allgemeine Ruhe einkehrte. Dafür blieben die Läden, Schänken und Märkte bis tief in die Nacht hinein geöffnet.

Sanara war es recht. Sie war auf dem Weg in die Vorstadt und würde dafür sicher die Hälfte einer Stunde brauchen, wenn nicht sogar mehr. Bandothi war eine große Stadt, zu einer Zeit erbaut, als die Menschen und Elben noch nicht miteinander verfeindet waren. Drei mächtige Ringe aus hellgrau glänzendem Granit schmiegten sich in einer Kehre des Lithon an einen Ausläufer der nördlichen Loranonberge, die Unter-, die Mittel- und die Oberstadt.

Über allem, hoch über der Stadt, thronte die Festung Bathkor. Sie wurde von den Herrschern der Elben bewohnt – die Menschen hatten sich nie einen König gewählt. Jetzt residierte dort Tarind mit seiner Königin und seinem Bruder, mit dem er alles teilte – wenn sie sich nicht gerade im Krieg miteinander befanden.

Ärgerlich schüttelte Sanara den Kopf. Sie wollte nicht über die grausamen Herrscher nachdenken. Sie wich zwei betrunkenen Handwerksgesellen aus, die hinter ihr herpfiffen. Sie war auf dem Weg in die Vorstadt und wählte den östlichen Ausgang der Stadtmauer, der sie am ehesten in das Viertel bringen würde, in das sie kommen wollte.

Die Wachen am Tor hielten sie nicht auf. Zu viele Leute waren noch unterwegs. Wahrscheinlich würden die Wachen das Tor erst schließen, wenn die Zwillingsmonde den Horizont berührten und nur noch der Silberne Mond am Himmel stand.

Sanara hatte die Absicht, dann wieder in der Taverne zu sein.

In der Vorstadt war es dunkler als in der Mittel- und der Unterstadt Bandothis. Es gab keine Fackeln mehr und kaum noch gepflasterte Straßen, je weiter Sanara in das östlichste Viertel der Vorstadt vordrang. Schon bald gab es nur noch wenige Türen, durch die Licht aus den notdürftig mit Lehm verputzten Fachwerkhäusern auf die staubige Straße fiel. Wer hier lebte, hatte kein Geld, um die alten Steinbauten, aus denen die Stadtringe in Bandothi bestanden, zu erhalten.

Sanara hatte Glück und traf auf keine Wachpatrouille mehr. In der Mittelstadt hatte sie ihnen zweimal ausweichen müssen, doch hier war das nicht mehr nötig. Elben mieden die Vorstadt, die vornehmlich von Menschen bewohnt war. Töpfer, Steinmetze, Weber, Schmiede und alle Kinder des Akusu, die ihre Gabe, mit Tieren umzugehen, zum Beruf gemacht hatten, lebten hier. Grund genug für die Elben, diesen Stadtteil selten zu betreten. Hinzu kam, dass die Menschen, die hier lebten, nicht zur Oberschicht gehörten. Reiche Goldschmiede und Tuchhändler lebten in der Mittelstadt, ganz nah am Hof des Elbenkönigs.

Auch die Gerüche kündeten davon, dass die Bewohner sich, je weiter Sanara kam, immer weniger darum kümmerten, was in ihren Straßen geschah, die hier nur noch aus festgestampfter Erde bestanden. Der strenge, aber doch warme Geruch nach Mist und nassem Tierfell, in den sich der stechende Gestank vergorener Fäkalien mischte, verriet Sanara schließlich, dass sie die Gasse erreicht hatte, die sie gesucht hatte.

Die Gasse der Gerber und Färber.

Sie trat, ohne anzuklopfen, in eines der Häuser. Licht war durch die Läden in die Gasse gefallen und zeigte an, dass die Bewohner noch nicht zu Bett gegangen waren.

Hinter der zweiteiligen Tür befand sich ein großer Raum, in dessen Boden sich mehrere Gruben befanden. Der Geruch nach Tier und Fäkalien war durchdringend. Es war kein Wunder, dass ihr hier keine Elben begegnet waren. Wasser- und Windmagier missfiel der Geruch von allem, was mit Tieren zu tun hatte. Doch auch Sanara rümpfte kurz die Nase, bevor sie sich im Licht der wenigen Fackeln und Kerzen umsah.

»Du musst nicht immer die Nase rümpfen, wenn du hier hereinkommst«, erklang eine klare Stimme von einem der hinteren Becken. Eine schlanke Frau, nur wenig größer als Sanara, rührte dort in einer Grube blauen Färberwaid an.

Sanara musste lächeln und ging an Bottichen vorbei, die mit roten, gelben und braunen Flüssigkeiten gefüllt waren. In einer der hinteren Gruben glaubte Sanara eine grünliche Farbe zu sehen, aber im Dämmerlicht war sie nicht sicher.

»Es kann wohl nur einer Färberin nicht auffallen, wie beißend der Geruch ihrer Werkstatt ist«, zog Sanara die Sprecherin auf.

Als sie herangekommen war, streckte diese den gebeugten Rücken und lächelte die Freundin an. »Ich habe mich daran gewöhnt«, sagte Anjoris, ließ das Rührholz, mit dem sie die dunkelblaue Farbe durchmischt hatte, ein wenig abtropfen und stellte es dann an die Wand, um Sanara zu begrüßen.

»Und ich freue mich, dass du dennoch so oft den Weg hierherfindest.«

Sanara erwiderte die Umarmung. »Ich wollte dich nur aufziehen. Es stört mich nicht, wie du riechst, Anjoris.«

Die Färberin lachte leise, warf noch einen letzten Blick auf die blaue Farbe und den Schaum, der sich am Rand des Beckens abgesetzt hatte, und nickte kurz. »Die blaue Farbe wird morgen fertig sein. Dann treffen auch Stoffballen ein, die damit gefärbt werden müssen. Und auch ein paar, die grün werden sollen.«

Vorsichtig ging sie mit Sanara zum anderen Ende des großen Raumes, wo sich hinter einer Tür die Kammer befand, in der sie wohnte und schlief.

»Blau und grün«, sagte Sanara mit kaum verhohlenem Zorn in der Stimme, als Anjoris sie an sich vorbei in ihre Behausung treten ließ. »Lass mich raten, der Stoff wird für Waffenröcke der Wache gebraucht.«

Anjoris antwortete nicht sofort. Sie schloss die Tür hinter sich und der Freundin, schöpfte aus einem Kessel, der über dem Feuer hing, zwei Becher mit heißem Wasser, streute Kräuter hinein und stellte sie auf den Tisch.

Sanara funkelte Anjoris wütend an.

Ein Blick, den die Färberin ungerührt erwiderte. »Ich weiß, es macht dich zornig, wenn jemand mit den Elben zusammenarbeitet«, sagte sie dann ruhig. »Aber der Vogt zahlt gut. Ich muss leben, Sanara. Das muss jeder. Sogar du.«

»So niemals!«, fuhr Sanara auf. »Ich werde mich nie unter ihr Joch begeben und ihnen niemals helfen, ihre grausame Herrschaft aufrechtzuerhalten!«

Anjoris wandte den Blick ab und ließ sich auf der Sitzbank nieder.

»Du bist mitten in der Nacht zu mir gekommen, um mir mitzuteilen, dass ich dem Falschen diene? Du warst doch erst vorgestern hier, und auch da haben wir wie immer lange darüber gesprochen.«

Auch wenn der Elb Sanara viel Kraft genommen hatte, die Flamme des Jähzorns hatte er nicht in ihr ersticken können. Zudem hatte Ondras Suppe ihr vieles von ihrer Kraft wiedergegeben, das nun ihren Stolz nährte. Sie sah die Freundin nicht an, konnte sich aber auch nicht zum Gehen durchringen. Schließlich setzte sie sich steif hin und faltete mit hocherhobenem Kopf die Hände auf dem Tisch.

Anjoris sah sie unverwandt an. Nach einer Weile sagte sie: »Ich habe gehört, dass es heute einen Aufruhr in der Mittelstadt gab. Ein Weber sollte verhaftet werden. Doch eine Feuermagierin rettete ihn und besiegte den Wassermagier, der ihn festhielt.«

Sanara schluckte. »Die Menschen sind den Elben gleichgültig. Die Kinder des Vanar müssen manchmal daran erinnert werden«, sagte sie knapp.

Anjoris sah sie an. Dann stellte sie den Becher ab, streckte eine Hand aus und schob den linken Kragen von Sanaras Bluse vorsichtig zur Seite. Sie schwieg, als sie sah, was der vergilbte Stoff kaum zu verbergen vermochte.

Sanara schwieg und erwiderte Anjoris' Blick trotzig.

Anjoris nickte kaum merklich, stand auf und ließ Sanara allein. Nach einer Weile kam sie mit kleinen Töpfen, einem Mörser und Pinseln zurück. Sie stellte alles auf dem Tisch ab und ließ sich neben Sanara rittlings auf der Bank nieder.

»Zieh deine Bluse aus«, verlangte sie. Sie gab ein Pulver in einen Mörser und begann, es mit Wasser zu einem Brei zu vermengen. »Es ist kein Mann hier, in dem dein hübscher Busen Begierden wecken könnte.« Sie stellte den Mörser ab.

Sanara rührte sich nicht. »Ich bin nicht nur deshalb gekommen! Ich wollte auch, dass wir zusammen zu Baradhin gehen und alles mit ihm besprechen.«

»Du musst deine Bluse schon ausziehen, wenn ich tun soll, wozu du gekommen bist.«

»Ich bin nicht nur deshalb gekommen!«, stieß Sanara hervor. Dennoch gehorchte sie und zerrte sich die Bluse so heftig über den Kopf, dass der lohfarbene Schal, den sie um ihre hochgesteckten Haare gewunden hatte, der *darstar*, sich löste und zu Boden fiel. Sie achtete nicht darauf, sondern schleuderte die Bluse von sich. »Ich habe es so satt! Satt, dass die Elben uns Menschen die Kraft nehmen können, dass sie sich wie die Herren fühlen und dass ihr König glaubt, auch die dunkle Magie beherrschen zu können«, schimpfte Sanara. »Doch wir sind nicht seine Sklaven!«

Anjoris nahm die Schale mit der hellen Farbe und einen Pinsel in die Hand und beugte sich vor. »Halt still«, befahl sie. Sanft strich der Pinsel über die handtellergroße Tätowierung auf Sanaras sommersprossiger Haut und bedeckte sie mit einer Farbschicht. »Es war nicht klug, einen der Wachsoldaten so zu verletzen«, sagte sie beiläufig und konzentrierte sich darauf, das Zeichen von außen nach innen so mit heller Farbe zu übermalen, dass man es nicht mehr sah.

»Ich habe ihn nicht verletzt!«, verteidigte sich Sanara. »Das wollte ich gar nicht. Ich wollte Mehtid und den Weber vom Wasser befreien, sonst nichts. Als dieser verfluchte Elb das spürte, dehnte er sein Wasser auf mich aus. Du kannst dir sicher vorstellen, wie ich aussah, als die dünne Bluse an mir nass wurde!«

Sanara erinnerte sich an den halb lüsternen, halb verächtlichen Blick des Hauptmanns, den dieser auf ihre durchsichtige Bluse geworfen hatte. Sie senkte den Kopf und sah zu, wie der Pinsel der

Freundin langsam und sorgfältig den runden Kristall – er hatte die Form eines achteckigen Sterns, auf dem sich eine sechsbeinige, gelbrote Sonnenechse wand – unter der Farbe verschwinden ließ und oberhalb des linken Busens nur ein golden angehauchtes Stück blasser Haut hinterließ. Sie konnte nur bewundern, dass die Hand der Freundin so ruhig blieb, während ihre Brust sich aufgeregt hob und senkte.

Sie zwang sich, ruhiger zu atmen, um Anjoris die Arbeit zu erleichtern.

»Es ist nicht so, dass ich nicht verstehen könnte, was dich dazu brachte«, sagte Anjoris schließlich und betrachtete ihr Werk. Die Tätowierung, die verriet, dass Sanara aus dem Haus Amadian stammte, war nun verschwunden.

»Aber du allein gegen die Elben? Welchen Sinn soll das haben?«

»Auch deshalb bin ich gekommen«, erklärte Sanara. »Die Menschen haben erkannt, dass sie etwas tun können! Sie waren es, die die Wachen verprügelten. Nicht ich. Wir sollten mit Baradhin besprechen, wie wir die Gelegenheit nutzen können. Es wird noch Wochen dauern, bis Tarind und sein verfluchter Bruder wieder in der Stadt sind!«

Anjoris ließ den Pinsel sinken und starrte Sanara an. »Was sollen wir deiner Ansicht nach tun? Noch einen Aufstand anzetteln? Wie der letzte Versuch endete, weißt du besser als alle anderen. Vierzig von uns landeten in den Verliesen, viele starben jämmerlich, noch mehr mussten fliehen. Dein Bruder war einer von ihnen! Und wir anderen sollten alles tun, dass niemandem mehr das gleiche Schicksal widerfährt.«

»Ich kann nicht still sitzen und zusehen, wie die Kinder des Akusu zu Sklaven gemacht werden!«, rief Sanara.

Anjoris' Blick fuhr erschrocken von ihr zum halb offenen Fenster, das auf eine Seitengasse hinausführte. Sie stellte den Farbtiegel ab und schloss den Laden, kehrte wieder zum Tisch zurück, nahm Sanaras Becher und streute ein wenig Lavendel in den Teebecher.

»Du hast offenbar noch nicht die neuesten Nachrichten gehört, Sanara«, sagte sie und stellte den Becher neben der Freundin ab. »Nach allem, was man hört, waren Tarind und sein Zwilling in Erathi siegreich. Kharisar ist gefallen. Man munkelt sogar, dass sich die Erde selbst gegen den Khariten wandte. Du weißt, was das heißt!«

Sanara starrte Anjoris an. »Wer sagt das?«

»Baradhin sagte es mir. Er erfuhr es zu Beginn der Roten Stunde. Ein Erdbeben ließ die Stadtmauern Kharisars einstürzen, sodass die Truppen von Fürst Telarion die Stadt stürmen konnten.« Anjoris wandte den Blick von Sanara ab und begann, ein wenig eines dunklen Pigmentpulvers in den Mörser mit der Hautfarbe zu geben. Während sie langsam die neue Farbe anrührte, mit der sie Sanaras Sommersprossen imitieren wollte, sprach sie weiter. »Baradhin sagt auch, dass das wohl endgültig der Beweis dafür sei, dass Tarind und sein Zwilling im Besitz des Siegels sind.« Für einen kurzen Augenblick sah es so aus, als wolle sie noch etwas hinzufügen, doch sie presste die Lippen aufeinander und schwieg.

»Niemals!« Sanaras Hand, die auf dem Tisch gelegen hatte, ballte sich zur Faust. »Das kann nicht sein. Tarind hat das Siegel nicht!«

»Halt still«, sagte Anjoris ruhig und begann, die dünne bräunliche Farbe aus ihrem Mörser auf Sanaras Dekolleté zu tupfen.

»Tarind hat das Siegel nicht«, beharrte Sanara verzweifelt. »Siwanon hat sich geweigert, ihm zu folgen!«

Anjoris antwortete nicht. Sie hatte den Kopf jetzt so tief über die Hautstelle geneigt, die sie bemalte, dass Sanara ihren Atem spürte. Doch das Gesicht der Freundin sah sie nicht.

»Ich weiß, dass du mir nicht glaubst«, sagte sie dann. »Du glaubst Sinan. Doch Sinan hat unrecht! Unser Vater war kein Verräter. Selbst wenn er das Siegel hätte erringen können, er hätte es niemals einem Elben aus dem Haus Norandar gegeben!«

»Er hat das Gespräch genauso gehört wie du!«, sagte Anjoris.

»Siwanon hat nie gesagt, dass er Tarind das Siegel ausliefern würde! Nicht einmal Sinan behauptet das«, gab Sanara trotzig zurück.

»Siwanon verhinderte das Massaker im Tempel des Westens nicht. Stattdessen sah er ungerührt zu und ging dann einfach mit dem Milchbruder des Königs mit.«

Sanara stöhnte auf und schlug mit der Faust auf den Tisch. »Wie hätte er denn das Massaker verhindern sollen? Gerade Sinan sollte nicht herumgehen und allen erzählen, dass man die Jenseitigen Ebenen mit einem Fingerschnippen besuchen und dort eine Armee von Seelen auslöschen kann!«

Anjoris hob den Kopf. »Woher sollte er das wissen? Du bist die Tochter des Siwanon, du hast die Gabe deines Hauses geerbt, nicht er.«

»Aber ich kann diese Gabe nicht nutzen.«

Sanara starrte wieder auf das Stück Haut, auf dem das Wappen ihres Hauses nun nicht mehr zu sehen war. Verborgen von Farbe, damit niemand erfuhr, dass die Kinder des Siwanon noch lebten. Sie schämte sich mit einem Mal. Nicht dafür, dass sie eine Amadian war. Doch es kam ihr vor, als verberge sie eine Schande, von der sie sehr wohl wusste, dass sie keine war. Auch wenn der Rest der Welt, einschließlich ihres Bruders, das glauben mochte.

Anjoris stellte den Napf auf den Tisch und betrachtete ihr Werk. Wer es nicht wusste, konnte jetzt nicht mehr sehen, dass sich auf Sanaras Haut, über dem linken Busen, das Wappen einer Adelsfamilie befand.

»Du hast es gelernt«, sagte sie dann.

Sanara schnaubte. »Man muss den Bruder des Königs wahrlich beglückwünschen. Er nennt sich ein Herr des Lebens und hat es geschafft, nicht nur die Seelenherren auszurotten, sondern auch jegliche Kenntnis über ihre Kunst!«, stieß sie hervor. »Ich stand erst am Anfang meiner Ausbildung. Seelenherren können die Nebel nur betreten, wenn es jemanden gibt, der ihre Seele festhält, sodass diese den Weg zurück ins Leben findet. Es braucht große Stärke, es allein zu tun. Selbst Siwanon hätte das nicht von jetzt auf gleich tun können, schon gar nicht, wenn ein Elb ihm gleichzeitig die Kraft nimmt. Und dann noch einem Trupp Magiern des Vanar die Kraft und das Leben stehlen! Er konnte es nicht, niemand, den ich je gekannt habe, hätte das tun können.« Nach einer kurzen Pause fügte sie zornig hinzu: »Und Sinan sollte das wissen!«

Anjoris legte den Kopf schief. »Er floh im Glauben, dass du es könntest.«

»Meinst du, das hätten er und ich im Laufe unseres Lebens nicht oft genug besprochen? Er wollte nie einsehen, dass er sich irrt«, sagte Sanara bitter, nahm ihren *darstar* auf und begann, ihn sich wieder um die geflochtenen Haare zu winden. »Ich habe nicht einmal das Lied gelernt, mit dem man die Nebel allein betreten kann! Der Körper muss es singen, während die Seele ihren Weg auf der Jenseitigen Ebene suchen und sich gegen die Toten erwehren muss. Selbst wenn es das Siegel gibt, und ich es finde – wobei ich nicht einmal weiß, wie es aussieht! –, wie sollte ich es von dort lösen und in unsere Welt bringen?« Sie ließ die Hände sinken und tastete vorsichtig den Rand von Anjoris' Malerei auf ihrem Körper an.

Doch die Farbe war noch nicht ganz trocken.

»Nein, es sind zu viele ‚Wenn'«, sagte Sanara dann entschlossen. »Wenn es das Siegel gibt; wenn es noch jemanden gäbe, von dem ich das Lied erlernen könnte; wenn ich wüsste, wie das Siegel aussieht; wenn ich die Kraft hätte, es mit in unsere Welt zu nehmen…«

Sie legte den Kopf in den Nacken und schloss die Augen, um die Tränen zurückzudrängen. »Nein. Es bleibt mir nur das Eingreifen, wenn ich sehe, dass einer von uns unterdrückt wird.«

Anjoris sah Sanara nachdenklich an, dann begann sie, Farbtöpfe und Pinsel wegzuräumen.

»Ich sagte ja schon, dass ich dich verstehe«, sagte die Färberin nach einer Weile. »Deshalb bist du mir auch dann willkommen, wenn du von mir nur ein wenig Farbe willst.«

Sanara lächelte schwach und schwieg.

»Baradhin, Cianar und die anderen werden übermorgen kommen, wenn der Dunkle Mond seinen Zenit überschritten hat, und besprechen, was wir nun mit dem Wissen, dass Kharisar gefallen ist, anfangen. Sie wollten warten, bis sich die Unruhen in der Stadt um den Fall des Khariten und den Weber gelegt haben. Ich bin sicher, sie möchten auch deine Ansicht hören.« Anjoris trug die Pinsel und Töpfe zu ihrem Wassereimer. »Es wäre gut, wenn du kommen würdest.«

Sanara tippte noch einmal vorsichtig mit der Fingerspitze über den Rand von Anjoris' Malerei. Sie war trocken. »Ich weiß nicht, wie ich dir danken soll«, murmelte sie und wickelte die Bluse eng um ihren Oberkörper. »Die meisten würden mich wohl mit Fußtritten aus ihrem Haus jagen, wenn sie wüssten, wer mein Vater ist.«

Anjoris lächelte ein wenig wehmütig. »Versuch, an deine Freunde zu denken, wenn dir das Feuer deiner Seele wieder zu Kopfe steigt«, sagte sie dann und wusch in einem Wassereimer die Farbnäpfe und den Pinsel aus. »Ich würde nur ungern sehen, dass man dich in dieser Hitze ertrinken oder erfrieren lässt.«

Sanara biss sich auf die Lippen und band die gewickelte Bluse an ihrer Hüfte fest zu. »Ich werde es versuchen«, sagte sie leise. »Ich würde gerne noch länger hierbleiben, aber die Wachen werden die Tore schließen.«

Anjoris schloss die Arme um die Freundin. »Dann komm übermorgen, wenn du kannst.«

Sanara nickte. Anschließend schlüpfte sie durch die Tür hinaus in die dunkle Gasse.

Sie war eine der Letzten, die die Unterstadt betraten, denn der Dunkle Mond berührte bereits die Zinnen und Balustraden der Dachterrassen. Die Wachen ließen sie achtlos passieren, sie waren mit einem Mann beschäftigt, der Hühner auf einem Karren in die Stadt schaffen wollte, um sie zu verkaufen. Er wollte einen guten Platz auf dem Markt ergattern und begehrte daher frühzeitig Einlass. Er versuchte, die Wachen davon zu überzeugen, dass seine schwarzbraunen Hühner kein Werk eines »Meisters des Todes« seien, wie einer der Soldaten behauptete.

Es fiel Sanara schwer, sich nicht in den Händel einzumischen, als die Wachen von dem Händler verlangten, er solle ein paar Hühner als Wegzoll entrichten sowie ein wenig seiner Magie anwenden, um das Pferd des Hauptmanns zu heilen. Es war Willkür, denn eigentlich hätte er nur wenige Kupfermünzen zu zahlen gehabt.

Doch eingedenk ihres Versprechens an Anjoris schluckte sie die Bitterkeit, als sie mit halbem Ohr hörte, wie einer der Soldaten zwei der Hühner zum Entsetzen des Bauers tötete, um die vermeintlich tödliche Magie der dunklen Tiere auszuschließen.

Als sie die Mittelstadt betrat, wurde es stiller. Sie traf auf zwei Patrouillen der Palastwache, doch keine davon hielt sie auf, sie konnte sich rechtzeitig in dunkle Nischen zwischen den Gebäuden flüchten. Sie hatte keine Angst, dass man sie als die Feuermagierin erkennen würde, die nachmittags einen Soldaten und seinen Hauptmann besiegt und einen Trupp Wachen dem Pöbel ausgeliefert hatte. Doch sie kannte die Elben. Sie verlangten von Frauen, auch Menschenfrauen, die sie nachts antrafen, Tribut dafür, nicht festgenommen zu werden. Sanara hatte nach ihrer Flucht aus dem Tempel des Westens in den Gassen des Hafenviertels von Guzarat gelebt und dort gelernt, wie man sich als halbwüchsiges Mädchen gegen Angreifer wehrte. Sie hatte keine Skrupel und mehr Kraft in den Armen, als man ihr ansah. Doch nicht heute Abend.

Anjoris und Ondra hatten recht. Sie durfte die Elben nicht reizen und sich und die anderen in Gefahr bringen. *Nicht zweimal an einem Tag*, dachte sie. Sie brauchte Verbündete. Sie musste mit Baradhin sprechen.

Doch nachdem sie die Gasse der Weber durchquert hatte, wurde es still. Sie traf auf keine Patrouille mehr, keine Wache – seit der Unterstadt hatte sie keine Soldaten des Königs mehr gesehen. Sie hatte sie in den stillen Sträßchen nicht einmal gerochen oder ihre Kälte gespürt.

Es war die dunkelste Stunde der Nacht, und so war es eigentlich natürlich, dass sich in den Häusern nur wenig rührte und dass auch die Wachen in diesem ruhigen Viertel seltener waren. Und doch blieb Sanara in der Gasse der Töpfer plötzlich stehen. Dort vorne lag die Kreuzung, von der die Straße, in der sich Lurys Taverne befand, abzweigte. Die Schänke war nicht die einzige in diesem Viertel, und so gab es des Nachts immer wieder Betrunkene oder Späteinkehrer.

Doch nicht heute. Alles war so dunkel, als würde hier niemand mehr leben. Als seien sämtliche Häuser verlassen. Selbst der silbrige Schein der Ys hatte einen Hof, als habe der Schöpfergeist des Friedens einen Schleier vor sein Antlitz gezogen.

Sanara fröstelte. Dann wehte ihr ein kalter, feuchter Geruch in die Nase, als befände sie sich in einem kühlen, regennassen Wald.

Elben.

Sie huschte in den Schatten eines nahen Hauses und wartete ein paar Augenblicke. Doch es blieb ruhig.

Dann beschleunigte sie ihren Schritt. Dort hinten hätte das Haus sein müssen, das Lury gehörte und in dem die Taverne untergebracht war. Ein kleineres Haus zwischen all den größeren. Es besaß eine Dachterrasse mit einer schön gearbeiteten Balustrade. Auch die Fenster bestanden aus gemauertem Maßwerk.

Doch im Mauerwerk der dicht beieinanderstehenden Häuser war nun dort, wo Lurys und Ondras Taverne gewesen war, ein dunkler Fleck.

Der Geruch wild wuchernden Regenwaldes wurde stärker. Entsetzen griff nach Sanara. Elben, die über Wasser- und Pflanzenmagie verfügten, rochen so. Und doch rührte sich nichts. Niemand war hier.

Nur der dunkle Fleck, der einmal ein Haus gewesen war, raschelte und knackte leise.

Sanara wusste nicht, wie lange der Augenblick dauerte, in dem sie nur dastand und den scharf begrenzten Flecken wuchernden Waldes betrachtete.

Irgendwann jedenfalls loderte der Zorn, der seit dem Nachmittag wie die schwelende Glut in einem Schwarzsteinbecken gewesen war, lichterloh in ihr auf.

Sie rannte los.

Kapitel 3

»Doch Syth, der die Stagnation hasste, schenkte auch böse Gaben. So gab er sowohl Menschen als auch Elben den Neid. Jedes der Völker begehrte in der Folge des anderen Gaben und wollte sie selbst besitzen, und so kam immer wieder Streit auf, der Syth wohl gefiel. Besonders die Menschen mit ihren starken Leidenschaften, dem Zorn und dem Feuer und der erdhaften Beharrlichkeit, die ihren Gefühlen innewohnten, neideten den Elben die Gaben, die sie von Vanar erhalten hatten und führten immer wieder Krieg gegen sein Volk.«

Von den Kriegen der Elben und Menschen
Vierte Rolle der Schriften des Klosters der Weisen Zwölf

Dort, wo noch vor wenigen Tagen die Taverne gewesen war, hatte sich jetzt ein Flecken Dschungel breitgemacht. Wild wuchernde Pflanzen hatten sich des Gebäudes bemächtigt. Ranken, Äste und Stämme durchbohrten das Mauerwerk, Wurzeln waren tief in die Ritzen der Holzbalken gekrochen und hatten sie gesprengt. Die lehmverputzte und bemalte Fassade von Lurys Taverne war an so vielen Stellen von den aggressiven Pflanzen zerstört worden, dass kaum noch ein Stein auf dem anderen stand.

Feuchtigkeit und der schwere Geruch verfaulten Wurzelwerks durchdrangen die Luft. Immer noch schlangen sich Ranken und Lianen, an denen giftig aussehende Blüten hingen, die jetzt in der Dunkelheit der Nacht seltsam farblos schienen, durch die eroberte Ruine der Taverne.

Nichts wies mehr darauf hin, dass dies ein Haus gewesen war, in dem sich die Kinder des Akusu hatten wohlfühlen können.

Mit steinernem Boden, einer großen Feuerstelle, mit verputzten Wänden, an die Szenen aus alten Sagen gemalt waren, mit Tischen voller irdenem Geschirr.

Das alles war unter den treibenden Büschen, Bäumen, Blüten und Zweigen, die sich immer noch umeinander rankten, verschwunden. Das obere Stockwerk war heruntergestürzt, nachdem die Wurzeln der Lokantabäume den Stützpfeilern zu Leibe gerückt waren.

Doch Sanara spürte die feuchte, kühle Luft um sich herum nicht, obwohl sie inmitten der Verwüstung stand. Ihre Fingerspitzen prickelten, ihr Blut kochte, als sei sie selbst eine Flamme, die lichterloh brannte. Sie sah auch nicht, dass sich um sie herum ein verkohlter Fleck auf dem Boden ausbreitete, rührte sich nicht vom Fleck. Laub und Blütenblätter, die aus den Lokantabäumen und Raqorbüschen herabschwebten, verpufften zu Ascheflöckchen, kaum, dass sie ihre Haut berührten.

Neben allem Zorn, der sie wie glühende Lava durchfloss, hatte Sanara auch Angst. Angst vor dem, was sie vorfinden würde, wenn sie weiterging und ihren jetzigen Platz inmitten der überwucherten Ruinen verließ.

Sie versuchte, in der Finsternis etwas zu erkennen, doch das blasse Licht des Silbermonds ließ nicht erkennen, ob die dunklen Stellen an den Stämmen und Stängeln Moos waren oder etwas anderes.

Sie haben mich gesucht. Mich. Warum mussten sie die Taverne vernichten? Sie nennen sich Herren des Lebens, aber sie können nur vernichten!

Wieder raschelte es, ein ächzender Laut ertönte, als die Wurzel eines Raqors durch die verputzte Wand brach. Es klang beinahe menschlich.

Mit einem leisen Rascheln zischte ein Zweig an ihrem Ohr vorbei. Die wolligen Tentakel, die aus seinen Blüten hingen, strichen flüchtig an ihren Schultern entlang, klebrig und fein wie das Netz einer Spinne. Die Blüte hatte sich ihr zugewandt, so als schaue sie die Menschenfrau zwar an, wage es aber nicht, ihr Gift zu verspritzen.

Die hauchfeinen Wolltentakel, die über sie hinweggestrichen waren, begannen plötzlich zu glühen und zu rauchen. Am Ende wurden winzige Ascheflöckchen von Sanaras Atem davongetragen. Mit einem kaum hörbaren Stöhnen verschwand die Blüte im dichten Blätterwerk des Lokantabaums, der in der Mitte des Schankraums aus dem tragenden Balken gewachsen war.

Langsam setzte sich Sanara in Bewegung. Wo sie auch hintrat, zischten und raschelten die Pflanzen wie bösartiges Getier. Doch überall wichen sie auch zurück, sobald sie Sanaras Haut berührten. Vielleicht spürten sie, dass die Macht der Feuermagierin sie alle vernichten konnte. Sie rückten schließlich so weit von ihr ab, dass Sanara sehen konnte, wo genau sich der mittlere Stützbalken befunden hatte. Sie trat nah an den Balken heran, aus dem jetzt überall die graue Rinde des Lokantabaums hervorbrach, und strich über das trockene Holz, so als würde das genügen, um wenigstens einen Teil der Herberge wiederherzustellen.

Doch plötzlich berührten ihre Hände etwas Weiches. Sie starrte auf die Rinde. Hatte die Pflanze wieder ihre Blütenfäden ausgeworfen? Sie wischte die Hände unwillkürlich an ihrem Rock ab.

Und dann erkannte sie, was sie berührt hatte. Es waren Haare. Braune Haare.

Mit zitternden Fingern wollte Sanara das Blattwerk beiseiteschieben, doch die Pflanzen wichen vor ihrer Hand von ganz allein zurück und gaben frei, was sie erstickt hatten: drei Menschen, die sich fest aneinandergeklammert hatten, als die giftigen Dornen der Raqororchidee ihre Körper durchbohrten.

Sanara sank auf die Knie und strich Ondras Leiche die braunen Strähnen aus dem selbst im Tod noch entsetzten Gesicht. Das Gefühl, dass sie hätte hier sein und mit denen sterben sollen, die ihr in den letzten Jahren zur Familie geworden waren, wurde übermächtig.

Sie wusste nicht, wie lange sie so dasaß und Ondra anstarrte, die Settar und Mehtid im Augenblick des Todes eng an sich gedrückt hatte. Der Lokantabaum war in die menschlichen Körper hineingewachsen, der Raqor hatte seine Dornen rücksichtslos in alle Gliedmaßen getrieben und Ondra, Settar und Mehtid so lange festgehalten, bis die Wurzeln und Triebe des Lokanta die wehrlosen Körper langsam und qualvoll zerrissen und zerstört hatten. Die Qual war allen dreien ins Gesicht geschrieben, und während Sanara die Pflanzenfasern mit dem Finger nachfuhr, hatte sie das Gefühl, das Sterben der drei selbst zu durchleiden.

Ich hätte heute Nachmittag nicht eingreifen dürfen. Aber ich konnte nicht zusehen, wie Mehtid gefoltert wurde, ich konnte nicht wieder nur zusehen und mich verstecken!

Und doch ist er gestorben – und seine Familie mit ihm!

Plötzlich legten sich eisige Finger um ihren Arm und rissen sie hoch. Eine flache Hand landete so heftig auf ihrer Wange, dass Dunkelheit vor ihren Augen explodierte. Dann packten kalte, schweißnasse Finger ihr Kinn und zerrten daran.

Entsetzt sah sie in eisblaue Augen, deren längliche Pupillen dunkelgolden leuchteten.

Es war, als rolle eine Welle eisigen Wassers über sie hinweg. Sie rang nach Luft. Ihre Knie gaben nach.

»Sie ist es!«, zischte es direkt vor ihr. »Wir haben die Richtige. Ich wusste, sie ist stark genug, um unbehelligt diesen Dschungel betreten und Raqorblüten verbrennen zu können!«

Sanara versuchte, ihren Arm aus dem Griff zu befreien, in dem er so erbarmungslos gehalten wurde. Sie suchte nach dem Feuer in sich, doch es schien nicht mehr da zu sein, nicht mehr in erreichbarer Nähe jedenfalls, sondern so weit entfernt wie das Östliche Meer, in das der Lithon mündete. Ihr Oberarm war schon taub von der Kälte, doch nun schickte der Hauptmann ihr einen Schwall Eiswasser durch den Körper. Die Hitze, die sie gerade noch erfüllt hatte, entfloh durch ihren Oberarm. Ihr Blut schien zu gefrieren, rann immer träger durch ihren Körper, wärmte nicht mehr.

Wieder wurde ihr Kopf zur Seite geschleudert, und sie begriff, dass man sie wieder geschlagen hatte. Sie versuchte, die brennende Kälte, die sich von dort ausbreitete, wo die Faust sie getroffen hatte, zu ignorieren und ihr Seelenfeuer ausfindig zu machen. Als sie es endlich fand, bestand es nur noch aus einem lohgelben Funken, der von samtigem Dunkel begrenzt wurde.

Dann sah sie selbst diesen nicht mehr.

Sie hatte kein Zeitgefühl.

Um sie herum waren Stille, Düsternis, Kälte.

Nur ein magisches Licht, eine grünblaue Flamme mit einem goldenen Kern, leuchtete in der Mitte des Raums. Sie erhellte den Raum gerade genug, um mehr als die Hand vor Augen zu sehen. Das Gewölbe besaß kein Fenster, nicht einmal in der grob gezimmerten Tür.

Dennoch hätte Sanara lieber gar nichts gesehen als die Trostlosigkeit dieses Kerkers, der in den Sandstein des Felsens gehauen war, auf dem sich die Festung Bathkor erhob. Überall an den Wänden schimmerte Nässe. Auf dem Boden stand ein zerbrochener Krug, daneben lagen ein paar Halme verschimmeltes Stroh.

Die magische Flamme war kalt und hatte nichts mit den warmen Feuern zu tun, die Menschen zu entfachen vermochten und die sie zum Leben brauchten. Sie schien im Gegenteil jegliche Wärme, die freigesetzt wurde, aufzusaugen. Vielleicht war genau das auch ihr Zweck.

Noch nie zuvor in ihrem Leben war ihr so kalt gewesen.

Sie wusste nicht, wie lange sie bewusstlos dagelegen hatte, bis sie aufgewacht war. Der Hauptmann hatte ihr die Kraft vollständig und abrupt entzogen. Auch jetzt hatte sie Mühe, das Feuer in sich zu finden, aus dem ihre Seele bestand. Es brannte so schwach, dass es jeden Moment auszugehen drohte, und es kostete Sanara immense Kraft, es daran zu hindern.

Dennoch wurde sie von bitterem Zorn gepackt, der ihr fast die Kehle zuschnürte.

Wer gibt diesen verfluchten Elben das Recht, die Menschen so zu behandeln? Wir stammen wie sie von den Schöpfergeistern ab!

Wieder spürte Sanara, wie ihre Muskeln unkontrolliert zuckten. Sie wusste nicht, ob aus Wut oder Angst. Sie zog ihren Rock enger um sich und bedauerte, dass er nicht länger war. Nach ein paar Minuten ließ das Zittern nach. Doch vermutlich würde es bald wieder einsetzen.

Sanara wusste nicht, wie lange sie schon hier war. Wahrscheinlich waren es Tage, aber ebenso gut konnten es Stunden oder Wochen sein.

Sie war bewusstlos gewesen, als man sie hier hereingestoßen hatte, in einen Kerker, der kaum so groß war wie Ondras Küche. Dass sie hingefallen sein musste, verrieten ihr die schmerzenden Stellen an den Armen und der Hüfte. Die blauen Flecken konnte sie nicht sehen, dazu war es zu dunkel; sie ließen sich nur erahnen. Die weiße Bluse, die sie trug, war am rechten Ärmel gerissen und schmutzig, wo sie auf den Boden gefallen war. Obwohl der Stoff trocken zu sein schien, wusste Sanara nicht genau, ob sie unter der Kruste von Schmutz geblutet hatte. Als sie die Bluse über der linken Brust beiseiteschob, war in der Düsternis keine Tätowierung zu sehen.

Es war ein Trost, wenn auch ein schwacher.

Als sie erwacht war, hatte der Zorn sie übermannt. Sie erinnerte sich, dass sie zur Tür ihres Verlieses gerannt war und mit den Fäusten dagegengeschlagen hatte. Niemand hatte reagiert und schließlich hatte sie erschöpft aufgegeben. Nun schmerzten die Hände, als hätten sich Splitter in die Haut gebohrt.

Und auch ihre Kehle war immer noch wie zugeschnürt vor Enttäuschung, Zorn und Angst. Am liebsten hätte sie sich in einer Ecke verkrochen, an den Stein gelehnt und gehofft, die Sandsteinwände würden ihre Körperwärme aufnehmen und an sie zurückstrahlen. Doch in drei von vier Ecken glaubte Sanara etwas zu spüren, das ihr mehr als bloßes Unbehagen bereitete. Graue Nebelschwaden, kaum heller als die Düsternis des Gewölbes, nisteten dort – wobei sich Sanara nicht einmal sicher war, ob sie tatsächlich existierten. Noch weniger war ihre Natur zu erahnen.

Was sich in der vierten Ecke befand, war noch rätselhafter, auffällig jedoch der Geruch, der davon ausging.

Verzweiflung überkam Sanara. Sie schlang die Arme um sich und versuchte, nicht in Tränen auszubrechen. Es hätte sie nur unnötig aufgeregt und geschwächt. Obwohl niemand auf ihren Wutausbruch an der Tür reagiert hatte, war sie sich sicher, beobachtet zu werden. Und niemand, schon gar keine Elben, sollten den Triumph auskosten können, sie weinen zu sehen.

Sie zwang sich, ruhig zu atmen.

Minuten verstrichen, Stunden. Sanara bemühte sich, ihren Herzschlag zu verlangsamen. Doch immer wieder brach sich die Trauer um die Toten Bahn und trieb ihr die Kälte bis ins Mark. Es kam ihr vor wie eine Ewigkeit, bis sie endlich wieder ruhig und gleichmäßig zu atmen vermochte. Doch kurz darauf schienen Kälte und Dunkelheit erneut auf sie einzustürmen, trachteten sogar danach, sich ihres Denkens zu bemächtigen.

Wieder versuchte sie, ihren Geist von den Bildern zu leeren, was mit Lury und Ondra, Settar und Mehtid und der Taverne passiert war. Dass sie sich die Schuld an allem gab. Und ob man sie vielleicht schon beobachtet hatte, als sie die Schänke am Abend verlassen hatte.

Vor ihrem inneren Auge schloss Anjoris wieder beunruhigt den Fensterladen ihres Wohnraums, nachdem Sanara ihrem Zorn über die Elben Luft gemacht hatte. Bei der Vorstellung, dass man sie und Anjoris belauscht haben könnte, musste Sanara sich einen verzweifelten Schrei unterdrücken.

Was, wenn jemand gehört hatte, dass sie einem Haus angehörte, dessen Oberhaupt …

Nein. Sie durfte nicht daran denken. Nicht hier, wo …

Solche Feuermagie. So stark.

Brynjar hatte Glück. Das Feuer in dir wäre stark genug gewesen, das Eis in ihm zum Schmelzen zu bringen.

Sanara zuckte zusammen.

Das waren nicht ihre Gedanken gewesen. Und doch hatte auch niemand gesprochen. Es war im Verlies so still wie zuvor. Gab es hier jemanden außer ihr, den sie nur noch nicht entdeckt hatte? War sie so über alle Maßen müde, dass er sich vor ihr verbergen konnte? Sie lauschte in die Dunkelheit, doch nichts war zu hören, gar nichts.

Sie sah sich um. Der graue Nebel in der Ecke links von ihr hatte sich nicht gerührt. Der dort hinten ebenfalls nicht. Nichts war anders.

Doch als sie vorsichtig nach rechts sah, erkannte sie, dass der absonderliche Nebel dort angefangen hatte, sich träge zu bewegen. Winzige Fahnen schienen sich abzuspalten, zu verwirbeln, sich zu verdichten und wieder auszudünnen. Für einen Moment stockte ihr der Atem, weil es ihr so vorkam, als hätte sie genau wissen sollen, was dort geschah. Sie lauschte in sich – und wurde fündig.

In jeder der drei Ecken befanden sich … Knochen. Menschenknochen.

Und der graue Nebel war …

Eine so starke Kraft! Die Magie des Feuers.

Doch da ist auch Dunkel in dir. Das Dunkel des Akusu. Es ist klein. Versteckt. Als wolltest du es verbergen. Doch das vermagst du nicht. Es ist zu stark.

Eine Sekunde erklangen die Worte so nah an ihrem Ohr, dass Sanara am liebsten danach geschlagen hätte wie nach einer Fliege. Dann kamen sie wieder von so weit her, als müsste der Ton Dimensionen und Zeiten überbrücken, um zu ihr zu gelangen. Der Klang der Stimme hallte jetzt im Gewölbe nach – oder war das Echo nur in ihr selbst?

Die Nebelfahnen, die von der Nische rechts ausgingen, wurden zahlreicher, sammelten sich. Langsam, als seien sie unentschlossen. Als hätten sie Mühe, sich zu formen.

Und doch wurde die Gestalt fester.

Sanara stockte der Atem, als eine der Nebelfahnen sie erreichte. Sie war unendlich dünn, kaum zu sehen, und schien doch genug Substanz zu haben, um sanft wie Spinnengewebe über ihr Gesicht zu streichen.

Wer bist du, Dunkelmagier?

Sanara musste schlucken, um antworten zu können. »Ich … ich bin keine Magierin des Akusu.«

Die Stimme lachte. Es klang weder fröhlich noch höhnisch noch kalt. Es klang leblos und das jagte Sanara mehr Angst ein, als alles andere.

Die Kraft in dir leuchtet. Gelb wie das Feuer. Die Aura des Feuers ist dunkel wie Akusu selbst. Auch wenn du es nicht weißt, bist du eine Dunkelmagierin. Aber weißt du es wirklich nicht? Ich weiß, dass du mich siehst. Und das sollte dir Beweis genug sein.

Entsetzt starrte Sanara in die Dunkelheit. Der graue Nebel vor ihr wurde dichter, streckte mehr Arme nach ihr aus, während sie den Eindruck hatte, ihr würde noch kälter.

Die blaugrüne Flamme mit dem goldenen Kern schien größer zu werden.

Sie räusperte sich. »Ich weiß nicht, was du in mir zu sehen glaubst. Ich bin ein einfaches Schankmädchen.«

Nein, das bist du nicht. Die Stimme klang unerschütterlich und strich wie ein kalter Finger über ihre Stirn.

Sanara schüttelte halb ängstlich, halb unwillig den Kopf, doch er ließ sich nicht verscheuchen. Sie schloss die Augen und legte die Hände auf Stirn und Wangen, auf dass der Geist sie nicht länger berühre.

»Woher willst du das wissen? Du kennst mich nicht.«

Du bist geflohen. Ein Leben in ständiger Angst. Das spüre ich in dir ebenso wie deine Magie. Angst vor Schmerz und Verlust. Angst vor Strafe. Angst vor Entdeckung. … Was verbirgst du?

Sanara schwieg. Wenn sie nicht reagierte, verschwand der Geist vielleicht.

Lange Zeit war es still.

Als sie die Augen wieder öffnete, saß eine Gestalt vor ihr. Sie zerfaserte überall, schien ihre Form nicht halten zu können. Ein spitzes, hohlwangiges Gesicht, wahrscheinlich das einer Frau. Augen, die so tief in den Höhlen lagen, dass nur Lichtpunkte in einem Abgrund erkennbar waren. Fliegendes Haar, das dunkel sein konnte, aber vielleicht auch nur grau war. Finger, die nicht zu zählen waren, sich immer wieder auflösten und dann neu zu einer Hand zusammenfanden …

Sanara versuchte, ihr Entsetzen zu unterdrücken. Ein Gespenst. Und es hatte recht. Nur Seelenmagier sahen Geister – Abbilder der Seelen in der Realität.

Doch dieser Geist vor ihr war schwach. So schwach, wie es kein Dunkelmagier hätte sein dürfen. Die Seelenbilder, so hatten die Shisans Sanara gelehrt, gaben die Gestalt der Menschen und Elben für Seelenherren getreu wieder. Die Abbilder der Toten waren scharf und doch durchsichtig, in ihrem Inneren konnte man die Luftwirbel, die Feuer, die tiefen Seen und die festen Berge der Magie sehen, in ihren Augen leuchteten Funken in der Farbe ihrer Magie, so, wie im Leben.

Doch dieser Geist war anders, schwächer und haltloser, die Magie in ihm verwässert. Nichts war in ihm zu erkennen, auch wenn Sanara glaubte, in Brusthöhe des Geistes würden die Schwaden der Jenseitigen Nebel eine Art Welle formen.

Glaubte man den Shisans, hatten Elben manchmal ein solches Seelenbild.

Aber wie konnte ein Elb auch nur im Ansatz über die Magie eines Seelenherren verfügen, die doch ein Geschenk des Dunklen Mondes an seine Kinder war?

Du leuchtest hell wie ein Feuer auf dem Dunklen Mond, wisperte nun wieder die hohle Stimme. *Ich habe nur selten eine solche Kraft gesehen!*

Es klang, als sei der Geist neidisch.

Sanara machte trotz ihrer Verwirrung eine herrische Geste mit der rechten Hand. »Geh!« Sie fuhr durch den linken Arm der Gestalt wie durch Nebel, der verwehte, sich aber sofort wieder zu der Gliedmaße verdichtete.

Die Geisterhand kam auf sie zu und strich wieder über ihr Gesicht wie raureifbedecktes Spinnengewebe.

Wieder dieses vollkommen leblose Lachen. *Du kannst mir nicht befehlen, Dunkelmagierin, wenn du deine Gabe leugnest.*

»Wie kann ich etwas leugnen, das ich nicht besitze?«, erwiderte Sanara trotzig.

Für einen Moment loderten die Lichtpunkte in den Augenhöhlen der Gestalt auf, so intensiv, dass das Blau beinahe violett wirkte. Die offene Hand, die bisher nur mit den Fingerspitzen über ihr Gesicht gestrichen war, griff auf einmal zu, mitten hinein in Sanaras Kopf, und grub sich tief in ihre Gedanken.

Als sei ein Damm gebrochen, strömten Bilder über Sanaras Geist hinweg, von denen sie lange geglaubt hatte, sie vergessen zu haben.

Eine Sonnenechse auf einem Sandsteinsims, flirrend vor Hitze und Sonnenglast.

Ein kleines, blondes Mädchen, das mit einer Amdiri-Muschel in der Hand vom Strand hinauf zu einem Herrenhaus läuft.

Das Gesicht eines blonden Mannes in den besten Jahren, der weiße Hoftracht trägt. Auf seiner Brust ein stilisierter Kristall, um den sich eine Sonnenechse windet. Er umarmt sie lachend.

Sie und drei Gleichaltrige hocken vor einem alten Mann, der eine rote Toga mit gelben Stickereien trägt, in einem Hof. Sie sitzen hoch über einem saphirblauen Meer, unter den zwei Sonnen, und üben magische Formeln.

Ein im Licht der Zwillingsmonde blitzendes Schwert, das sich an die Kehle des Vaters legt. Das hassverzerrte Gesicht des jetzigen Königs, der das Schwert führt. Der Griff des Shisans, der sie mit aller Gewalt in den Schatten einer Säule im Tempelraum zerrt.

Nein! Nein, ich darf nicht! Jeder wird wissen, wer ich bin.

»NEIN!«

Ein Schrei erklang, der nicht nur in der Realität zu hören war. Es brauchte eine Sekunde, bis Sanara begriff, dass sie ihn ausgestoßen hatte.

Plötzlich wusste sie, was zu tun war. Sie rief lange vergessene Worte, verschlang unwillkürlich beide Daumen miteinander und stieß die Hände offen nach vorne. Die Kälte, die bis in ihre Knochen vorgedrungen war, war plötzlich verschwunden. Ihr wurde erst warm, dann heiß. Goldene Flammen umloderten sie, schützten sie vor den kalten, grauen Nebeln, die ihren Geist durchforstet hatten, und steckten erst die Finger der Gestalt, dann diese selbst in Brand.

»Ich sagte *geh!*«

Die Gestalt schrie ihrerseits auf, schrill und klagend. Der Ton durchdrang Sanara und ließ sie die Hände auf die Ohren pressen. Für eine quälend lange Zeit hallte der Klang nach und wurde zwischen den Wänden des Verlieses hin- und hergeworfen.

Dann war Stille.

Erst jetzt wagte Sanara, die Augen zu öffnen und sich umzusehen. Es war immer noch dunkel. Doch die winzige Flamme in der Mitte des Verlieses war nun eher gelb als blaugrün. Die plötzliche Wärme schüttelte ihren Körper wie Fieber und ließ ihr den Schweiß in Strömen ausbrechen.

Sanara sah an sich herunter. Sie zitterte. Aus Angst? Als sie sich mühsam an der Wand hochzog, um sich den Wasserkrug zu holen, der neben der Tür stand, spürte sie, dass der Fels nicht mehr feucht war, sondern trocken, und sogar eine schwache Wärme ausstrahlte.

Durstig trank sie das schale Wasser und hoffte, dass es nicht zu lange dauern würde, bis die Wachen neues brachten. Das Fieber in ihr schien abzuflauen.

Sie sah sich erneut um. Die grauen Nebelschwaden in den Ecken standen wieder still.

Der Geist war verschwunden.

Hatte sie ihn verscheucht? Wieder tauchten vor ihrem inneren Auge die Bilder auf, die der Geist aus ihrem tiefsten Kern geholt zu haben schien. Hatte er das alles ebenfalls gesehen?

Erst jetzt wurde ihr klar, dass man den Geist geschickt hatte.

Sie war nicht nur verhaftet worden, weil man sie für eine starke Dunkelmagierin hielt. Man hielt sie für eine Amadian. Und dieser Geist hatte versucht, sie zu einem Geständnis zu bringen.

Sanara wurde übel.

Die Flucht. Eine Flucht, die zehn Jahre gedauert hatte. Angst. Angst vor den Schlägen der Stärkeren auf der Straße. Vor den Schlägen derer, denen man Brot oder Obst stahl. Vor den Angriffen jener, denen man in einer schmutzigen Gasse das Nachtlager stahl. Angst vor lüsternen Händen, gegen die man sich nicht wehren durfte, wollte man nicht qualvoll sterben …

Sanara sank schluchzend auf dem Boden des Kerkers zusammen.

Einen Geist hatte sie besiegt.

Doch die Gespenster der Erinnerung waren ihr geblieben.

Der Wald war zu still.

Nichts rührte sich in den Bäumen oder im Unterholz, als Telarion Norandar die mit dem Wappen seines Hauses bestickte Decke zu seinem Zelt zurückschlug und hinausblickte. Er hatte nicht schlafen können, obwohl sie nun endlich den Wald von Dasthuku erreicht hatten.

Die Überquerung des Lithon war schwierig gewesen. Tarind hatte darauf bestanden, die Flussseite zu wechseln, noch bevor sie die nördlichen Berge von Guzar erreichten. Er hatte nicht festsitzen wollen, und so hatte Telarion seine Männer angewiesen, den Lithon mit Hilfe von Flößen zu überqueren, mit denen eine Behelfsbrücke geschaffen wurde.

Das Hochwasser hatte abgenommen, dennoch war der Fluss

noch reißend genug gewesen und hatte nicht nur viel Kraft, sondern Opfer gekostet.

Am Rand der Lichtung, wo das Heer seit gestern am Ufer eines Waldsees rastete, war niemand zu sehen. Die Zelte der elbischen Soldaten lagen halb zwischen den gewaltigen Yondar- und Qentarbäumen verborgen, deren Stämme so dick waren, dass ein Dutzend Mann sie nicht umfassen konnte.

Auf der Lichtung selbst, die zum See hin offen war, lag ein einzelner, riesenhafter Stein, der den ganzen Tag von der Sonne beschienen wurde. Gras, Blumen und Kräuter wuchsen beinahe hüfthoch um den Fels herum. Nur der Schmied, den Telarion Norandar damit beauftragt hatte, ihm ein neues Schwert zu fertigen, hatte dort etwas zu schaffen. Er war aber nur halb zu sehen, denn er baute neben dem Stein einen Ofen.

Telarion sah nachdenklich zu ihm hinüber und versuchte, sein Misstrauen dem Dunkelmagier gegenüber im Zaum zu halten. Dem Mann schien die sengende Hitze beider im Zenit stehender Sonnen nichts auszumachen. Er hantierte geübt mit Spaten, Steinbrocken und Lehm; schon zuvor hatte er in der Uferregion des Sees Torf gesammelt, mit dem er den Ofen befeuern wollte.

Erneut fragte sich der Heermeister, ob es eine kluge Entscheidung gewesen war, ausgerechnet diesen aufsässigen Schmied damit zu beauftragen, ihm eine neue Waffe herzustellen. Vielleicht hätte er warten sollen, bis er wieder in der Hauptstadt war.

Immerhin hatte er nicht das Gefühl, dass der Schmied ihn hintergehen wollte. Er schien die Aufgabe, die Telarion ihm gestellt hatte, gewissenhaft zu erledigen.

Als die Klänge eines Liedes und dazu vereinzeltes melodisches Lachen an sein Ohr drangen, beschirmte Telarion seine Augen mit der Hand gegen das grelle Licht der beiden Sonnen und entdeckte, dass ein Mann, den er bislang nicht bemerkt hatte, mit überkreuzten Beinen auf dem Stein neben dem Schmied saß und sich mit ihm unterhielt. Er hatte einen halbrunden Gegenstand auf dem Schoß liegen und zupfte daran.

Es war der Musikant, der mit den Menschen gekommen war. Er war sowohl in der menschlichen Kunst der Musik als auch in den schier endlosen Wortballaden der Elben bewandert und hatte Telarions Bruder Tarind schon mehr als einmal die Heldenepen vorgetragen, die von den Siegen der Elben in den ersten Kriegen mit den Menschen erzählten. Selbst Telarion, der die Musik genauso verachtete wie jede andere der dunklen Magien, hatte die Geschichten von einst und die klangvolle Stimme des Spielmanns bei seinem Vortrag genossen.

Doch die Frage, was der Musikant wohl mit dem Schmied zu besprechen hatte, musste warten. Die Nachrichten, die der Bote aus der Hauptstadt gebracht hatte, klangen bedrohlicher, als Telarion erwartet hatte. Er sah noch einmal auf die Pergamentrolle hinab, die er in der Hand hielt. Der König musste von dieser Botschaft erfahren. Sie war direkt an ihn gerichtet, doch weil Tarind befohlen hatte, ihn nicht vor dem Untergang der Weißen Sonne zu stören, hatte sich der Bote an den Heermeister gewandt.

Es war zu still, auch wenn Ruhe um diese Tageszeit innerhalb des Heerlagers und vor allem rund um das Zelt des Königs nichts Ungewöhnliches war. So, wie es in den Prärien von Erathi wochenlang geregnet hatte, brannten nun sowohl die Rote als auch die Weiße Sonne tagtäglich auf den Wald von Dasthuku herab, und die Elben zogen sich nach dem Aufgang der Roten Sonne bis zu ihrem Untergang in ihre Zelte zurück. Nur wenige Soldaten waren dazu eingeteilt, auf dem Posten zu bleiben, doch die Männer hatten sich – wenn auch gut sichtbar – in die Schatten der riesenhaften Qentarbäume zurückgezogen und vertrieben sich die Zeit mit Würfelspiel.

Die Luft stand. Telarion war als Windmagier in der Lage, auch den kleinsten Hauch zu spüren, und hier am Rand der Lichtung, die sich am Ufer des Waldsees befand, hätte es einen beständigen Luftzug geben sollen, der aus den kühlen Süßholz- und Resatgebüschen, die um die gewaltigen Qentar- und die etwas kleineren Yondarbäume heraus auf die sonnendurchglühte Lichtung wehte.

Der fehlte völlig. Es war schwül, doch am Himmel standen keine Wolken, die ein Gewitter ankündigten. Telarion wurde unruhig. Sogar die Tiere des Waldes schienen sich verkrochen zu haben. Normalerweise zog an den Rändern von Telarions Bewusstsein das Leben vorbei, das sich in den Wäldern ausgebreitet hatte, doch gegenwärtig wirkte der sonst so lebendige Wald so tot wie die Wüste von Solife. Kein Geräusch war zu hören. Kein Rascheln erklang zwischen den Zweigen, kein Vogel sang.

Nur die Melodien und die angenehme Stimme des Musikanten, der wie der Schmied die Hitze sichtlich genoss, waren zu hören.

Telarion verdrängte die ungute Stimmung und machte sich auf zu seinem Bruder. Der König besaß nur wenig von der Lebensmagie, die sein Zwilling selbst im Überfluss von Vanar erhalten hatte. Doch vielleicht spürte auch er, dass etwas nicht in Ordnung war. Der Heermeister warf im Vorbeigehen einen misstrauischen Blick auf den Schmied und den Musikanten, dann begab er sich ohne Umweg zum *ethandin* seines Bruders.

Die Wachen, die auf den breiten Wurzeln eines Lokantabaums neben dem Eingang des Königszelts fast eingeschlafen waren, sprangen auf, als der Heermeister herantrat.

Telarion achtete nicht auf sie. Erst als einer der Soldaten ihm in den Weg trat, blieb er stehen und betrachtete den Mann unwillig.

»Herr, der König befahl, ihn nicht zu stören«, stotterte der Soldat und stand mit geneigtem Kopf vor ihm. Er wagte nicht, seinen Heerführer anzusehen.

Telarion schwieg kurz, dann erwiderte er: »Ich nehme es zur Kenntnis.« Er schob den Mann beiseite und betrat den Innenraum des *ethandin*, wo es angenehm dämmrig und kühl war. Nur ein paar goldene und silberne Laternen hingen an den Pfählen, die die schwere, dunkelblaue Zeltplane stützten.

»Tarind?«

Er hörte leise Geräusche, die hinter einem kostbaren Wandschirm hervorklangen, hinter dem, wie Telarion wusste, Tarinds

Schlaflager lag. Der Wandschirm war aus leichtem, nahezu weißem Eisholz, das leuchtend blau bemalt war und auf das mit Blattgold und -silber Wasserlilien appliziert worden waren. Jemand unterdrückte ein Stöhnen, dann raschelten Seidenlaken.

Ärgerlich warf Telarion die Pergamentrolle auf den Tisch, auf dem Landkarten und Schreibzeug unordentlich übereinanderlagen. Er erhob seine Stimme und legte seine Autorität als Heermeister hinein.

»Mein König, ich komme mit beunruhigenden Nachrichten, von denen Ihr wissen solltet.«

Es dauerte ein paar Augenblicke, bis der Wandschirm ein wenig beiseitegeschoben wurde und Tarind erschien. Er hatte sich hastig ein weißes Hemd übergestreift, doch während der Heermeister sein gewickeltes Hemd ordentlich mit einer Schärpe gebunden hatte, hing dem König das seine nun unordentlich über der Hose. Der bei den Elben sonst übliche Knoten im hüftlangen Haar Tarinds fehlte, sodass ihm die rabenschwarzen Haare über die Schläfe ins Gesicht fielen.

Telarion nahm die Schriftrolle, die er gerade auf den Tisch geworfen hatte, auf und reichte sie Tarind. Seiner Stimme war nicht anzuhören, dass er das Verhalten seines Bruders missbilligte. Doch der Blick, der am König vorbei auf den Wandschirm fiel, sprach von seinem Unmut.

»Es ist ein Schreiben deiner Königin. Der Bote brachte es zu mir, denn man teilte ihm mit, dass du nicht gestört werden willst.«

Tarind warf dem nur geringfügig jüngeren Zwilling einen belustigten Blick zu, doch er nahm die Rolle entgegen und ließ sich in einen der Sessel fallen, die den Tisch umstanden. Kaum hatte er ein paar Zeilen gelesen, warf er seinem Bruder einen finsteren Blick zu.

»Ireti hat mehrere Spione des Zaranthen in der Stadt entdeckt«, sagte er ernst. »Und darunter war auch eine Frau, deren Macht über das Feuer einen meiner Soldaten seine Wassermagie kostete. Sie versuchten, einen Aufstand anzuzetteln, doch ein Hauptmann namens Brynjar konnte die Rädelsführer gefangen nehmen und ihren Unterschlupf ausräuchern. Wir müssen in die Hauptstadt zurück.«

Telarion antwortete nicht. Stattdessen ging er zum Schlaflager seines Bruders, schob den Wandschirm beiseite und sah auf die junge Frau, die dort in den Fellen und Kissen lag und versuchte, keinen Laut von sich zu geben. Ihr hochgestecktes, rotbraunes Haar hatte sich teilweise gelöst und hing in unordentlichen Locken in die Stirn. Sie erbleichte, als der abfällige Blick des Heermeisters sie traf, raffte eine Decke an sich und bedeckte damit notdürftig ihre Blöße.

»Deine Dienste werden heute nicht mehr benötigt.«

Das Mädchen wechselte angesichts der Verachtung in der Stimme des Heermeisters die Farbe. Mit geröteten Wangen schlang es die Decke enger um sich, während es nach seinem Kleid Ausschau hielt.

Telarion sah der Gespielin des Bruders nicht dabei zu, wie sie aufstand und das schlichte Kleid überstreifte. Er kannte das Verlangen Tarinds, sich mit der Kraft der Dunklen Magie zu stärken und dabei zugleich sein Vergnügen zu haben – eine Leidenschaft, die er nicht teilte. Der Gedanke, die erdige Schwerfälligkeit oder das hitzige Feuer der Menschen könnten den reinen Luftwirbel seiner Seele berühren, war ihm zuwider.

Er nahm seinem Bruder gegenüber Platz und sah ihn an.

Tarind blickte zu der jungen Frau, die nun angezogen hinter dem Wandschirm hervorkam und einen Knicks vor dem König machte. Er reagierte nicht auf die Geste.

Als sie auch Telarion ihre Ehrerbietung erweisen wollte, lachte Tarind auf.

»Das kannst du dir sparen, Berennis! Mein Bruder schätzt weder die Referenz noch die Wärme von einer wie dir.«

»Meine Magie wird von Vanar selbst gespeist«, sagte Telarion schärfer, als er beabsichtigt hatte. »Sie ist kraftvoll, weil ich sie rein halte.«

Die Röte im Gesicht des Mädchens wurde bei seinen Worten stärker, doch ihr Rücken straffte sich mit einem Ruck. Stolz und Trotz lagen in ihrem Blick, als sie den Kopf hoheitsvoll und doch mit Achtung vor dem Bruder des Königs neigte.

Aus irgendeinem Grund fühlte Telarion sich an den Blick des Schmieds erinnert, als dieser begriffen hatte, welchen Dienst der Heermeister der Elben von ihm verlangte. Telarion kannte die Drohungen nicht, die das Mädchen veranlasst haben mochten, das Lager mit seinem Bruder zu teilen, aber er erinnerte sich sehr gut an die, die er damals dem Schmied mit auf den Weg gegeben hatte.

Ebenso wie ihm hatte man ihr wohl keine Wahl gelassen.

»Auf der Lichtung sind der Schmied und der Musikant aus deinem Volk«, hörte Telarion sich plötzlich sagen. »Du kannst das Zelt nach hinten hinaus verlassen, wenn du nicht willst, dass sie dich sehen.«

Überraschung blitzte im Blick des Mädchens auf. Dann knickste sie tiefer vor dem Heermeister, als sie es vor dem König getan hatte und verließ nach einem letzten, zornigen Blick auf ihn das Zelt durch den vorderen Eingang.

Belustigt sah Tarind ihr hinterher. »Du solltest eigentlich wissen, dass bei diesem Volk Freundlichkeit und Gnade verschenkt sind, Bruder. Mir scheint, der Feldzug macht dich sentimental! Erst beauftragst du einen dahergelaufenen Schmied damit, dir einen Ersatz für das Schwert Vakarans herzustellen, dann bist du freundlich zu einer Hure und tust, als hätte sie Gefühle.«

»Wenn sich jemand mit diesem Sklavenvolk gemeinmacht, dann bist du es doch, Bruder!«, gab Telarion zurück. Tarind sprach eine Wahrheit aus, die Telarion längst kannte, und er ärgerte sich, dass er der jungen Frau wider besseres Wissen eine Freundlichkeit hatte erweisen wollen. »Eine ihrer Huren in dein Lager zu nehmen! Schon die Vorstellung, eine von ihnen zu berühren, widert mich an – selbst die Quellen von Darkod würden nicht ausreichen, um mich danach ausreichend zu reinigen!«

Tarind schien der Zorn seines Zwillings nicht zu berühren. »Es befriedigt mich, ihnen die Hitze und damit die Kraft zu nehmen. Erst ihre Gaben verleihen meiner goldenen Magie die nötige Kraft, sie für den Tod unseres Vaters zu bestrafen. Und du? Du tust ihnen Gutes, wo du kannst.«

»Du argumentierst falsch«, sagte Telarion. »Es geht nicht darum, dass dieses Volk nicht jede Verachtung verdient. Ihr Wunsch danach, die Erde mit Feuer und Tod zu überziehen, verdient nichts anderes, als ausgelöscht zu werden. Doch selbst wenn dem so ist, sie wurden wie alles Lebendige von den vier Schöpfergeistern geschaffen. Ich muss sie mit Respekt behandeln, denn nur so erweise ich Ys und Vanar, dem Herrn allen Lebens, den ihnen gebührenden Respekt.«

Tarind lachte auf. »Oh, ich vergesse immer wieder, dass du der nächste Abt im Kloster der Stürme geworden wärst, hätte ich nicht versprochen, nur mit dir an meiner Seite zu regieren. Ein Mann der Religion! Wirst du diesen Respekt auch dem Feuermagier erweisen, der auf dem Zaranthenthron von Solife sitzt? Oder kann ich mich darauf verlassen, dass du auf meiner Seite stehst?«

In der Stimme des Königs lag Spott, doch seine Augen blieben ernst.

Telarion schnaubte. »Du ziehst meine Loyalität in Zweifel? Wir sind nicht nebeneinander aufgewachsen, sondern du am Hofe und ich im Palast der Stürme. Und doch sind wir von einer Mutter am gleichen Tag und zur gleichen Stunde geboren worden. Ich lasse dich nicht im Stich. Und ich werde alles dafür tun, dass die Magien von Feuer und Erde sich denen des Wassers und der Luft unterwerfen.«

Tarind nickte. Dann klatschte er laut in die Hände. Ein Soldat erschien und der König schickte ihn nach seinen Beratern. »Und vergiss Iram Landarias nicht.«

Der Soldat verneigte sich und ging davon.

»Wann, glaubst du, können wir aufbrechen?«, fragte der König seinen Bruder. »Die Königin braucht Unterstützung. Sie vermutet, diese Feuerhexe könnte auch eine Seelenmagierin sein, denn sie tötete den Soldaten nicht, sondern nahm Einfluss auf seine Magie. Das Wasser in dem Mann kocht bis heute und ist nicht zu beruhigen. Selbst die Heiler vermögen es nicht abzukühlen. Wir können nicht nach Solife aufbrechen, bevor wir unsere Hauptstadt nicht gründlich gesäubert haben. Ireti wird mit allem beginnen, aber sie wird unsere Hilfe und die des Heers dabei brauchen.«

Telarion seufzte und stand auf. Er ging ein paar Schritte im Zelt hin und her und blieb dann vor dem Tisch stehen. »Warum tötet Ireti die Magierin nicht einfach? Menschen wie diese Feuerhexe sind gefährlich, wer weiß, was sie von ihrem Kerker aus anrichtet!«

Tarind schüttelte den Kopf. »Ich will den Zaranthen in seinem eigenen Wüstenland besiegen. Ich brauche magische Kräfte wie die dieser Hexe dabei.« Er stand auf und ging zu seinem Bruder. »Ihre Magie wird gedämpft, aber du weißt, ich brauche sie stark. Wir müssen sie auf unsere Seite zwingen. Doch meine eigene Heilmagie ist dafür nicht stark genug. Ich brauche dich und deine Kraft. «

Auf Telarions Gesicht zeigte sich Abscheu. »Wie kannst du das von mir erwarten?«

»Stehst du nicht auf meiner Seite – und auf der des Lebens?«, fragte der König unverhohlen lauernd.

Telarion wich dem Blick seines Bruders nicht aus, aber er antwortete auch nicht sofort. Der Gedanke, sich auf die feurige Seele einer Dunkelmagierin einlassen zu müssen, verursachte ihm Übelkeit. Und doch wusste er so gut wie Tarind, dass er es tun würde.

Um dessen Mundwinkel zuckte es zufrieden.

»Ich würde vorschlagen, wir brechen in drei Tagen auf«, sagte Telarion schließlich und sah seinen Bruder an. Beide wussten, dass es so geschehen würde, wie Tarind es wollte.

»Wir können in zwei Zehntagen in Bandothi sein. Doch der

Übergang über den Lithon war schwierig und hat nach der Überschwemmung und dem Erdrutsch weitere Opfer gefordert. Meine Männer sollten ein wenig im Wald ausruhen dürfen. Eine Rast wird auch den Gefangenen gut tun.«

In Tarinds Augen glitzerte es. »Eine Rast für die Gefangenen?«

Telarion hob die dichten, geraden Augenbrauen. »Ja.«

»Und wieder lässt du mich an deiner Loyalität zweifeln, Bruder.«

Das Gesicht des Heermeisters blieb unbewegt. »Heißt das, du würdest unsere Männer in dieser Hitze weitermarschieren lassen, nur um den Kindern des Akusu einen Tort anzutun?«, fragte er dann.

Für einen Augenblick sah es so aus, als wolle Tarind aufbrausen. Doch eine belustigte Stimme aus dem Hintergrund hielt ihn davon ab.

»Euer Bruder hat recht, Daron Tarind. Die Männer sind erschöpft. Lasst sie ruhen, sodass sie danach umso schneller nach Bandothi zurückreisen können.«

Telarion nickte dem Neuankömmling nur kurz zu. Iram ging auf den König zu und nahm das Schreiben der Königin von ihm entgegen. Seine Miene verfinsterte sich, als er es las. »Die Königin hat recht. Wir wussten schon länger, dass der Zaranth Spione in der Stadt hat, doch dass er sie nun so offen einsetzt, ist beunruhigend. Auch wenn die schlimmsten Aufrührer scheinbar gefangen wurden.«

»Die schlimmsten Aufrührer? Bisher sind es nur ein Weber und eine Schankmaid, die sich gegen Ungerechtigkeiten wehrten. Dieses Volk reagiert empfindlich auf Gewalt, die man ihm antut. Sie unterstützen sich dann gegenseitig. Damit haben wir auch hier täglich zu kämpfen«, sagte Telarion. »Noch konnte die Königin nicht herausfinden, ob die Kraft in ihnen wirklich ausreicht, um gefährlich zu werden.«

Tarind sprang auf, nahm ein Messer, das auf dem Tisch lag und rammte es in einen der Zeltpfosten. »Es geht nicht darum, ob ein oder zwei Spione wirklich gefährlich werden können. Es geht darum, dass dieser verfluchte Feuermagier es tatsächlich wagt, sich mir entgegenzustellen!«, rief er. »Wie sicher muss er sich fühlen, wenn er seine Leute in meiner Stadt offen zum Aufstand aufruft! Aber er wird sich wundern, wenn sich diese Leute gegen ihn stellen und ihn mit seiner eigenen Kraft besiegen! Doch das kann ich nur mit deiner Hilfe erreichen, Bruder!«

Iram nahm in einem der Sessel Platz und ließ nachlässig ein Bein über die Lehne baumeln. »Das Heiligtum des Syth liegt mitten in der Wüste von Solife. Ich bin sicher, dass der Zaranth mit ihm im Bunde steht. Und sowohl Ihr, mein König, als auch Ihr, Telarion, wisst, was das bedeutet. Es geht nicht um reine Gebietsansprüche. Hier geht es um mehr.«

Tarind schwieg.

Es war sein Bruder, der antwortete. »Der Tod und die Macht über die Seelen sind Gaben, die die Menschen über ihren Schöpfer Akusu, den Dunklen Mond, erhielten«, murmelte Telarion, als wiederhole er eine der Lektionen, die er als Adept des Vanar gelernt hatte. »Diese Gabe stammt nicht von Ys, sondern von ihrem Geliebten Syth, dem Schöpfer von Chaos, Zerstörung und Veränderung. Um Zwietracht zu säen, schenkte Syth allen Dingen, die Ys geschaffen hatte, einst die Gabe, zu sterben, und machte den Dunklen Mond, seinen Sohn, zum Herrscher darüber. Die Gabe des Lebens kam von Ys. Und die Völker haben keinen Anteil an der Gabe des jeweils anderen.«

»Die Gabe des Todes darf nicht herrschen«, rief Tarind und ballte seine Schwerthand zu einer Faust. »Das musste ich Dajaram versprechen, bevor er starb.«

Telarion verkrampfte sich unmerklich. Er war ein Herr des Lebens, doch nun sah es so aus, als müsse er seinem Bruder weiterhin als Heermeister und als ein Krieger des Todes dienen. Er fragte sich, ob das dem Rat der Fürsten klar gewesen war, als er Tarind das Versprechen abverlangte, nicht ohne seinen Bruder zu regieren.

Was der Tod war, wusste Telarion nicht, aber er wusste genau, was das Leben in dieser Welt war: die Seele und Magie, die jedem Lebewesen der Schöpfung innewohnte und die ihm als Heiler der zweiten Ordnung sichtbar und greifbar war wie das Hemd, das er trug. Der Tod beendete dieses Wunderwerk und löschte es unwiderruflich aus. Vernichtete die Seelen, so, wie die Seele seines Vaters vernichtet worden war. Der Tod bedeutete das Ende. Eine Lücke, eine Leere entstand dort, wo es eine Seele nicht mehr gab und wo sie ihren Beitrag zum Leben nicht mehr leisten konnte.

Doch die Menschen fürchteten den Tod nicht. Telarion hatte sich schon oft gefragt, warum das so war. In seiner Ausbildung hatte man ihm erklärt, die Menschen wüssten dank der Seelenherren, was die Seele nach dem Tod erwarte. Das gebe ihnen Sicherheit auch im Leben.

Die Sicherheit eines Schmieds etwa, der dem Befehl des Heermeisters nicht folgte, ohne eine Gegenleistung zu fordern. Die Sicherheit einer Hure, selbst vor dem, der sie verachtete und missbrauchte, aufrecht zu stehen und einen Hinweis des Heermeisters in den Wind zu schlagen.

Vielleicht ist es das, was uns Elben Angst macht, dachte Telarion. *Der Umstand, dass das Volk des Akusu weiß, was nach dem Tod kommt, und wir nicht.*

Doch dann schüttelte er diesen Gedanken unwillig ab.

Der Tod, die Vernichtung, durfte die Schöpfung nicht beherrschen. Er durfte nicht wie ein drohendes Verhängnis über allem schweben, was lebte – und er, Telarion Norandar, hatte als Priester des Lebens dafür zu sorgen. Es war seine Pflicht.

Das Heiligtum des Syth gehörte in die Hände des Hauses Norandar, darin gab er seinem Bruder recht. Und wenn der Zaranth und das letzte wirklich freie Land der Menschen dafür fallen mussten, dann würde er dafür sorgen.

»Drei Tage also«, sagte er. »Dann werden wir weiterziehen. Wir können hier, innerhalb des Waldes …« Er unterbrach sich und sah stirnrunzelnd auf den Boden unter sich.

Das Moos und das plattgetretene Gras, über das man duftende Rindenstücke des Yondarbaums gestreut hatte, rührten sich nicht. Dennoch lag ein Grollen in der Luft. Telarion vergaß, was er zu seinem Bruder und dessen Berater hatte sagen wollen und lief hinaus.

Die Lichtung am See war noch immer in Sonnenschein getaucht. Nach wie vor befanden sich nur der Schmied und der Musikant in ihrer Mitte. Doch beide hatten in dem, was sie taten, innegehalten und sahen nun wie Telarion in die Höhe.

Wieder grollte und donnerte es, als hätte sich über ihnen am klaren Himmel ein Gewitter zusammengebraut.

Doch dann war wieder alles still.

Telarion schüttelte den Kopf. Er war wohl einer Täuschung aufgesessen.

Doch dann bäumte sich die Erde unter seinen Stiefeln auf, als trage sie eine Last, die sie unbedingt abschütteln wollte. Telarion fiel. Er versuchte, sich an den Stangen des Baldachins, der den Eingang des königlichen *ethandin* zierte, festzuhalten. Doch vergebens, sie stürzten über ihm ein. Er versuchte aufzustehen, doch die Stangen behinderten ihn. Die Plane segelte durch die Luft und drohte, sich über ihn zu legen.

Für einen Augenblick wusste er selbst nicht mehr, wo oben und unten war, dann hatte er die Plane hinter sich gelassen. Doch er prallte mit der Schulter auf eine Wurzel, rollte ab und blieb liegen. Nur langsam kehrte sein Gleichgewichtssinn zurück. Die Schulter seines Schwertarms schmerzte.

Mit zittrigen Knien stand er auf und sah die Soldaten, die sich erschrocken aus ihren zusammenbrechenden Zelten im Wald auf die Lichtung geflüchtet hatten und in heller Panik aufschrien, als sich die Erde sich unter ihnen erneut schüttelte und dann mit lautem Grollen aufbrach. Nicht ganz zwei Klafter tief, doch ein paar stürzten in den Spalt, weil sie sich an den freigelegten Wurzeln nicht festhalten konnten.

Telarion zürnte, als er die Unordnung in der Schlachtreihe sah, und rief Iram, der gemeinsam mit Tarind aus dem *ethandin* des Königs gestürmt war, Befehle zu.

Ein paar der Elben – Nisan vom östlichen Meer – ließen auf Tarinds Befehl hin Meerwasser in den Erdspalt fließen, der sich unversehens vor dem Heermeister und dem Gefährten des Königs geöffnet hatte. Doch das bewirkte das Gegenteil von dem, was beabsichtigt war. Nicht alle Elben hatten wie der König Macht über das Wasser. So waren sie den plötzlichen Fluten, auf denen sie hätten schwimmen sollen, hilflos ausgeliefert. Viele gurgelten, rangen in immer neuen Wasserfällen, die aus dem Nichts auf sie herabstürzten, nach Luft und gingen unter. Der Spalt schüttelte sich, als wolle er das salzige Wasser der Nisan wieder ausspeien, und schloss sich dann mit donnerndem Getöse. Beinahe wäre Telarion erneut gestürzt.

Die Unglücklichen, die in dem Spalt gefangen waren, konnten sich nicht mehr befreien. Hier und da hörte Telarion Angstrufe, als sich dicht neben dem geschlossenen Spalt ein weiterer auftat.

Er versuchte, seine Männer zu halten, dafür zu sorgen, dass sie Ruhe bewahrten, doch wieder grollte und erzitterte der Boden wie ein bockiges Pferd, das seinen Reiter abwerfen wollte. Telarion stolperte und wäre beinahe in die Erdspalte gestürzt, die sich so unversehens vor ihnen geöffnet hatte. Er konnte sich im Fallen gerade noch drehen und an einer Wurzel festhalten. Jäher Schmerz zuckte durch seine geprellte Schulter, als sie das Gewicht seines Körpers aus freiem Fall verkraften musste.

Dennoch griff er nach einem Soldaten, der neben ihm hing und keine so feste Wurzel wie der Heermeister zu fassen bekommen hatte. Doch Telarion konnte die von Angstschweiß feuchte Hand des Mannes mit der Schildhand kaum halten. Erde, Steine, aber auch Holz und ganze Büsche, die das Erdbeben entwurzelt hatte, regneten auf ihn herab, sodass er das Gleichgewicht zu verlieren drohte und die Augen abwenden musste. Die Hand des Soldaten entglitt ihm.

Aus den Augenwinkeln sah er, dass das Beben immer mehr

Elben in den Erdspalt schüttelte, als ertrage der Boden nicht länger, dass die Kinder des Vanar ihn berührten, und trachte danach, sie alle zu vernichten. Die Erschütterungen waren so stark, dass viele Elben es nicht mehr schafften, nach den rettenden Äste, und Lianen zu greifen.

»Halt dich fest, jetzt!«, schrie er den Soldaten vor sich an. Doch als dieser mit angstgeweiteten Augen nach seiner Hand griff, verfehlte er sie. Telarion bekam nur die schmutzverkrusteten Fingerspitzen zu fassen, die ihm sofort wieder aus der Hand rutschten. Der Soldat fiel und verschwand kreischend in der grollenden Tiefe. Entsetzt sah Telarion ihm hinterher.

Ein neuer Erdstoß wurde ihm selbst noch fast zum Verhängnis, während er sich an der Wurzel hochzuziehen versuchte. Dann packte eine feste, kühle Hand zu und zerrte ihn über den Rand des Spalts, wo er aber nicht imstande war, sich aufzurichten. Er und sein Retter glitten auf dem matschigen Boden aus, denn die Nisan hatten in ihrer Panik wieder versucht, den Spalt mit Wasser zu füllen, damit die Ihren sich schwimmend daraus retten konnten. Doch vergeblich. Das Wasser, von goldener Magie erzeugt, schien der Erde, die dem Akusu untertan war, ein Gräuel, und so spülte es den Abgrund nur noch mehr aus und weichte seine Ränder auf, wie es das Hochwasser am Steilufer des Lithon getan hatte.

Wieder bebte die Erde, doch Telarion rappelte sich auf und riss den Mann, der ihn gerettet hatte und der erschöpft liegen geblieben war, mit sich, nur weg von dem zur Schlucht ausgewachsenen Spalt. Erschöpft hielten sie beide schließlich am Rande der Lichtung bei einem großen Qentarstamm inne, der sich von den Gewalten so unbeeindruckt zeigte wie ein Fels in der Brandung.

Und tatsächlich hatte Telarion den Eindruck, als bebe die Erde nicht mehr so stark als noch vor wenigen Augenblicken. Sie zitterte noch, doch das damit einhergehende Getöse hatte nachgelassen.

Er wischte sich mit einem Büschel Gras das Gesicht ab und sah sich blinzelnd um. Neben ihm war Tarind an dem glatten Stamm herabgesunken und rang nach Luft.

Telarion ließ sich neben ihn fallen.

»Du hast mir das Leben gerettet, Bruder«, sagte er. »Ich weiß nicht, wie ich dir danken soll.«

»Von der gleichen Mutter am gleichen Tag, ja, zur gleichen Stunde geboren«, erwiderte Tarind. Es klang ironisch. »Es gibt Leben, das ich durchaus schätze, Bruder.«

Telarion nickte. Er versuchte, die Panik, die das Grollen des sonst so festen Untergrunds in ihm ausgelöst hatte, zu verdrängen. Das Erdreich hatte sich wieder beruhigt, im Gegensatz zu den Lebewesen darauf. Schreie, Rufe und Klagen drangen an Telarions Ohr und holten ihn wieder ganz auf den Boden der Tatsachen zurück.

Sein Blick fiel auf den König, der unmittelbar vor ihm saß und dem es ähnlich erging wie ihm selbst. An seinem Schwertarm war eine hässliche Wunde zu sehen. An einer Stelle war die Haut aufgeplatzt und bläulich verfärbt, der Arm schien geschwollen. Wahrscheinlich war der Knochen gebrochen. Ein dünner Blutfaden rann dem König über die Wange. Auch neben der Nase hatte ein Ast oder eine Wurzel seine Haut aufgeschnitten.

Telarion wusste: Mit einem gebrochenen Knochen des Schwertarms war nicht zu spaßen. Er streckte die Hand aus und ergriff den Arm seines Bruders, so sanft er konnte, um ihn zu untersuchen.

Tarind stöhnte auf, als sein Bruder die Wunde berührte, doch er ließ ihn gewähren.

Telarion schloss die Augen und ging zu dem goldgrünen Luftwirbel, der sich in seinem Inneren befand. Er griff hinein, nahm nach einem kurzen Gebet an den Goldenen Mond ein wenig von der kühlen, frischen Luft und ließ vor seinem inneren Auge ein Bild des gebrochenen Knochens unter der Haut und dem Fleisch entstehen. Der Knochen war nur angerissen, ähnlich seinem Schwert, und würde bald verheilt sein. Telarion strich die grüngoldene Luft in seiner Hand wie Balsam darüber und ebenso über die Platzwunde seines Bruders. Der Riss im Knochen schloss sich langsam, dann gesundeten die verletzten Muskelstränge und die Haut darüber. Der blaue Fleck am Arm würde nun auch für Außenstehende erst grün, dann gelb werden und dann zusammen mit der Schwellung verschwinden.

Als Telarion die Augen wieder öffnete, war nur noch ein dünner roter Strich zu sehen.

Tarinds Miene entspannte sich.

»Bleib noch eine Weile hier sitzen«, sagte Telarion. »Benutze deinen Schwertarm nicht. Du musst den Knochen schonen, sonst wird er wieder brechen. Ich werde gehen und sehen, wo ich noch gebraucht werde.«

Er stand auf und stieg auf die Wurzel des Qentars, um sich einen Überblick zu verschaffen.

Wo sich noch vor wenigen Minuten das Heerlager der Elben befunden hatte, breitete sich nun Verwüstung aus.

Zwischen den Bäumen am Rand des Waldes lagen die einfachen Planen der Soldatenzelte herum. Entwurzelte Süßholzstämme hatten sowohl Unterkünfte als auch Leiber zerschmettert; zerrupftes Laub breitete sich darüber aus. Als Telarion genauer hinsah, entdeckte er überall Flecken von Blut und Erde. Viele der Soldaten waren in den Spalten verschwunden oder noch auf der Flucht. Einigen hatten die sich plötzlich schließenden Risse im Boden die Glieder abgequetscht, andere lagen, ausgespien von der Erde und ertrunken im Wasser der eigenen Leute, auf den Moospolstern der Lichtung.

Dann fiel sein Blick auf den großen Felsen, der in der Mitte der Lichtung auf halbem Weg zwischen dem Waldrand und dem Wasser des Sees stand.

Er vergaß die Absicht, die Seinen zu heilen und ging mit langen Schritten auf den Fels und die drei Menschen zu, die davorstanden.

Es hatte Tage gebraucht, bis Sinan genügend Ortstein gefunden hatte, den er nach der Ausschmelzung im Rennofen zu gutem Stahl würde schmieden können.

Nur Hedruf hatte ihm ab und zu dabei geholfen, das Ufer des Lithon nach rötlichem Erzsand, Schlamm und dem bröckeligen Stein abzusuchen, denn obwohl der Fluss das Ufer nicht mehr angriff, war die Steilkante immer noch brüchig und ließ kaum zu, dass man daran entlangging.

So hatte Sinan sich weitgehend allein in diese Gefahr begeben, auch wenn die Wachen des Heermeisters ihn dabei beobachteten. Manchmal begleitete Hedruf ihn, doch in der Regel wollte Sinan ihn keiner Gefahr aussetzen.

Er wollte für ein Schwert von der Qualität, wie der Heermeister es sich wünschte, keinen Stahl aus bereits fertigen Waffen oder Rüstungen verwenden. Die Magie für eine solche Klinge durfte nicht durch alte Sprüche und alte Kraft verunreinigt sein, die man womöglich in die gebrauchten Gegenstände gewoben hatte.

Es dauerte mehr als eine Woche, bis er genügend guten Ortstein und Erzsand gefunden hatte. Dabei konnte der Schmied von Glück reden, denn er fand nicht nur erzhaltiges Sediment, sondern auch Hämatit und Magnetit. Daraus würde er dem Heermeister ein gutes Schwert schmieden und somit beweisen können, dass das Volk des Akusu auch heute noch Kunstwerke zu erschaffen vermochte.

Und doch hatte er nicht sofort beginnen können. Der König drängte darauf, dass das Heer weiterzog. Schließlich hatten sie die nördlichen Ausläufer der Berge von Guzar erreicht, wo es eine Uferstelle gab, an der sie den Lithon hatten überqueren können.

Endlich war Tarind dort, wo er schon früher hatte sein wollen. Der Wald von Dasthuku umgab sie und spendete den Elben in dem Maße Kraft, wie er sie den Gefangenen entzog.

Den Heermeister hätte das beruhigen sollen, doch er begegnete Sinan nach wie vor mit Misstrauen.

Auch wenn Sinan den Auftrag des Heermeisters, ihm ein Schwert zu schmieden, als Gelegenheit zu betrachten versuchte, sich mit der Art der Elben vertrauter zu machen und die Kunst seines Volkes zu beweisen, half seine Arbeit ihm nicht, seinen schlechten Ruf im Lager der Gefangenen zu verbessern. Man wusste, dass er der einzige Schmied mit dem Zeichen des Dunklen Mondes war, und doch nahm man ihm übel, dass er jeden Morgen ins Lager der Elben aufbrach, um dort zu arbeiten.

Niemand außer Githalad und Hedruf wusste genau, woran Sinan arbeitete und dass es um mehr ging, als nur die Rüstungen und schon vorhandenen Waffen des Königs und seiner Leute zu pflegen. Und doch begannen die Menschen, Sinan wegen seiner Arbeit und der sich daraus ergebenden Nähe zu den Elben zu misstrauen.

So, wie sie Berennis misstrauten. Besonders, weil sie neben Hedruf – und manchmal auch Githalad – die Einzige war, die nach wie vor seine Nähe suchte.

Und in den letzten beiden Nächten hatte Sinan ihren Umarmungen nachgegeben, auch wenn sie kälter war als er. Sie diente wie er den Elben und gab ihnen ihre Kraft. Sie tat es, weil man es ihr befahl. Doch er wusste, was sie *ihm* gab, gab sie freiwillig.

Jeden Morgen fand er sich mit Hedruf in der Werkstatt ein, die der Heermeister hatte einrichten lassen, und ignorierte die verächtlichen Blicke seiner Mitgefangenen. Er verschwieg ihnen auch, dass sie ihm das Feuer verdankten, das jeden Tag in der Mitte des Pferches brannte.

Und doch war es nicht einfach.

Sinan fiel es schwer, sich inmitten der übermächtigen großen Bäume, deren Stämme ein Dutzend Männer nicht umfassen konnten, auf seine Magie zu besinnen und die Kräfte von Wind, Pflanzen und Wasser, die die Wärme der Roten Sonne vom Boden fernhielten und ihn mit Wurzeln durchbohrten oder mit

Wasser tränkten, aus seinen Gedanken auszuschließen. Er war dankbar, als das Heer eine Lichtung an einem See erreichte und der Heermeister befahl, dort ein paar Tage zu verweilen. Auf der Lichtung gab es eine Stelle, die den ganzen Tag von der Roten Sonne beschienen wurde. In der Mitte dieses Flecks, der sich von Wald und Wasser etwa gleich weit entfernt befand, erhob sich ein großer Stein, dessen Spitze leicht abgeflacht war. Die Kuhle, die sich dort befand, war rußgeschwärzt.

Vielleicht war diese Lichtung einst ein Heiligtum gewesen, in dem man die vier Magien – Luft, Erde, Wasser und Feuer – verehrt hatte, bevor Menschen und Elben von ihren Schöpfergeistern gewusst hatten.

Es war ein guter Ort für einen Ofen, in dem die Ortsteine und der Erzsand, den Sinan und Hedruf gesammelt hatten, zu Eisenschwamm verbrennen konnten. Ein Ort, an dem Sinan die ersten Magien in das Erz wirkte, aus dem im Weiteren das Schwert des Heermeisters entstehen würde.

Mit jedem Ziegel, mit jedem Stück Lehm, mit dem er die Grube verputzte und stärkte, sodass sie später die hohe Temperatur für die Verhüttung des Erzsandes aushielt, webte Sinan ein Stück der erlernten Sprüche und Gebete in seine Arbeit.

»Was machst du da?«

Die Stimme riss Sinan aus den Gedanken. Es war nicht der Heerführer. Doch neben ihm stand niemand.

Die beiden Sonnen brannten auf ihn herab und wie immer machten die Elben einen großen Bogen um ihn herum.

Leises Lachen erklang. Es war nicht bösartig, eher freundlich und belustigt, als sei dem Sprecher ein Scherz gelungen. »Ich bin hier oben.«

Sinan sah auf den Felsbrocken, der neben ihm stand. Ein Mensch saß darauf, vielleicht ein Erdmagier, urteilte man nach den dicken Filzlocken, die ihm, obwohl er sie am Hinterkopf zusammengebunden hatte, lang den Rücken hinunterfielen. Sie waren so rot wie die Augen des Sprechers braun waren.

Sinan warf ihm noch einen Blick zu, dann wandte er sich wieder seiner Arbeit zu.

»Gibt es niemanden sonst, der deine Kunst zu schätzen weiß, Ronan?«, brummte er. »Ich bin sicher, dass Hedruf gerne ein paar der Märchen aus alter Zeit hören würde.«

Wieder lachte der Musikant. »O ja, Hedruf kann nicht genug von den Liedern bekommen, die über die vier Kriege zwischen den Kindern der Zwillingsmonde gedichtet wurden. Doch was magst du? Ich habe nur selten jemanden getroffen, der Liedern und Geschichten so wenig zugetan ist wie du.«

Sinan blickte nicht auf, sondern trieb den Spaten tief in die lockere, feuchte Erde. Er schnaubte. »Altes Gewäsch – mehr ist es nicht in meinen Augen.«

»Nun, es gibt immer wieder neue Lieder.« Ronan begann ein fröhliches Lied auf seiner halbrunden *pathi* zu zupfen, die auf seinem Schoß lag. »Wenn du die alten Legenden von der Rettung der Welt nicht magst, dann vielleicht das Vakaran-Lied. Es erzählt, wie der Meister die reinen Essenzen von Luft und Erde, Feuer und Wasser in ein Siegel bannte, mit dem man die Magien zu beherrschen vermag.«

Er begann leise eine Weise anzustimmen, getragen und traurig und in einer Sprache, so alt, dass Sinan sie selbst während seiner Zeit im Kloster nur selten vernommen hatte.

Er grub weiter und gab vor, nicht zuzuhören. Dennoch spürte er, dass ihm die Arbeit leichter von der Hand ging und er sich besser an die Formeln erinnerte, die dem Ofen – und damit auch dem Erz – höhere Festigkeit und Stabilität verleihen sollten.

Beinahe bedauerte er, dass Ronans Lied bald zu Ende ging.

Es wurde still, so still, dass Sinan schon glaubte, Ronan sei gegangen. Doch als er aufsah, entdeckte er Ronan noch immer auf dem Felsen im glühenden Licht der Sonnen, wie er nachdenklich zu ihm herüberstarrte. »Ist der Heermeister damit einverstanden, dass du einen Ofen, einen Herd des Feuers, in der Nähe seines und des Zeltes seines Bruders errichtest?«

Sinan wollte gerade zu einer Erklärung ansetzen, wozu er den Ofen brauchte, als ihm einfiel, dass außer Hedruf und Githalad niemand im Lager der Gefangenen von seiner Aufgabe wusste.

»Ich bin sicher, er gestattet es«, sagte er daher nur.

»Es ist etwas Besonderes, was du da tust«, erwiderte Ronan. »Das weiß ich. Du schmiedest nicht nur Rüstungen und Waffen um. Du erschaffst eine neue Waffe.«

»Das geht dich nichts an!«, fuhr Sinan ihn an.

Ronan blieb ruhig und begann erneut, eine getragene Melodie auf den Saiten seiner *pathi* zu zupfen. Sinan war es ein Rätsel, wie ein Musikant die unzähligen, kreuz und quer gespannten Saiten dieses Instruments auseinanderhalten konnte.

»Hab keine Sorge«, ergriff Ronan erneut das Wort. »Ich bin nicht dumm, ich weiß, dass wir das Feuer, das einige vor dem Siechtum gerettet hat und uns warme Mahlzeiten ermöglicht, dir und dem, was du hier tust, zu verdanken haben«, sagte er ruhig.

Er schien keine Antwort zu erwarten, denn er sprach sogleich weiter. »Sieh nur, dort ist Berennis. Und sie kommt zu uns.« Er lachte wieder leise.

Sinan fiel auf, dass der Musikant wohl alles irgendwie amüsant fand. Doch der Gedanke, dass Berennis in der Nähe war, lenkte ihn sogleich ab.

Sein Lächeln verschwand, als er sah, dass sie aus der Richtung gekommen war, in der das *ethandin* des Königs stand. Er begriff, dass der König der Elb war, der ihr täglich die Energie entzog.

Ihr Blick wurde trotzig, als sie ihm ansah, dass er es wusste.

»Ich habe es dir nicht gesagt.«

Sinan hörte mit Verwunderung und auch ein wenig Stolz die Würde, mit der sie das Offensichtliche aussprach.

Er musste wieder lächeln und streckte die Hand nach ihr aus. Sie drehte den Körper leicht fort, um der Berührung auszuweichen. Sinan ließ die Hand sinken, doch das Lächeln verschwand nicht von seinen Lippen.

Er setzte eben zum Sprechen an, als die Erde unter seinen Füßen erbebte.

Kapitel 4

»Eines Tages erwies sich Vanar, der Goldene Mond, als ein wahres Kind der Weltenschöpfer Ys und Syth, denn er erschuf ein Volk, damit es sich an der Welt Vyranar genauso erfreue wie er und sein Bruder Akusu. Vanar erschuf die Elben aus dem, was ihm untertan war, und ihre Magie leuchtete golden wie sein eigenes Licht. Doch er bedachte nicht, dass er so die empfindliche Ordnung der Schöpfung aus dem Gleichgewicht brachte. Syth fand Gefallen an der Schöpfung seines Kindes, und er hauchte den Elben ein eigenständiges Leben ein, ohne Ys, den Geist der Harmonie, zu fragen, denn das Ungleichgewicht kam ihm entgegen, da er den Wandel liebte und Stillstand nicht ertrug. So geschah es also, dass die Elben vor den Menschen die Welt betraten und seither von sich selbst als den Überlegenen sprechen.«

Von der Schöpfung der Welt
Erste Rolle der Schriften des Klosters der Weisen Zwölf

Endlich.

Das Zittern und Schwanken des Bodens ließ nach. Auch das Krachen und Donnern, das die Luft erfüllt hatte, wurde leiser, wie ein Gewitter, das sich ausgetobt hatte und nun am Horizont verschwand.

Sinan versuchte, seinen Atem unter Kontrolle zu bekommen. Das Erdbeben hatte seinen Verstand und all seine Sinne eingenommen; erst jetzt, da es nachließ, wurde ihm bewusst, dass er die Augen fest geschlossen und kaum geatmet hatte. Er öffnete seine Fäuste und erkannte, dass er im hohen Gras neben dem Felsen kauerte. Er rieb sich die Finger an seiner Kleidung ab und versuchte, aufzustehen. Zuerst gelang es ihm nicht, seine Knie waren zu weich, doch schließlich stemmte er sich hoch und sah sich um.

Neben ihm hockte Ronan, an den Fels in der Mitte der Lichtung gelehnt. Der Musikant war während der Erschütterungen vom Stein gefallen und starrte ihn mit Augen an, die in seinem bleichen Gesicht dunkler als sonst wirkten.

»Es geht mir gut«, sagte er leise. Dann, als fiele ihm siedend heiß etwas ein, tastete er um sich und wirkte erst erleichtert, als er seine *pathi* fand. Sofort schien er seine Umgebung zu vergessen. Er untersuchte das Instrument ängstlich, doch seiner Miene nach zu schließen, war es heil geblieben.

Berennis lag in einiger Entfernung zusammengekauert neben der Grube. Sie rührte sich nicht. Besorgt kniete Sinan neben ihr nieder und zog sie an den Schultern hoch. Erleichtert erkannte er, dass sie noch lebte, sich aber verletzt hatte. Ein Blutfaden rann von einer Platzwunde an der Stirn über ihre Wange. Als Sinan ihren Kopf vor sich auf ein Kräuterpolster bettete, blinzelte sie in die Sonne hinein und verzog das Gesicht. Das Licht der Sonnen war ihr zu hell.

»Mir ist übel«, murmelte sie.

Sinan lächelte und legte eine Hand auf ihr Gesicht.

»Du hast dir den Kopf angestoßen. Bleib liegen, bis es dir besser geht.«

Berennis nickte langsam, drehte das Gesicht von der Sonne weg und schloss die Augen.

Sinan stand auf, um sich einen Überblick zu verschaffen. Der Waldrand, wo sich das Lager der Elben befunden hatte, war ein einziges Trümmerfeld. An einigen Stellen sah der Boden zwischen den Bäumen so aus, als habe sich dort ein Spalt geöffnet – eine gezackte Linie, in deren Verlauf das Moos aufgebrochen war, zog sich bis in die Lichtung hinein und zeigte genau auf den Stein.

Überall lagen verletzte Soldaten, sogar Tote.

Für einen Augenblick glaubte Sinan, der Dunkle Mond habe

sein Element, die Erde, beben und sich auftun lassen, um die Elben für ihre Arroganz zu strafen.

Doch dann fiel sein Blick auf den Pferch, in dem er mit seinen Gefährten lebte und in den er jeden Abend zurückkehrte.

Auch das Lager der Menschen war in Mitleidenschaft gezogen worden. Der Erdspalt war offenbar daran vorbeigelaufen, und doch hatte das Beben auch hier Schaden angerichtet: Der Wall aus Raqordornen, der das Lager der Menschen einzäunte, brannte hier und da lichterloh. Durch den großen Eingang, der Sinan zugewandt war, konnte er sehen, dass das sorgfältig aufgeschichtete Holz, das das Feuer in der Mitte des Menschenlagers speiste, in sich zusammengefallen war. Die Hitze der vergangenen Tage hatte das Holz ausgetrocknet, und vom Funkenflug waren offenbar die Dornen in Brand geraten.

Es hatte sich bereits eine Menschenkette gebildet, die Wasser aus dem See schöpfte und das Feuer zu löschen versuchte, bevor es auf Wald und auf Heerlager übergreifen konnte. Die Menschen wussten, was das für sie bedeutet hätte.

Sinan hockte sich noch einmal vor Berennis und strich ihr über das geflochtene Haar. »Ruh dich aus. Ich werde sehen, was ich im Lager tun kann.«

Berennis nickte, ohne die Augen zu öffnen.

Sinan wollte aufstehen und gehen, als er am Arm gepackt und fortgerissen wurde. Er landete einen halben Klafter von Berennis entfernt auf einer Grasnarbe, und stechender Schmerz durchzuckte seine linke Schulter. Sein Kopf schlug so heftig auf dem Boden auf, dass er Sterne sah.

»Schau, was du angerichtet hast!«

Einen Augenblick später drang Wasser in Sinans Lungen. Er rang nach Luft, doch eine Hand hatte sich um seine Kehle geschlossen. Ihm wurde schwarz vor Augen, und das Blut rauschte ihm in den Ohren, während seine Lungen sich mit Wasser füllten.

»Sieh dich um. Ihr Dunkelmagier könnt wirklich nichts anderes, als vernichten und töten.«

Sinan spürte, wie das orangefarbene Leuchten in seinem Inneren, seine Magie, von einer blauen Flut überschwemmt wurde. Er wusste nicht, wie er es fertigbrachte, doch er griff nach der Hand, die seine Kehle umklammert hielt und zerrte sie mit letzter Kraft von sich.

Luft strömte in seine Lungen, er hustete und rang nach Atem, als sei er zu lange getaucht. Doch ihm blieb nicht lange Zeit, sich zu erholen, er wurde an der Schulter emporgerissen und auf die Beine gestellt. Aber diesmal konnten sie sein Gewicht nicht tragen. Er sackte in sich zusammen und landete auf den Knien.

Nur langsam beruhigten sich Herzschlag und Atem. Er konnte sich darauf konzentrieren, das Wasser, das nicht nur seinen Körper, sondern auch seine Magie im Griff gehalten hatte, zu verdrängen.

Der süßliche Geruch nach Wasserlilien stieg ihm in die Nase.

»Nun, Dunkelmagier?« Die Stimme des Königs war voller Hohn. »Ich wusste, dass mein Bruder zu gnädig mit dir war. Ich habe ihn gewarnt, doch er wollte nicht hören und gab den Deinen sogar ein Feuer!«

Sinan wollte widersprechen, musste aber wieder husten. Er spuckte Wasser neben Tarinds Stiefel und stützte seine Hände auf die Knie. Dann atmete er noch einmal durch.

»Ich kann nur annehmen, dass Ihr vermutet, das Erdbeben sei meine Schuld«, krächzte er. Sein Hals war rau, als habe er Salzwasser geschluckt.

Ein Tritt ließ ihn hintenüberkippen. In der Schulter, auf die er zuvor gefallen war, flammte neuerlicher Schmerz auf.

»Wer sonst als du, Aufrührer, sollte es wohl gewesen sein?«

Sinan richtete den Oberkörper langsam wieder auf. Er vermied den Blickkontakt zu Tarind. Endlich sah er sich dem Mann gegenüber, der einst im Kloster des Westens ein Massaker angerichtet und dem Abt, den Sinan so sehr verehrt hatte, nur um einer Bemerkung willen den Kopf abgeschlagen hatte.

Sinan versuchte, seine aufgewühlten Emotionen zu beruhigen

und sie aus seinem Verstand herauszuhalten. Tarind durfte nicht merken, welches Bild Sinan von ihm hatte – und warum. Es wäre Sinans Todesurteil gewesen und vielleicht auch noch das von anderen.

»Nun, Großmaul? Fällt dir dieses Mal nichts ein, was du erwidern könntest?«

Wieder wurde Sinan von harter Hand getroffen und drohte, nach hinten zu kippen. Aber er konnte sich in der sitzenden Position halten.

»Meine Kraft ist nicht die der Erde« brachte er mühsam hervor. Sein Jochbein schmerzte. »Ich beherrsche die Schmiedekunst und kann Erze schmelzen und formen, nicht aber der Erde befehlen, sich aufzutun. Die Kraft in mir ist nicht stark genug dafür.«

Tarind lachte grimmig auf. »Es ist dein Glück, Schmied – und auch das deines Musikantenfreundes, der dir wohl geholfen hat! –, dass ich nur meinen Schildarm benutzen kann und dass mein Schwert noch unter den Trümmern meines *ethandin* begraben ist. Sonst hätte ich dich bereits ohne Erklärung auf die Jenseitigen Ebenen geschickt, wo du hingehörst!«

Eine feste Hand packte Sinans geflochtenen Zopf und bog ihm den Kopf in den Nacken, zwang ihn so, dem König ins Gesicht zu blicken. Es knackte bedenklich, und Sinan entfuhr ein Schmerzenslaut. Doch insgeheim war er dankbar, dass der Schwertarm des Königs noch verletzt war. Wäre Tarind Norandar im Vollbesitz seiner Kräfte gewesen, hätte er Sinan bei diesem Zugriff wahrscheinlich das Genick gebrochen.

Der König hatte sich neben ihn gesetzt und legte nun seine Schildhand auf die Brust direkt unterhalb der Kehle des Schmieds. Sein Gesicht entspannte sich, als bereite ihm das, was er nun zu tun gedachte, Freude.

Einen Augenblick später schnappte Sinan wieder nach Luft, denn Wasser schien in seine Lungen zu laufen und er hatte das Gefühl, zu ersticken. Sein Atem rasselte, und in seinen Mundwinkeln bildete sich Schaum. Das ebenmäßige, nicht unschöne Gesicht des Elben vor ihm verschwamm.

»Warum sonst, wenn nicht, um in meiner Armee Schaden anzurichten, hast du dir das Vertrauen meines Bruders erschlichen, sodass du jeden Tag hier in der Nähe meiner Leute verbringst, hm? Antworte mir!«

Sinan wollte antworten, doch er brachte nur ein Röcheln zustande.

»Oh, bitte, mein König!«

Es war Berennis, die das sagte. Sinan versuchte, ihr zuzuwinken, ihr zu sagen, dass sie sich fernhalten solle, doch entweder sah sie es nicht, oder sie ignorierte ihn. »Mein König, ich bin sicher, dass Sinan keine Schuld an diesem Erdbeben trifft.«

Der König sah auf die Schulter seines Schildarms, auf der jetzt die Hand der jungen Frau lag. Sie kniete neben dem König und blickte bittend zu ihm auf.

»Eine Hure will mir vorschreiben, wie ich mit einem Sklaven und Aufrührer verfahren soll?«, presste Tarind zwischen den Zähnen hervor. Im nächsten Moment hatte er sie mit der flachen Hand von sich gestoßen. Berennis' Schmerzensschrei brach abrupt ab, als ihr zierlicher Körper mit einer Kraft, die in keinem Verhältnis zu der sanften Bewegung Tarinds stand, gegen den Felsen geschleudert wurde. Wie leblos sank sie daran herab.

Tarind hatte sich schon wieder Sinan zugewandt. Der Schmied rang immer noch nach Luft und versuchte jetzt heftiger als zuvor, den Arm des Königs fortzuschieben. Der Druck auf seinen Lungen hatte nachgelassen, als Tarind die Hand von seiner Kehle nahm; auch schien die Wassermagie, die sein Inneres geflutet hatte, sich langsam zu verflüchtigen.

»Ich kann … ich kann mich nicht einmal gegen … gegen Eure Wassermagie wehren«, brachte Sinan mühsam hervor. Wieder wurde er von einem Hustenanfall geschüttelt und merkte, wie erbrochenes Wasser aus seinem Mund quoll. »Wie könnte ich … wie könnte ich dann ein solches Erdbeben auslösen?«

»Bruder!«

Die Luft, die Sinan atmete, wurde mit einem Mal frischer und schien das Wasser, das sich nassen Schlingpflanzen gleich um seine inneren Organe gelegt hatte, schwinden zu lassen.

»Bruder, ein Schmied kann kein solches Erdbeben auslösen!« Die Stimme des Heermeisters klang eindringlich. »Mein König«, sprach er weiter, »Euer Schwertarm ist verletzt. Ich habe ihn geheilt, doch noch ist er schwach. Ihr dürft ihn nicht belasten!«

Mit einem Ruck, der Sinan erneut zu Boden schickte, ließ Tarind seine Haare los und stand auf. Zornig ging er zu seinem Bruder und blieb dicht vor ihm stehen.

»Sieh dir an, was dieses Beben angerichtet hat!« Tarind holte zu einer umfassenden Geste aus. »Es hat mehr zerstört als alle Widrigkeiten, die uns auf unserer Fahrt bisher begegnet sind. Und was das Schlimmste ist: Es hätte mich beinahe meinen Bruder gekostet! Meinen Zwilling!«

Überrascht sah Sinan vom König zum Heermeister, der ebenfalls nicht mit diesem Ausbruch gerechnet zu haben schien.

Für einen Augenblick war es still. Dann sagte der Heerführer leise: »Du hast mich nicht verloren, Bruder, du hast mir das Leben gerettet. Und dieser Magier war nicht einmal in der Nähe.«

Der König kniff kurz die Lippen zusammen. »Es geht nicht darum, ob dieser Mann es vielleicht gewesen ist oder nicht«, erklärte er schließlich unwirsch, als habe man ihn bei etwas ertappt. »Du bist mein Heermeister und nicht der Abt einer Einsiedelei in den Bergwäldern von Darkod! Es kann nicht angehen, dass diese Leute einen Keil zwischen uns treiben! Wir dürfen weder dem Tod noch dem Feuer und der Erde, die solches Chaos anrichten können, das Feld überlassen – begreifst du das nicht?«

Nur langsam und vorsichtig richtete Sinan sich auf, um die Aufmerksamkeit der Elben nicht auf sich oder Berennis zu lenken, die nach wie vor reglos und blass am Boden lag. Erleichtert stellte er fest, dass Ronan neben ihr saß und ihm einen beruhigenden Blick zuwarf.

Also lebte sie noch.

Er schaute wieder zu Tarind und dessen Zwilling, die einander gegenüberstanden und sich ihrer offen ausgesprochenen Gefühle offenbar schämten. Während der König dem Blick des Bruders auswich und schwer atmete, hielt sich der Heermeister aufrecht und erwiderte den Blick seines Bruders so gefasst wie möglich, ohne zurückzuweichen.

»Mein König, vergesst nicht den Sinn Eures Feldzugs«, mischte sich nun ein weiterer Mann ein.

Sinan durchfuhr der Klang seiner Stimme wie ein Messer.

Das war der Mann, der seinen Vater damals festgehalten und ihn gezwungen hatte, das Gemetzel an seinem Volk mit anzusehen. Und dem sein Vater dann beinahe willenlos gefolgt war.

»Betrachtet das große Ganze. Ein Erdbeben half Euch, den Khariten zu besiegen, und es war ein Hochwasser, das Euch und dem Heer lange den Übergang über den Lithon verwehrte. Seit Tagen brennen nun die Sonnen auf uns alle herab. Wieso sollte sich dieser Mann also der Mühe unterziehen, ein Erdbeben auszulösen, wenn es der Schöpfergeist des Chaos selbst ist, der sich in all diesen Unbilden zeigt?«

Unwillig winkte Tarind ab. »Ihr seid blind, alle beide!«, rief er. Wieder bückte er sich und zog Sinan am Kragen in die Höhe. »Seht ihn euch an! Er und sein Volk wurden nur geschaffen, weil Syth den Unfrieden schätzt und dem Goldenen Mond sein eigenes Volk nicht gönnte! Ein Dunkelmagier nahm uns den König, dir und mir den Vater, und nun ist es wieder dunkle Magie, die mir beinahe auch noch den Bruder genommen hätte! Dieses Volk muss endlich begreifen, wie vermessen es ist, den gleichen Platz einnehmen zu wollen wie wir!«

Mit zitternden Beinen blieb Sinan stehen. Doch er senkte den Blick nicht. Er erwiderte den des Königs, so furchtlos er konnte, und zwang sich, sich auch nicht davon ablenken zu lassen, dass Berennis noch immer leblos am Fuß des Felsens lag. Er musste sich später um sie kümmern.

»Das Volk Akusus wird büßen, dass es dem Tod huldigt«, erklärte der Heermeister jetzt. »Du solltest dieses Ziel nicht aus den Augen verlieren, Bruder, ich tue es auch nicht. Doch es nützt niemandem, wenn dieser Schmied jetzt für etwas büßt, das er möglicherweise nicht getan hat. Er kann mit seiner Magie kein Erdbeben auslösen.«

Sinan staunte. Telarion Norandar nahm ihn gegen seinen eigenen Bruder in Schutz? Damit brachte er sich vor seinem Volk in eine unangenehme Situation – um der Gerechtigkeit willen?

Widerwillig spürte er einen Funken von Dankbarkeit und Bewunderung in sich, doch bevor er sich dies selbst eingestehen konnte, sprach der Heermeister schon weiter.

»Und das wird er dir auch beweisen. Morgen beim Aufgang der Weißen Sonne wird er die Werkstatt neben meinem *ethandin* wieder aufgebaut haben. Er und sein Gehilfe werden dir zeigen, dass ein Schmied die Kräfte der Erde und des Feuers nur gemeinschaftlich zu nutzen versteht.«

Sinans Hände ballten sich unwillkürlich zu Fäusten. Er würde sofort anfangen und die ganze Nacht arbeiten müssen, um die Werkstatt, die völlig zerstört war, wieder aufzubauen; obwohl die Menschen seine Hilfe beim Wiederaufbau des eigenen Lagers dringend gebraucht hätten. Stattdessen würde er hier den Elben etwas beweisen müssen, das selbstverständlich hätte sein sollen.

Und dann war da noch Berennis…

Tarind schien seiner Meinung zu sein. »Was soll das beweisen?«, stieß er hervor. »Dass er die Magien von Feuer und Erde nicht trennen kann? Woher willst du das wissen?«

Es war Iram Landarias, der anstelle des Heerführers antwortete. Er lachte leise. »Ich denke, es fiele Eurem Bruder leicht, die Magie dieses Sklaven zu erkunden, wenn ihm denn der Sinn danach stünde. Aber so ist es doch besser und angenehmer für alle – der Schmied kann seine Arbeit unter Beweis stellen, und Euer Bruder muss seine Magie nicht mit den dunklen Kräften dieses Sklaven beflecken.«

Sinan senkte nun doch den Blick und wandte ihn der nach wie vor leblosen Berennis zu. Seine Wunden brannten genauso, wie die herablassenden Worte der drei Elbenfürsten, die vor ihm standen, genauso, wie die Tränen, die in seine Augen schossen, und die hilflose Wut in ihm darüber, sich ihnen unterwerfen zu müssen.

Mit einem Mal war ihm gleichgültig, was mit ihm geschehen würde. Er wandte sich ab, ließ die Herrscherzwillinge und ihren Berater stehen und kniete neben der jungen Frau nieder, die hier nur lag, weil sie ihn hatte verteidigen wollen. Ronan, der immer noch neben ihr saß, wich ein Stück zurück. Sinan bemerkte es kaum, als er ihr eine feuchte Strähne ihres rotbraunen Haars aus der bleichen Stirn strich.

Noch in Kharisar hätte ich mich nie mit einer Frau abgegeben, die ihr Bett mit einem anderen, geschweige denn einem Elben teilt. Und jetzt? Jetzt habe ich Respekt vor ihr. Sie besitzt Würde.

Bedauern, sie nicht näher gekannt zu haben, machte sich in ihm breit. Doch als seine Hand über ihren Hals strich, war sie noch warm. Überrascht glitt sein Finger an ihre Halsbeuge. Sein Herz übersprang einen Takt.

Der Puls war schwach, aber sie lebte!

Rasch erhob er sich und wandte sich wieder Tarind und seinem Bruder zu.

»Es mag sein, dass Ihr für möglich haltet, ich würde das Volk des einen Mondes in Gefahr bringen, um dem anderen Schmerz zuzufügen, aber ich könnte es nicht«, unterbrach er die Worte des Königs, die dieser gerade an seinen Berater richtete. »Und das werde ich Euch, wie Ihr vorschlagt, morgen früh zur Stunde der Weißen Sonne unter Beweis stellen. Auch wenn diese Zeit nicht der Achtung entspricht, die ich dem Schöpfer meines Volks entgegenbringen sollte.«

Er warf den drei Elben einen zornigen Blick zu, dann ging er in die Hocke, um Berennis auf seine Arme zu heben und sie ins Lager der Menschen zu tragen.

Tarind fuhr herum. »Wie kannst du es …«

Doch Telarion schob ihn beiseite. »Du magst denken, was du willst, Schmied, doch deinem Schöpfer gefiel es, dich und die Deinen in unsere Dienste zu stellen«, sagte der Heermeister scharf. »Es war die Erde selbst, die sich gegen den Khariten stellte, das weißt du so gut wie ich. Bist du morgen also nicht pünktlich zur Stelle, um diesen Beweis abzuliefern und dich unserem Urteil zu unterwerfen, wird das Folgen haben. Auch für diese … Frau«, fügte er mit einem verächtlichen Blick auf die immer noch reglose Berennis hinzu.

Sinan gab keine Antwort. Die Worte des Heermeisters verdienten keine. Er wandte sich um und ging mit der Frau auf dem Arm fort.

Den anerkennenden Blick, den Ronan ihm zuwarf, bevor er ihm folgte, bemerkte er nicht.

Sinan hatte Berennis in der Obhut der Frauen seines Lagers zurückgelassen.

Als seine Werkstatt endlich wieder einem Ort glich, an dem ein Schmied vernünftig arbeiten konnte, berührte der Silberne Mond bereits die Wipfel der Bäume am anderen Ende des Waldsees. Auch die Elben hatten die Nacht genutzt, ihr Lager neu zu errichten und die Schäden, die das Erdbeben verursacht hatte, so weit wie möglich zu beseitigen. Mehr als einmal war auch der Heermeister an der Schmiede vorbeigekommen. Er hatte sich jedoch immer nur kurz umgesehen und war dann wieder auf das große, offene Zelt zugegangen, in dem man die Verletzten und Kranken untergebracht hatte.

Man hatte es am südlichen Waldrand aufgebaut, wo es den vielen verwundeten Elben den meisten Schatten bot. Der Heermeister hatte sich zu Sinans Verwunderung nicht darauf beschränkt, sich in das *ethandin* seines Bruders zurückzuziehen oder Befehle auszuteilen. Er hatte sich keine Ruhepause gegönnt und verbrachte die Zeit, die er nicht in Sinans Schmiede weilte, dort.

»Was macht er da ständig?«, fragte Hedruf nach einem der kurzen Besuche des Heerführers und ließ die Schaufel, mit der er die Asche aus der Esse kehrte, sinken.

Sinan zurrte das Rindenseil fest, mit dem er die Zweige zu einem Windschutz zusammengebunden hatte, der das Essenfeuer vor Zugluft schützen würde. Er sah nur kurz auf, um Hedrufs Blick zu folgen. Seine Gedanken waren bei Berennis, nicht hier im Heerlager der Elben.

Sein Gehilfe hingegen, den er mit knapper Not aus Kharisar gerettet hatte, stand offenen Mundes da, hatte die Schaufel sinken lassen und versuchte, im blass silbernen Mondlicht zu erkennen, was der Heermeister bei den Verwundeten trieb.

»Er setzt sich neben die Verwundeten und fasst sie an«, murmelte Hedruf. »Aber dann redet er nicht mit ihnen. Das ist doch seltsam!«

»Er ist der Heerführer«, sagte Sinan schließlich. »Er tut, was er tun muss – er kümmert sich um die Seinen.«

»Aber das wäre doch eigentlich Sache eines Königs«, widersprach Hedruf stirnrunzelnd und schaute im Licht der Sterne genauer hin. »Die Elben haben Tarind zu ihrem Anführer gemacht. Warum nimmt der Heermeister es ihm ab?«

Sinan warf einen Blick in das halb offene Zelt am Waldrand, das neben der Schmiede stand. »Weißt du das nicht? Der Heermeister ist ein Heiler«, sagte er dann. »Ein Shisan des Lebens. Elben leben länger als wir, weil der Goldene Mond ihnen Macht über das Leben gab. Der Zwilling des Königs ist vom Goldmond besonders reich mit dieser Gabe beschenkt worden. Es heißt, dass Telarion Norandars Macht so tief in die Seelen zu greifen vermag wie die der größten Seelenherren vom Volk des Akusu.«

Hedruf wandte sich zu Sinan. »Wie passt das zusammen?«, fragte er. »Wieso ist er dann Heermeister und überzieht die Welt mit Krieg und Tod?«

Sinan antwortete nicht. Er zerrte ein letztes Mal an dem Seil, das die Zweige des Wandschirms miteinander verband, verknotete die losen Enden, sodass die behelfsmäßige Wand nicht in sich zusammenfiel und lehnte sie gegen zwei Bohlen, die das Dach trugen und die Esse begrenzten.

Erst dann sprach er wieder. Über dem östlichen Wald, der bis zum Ufer des Sees reichte, verblassten bereits die Sterne und Sinan musste sich zwingen, nicht zum Lager der Menschen hinüber zu blicken, wo er Berennis bewusstlos zurückgelassen hatte.

Er hatte sich erst von ihr trennen können, als Githalad ihn mit dem Hinweis fortschickte, dass sie alle es würden büßen müssen, wenn Sinan versagte.

»Sag doch, Sinan, warum führt ein Magier des Lebens den Krieg des Königs?«, wiederholte Hedruf.

»Statt dumme Fragen zu stellen, solltest du lieber noch ein wenig Torf stechen gehen!«, erwiderte Sinan streng. Er konnte nicht zulassen, dass Hedruf solche Fragen hier im Heerlager stellte. »Wir müssen die Esse anheizen, bevor die Weiße Sonne aufgeht, und es bleibt nicht mehr viel Zeit.«

Hedruf schnitt Sinan eine Grimasse, die dieser mit einem grimmigen Lächeln quittierte, und verschwand in Richtung Seeufer.

Sinan wuchtete den Amboss, der beim Erdbeben von seinem Steinsockel gestürzt war, wieder auf den Holzpflock, als der Heermeister die Schmiede betrat.

»Wo ist dein Gehilfe?«

Sinan wollte nicht in das verhasste Gesicht sehen und wandte sich deshalb nicht um. »Er sammelt Torf, wir brauchen Brennmaterial. Er wird bald wieder hier sein.«

Er sah aus dem Augenwinkel, dass der Heermeister kurz nickte.

»Der König hat beschlossen, dir seinen Muskelpanzer zu überlassen. Er ist aus Bronze. Du solltest Kräfte hineinweben können, die vor der gelben und der roten Magie schützen. Zeig uns, wie das geht.«

Sinan antwortete nicht sofort. Er schüttete aus einem groben

Sack Holzkohle in die Esse und entzündete sie nicht wie sonst mit Hilfe von Feuerstein und Zunder, sondern sprach halblaut ein paar Worte, sodass das Feuer magisch aufloderte.

»Hast du mich verstanden, Schmied?«

»Ihr sprecht laut und vernehmlich«, gab Sinan zurück. »Und bevor Ihr mich erneut daran erinnert – ich habe nicht vergessen, wozu Ihr und der König imstande seid, sollte ich Eurem Willen nicht gehorchen. Ich werde dem Wunsch Eures Bruders folgen.«

Er nahm den Blasebalg, den Hedruf neben der Esse abgelegt hatte, wo er hingehörte, und fachte das Feuer an. Funken stoben auf.

Telarion Norandar hob die Augenbrauen. »Ich werde bald mit dem König wieder hier sein. Dann solltest du besser bereit sein.«

»Wenn Tarind sehen will, wie ich die Magien des Feuers und der Erde in seine Brünne schmiede, solltet Ihr sie mir schon jetzt geben. Es ist sinnvoller, das Metall leicht anzuwärmen, bevor ich es ziseliere. Sonst zerspringt es bei der Arbeit.«

Der Heermeister nickte. »Die Weiße Sonne wird bald aufgehen«, sagte er. »Ich werde dem König deinen Wunsch mitteilen.«

Er ging, und Sinan suchte unter abgebrochenen Ästen die Schmiede- und Treibhämmer zusammen, die er für eine so feine Arbeit benötigte. Wieder dachte er an Berennis, die bewusstlos auf dem *lannon* in der Hütte lag. Er machte sich Sorgen um sie. Nicht nur, weil sie nicht mehr aufgewacht war, seit der König sie gegen den Felsen geschleudert hatte.

Den meisten war bekannt, warum Berennis wieder und wieder ins Heerlager ging, auch wenn wenige wussten, wem genau sie dort zu Diensten war. Doch dass Elben ihren Körper missbrauchten, das wussten alle. Und viele, wie Aedan, der Schmiedegehilfe, verachteten sie dafür. Dass er sie zurückgebracht hatte, war für die Gefangenen nun der Beweis, dass sie den Tag über wieder in den Armen eines Elben gelegen hatte.

Sinan konnte nur hoffen, dass Berennis dennoch die nötige

Pflege zuteilwurde, und wünschte, er hätte dies selbst übernehmen können.

Als Hedruf wiederkam, löste sich Sinan aus seinen trübsinnigen Gedanken. Er durfte sich angesichts der Aufgabe, die vor ihm lag, nicht ablenken lassen. Er forderte Hedruf auf, ihm zu schildern, wie er einen Bronzepanzer der Elben ziselieren und mit den heiligen Sprüchen des Dunklen Mondes versehen würde. Der Heermeister hatte den Panzer des Königs tatsächlich gebracht, und der Junge gab sachkundig wieder, was Sinan ihm beigebracht hatte, auch wenn er hier und da kurz stockte. Seine Feuer- und Erdmagie waren schwächer als die von Sinan, doch er war intelligent und gelehrig und würde Sinan als Schüler gewiss Ehre machen.

Langsam wurde es heller draußen, und als die ersten Strahlen der Weißen Sonne über die östlichen Wipfel traten, kam auch der König. Er wurde von seinem Heermeister und Iram Landarias begleitet.

Sinan hatte Hedruf bereits angewiesen, sich ausschließlich um das Feuer in der Esse zu kümmern, das mit Torf und Holzkohle betrieben wurde. Er hoffte, dass sowohl der König als auch sein Gefolge sich von der Esse fernhalten würden, denn so wenig Liebe die Elben für die Magien der Erde hegten, für das Feuer hatten sie noch weniger übrig. Auch für Hedruf war es das Beste, sich nicht in die Nähe der Elben zu begeben. Die Angst, die sie ausstrahlten, brachte den Jungen auch ohne die heikle Aufgabe, die vor ihnen lag, zum Zittern.

Tarind Norandar schien es nicht im Geringsten zu stören, dass er beim Schmied oder dessen Gehilfen solche Empfindungen auslöste. Er blieb nicht am Eingang stehen, was Sinan halb erwartet und auch gehofft hatte. Während sein Bruder und Iram Landarias einen gewissen Abstand zu Sinan wahrten, als fürchteten sie einen Angriff oder den rußigen Schmutz der Schmiede, der von der Esse aufgewirbelt wurde, durchmaß der König wortlos die kleine Werkstatt und griff sogar nach einigen von Sinans Werkzeugen.

Sinan wurde beinahe übel, als er sah, wie dieser Wassermagier mit seinen kalten Händen die Hämmer und Meißel berührte, die er für seine Arbeit brauchte. Um sich abzulenken, wandte er sich der Esse zu. Er warf Hedruf einen aufmunternden Blick zu.

»Kümmere dich nur um das Feuer«, murmelte er. »Du musst nichts sagen. Du musst auch nicht zu uns schauen.«

Er griff nach einer der Zangen und zog damit die Brünne, die seit ein paar Minuten im glühenden Torf gelegen hatte, aus den Flammen. Dann legte er sie mit der Wölbung nach unten auf seinen Amboss.

»Ihr wünscht also Schutzzauber gegen die Magien von Erde und Feuer?«, fragte er laut, weil er das gerne von Tarind selbst gehört hätte.

Tarind ließ sich Zeit mit der Antwort und schwang einen besonders schweren von Sinans Hämmern durch die Luft.

Sinan ließ ihn nicht aus den Augen. Er traute dem Elbenkönig nicht. Schon einmal hatte Tarind Norandar arrogant, aber scheinbar gelassen vor den Menschen, die Sinan liebte, gestanden, bevor die Grausamkeit aus ihm hervorgebrochen war. Das Bild, wie dieser Elb seinen Vater quälte, wie er mit einer einzigen, geschmeidigen Bewegung den Kopf des Abtes von den Schultern trennte, schob sich mit Macht vor das innere Auge Sinans, und es kostete ihn immense Anstrengung, es zu verdrängen.

Es gelang erst, als Sinan sich sagte, dass dies gewiss nicht die letzte Begegnung zwischen Tarind und ihm gewesen war. Und dass beim nächsten Mal er vielleicht die Oberhand erringen würde. Er wusste noch nicht, wie, doch Ys hatte ihn im Namen der Gerechtigkeit hierhergebracht, und sie würde ihm beistehen.

Aber Ys, gib mir zunächst einmal die Kraft, alles zu tun, um Hedruf und Berennis und die anderen zu schützen. Ich will es besser machen als Siwanon, der zwei hilflose Kinder einfach sich selbst überließ.

»Mendaron, Ihr wünscht Schutzzauber gegen die Magien der

Erde und des Feuers, sagte Euer Bruder. Ist das Euer Wille?« Seine Frage kam jetzt drängender.

Endlich sah Tarind auf und warf Sinan einen verächtlichen Blick zu, als dieser einen der bereitgelegten Treibhämmer und einen feinen Meißel aufnahm.

»Du nennst dich einen Magier«, sagte er. »Brauchst du Werkzeug, um deine Magie zu entfalten?«

Sinans Augen verengten sich. »Soll der Schutz bei jedem Angriff wirksam werden, muss er in das Metall gegraben werden. Es reicht nicht aus, einen Zauber nur auf die Oberfläche zu legen«, erklärte er und wandte sich wieder dem Panzer zu.

Der König schnaubte leise, legte den Hammer beiseite und ging auf die Esse zu, an der Hedruf stand.

Einen Moment lang musste Sinan die Augen schließen, um erneut die Erinnerung zu verdrängen, die durch die Nähe des Königs entstand. Die Kälte und der feuchte Geruch, der Tarind umgab, stiegen ihm in die Nase und ließen das Bild von Toten, die auf gelbem Granit in ihrem Blut lagen, wieder lebendig werden. Er glaubte, die Blicke aus den kalten, blauen Augen, die abwechselnd auf ihm, auf Hedruf und auf seinen Werkzeugen ruhten, zu spüren wie eisige Windböen im Herbst.

Mit der feuchten Kälte kam die Angst, das *daikon*, das der König in dem Waffengehänge an seiner Hüfte trug, könnte genauso schnell töten wie damals im Kloster des Westens. Die Angst, die Faust des Königs könnte ihn fortstoßen, wie sie es am Abend zuvor bei Berennis getan hatte. Die Angst, der Wille Tarind Norandars könnte trotz aller Bemühungen Sinans die anderen Gefangenen auch für eine Arbeit strafen, die er sauber ausgeführt hatte.

Sinan schloss die Augen und versuchte ruhig zu atmen, damit die Panik in ihm nicht noch weiter wuchs. Er konzentrierte sich auf den glühenden Vulkan in seinem Inneren, der Erd- und Feuermagie so miteinander verschmolz, wie er es gelernt hatte. Seine innere Kraft, die Magie, die sein Selbst ausmachte, begann langsam in seinen Arm und in das Werkzeug zu fließen. Sinan wusste nicht, ob Außenstehende sehen konnten, dass die Magie den Stichel in seiner Hand nun in einem warmen Orangerot umfloss.

Sinan spürte die Reaktion des Panzers. Das Werkstück war durch die Wärme der Esse erwacht. Für Sinan atmete es nun, war lebendig und schien in der Erwartung der Magie, die es empfangen und aufnehmen sollte, zu erzittern. Er ließ den Stift langsam über die warme Oberfläche des Metalls gleiten und sah, dass nicht nur das spitze Ende des Werkzeugs, sondern auch seine Kraft die feinen Zeichen in das fügsame Metall gruben und es mit Schutzzaubern gegen Erde und Feuer tränkten wie Flüssigkeit ein Tuch.

Endlich vergaß Sinan, dass die fremden Magien des Goldenen Mondes ihm so nah waren und ihn bedrohten. Er versank in seiner Arbeit und hörte nicht, wie er die uralten Melodien sang, die schon Meister Vakaran gesungen hatte, wenn er seiner Arbeit nachging.

Dann zerriss ein Schrei seinen Verstand, ein Schrei, der von Todesangst sprach und der ebenso abrupt abbrach wie der Zauber, den er gewirkt hatte. Dann spürte er, wie das Hemd an seinem Rücken von einer klebrigen, zähen Flüssigkeit durchnässt wurde. In den aschig-öligen Rauch, der die Schmiede erfüllte, mischte sich der scharfe Geruch von Kupfer.

Blut.

Der schwere Atem des Königs war hinter ihm zu hören. Feuchte Kälte auf Sinans Haut entstand neben der trockenen Hitze des Feuers, dort, wo Tarind wohl an der Esse stand.

Wieder erklang ein Schrei. Doch dieser war wütend und deutete darauf hin, dass die Wunde, die ihn verursacht hatte, nicht nur wehtat, sondern den Verwundeten in Rage versetzte.

Atemlos wartete Sinan auf die Pein, die eine Rückenwunde, die so viel Blut verursachte, wie er dort spürte, mit sich brachte. Doch es kam kein Schmerz. Verwirrt wandte er sich um und erstarrte.

Tarind stand mit erhobenem *daikon* vor der Esse. Das weiße Hemd, das er trug, war dunkel von Blut, selbst auf seinem Gesicht waren dicke, rote Spritzer zu sehen. Entsetzt folgte Sinan dem Blick des Elben und erkannte, dass dieser vor einem kopflosen Körper stand, der vor der gemauerten Esse in sich zusammengesunken war. Blut sprudelte noch aus dem Halsstumpf. Der Kopf selbst war in das Essenfeuer gefallen.

Hedruf.

»Ich hätte wissen müssen, dass ihr, du und dein Spießgeselle, alles versuchen würdet, um mich auszuschalten!«, presste der Elb hervor. »Du bist genau, was ich vermutete: nichts weiter als ein Spion, der vom Zaranthen, diesem Diener der Zerstörung, ausgeschickt wurde!« Tarind holte erneut mit dem Schwert aus, doch dann ließ er es mit einem schmerzerfüllten Stöhnen wieder sinken und ging in die Knie.

Mit einem Satz waren der Heermeister und Iram Landarias bei ihm.

Sinan war nicht in der Lage, zu reagieren. Er starrte abwechselnd auf seinen toten Gehilfen und auf den König, der nun am Boden kniete und in seiner Hand wilden Schmerz zu spüren schien.

»Er hat sich die Hand verbrannt«, hörte Sinan den Fürsten Landarias sagen.

»Dieser verdammte Dunkelmagier hat den Blasebalg genau in dem Moment betätigt, als ich an ihm vorbeiging!«, rief Tarind. »Er hat den Tod verdient!«

Der Geruch nach verbranntem Haar und Fleisch breitete sich in der Werkstatt aus. Ohne nachzudenken, beförderte Sinan mit der Zange, die zuvor die Brünne des Königs gehalten hatte, den Kopf aus den Flammen. Doch der Geruch ließ nicht nach. Hedrufs Gesicht war kaum noch vorhanden, so verbrannt war es mittlerweile, dennoch war zu erkennen, was für einen Schrecken der Tod für ihn bedeutet hatte. Sinan wurde so übel, dass er sich kaum noch auf den Beinen halten konnte.

Er ließ Hedrufs blutigen Kopf fallen, sank auf die Knie und übergab sich.

Sein Kopf dröhnte. Tränen liefen ihm über die Wangen. Doch er spürte sie ebenso wenig wie das unkontrollierte Zittern, das seinen Körper befallen hatte. Die Zange entglitt seiner Hand. Seine Knie gaben nach, als habe er keine Kraft mehr in den Beinen.

Er musste sich gegen den gebrannten Lehm, aus dem die Esse bestand, lehnen und die Augen schließen. Das flüssige Gestein seines inneren Vulkans schien durch jede Faser seines Körpers zu schießen und jedes andere Gefühl auszulöschen.

Er wusste nicht, wie lange er mit der Stirn an dem groben Lehm, mit dem die Esse verputzt war, gelehnt und versucht hatte, seinen inneren Aufruhr zu beruhigen, bis er eine Hand auf seiner Schulter bemerkte.

»Was ist passiert, Sinan?«, fragte eine tiefe, ruhige Stimme. Sinan musste kurz überlegen, bis er sie erkannte.

Es war Githalad.

Sinan riss sich zusammen. Wie oft hatte Githalad schon zu ihm gesprochen, bis es ihm bewusst geworden war?

Die Sonnen draußen waren weitergewandert und standen fast im Zenit.

Er sah sich in der Schmiede um. Sie war leer und doch verwüstet, die Werkzeuge, die er noch am Morgen so ordentlich auf den Tischen aufgereiht hatte, lagen unordentlich über den Boden verstreut. Einige waren in die riesige Blutlache zwischen Amboss und Esse gefallen. Sinan schauderte und fragte sich, ob er sie je wieder würde anfassen können.

»Was ist passiert?«, wiederholte Githalad seine Frage.

Sinan schob Githalads Hand vorsichtig beiseite. Er versuchte, sich aufzurichten und seinen klaren Verstand zurückzugewinnen. Selbst seine Sprache hatte er kurzzeitig verloren und musste mehrfach ansetzen, bevor er seine eigenen Worte verstehen konnte.

»Ich habe den Muskelpanzer des Königs mit den Magien des Akusu versehen. Ein Funke aus der Esse muss den König selbst getroffen haben, als dieser mir über die Schulter sah. Doch er bestrafte nicht mich, sondern Hedruf.«

Sinan unterbrach sich. Warum war Hedruf überhaupt hier gewesen? Warum hatte er ihn nicht in das Lager zu den anderen geschickt? Das ergab keinen Sinn. Es hätte ausgereicht, ihn beim Wiederaufbau der Werkstatt helfen zu lassen.

Er warf Githalad einen kurzen Blick zu und glaubte in dessen Gesicht lesen zu können, dass ihn das Gleiche beschäftigte.

Es beschämte ihn, keine zufriedenstellende Antwort darauf zu finden.

»Er ist schuld, dass wir kein Feuer mehr haben!«

Githalad versuchte, die Menge zu beruhigen. »Daran ist Tarind schuld und niemand sonst.« Seine Stimme klang fest und nicht so als würde er seinen aufgebrachten Mitgefangenen den Zutritt in die Hütte, wo Sinan sich befand, gewähren.

Es wäre Sinan egal gewesen. Er konnte seine Gefährten verstehen, denn Tarind hatte sofort nach seiner Verletzung Soldaten geschickt, um das Feuer im Lager der Menschen mit Wasser und Wind zu löschen. Nun war das Holz so feucht, dass man es auch dann nicht wieder hätte entzünden können, wenn es noch einen Funken von Feuer im Gefangenenlager gegeben hätte.

Doch Sinan kümmerte sich nicht um den Zorn derjenigen, die nun in den kalten Nächten auf die Wärme des Feuers und den heißen Eintopf verzichten mussten.

Berennis lag auf dem *lannon* und war noch bewusstlos. Nichts hatte bisher geholfen, nicht die Salben, die eine der Frauen aus ein wenig Tierfett und kleingestampften Feuerbohnen hergestellt hatte, nicht der Schlaf und nicht die Wärme der Felle, mit denen sie zugedeckt war. Immer noch sah ihr Gesicht blass und die Lippen bläulich aus, so als wäre sie in zu kurzer Zeit zu viel Elbenmagie ausgesetzt worden.

Vielleicht war das tatsächlich der Grund, warum sie hier bewusstlos lag. Die Goldene Magie konnte die Dunkle ersticken. Der Mensch, dem das widerfuhr, starb nicht – zumindest nicht der Körper, hatte man ihm damals im Kloster des Westens erklärt. Die menschliche Seele, deren Essenz die feste Erde oder das glühende Feuer gewesen war, hielt es im kalten, von Wasser durchfluteten oder von kaltem Sturm durchwehten Körper nicht mehr aus und ging fort.

Es sah fast so aus, als sei Berennis gegangen und habe nur den eisigen, schweißnassen Körper hinterlassen, der für ihr warmherziges Wesen nun keine Heimat mehr sein konnte.

Sinan empfand die Trauer um Hedruf nur umso stärker, wenn er in Berennis' lebloses Gesicht sah. Er war froh gewesen, den Nachbarsjungen aus Kharisar gerettet zu haben, doch nun war er tot – tot, weil Sinan nichts weiter im Sinn gehabt hatte, als dem verhassten Tarind Norandar zu beweisen, dass die Dunkle Magie der Goldenen ebenbürtig war.

»Das ist nicht wahr.«

Die Stimme war leise und doch so klangvoll, dass Sinan sie über die zornigen Rufe draußen hinweg verstand.

Er sah auf. Ronan saß auf dem anderen Ende des *lannon* und hatte seine *pathi* neben sich gelegt.

»Was meinst du?«

»Du bist auf den Vorschlag des Heermeisters nicht eingegangen, weil du Tarind etwas beweisen wolltest.«

Sinan starrte den Musikanten an. Konnte er Gedanken lesen?

Ronan erwiderte den Blick und kam näher. Er sah auf Berennis hinab. »Du hast deine Gedanken laut ausgesprochen«, sagte er dann. Für einen Augenblick glaubte Sinan, er wolle noch etwas hinzufügen, doch dem war nicht so.

»Ich hätte Hedruf fortschicken können. Ich hätte nur mich dem Zorn des Königs aussetzen dürfen.«

»Jemand musste das Feuer deiner Esse schüren, während du deine Magie wirkst. Tarind war darauf aus, jemanden für das Erdbeben zu strafen. Doch er wusste, dass du der einzige Schmied bist, der seinem Bruder, den er selbst zum Befehlshaber seines Heers ernannt hat, ein angemessenes Schwert fertigen kann.«

Ronan machte eine Pause und lauschte dem aufgeregten Streit vor der Hütte, den Githalad bisher nicht hatte beruhigen können.

»So hat er seine Wut nicht an mir ausgelassen, sondern an Berennis und Hedruf – meinst du das?«, stieß Sinan bitter hervor. »Wozu? Damit ich für Telarion Norandar, der die Menschen sogar noch mehr verachtet, als sein Zwilling es je könnte, ein Schwert schmiede? Sodass er noch mehr Menschen niedermetzeln kann als ohnehin schon?«

Ronan antwortete nicht sofort. »Hörst du das?«, fragte er schließlich. »Sie rufen nach jemandem, der stark genug ist, den Elben entgegenzutreten und sie aus dieser Lage zu befreien.«

»Was habe ich damit zu tun?«, erwiderte Sinan und nahm das feuchte Tuch von Berennis' Stirn. Er faltete es sorgfältig auseinander, tränkte es erneut mit dem wärmenden Sud aus Kräutern und zerdrückten Bohnen des Feuerstrauchs, deren Saft prickelte und die Zunge verbrennen konnte. Eigentlich würzten diese länglichen Bohnen die Eintöpfe und wurden von den Frauen als Gemüse eingelegt. Doch sie wärmten auch, wenn in einem Menschen die Kälte überhandnahm.

»Du hast dich auch bisher um sie gekümmert, mehr, als du selbst glaubst und als sie wissen. So etwas tun wahre Führer«, sagte Ronan, nahm die *pathi* auf seinen Schoß und begann, scheinbar gedankenverloren darauf herumzuklimpern. »Sie hatten das Feuer dir zu verdanken. Das wussten sie nicht, und doch haben sie es genossen. Und sie haben es dir – und in gewisser Weise auch Hedruf – zu verdanken, dass dieser verblendete Wassermagier nicht alle Erd- und nun auch Feuermagier unter ihnen hat töten lassen. Du hast keine Schuld.«

Die Töne, die Ronan seinem Instrument entlockte, schwebten durch die Luft und erinnerten Sinan an die sanfte Berührung von Berennis' Fingern auf seiner Haut oder das verklungene Lachen von Hedruf.

»Ein uraltes Sprichwort sagt, dass du für die Leben, die du gerettet hast, verantwortlich bist«, fuhr Ronan fort. Seine Stimme klang nun so heiter, als amüsiere er sich insgeheim über Sinans Widerwillen. »Du bist nicht schuld daran, dass Berennis hier liegt und dass Hedruf tot ist. Es war Berennis' eigene Entscheidung, sich für dich einzusetzen. Sie würde sich verbitten, dass du ihr dies absprechen willst. Es mag sein, dass Tarind sich ihren Körper nahm, aber sie war eine Frau, die selbst entschied, was sie tun wollte.«

Am liebsten hätte Sinan ihm den Hals umgedreht, als der Musikant ihn daran erinnerte, dass Berennis beim König gelegen und sich hatte von ihm berühren lassen. Doch das hätte die Menschen draußen noch zorniger auf ihn gemacht. Sie würden sich nicht auch noch den Musikanten von ihm nehmen lassen.

Er schwieg.

»Sie suchen einen Schuldigen«, sprach Ronan weiter. »Und weil sie nun wieder gesehen haben, was Tarind tun kann, wenn er zornig wird, suchen sie sich einen anderen Schuldigen als den König selbst.«

»Lass mich in Ruhe, Ronan«, sagte er grob. »Ich muss mir von dir nichts über Schuld und Moral sagen lassen!«

Ronan neigte leicht spöttisch seinen Kopf und sprang katzenhaft vom *lannon* herab. »Du solltest nicht auch noch glauben, was sie sagen. Du bist nicht schuld daran, dass Tarind das Feuer hat löschen lassen. Übrigens tat er das, ohne den zu fragen, der es angeordnet hat.«

Sinan furchte die Stirn und wollte Ronan fragen, wie er das gemeint hatte und woher er das wusste. Doch der Musikant war bereits vor die Hütte getreten und stimmte dabei eines der fröhlichen Tanzlieder an, wie sie bei Festen üblich waren.

Die Wut der Menschen draußen schien abzuebben, als die Melodie ihre zornigen Schreie zu übertönen begann. Schon bald fiel Githalad in die Melodie ein, und auch andere folgten seinem Beispiel. Nach und nach zerstreute sich die Menge. Vor der Tür der Hütte wurde es ruhig.

Sinan hörte nur mit halbem Ohr hin. Was ging es ihn an, worüber sich diese Leute aufregten? Sie hatten ihn verachtet, weil er noch grimmiger war, als die meisten von ihnen, und den Elben als Schmied diente. Aus dem gleichen Grund hatten sie auch Berennis beschimpft.

Und jetzt warfen sie ihm vor, dass sie hier lag?

Er erneuerte noch einmal das Tuch, das auf der Stirn der jungen Frau lag. Sie hatte sich die ganze Zeit über nicht gerührt. Selbst jetzt konnte Sinan kaum sehen, ob sich ihre Brust hob und senkte. Ihre Seele war wohl schon zu weit fort, als dass der Feuerbohnensud sie noch hätte zurückholen können.

Im Geiste schritt er die Reihen seiner Mitgefangenen ab. Doch es war keiner darunter, der über die Kräfte eines Seelenherrn verfügte. Niemand, den er hier kannte, war in der Lage, Berennis' Essenz in der Leere jenseits dieser Welt zu finden oder sie gar zurückzuholen.

Sinans Mut sank. Er selbst würde Berennis nicht helfen können. Niemand, der im Lager der Menschen lebte, konnte das.

Ich denke, es fiele Eurem Bruder leicht, die Magie dieses Sklaven zu erkunden, wenn ihm denn der Sinn danach stünde.

Sinan wusste nicht, warum ihm ausgerechnet dieser Satz, den der Fürst von Loranon gestern in seinem Beisein geäußert hatte, gerade jetzt wieder in den Sinn kam.

Doch er ging ihm nicht mehr aus dem Kopf.

Als die Weiße Sonne sich dem Horizont näherte, schlich Sinan aus der Hütte. Niemand hielt ihn auf. Er ging durch die enge Pforte im Dornenwall, den elbische Pflanzenmagier dichter denn je wieder hatten wachsen lassen. Verächtliche Blicke folgten ihm. Eine der Frauen, mit denen Berennis abends oft Gemüse geschnitten hatte, spuckte aus, als er vorbeikam. Obwohl sie selbst den elbischen Soldaten die Kleider flickte und instand hielt, hatte sie noch gestern geäußert, nur Dirnen würden ihren Körper Elben zur Verfügung stellen, Frauen ohne Gewissen und Moral.

Doch nun schien ihr zu missfallen, dass er eben diese »Dirne« und den Pferch, in dem die Menschen hausten, wortlos in Richtung Heerlager verließ.

Sinan warf ihr einen abschätzigen Blick zu, dem sie hastig auswich. Er ging an den Wächtern, die den Zugang zum Pferch bewachten, vorbei. Die Soldaten ließen ihn unbehelligt. Es hatte sich herumgesprochen, dass dieser Schmied in der Gunst des Heermeisters stand und für ihn arbeitete. Da Sinan allein war, ließen ihn auch die Posten am Waldrand passieren, sodass er über die Lichtung zu seiner Werkstatt gehen konnte.

Sie lag so da, wie er sie verlassen hatte. Nicht einmal Hedrufs Leichnam war fortgebracht worden. Fliegen sammelten sich bereits auf dem blutigen Halsstumpf. Sinan schloss die Augen und schickte ein Gebet an den Dunklen Mond. Dann suchte er eine Schaufel.

Er hatte bei der gemeinsamen Arbeit festgestellt, dass die Erdkraft in Hedruf etwas stärker ausgeprägt war als die Kraft des Feuers. Deshalb erschien es ihm angemessen, den Körper des Jungen auch im Erdreich beizusetzen. Hinter dem Stein, mit Blick nach Westen, zum Dunklen Mond hin, erschien ihm als angemessener Platz.

Sinan bat niemanden um Hilfe, und doch war die Arbeit bald getan. Die Weiße Sonne berührte bereits die Baumwipfel, als Sinan die letzte Schaufel mit Erde auf Hedrufs Grab schüttete und festklopfte. Er sprach noch ein Gebet an Akusu und bat ihn, Hedrufs Seele den Feuern des Dunklen Mondes hinzuzufügen.

Dann ging er, um seine Schmiede aufzuräumen. Er würde nicht mehr ins Lager der Menschen zurückkehren, sondern hierbleiben. Auch wenn es mitten im Lager der Elben war, hatte er hier immerhin die Esse, die ihn nachts wärmen konnte, und er würde nicht ständig das Gefühl haben, sich für das, was passiert war, rechtfertigen zu müssen.

Kurz spürte er die Sehnsucht nach Berennis. Sie war die Einzige aus dem Lager der Menschen, die er wirklich vermissen würde.

Und doch, vielleicht vermochte er ihr hier besser zu helfen, als im Lager, wo er nichts anderes tun konnte, als ihr hin und wieder ein neues, mit dem Sud der Feuerfrucht getränktes Tuch auf die Stirn zu legen. Ihre Seele hatte sich wohl endgültig in die Nebel zurückgezogen, und unter den Menschen gab es keinen, der sie von dort hätte zurückholen können.

Er hielt inne. Es gab im Lager der Menschen niemanden, der in der Lage gewesen wäre, den Nebeln zu gebieten. Doch hier, im Lager der Elben, war einer, der die Essenzen des Lebens selbst beherrschte.

Ich denke, es fiele Eurem Bruder leicht, die Magie dieses Sklaven zu erkunden, wenn ihm denn der Sinn danach stünde.

Der Fürst war Heiler. Er befahl den Essenzen aller Wesen und beherrschte so das Leben. Vielleicht konnte Telarion Norandar die kalte Magie in Berennis so dämpfen, dass ihre Seele zurückkehrte.

Sinan legte die Schaufel achtlos beiseite und machte sich auf den Weg zum Zelt des Heermeisters. Dabei legte er sich die Worte sorgfältig zurecht. Es würde nicht leicht werden, den Zwilling des Königs nach all den Ereignissen der letzten Stunden dazu zu bringen, einer Hure das Leben zu retten.

Er konnte nur darauf bauen, dass der Heermeister sich in seinem Handeln auch weiterhin darauf besann, was er dem Goldmond geschworen hatte.

Im *ethandin* des Heermeisters war es so düster, wie Sinan es in Erinnerung hatte. Es waren keine Wachen davor postiert. Offenbar erachteten der Heerführer und sein Hauptmann eine Bewachung nicht für notwendig.

Doch kaum hatte er die Schwelle übertreten, spürte er auch schon die Spitze eines Schwerts auf seiner Brust.

Langsam hob Sinan die Hände. »Ich bin nicht hier, um jemandem Schaden zuzufügen«, sagte er ruhig.

»Warum bist du dann hier?«

Sinan hörte seine Stimme, bevor er den Heermeister sah. Erst dann trat Telarion Norandar aus den Schatten hervor, in denen sein Schlaflager verborgen lag.

Trotz des Lichtmangels konnte Sinan sehen, dass Telarion Norandar erschöpft war. Die sonst so klare Haut des Fürsten hatte eine kränkliche Färbung angenommen, das dunkle Gold seiner Pupillen schien verschwunden. Doch Sinan wunderte sich nicht darüber. Der Heermeister hatte den ganzen Tag damit verbracht, seine Soldaten zu heilen.

»Der Fürst hat dich etwas gefragt!«, zischte der Hauptmann. Der Druck der Schwertspitze auf Sinans Brust wurde stärker. »Antworte gefälligst!«

Statt einer Entgegnung sank Sinan ungeachtet des Schwerts an seiner Brust auf die Knie und breitete die Arme aus – die Pose, die man einnahm, wenn man die Schöpfergeister um etwas bitten wollte. Er schloss die Augen.

»Ich schwöre bei meinem Schöpfer und bei den Feuern des Dunklen Mondes, dass ich keine Schuld an dem Erdbeben und damit am Tod Eurer Männer trage. Euer Bruder hat das Feuer löschen lassen, das mein Volk so notwendig braucht. Ich bitte Euch, es ihnen nicht zu nehmen, nur weil mein Gehilfe Eures Bruders Missfallen erregt hat.«

Telarion Norandar schwieg einen Augenblick. Dann brach es aus ihm heraus: »Mein Bruder hat eine Brandwunde, die ich nur mit größter Mühe und unter Aufbietung all meiner Kräfte heilen konnte. Die Magie, die dem Feuer innewohnt, hat einen Teil des Wassers, das seine Kraft ausmacht, ausgebrannt! Ich konnte es löschen, doch der kleine Finger seiner Schildhand wird für immer entstellt bleiben.«

Erregt ging er ein paar Schritte hin und her. »Und du bittest mich, den Gefangenen das Feuer, das auf seinen Befehl gelöscht wurde, wiederzugeben? Es war seine Gnade, die es euch überließ, und es ist nicht seine Schuld, dass ihr diese Gnade verwirkt habt!«

Sinan schüttelte den Kopf. »Lasst meine Gefährten nicht für etwas büßen, woran sie keine Schuld tragen«, wiederholte er. Ein

Teil von ihm wehrte sich gegen den unterwürfigen Ton, den er angeschlagen hatte.

Und doch, er hatte sich geschworen, sich seiner Verantwortung zu stellen. Nicht mehr zu fliehen. Er würde für sein Volk sorgen, so, wie sein Vater es hätte tun sollen. Und nicht zuletzt musste er sich auch um Berennis kümmern, damit ihr geholfen wurde.

»Gebt mir die Schuld, wenn Ihr wollt«, fuhr er ruhig fort. »Ich war Hedrufs Lehrer und übernehme die Verantwortung für sein Tun. Ich werde jede Strafe auf mich nehmen, die Ihr über mich verhängen wollt, aber lasst nicht meine Gefährten für meine Verfehlungen büßen.«

Wieder schwieg Telarion zunächst.

»Willst du mir erzählen, du empfindest Reue über das, was passiert ist?«, stieß er dann hervor. »Du kniest hier doch nur, weil du siehst, dass das üble Verhalten der Deinen auch üble Folgen nach sich zieht! Mein Bruder hatte recht mit seiner schlechten Meinung über euch, wenngleich ich es lange nicht wahrhaben wollte. Selbst die Dirne, die er sich in sein Lager holte, stellte sich gegen ihn!«

»Sie war ihm gehorsam, und sie trug schwer an der Verachtung, die ihr dafür nicht zuletzt von Eurem Bruder, aber auch von Euch und ihren Gefährten entgegenschlug«, widersprach Sinan. »Sie ertrug es trotzdem, Eurem Bruder zu Willen zu sein, weil sie wusste, dass Ihr uns alle strafen würdet, wenn sie es nicht täte. Dafür gebührt ihr Respekt. Doch nun ist ihre Seele gegangen, weil sie in dem Körper, den der König mit eisigem Wasser durchspülte, nicht mehr leben kann.«

Telarion stutzte und starrte Sinan verblüfft an. »Deshalb also bist du wirklich hier«, sagte er leise. »Sie ist die, um die es dir wirklich geht.«

Sinan hielt den Blick gesenkt. Es reichte, dass er vor dem Elb immer noch kniete, als sei dieser einer der vier Schöpfergeister. Der Heermeister musste nicht auch noch sehen, dass Sinan bei seiner Feststellung errötet war.

Als Sinan widersprechen wollte, schnitt Telarion Norandar ihm das Wort ab. »Kein Wunder, dass du das verheimlicht hast, als du hier hereinkamst. Sie ging gestern nicht hinten aus dem *ethandin* meines Bruders, du und dieser Musikant, ihr habt sie gesehen. Deshalb haben du und vielleicht sogar der Geschichtenerzähler das Erdbeben ausgelöst – du warst eifersüchtig! Und deshalb hat dein Gehilfe meinen Bruder verbrannt!«

Aufgeregt schritt der Heermeister ein paar Schritte in seinem Zelt auf und ab.

»Deine Unehrlichkeit, Schmied, widert mich an! Wie dumm ich doch war! Ich habe mich von meinem Schwur, das Leben zu respektieren und es zu schützen, egal, wer es in sich hat, davon abhalten lassen, dich und deine Spießgesellen so zu behandeln, wie ihr es verdient – als die Sklaven, die ihr seid!«, stieß er hervor und ballte die Fäuste.

Schließlich nahm er einen Becher vom Tisch und schleuderte ihn durch den Raum.

Sinan schwieg. Er wollte den Zorn des Heermeisters ertragen, wenn dieser sich nur darauf besann, was als Heiler seine Aufgabe war.

Doch Telarion Norandars Zorn war zu groß. »Was bist du wirklich?«, verlangte er von Sinan zu wissen. »Ein Spion des Zaranthen, geschickt, um mich und unser Heer zu schwächen? So, wie diese Schankdirne, die die Königin in der Stadt gefangen hat und die versuchte, einen Aufstand anzuzetteln? Ihr Menschen seid alle gleich, ihr könnt nur vernichten. Ihre Feuermagie reichte aus, um die Wassermagie eines meiner Männer auszubrennen, so, wie deine Kraft wohl reichte, mein Heer zu verwunden, und wie dein Gehilfe meinen Bruder verletzte!«

Sinan zuckte zusammen, als der Fürst erwähnte, dass ein Schankmädchen über eine so große Feuerkraft verfüge. Er hob zum ersten Mal den Blick zum Heermeister.

Es gab nur wenige, die so viel Magie besaßen, dass sie einen Elben besiegen konnten, und Sinan kannte trotz der Jahre, die er in Bandothi gelebt hatte, dort nur eine Dunkelmagierin, die imstande gewesen wäre, das zu tun: Sanara.

Hatte die Königin wirklich seine Schwester gefangen?

Er vergaß, dass er sich vorgenommen hatte, Berennis zuliebe jeden Vorwurf und jede Strafe auf sich zu nehmen, die der Heermeister über ihn zu verhängen beliebte.

Er sprang auf und wollte mit der Faust ausholen, doch der Hauptmann des Heerführers war schneller. Er griff nach seinem Handgelenk und drehte es so hart und fest auf den Rücken, dass Sinan vor Schmerz aufstöhnte und wieder in die Knie ging. Auch Gomaran ließ ein leises Ächzen hören, denn Sinans glühende Wut konnte er so nicht unterdrücken. Für den Hauptmann war es wohl, als umklammerten seine Finger ein glimmendes Holzscheit. Doch Gomaran ließ nicht locker.

Telarion Norandar sank auf ein Knie, um Sinan ins Gesicht schauen zu können. Seine grünen Augen funkelten hasserfüllt.

»Ich lasse nicht zu, dass ein Dunkelmagier mich gegen meinen Willen berührt und meine Magie beschmutzt«, sagte er. »Genauso wenig, wie ich zulassen werde, dass diese Feuerhexe, die du offenbar kennst, meinem Volk weiterhin schadet. Seid ihr beide Spione des Zaranthen?«

Sinan versuchte, sich aus dem erbarmungslosen Griff von Hauptmann Gomaran zu befreien, doch es war vergeblich. Er stöhnte wieder auf, bevor er antwortete. »Nicht jeder, der die Magie des Dunklen Mondes in sich trägt, will Euch schaden! Ys und Syth schufen die Menschen und die Elben gleich! Wenn Ihr und Euer Bruder diesen Willen der Ys anerkennen würdet, könnte es Frieden geben!«

Der Heermeister schüttelte langsam den Kopf. »Nein. Die Schöpfergeister gaben uns das Leben und euch den Tod. Schon allein diese Entscheidung macht deutlich, wem sie die Herrschaft über ihre Schöpfung – über Vyranar, die Wunderbare – zugedacht haben. So, wie Akusu ihnen untertan ist, seid ihr uns untertan. Und wenn du hoffst, dass deiner Gefährtin, dieser Feuerhexe, der Tod zuteil wird, dann irrst du«, fuhr er fort. »Noch bevor wir wieder in der Stadt sind, werden wir sie auf unsere Seite gezogen haben, denn das Feuer hat dem Leben zu dienen!«

»Keine Dunkelmagierin mit Ehre im Leib würde sich dafür hergeben!«, stieß Sinan hervor.

»Was wüsste eine Schankdirne schon von Ehre«, erwiderte der Heermeister spöttisch. »Ich besitze die Gabe, auf die Essenz eines jeden Lebewesens einzuwirken. Die Kraft dieser Feuerhexe wird den Elben gehören, das verspreche ich dir.«

Er erhob sich und gab Gomaran ein Zeichen.

Der Hauptmann zerrte Sinan hoch, doch noch ließ er ihn nicht los.

»Die Buße für deine Taten beginnt jetzt«, sagte Telarion Norandar. »Morgen werde ich dafür sorgen, dass zu dem goldenen Band, das du wie alle anderen um den Hals trägst, ein weiteres kommt, bis wir in Bandothi sind, sodass du deine Magie auf unserer Reise nicht mehr ausüben kannst. In der Hauptstadt wirst du unter Aufsicht das Schwert schmieden, das ich dir befohlen habe zu machen. Und wisse, es wird dazu dienen, dich und deinesgleichen zu unterwerfen. Bete zu Ys, dass sie dir die Kraft dazu gibt, denn wenn du dich verweigerst oder scheiterst, wirst du es büßen.« Dann wandte er sich ab, um in die Schatten seines *ethandin* einzutauchen.

Gomaran zerrte Sinan wortlos aus dem Zelt.

Als der Hauptmann den Schmied vor das *ethandin* des Heermeisters zerrte und ihn davor mit einem der goldfarbenen Rindenbänder an einen Pflock fesselte, verbarg sich Ronan erschrocken in den Schatten. Er wollte weder von Hauptmann Gomaran noch vom Schmied gesehen werden.

Obwohl die Rote Sonne noch nicht ganz am Horizont verschwunden war, herrschte unter den Mammutbäumen beinahe völlige Dunkelheit. Zu seinem Glück, denn so bemerkten weder

Sinan noch der Hauptmann, dass der Musikant das Gespräch mit dem Heermeister von Anfang an belauschte.

Ronan blieb noch eine Weile reglos in seiner Deckung sitzen. Im *ethandin* des Heermeisters herrschte nun wieder Stille, als habe sich der Fürst zur Ruhe begeben. Doch Ronan bezweifelte, dass Telarion Norandar Schlaf fand.

Der Hauptmann hatte es sich, nachdem er Sinan angebunden hatte, mit einer leichten Decke vor dem Zelteingang bequem gemacht. Das eine Ende des goldfarbenen Bands hatte er sich ums Handgelenk gebunden.

Sinan selbst war in sich zusammengesunken. Ronan hörte es nicht, hätte aber dennoch schwören können, dass Schluchzen die Schultern des Gefangenen bewegte.

Kurz überlegte Ronan, ob er Sinan befreien sollte. Doch er tat es nicht. Der Schmied wäre geflohen, und niemand hätte ihn wohl je wieder gesehen. Doch der Musikant war überzeugt, dass Sinan ein anderes Schicksal beschieden war. Er wurde noch gebraucht – in der Nähe des Elbenherrschers. Es steckte mehr in diesem angeblich so einfachen Schmied, als man auf den ersten Blick vermutete. Selbst Telarion Norandar hatte das erkannt, wenngleich er wohl nicht ahnte, wer ihm da tatsächlich in die Hände gefallen war.

Ronan hatte lange über Sinan gegrübelt. Er hatte die komplizierte Zeichnung auf dem Arm des Schmieds gesehen, ein Zeichen, wie es nur ein Mensch bekam, der überreich den Segen des Dunkelmonds empfangen hatte. Er war ihm im Kloster des Westens gegeben worden, auch das war für einen Kundigen aus dem Symbol zu erkennen.

Dieser Schmied wusste mehr von den alten Riten und dunklen Magien des Akusu, als er zugeben wollte. Er hatte im Süden des Felsens seinen Rennofen errichten wollen, zu Ehren des Feuerelements. Sinan beherrschte die alten Sitten und Zeremonien so eindrucksvoll, dass er nach Ronans Überzeugung sein Wissen nur in einem der alten Klöster erworben haben konnte.

Der Musikant hatte gesehen und gehört, wie Sinan die alten Gesänge angestimmt hatte, die Meister Vakaran einst ersonnen hatte, um sich die Kräfte der Erde untertan zu machen. Es gab nur noch wenige, die sie beherrschten, nur wenige Familien, die sich leisten konnten, einen Sohn für viele Jahre in eines der Klöster zu entsenden.

Ronan dachte an Sinans bernsteinfarbene Augen, das weizenblonde Haar und die doch helle Haut des Schmieds, die von unzähligen Sommersprossen übersät war, an seine Fähigkeit, Verantwortung zu übernehmen und seine Mitmenschen als Gleicher unter Gleichen zu behandeln und an das feurige Temperament, das nur unzureichend von der Beständigkeit der Erde verdeckt wurde.

Sinan hatte das Gebet gekannt, das die Seelen der Kinder des Akusu zu den Feuern des Mondes bringen konnte. Die Melodie, die Akusu persönlich den ersten Menschen lehrte, den er aus Lehm geformt und im Feuer gebrannt hatte.

Nur wenige kannten dieses Lied außerhalb jenes Hauses, das auf den ersten Menschen zurückging.

Vorsichtig, damit die aufkommende kühle Brise die Saiten seiner *pathi* nicht zum Klingen brachte, nahm der Musikant sein Instrument auf und schlich sich tiefer in den Wald, bis er sicher war, sich außer Hörweite des Lagers zu befinden. An einem schmalen, sandigen Uferstreifen, der freien Blick auf den See gewährte, setzte er sich nieder und zog eine Flöte aus seinem Hosenbund.

Er verbarg sich hinter einem Baumstamm und begann zu spielen.

Nach einer Weile hatte er das Gefühl, nicht mehr allein zu sein.

Was hast du erfahren?

Ronan öffnete langsam die Augen. Vor ihm leuchtete es schwach in der Dunkelheit des Unterholzes. Es war nicht zu definieren, ob die rauchigen Schwaden, die sich dort unter dem mit dunkelroten Blüten behangenen Resatbusch gebildet hatten, bläulich oder violett schimmerten.

Er lächelte und entlockte seiner Flöte aus Süßholz, die nur vier Löcher besaß, noch weitere Töne.

»Tarind ist sicher, dass er damals im Kloster des Westens alle Mitglieder des Hauses Amadian tötete. Doch vielleicht hat er unrecht«, sagte er und sah mit halbgeschlossenen Augen den silbrig violetten Tönen hinterher, die auf die rauchige Gestalt zuschwebten.

Das Siegel kann gefunden werden, doch wie es Gegensätze brauchte, um die Welt zu erschaffen, wird es Gegensätze brauchen, das Siegel aufzuspüren, das Ys verbarg. Finde die Nachfahren des ersten Amadian, wenn sie leben. In seinem Haus vererbte sich die Gabe, die Jenseitigen Ebenen zu betreten, am stärksten. Wenn es einen solchen Menschen noch gibt, dann ist er der eine Teil des Ganzen, das das Siegel zu finden vermag.

»Sind die Weisen sicher, dass es diese Gabe braucht, um das Siegel aufzuspüren?«

Der Geist im Resatgebüsch wurde blasser. Seine Stimme klang manchmal so dicht an Ronans Ohr, als befände er sich direkt neben ihm, dann wieder so weit fort, als spreche er von den Sternen herab.

Es sind die Weisen, hauchte der Geist. *Wenn sie es nicht wissen, wer dann?*

Ronan nickte langsam. Als er die Augen wieder öffnete, war der Geist verschwunden.

Ronans Mission hingegen hatte erst begonnen.

Kapitel 5

»Ys sah, was Vanar geschaffen hatte, und entschied, dass Akusu das gleiche Recht zustehe wie Vanar. Und so schuf Akusu die Menschen aus Erde und brannte sie im Feuer, auf dass sie stärker wären als die Kinder seines Bruders. Ys machte allerdings zur Bedingung, dass kein Volk dem anderen überlegen sein dürfe und die Gaben unterschiedlich zu sein hätten, sodass sie sich nicht ins Gehege kämen. So sorgte sie, die Schöpferin der Harmonie, für Gerechtigkeit und veranlasste Syth, auch den Menschen eine eigene Seele zu geben, auf dass sie den Elben in nichts nachstünden.«

Von der Schöpfung der Welt
Erste Rolle der Schriften des Klosters der Weisen Zwölf

Mechanisch setzte Sinan einen Fuß vor den anderen.

Er hatte vergessen, wie warm es hier in Bandothi war. Die Stadt lag etwa in der Mitte von Vyranar, in einem weiten Tal, das der Lithon im Laufe von Äonen aus den Loranonbergen gewaschen hatte, und war von allen Seiten vor kalten Winden geschützt.

In diesem Frühjahr war es wärmer gewesen als sonst, und nun, da es auf den Sommer zuging, konnte die Hitze dem Tal nicht entweichen.

Sinan war es egal. Er folgte Githalad und Aedan beinahe willenlos. Beide gingen vor ihm durch die Ringe der Stadt hinauf zur Festung der elbischen Herrscher, die einst als Versammlungsort für Menschen und Elben gedacht gewesen war, und sie alle folgten dem Hauptmann, der sie aus dem Sklavenpferch geholt hatte.

Unwillkürlich zerrte Sinan an dem haarfeinen, glitzernden

Band, das er um den Hals trug, doch es war unnachgiebig und kälter als die Leere jenseits der Welt.

Die Rufe der Bauern und Handwerker, die ihre Waren anpriesen, das Geschimpfe der Fahrer von Karren und Fuhrwerken, das Schwatzen der Marktfrauen und Waschweiber, die ihre Wäsche auf den Waschbrettern rieben – das alles wurde in Sinans Ohren zu einer dröhnenden Kakophonie.

Der Lärm der alltäglichen Verrichtungen und das überbordende Leben der Hauptstadt hätten ihn eigentlich aus seiner Le thargie reißen müssen.

Er hatte befürchtet, dass der König darauf bestünde, die Stadt in einer Art Triumphzug zu betreten und dass dabei die gefangenen Menschen wie eine besonders wertvolle Kriegsbeute ausgestellt und mitgezerrt würden. Doch das hatten der Heermeister und Iram Landarias abgelehnt. Mit Recht hatten sie darauf verwiesen, dass ein Großteil der Bevölkerung Bandothis aus Menschen bestand, denen man keine Gelegenheit bieten durfte, die Gefangenen zu bemitleiden und diese zu Märtyrern zu machen. Die Stimmung war angeheizt genug, seit diese Feuerhexe der Bevölkerung Badothis gezeigt hatte, dass man den Elben Widerstand leisten konnte.

So ließ man die Gefangenen zunächst in einem Pferch zurück, der von dichteren Dornen umgeben war als auf der Reise. Er lag mitten in einem Wald von Dressa- und Ristarbäumen, die auf einer Flussaue in einer Schleife des Lithon wuchsen, sodass den Gefangenen eine eventuelle Flucht erschwert wurde. Auch hier waren die Gefangenen unter Githalad enger zusammengerückt, doch wie immer war Sinan, der nun, wie es der Heermeister befohlen hatte, zwei der goldenen Sklavenbänder trug, am äußeren Rand des Trosses geblieben.

Als er nun durch die Straßen und Gassen Bandothis schritt, kam jemand auf ihn und die anderen Marschierenden zu. Früher hatte Sinan die Gesellschaft anderer geschätzt. Menschen waren selten von Natur aus Einsiedler, sondern brauchten die Gesellschaft von ihresgleichen, ihre Wärme, ihre Fröhlichkeit, ihre Nähe. Und Sinan war nicht zuletzt, was das anging, ein Kind des Dunkelmonds.

Doch jetzt war ihm die Sehnsucht nach Gesellschaft so fern wie nie. Er hatte versagt, er hatte wiedergutmachen wollen, was sein Vater damals versäumte, als er Tarinds Morden einfach zugesehen hatte. Sinan hatte es besser machen und sich einsetzen wollen für die anderen. Aber seine Bemühungen hatten nur dazu geführt, dass die letzten Menschen, die ihm in den vergangenen Zehntagen etwas bedeutet hatten, gestorben waren.

Hedruf, dem er die Kunst hatte zeigen wollen, wie man Herrschaft über die Metalle erlangte, wie man sie nach Belieben formte. Und Berennis.

Und nun war auch seine Schwester gefangen. Sinan hatte keine Möglichkeit nachzuprüfen, ob es wirklich Sanara war, die von den Männern der Königin ins Verlies geworfen worden war, doch er war sich sicher. Sie war gefangen wie er. Er fragte sich oft, ob das der Grund gewesen war, dass Ys ihn in die Nähe des Königsbruders gebracht hatte – vielleicht war der Schöpfergeist der Harmonie und der Gerechtigkeit doch auf der Seite der Elben. Vielleicht hatte Ys ihn nur hergeführt, damit er sah und begriff, wie gründlich das Haus Amadian gescheitert war.

Sinan fühlte sich, als habe er auf ganzer Linie versagt. Berennis war die Letzte gewesen, die er nicht hatte preisgeben wollen, doch nun war auch sie endgültig tot. Er versuchte, die Bilder dieses Morgens zu vergessen, doch es wollte ihm nicht gelingen. Es war, als seien sie in Eis eingefroren, das nicht schmelzen wollte.

Seit jenem schrecklichen Tag, an dem der König sie gegen den Felsen schleuderte, hatte sie wie leblos dagelegen – ohne das Bewusstsein wiedererlangt zu haben. Nichts hatte ihr geholfen, auch Ronans Lieder und Gesänge hatten sie nicht wecken können. Nachts hatte Sinan sie in die Arme genommen und gehofft, dass ein wenig Körperwärme ihrer Seele helfen würde, wieder zu sich selbst zu finden.

Doch er hatte nicht mehr viel an Wärme zu bieten, seit der Heermeister seine Drohung wahrgemacht hatte und Sinan ein zweites Goldband anlegen ließ, das ihm nun mehr Kraft raubte, als er trotz der Hitze, die hier im Tal des Lithon herrschte, aufnehmen konnte.

Sinan wusste nicht, ob Telarion Norandar sich darüber klar war, dass er damit nicht nur Sinans Magie dämpfte, sondern auch die Leere, die die Verluste der letzten Jahre hinterlassen hatten, damit ins Unendliche steigerte.

Deine Buße beginnt jetzt, waren die Worte des Heermeisters gewesen. Ja, Telarion Norandar hatte genau gewusst, was er tat.

Nur das Gefühl, Berennis helfen zu müssen, war stark genug, um Reaktionen in ihm hervorzurufen. So hatte er trotz allem einmal versucht, wider besseres Wissen spät in der Nacht ein kleines Feuer zu entzünden. Es gab kein Holz und auch keinerlei Zunder, doch er hatte die Hand über ein klägliches Häufchen trockenes Gras gehalten, um wenigstens ein paar Flammen zu entfachen.

Doch seine Kraft war bis auf ein schwaches Glühen in seinem tiefsten Inneren erloschen. Das Gras blieb dunkel. Was ihm noch vor einem Umlauf des Silbermonds ein Leichtes gewesen war – den Flammen zu befehlen –, verhinderte die Goldene Magie, die er durch die beiden Bänder auf der Haut trug.

Nicht einmal der Anblick der wie leblos schlafenden Berennis hatte den Funken in ihm schüren können.

So blieb sie, wie sie war: leblos. Ihre Seele war fort.

Und doch konnte Sinan sie nicht loslassen. Es war, als habe er in der selbstgestellten Aufgabe so lange noch nicht völlig versagt, wie sie noch nicht ganz tot war.

Sinan selbst hatte keine Vorstellung von der Jenseitigen Leere, er hatte sie nie betreten. Er besaß nicht ein Quäntchen jener Gabe, die der Dunkle Mond seinem Vater und seiner Schwester im Übermaß geschenkt hatte. Er wusste nicht, wie es dort aussah. Einmal hatte er seine Schwester danach gefragt, als diese angefangen hatte, von den Shisans des Westens zu lernen, wie man die Nebel betrat, aus deren Stoff die Toten gemacht waren. Er war neugierig gewesen.

Doch Sanara hatte nur wenig erzählt. Nicht, weil sie nicht gewollt hätte; Sinan hatte den Eindruck gewonnen, dass sie nicht mehr preisgeben konnte. Wie es schien, waren die Jenseitigen Ebenen ein Ort, der nicht mit Worten zu beschreiben war. Seine sonst so lebhafte und temperamentvolle Schwester war einsilbig und ernst geworden, sie hatte nach Worten gerungen und am Ende nur die Gefühle schildern können, die die erste Wanderung durch die Nebel in ihr hinterlassen hatte und von denen sie sicher war, dass es die Gefühle der Seelen waren, die nicht zu ihrem Schöpfer hatten gehen dürfen: Einsamkeit, die so unendlich war wie die Nebelebenen selbst. Schmerzhafte Sehnsucht nach etwas, das auf ewig verloren war. Und tiefste Trauer, ohne den Gegenstand dieser Trauer zu kennen.

Sowohl er als auch Sanara waren jung gewesen und hatten die ehrfurchtsvolle Stimmung am Strand des Saphirmeers schnell wieder abschütteln können. Jetzt kam Sinan das Gespräch immer dann in den Sinn, wenn er Berennis' ausdrucksloses Gesicht mit den geschlossenen Augen sah.

Der Gedanke, sie könne eine dieser Seelen sein, die Sanara mit ihrer Gabe gefühlt hatte, drang tief in Sinans gedämpftes Bewusstsein.

Er wusste, wenn er Berennis allein ließ, würde auch ihr Körper sterben, denn außer ihm gab es niemanden mehr, der sie pflegen wollte und konnte. Sie war schon jetzt bis auf die Knochen abgemagert. Es war kaum möglich, ihr etwas zu essen einzuflößen, da sie ihre Muskeln nicht bewegen konnte. Dennoch versuchte er es wieder und wieder, indem er das Essen zerkleinerte und ihr dann vorsichtig wie einem Kleinkind in den Mund schob.

Doch seine Pflege half ihr nicht. In Sinan schwand die Hoffnung, dass ihre Seele den Weg zurückfand, mit jedem Tag mehr. Und mit jedem Tag wuchs das Gefühl, versagt zu haben. Nicht einmal die Tatsache, dass er weiter im Dienst des Heermeisters bleiben würde und so vielleicht die Gelegenheit bekam, seine Schwester wiederzusehen, ermutigte ihn noch. Was hätte er ihr sagen können? Er hatte sie erneut überreden wollen, ihre Gabe einzusetzen, um die Gerechtigkeit wieder herzustellen.

Doch wer war er nach seinem Versagen, das einzufordern?

Sinan, Githalad und Aedan waren beinahe die Letzten im Lager, als eines Morgens, während Sinan Berennis' Körper fütterte, ein Schatten im Eingang seiner Hütte auftauchte.

»Der Heermeister wünscht, dass du heute die Arbeit an seinem *daikon* aufnimmst«, hörte Sinan eine ihr bekannte Stimme sagen. Es war Hauptmann Gomaran, der Vertraute Telarion Norandars. Sinan sah nur kurz auf. »Er wird sich einen anderen suchen müssen. Ich werde nicht mitkommen.«

Gomaran wollte auffahren, doch dann sah er, was Sinan aufhielt. Er bückte sich und trat neben den *lannon*, auf dem Sinan saß. Plötzlich breitete sich der bittere Geruch zerriebener Mayablätter aus und kitzelte Sinan in der Nase.

Der Blick des Hauptmanns wanderte von ihm zu der wie schlafend daliegenden Berennis. Dann legte er zu Sinans Überraschung behutsam seine Hand auf ihre Stirn. Der Schmied glaubte, einen kaum sichtbaren Goldschimmer unter der Hand des Hauptmanns aufglimmen zu sehen.

Als Gomaran sich wieder erhob, war sein Gesicht ausdruckslos. »Ihre Seele ist in die Nebel gegangen und wird nicht zurückkehren«, sagte er ruhig. »Ich weiß nicht viel von Heilkunst und noch weniger von dem, was eure Meister des Todes tun. Aber ich bezweifle, dass selbst mein Fürst oder einer eurer Totenherren sie zurückholen könnten.« Er machte eine Pause und sagte dann: »Es ist sinnlos, ihren Körper zu pflegen. Das ist kein Leben. Für dich nicht und nicht für sie.«

Sinan starrte auf sie hinab. Die Goldbänder, die er trug, unterdrückten nicht nur seine Magie, sondern auch tiefere Gefühle. In Sinans Herz regte sich Hass, der aber noch im Moment des Entstehens zu Trauer wurde.

»Ich werde nicht gehen, ohne sie mitzunehmen«, sagte er schließlich. *Ich kann sie nicht im Stich lassen.*

»Das hat mein Herr nicht gestattet«, erwiderte Gomaran steif. »Nur du, der Schmied Githalad und sein Gehilfe wurden an den Hof des Königs und in den Dienst seines Bruders gerufen.« Etwas milder fügte er hinzu: »Du könntest ihr ohnehin nicht mehr helfen. Niemand könnte das. Du bist ein Mensch, du solltest besser wissen als ich, dass ihre Seele keinen Frieden finden kann, wenn du sie mit dem winzigen Funken Leben in ihrem Körper daran bindest. Es ist eine Qual, gebunden zu sein, ohne zurückkehren zu können. Lass sie gehen und den Weg zu ihrem Schöpfer suchen.«

»Ich werde sie nicht aufgeben, nur um dem Herrn zu dienen, der sie getötet hat«, wiederholte Sinan hartnäckig und strich Berennis eine rotbraune Locke aus dem Gesicht. »Ihr sagt mir immer wieder, ich sei ein Sklave, doch mein Schöpfer hat mir einen freien Willen gegeben.«

»Sie hat dir viel bedeutet. Willst du sie quälen, nur um deinen Ungehorsam meinem Herrn gegenüber zu demonstrieren?«

Sinan wusste nicht, was er antworten sollte. Er vermied es, Gomaran anzusehen.

Schneller, als er reagieren konnte, hatte der Hauptmann ein kurzes *wakun* aus dem Schwertgehänge gezogen, das er um die Hüften trug. Mit schneller Hand zog Gomaran die scharfe Klinge über Berennis' Kehle. Ein leises Gurgeln war zu hören, dann breitete sich auf der Filzdecke, mit der Sinan sie sorgsam zugedeckt hatte, ein Blutfleck aus. Es dauerte nur ein paar Herzschläge, bis Berennis' Körper den letzten Atemzug tat.

Sinan kam es vor, als würde sie erleichtert aufseufzen.

Dann war sie still. Und zum ersten Mal seit dem Unfall sah sie für Sinan wirklich tot aus.

Gomaran schlug vor seiner Brust das Zeichen der Ys. »Ich wünsche ihrer Seele Frieden«, sagte er. »Doch du solltest jetzt mitkommen.«

Sinan war von der Reaktion des Hauptmanns überrascht und schwieg. Er sah auf Berennis hinab und erwartete, dass Tränen in seine Augen stiegen, doch sie blieben trocken.

»Ich wünschte, du würdest auch mich töten«, murmelte er.

»Das werde ich nicht tun, denn mein Herr gab mir nur den Auftrag, dich und die anderen Schmiede zu ihm zu bringen«, erwiderte Gomaran. Seine Stimme klang nicht unfreundlich, aber so gleichgültig, dass Sinan gleichwohl ein Schauder über den Rücken lief. »Auch wenn du es nicht willst, ich werde seinem Befehl immer gehorchen. Es wäre also besser, du kämest freiwillig mit.«

Sinan hob nicht einmal den Kopf.

Gomaran, der schon fast wieder aus der Hütte hinausgegangen war, sah sich am Eingang noch einmal um. »Meine Männer werden gestatten, dass deine Leute die Totenriten, die ihr für angemessen haltet, durchführen«, sagte er.

Sinan wandte sich um, stand aber noch nicht auf. »Warum tut Ihr das?«

Gomaran richtete sich auf. »Mein Fürst hat dir schon einmal auseinandergesetzt, dass er als Herr des Lebens Respekt auch vor den Menschen hat. Ich folge ihm darin, wie in allem. Er hat jedoch keinen Respekt vor Dingen wie Ehrlosigkeit, unnötiger Grausamkeit oder Rücksichtslosigkeit... Eigenschaften, die er bei deinem Volk immer wieder findet. Und jetzt komm. Wir haben keine Zeit mehr.« Er wandte sich um und ging.

Sinan stand langsam auf. Als er vor die Hütte trat, lehnte Ronan am Pfosten des Eingangs.

»Ich werde dafür sorgen, dass ihr jede Ehre zukommt, die sie verdient hat«, sagte der Musikant leise. »Glaub mir, ihre Seele wird die Feuer des Dunkelmonds finden.«

Sinan sah ihn an. Wie wollte Ronan das anstellen, ohne dass er Macht über die Seelen besaß? Doch in den dunklen Augen des Mannes war keine Falschheit zu sehen.

»Danke«, murmelte Sinan.

Ronan hob seine *pathi* vom Boden auf. »Ich war lange nicht mehr in dieser Stadt. Ich glaube, wenn wir Berennis ihrem Element, der Erde, übergeben haben, werde ich eine Zeitlang in den Tavernen der Oberstadt zubringen. Vielleicht finde ich jemanden, der bereit ist, sich die großen Legenden von einst vortragen zu lassen«, sagte er mit einer Verbeugung vor dem Hauptmann, der ein paar Schritte entfernt stehen geblieben war und sich ungeduldig nach Sinan umsah.

Ronan warf Sinan noch einen langen Blick zu, bevor er in der Hütte verschwand, in der sich Berennis befand.

»Komm jetzt!«, drängte der Hauptmann. »Ich bin sicher, mein Herr verzeiht die Verspätung, wenn ich ihm den Grund erkläre. Aber wir sollten seine Geduld nicht überstrapazieren.«

Sinan horchte in sich hinein. Dort, wo er erwartete, tiefe Trauer um Berennis und brennenden Hass auf den Heermeister und dessen Hauptmann zu befinden, war nichts als Leere.

Das *kastron* der Feste Bathkor thronte über den drei inneren Ringen der Stadt Bandothi, und so dauerte es einige Zeit, bis der Hauptmann es mit seinen drei Gefangenen erreichte.

Eigentlich hätte Sinan Bewunderung für die Steinmetzarbeit seiner Vorfahren spüren müssen, doch heute fand er nichts dergleichen in sich. Die Mauern der uralten Festung waren, wie die übrige Stadt, aus dem grauen Granit der nördlichen Loranonberge erbaut. Nur der Palas der Festung selbst, halbrund um einen weiten Hof gebaut, bestand aus schwarz und gold geädertem, hellem Marmor. Es gab Erker, Türmchen, Arkaden und Fenster, die manchmal aus Glas, manchmal aus Maßwerk bestanden; auf ihnen waren Motive aus den Legenden der Elben und auch der Menschen festgehalten.

Tarind Norandar und seine Königin bewohnten den zentralen Teil des großen Palas. Er bildete den Mittelpunkt des *kastrons*, das über der Stadt auf einem Felssporn hing und von den hohen Zinnen der Umgebungsmauer die Sicht über die Stadt und das weite Flusstal davor gewährte. Während der Blick nach Süden ging, lag der Palas im Norden am Berghang und war – da er in den Berg hineinragte – der dunkelste Teil des Schlosses.

Im vorderen Hof, über den der Hauptmann Sinan, Githalad und Aedan führte, befand sich der Mittelpunkt des alltäglichen Lebens. Ein Waffenboden stand in der Mitte, im Westen die Stallungen und unter dem östlichen Gebäudeflügel ein Teil der Unterkünfte für die Wachen, die sich auf den Zinnen abwechselten. Die Schmieden und anderen Werkstätten, die das Leben auf dem Schloss erleichtern sollten, lagen an der südlichen Wehrmauer. Der Eingang zur Küche war an der Südseite des Westflügels zu finden, sodass die Köche, Dienstmägde und Küchenhelfer nicht das Schloss selbst betreten mussten, wenn sie wie jeden Tag zum Arbeiten aus der Stadt kamen. Immer wieder huschten Dienerinnen und Küchenmägde von den Gärten, die hinter dem Ostflügel des Palas lagen, zur Küche an den arbeitenden Männern vorbei. Ihr Kichern erinnerte Sinan an Berennis' Lachen.

Sein Blick fiel auf den Waffenboden, auf dem Soldaten gerade Ringübungen durchführten. Die Elben bewegten sich schneller, als Sinan ihnen folgen konnte, aber da er selbst als Kind die Kampfkunst gelernt hatte, konnte er nicht umhin, die Eleganz und Geschmeidigkeit der Bewegungen zu bewundern. Der Waffenmeister seines Vaters hatte ihm einmal erzählt, dass Elben diese Geschmeidigkeit dem Mehr an Übung verdankten, das sie den Menschen schon aufgrund ihrer längeren Lebenserwartung vorausgehatten.

Die Übungen wurden vom Gejohle der Gefährten begleitet, während die hauptsächlich menschlichen Handwerker – die Pferdeknechte, Sattler, Hufschmiede und Tuchmacher – ringsum in den halb offenen Werkstätten ihrer Arbeit nachgingen. Direkt unter der Wehrmauer, auf denen ebenfalls Elben der Schlosswache patrouillierten, befanden sich die Schmieden.

Als Sinan daran vorbeikam, begutachtete er das Werkzeug und

die, die es handhabten, genau. Nur sehr wenige trugen das Zeichen des Akusu auf dem linken Arm. Das überraschte ihn. Er hatte erwartet, gerade hier am Hofe mehr Menschen anzutreffen, deren Magie von Akusu gesegnet war. Im Vergleich zu denen, die ihr Handwerk als gelernten Beruf ausübten, waren Dunkelmagier wie er in der Minderzahl, das wusste er wohl, doch er hatte geglaubt, der Elbenkönig würde mehr in seinen Diensten halten.

Wenn das hier alle Schmiede waren, die für den König und den Heermeister arbeiteten, dachte Sinan, verwunderte es nicht, dass der Heermeister sich sein Schwert ausgerechnet von ihm wünschte.

Für einen Augenblick fühlte Sinan sich geschmeichelt. Er würde dafür sorgen, dass dieses Schwert einen legendären Ruf erlangte. Doch mit einem Mal spürte er wieder die Kälte, die die goldenen Bänder an seinem Hals erzeugten. Der Stolz, der ihn gerade noch erfüllt hatte, löste sich in nichts auf, und alles, was blieb, war ein dumpfer Druck.

Er war nur ein gemeiner Sklave. Und wenn er dem Befehl des Heermeisters gehorchte, würde die von ihm geschmiedete Waffe dazu dienen, sein eigenes Volk zu unterdrücken.

Aber weigerte er sich, würde sein Volk ebenfalls darunter zu leiden haben. Nein, für Stolz gab es keinen Grund.

Verstohlen betrachtete er weiter die Handwerker, die ihrem Tagwerk nachgingen. Keiner von ihnen trug das goldene Sklavenband. Jedenfalls war es an keinem zu sehen.

»Sie tragen kein Band«, sagte der Hauptmann jetzt, als könnte er Sinans Gedanken lesen. »Sie haben keines und bleiben dennoch, weil sie wissen, dass der Heermeister, der hier im *kastron* die Hausgewalt hat, ein gestrenger, aber auch gerechter Herr ist.«

Sinan antwortete nicht. Menschen, die freiwillig den Elben dienten? Verachtung stieg in ihm auf. Doch wie jedes Gefühl wurde auch dieses von der goldenen Kraft in den Sklavenbändern sofort wieder vertrieben.

»Komm jetzt. Ich zeige euch die Werkstatt, in der ihr arbeiten werdet. Wenn du dich bewährst, wird der Fürst vielleicht veranlassen, dass auch deine Bänder abgenommen werden.«

Sinan schwieg. Dass man ihm mit Hilfe der Sklavenbänder die Gefühle nahm, war etwas Furchtbares. Dennoch empfand er die Demütigung, die damit verbunden war, weniger schlimm als erwartet.

Ob das gut oder schlecht war, musste sich erst noch zeigen.

Die Werkstatt, die man ihm auf den Befehl des Heermeisters eingerichtet hatte, ließ Sinan insgeheim staunen. Nichts fehlte darin, Sinan entdeckte darin sogar ein paar seiner schweren Schmiedehämmer mit den magischen Zeichen und auch den Satz feine Stichel, den er verwendet hatte, um den Muskelpanzer des Königs zu verzieren.

Er empfand eine gewisse Erleichterung, als er all das vorfand. Wegen der offenen Abneigung des Königs und dessen Bruders hatte er eigentlich erwartet, dass man die Werkzeuge als der Dunklen Magie zugehörig vernichten würde, nachdem man sie ihm fortgenommen hatte. Nun kamen sie ihm wie vermisste Erinnerungen vor, die unversehens wiederkehrten.

Sein Finger strich über den Sickenhammer, der auf einem Amboss lag und den der Älteste des Abend-Klosters ihm am Morgen seiner Weihe geschenkt hatte. Er war das wertvollste Werkzeug, das Sinan besaß. Der Hammer bestand aus silbrig glänzendem Stahl, der nicht anlief und stets wie neu aussah, obwohl er so alt war, dass er sogar von Meister Vakaran hätte stammen können.

»Hauptmann Gomaran!«

Der Mann, der nun herankam und sowohl Sinan als auch die beiden anderen Schmiede neugierig musterte, war ein Mensch. Er trug eine grobe Leinenhose und eine blaue Tunika darüber. Sinan wusste sofort, dass es der Burgvogt war.

»Hauptmann.« Bertalan verneigte sich kurz vor Gomaran. »Der Fürst schickt mich. Er wurde vom König gebeten, am ersten Verhör der Rebellin teilzunehmen, die wir vor knapp einem Mondumlauf ergreifen konnten. Er bittet Euch, zu ihm zu kommen und die drei Schmiede in meiner Obhut zurückzulassen. Er wird sich ihnen widmen, sobald er kann.«

Der Hauptmann nickte kurz und verschwand, ohne noch einmal das Wort an die Schmiede zu richten.

»Wie lauten eure Namen?«, wollte Bertalan wissen. »Ich werde euch dem Fürsten noch einmal vorstellen. Er will zu euch kommen, sobald er das Verhör des Schankmädchens beendet hat.«

Sinan musste sich zusammennehmen, um sich nicht umzudrehen.

Sanara.

Der Gedanke, er könne seiner Schwester nach Jahren wieder so nah sein, versetzte sein Inneres ungeachtet der Sklavenbänder in Aufruhr. Er hatte sie und die anderen vor Jahren hier in dieser Stadt zurückgelassen. Er war im Streit von ihr gegangen, hatte ihr übel genommen, dass sie den Vater nach all den Jahren immer noch in Schutz nahm und dass sie ihre Gabe, die Jenseitigen Nebel betreten zu können, nicht gegen die Elben einsetzen wollte.

Doch nun siechte sie in einem Verlies, ja, in einer Folterkammer und musste sich erneut dem Mann stellen, der das Massaker im Kloster des Westens zu verantworten hatte.

Einen Herzschlag lang hörte Sinan wieder das verzweifelte Weinen der kleinen Schwester, vor deren Augen Tarind Norandar ihren Vater gequält und den Ältesten des Klosters enthauptet hatte. Er verkrampfte, als er sich vorstellte, dass Sanara, geschwächt von Kälte, Wasser und Sturm, dem Elb und seinem Zwilling in diesem Moment erneut gegenüberstand.

Aber wie damals war er jetzt hier. Der große Bruder. Wieder in der Nähe seiner Schwester, die offenbar beschlossen hatte, sich nach Jahren der Zurückhaltung gegen die Ungerechtigkeiten der Elben zur Wehr zu setzen. Vielleicht hatte sie sich entschlossen, ihre Gabe nun doch einzusetzen. An keinem Ort der Welt gab es eine bessere Gelegenheit, sie zu sehen und sich mit ihr zu verständigen. Vielleicht konnten sie gemeinsam schaffen, zu was er allein nicht in der Lage gewesen war: die verfluchten Elbenzwillinge besiegen.

Er musste zu ihr. Es musste eine Möglichkeit geben.

Zum ersten Mal seit dem Fall von Kharisar keimte Hoffnung in Sinan. Eine Hoffnung, die auch die beiden Goldbänder um seinen Hals nicht zu dämpfen vermochten.

»Nun?«, wiederholte Bertalan ungeduldig. »Wie lauten eure Namen?«

Während Githalad und Aedan sich beeilten, ihre Namen zu nennen, wechselte Sinan das Thema. »Ich wusste nicht, dass der Fürst sich dazu herablässt, selbst die Gefangenen zu quälen«, sagte er, ohne sich umzudrehen. Er hoffte, dass seine Stimme beiläufig klang und nicht verriet, wie wichtig ihm eine Antwort war.

Er hörte, dass Githalad scharf den Atem einsog und ihn zurechtweisen wollte, doch Bertalan, der dabei war, die Werkstatt zu verlassen, kam ihm zuvor.

»Der Heermeister foltert niemanden«, sagte der Vogt. Obwohl er sich nicht umdrehte, konnte Sinan hören, dass er Unmut über den Einwurf empfand. »Er ist ein Herr des Lebens und respektiert es, wo er es antrifft.«

Die Phrase ließ die Flamme von Sinans Widerspruchsgeist so hoch auflodern, dass selbst die beiden Sklavenbänder es nicht unterdrücken konnten. »Das habe ich schon oft gehört«, sagte er. »Doch dieser Herr des Lebens unterdrückt uns und nimmt uns die Kraft, wann immer er die Gelegenheit dazu hat.«

Bertalan sah Aedan und Githalad an, doch die beiden befassten sich mit dem Werkzeug, das Sinan gehörte.

»Ich kenne die Geschichten über dich«, sagte der Vogt schließlich. »Du bist Sinan, der Schmied. Der Fürst und der König haben mir erzählt, wie es auf dem Heerzug zuging und wie sie dich für deine Aufsässigkeit bestraften.«

Er kam näher, warf einen Blick auf die beiden Goldbänder um Sinans Hals und packte sein linkes Handgelenk. »Du trägst das

Zeichen des Akusu. Zu gleichen Teilen die Herrschaft über das Feuer und die Schätze der Erde. Ich sehe auch, dass du es im Kloster des Westens empfangen hast.«

Sinan nickte langsam. Es war Zeit, dem Vogt Respekt zu erweisen, auch wenn er nur geheuchelt war. Um eine gefangene Rebellin im Verlies sehen zu können, brauchte er die Gunst des Vogts und nicht zuletzt des Heermeisters, der die Hausgewalt im *kastron* innehatte.

»Ihr kennt Euch aus.«

Bertalan betrachtete Sinan nachdenklich und schob den linken Ärmel seiner Tunika hoch. Rote Bahnen zogen sich entlang der Muskeln und Sehnen. Darauf waren stilisierte Tiergestalten in samtigem Schwarz zu sehen.

Der Vogt verstand es also meisterlich, mit Tieren zu sprechen.

»Du bist vom Dunklen Mond wahrlich gesegnet, und ohne dich je bei der Arbeit gesehen zu haben, bist du sicher der beste Schmied, den wir hier seit Langem hatten«, sagte er. »Das *daikon*, das du dem Fürsten von Norad machen sollst, wird sicher eine edle Klinge werden.«

Aedan fuhr herum. Es war das erste Mal, dass er hörte, zu welchem Zweck Sinan – und damit auch er – hergebracht worden waren. Seine Augen weiteten sich. Fragend sah er Githalad an, der hinter ihn getreten war.

Sinan wich Aedans Blick aus.

»Ich fürchte, die Waffe wird eher durchschnittlich, auch wenn mein Stolz mir gebietet, meine ganze Kunst in diese Aufgabe zu stecken«, sagte er dann. Selbst in seinen Ohren klang seine Stimme bitter. »Denn ich kann meine Magie derzeit nicht anwenden.«

Der Vogt nickte. »Der Fürst wird dir zumindest eines der Bänder heute noch abnehmen. Doch das andere wird vorerst bleiben. Er misstraut dir – was dich sicher nicht überraschen wird.« Bertalan wandte sich Githalad und Aedan zu. »Euch und den anderen Schmieden wurde auferlegt, ihn nicht aus den Augen zu lassen. Bewegt euch wie die anderen frei an diesem Hof und in der Oberstadt. Doch sollten er oder ihr zu fliehen versuchen – nun, für den Fall befahl der Heermeister, euch nicht in seine Hände zu geben. Und mag er selbst auch nie eines der Folterinstrumente in den Verliesen anrühren, andere in diesem *kastron* haben solche Skrupel nicht.«

Sinan erwiderte nichts. Mit so viel Freiheit hatte er nicht gerechnet.

Bertalan schien auch keine Antwort zu erwarten. Er nickte noch einmal und ging.

»Lass uns eine Liste machen, was wir noch benötigen«, erklang jetzt wieder Githalads ruhige Stimme. »Ich frage mich, wo man hier einen Rennofen bauen kann. Denn ich weiß, du wirst neuen Stahl für das Schwert brauchen, auch wenn alter hochwertiger wäre.«

»Das wäre er«, erwiderte Sinan. Er war erleichtert, dass Githalad ihm die Gelegenheit bot, auf andere Gedanken zu kommen. »Doch alter Stahl trägt bereits die Essenz anderer Träger in sich. Will der Heermeister ein Schwert für sich, so muss der Stahl frisch und rein von Magie und alten Essenzen sein. Auch wenn ich die neue Luppe länger werde ausschmieden müssen, als es bei altem Stahl erforderlich wäre.«

Githalad nickte bewundernd, und Faszination schimmerte in seinen Augen. »Ich bin neugierig auf die Arbeit mit dir.« Er wandte sich an ihren Gehilfen. »Aedan, geh den Waffenschmied dort drüben fragen, ob die Gruben da hinten für einen Ofen verwendet werden können.«

Aedan schnitt eine Grimasse. Er sah aus, als läge ihm eine Frage auf der Zunge. Doch dann gehorchte er wortlos und ging davon.

Unwillkürlich wanderte Sinans Blick nun wieder zu dem Tor, hinter dem Gomaran vorhin verschwunden war. Abermals fragte er sich, was seine Schwester wohl gerade durchmachte. Er schloss kurz die Augen und konzentrierte sich auf sie. Vielleicht spürte sie es ja.

Als hätte Githalad seine Gedanken erraten, trat er näher an Sinan heran. »Du kennst die Rebellin, die im Kerker sitzt?«

Sinan warf dem Älteren einen langen Blick zu, antwortete aber nicht.

Githalad nickte langsam, als verstünde er Sinan mittlerweile besser. »Wir werden schon herausfinden, wer die Gefangene ist«, sagte er leise. »Vielleicht nicht heute. Aber lange wird es nicht dauern.«

Sinan nickte und ging zu der ordentlich gemauerten Esse zurück. Er hielt die Hand über die Holzscheite und das trockene Stroh, das als Zunder diente. Doch keine Funken entstanden.

Mit hängenden Schultern machte er sich bewusst, dass der Hoffnungsschimmer, der in ihm keimte, noch zu schwach war, um sich gegen die Sklavenbänder durchzusetzen. Nichtsdestotrotz begann er gemeinsam mit Githalad und Aedan, seine Werkstatt für die Herstellung des *daikons* vorzubereiten.

Der Funke Hoffnung half ihm auch, sich das erste Mal Githalad gegenüber ein wenig zu öffnen. Es tat Sinan gut, dass der ältere Schmied wissen wollte, wie das Schwert herzustellen sei. Und auch Aedan sah Sinan mit neuer Bewunderung an, als dieser fachkundig den Berg von Ortsteinen aussortierte, die man ihm bereits gebracht hatte, um damit zu arbeiten.

Sinan prüfte gerade die Grube unterhalb der Wehrmauer, ob sie geeignet wäre, aus ihr einen Schmelzofen zu bauen, als ein Tumult auf dem Hof ihn ablenkte. Er wandte sich um.

Der Lärm schien vom Eingangstor zu kommen, das nicht weit entfernt von seiner neuen Werkstatt lag. Doch es war nicht zu erkennen, was vor sich ging.

»Aedan! Bleib hier.« Githalad rief seinen Gehilfen, der sofort neugierig loslaufen wollte, scharf zurück und wechselte einen besorgten Blick mit Sinan.

Aedan gehorchte zögernd. Doch er ließ es sich nicht nehmen, auf eine der Wassertonnen zu klettern, die zwischen den Schmieden standen.

Das Geschrei wurde immer lauter, und allmählich schälten sich für Sinan, obwohl er mit Githalad in der Schmiede geblieben war, einzelne verständliche Worte heraus, auch wenn durch die Menschenmenge, die sich gebildet hatte, kaum etwas zu erkennen war. Eine Frau wurde offenbar von einem Elben festgehalten, einem der Wachtposten, die kontrollierten, wer in die Festung durfte und wer draußen bleiben musste. Hier, im äußeren Hof, wo die Handwerker ihren Beschäftigungen nachgingen und sich der Eingang zur Küche des Palas befand, herrschte ein ständiges Kommen und Gehen. Sinan konnte sich nicht vorstellen, was einen solchen Aufruhr verursachte.

Und doch, nicht nur das Rufen einer Frau wurde lauter, es weinte auch ein Kind. Dazwischen erklang immer wieder die harsche Stimme eines Hauptmanns.

»Nein! Ich sagte, du sollst wieder an deine Arbeit gehen, Dirne, wenn du überhaupt eine hast!«

»Bitte, ich gehe ja! Aber ich flehe Euch an, lasst meine Tochter los!«

Sinan ging ein paar Schritte auf die Menge zu. Wieder kochte Zorn in ihm hoch, zwar von den beiden Goldbändern gedämpft, aber dennoch spürbar. Nur der Gedanke daran, dass er nicht auffallen durfte, wenn er in absehbarer Zeit ins Verlies vorgelassen werden wollte, hielt ihn zurück.

Er ging zu Aedan und stellte sich neben ihn.

»Was siehst du?«, fragte er leise.

»Eine Familie will den Burgvogt sprechen und bittet um Gerechtigkeit. Offenbar ist der Sohn krank. Sieh nur.«

Sinan sah zum Portal hinüber. Die Menge verstellte ihm die Sicht nicht völlig, da seine Größe ihm ermöglichte, über die vielen Köpfe hinweg zu verfolgen, was geschah.

Der Wachtposten hatte eine junge Frau in den Würgegriff genommen. Sie schluchzte leise, während der Hauptmann einer älteren Frau den Arm auf den Rücken gedreht hatte und sie kniend am Boden festhielt. Die ältere Frau jammerte nur noch schwach.

Offenbar entzog der Hauptmann ihr die Kraft. Die helle, makellose Haut seines Gesichts war rosa angehaucht.

»Ihr könnt hier nicht einfach herein und den Vogt sprechen!«, sagte der Hauptmann hart. »Und wer weiß, was dein Sohn getan hat, dass er so gestraft wurde!«

»Seht ihn Euch doch an!«, schrie das junge Mädchen und wehrte sich wieder vergeblich gegen den unerbittlichen Griff, der sie festhielt. Sie zeigte auf einen halbwüchsigen Jungen, der mit geschlossenen Augen etwas abseits stand. Tränen liefen ihm die Wangen herunter, er zitterte. Und doch wirkte er seltsam unbeteiligt. Vielleicht lag es daran, dass einer der Wachen ihm die Schneide seines *wakun* an die Kehle hielt. Etwas am Gesicht des Kindes erinnerte Sinan jedenfalls an das von Berennis, als deren Seele fortgegangen war.

Der Hauptmann blieb stur. »Da könnte ja jeder kommen und sich beschweren. Ihr Kinder Akusus habt nichts anderes im Kopf, als uns Elben Schaden zuzufügen. Verschwindet! Für euch gibt es keine Gerechtigkeit.« Er zerrte die abgemagerte Frau, offenbar die Mutter, am Arm hoch und stieß sie brutal in Richtung des Portals.

Die geschwächte Frau stolperte, fiel auf das grobe Kopfsteinpflaster und blieb weinend liegen. Die Tochter jammerte auf, doch der Soldat ließ sie nicht los, sondern verstärkte seinen Griff sogar noch. Seine Wangen begannen sich zu röten, während das Mädchen in seinem Arm erschöpfter aussah. Der Junge stand weiterhin regungslos da und wehrte sich nicht gegen die Klinge an seiner Kehle. Es war, als würde er gar nicht sehen, was man seiner Mutter und seiner Schwester antat. Einerseits war das merkwürdig, andererseits war Sinan sicher, dass jeder Versuch des Aufbegehrens eine Wunde zur Folge gehabt hätte.

Sinan biss die Zähne zusammen. Ein paar Herzschläge lang kämpfte er mit sich. Diese Ungerechtigkeit war schrecklich, doch er wusste auch, wenn er eingriff, würde ihm der Heermeister wohl kaum am Abend das zweite Sklavenband abnehmen.

Seine Pläne waren noch unausgegoren, aber er würde seine Magie auf jeden Fall benötigen, um irgendetwas zu erreichen.

Er wollte sich gerade angewidert abwenden, als ein frischer Windstoß über den Hof fegte. Der Duft nach verbranntem Yondarharz stieg auf und kitzelte in Sinans Nase.

»Was geht hier vor?«

Der Ruf hallte über den Hof und ließ den aufgeregten Lärm auf der Stelle verstummen.

Sinan schauderte beim Klang der Stimme. Sie löste Angst, aber auch Wut in ihm aus.

Am liebsten wäre er losgestürmt und hätte Tarinds Bruder zur Rede gestellt. Ein gerechter Hausherr wollte er sein? Er verachtete Menschen, wenn sie unehrenhaft und grausam waren, und ließ dergleichen bei seinen eigenen Wachen durchgehen?

Doch Githalad war bereits hinter ihn getreten. »Halt still«, murmelte der Ältere. »Es fällt auch mir schwer, aber tu es dennoch.«

Selbst die Wachtposten waren still geworden, als der Heermeister durch die Menge herantrat, die sich respektvoll geteilt hatte. Die Menschen – Handwerker, Küchenmägde und Pferdeknechte – wichen zurück. Selbst die junge Frau, die schuld an dem Tumult war, senkte im Griff des Soldaten erschrocken den Blick, als sie sah, wer sich ihnen näherte. Schließlich riss sie sich los und verbeugte sich in einem tiefen Knicks.

Sinan hatte den Eindruck, als werde sogar das Schluchzen des Jungen leiser, auch wenn dieser der Einzige war, der sich ansonsten auch weiterhin nicht von der Stelle rührte.

Der Fürst von Norad warf einen langen Blick auf das Mädchen, das erkennbar vor Angst und Kälte zitterte. Ihm war nicht anzusehen, was in ihm vorging. Er wandte sich an den Hauptmann. »Berichte mir.«

Dieser neigte kurz zum Zeichen seiner Ehrerbietung den Kopf. »Mein Fürst, ich bin Randahar«, sagte er. »Diese Leute – es sind Menschen! – wollten zu Bertalan vorgelassen werden.

Angeblich um eine Ungerechtigkeit zu melden, die ihnen widerfuhr.«

Mittlerweile war zu sehen, dass die jüngere der beiden Frauen sich wieder etwas gefasst hatte, während es der älteren schon Mühe bereitete, überhaupt aufzustehen. Der Junge hingegen hatte sich immer noch in den festen Griff ergeben, mit dem die Wache ihn festhielt.

Um der Frau noch etwas Zeit zu lassen, sich die Worte zurechtzulegen, die diesen ungebührlichen Auftritt vielleicht rechtfertigen mochten, wandte Telarion sich an die Wache, die dem Halbwüchsigen nach wie vor mit dem *wakun* den Kopf in den Nacken zwang.

»Nimm deine Klinge herunter.«

»Aber mein Fürst!«, empörte sich der Mann. »Sie haben gewaltsam versucht, sich Zutritt …«

Telarion Norandar fiel ihm ungerührt ins Wort. »Dieser Junge bedroht niemanden. Nimm die Klinge herunter.«

Die Wache gehorchte zögerlich. Telarion warf dem Soldaten noch einen strengen Blick zu, worauf er hastig einen Schritt zurückwich. Der Junge selbst ließ den Kopf hängen und wirkte so abwesend wie zuvor. Lautloses Schluchzen schüttelte ihn, als wage er nicht, einen Ton von sich zu geben.

»Warum dieser Aufruhr?«, verlangte der Heermeister von Hauptmann Randahar zu wissen. »Statt ein Kind zu bedrohen, hättest du den Vogt kommen lassen können. Natürlich nur, wenn seine Zeit es ihm gestattet hätte.«

Randahar runzelte die Stirn, doch er wagte nicht, dem Heermeister die Antwort zu verweigern. »Die Stimmung in der Stadt ist hitzig, seit diese Rebellin in einem der Unseren das Feuer entfachte. Die Königin gab den Befehl, alle an diesem Tor abzuweisen, die nicht für Euch arbeiten. Tatsächlich haben wir der Frau dort…«, er wies auf die jüngere der beiden Frauen, »… diese Waffe abgenommen.«

Er streckte Telarion mit einer kurzen Verneigung die offene Handfläche entgegen. Darauf lag eine Schere, kein Meisterstück, doch scharf geschliffen. »Wir wollten Bertalan nicht von wichtigeren Aufgaben abhalten, mein Fürst.«

Telarion runzelte dir Stirn und nahm die Schere. Ein Werkzeug, wie es bei den Hirten zum Scheren des Fells verwendet wurde, und so klein, dass es kaum als Stichwaffe hätte dienen können. Er wandte sich an die junge Frau, die immer noch in einem Knicks vor ihm erstarrt war.

»Erhebe dich«, befahl er.

Die junge Frau gehorchte nicht sofort. Sinan verstand ihre Angst. Sie war von Elben umgeben, ihr jüngerer Bruder stand immer noch mit gesenktem Kopf neben ihr und zitterte. Ein Wort des Heermeisters entschied über ihr weiteres Schicksal und das ihrer Familie.

Doch schließlich folgte sie dem Befehl, neigte den Kopf vor dem Fürsten und schwieg demütig.

»Du schweigst?«, sagte der Heermeister. »Warum? Hast du nichts zu deiner Verteidigung vorzubringen? Es ist kein geringes Vergehen, am Hof des Königs für Aufruhr zu sorgen und eine Waffe mitzubringen.«

Die junge Frau schlug das alte Zeichen der Ys vor der Brust. Dann breitete sie die Arme in der üblichen Geste der Demut aus. Immer noch hielt sie den Kopf gesenkt.

»Fürst Norandar, ich würde nicht wagen, das Wort zu ergreifen, bevor Ihr es nicht gestattet.«

Sinan sah die Überraschung auf Telarion Norandars Gesicht. Das klang nicht nach einer Frau, die sich gewaltsam Zutritt zum Hof der Elbenkönige hatte verschaffen wollen. Er bedeutete Leutnant Randahar, zurückzutreten. Er tat es, und seine Untergebenen folgten seinem Beispiel.

Nun hatte der Heermeister Platz, doch er und die kleine Familie standen jetzt in einem Kreis, aus dem sie nicht mehr entkommen konnten. Aedan rückte auf dem Fass automatisch ein Stück zur Seite. Sinan kletterte hinauf und konnte über die Köpfe der Leute hinwegblicken.

Es schien selbstverständlich, dass Telarion Norandar die Situation beherrschte, doch immer noch stand das kurzgeschnittene Haar des Fürsten, das Sinan mehr denn je an struppiges Rabengefieder erinnerte, in seltsamem Gegensatz zu der Sorgfalt, mit der sich der Heermeister sonst kleidete. Verstohlen suchte Sinan auf dem weißen Hemd des Fürsten nach roten Flecken, die Auskunft hätten geben können, was mit seiner Schwester passiert war. Doch es war so rein wie die Weiße Sonne. Die weite, kostbare Jacke, die *jora*, die Telarion Norandar darübertrug, bot einen tiefschwarzen Kontrast dazu und war bis auf feine Goldstickereien an den Säumen schmucklos. Sie ließ nicht erkennen, ob sich rote Flecken darauf oder darunter befanden.

Doch wenn der Vogt die Wahrheit sprach, würde sich der Heermeister, der auch ein Heiler zweiter Ordnung war, wohl tatsächlich vom blutigen Folterhandwerk fernhalten.

»Leutnant Randahar hat recht, wenn er sagt, dass nicht jeder den Vogt sprechen kann, wann es ihm beliebt«, richtete der Fürst jetzt das Wort an die junge Frau. »Warum glaubst du, dein Anliegen sei wichtiger als alle anderen?«

»Vergebt einer Schwester und einer Mutter ihre Verzweiflung, hoher Herr«, sagte die junge Frau und senkte den Blick. »Ihr ... ihr wisst, was vor einem Mondumlauf in der Mittelstadt geschehen ist?«

Der Heermeister nickte. Sinan erkannte Abscheu auf seinem Gesicht. Doch es war nicht zu sehen, ob er diesen Abscheu empfand, weil damals Menschen unnötig gequält worden waren oder weil einer der Männer des Königs verletzt worden war.

Sinan vermutete Letzteres.

»Mein Bruder wurde Zeuge, wie Eure Patrouille ... wie Eure Patrouille ihrer Aufgabe nachging«, sprach die junge Frau stockend weiter. Sie wählte ihre Worte mit Bedacht. »Er sah mit an, wie Eure Soldaten den Weber und einen anderen Jungen, der ihm zu Hilfe eilte, mit Wasser, Eis und giftigen Ranken quälten.« Sie hielt kurz inne, als müsse sie sich erst fassen. »Doch mein Bruder ist noch jung. Er verstand nicht, was geschehen war und warum sie es taten. Vor einem Zehntag nahmen Eure Männer erneut jemanden fest. Unseren Nachbarn. Sie ließen ihn … auf der Gasse vor unserem Haus erfrieren. Geret wollte sie daran hindern. Da hüllte ihn einer der Männer ebenfalls in Eis.«

Das Mädchen stockte und konnte nicht weitersprechen.

Der Heermeister schwieg. Dann ging er langsam auf den Jungen zu. Das Kind wimmerte auf, als es bemerkte, dass der Fürst der Elben auf es zukam, und wich, ohne den Kopf zu heben, einen Schritt zurück, bis es wieder an den Wachsoldaten stieß. Es schlug die Hände vor das Gesicht, als es begriff, dass es kein Entkommen gab.

»Fürst … ich bitte Euch …« Die Schwester wollte eingreifen, doch eine herrische Handbewegung Telarion Norandars ließ sie innehalten. Ängstlich sah sie zu, wie sich der Heermeister dem Bruder weiter näherte und schließlich vor dem Jungen in die Hocke ging.

Es wurde still um ihn herum.

»Fürchte nichts, Geret«, sagte der Heermeister schließlich. Aus seiner Stimme war jegliche Härte verschwunden und doch duldeten seine Worte keinen Widerspruch. »Ich werde dir nichts tun. Du frierst, nicht wahr?«

Geret reagierte nicht. Wieder wollte die Schwester auf ihn zustürzen, doch eine neuerliche Geste des Fürsten hielt sie davon ab.

»Ich sehe, du hast Angst, Geret.« Telarion Norandar hob die Hand und legte die Fingerspitzen sanft auf die linke Hand des Jungen. Erschrocken riss das Kind die Arme vom Gesicht. Doch seine Augen blieben geschlossen.

»Ich werde meine Hand jetzt auf deine Wange legen«, sagte der Fürst ruhig. »Ich verspreche, ich werde dir kein Leid zufügen.«

Der Heermeister schluckte hart, bevor er seinen Worten Taten folgen ließ, und einen Augenblick lang war Sinan sicher, dass es Ekel war, den er hinunterwürgte. Und doch überwand er sich und berührte das Kind.

Dann schloss auch er die Augen. Für einen Herzschlag sah es so aus, als würden die rotblonden Haare des Kindes grünlich und golden aufleuchten.

Es war totenstill.

Dann nahm der Fürst die Finger wieder vom Gesicht des Kindes und erhob sich langsam. In den grünen Augen schimmerte beinahe Mitgefühl, als er ein letztes Mal auf das Kind sah, das sich die ganze Zeit nicht gerührt hatte und immer noch den Kopf gesenkt hielt. Sinan glaubte zu sehen, dass die bleichen Wangen des Jungen sich leicht gerötet hatten.

Der Heermeister wandte sich wieder der Schwester zu.

»Sein Seelenfeuer ist beinahe erloschen«, sagte er. »Doch ich konnte vieles vom Eis, das es umgab, schmelzen. Er sollte viel schwitzen und darf nur fettes Fleisch und die bitteren Wurzeln des Süßgrases essen. Gib ihm jeden Tag heißen Tee aus Sonnenblüten, und mische Rübensirup und Honig hinein, damit sich seine Seele daran wärmen kann. Lass ihn nur hinaus, wenn die Rote Sonne scheint. Tu das einen Mondumlauf, dann kann er wieder gesund werden. Und nun nimm deinen Bruder und deine Mutter und geh. Niemand wird euch behelligen.«

Er wartete den gestammelten Dank der jungen Frau nicht ab, sondern wandte sich wieder Randahar zu, der mit finsterer Miene zugesehen hatte, wie der Fürst sich auf dem Hof der Wirtschaft um ein Menschenkind kümmerte.

»Mein Fürst, Ihr untergrabt meine Autorität und die der Wache, wenn Ihr zu den Menschen so freundlich seid«, brummte er. »Wie soll das enden, wenn …«

»Ich gebe dir und der Wache hiermit den Befehl, dass derartige Bitten ab sofort niedergeschrieben und am Ende des Tages entweder dem Vogt oder Gomaran von Malebe vorgelegt werden«, unterbrach ihn Telarion Norandar. »Sie werden dann entscheiden, ob Maßnahmen getroffen werden, nicht mehr der diensthabende Hauptmann der Wache.«

Er wandte sich von Hauptmann Randahar ab und ging auf die

Schmiedewerkstätten zu. Dem Hauptmann blieb nur übrig, sich so respektvoll vor dem Heermeister zu verneigen, wie es ihm möglich war. Doch der Groll war ihm deutlich anzusehen.

Dem Heermeister schien der Ärger seines Untergebenen gleichgültig zu sein. Er wandte sich grußlos von der Wache ab und sah auch dem Jungen nicht hinterher, der, von seiner Schwester und seiner Mutter geführt, nun an den Wachsoldaten vorbei davonging.

Sinan sprang von der Regentonne herab und ging hinüber zu seiner neuen Werkstatt, in der Gomaran gerade ein Feuer in der Esse entfachen wollte.

Sinan kam gerade rechtzeitig, um es zu verhindern. »Halte ein! Es wäre besser, wenn ich das Feuer magisch entzünden könnte«, rief er.

»Wie willst du das schaffen?«, gab Githalad spöttisch zurück.

»Er wird es können, wenn ich ihm das zweite Band, das ich ihm auferlegte, wieder abnehme«, erklang eine scharfe Stimme.

Sinan wandte sich um. Der Duft von verbranntem Harz kitzelte die Nase des Schmieds so stark, dass er beinahe niesen musste. Doch er nahm sich zusammen. Sinan neigte langsam den Kopf vor dem Fürsten, der mit großen Schritten herankam und schließlich vor der Schmiede stehen blieb, ohne sie zu betreten.

»Komm her«, befahl der Fürst.

Sinan zögerte, gehorchte dann aber. »Ich danke Euch für das, was Ihr für diesen Jungen getan habt«, sagte er.

»Ich wünsche keinen Dank für Taten, die ich Ys und meinem Gelübde als Heiler schuldig bin. Schon gar nicht von dir«, erwiderte der Fürst schroff und zog ein *wakun* aus seiner Schärpe.

Mit geübtem Griff packte er Sinans zweites Sklavenband und durchtrennte es, ohne Sinans sonnengefleckte Haut zu berühren.

»Ich hoffe, die vergangenen beiden Zehntage haben dir bewiesen, dass ich nicht zögern werde, dich zu bestrafen, wenn du mich erneut hintergehst.«

»Das haben sie«, erwiderte Sinan, ohne den Blick zu senken.

Telarion Norandar schwieg ein paar Herzschläge lang. Dann rief er einen der anderen Waffenschmiede zu sich. Der Mann hatte dunkle Haut wie die Menschen aus Entarat.

»Kennst du die Arbeit Meister Vakarans?«, fragte er.

Der Mann starrte ihn verwundert an und vergaß beinahe, sich zu verneigen.

»Nun?«

»Ja … ja, Mendaron Norandar!«

»Berichte, welche Arbeitsschritte für den Meister vonnöten waren, wenn er ein Schwert bester Qualität schmieden wollte.«

Der Waffenschmied warf einen Blick auf Sinan, der gleichgültig mit den Achseln zuckte, und begann anhand von Sinans Werkzeug das Gewünschte zu schildern. Telarion Norandar lauschte ihm aufmerksam.

Sinan betrachtete den Fürsten, hin- und hergerissen zwischen widerwilliger Bewunderung und Abscheu. Dieser Elb gab sich viel Mühe, leutselig und gerecht zu erscheinen, aber die Verachtung, die er für die Kinder Akusus hegte, war förmlich mit den Händen zu greifen.

Sinan wünschte sich glühend, er wäre der Stein, der den Hochmut des Fürsten zu Fall brächte.

Es tat gut, wieder arbeiten zu können.

Kaum war das zweite Sklavenband fort, brachen in Sinan förmlich die Dämme. Er konnte wieder Feuer entzünden, sein Geist war wieder so klar, dass er sich an die magischen Gesänge erinnerte, die überliefert waren und nicht aufgeschrieben werden durften.

Seine Kraft war zurückgekehrt.

Er war so zufrieden, dass er selbst Githalad und Aedan mit mehr Freundlichkeit begegnen konnte. Zumal Githalad sich als Freund zu erweisen begann. Er war ein geschickter Schmied, auch wenn er dieses Handwerk nur in der Familie und nicht an einem heiligen Ort wie Sinan erlernt hatte und nur wenig Magie in sich trug.

Auch der Waffenschmied, der am ersten Tag dem Fürsten von Norad erklärt hatte, welche Arbeitsschritte notwendig waren, um ein magisches Schwert zu formen, kam immer wieder heran und beobachtete Sinan bei der Arbeit.

Und doch wuchs mit der Kraft, mit der Sinan seine Magie zur Entfaltung brachte, auch sein Zorn und die Ungeduld, seine Schwester wiederzusehen. Er fragte jedoch nie nach ihr, und sosehr er sich wünschte, selbst einmal in die Verliese gehen zu können, der Vogt gab ihm keine Gelegenheit dazu.

Doch eines Tages trat der Waffenschmied Mojisola an Sinan heran, als dieser das Eisen, das er aus den Ortsteinen und Eisensand im Rennofen hatte schmelzen können, ausschmiedete. Das musste viermal geschehen, zu Ehren eines jeden Schöpfergeistes einmal.

Während Sinan mit dem großen Hammer immer wieder auf den Stahlklumpen einschlug, der vor ihm auf dem Amboss lag, sah der Schmied neugierig zu. Sinan achtete nicht auf ihn. Er war darauf konzentriert, dass sich die Gesänge zur rechten Zeit mit dem Eisen verbanden, noch ehe er es am Ende dieses Arbeitsschritts zu Stahl geschmiedet hatte.

Als die Rote Sonne den Horizont berührte, war die Arbeit für heute getan. Den Gesang der Roten Sonne, die für den Syth stand, hatte Sinan beendet. Nun würde er mit dem Vogt sprechen müssen. Die nächsten Schmiedearbeiten würden während der kommenden drei Nächte vorgenommen werden müssen, wenn die drei Monde am Himmel erschienen. Dafür würde er die Erlaubnis des Vogts benötigen.

Mojisola nickte langsam. »Woran erkennst du, dass du das Eisen nicht weiter zu schmieden hast und nun abkühlen lassen musst?«, wollte er wissen.

Sinan tauchte den immer noch leicht rötlich glühenden Klumpen in einen Eimer mit schwarzem Öl, der neben ihm stand. Es zischte laut und qualmte. Der Geruch nach verbranntem Metall breitete sich in der Schmiede aus.

»Der Gesang des Syth ist beendet. Er hat genau die richtige Länge, wenn man keinen Fehler macht«, erwiderte Sinan. Er hatte sich vorgenommen, freundlich zu Mojisola zu sein, da eine von dessen Aufgaben darin bestand, die Folterwerkzeuge verlässlich und scharf zu halten. Vielleicht bekam er über den Schmied einmal die Erlaubnis, ins Verlies gehen zu dürfen.

Mojisola trat näher an das Eisen heran, das Sinan nun aus dem Öl zog. Er schien, als wolle er etwas fragen, finde aber die richtigen Worte nicht. Er nahm eine Zange und half Sinan, den Eisenklumpen an den Rand der Esse zu befördern.

Sinan wollte ihn abweisen, doch dann ließ er sich helfen.

»Wie gefällt es dir hier?«, fragte Mojisola schließlich, und Sinan fragte sich, warum der Schmied das wissen wollte.

»Nun, ich kann hier meine Arbeit tun«, sagte Sinan, als Mojisola nicht weitersprach. »Aber ich bin auch ein Sklave, der dem Herrn dieses *kastrons* Frondienste leistet.«

Mojisola nickte verständnisvoll. »Tarind Norandar und sein Bruder halten es für die Pflicht der Menschen, ihnen zu dienen.«

Sinan konnte den Zorn über diesen Umstand nicht verbergen. »Kein Kind des Akusu sollte das tun müssen!«, stieß er zwischen den Zähnen hervor.

Zu seiner Überraschung nickte Mojisola langsam. »Du bist ein von Akusu gesegneter Schmied. Du bist aus gutem Haus, wenn es so ist, wie der Vogt sagt und du dein Handwerk bei den Shisans des Westens erlernt hast. Es gibt nicht mehr viele, die das von sich sagen können.«

Sinan sah auf. Mojisola besaß die dunkle Haut der Menschen aus Entarat. Sein Haar war zu unzähligen kleinen Zöpfen geflochten, die ihm über den Rücken fielen.

»Was ist mit dir?«, fragte er schließlich.

»Ich versuche, Akusu und seinem Volk zu dienen, wo ich kann«, erwiderte Mojisola langsam. »Ich war lange im Süden. In

Sirakand.« Er machte eine Pause. »Doch jetzt gehe ich hier meiner Arbeit nach«, sagte er dann.

Sinan sah nicht auf, aber er lauschte aufmerksam. Sirakand war die Hauptstadt des Wüstenlandes Solife und der Sitz des Zaranthen. Er nahm einen Schürhaken und wendete die Kohlen.

Mojisola stand jetzt rechts von ihm. Wie zufällig streckte der dunkelhäutige Schmied den linken Arm vor Sinan aus, griff nach einem Hammer und wog ihn nachdenklich in der Hand. Sinan bemerkte, dass Mojisola ebenfalls ein Zeichen des Dunklen Mondes trug. Es sah seinem eigenen ähnlich und war doch anders: geformt wie ein rotorangefarbener Vulkankegel, dem Lava entströmte, in der dunkle Kristalle zu sehen waren.

Als Mojisola den Arm zurückzog, fiel der Ärmel seiner Tunika wieder über das Zeichen. Beiläufig sprach er weiter. »Ich gehe jede Woche einmal in die Verliese, um die Werkzeuge und Ketten zu holen, die repariert werden müssen. Manchmal kann ich dem einen oder anderen Gefangenen dort, der zu den Kindern des Akusu gehört, helfen. Ihm Kraft geben, wie diesem armen Schankmädchen, das nun schon seit fast vier Zehntagen dort unten sitzt.« Er schüttelte betrübt den Kopf. »Tarind und sein Zwilling wollen sie auf ihre Seite ziehen. Sie ist ziemlich erschöpft. Vielleicht kann ich einen Weg finden, zu ihr zu gelangen und ihr zu sagen, dass unsere Gebete mit ihr sind. Ich finde übrigens, sie sieht dir ähnlich.«

Sinan schwieg. Er konnte nichts sagen.

»Morgen muss ich wieder hinunter, um die Werkzeuge zu holen, die der Reparatur bedürfen«, sagte Mojisola. »Ich könnte jemanden brauchen, der mir hilft, sie zu tragen.«

»Ich helfe gern, wo ich kann«, erwiderte Sinan betont gelassen. »Wir stammen schließlich von einem Schöpfer ab.«

In Mojisolas dunklem Gesicht blitzten weiße Zähne auf. »So sehe ich es auch. Heute Abend kannst du mich zum Dank auf ein Bier in der Taverne unten an der Straße einladen.«

Er legte Sinan die Zange in die Hand, wandte sich um und ging.

Die beiden Monde waren gerade aufgegangen, als Mojisola die Tür zur Schänke aufstieß.

Warme, feuchte Luft, die nach schalem Bier, nach Menschen und nach Kohlenbecken roch, schlug ihm ebenso entgegen wie die Rufe nach neuen Bechern *kurimis* und nach vergorener Stutenmilch, dazu die Jubelschreie der Würfler, die um ein paar Kupfermünzen spielten und die Klänge einer *pathi*.

Sinan kannte die Melodie. Und er kannte auch die Stimme, die das fröhliche Trinklied sang. Es war Ronan der Musikant. Sinan erinnerte sich daran, dass Ronan davon gesprochen hatte, er würde in den Tavernen der Oberstadt eine Weile sein Obdach verdienen. Es sah so aus, als habe er seine Worte wahrgemacht.

Ronan stand vom Tisch auf, auf dem er gesessen hatte, und obwohl er weitersang, machte er eine drollige kleine Verneigung zu Sinan hin und lächelte breit.

Mojisola war schon öfter hier gewesen, überall wurde er freundlich begrüßt. So auch vom Wirt, der sowohl Sinan als auch dem Waffenschmied kommentarlos je einen Becher *kurimis* reichte.

»Ich habe kein Geld«, murmelte Sinan und wollte den Becher schon zurückweisen.

»Das macht nichts«, rief Ronan, der unter lautem Beifall sein Trinklied beendet hatte. »Ich bin sicher, dass dieser freundliche Wirt dir als meinem Freund heute freie Kost gewährt, wenn ich seine Gäste noch einen weiteren Abend unterhalte.«

Sinan musste lächeln. Er dankte dem Wirt, der nur etwas Unverständliches knurrte, doch es war nicht zu übersehen, dass er mit dem vorgeschlagenen Handel mehr als einverstanden war.

Ronan grinste. »Siehst du«, meinte er zu Sinan. »Er weiß genau, dass meine Musik seinen Umsatz erhöht.«

Dann fiel sein Blick auf Mojisola. »Kommt«, sagte er nach einer kurzen Pause und ging zwischen den Gästen hindurch zu einem der hinteren Tische, an dem niemand saß. Ronan wehrte die Bitten um ein weiteres Lied lachend ab und vertröstete die Enttäuschten auf später.

Hier war der Lärm der Schänke schwächer, aber immer noch laut genug, dass alles, was zwischen ihnen gesprochen wurde, von anderen ungehört blieb.

Bevor Sinan den Musikanten das fragen konnte, was ihm am meisten auf der Seele brannte, hatte Ronan bereits das Wort ergriffen. »Berennis liegt in trockener Erde. Sie hat die Riten bekommen«, sagte der Musikant ernst. »Ich dachte mir, das sei das Erste, was du wissen willst.«

Sinan versuchte, seine Erleichterung zu verbergen. Er hatte sich tatsächlich immer wieder gefragt, wie es wohl Berennis' Seele ergangen sein mochte, nachdem der Hauptmann des Heermeisters ihren Körper getötet hatte.

Er war Ronan dankbar, dass er für Berennis' Beerdigung gesorgt hatte. Und doch konnte er nicht vergessen, was seine Schwester ihm damals über die Jenseitigen Nebel gesagt hatte.

Berennis war nun allein. Ohne einen Seelenherrn hatte man ihren Körper getötet. Er konnte nur hoffen, dass Ihre Seele, und sei es durch puren Zufall, einst den Weg zu ihrem Schöpfer fand.

»Ich bin dankbar, dass du das für sie getan hast«, sagte er mit rauer Stimme und trank einen Schluck. »Nun müssen wir beten, dass ihre Seele sich nicht in den Nebeln verirrt.«

Er starrte den Schaum auf der vergorenen Milch an und sah nicht den Blick, den Ronan und Mojisola miteinander wechselten.

»Du weißt, was die Seelen erwartet, wenn sie den Körper verlassen?«, wollte Ronan schließlich wissen.

Sinan zögerte. Wie viel durfte er den beiden preisgeben? Er wählte seine Antwort mit Bedacht. »Ich kannte …« Er unterbrach sich. »Meine Schwester erzählte mir einst von den Jenseitigen Ebenen. Von der Einsamkeit, der Trauer und der Sehnsucht der Verirrten. Von den Nebeln, die ewig herrschen.«

»Deine Schwester ist eine Seelenherrin?«

Sinan erwiderte seinen Blick. »Ja.«

Mojisola grinste zu Ronan hinüber, der das Lächeln erwiderte.

»Ich sagte dir, er ist es.« Er stieß Sinan mit seinem Ellbogen in die Seite. »Hab keine Furcht. Weder Ronan noch ich werden es melden.«

»Ihr seid Rebellen«, sagte Sinan, als er sich etwas von seiner Überraschung erholt hatte. Dann lächelte auch er.

»Rebellen ist ein seltsames Wort«, murmelte Ronan nach einem schnellen Blick durch den Gastraum. Niemand achtete im Lärm und dem Rufen auf sie. »Sagen wir, Mojisola und ich haben das gleiche Ziel. Die Welt braucht Frieden.«

»Und Tarind Norandar steht dem im Weg«, fügte Mojisola leise hinzu.

Sinan ließ seinen Blick nachdenklich von einem zum anderen wandern. »Ich schätze, ihr habt einen neuen Verbündeten.«

»Wer sagt, dass wir dir vertrauen?«, gab Mojisola zurück.

Sinan stutzte. Mojisola musterte ihn aufmerksam aus Augen, deren gelbe Iris orangerote Flecken wie ein Pfirsich aufwies. Ronan hatte den Blick gesenkt.

Es brauchte Sekunden, bis Sinan begriff.

»Ihr werdet mir vertrauen. Ich habe einen Plan. Und mit eurer Hilfe wird er hoffentlich gelingen.«

Kapitel 6

»Vanar erschuf die Elben aus dem, was ihm untertan war: dem Wasser, der Luft und dem Wind, der Kälte und dem Licht der Sterne, den grünen Pflanzen, den endlosen Wäldern und den Meeren. Weil die Elben über Wasser und Luft herrschen, sind sie kaltblütig und sehr rational, und meist ist ihre körperliche Gestalt auch größer und schlanker als die der Menschen. Diese Andersartigkeit, gepaart mit der Kälte der Elben, flößt den Menschen oft Angst ein.«

Von der Schöpfung der Welt
Erste Rolle der Schriften des Klosters der Weisen Zwölf

In der nächtlichen Dunkelheit war der Silberne Mond die einzige nennenswerte Lichtquelle in den Gassen der westlichen Oberstadt. Doch er verschwand langsam hinter den Balkonen der Herrenhäuser und den Zinnen der Dachterrassen, die die schmalen Straßen säumten.

Der schmalen Gestalt, die durch die Schatten der leeren Gassen huschte, war dies nur recht. Geschickt nutzte sie dunkle Nischen. Kein Laut war zu hören. Sie bewegte sich so schnell, dass man ihren Schritten kaum folgen konnte. Hier in der Oberstadt gab es allerdings auch kaum jemanden, der sie hätte sehen können. Die Tore waren beim Untergang der Zwillingsmonde geschlossen worden. Erst bei Aufgang der Weißen Sonne würden sie wieder geöffnet werden, und so gab es auch nur vereinzelt Patrouillen, die den Vermummten hätten aufhalten können.

Schließlich erreichte die Gestalt den südlichsten Punkt der runden Mauer, die die Terrasse der Oberstadt von der darunter liegenden Mittelstadt Bandothis trennte, und trat dort von Westen in einen kleinen Garten, der das Gebäude umgab, das man an dieser Stelle errichtet hatte. Die silbrigen Strahlen des Mondes leuchteten hier, wo kein Mauerwerk sie abschirmte, noch fast taghell. Nichts stand ihnen im Weg, denn nur wenige dichtbelaubte Pflanzen schmückten den Wüstengarten, der hauptsächlich aus Sand und Kies bestand. Verschlungene Wege führten um Felsen und die mehr als drei Klafter hohen Sagaros mit ihren fingerlangen Dornen herum. Dieser Garten war der einzige Ort, wo diese Pflanzenart außerhalb der Wüste von Solife wuchs. Tagsüber strahlte er in den heißen Farben des Feuers und der Erde, doch nun, während der Nacht, überdeckte das Silber von Ys' Licht diese Farben und ließ sie weich und sanft erscheinen.

Die Gestalt, von Kopf bis Fuß unter einem langen Gewand verborgen, achtete nicht darauf. Sie schien den Weg zum Tempel zu kennen und war binnen weniger Herzschläge dort.

Sie wurde erwartet. Als sie sachte an die Tür pochte, wurde ihr sofort aufgetan. Der Shisan dahinter trug eine purpurfarbene Robe. Im schwachen Licht von Ys war das die einzige Farbe, die zu erkennen war. Doch vielleicht lag es auch daran, dass im Hintergrund des Raumes Lampen der gleichen Farbe brannten.

Der Shisan verneigte sich, während er der Gestalt den Weg freigab.

»Seid willkommen«, sagte er leise.

Die Gestalt blieb vor ihm stehen und verneigte sich ebenfalls kurz. Dann ging sie weiter. Der Priester schritt voran, ließ ihr aber vor der Tür zum großen Tempelraum wieder den Vortritt.

Der Unbekannte, der die Kapuze nicht abnahm, ging gemessenen Schrittes durch die Halle, die nur schwach erhellt war. Die wenigen Lampen bestanden aus purpurfarbenem, manchmal auch silbernem Glas und verliehen dem Licht einen düsteren Schein. Die Gestalt nahm die Schönheit des Raumes, der überwiegend aus violettem Porphyr bestand, kaum wahr. Ein Großteil der Mauern bestand auch hier aus feinem Maßwerk, Prachtstücke der Steinmetzkunst. Die Muster erzählten von der Schöpfung der Welt, die aus einem Streit der beiden Schöpfergeister entstanden war: Ys, die den ewigen Frieden und die Harmonie wünschte, das Wachstum und das Gedeihen; und Syth, dem Zerstörer, dem Chaos, das immer verändern und immer Neues erschaffen wollte. Sie erzählten davon, wie sehr sich beide geliebt hatten, so sehr, dass sie schließlich die Herrschaft über ihre Welt an ihre Zwillingskinder abgegeben hatten, um nicht länger streiten zu müssen: den Goldenen und den Dunklen Mond.

Und sie erzählten davon, wie Ys sich einst dazu überwunden hatte, ihren Geliebten in die Leere jenseits der Welt zu bannen, auf dass ihrer Schöpfung fortan Frieden und Harmonie beschieden sei. Syth war in die Leere gegangen, doch vom ersten Tage an, so sagten die Weisen, habe er seine Wiederkehr vorbereitet.

Die Gestalt kannte diese Geschichten und dachte nicht über die bekannten Bilder und Darstellungen nach, die, von Ys selbst beschienen, die Muster des Maßwerks als Schattenspiel auf den Marmorboden warfen.

Erst vor dem Altar machte der Ankömmling Halt, fiel auf die Knie und breitete die Arme vor dem Sinnbild des Syth aus, das dort stand: ein großer, in sich verknoteter Torus ohne Anfang und Ende.

»Du bist vor das Angesicht des Syth getreten, des Schöpfers der Veränderung, der Zerstörung des Althergebrachten und des Chaos, das alles, was einmal begonnen hat, beendet.«

Die Stimme hallte im Tempelraum nach. Für einen Herzschlag klang sie in den Ohren des Besuchers, als käme sie aus der Leere jenseits dieser Welt, doch dann mischten sich Tritte von Ledersohlen in die Worte. Der Sprecher blieb direkt vor der knienden Gestalt stehen.

»Das bin ich«, sagte die Gestalt ehrfürchtig.

»Zu welchem Zweck?«

»Ihr wisst, ich diene mit all meinen Gaben keinem anderen, als dem Schöpfer der Veränderung. Ich will der Schaffung des ewig

Neuen dienen und das meinige dazu beitragen, das wisst Ihr. Zu lange schon ist die Welt in dem erstarrt, was ist. Ich fürchte mich davor. Das darf nicht so bleiben.«

Der Priester verschränkte die Arme hinter dem Rücken und ging auf und ab. Schließlich blieb er vor der Gestalt stehen, deren Gesicht im düsteren Licht unter der Kapuze nicht zu erkennen war.

Dennoch wusste er genau, wer sich darunter verbarg.

»Du bist Syth treu ergeben, das weiß ich«, sagte er schließlich. »Doch was treibt dich so spät in der Nacht und ausgerechnet in der Stunde seiner größten Gegnerin hierher?«

Unter der Kapuze war ein tiefer Atemzug zu hören.

»Die Jahreszeiten verschieben sich, Frühjahr ist Sommer, die Wasser des Lithon überschwemmen Barat und reißen Land mit sich fort. Die Erde bebt und verändert den Lauf der Flüsse. Der Schöpfergeist der Veränderung will zurück auf die Welt.«

Der Priester legte den Kopf auf die Seite.

»Das ist wahr. Und doch weißt du, dass er sich nur aus der Jenseitigen Leere wird befreien können, wenn das Siegel gefunden und wieder zusammengefügt wird. Das Siegel, mit dem Ys ihn einst, nach seinem Fortgang, bannte.«

»Die Weisen sind seit Äonen der Ansicht, dass Ys das Siegel in den Jenseitigen Nebeln verankerte und dass es deshalb nur von einem Seelenherrn von dort geholt werden kann.«

Der Priester sah seinen Gast nachdenklich an.

»Das ist wahr«, sagte er. »Die Weisen sagen auch, dass nicht irgendein Seelenherr das Siegel berühren kann. Es muss einer sein, in dem die Gabe, die Akusu einst dem ersten Menschen schenkte, den er aus Lehm formte und im Feuer brannte, in ihrer reinsten Form zu finden ist.«

Die Gestalt nickte so heftig, dass ihre Kapuze fast vom Kopf rutschte. Sie sah dem Priester ins Gesicht.

»Man sagt, dass das Haus Amadian von diesem Menschen abstammt«, erklärte der Besucher. »Und dass besagte Gabe in Siwanon Amadian so rein und unverfälscht war wie in niemandem sonst.«

Der Priester schnaubte. »Das sagt man nicht nur, es war in der Tat so. Du weißt, ich selbst habe einmal den Fürsten von Guzar dabei gesehen, wie er eine Seele in die Jenseitigen Ebenen geleitete. Es gab in unserem Zeitalter niemanden, dessen Magie stärker war als die seine. Und doch weißt du so gut wie ich, dass diese Geschichte für immer zur Legende wurde, nur noch von den Musikanten in den Tavernen besungen, als Tarind ihn tötete.«

»Er tat es, weil er glaubte, der Fürst habe Dajarams Seele verbrannt.«

»Ja. Dajaram glaubte, die Macht des Lebens sei stärker. Das war falsch. Doch nun gibt es niemanden mehr, der stark genug wäre, das Siegel in diese Welt zu bringen.«

Unter der Kapuze begannen die Augen des Besuchers nun zu funkeln. »Vielleicht doch. Siwanon Amadian hatte Kinder.«

Ungeduldig winkte der Priester ab. Seine seidenen Gewänder raschelten. »Tarind Norandar war zu rachsüchtig. In seinem Hass auf die Dunkle Magie tötete er im Kloster des Westens alle, die dort bei Siwanon waren, statt sich zu vergewissern, ob noch andere mit jener Gabe dort seien, mit der Akusu den Fürsten so reich bedachte.«

»Immerhin glaubte er, dem Leben zu dienen!«

Der Priester fuhr herum. »Gerade du solltest nicht die engstirnige Ansicht der Kinder Vanars übernehmen! Du solltest es besser wissen. Den Seelen auf den Jenseitigen Ebenen zu befehlen ist nicht die Gabe des Todes.«

»Für Elben ist sie es«, widersprach der Gast. »Aber ich bin nicht hier, um Dinge zu diskutieren, auf die selbst die Weisen keine eindeutige Antwort haben.«

Der Priester lachte spöttisch. »Sondern um mir zu sagen, dass eines der Kinder des Siwanon lebt? Und wenn es so wäre? Wer sagt, dass er seine Gabe weitervererbt hat?«

»Ich glaube wirklich, dass ich einen Nachfahren des Siwanon

gefunden habe. Man erzählt sich, dass eines der Kinder an diesem Tag die Weihe erhielt. Tarind ist ein Krieger. Was, wenn ihn das Töten blind machte und es Überlebende gab?«

Der Priester schwieg und betrachtete das Muster, das die silbrigen Strahlen der Ys auf den Marmorboden malten. Verzerrt war die Gestalt der Ys zu erkennen, die Syth hinterhersah, der sich in den Nebeln der jenseitigen Leere auflöste. Es hieß, dass auch Ys sich danach aus Trauer über den Verlust des Geliebten aus der Welt zurückgezogen habe.

Der Priester erwog die Möglichkeiten, die mit den Neuigkeiten einhergingen, von denen sein Gast ihm berichtet hatte.

»Wir brauchen das Siegel«, sagte der Gast schließlich, während der Silberne Mond sich weiter den Gipfeln der Loranonberge näherte. »Es muss zerstört werden, damit Syth wieder auf die Erde zurückkehren kann. Der Weg ist bereitet. Doch wir müssen ihn auch beschreiten.«

»Das ist wahr«, sagte der Priester schließlich und hob den Saum seiner Robe, um ihn über den Unterarm zu schlingen. »Finde also heraus, welche Kräfte dieser Nachkomme des Siwanon hat – wenn er es ist.«

»Ich bin sicher«, erwiderte der Gast. Er erhob sich, doch er hielt weiterhin die Arme ausgebreitet. »Bitte, Ältester. Gebt mir zum Abschied den Segen, der meine Kraft stärkt.«

Der Priester runzelte die Stirn.

»Bitte«, wiederholte der Gast. »Wenn ich mit einem Sprössling des Siwanon zu tun bekomme, der den Seelen der Dahingegangenen befehlen kann, brauche ich Stärke.«

Zögernd nickte der Priester. »Knie nieder.«

Er wandte sich um und sah nicht zu, wie der Gast den Befehl befolgte. Er ging selbst vor dem Torus aus Stein in die Knie, der in sich selbst verschlungen war und kein Ende und keinen Anfang hatte, und begann, Worte zu singen, die um den Segen des Schöpfergeistes baten. Ein paar Herzschläge später glaubte der Gast, der Torus schimmere in einem violetten Licht. Nebelschwaden lösten sich vom Porphyr und schwebten zu dem Priester, dessen Stimme auf eine Weise hallte, die nichts mit der Konstruktion des Tempelraums zu tun hatte.

Einige der Schwaden erreichten nun den Priester, der die Hände mit den Handflächen nach oben ausstreckte und die Gabe empfing, die der Syth ihm geschickt hatte.

»Die Kraft dessen, der Dinge ändern und Neues schaffen kann, sei nun mit dir«, murmelte der Priester. Er strich dem Jünger des Syth den hauchartigen Rauch über Stirn und Kehle.

Der Jünger schauderte und hielt die Augen geschlossen.

»Ich danke dem Schöpfer des Chaos« murmelte er und erhob sich.

Er verneigte sich ein letztes Mal vor dem Torus auf dem Altar, der nun wieder aussah wie ein einfaches, wenn auch kunstvoll behauenes Stück violetter Marmor.

Dann nickte er dem Priester zu, der sich ebenfalls erhoben hatte. »Ich danke auch dir.«

Der Priester schlug noch einmal das Zeichen des Syth und drehte sich zum Altar um.

Der Jünger verschwand durch die Halle und den Garten in der Dunkelheit der späten Nacht.

»Mein Fürst?«

Ein Hitzeschwall schien in Telarions Brust hochzukochen, als er die Worte hörte. Er hielt die Augen geschlossen und antwortete nicht, sondern konzentrierte sich darauf, den Zorn zu verdrängen, der ihn zu überwältigen drohte. Doch Gomaran würde auch ohne Antwort verstehen, dass er hier kniete, um zu meditieren und die Ruhe und Kälte zu finden, die sein Inneres in der Regel beherrschten. Etwas, das ihm heute besonders schwerfiel.

Gomaran rief noch einmal leise nach ihm. Als Telarion wieder nicht antwortete, verklangen die Schritte seines Milchbruders im Gang, der vom Tempelraum des Vanar fortführte.

Erleichtert sog Telarion den Atem ein. Es war noch dunkel draußen, doch bald würde die Weiße Sonne aufgehen und ihre Strahlen in den östlichsten der vier Tempelräume des *kastrons* schicken. Bisher gab es keine Wolken, die die Sonne hätten verdecken können, also hoffte Telarion, dass er sich im klaren Morgenlicht von der Dunklen Magie, der er sich am vorigen Tag hatte aussetzen müssen, reinigen konnte. Die Sonne zeigte sich nicht lange allein am Himmel, aber vielleicht würde es ausreichen.

Er hatte heute den größten Teil der Nacht in der Abgeschiedenheit dieses Tempelraumes verbracht, um seine Magie von den Flecken des vorigen Tages zu reinigen, so, wie er es als Adept im Palast der Stürme gelernt hatte. Das ständige Zusammentreffen mit den Dunkelmagiern, das in diesem *kastron* unvermeidlich schien – immerhin hatte der König ihm die Hausgewalt übertragen –, hatte ihn erschöpft.

Doch noch schlimmer als die Heilung des Menschenkindes und der lange Besuch bei den Schmieden, die mit aus Kharisar gekommen waren, war der Besuch bei der Gefangenen verlaufen. Es war der erste Besuch des Königs gewesen, nachdem er in Bandothi eingetroffen war. Die Erzählungen seiner Königin hatten ihn neugierig gemacht. Dem Soldaten, den diese Feuermagierin angegriffen hatte, ging es immer noch schlecht. Telarion hatte bereits versucht, ihn zu heilen, doch es würde noch einiger Sitzungen bedürfen, um den Mann völlig von dem dunklen Feuer zu befreien, das seine Wassermagie nach wie vor zum Kochen brachte. Immer noch war der Mann schnell außer Atem, schwitzte stark und stellte einen Jähzorn zur Schau, der jedem Feuermagier zur Ehre gereicht hätte.

Das alles hatte Tarind in seinem Verlangen, die Feuerhexe persönlich zur Rede zu stellen und zu besiegen, nur noch bestärkt. Und doch hatte er allein nicht gehen wollen. Die Wassermagie in Tarind war ebenso stark wie die Kälte, die er beschwören konnte, und beides waren gute Waffen gegen das Feuer.

Telarion erinnerte sich genau, wie schrecklich die Wunde gewesen war, die das Feuer des Schmieds seinem Bruder im Wald von Dasthuku geschlagen hatte. Nur ein Funke, doch die Verletzung war schlimmer gewesen als der gebrochene Arm, den er nach dem Erdbeben geheilt hatte. Er hatte Tarind beschworen, zurückzubleiben und den Halbelben das Verhör der Gefangenen zu überlassen, die in Diensten des Königs standen und Magien des Akusu und des Vanar in sich vereinigten.

Doch nichts hatte Tarind davon abhalten können, selbst in den Trakt der Verliese zu gehen und sich der Dunkelmagierin zu stellen.

Telarion war nichts anderes übrig geblieben, als ihn zu begleiten, wenn er ihn mit der Kraft des Lebens schützen wollte – so sehr er diesen Bereich des *kastrons* auch verabscheute. Die Verliese waren Orte des Todes, und auch wenn er einsah, dass Tarind einen solchen Platz brauchte, um den Schöpfergeist des Chaos und die zerstörerischen Magien des Dunklen Mondes in Schach zu halten, hätte er es am liebsten gesehen, wären sie zugemauert worden. Als Heiler war er in der Lage, auf die Essenz aller Lebewesen zuzugreifen. Es war schwierig und mühevoll, sich in den Verliesen gegen die Qual der Lebenden wie auch der Toten, denen man den Übergang zu ihrem Schöpfer versagte, abzuschotten.

Doch er hatte es nicht über sich gebracht, seinen Bruder allein zu lassen. Er tröstete sich selbst damit, dass die Flamme des Goldmonds, die seit Wochen in der Zelle der Gefangenen brannte, die Macht dieser Hexe dämpfen würde. Zudem wären die Magier, die das Feuer beherrschten, dem König gegenüber loyal waren und ihn hätten begleiten können, höchstwahrscheinlich zu schwach gewesen, um sich gegen sie durchzusetzen.

Denn trotz der blaugrünen Flamme in ihrem Kerker war das Feuer in dieser Frau noch lebendig. Telarion war dem süßer Geruch nach Honig und den Blüten des Rekarapfels bereits auf dem Weg zu ihrer Zelle aufgefallen. Auch wenn er sich nicht hatte überwinden können, den schäbigen Kerker selbst zu betreten, in den man sie gesperrt hatte, hatte er doch den Eindruck gehabt, es sei darin wärmer als im Rest des Ganges.

Nur Tarind war zu dieser Frau gegangen und hatte versucht, mit ihr zu sprechen, während Telarion am Eingang stehen geblieben war. Er hatte eine Verbindung zu seinem Bruder hergestellt, um mit seiner Kraft die Magien Tarinds zu stärken.

Telarion wusste nicht, wie lange er dort unten im übelriechenden Dunkel, das nur von wenigen Lampen erhellt wurde, ausgeharrt hatte. Er hatte sich nicht auf diese Schankdirne konzentriert, sondern auf seinen Bruder. Dennoch hatte auch Telarion versucht, die Kraft der Frau einzuschätzen. Und mit einer gewissen Furcht, aber auch Respekt, hatte er feststellen müssen, dass sie eine der stärksten Feuermagierinnen war, denen er je begegnet war. Und das, obwohl sie kein Zeichen ihres Schöpfers trug, an dem ein Kundiger dies hätte erkennen können.

Das war ungewöhnlich. Wenn ein Kind magische Kraft in einem Maße besaß wie diese Frau, wurde es, egal, ob Mensch oder Elb, von den Heiligtümern aufgenommen und ausgebildet, damit es seine Kraft beherrschen lernte, und erhielt es somit früher oder später auch das Zeichen seines Schöpfers.

Wie stark ihre Kraft war, hatte sich nicht nur in dem süßen Blütenduft gezeigt, der durch den Gang vor ihrem Verlies wehte, oder in der Wärme, die von ihr ausging. Sie hatte im Dunkeln gesessen, das nur von einer kleinen Flamme in der Mitte der Zelle erhellt wurde, zusammengekauert und so als habe sie – wie es normal gewesen wäre – resigniert. Doch kaum hatte sich die Tür geöffnet, war sie aufgestanden. Mit einem Stolz, den sie nicht hätte haben dürfen und der den Heermeister zornig machte.

Es gab keinen Grund für Dunkelmagier, stolz auf ihre Abstammung zu sein.

Er war also an der Tür stehen geblieben, während sein Bruder zu ihr gegangen war.

Es war nicht warm in dieser Zelle gewesen. Und doch war es auch nicht so kühl und feucht wie im Rest dieses Zellentraktes –

wahrscheinlich hatte sie ihre Magie dazu benutzt, den Raum zu wärmen. Die Flamme des Vanar in der Mitte der Zelle war kleiner gewesen als üblich, obwohl sich Telarion bei den Wachen vergewissert hatte, dass sie täglich erneuert wurde.

Wieder musste Telarion an die Dirne denken, die sein Bruder sich im Wald von Dasthuku in sein Lager geholt hatte, an den Stolz und den Zorn, mit dem sie seine Freundlichkeit mit Füßen getreten hatte.

Wie diese Schankdirne.

Er hatte die Augen geschlossen, während sein Bruder mit ihr sprach und versuchte, nach ihrer Seele zu greifen. Es war nicht schwer, sie zu finden, ihre Flamme brannte heiß und hell genug. Er hatte erwartet, sie habe einen Schutz darumgelegt, doch den fand er nicht; vielleicht verließ sie sich darauf, dass ihre Kraft stark genug war. Aber heute war nicht der Tag, sich auf einen Kampf mit ihr einzulassen. Und doch, er, der Heiler der zweiten Ordnung, fand es schwer, sich der Kraft dieses Feuers zu erwehren. Auch jetzt, Stunden später, hatte Telarion trotz eines langen Bades in eisigem, reinem Wasser aus den Bergen das Gefühl, in schmierige, heiße Melasse gegriffen zu haben, die er nun nicht mehr abwaschen konnte. Und er wusste genau, das war erst der Anfang. Um ihre Essenz, das Feuer ihrer Seele, in den Dienst des Vanar zu zwingen, würde er sich noch viele Male mit ihr befassen müssen. Der Gedanke war entmutigend.

Telarion wünschte mit einem Mal glühend, es hätte einen Weg gegeben, sich von ihr fernzuhalten. Seine Gabe war es, den Winden und Stürmen zu befehlen und Seelen zu heilen. Nicht, sie zu zerstören. Und er wusste sehr wohl, das war es letztendlich, was mit dieser Magierin geschehen würde. Immerhin hatte sie ihre Kräfte von ihrem Schöpfer erhalten.

Als er daran dachte, wie oft er ihre Seele, ihr Feuer würde berühren müssen, bis er oder Tarind in die Lage versetzt würden, es zu beherrschen, wurde ihm übel. Vor seinem inneren Auge erschien ein grünlicher Luftwirbel, der von zähen, dunklen und wie vergilbt aussehenden Schlieren durchzogen und gebremst wurde.

Er unterdrückte ein Würgen und schloss die Augen.

Doch es war notwendig, das Netz zu weben. Die Dunkle Magie drückte gegen die Welt selbst, als dränge der Schöpfergeist des Chaos von der Leere aus gegen die Wände der Realität, um wieder das betreten zu können, was er einst erschaffen hatte. Telarion konnte es mit jeder Faser seines Körpers spüren. Das Land ächzte unter den Überflutungen, den Beben, den Buschfeuern und den Stürmen, die darüber hinwegfegten.

Er war Heiler. Er konnte nicht zusehen, wie die Welt zerstört wurde und in Feuer und Tod versank und die Erde alles, was lebte, unter sich begrub. Die Welt musste von diesem Joch befreit werden, sodass Wasser und Luft fließen und die Lebewesen frei sein konnten. Und um das zu erreichen, musste Tarind die Möglichkeit bekommen, den Zaranthen, der das Heiligtum des Syth hütete, zu besiegen.

Wieder beugte sich Telarion mit ausgebreiteten Armen so weit vor, dass seine Stirn den kalten Marmor, auf dem er kniete, zwischen den Handflächen berührte. Die Kälte des Bodens drang in ihn und half, den vermeintlichen Luftwirbel – seine Seele – von den schmierigen und schwarzbraunen Schlieren zu reinigen.

»Mendaron Norandar?«

Wieder störte ihn jemand, doch diesmal war es eine Frauenstimme, die nach ihm rief. Telarion seufzte auf. Es gab nur eine Frau, der Gomaran gestattet hätte, ihn hier zu stören. Er hob den Kopf, kniete aber weiter und hielt den Blick gesenkt.

»Was wünscht Ihr, meine Königin?«, fragte er dann, ohne sich umzudrehen.

Leise, als wolle sie ihn nicht stören, trat Ireti Landarias näher.

»Verzeiht mir, Schwager, dass ich Eure Meditation unterbreche. Gomaran wollte mich daran hindern, doch ich bestand darauf, dass er mich zu Euch vorlässt. Ihn trifft keine Schuld«, sagte sie und sprach damit das Offensichtliche aus.

Telarion wandte sich nicht zur Frau seines Bruders um. Er konnte sich denken, warum sie ihn aufsuchte, umso schwerer fiel es ihm, seine Sinne vom Reinigungsprozess seiner Magie abzuwenden und alle Aufmerksamkeit Ireti Landarias zu schenken.

»Ihr seid in Sorge, dass ich nicht zu dem Bankett komme, welches Ihr und mein Bruder heute für die Fürsten gebt.« Die Ungeduld, sich in dieser Situation mit einer so profanen Sache wie einem Bankett befassen zu müssen, fand ihren Niederschlag in seinen Worten. »Ich habe meinem Bruder bereits mitgeteilt, dass es von den Umständen abhängt, ob ich teilnehme oder nicht.«

Seide raschelte, als sie sich auf eine der Bänke setzte, die den Gebetsraum umgaben, und die Hände im Schoß faltete.

»Euer Bruder vertraut Euch und wünscht Euch an seiner Seite«, erwiderte sie. »Doch es ist natürlich Eure Entscheidung, ob Ihr diesem Wunsch entsprecht.«

Telarion verneigte sich noch einmal vor dem Altar des Vanar und gestattete sich einen Augenblick des Bedauerns, bevor er aufstand und sich ihr zuwandte.

Ireti sah ihn mit ausdruckslosem Gesicht an. Die Elbin mit den dunkelblauen Augen einer Magierin des Wassers saß aufrecht auf der Bank und wich seinem Blick nicht aus. Ihr dunkles Haar war ein glatter Vorhang, der beinahe bis zu ihren Hüften hinabfiel, doch heute hatte sie es auf Höhe der Schulterblätter mit einem beinahe unsichtbaren, silbrigen Band zusammengefasst. Ihre Robe aus dunkler Seide war prachtvoll, wie es einer Königin gebührte und betonte sowohl ihre schlanke Figur als auch die blasse Haut.

Doch Telarion ließ ihre Schönheit kalt. »Ich weiß, dass mein Bruder das wünscht. Doch Tarind wünscht auch, die Macht dieser Rebellin zu besitzen, und erwartet von mir, dass ich sie in seinen Dienst stelle«, antwortete er und gab sich keine Mühe, seine Abneigung gegen seine Schwägerin zu verbergen.

»Werdet Ihr das tun?«

»Natürlich werde ich das.« Telarion sprach die Worte ohne Zögern aus und verdrängte damit die eigenen Zweifel. Sie gingen selbst die Königin nichts an. »Auch wenn es meine Magie verunreinigt.« Er schlug noch einmal das Zeichen des Vanar vor der Stirn.

»Ich halte dieses Unterfangen nach wie vor für zu gefährlich«, sagte Ireti. »Und ich wünschte, Ihr würdet es Eurem Bruder ausreden.«

Telarion hob die Brauen. »Zu gefährlich? Weiß Euer Gemahl, wie Ihr darüber denkt?«

Sie kniff kurz die Lippen zusammen, ehe sie erwiderte: »Das weiß er, und doch will er sich unbedingt der Kräfte dieser Schankdirne versichern. Er bereitet sich gerade vor, ihr einen neuen Besuch abzustatten!«

Die Unruhe, die von ihr ausging, verwunderte Telarion. Die Königin hatte bisher immer auf der Seite Tarinds gestanden, wenn es darum ging, die dunklen Kräfte aus der Welt zu verbannen. Sie hatte ihrem Gemahl jede nur erdenkliche Unterstützung für den Feldzug nach Erathi angedeihen lassen und hatte sich auch im Rat der Fürsten für einen Krieg gegen den Zaranthen ausgesprochen.

Und der Fürst von Solife war nur zu besiegen, wenn Tarind genügend Dunkel- und besonders Feuermagier auf seiner Seite hatte. Es war logisch, sich der Kraft speziell dieser einen Gefangenen zu bedienen, die nicht nur sagenhafte Kräfte in sich trug, sondern es auch verstand, sie auf die Seelen anderer zu übertragen.

Einen Augenblick lang zog Telarion in Betracht, dass Ireti eifersüchtig sein könnte. Er hatte sich nie wirklich Gedanken darüber gemacht, ob die Königin von Tarinds Vorliebe wusste, sein Lager mit Dunkelmagierinnen zu teilen und diesen dabei ihre Kraft zu nehmen, um die seine zu stärken. Wenn sie aber davon wusste, wäre es nur verständlich gewesen, dass sie den Kontakt zwischen dem König und der Gefangenen nicht wünschte.

Doch sosehr Telarion es seinem Bruder gönnte, so geliebt zu werden, es verbesserte Telarions Meinung über seine Schwägerin nicht, dass sie ihre Liebe zum König rücksichtslos über die Bedürfnisse des ganzen Landes stellte.

Er streckte die Hand aus. Sofort kam Gomaran aus den Schatten und reichte ihm eine brokatene Schärpe, die sich Telarion um die Hüfte und das lose Leinenhemd wand, das er trug.

Ireti richtete sich auf und sah Telarion herausfordernd an. »Ich bin in Sorge um Euren Bruder. Er hat sich in den Kopf gesetzt, ohne die Kraft dieser Gefangenen, die er für eine Spionin und Vertraute des Zaranthen hält, den Krieg nicht gewinnen und das Heiligtum des Syth nicht erobern zu können. Warum unterstützt Ihr ihn in diesem Wahnsinn?«

Telarion ließ sich von Gomaran sein *wakun* geben und steckte den Dolch, der in einer Scheide aus schwarzem goldbeschlagenen Holz steckte, während er sprach, in die Falten der Schärpe. »Nun, auch wenn ich aufgrund meiner Gaben einen anderen Blick auf diese Dinge habe als er, letztendlich bin ich seiner Ansicht.«

»Wie immer lasst Ihr keine Meinung außer der Euren gelten«, schnaubte Ireti verächtlich. »Und ich kann nur hoffen, dass mein Gemahl – Euer König und Bruder! – nicht den Schaden zu tragen hat, wenn Euer Hochmut auf ein Wesen trifft, dem Ihr nicht gewachsen seid!«

»Meint Ihr damit diese Schankdirne?« Telarion spie die Worte förmlich aus. »Würdet Ihr es vorziehen, wenn mein Bruder und ich nicht versuchten, sie und ihre Kräfte auf die Seite des Lebens zu ziehen, sodass sie stattdessen dazu beitragen könnte, die Welt in Chaos und Zerstörung zu stürzen?«

Ireti sprang auf und ging nervös hin und her. »Natürlich nicht. Aber er ist mein Gemahl, und sie ist eine der stärksten Dunkelmagierinnen, die diese Stadt je gesehen hat! Erst kürzlich verletzte ein magisches Feuer ihn schwer! Und auch da standet Ihr direkt neben ihm. Ihr überzeugtet ihn sogar, diesen Schmied nicht sofort zu töten, sondern sein Können auf die Probe zu stellen. Und nun habt Ihr ihn an den Hof geholt! Was, wenn er und diese Feuerhexe unter einer Decke stecken? Der kleine

Finger von Tarinds Schildhand wird auf ewig entstellt bleiben!«

»Mit Eurer Erlaubnis, Mendari! Ich weiß sicher besser als Ihr, was geschehen ist und warum«, unterbrach Telarion sie kühl.

Ireti blieb vor ihm stehen. »Und gerade weil Ihr es wisst, verstehe ich Eure Haltung nicht, Fürst! Ihr solltet Euren Bruder schützen und Euch und ihn von dieser Gefangenen fernhalten.«

»Mein Bruder ist der König. Was soll ich Eurer Meinung nach tun?«, fragte Telarion spöttisch.

Ireti blieb vor ihm stehen. »Überzeugt ihn, dass sein Heil und das der Welt darin liegt, das Siegel der Ys zu finden, bevor ein Jünger des Syth es tut«, bat sie und sah ihn mit großen Augen an.

Telarion schwieg einen Moment. Ihre Miene wirkte auf den ersten Blick ehrlich. Wahrscheinlich hatte sie durchaus Angst um Tarind, doch der Zwilling des Königs glaubte nicht, dass wirklich Sorge und Liebe die Ursache dieser Angst war. So, wie er sie einschätzte, fürchtete sie wohl eher um ihre eigene Stellung in Tarinds Reich.

»Das Siegel ist nichts weiter als eine Legende, an die kaum noch jemand glaubt«, sagte er und schlüpfte in die lange, dunkle Jacke, die Gomaran ihm hinhielt. »Und ich werde als Heermeister und Verwalter des Königs keinen Krieg anzetteln, nur um einem Mythos nachzujagen.«

Ihre Brauen zogen sich zusammen. »Warum wollt Ihr und der König dann das Heiligtum des Syth in Eure Hand bekommen?«

»Solife ist das letzte Land, das der Befreiung der Welt von Feuer und Tod noch im Wege steht. Und ich werde keine Möglichkeit außer Acht lassen, diese Hürde aus dem Weg zu räumen.«

Für Telarion war alles gesagt. Er wandte sich zum Gehen, doch sie ließ nicht locker. »Ich kann Euch nicht befehlen, Schwager. Aber haltet wenigstens meinen Mann, Euren Bruder, davon ab, sich dieser Hexe auszusetzen!«

Telarion winkte ab. Er hatte genug von der Unterhaltung. »Ich bin nur der jüngere Sohn des Dajaram. Wer bin ich, dem König zu befehlen?«, stellte er fest. »Und nun, Königin, entschuldigt mich. Der Hausvogt erwartet mich, um Anweisungen entgegenzunehmen.«

Er wandte sich zum Gehen, ohne die Antwort der Königin abzuwarten.

Ireti warf ihm einen verächtlichen Blick zu. Offenbar begriff sie, dass sie nicht auf ihn zählen konnte. »Ich sehe Euch dann heute Abend beim Bankett«, rief sie ihm hinterher, bevor er den Tempelraum verließ. »Ich weiß, dass Tarind Wert auf Eure Anwesenheit legt. Da Ihr dem König ergeben seid, darf ich ihm sicher sagen, dass er mit Euch rechnen kann?«

Telarion nickte und warf ihr noch einen letzten, kalten Blick zu. »Da es sein Wunsch ist, werde ich natürlich daran teilnehmen.«

Dann ging er endgültig und ließ Ireti allein zurück.

Es dauerte ein paar Schritte, bis Telarion sein Gemüt wieder beruhigt hatte. Das Standesbewusstsein der Königin war ihm völlig fremd. Und doch, hier am Hofe fühlte sie sich wesentlich wohler als er. Ihm war das Buckeln der Höflinge ebenso zuwider wie der Zwang zu Gesellschaften und Festen. Auch missfiel ihm die Tatsache, sich als oberster Hausherr, zu dem Tarind ihn ernannt hatte, ständig mit minderen Problemen und – noch schlimmer – mit Kindern des Akusu auseinandersetzen zu müssen.

Das Schlimmste jedoch war, dass es ihm in Bandothi nur selten gelang, durch Meditation so zur Ruhe zu finden, wie er es im Kloster gelernt hatte.

Er wünschte sich wie an jedem Tag, den er im *kastron* von Bathkor verbrachte, wieder in den Palast der Stürme zurück, wo er ein ruhiges Leben als Adept geführt hatte und hatte tun dürfen, was er als seine ureigene Aufgabe ansah: Leben retten und es heilen.

»Mendaron?« Gomarans Stimme drang in seine Gedanken. »Mendaron, der König wünscht Euch zu sehen, sobald Ihr Eure Meditation beendet habt. Er will die Gefangene erneut verhören und wartet unten vor den Verliesen auf Euch.«

Telarion warf den Kopf in den Nacken. »Es ist manchmal, als

könne er keinen Schritt allein machen!«, rief er aus. »Und dabei ist er der Ältere!«

Gomarans Gesicht ließ bei diesem Ausruf keine Regung erkennen.

Telarion blieb stehen und seufzte. »Ich weiß, du trägst keine Schuld daran«, murmelte er schließlich. »Aber ich wünschte, ich müsste nicht dorthin gehen.«

»Es muss Euch schwerfallen, euch mit dem Inneren einer Dunkelmagierin zu befassen«, antwortete Gomaran nach einer Pause. »Umso höher ist es Euch anzurechnen, dass Ihr ein Menschenkind vom Eis um sein Seelenfeuer und einen Sklavenschmied von einem seiner Halsbänder befreit habt.«

Telarion nickte dankbar, ohne den Hauptmann anzusehen. Die Worte Gomarans taten ihm wohl, dennoch konnten sie den Heermeister nicht vollends beruhigen.

Auf dem Weg zur Folterkammer sprachen die beiden Elben kein Wort, ohne dass ein unangenehmes Schweigen zwischen ihnen geherrscht hätte. Gomaran nickte Telarion noch einmal zu, als dieser sich dem Gewölbe zuwandte, in dem die Gefangenen der hochnotpeinlichen Befragung unterzogen wurden. Er selbst verabschiedete sich, um sich anderen Angelegenheiten zu widmen.

Telarion blieb für einen Moment im Eingang zum Gewölbe stehen, um sich in der plötzlichen Dämmerung zu orientieren. Er war davon ausgegangen, dass sein Bruder ihn hier erwartete, sodass sie gemeinsam zum Kerker der Schankdirne hätten gehen können. Tarind war die Begegnung mit dieser Feuerhexe nicht weniger unangenehm gewesen als ihm.

Doch der König hatte offenbar andere Pläne. Er hatte die Gefangene von zwei Wachen in das Gewölbe bringen lassen, in dem es so früh am Morgen, da die Rote Sonne gerade aufging, am hellsten war. Die beiden Soldaten waren in der Düsternis des Raumes kaum zu sehen. Telarion hatte am Vortag ihre Angst vor der Macht der Feuerhexe gespürt. Nun schienen sie froh, dass der König ihnen befohlen hatte, sich zurückzuziehen.

Die Mitte des großen Gewölbes wurde von einer gemauerten Feuerstelle beherrscht, die sich auf einer Fläche befand, deren Decke etwas niedriger war als die des restlichen Raumes. Nur eine Person befand sich hier: die Gefangene selbst.

Tarind war nirgends zu sehen. In einer Nische an der südlichen Mauer stand jedoch ein geschnitzter Stuhl, den man offenbar für ihn, den König, dorthin gestellt hatte. Ein Tisch mit glänzendem Werkzeug, um die Gefangene einzuschüchtern, stand daneben. Doch aufgrund des momentan blendenden Lichteinfalls würde sie davon kaum etwas erkennen können.

Sie schien sich ohnehin nicht dafür zu interessieren. Die junge Frau wandte dem Eingang des Gewölbes den Rücken zu. Aber Telarion wusste sofort, dass sie die ersten Strahlen der aufgehenden Roten Sonne genoss. Das immer rötlicher werdende Licht fiel durch die in etwa drei Klaftern Höhe angebrachten, schmalen Fensterschlitze, die das Deckengewölbe von den massiven Mauern aus grauem und violettem Granit trennten. Man hatte nur wenige Wände des Gewölbes durch schmale Streifen Maßwerk ersetzt; ein Streifen saß im Osten, einer im Westen. Dadurch strich beständiger Luftzug durch den Raum und kühlte ihn so aus, dass das Feuer, das von Schwarzsteinen gespeist wurde, ihn kaum erwärmen konnte.

Es war nicht zu erkennen, ob Tarind die junge Frau hatte anbinden lassen; Telarion hätte es getan. Sie war eine Feuermagierin. Vielen ihrer Art war das Feuer zu Kopf gestiegen, man konnte nicht wissen, was sie als Nächstes taten.

Augenblicklich jedoch saß die junge Frau nur reglos da und hatte das Gesicht zu den rötlichen Lichtstrahlen gedreht. Von seinem Standort aus konnte Telarion nur ihr Profil sehen.

Sie schien den gerade eingetretenen Heermeister nicht zu bemerken, weder schauderte sie unter der Kälte, die Telarion mit sich brachte, noch gab es Anzeichen, dass sie seinen rauchigen und trockenen Duft wahrnahm. Sie saß nur da und badete still im Licht, das die Mitte der Kammer wie eine Insel erhellte.

Telarion holte tief Luft, bevor er die schwere, eisenbeschlagene Tür so leise wie möglich hinter sich schloss und entschied, die Gelegenheit zu nutzen, die Gefangene genauer zu betrachten. Er umrundete den Raum entlang der Wand mit leisen Schritten und hielt sich dabei im Schatten.

Sie hörte ihn nicht. Sie saß aufrecht auf der Bank, und die Hände lagen zu beiden Seiten neben ihr auf dem altersglatten Holz, was sie für eine Menschenfrau groß wirken ließ. Wahrscheinlich würde sie ihm bis zum Kinn reichen, wenn sie stand. Ihre Kleidung entsprach ganz ihrer Stellung: abgetragen, mehrfach, wenn auch sorgfältig, geflickt und von verwaschenem Sandgelb und schmutzigem Weiß. Die Kleidung hatte unter ihrem Aufenthalt im Kerker gelitten; alten, ausgewaschenen Flecken waren neue hinzugefügt worden, eine Naht an der Schulter war aufgegangen. Ihre nackten Füße steckten in abgetragenen Pantoffeln, die vorne spitz zuliefen. Schuhwerk, wie es von Frauen an den südlichen Küsten des Saphirmeeres von Guzar und den Nomadinnen von Solife getragen wurde. Auch der *darstan*, den sie fest um die Haare geschlungen hatte, entsprach der Sitte, mit der die Kinder Akusus in dieser Gegend sich kleideten.

Obwohl sie ein paar Klafter entfernt von ihm saß, sah Telarion, dass ihre Augen geschlossen waren. Dennoch wirkte ihr Gesicht entspannt und strahlte Ruhe aus. Als das Licht zunehmend rötlicher wurde, schien ihre Haut, die gestern im gedämpften Licht der Fackeln kränklich fahl gewirkt hatte, aufzuleuchten. Sommerflecken bedeckten die nach oben gerichtete Nase und die Wangen.

Unwillkürlich hielt der Fürst bei diesem Anblick den Atem an.

Der süße Geruch eines blühenden Obsthains im Sommer stieg ihm in die Nase – er schien ein wenig frischer zu sein als gestern. Sicher ein Ergebnis des warmen Sonnenlichts, das nach dem Aufgang der Roten Sonne rosig wurde und zu dem leichten, heiteren Lächeln passte, das nun in den Mundwinkeln der Menschenfrau auftauchte. Für einen Augenblick glaubte Telarion, das Licht auf ihrem Gesicht tanzen zu sehen, als freue es sich, darauf scheinen zu dürfen. Es liebkoste sie, als seien die Dunkelmagierin und das Strahlen der Roten Sonne eine untrennbare Einheit.

Der Anblick rührte an Telarions Herz. Er hatte erwartet, dem Tod und der fleischgewordenen Bosheit ins Auge zu schauen, wenn er es mit dieser Meisterin der Dunklen Magie zu tun bekam. Und nun saß ein Abbild blühenden Lebens, wie er selbst es nicht anmutiger hätte zeichnen können, vor ihm im Licht der Sonnen und schlug ihn, den Heiler, mit seiner Schönheit den Bann. Auf einmal erschien ihm der Gedanke abwegig, irgendjemand könnte solche Anmut verabscheuen.

Eine plötzliche Bewegung hinter ihm ließ ihn aufschrecken und riss ihn aus seinen Gedanken. Tarind hatte fast lautlos den Raum betreten und Telarion in einem stummen Gruß die Hand auf die Schulter gelegt. Telarion nickte kurz und wandte sich wieder der Gefangenen zu. Doch der Zauber war verflogen.

Telarion blinzelte. Nicht ohne ein gewisses Bedauern verschloss er den kostbaren Moment tief in seinem Inneren. Doch er würde sich nicht vom üblen Zauber einer Feuermagierin einlullen lassen. Vorsichtig, sodass sie ihn nicht entdeckte, ging der Heermeister an der Wand entlang noch ein paar Schritte weiter, während Tarind den Raum durchquerte und auf dem geschnitzten Stuhl, der für ihn bereitgestellt war, Platz nahm.

Telarion hielt noch einmal inne, als er ihr Gesicht besser sehen konnte. Es war nicht eigentlich schön, mit einer entschieden zu breiten Nase und einer zu schmalen, wenn auch schön geschwungenen Oberlippe. Und doch war er von der Ruhe und Gelassenheit in ihren Zügen betroffen. So als habe man sie nicht zu einem Verhör mit einem Mann geholt, dem sie ihren Aufenthalt an diesem furchtbaren Ort verdankte und an dessen Ende sehr wohl ein qualvoller Tod auf sie warten mochte.

Telarion unterdrückte energisch den Respekt, den ihm ihre Haltung abnötigen wollte.

Niemand außer ihnen und den beiden Wachen war anwesend.

Tarind hatte sie fortgeschickt, und Telarion konnte es nachvollziehen. Was der König mit der Schankdirne vorhatte, ging niemanden etwas an.

Tarind saß auf seinem nicht sehr bequemen, aber dennoch prachtvollen Stuhl, neben ihm der Tisch mit frisch poliertem Werkzeug, und wies Telarion nun stumm auf einen ähnlichen Stuhl hin, der in einer Nische stand und so demjenigen, der am Feuer in der Mitte des Gewölbes saß, weitgehend verborgen blieb.

Der Heermeister nickte kurz, nahm in den Schatten Platz und wartete darauf, dass Tarind zu sprechen begann.

Telarion ertappte sich dabei, dass er neugierig war, ob die kleine Gunst, die sein Bruder ihr gewährt hatte – sie vor eine Wärmequelle zu setzen, wo sie den Aufgang der Roten Sonne genießen konnte –, die Zunge dieser Frau löste. Doch dann konzentrierte er sich auf das, weshalb er hier war.

Langsam tauchte er in sich selbst hinein, sodass er die Essenzen der Wesen um sich herum wahrnehmen konnte und nicht nur ihr körperliches Bild.

Wie zu erwarten gewesen war, traf ihn zuerst der Schmerz derer, die an diesem Ort gestorben waren. Er sog die Luft ein und gestattete den Geistern für einen Augenblick ihre Klagen. Dann schob er den Gedanken an die Einsamkeit und die Trauer, den Hass und die Qual, die dieses Gewölbe durchdrangen und die Mauern seit Jahrhunderten tränkten, beiseite. Sie waren noch da, aber sie berührten ihn nicht mehr. Es kostete Kraft, sie fernzuhalten, aber den Schmerz der Verletzten und Sterbenden nicht zu seinem eigenen zu machen gehörte zu den ersten Dingen, die ein Heiler im Palast der Stürme zu lernen hatte.

Aber nicht nur die Magie der Toten war hier. Inmitten all der grauen, nebelhaften Schwaden, die die Totengeister waren, waren auch wenige bunte Flecken auszumachen, deren Magie noch lebendig war. Der Fleck zu seiner Rechten war sein Bruder. Eine geisterhafte Form aus Licht, so blau wie die Magie des Wassers, halb durchsichtig und gesprenkelt von goldenen Funken der Magie des Vanar wie Regen. Weiter hinten waren ein dunkelgrüner und ein weiterer blauer Fleck zu sehen; die beiden Wachen.

Dort, wo das Schankmädchen saß, brannte eine große gelbe Flamme. Telarion sah die junge Frau noch mit seinen körperlichen Sinnen, doch das Bild der Zwischenwelt, in die er eingetaucht war, überlagerte ihre schlanke Gestalt. Der Kern der Flamme war von einem samtigen Braunschwarz, das über ihr in Mustern zerfaserte, wie Tinte, die ihre Essenz mit feinen und komplizierten Schlieren auf goldenem Grund durchzog. Es war so schön anzusehen, dass Telarion ein paar Herzschläge lang seinen Abscheu und Widerwillen gegen die Dunkle Magie vergaß.

Doch er wusste, viele Gebete und Reinigungszeremonien würden nötig sein, um seine eigene Seele von diesen Schlieren zu reinigen, wenn er sie berührte. Schon jetzt hatte er den Eindruck, seine Fingerspitzen würden in klebrigen, zähen und ekelerregend süßen Sirup eintauchen. Und doch würde er es tun müssen, wollte er dem Wunsch seines Bruders – und nicht zuletzt seinem eigenen – entsprechen.

Vorsichtig näherte er sich ihr, so, wie ein Heiler sich der Essenz eines Kranken genähert hätte, den er vom Ungleichgewicht in seiner Seele befreien wollte.

Die gelbschwarze Flamme zuckte kurz, als sie die Berührung spürte. Telarion wusste, dass er wie eisiger Wind auf sie wirken musste; die samtig schwarzen Schlieren wirbelten für ein paar Herzschläge aufgeregt durcheinander.

Doch das Schankmädchen, das Telarion durch die leuchtend gelbe Flamme sehen konnte, blieb aufrecht sitzen, als spüre es den Frost nicht. Die junge Frau wandte sich auch nicht zu ihm um, sodass Telarion sich fragte, ob ihr bewusst war, dass außer dem König noch ein weiterer Elb hier war.

Der König schwieg auch weiterhin. Er wollte sie mit der Angst zermürben, nicht zu wissen, was weiter mit ihr geschehen würde.

Obwohl Telarion sicher war, dass die brodelnde Wut auf die Dunkle Magie, die Tarind in sich trug, den Sieg davontragen würde, überraschte ihn die Schankdirne erneut: Sie war die Erste, die einen Laut von sich gab, als der rötliche Lichtkegel, in dem sie gesessen hatte, weitergewandert war. Sie seufzte unhörbar, als bedaure sie den Abschied des Lichts und straffte sich. Wieder sah Telarion nur ihr Profil. Langsam hob sie die Lider und blinzelte, während sich ihre Augen wieder an die Dämmerung gewöhnten.

Sie schien nicht überrascht, als ihr Blick auf den König selbst fiel.

»Warum habt Ihr mich hergebracht, Mendaron?«, fragte sie nach einer Weile.

Sie hatte lange nicht gesprochen, und so klang ihre Stimme rau und trocken. Doch die Worte selbst zeugten von Selbstbewusstsein, so als habe sie das Spiel des Königs durchschaut und weigere sich, es mitzuspielen. Sie hatte die Hände in den Schoß gelegt und darin verschränkt, doch von Telarions Position aus war nicht zu erkennen, wie fest sie das tat.

Tarind hob die Brauen. Telarion spürte, dass der Regen, der in den Seelenteich seines Bruders fiel, heftiger wurde. Doch er beherrschte sich. »Du tätest gut daran, mir mehr Respekt entgegenzubringen, Dirne. Ich bin der König dieser Welt.«

Sie wich seinem Blick nicht aus. »Ich weiß sehr wohl, wer Ihr seid, Tarind Norandar, Sohn des Dajaram«, sagte sie. »Und ich weiß, welchen Rang Ihr beansprucht. Ich kann nicht für die Kinder des Vanar sprechen. Wenn sie Euch als König anerkennen, wer bin ich, mich dagegenzustellen? Doch ich bin ein Mensch. Es gehört nicht zu unseren Sitten, uns Könige zu nehmen oder sie anzuerkennen. Besonders, wenn sie dem Volk des Goldmonds angehören, das uns nicht wohlgesonnen ist.«

Telarion war über die gewählten Worte erstaunt, die so gar nicht zu einer Schankdirne passen wollten. Doch das bestärkte ihn nur in der Ansicht, dass die Identität, unter der sie hier in Bandothi gelebt hatte, eine falsche war. Ihre Feuerkraft sprach dafür, dass der Zaranth von Solife sie hierhergeschickt hatte.

Telarions Verachtung für die Menschenfrau wuchs. Er griff in

Gedanken tief in den grünen Luftwirbel in seinem Inneren und begann aus den Strömungen darin den ersten Faden zu spinnen, den er für das Netz benötigte, das ihre Kräfte unter seine und Tarinds Herrschaft zwingen würde.

Tarind stand auf und ging langsam hin und her. »Was glaubst du, wer du bist, Dirne?«, fragte er. »Deine verderbliche Feuerkraft steht unter dem Befehl des Dunklen Mondes und des Syth! Ich habe jedes Recht, dich mir zu unterwerfen.«

»Syth ist Schöpfer der Welt, wie auch Ys«, gab sie zurück. »Und als einer allein nicht vollbringen konnte, was sie zu tun wünschten, taten sie es gemeinsam. Und sowohl Akusu als auch Vanar sind ihre Kinder. Ihre Zwillingskinder«, betonte sie. »Wie könnte da einer von beiden über den anderen herrschen?«

»›Von derselben Mutter am gleichen Tag, ja, zur gleichen Stunde geboren‹«, zitierte der König die erste Schriftrolle der Weisen Zwölf. »Wie ich selbst. Auch mein Bruder und ich wurden am gleichen Tag und zur gleichen Stunde von unserer Mutter zur Welt gebracht, und dennoch wurde nur einer von uns der Herrscher.«

Das schien sie nicht zu beeindrucken. »Ich kenne die Gründe nicht, die Euch und nicht Euren Bruder zum Herrscher machten. Doch Ihr wisst sehr wohl, dass Ys die Gaben der Welt gerecht und gleichmäßig unter ihren eigenen Zwillingskindern aufteilte. Sie verbot die Bevorzugung von einem von ihnen und sorgte für Gerechtigkeit. Für jede Gabe, die der Goldmond erhielt, erhielt Akusu ein gleichwertiges Gegenstück. Und so bin ich den Kindern des Vanar Respekt schuldig, denn ohne sie wäre diese Welt nicht, was sie ist. Aber ich bin ihnen – und somit Euch – weder Fron- noch Sklavendienste schuldig. Warum bin ich also hier?«

Tarind fuhr bei ihren Worten zurück, als könne er nicht glauben, dass eine gemeine Straßendirne ihn auf diese Weise ansprach.

Auch Telarion spürte Ärger in sich aufsteigen.

Was maßte dieses Weib sich an, sich hier als Deuterin der Alten

Schriften aufzuspielen? Immer noch saß sie mit geradem Rücken auf der Bank, die Tarind für sie hatte aufstellen lassen, und hielt dem Blick des Königs stand. In ihrer Miene lag etwas, das er nicht zu deuten vermochte. War es Stolz darüber, besser zu argumentieren als der König? Oder Befriedigung, dass ihr Gegner den Kürzeren zog?

Er war überzeugter denn je, dass sie mehr war, als sie vorgab zu sein, und wob den Zorn über ihre fehlende Demut in den Faden, den er um ihre dunkle Magie zu knüpfen gedachte.

Schneller, als das Auge sehen konnte, stand Tarind plötzlich vor ihr und hatte ihr Kinn in die Hand genommen. Er zwang ihren Kopf in den Nacken, sodass sie ihn ansehen musste.

Sie schluckte, schlug aber die Augen nicht nieder.

»Du bist kein Schankmädchen«, sagte der König leise und sah auf sie hinab, als sei die Antwort auf die von ihm unausgesprochene Frage in ihren bernsteinfarbenen Augen zu finden, die eine so seltsame runde und dunkle Pupille hatten.

»Was sollte ich sonst sein, Mendaron?«, fragte sie so ruhig wie möglich.

Tarind schüttelte den Kopf. »Versuch nicht, mich zu täuschen. Mein Zorn würde dir schlecht bekommen. Der Zaranth hat dich geschickt, um hier, in meiner Stadt, Aufruhr anzuzetteln.«

Er ließ sie wieder los. Verstohlen rieb sie sich die Wange, dort, wo sich seine Finger in ihre Haut gegraben hatten.

»Wie könnte ich allein wohl für Aufruhr sorgen?«, fragte sie.

Telarion fiel auf, dass diese Worte nicht mehr so selbstsicher klangen wie zuvor.

Tarind legte den Handrücken an ihre Wange. Sie zuckte zusammen, als die eisigen Finger sie berührten, blieb ansonsten aber beherrscht.

»Nun, vielleicht hast du nicht gesehen, was du ausgelöst hast, als du einem meiner Männer die Wassermagie mit einem Schlag ausbranntest, denn du bist geflohen. Dass du ihm so schaden konntest, ist ein Kunststück, das selbst die besten meiner Magier nicht vollbringen können. Es hat gedauert, bis die Bewohner dieser Stadt die eigentliche Wahrheit wieder anerkennen konnten.«

»Die Wahrheit?«, stieß sie hervor und versuchte, Tarinds Arm fortzustoßen. Seine ständige kalte Berührung war ihr zunehmend unerträglich. Doch der Elb war stärker als sie, und noch war sie zu stolz, um auf der Bank einfach von ihm abzurücken, und so ließ sie es notgedrungen weiter geschehen. »Man bittet vier Weise um die Wahrheit und erhält acht Antworten«, fuhr sie fort. »Welche Wahrheit ist die Eure?«

Als sie den Kopf abwenden wollte, legte Tarind seine Hand so auf ihre andere Wange, dass sie ihn nicht mehr wegdrehen konnte.

An ihrem Schaudern war zu sehen, dass Tarind nun begann, ihr die Magie zu entziehen.

»Die Wahrheit ist, dass die Kinder Akusus uns untertan sein müssen«, erklärte er. »Eure Magie unterstützt den Schöpfergeist des Chaos und der Zerstörung – und dieser ist nur darauf aus, den Werken der Ys und des Vanar, der das Geschenk des Lebens erhielt, zu schaden.«

»Wenn das so ist, wäre Euch wohl am besten gedient, wenn Ihr mich umbrächtet.«

Tarind lachte auf. »Dich töten? Nein. Ich werde dafür sorgen, dass deine Kraft uns gehört. Dem Volk des Vanar. Du wirst mir und meinem Bruder dienen, wenn wir nach Solife gehen und deinen Herrn unterwerfen, damit er uns das Heiligtum des Syth aushändigt.«

Sie sprang auf. »Das werde ich nie tun! Niemals!«

Tarind holte aus und schlug ihr mit der flachen Hand ins Gesicht. Sie fiel auf die Bank zurück.

»Ich werde dir keine Wahl lassen«, sagte Tarind kalt und packte erneut ihr Gesicht. »Ich werde dafür sorgen, dass deine Magie nur durch meinen Willen gelenkt wird. Sie wird dir nicht mehr gehorchen, denn du bist doch nur darauf aus, uns zu vernichten. Wenn du dich meinem Wunsch entgegenstellst, wird dich und dein Volk eine schlimme Strafe erwarten.«

In ihren Augen blitzte zum ersten Mal echte Furcht auf, zusammen mit der Erkenntnis, was mit ihr geschehen würde. Sie atmete schwer.

Tarind hob die Hand und gab Telarion das Zeichen.

Vorsichtig wand der Heermeister den langen Faden aus luftiger Kälte, den er gesponnen hatte, um die Flamme, die ein paar Klafter entfernt auf der Bank saß.

Die junge Frau sog scharf den Atem ein, als sie den eisigen Hauch spürte, der ihre Seele umschlang, und versuchte, sich aus dem unbarmherzigen Griff des Königs zu befreien. Offenbar hatte sie Telarion immer noch nicht bemerkt und glaubte, Tarind sei es, der mit Kälte nach ihrer Magie griff.

Sie wand sich und versuchte erneut, seine Finger von ihrem Gesicht zu lösen. Doch Tarind nahm es jetzt in beide Hände und entzog ihr auf einen Schlag so viel Kraft wie nur möglich. Sie sackte in sich zusammen. Doch im nächsten Moment loderte die Flamme ihrer Magie so heftig auf, dass der König losließ und einen Schreckensschrei ausstieß. Er taumelte einen Schritt zurück.

Der Faden, den Telarion gesponnen hatte, riss entzwei. Die nun losen Enden leuchteten, dann löste der Faden sich auf und war verschwunden.

Erschrocken richtete Telarion seinen inneren Blick auf den Bruder, doch das Blau seiner Essenz war so rein wie zuvor. Sie hatte ihn nicht verletzt.

Der König trat vor, zerrte die Dirne mit einem Ruck von der Bank und schleuderte sie zu Boden. Sie konnte sich nicht halten, schlug sich den Ellbogen an und stöhnte auf. Noch bevor sie sich erheben konnte, war Tarind über ihr und riss sie am Arm wieder zu sich hoch. Die Finger seiner Schwerthand fuhren an ihre Kehle und drückten zu.

»Sei sicher, deine Kräfte reichen nicht aus, um mich zu töten!«, sagte er.

Sie rang nach Luft. »Lasst mich los!«, stieß sie schließlich hervor. »Ich bin … bin keine Spionin des Zaranthen!«

Tarind zerrte sie grob wieder auf die Bank. »Und selbst wenn du es bist, eigentlich ist es nicht wichtig«, sagte er. »Es geht um deine Kraft, die ich mir nehmen werde.« Wie zur Demonstration legte er ihr wieder die Hand auf die Wange und entzog ihr erneut eine große Menge dieser Kraft. Diesmal erschlaffte ihr Körper noch mehr. Aber er hielt sie am Arm fest und ließ sie auf die Bank hinab, sodass sie nicht wieder zu Boden fiel.

Sie versuchte erneut, sich auf magischer Ebene zu wehren, doch diesmal gelang es ihr nicht. Sie ballte die Fäuste. »Nichts auf der Welt könnte mich dazu bringen, Euch zu dienen und mein Volk der Vernichtung preiszugeben«, murmelte sie.

Ein Schwall eiskalten Wassers ergoss sich über ihr Gesicht. Sie fuhr zurück, als es in ihre Lungen drang, und begann zu husten. Tarind ließ das Wasser ein wenig ablaufen, dann sorgte er dafür, dass Wasser ihren Oberkörper und das Gesicht umspülte. Es prallte so heftig auf ihren Körper, dass es sie erneut zu Boden geschleudert hätte, wenn der Wasserwirbel und seine Hand an ihrer Kehle sie nicht festgehalten hätten.

Als er endlich gestattete, dass die Fluten abebbten und das Wasser sich verlief, klebte die fadenscheinige, weiße Bluse durchsichtig an ihrem Oberkörper und enthüllte ihre Rundungen. Ein spöttisches Lächeln umspielte Tarinds Lippen. Er ließ ihre Kehle los.

Sie kauerte sich zusammen und schlang die Arme um sich, zitternd vor Kälte, denn der König hatte mit seinem Wasserschwall auch die glühenden Schwarzsteine in der Feuerstelle gelöscht. Die Sonnen waren weitergewandert und streuten kein Licht mehr durch die Fenster.

Tarind sah verächtlich auf sie hinab.

»Eine Dirne will sich mir entgegenstellen!« Er spuckte neben ihr auf den Boden. »Das werde ich nicht zulassen. Deine Magie wird mir gehören, nicht nur die Lebenskraft, die ich, der König, meiner Gefangenen nehmen kann, wann immer es mir gefällt. Nein, auch deine Feuermagie wird mir dienen.«

»Ich … ich werde Euch nie freiwillig … dienen.«

Telarion vernahm mit Erstaunen die Verachtung in ihren Worten. Er hatte einen neuen Faden gesponnen und legte ihn nun wieder um sie herum, als wäre das seine Erwiderung auf ihre Worte.

Sie erzitterte wieder, als habe ein kalter Windstoß sie getroffen. Unwillkürlich packte sie ihre nasse Bluse und wollte sie über der Brust wie einen Schal zusammenziehen. Doch mitten in der Bewegung hielt sie inne, als würde ein furchtbarer Gedanke in ihr aufsteigen – nur, um gleich darauf die Arme umso hastiger und fester um sich zu schlingen. Sie schloss die Augen und senkte den Kopf, als wolle sie auch vermeiden, dass der König sie erröten sah.

Mit dem inneren Blick sah Telarion, dass die schwarzen Muster in ihrer Flamme wild durcheinanderwirbelten. Doch er hatte den Eindruck, dass dies nicht an dem Netz lag, das er zu weben begonnen hatte. Der Aufruhr hatte einen anderen Grund.

Auch Tarind hatte bemerkt, dass sich diese Frau wie jemand benahm, der etwas zu verbergen hatte. Er ging vor ihr in die Hocke, was sie dazu brachte, sich noch mehr zusammenzukauern. Sie wollte ihn nicht ansehen.

»Was verbirgst du?«, fragte er drängend. »Und sei versichert, die Brüste einer Schankdirne haben nicht viel Begehrenswertes für mich.«

Sie rührte sich kaum, schlang ihre Arme nur noch enger um sich.

Tarind wechselte einen Blick mit seinem Bruder.

Telarion war aufgestanden und starrte auf das Mädchen. Er war sicher, dass sie etwas auf ihrer Brust verbergen wollte.

»Zieh deine Bluse aus, Dirne!«, herrschte Tarind die Gefangene an.

Doch das Schankmädchen war wie erstarrt.

Der König packte ihre Bluse an den Lenden und zerrte sie aus dem Rock. »Wenn du es nicht freiwillig tust, Dirne, werde ich dir die Bluse in Fetzen reißen!«

Sie hob jäh den Kopf. Ihre bernsteinfarbenen Augen loderten.

Telarion erschrak über den Blick, der Tarind traf. Es lag weniger Hass als unendliche Furcht darin, so als habe vor ihr der Schöpfergeist der Zerstörung Gestalt angenommen. Von ihrer zuvor demonstrierten Selbstsicherheit war nichts mehr übrig geblieben.

Dann gab sie plötzlich auf. Sie löste bebend die Hände, die an ihren Oberarmen lagen und legte sie neben sich auf das feuchte Holz. Sie ließ zu, dass Tarinds Finger den Ausschnitt der Bluse über dem linken Busen fortschoben, doch den brennenden Blick wandte sie nicht von ihm ab.

Der König runzelte die Stirn, als er sah, was sie hatte verbergen wollen. Eine schmutzige Stelle über der linken Brust? Er streckte die Hand aus und wischte den Schmutzfleck, der dort unterhalb der Schulter entstanden war, fort.

Seine Augen weiteten sich, als er erkannte, was sich darunter befand.

»Der runde Diamant, auf dem sich eine Sonnenechse zusammengerollt hat«, flüsterte er. »Du bist eine Amadian!«

Telarion hielt den Atem an. Er konnte den Blick nicht von dieser Frau abwenden.

Eine Amadian? Verwandt mit dem Mann, der seinen Vater getötet hatte?

Er warf Tarind einen verwirrten Blick zu, den dieser erwiderte. Sie waren Prinzen. Wie jeder Adlige dieser Welt hatten sie von klein auf gelernt, wie die Wappen der Adelshäuser sich zusammensetzten und woraus sie bestanden.

»Eine sechsfüßige Sonnenechse, die sich auf einem Diamanten zusammenrollt, dessen runde Oberfläche wie ein achtzackiger Stern geschliffen ist«, murmelte Tarind nun. Er streckte einen Finger aus, um die Linien der Tätowierung nachzufahren.

Die junge Frau schloss die Augen, als bereite die Berührung ihr körperlichen Schmerz, ließ es aber geschehen.

»Diese Echse hat an jedem ihrer sechs Füße vier Krallen«,

sprach Tarind weiter, diesmal so laut, dass sein Bruder keine Mühe hatte, es zu verstehen. »Sechs Füße für die sechs Häuser der Menschen, eine jede mit vier Krallen, die für die vier Schöpfer stehen.«

Jetzt erwiderte er ihren lodernden Blick. »Du bist keine Schankdirne. Du bist eine Tochter des Siwanon Amadian, des höchsten unter den Kindern des Akusu.«

Fasziniert legte Tarind schließlich die Handfläche auf die feine Zeichnung und nahm ihr so noch einmal von ihrer Kraft. Er lachte lautlos, als die Magie wie heiße Lava in sein Inneres floss.

Sie wehrte sich nicht, doch über ihre Wangen rannen Tränen.

Schließlich löste Tarind seine Hand und legte beinahe zärtlich einen Finger unter ihr Kinn, um es zu heben. »Wollt Ihr Euch nicht wehren, Mendari Amadian? Es abstreiten?«

»Warum sollte ich Euch den Gefallen tun, Tarind Norandar?«, murmelte sie. »Als Oberhaupt Eures Hauses kennt Ihr mein Hauszeichen so gut wie ich das Eure. Und warum sollte ich Euch weismachen, ich trüge das Zeichen fälschlich? Es *ist* mein Zeichen, es wurde mir als Kind von Siwanon selbst geschenkt, und ich werde es bis an mein Lebensende tragen. Und jetzt bin ich in Eurer Hand.«

»Ja, das seid Ihr, Mendari Amadian«, antwortete Tarind. »In meiner und in der meines Bruders. Und wenn Ihr glaubt, nun, da ich weiß, dass Ihr die Tochter des Mannes seid, der die Seele unseres Vaters verbrannte, würde einer von uns Euch den Tod schenken, dann irrt Ihr. Ich werde nicht zulassen, dass Euch Euer Volk als Märtyrerin feiert. Im Gegenteil, zu Eurer Strafe wird gehören, dass sie den Namen Amadian endgültig als den eines Hauses von Verrätern erfahren.«

Sie zuckte unmerklich zusammen, antwortete aber nicht.

Tarind erhob sich und winkte die beiden Wachsoldaten, die immer noch in dem düsteren Gang saßen, zu sich. »Bringt diese hier in ein Gemach an der äußersten Ostseite des *kastrons*. Die Strahlen der Roten Sonne dürfen den Raum nicht einmal des

Morgens berühren. Er hat kalt zu sein, kein Feuer darf ihr gegeben werden, keine tierische Nahrung. Nur eine Flamme des Vanar. Doch seht euch vor. Ihr darf kein Haar gekrümmt werden. Nur mein Bruder und ich dürfen zu ihr. Die Wache haftet für jeden Kratzer, den sie erleidet.«

Er setzte sich wieder vor die junge Frau, die sich die feuchte Bluse vor der Brust zurechtzog.

»Jetzt werde ich noch entschlossener dafür sorgen, dass Eure Kraft mir und meinem Haus gehört. Die Strafe für die Tat Eures Vaters werdet Ihr abbüßen, Mendari, und ich, der ich ab heute Euer Herr bin, werde Euch nicht die Erlaubnis geben, zu sterben, bis ich den Mord an Dajaram für gesühnt halte.«

»Ich werde Euch nicht dienen, niemals«, stieß sie hervor. In ihrer Stimme war ein Schluchzen zu hören – und hilflose Wut. »Ich werde mich Euch nicht unterwerfen, niemals! Genauso wenig, wie Siwanon es getan hat!«

Zornentbrannt schlug Tarind ihr mit der flachen Hand ins Gesicht. »Wagt nicht, mir zu trotzen!«, schrie er. »Ich werde es Euch nicht so leicht machen und Euch mit dem Tod bezahlen lassen. Eure Buße dafür, Tochter Eures Vaters zu sein, wird in Eurem lebenslangen Dienst für mich und mein Haus bestehen und darin, dass Ihr die Schande zu tragen habt, die Euer Volk darin sehen wird! Und ich werde alles dafür tun, dass Ihr Euch dieser Strafe nicht entziehen werdet wie Euer verabscheuungswürdiger Vater!«

Er riss sie hoch und stieß sie den Wachen in die Arme, die sie packten und mit sich davonzerrten.

Telarion hatte geschwiegen und sah ihr jetzt kreidebleich hinterher. Übelkeit stieg in ihm auf, als er versuchte, den abgrundtiefen Abscheu zu beherrschen, der ihn überwältigt hatte.

Eine Dunkelmagierin aus dem Haus Amadian war sie, und er hatte es nicht gesehen. Sie hatte ihn mit ihrer Schönheit verzaubert – doch das hätte ihr nicht gelingen dürfen. Nicht bei ihm, dem Heiler, der normalerweise die Essenz aller Wesen zu erkennen vermochte.

Und doch war es geschehen.

Er tauschte einen langen Blick mit seinem Bruder, der ihm triumphierend zunickte. Tarind hatte recht gehabt. Sie war mehr, als sie vorgegeben hatte zu sein. Die Tochter des Mannes, der die Seele des Dajaram qualvoll hatte verbrennen lassen, bis nichts mehr von ihr übrig war, was zu Vanar hätte gehen können, befand sich in der Hand seiner Söhne.

Es würde dem Heiler eine Genugtuung sein, die Essenz dieser Feuermagierin so lange zu peinigen, bis sie sich vollständig unterwarf.

Kapitel 7

»Die Weisen sagen, dass keine Liebe auf der Welt je größer war als die, die beide Schöpfergeister verband. Doch eines Tages konnte Ys das Leid, das Syth immer wieder anrichtete, nicht mehr ertragen. Sie nahm all ihre Macht und wollte Syth in die Leere jenseits dieser Welt verbannen. Dorthin, von wo sie einst gekommen waren, die Welt zu erschaffen. Doch sie brachte es nicht über sich, denn sie liebte die maßlose Schöpfungskraft des Syth und sein Ungestüm über alle Maßen, und sie vergoss bittere Tränen. Syth brach beim Anblick von Ys' Trauer das Herz, denn er war ihr nicht weniger zugetan als sie ihm. Nachdem er sie ein letztes Mal geliebt hatte, verließ er die Welt aus freien Stücken, auf dass sie nicht mehr unglücklich sei. Doch er schwor, dereinst das Siegel der Ys, das ihn an der Wiederkehr hinderte, zu zerstören.«

Von der Schöpfung der Welt
Erste Rolle der Schriften des Klosters der Weisen Zwölf

In dem geräumigen Gemach stand ein Bett, auf dessen Schlafbrett ein Rakkarfell und eine Filzdecke lagen. Auch einen Tisch und einen Stuhl gab es, und man hatte ihr sogar Schriftrollen überlassen; Abschriften der Texte, die von der Schöpfung der Welt erzählten.

Zwischen zwei Wänden aus Maßwerk prangte ein Kamin, doch Sanara mied ihn. Ständig brannte eine blaugrüne Flamme darin, die von einem schmalen Goldrand begrenzt wurde. Sie war größer als die Flamme, die ihr all die Zehntage im Kerker Gesellschaft geleistet hatte. Und sie war kälter.

Die Fenster ließen ausreichend Tageslicht in das Gemach fallen, in das man sie nach dem Verhör mit dem König gebracht hatte. Es handelte sich um einen der wenigen Räume im *kastron* Bathkor, dessen Fenster sich nach Nordosten richteten. Viel mehr als die Klippen des Berges Bhayargari, an dessen Fuß Bandothi lag, konnte man durch sie hindurch nicht sehen, selbst wenn Sanara sich eng an den steinernen Fensterpfeiler aus blaugeädertem Marmor schmiegte, um wenigstens einen schmalen Streifen des Landes Barat zu erhaschen, das sich weit unter der Festung ausbreitete.

Nach Südwesten hin waren die Mauern massiv und mit blauem Marmor verkleidet. Hier gab es kein Fenster, das Lichteinfall oder Lüftung erlaubte. Man hatte die Mauer mit Motiven aus der Zweiten Rolle der Schriften bemalt, die vom Erwachen der Elben erzählte. Sanara nahm die Kunstfertigkeit der Malereien zur Kenntnis, konnte sie aber nicht angemessen würdigen.

Als sie das erste Mal in diesem Raum aufgewacht war, war es dunkel gewesen. Die blaugrüne, goldumrandete Flamme flackerte im Kamin, ansonsten fiel nur noch eine Ahnung des Lichts der drei Monde durch die Nordfenster in das Gemach, um es zu erhellen. Doch Sanaras erste Erleichterung, dem finsteren Loch entkommen zu sein, in dem sie so lange dahinvegetiert war, wich bald schon der Angst.

Es war so eisig hier drinnen, dass sie trotz des dicken Fells, auf dem sie lag, zitterte. Ein kalter Luftzug wehte durch das dunkle Zimmer. Für einen Augenblick dachte sie, es sei Winter, und es habe geschneit – etwas, das hier in Bandothi oft jahrelang nicht geschah. Ihre Kleider waren immer noch feucht.

Es brauchte ein paar Sekunden, bis sie sich daran erinnerte, was geschehen war. Der König hatte sie mit Kälte gequält und sie fast im Wasser, das er beherrschte, ertränkt. Bis er erkannt hatte, dass sie eine Amadian war.

Wieder schien seine Kälte nach ihrer Seele zu greifen. Ein Netz aus grünlichen Fäden engte ihre innere Seelenflamme ein, und ihr fehlte die Kraft, es zu lösen.

Ihre Angst wuchs. Wie hatte er das gemacht? Elben besaßen

keine Macht über die Seelen, wie hatte er das also tun können? Es war ein schreckliches Verhör gewesen, er hatte sich nicht damit begnügt, ihren Körper mit kaltem Wasser zu übergießen, ihre Lungen damit zu füllen und ihr das Gefühl zu geben, neben einem glühenden Schwarzsteinbecken zu ertrinken. Immer wieder hatte er dabei seine Kälte wie den Trieb einer Pflanze ausgestreckt und ihre innere Flamme damit berührt, bis sie sich nichts sehnlicher wünschte, als dass er sie endlich sterben ließe, sodass sie nicht mehr diesen schweren, feuchten Geruch von Wasserlilien in der Nase hätte und das Wasser ihr endlich, endlich auch den letzten Überlebenswillen austreibe.

Doch er hatte sie rechtzeitig losgelassen, um dank ihrer Schwäche das zu entdecken, was sie so unbedingt hatte verbergen wollen: wer sie war.

Die Tochter des Siwanon.

Und nun befand sie sich in der Hand ihres größten Feindes. Sie schloss die Augen.

Ich, der ich ab heute Euer Herr bin, werde Euch nicht eher die Erlaubnis geben, zu sterben, Mendari, bis ich den Mord an Dajaram für gesühnt halte.

Bei der Erinnerung an die lodernden blauen Augen mit der dunkelgoldenen fremdartigen Pupille, die sie hasserfüllt und triumphierend angesehen hatten, wimmerte sie unwillkürlich auf.

Es gab Dinge, die schlimmer waren als der Tod. Und Sanara wusste, sich in der Hand von Tarind Norandar zu befinden war eines davon.

Sie sagte sich, dass es nichts half, wenn sie sich jetzt ihrer Angst hingab. Und doch war am nordöstlichsten Fenster des Gemachs bereits der Morgen zu erahnen, bis Sanara glaubte, wieder halbwegs Herrin ihrer Gedanken zu sein.

Sie richtete sich auf, doch als ihr Blick durch das Zimmer schweifen wollte, schrie sie vor Schreck leise auf.

Am Fußende des Bettes, auf dem sie lag, stand der Geist, der sie schon im Verlies besucht hatte.

Immer noch so ausgezehrt und verschwommen, wurde er von dem strengen Luftzug, der durch die Fenster drang, immer wieder zerrissen und fügte sich nur zögerlich und schwerfällig wieder zusammen. Nur dort, wo sich bei Mensch und Elb die Augen befunden hätten, brannten stetig zwei Funken von einem so tiefen Blau, dass es beinahe violett schien. Düsteres Haar umwehte ein Gesicht, das keiner Person zugeordnet werden konnte.

Als der Geist sah, dass Sanara erwacht war, glitt er näher an sie heran. Sanara erschauerte und rückte hastig bis an das Kopfende des Bettes. Ihre Muskeln zitterten so stark, dass sie ihnen kaum befehlen konnte. Ob daran die Kälte schuld war, die durch die nasse Kleidung bis in die Knochen drang, die Angst vor diesem Geist oder vielleicht auch nur der Umstand, dass die blaugrüne Flamme im Kamin größer war als im Verlies, vermochte sie nicht zu sagen.

Wenngleich die Züge keine Anhaltspunkte auf die Person gaben, die hinter dem Gespenst stecken mochte, hatte Sanara doch den Eindruck, dass ihm seine Wirkung auf die Menschenfrau Befriedigung verschaffte.

Ich wusste, du bist kein Schankmädchen. Auch wenn du dies behauptetest.

Sanara antwortete nicht.

Willst du es weiter leugnen, Feuermagierin?

Wieder streckte der Geist die Hand aus, und sie wurde von einem Luftzug getroffen, der ein paar der Finger aus grauem Nebel ins Nichts verwehte. Doch sofort bildeten sich aus dem Nichts heraus wieder neue. Es sah kurz so aus, als habe die Hand sechs Finger und als sei der äußerste größer als der in der Mitte.

Halb panisch beobachtete Sanara, wie sich diese Finger aus Nebel ihrem Gesicht näherten.

Es war schwerer denn je, die Angst, die das Wesen aus der Jenseitigen Leere in ihr schürte, zu bekämpfen. Sanara wusste nicht, wie viel Zeit verging, bis sie wieder in Richtung des Gespensts sehen konnte.

Erst, als sie es zerfasernd und verwehend, aber doch unverändert neben ihr schweben sah, wo es zuletzt gewesen war, schwand die Hoffnung, es könne gegangen sein.

Ich werde nicht verschwinden, Tochter des Hauses Amadian, hauchte der Geist, und die Stimme klang so nah an Sanaras Ohr, dass sie leise aufschrie und die Hand an die linke Kopfseite presste.

Ich werde nicht verschwinden, und du wirst mich nicht mehr verjagen. Der König hat dir die Kraft dazu genommen.

Als der Geist sie an die Hilflosigkeit erinnerte, die sie empfunden hatte, als Tarind ihre Lungen mit Wasser gefüllt hatte, gab Sanara einen Laut der Verzweiflung von sich.

»Er will, dass ich meine Feuermagie für ihn nutze. Wie will er das anstellen, wenn er mir die Kraft nimmt und sie dämpft?«

Du könntest es freiwillig tun.

»Niemals! Ich würde mein Haus nie so entehren!«, stieß Sanara hervor. »Ich werde dafür sorgen, dass es dem König nichts nützt, dass er mich in seiner Gewalt hat.«

Der Geist lachte. Wie beim ersten Mal schauderte Sanara bei dem Klang, der nichts Lebendiges an sich hatte.

Egal, was du glaubst, tun zu können, er wird dich zwingen. Sein Bruder ist ein Herr des Lebens. Er hat als Heiler die Macht, den Essenzen der Lebenden zu befehlen.

Sanara starrte den Geist an und schwieg. »Geh weg«, sagte sie schließlich.

Nein. Ich habe lange gewartet, einen Nachkommen des Siwanon zu finden. Ich werde dich nicht aus den Augen lassen, denn ich werde nicht zulassen, dass deine Kraft weiterhin in Diensten des Falschen steht.

Sanara starrte den Geist an. »In Diensten des Falschen?«

Ich weiß, dass du eine Seelenherrin bist und in Diensten des Zaranthen stehst. Ich wusste es von dem Moment an, als ich dich sah, Dunkelmagierin.

»Tarind wird mich nicht zwingen!«, schrie Sanara. »Geh!«

Sie verschränkte wieder die Daumen ineinander und wollte das Wort der Macht sprechen. Doch sie stockte. Es war, als befände es sich im Inneren ihrer Seele, doch das grüne Netz um ihre innere Flamme herum hinderte es daran, aus ihr emporzusteigen.

Versuch nicht mehr, mich durch Feuer zu vertreiben. Das kannst du nicht. Die Flamme im Kamin ist jetzt stark genug, um deine Kraft zu dämpfen. Der Bruder des Königs hat bereits begonnen, sein Netz um dich herum zu weben.

Der Geist lachte wieder.

Verzweifelt hielt Sanara sich die Ohren zu. Doch die Stimme des Gespenstes hallte in ihr wider. Das Wesen aus dem Nebel der Leere sprach nicht nur in der diesseitigen Welt.

Die Zwillingssöhne des Dajaram werden dich und deine Kraft besiegen, Dunkelmagierin. Und ich werde über dich wachen, sodass du weder dir noch jemand anderem Schaden zufügen kannst.

Sanara versuchte, ihre überreizten Sinne zu beruhigen, und zog sich in ihr Innerstes zurück. Dort war sie, die Flamme, die ihre Magie, ja, ihr ganzes Selbst verkörperte. Sie brannte ruhig und flackerte nicht; vom Kern stiegen wie immer die dunklen Wirbel auf und vereinigten sich mit dem Lohgelb ihres Seelenfeuers, das an die Faranfrucht erinnerte, die im Süden von Guzar, an der Grenze nach Solife, wuchs. Ihr Innerstes war warm und hieß sie willkommen, und die Kälte und die Angst in Sanara wurden gemildert.

Dennoch war etwas anders als sonst. So beruhigend das stete Leuchten der Flamme auch auf Sanaras Verzweiflung wirkte – ihr wurde nicht warm genug. Die Kraft ihrer Magie war in den letzten Zehntagen – oder waren es Mondumläufe gewesen? Sie konnte es nicht sagen – schwach gewesen. Zu schwach, um sich ausreichend daran zu wärmen, und so fror sie ständig.

Nun schien das Feuer selbst durch das Netz aus grünlichen Fäden kälter geworden zu sein. Das Lohgelb war blasser, die dunklen Schlieren schienen geordneter. Hauchdünne Fäden wanden sich spiralförmig um die Flamme herum und glänzten über all dem Farangelb und Braunschwarz in einem geradezu tückischen Grün. Das Grün war kaum zu sehen und doch war es kalt, trocken und fremd.

Sanara erkannte, dass sie bei dem Verhör nicht mit dem König allein gewesen war. Das hier war nicht seine Magie, rasch und heftig wie eine Flut, sondern sanft und doch stetig und kalt wie die Winterluft, die selbst von der Roten Sonne nicht erwärmt werden konnte.

Die Angst, die die Begegnung mit Tarind in ihr ausgelöst hatte, wuchs, als sie vergeblich nach den scheinbar chaotischen Strukturen suchte, die ihr in ihrem Seelenfeuer so vertraut waren.

Es war, als sei sie nicht mehr sie selbst.

Sanara stürzte sich auf ihr inneres Feuer und versuchte, das Netz zu zerreißen, doch es gelang ihr nicht. Es saß fest, und schon nach wenigen Augenblicken musste sie es loslassen, weil es ihre Finger mit seiner Kälte zu verbrennen drohte.

Verzweifelt starrte sie darauf. Wieder versuchte sie, auf ihr Feuer zuzugreifen, den Faden zu verbrennen. Sie war stärker als dieses Ding!

Sie konzentrierte sich, richtete ihre ganze Kraft darauf, die grüne Magie von ihrer Seele zu lösen, doch sie schaffte es nicht, konnte nichts tun. Nichts.

Wieder erklang das schreckliche Lachen und holte Sanara in die Wirklichkeit zurück.

Sie saß wieder auf dem Bett, auf dem alten Rakkarfell, und keine Armlänge von ihr entfernt war das schreckliche Wesen, das sich aus den Nebeln der Jenseitigen Ebenen gebildet hatte und immer wieder bildete.

Der Geist sah sie unverwandt an. Sie hatte trotz der verschwommenen Züge den Eindruck, als lächle er.

Alles, was du bist, deine Magie, deine Kraft, deine Seele, gehört jetzt den Herren von Norad, hauchte er. *Und die Tochter Siwanons, des Königsmörders, wird leben – aber in ihren Händen keine Gnade erfahren.*

Sanara starrte ihn an.

Sie hatte sich noch nie so klein und wehrlos gefühlt.

»Er ist wunderschön.«

Mojisolas Worte waren kaum zu hören, während seine Finger sanft über die gläserne Waffe strichen, die Sinan ihm gerade gegeben hatte. Der Waffenschmied legte langsam die Zange ab, in der sich ein grob geschmiedeter Brustpanzer für einen von Tarinds Generälen befand, den er gerade bearbeitet hatte.

Doch in diesem Moment kam Githalad heran. »Ich war gerade bei Bertalan, dem Vogt«, sagte der alte Schmied. »Der König will in einem Zehntag nach Solife aufbrechen. Solange wird sein Bruder brauchen, um die Truppen zusammenzurufen und um mit dem Vogt alle nötigen Vorbereitungen zu treffen.«

Erst jetzt fiel ihm auf, dass Mojisola etwas hinter seinem Amboss verbarg. Kurz blitzte Verstehen in seinen Zügen auf, dann nickte er. Sinan erwiderte seinen Blick und stellte sich so in den Eingang, dass keiner der ständig vorbeigehenden Handwerker mitbekam, was er und die anderen zu besprechen hatten.

Sinan hatte sich mit dem dunklen Schmied angefreundet. Auch Ronan, der Musikant, kam nun öfter im Hof des *kastrons* vorbei, manchmal sang er ein wenig, manchmal erzählte er eine Geschichte. Es kam auch vor, dass er, wenn Sinan, Githalad und Mojisola zu viel zu tun hatten, einen Krug *kurimis* mitbrachte, den er sich in einer Taverne ersungen hatte, und dann mit ihnen teilte.

Ronan war heute früh hier gewesen, doch nun war er wieder fort. Er hatte kurz mit Mojisola gesprochen und war dann wieder in einer der Tavernen verschwunden, in denen er des Abends aufspielte. Sinan wusste mittlerweile, dass Ronan sich immer in der Nähe des Heers aufhielt, um die neuesten Nachrichten zu erfahren. Er trug Geschichten und Gedichte zur Freude seiner Zuhörer so vor, dass sie das Gefühl hatten, sie hörten sie zum ersten Mal und schaffte es sowohl bei den Kindern des Akusu als auch beim Volk des Goldmonds, dass sich das Gemüt entspannte und damit auch die Zunge löste. In den Tavernen hatte er sein Ohr am Puls der Zeit. Ronan war stets bestens informiert, hielt sich aber selbst im Hintergrund. Seine genauen Quellen kannte niemand. Und er verriet auch nur wenig von sich selbst. Ob der Musikant in den Diensten des Zaranthen stand, wusste Sinan nicht. Stellte man ihm diese Frage, beantwortete Ronan sie nur mit einem Lächeln und kam auf ein anderes Thema zu sprechen.

Und so war Sinan vorsichtig geblieben. Eins der Sklavenbänder hatte man ihm abgenommen, und er würde es sich nicht ein zweites Mal anlegen lassen.

Mojisola warf noch einmal einen prüfenden Blick in den Hof, dann legte er den Dolch, den Sinan ihm gegeben hatte, langsam auf den Amboss. Githalad riss die Augen auf, als er die Waffe sah. Trotz des Halbdunkels, das in der Schmiede herrschte, funkelte und schimmerte der Dolch.

»Ich dachte, ich hätte schon vieles gesehen«, sagte Githalad leise. »Aber so etwas noch nicht.«

Sinan nickte kurz. »Ich habe es auch noch nie gemacht. Es wäre mir ohne Mojisolas Hilfe sicherlich nicht gelungen.«

»Du bist sehr bescheiden, Sinan aus Kharisar«, sagte Githalad bedeutsam. Er hielt den Dolch, den Mojisola ihm gegeben hatte, unauffällig gegen das Licht der Weißen Sonne und ergötzte sich an dem Funkeln des Blattes. Es wurde deutlich, dass er von solchen Waffen gehört hatte, aber noch nie selbst eine in der Hand gehabt hatte.

Es war ein *qasarag*, ein Zeremoniendolch, den Sinan am letzten Zehntag hergestellt hatte. Ein *qasarag* wurde fast vollständig aus Edelsteinen und nicht aus Metall gefertigt. Meist hatte die Klinge dieser Art von Dolch eine ungewöhnliche Form, entweder kurz und breit oder schmal und dünn, manchmal auch gewunden, sodass eine solche Waffe bei geschickter Handhabung wohl schwer verletzen oder sogar töten konnte. Doch das war nicht sein Zweck. Ein *qasarag* war dazu da, die Seelenmagie, die innere Kraft eines Menschen oder Elben, zu vergiften und sie zu verändern oder gar absterben zu lassen. Die umfassende Beherrschung der Gaben der Erde und der Magien der Schöpfergeister war Voraussetzung, um einen *qasarag* herzustellen.

Sinan wusste um die Gesänge und Beschwörungen, die die Fertigung eines *qasarags* begleiten mussten, doch er hatte während seiner Zeit im Kloster des Abends nur wenig Interesse an der Herstellung einer solchen Waffe gezeigt. Ein glänzendes Schwert und der Ruhm, den man damit erringen konnte, hatten ihn immer mehr fasziniert als das feine Schleifen von Kristallen und Steinen, die man in der Erde finden konnte.

Und doch konnte man an Githalads Miene die besondere Schönheit dieses *qasarags* bewundern. Das Heft des Exemplars war, wie auch die Klinge selbst, aus Kristallsand hergestellt, den man zu Glas gebrannt hatte. Sinan hatte bei der Auswahl des Sandes darauf geachtet, dass das Glas des Hefts die Farben von Amethystopal annahm. Nun schillerte es in allen Farbschattierungen von Violett bis Lila. Es war zudem mit winzigen Reliefs übersät, die er in das Glas eingraviert hatte, und die der Hand, die es hielt, festen Halt geben sollten. Wie bei vielen Waffen erzählte auch diese von einer Schlacht aus der Zeit der großen Kriege zwischen Elben und Menschen, von einer der beiden Schlachten, die die Kinder des Akusu gewonnen hatten. Das Intaglio war stellenweise mit hauchfeinem Kupferblech ausgekleidet, um die Bilder deutlicher hervortreten zu lassen. Das Stichblatt selbst war aus einem seltenen schwarzen Stein, den man nur in den südlichen Loranonbergen fand. Er war mit gold- und kupferfarbenen Adern durchzogen, weshalb man ihn auch Nachtfeuer nannte, weil er an die nächtlichen Feuer des Akusu erinnerte.

Githalad wagte kaum, die feine Arbeit zu berühren, damit sie nicht zu Staub zerfiele.

Doch das Kunstvollste an diesem *qasarag* war die Klinge selbst.

Aus zu Glas geschmolzenem Sand gefertigt, besaß sie die gewundene Form einer Flamme und lief spitz zu. Ein Teil des violett gefärbten Hefts ragte in das Blatt des Dolches hinein, um dem Kristall auf diese Weise zusätzliche magische Kraft zu verleihen und die zweischneidige Klinge besser zu verankern.

Es war keine Waffe, mit der man rohe Gewalt ausüben konnte; die Klinge erweckte sogar den Eindruck, sie wäre gebrochen, sobald man sie mit zu großer Kraft in einen Körper gestoßen hätte. Wahrscheinlich zersplitterte sie, wenn sie auf Knochen traf.

Doch sie band die Kräfte des Syth und des Akusu in sich und wirkte bei richtiger Anwendung zerstörerisch für die goldene Magie des Vanar.

»Violettes Glas wie Amethystopal und Kupfer für das Chaos und die Vielfalt des Syth, Nachtfeuer für den Akusu, dem Feuer und Erde untertan sind und der uns Menschen erschuf. Der Bergkristall, den der erste Mensch zu bearbeiten lernte, um den Akusu zu ehren. – Deshalb batest du mich, Geschirr, Gläser und Ähnliches aus der Küche des Königs zu stehlen«, sagte er schmunzelnd. »Besonders bei dem Weinbecher aus Nachtfeuer habe ich mich gefragt, was das soll. Es ist kein Stein, von dem man vermuten würde, der Schmied, der das neue *daikon* des Heermeisters fertigt, könnte ihn brauchen.«

Als Sinan zu einer Erklärung ansetzte, winkte er ab. »Ich weiß nicht, was du und Mojisola und dieser Musikant vorhaben, und ich will es auch nicht wissen. In wenigen Tagen werdet ihr nach Solife aufbrechen, und ich werde hierbleiben, wie Bertalan sagte, nur Aedan soll euch als Gehilfe begleiten. Ich bin im Gegensatz zu euch kein geweihter Schmied und bin nun umso froher darum.«

Er wog den Dolch noch einmal in der Hand und gab ihn dann Sinan zurück, der ihn in ein Stück Leinen einschlug und unter seinem Lederwams verbarg. »Ich danke dir, dass du ihn mir gezeigt hast«, sagte er lächelnd und ging.

Mojisola lachte leise und sah ihm hinterher. »Er trägt sein Herz auf dem rechten Fleck, aber ich bin froh, dass er nichts von unseren Plänen weiß. Jetzt brauchen wir nur noch eine Gelegenheit, ihn einzusetzen.« Er griff nach dem Hammer, mit dem er gerade den Brustpanzer bearbeitete.

Als Sinan nicht sofort antwortete, sah er auf. »Woran denkst du?«

»Wir beide werden nicht an Tarind herankommen«, sagte Sinan.

Mojisola zuckte mit den Achseln und nahm das Hämmern wieder auf. »Hier wohl eher nicht. Aber draußen im Feld wird es sicher anders.« Erneut hielt er inne und sah Sinan an. »Was hast du vor?«

»Dieser Dolch muss Tarind treffen. Oder seinen Bruder. Am besten beide. Es würde genügen, einen von ihnen zu verletzen, denn er greift Goldmagie an und zerstört sie unaufhaltsam. In ihm vereinen sich die Steine des Syth, des Akusu und des ersten Menschen, den der Dunkelmond aus Feuer und Erde machte. Ich hätte das Heft gern aus echtem Amethystopal hergestellt, aber der ist sehr selten.«

Mojisola furchte die Stirn.

Sinan konnte die Skepsis in seiner Miene lesen und verstand sie sogar. Er hatte selbst noch nie gesehen, wie ein *qasarag* angewendet wurde, aber er war sich sicher, dass ein Elb diese besondere Waffe nicht einmal hätte berühren können, ohne Schmerzen zu erleiden. Er wagte es kaum, auszusprechen, was wohl geschehen würde, wenn die rasiermesserscharfen Kanten aus Glas einem vom Volk des Vanar auch nur die Haut ritzten. Wahrscheinlich würde ein Elb sofort den Großteil seiner Kraft verlieren, und nicht einmal ein versierter Heiler hätte die Magie eines so Verletzten wieder ins Lot bringen können.

»Es ist ein gewagtes Unternehmen, beide Norandar-Brüder damit treffen zu wollen«, sagte Mojisola. »Das wird keiner von uns schaffen.«

»Nein«, erwiderte Sinan und lächelte grimmig, als in seinen Gedanken ein Bild Gestalt annahm: Tarind oder sein hochmütiger Zwilling griffen ihn erneut an und versuchten, den Vulkan in seinem Inneren mit Wasser und Sturm zu löschen.

Bisher war er hilflos gewesen. Doch nun gab es eine Waffe, die jeden Elb, auch den König und seinen Bruder, unschädlich zu machen vermochte.

Er selbst würde kaum eine Gelegenheit bekommen, sie anzuwenden. Doch er kannte jemanden, bei dem es anders aussah.

Und Mojisola begriff. »Du meinst …«

Er unterbrach sich. Ohne dem Vogt, der gerade herankam, einen Blick zuzuwerfen, wandte er sich an Sinan. »Sieh es dir an«, sagte er laut und wies mit dem Hammer auf die Brünne, die vor ihm lag. »Diese Kerbe dort. Ausschmieden oder neu verschweißen? Sie ist entstanden, nachdem der Heermeister die Klinge bei den Waffenübungen beschädigt hat.«

»Wenn du mir ein kleines Kettenstück der dazugehörigen Brünne bringst, können wir durchsprechen, wie der Panzer neu zu fertigen ist«, sagte Sinan ebenso gelassen und ging wieder zu seinem Amboss, auf dem die noch glühende Klinge lag, die er für den Fürsten von Norad schmiedete.

Bertalan sah stirnrunzelnd von einem zum anderen. »Der König wünscht, dass einer Gefangenen ein Sklavenband angelegt wird. Wer von Euch will es erledigen?«

Unwillkürlich atmete Sinan schneller. Er war sicher, dass Bertalan von Sanara sprach. Die Frage danach, ob es sich um die gefangene Feuermagierin handele, lag ihm auf der Zunge, doch er schwieg. Er dachte an den gerade fertiggestellten Dolch und schloss die Augen. Dann dankte er dem Schöpfergeist des Gleichgewichts, dass er wieder einmal zu seinen Gunsten eingriff.

Er blickte zu Mojisola, doch der sprach bereits.

»Gomaran von Malebe braucht diesen Panzer und seine Brünne noch heute zurück. Lass es Sinan tun.« Mojisola wies auf seinen Kollegen und sah ihn auffordernd an.

Sinan verstand. »Dieser Stahl muss gehämmert werden, bis er erkaltet ist.«

Bertalans Blick wurde noch finsterer. »Einer von euch beiden wird es tun.« Er sah auf Sinans Amboss. »Der Stahl ist beinahe kalt, also wirst du gehen, sobald du fertig bist.« Er hob ein golden glitzerndes Band, wie Sinan selbst eines trug, und legte es auf den Tisch, auf dem Sinans Werkzeug lag. »Der König besteht darauf, dass diese Frau ein Sklavenhalsband trägt, wenn er sie heute Abend erneut verhört. Also muss es in der nächsten Stunde geschehen, damit ihre Magie gedämpft ist, wenn er nach dem abendlichen Mahl zu ihr geht.«

Ein Schreiber kam heran, und der Vogt wandte sich zum Gehen. Doch er drehte sich noch einmal um. »Ich weiß noch nicht, ob man dir vertrauen kann. Aber ich warne dich: Ich werde deine Arbeit kontrollieren. Ist sie nicht zufriedenstellend erledigt, werde ich das dem Heermeister melden. Ich bin gleich zurück, um dich zu ihr zu bringen.«

Sinan neigte den Kopf zum Zeichen, dass er verstanden hatte.

Als Bertalan ihm den Rücken zukehrte, zwang er sich zur Ruhe und ging zu dem Tisch, auf den der Vogt das Band gelegt hatte. Er nahm eines der Tücher, mit denen er Öl und Ruß von seinen Werkstücken putzte, und nahm das hauchdünne Band damit auf. Auf dem schmutzigen, dunklen Tuch glänzte es umso schöner.

Er musste schlucken. Wie konnte er auch nur daran denken, es seiner Schwester anzulegen? Das war nicht recht.

Doch er musste sie sehen. Sie wurde unablässig von Tarind und seinem Bruder verhört und konnte die Stärke, die der Dolch einem menschlichen Träger verlieh, gut gebrauchen. Und auch, wenn seine Schwester nie geglaubt hatte, dass ihr gemeinsamer Vater ein Verräter an den Kindern des Akusu war, so ging Sinan doch davon aus, dass ihr Hass auf Tarind und seinen Bruder so stark war wie sein eigener.

»Was ist nun? Ich habe nicht viel Zeit. Und sagtest du nicht, dir gehe es ebenso?«, rief der Vogt ihm zu.

Sinan setzte einen finsteren Blick auf und nickte nur.

Dann folgte er dem Vogt.

Das Gemach, in das Bertalan ihn brachte, war anders als erwartet.

Es war ein Raum, von den Erbauern des *kastrons* für die Elben gemacht, selbst am Tag düster und so weit im Nordosten der Festung gelegen, dass nicht einmal früh am Morgen Sonnenstrahlen hineinfielen. Er war karg eingerichtet und doch reicher, als Sinan es je für einen Gefangenen erlebt hatte. Das machte ihn misstrauisch. Er hatte erwartet, sie im Kerker zu finden, nicht in Gemächern, wie sie einem – wenn auch ungeliebten – Gast des Königs zustanden.

Doch Bertalan ging ihm voraus, als sei es selbstverständlich, dass eine Gefangene in solcher Umgebung untergebracht war. Sinan fragte sich, warum ausgerechnet seine Schwester diese Sonderbehandlung erfuhr. Doch er stellte die Frage nicht laut. Einerseits wollte er sich nicht verraten. Andererseits zog sie eine andere nach sich, deren Antwort er scheute; die, ob der Hass seiner Schwester auf die Norandar-Brüder wirklich so groß war, wie er seinen Gefährten erzählt hatte.

Verstohlen sah er sich um, während der Vogt den Raum durchquerte und auf das Bett zuging, das hier stand. Es war mit Fell und Decke ausgestattet, und jemand, wahrscheinlich die Gefangene – Sanara! –, lag darin und musste von Bertalan geweckt werden. Ein Kamin befand sich in einer festen Wand zwischen zwei Fenstern aus Maßwerk. Sogar eine einzelne Flamme brannte darin; eine Flamme des Vanar, die Elben stärkte und Menschen schwächte.

Doch damit war die Einrichtung noch nicht vollständig. Zwischen der Tür und dem nördlicheren der beiden Fenster stand ein Tisch mit einem Stuhl davor und einer Schüssel voll Brei darauf, den man offenbar aus Kräutern und Blättern hergestellt hatte, dazu ein ramponierter Krug mit Wasser.

Wer aus dem Fenster daneben blickte, sah zumeist nur die Felswand, die unter dem Fenster gut hundert Klafter in die Tiefe reichte, bis zu den Mauern der Oberstadt.

Die Bemalung der blaugeäderten Wände konnte man nun, da die Weiße Sonne sich langsam dem Horizont näherte, kaum erkennen. Gestalten, die zusätzlich zur Farbe leicht erhaben gearbeitet waren, schienen im düsteren Licht der blaugrünen Flamme im Kamin lebendig zu werden. Bewegungen, die Sinan nur aus dem Augenwinkel wahrnahm. Dass es Szenen waren, die aus der Geschichte der Elben erzählten, tat ein Übriges, um ihm einen Schauer über den Rücken zu jagen.

Sinan fröstelte. Es war kalt in dem Gemach, die Nischen, die nach Süden und Westen hin neben dem Bett in die Wand gehauen waren, lagen so sehr im Dunkel, dass man darin nichts erkennen konnte. Sinan glaubte, darin Statuen und Gemälde von Menschen oder den Schöpfergeistern zu sehen. Doch jedes Mal, wenn er glaubte, ihre Form deuten zu können, zerfaserten sie wieder, und er musste von Neuem beginnen.

Das hier war bei aller scheinbaren Bequemlichkeit kein Ort für Menschen.

»Mendari!«, rief Bertalan und rüttelte die Gestalt wach, die unter dem Fell lag. Nur zögernd richtete sie sich auf und hatte zunächst keinen Blick für Sinan übrig.

Er musste sich zusammenreißen, um nicht auf das Bett zuzustürzen. Denn die Frau, die sich dort mühsam erhob, war tatsächlich Sanara.

Sanara. Er erkannte seine Schwester sofort wieder, obwohl er sie seit über zwei Jahren nicht mehr gesehen hatte. Sie hatte immer noch die etwas zu breite Nase, den hübsch und voll geschwungenen Mund, wenn auch ihre Wangen blass und eingefallen wirkten. Wie bei ihm, war auch ihre Haut mit den Sonnenflecken der Amadians gezeichnet, und die bernsteinfarbenen Augen waren ebenfalls gleich.

Und doch brach es ihm das Herz, sie so wiederzusehen. Sie hatte ihn jetzt bemerkt und starrte ihn an, als würde sie ihn nicht kennen. Ihre Haut schien feucht, und in ihren Augen lag nicht jenes überschäumende feurige Temperament, das er von klein auf an ihr geliebt hatte, sondern schimmerten Furcht und Verzweiflung.

Sie hatte Angst. Eine Menschenseele, die man zu viel Wasser und Kälte ausgesetzt hatte.

»Mendari Amadian«, sagte Bertalan und schaute auf Sanara, die kaum auf ihn achtete und nur Augen für Sinan zu haben schien.

Sinan erschauerte, als er seinen Namen hörte. Und ihren.

Man wusste, wer sie war! Hatte sie es ihnen gesagt? Es war die respektvolle Anrede, die man eigentlich nur hochrangigen Frauen zukommen ließ, ein Rang, der einer Tochter des Siwanon Amadian gebührte.

Und doch erschrak Sinan zutiefst, dass sie sie nicht von sich wies, sondern, ohne zu protestieren, hinnahm – denn ein Schankmädchen so anzusprechen, war nicht angemessen. Es war, als würde sie von sich selbst glauben, eine Fürstin zu sein.

»Mendari Amadian, dieser Schmied ist gekommen, um Euch das Sklavenband anzulegen, so, wie der König es befohlen hat«, erklärte Bertalan und wies auf Sinan, der in der Mitte des Zimmers stand und sich nicht rührte.

Sie wandte ihren Blick dem Vogt zu. »Was ist, wenn ich es nicht tragen will?«

Bertalan runzelte die Stirn und verbeugte sich knapp. »Mendari, wie man mir sagte, stimmtet Ihr zu, die Kraft Eures Hauses dem Bruder des Königs zu übergeben. Dies kann nur geschehen, wenn Ihr das Band tragt.«

Sie antwortete nicht.

… stimmtet Ihr zu, die Kraft Eures Hauses dem Bruder des Königs zu übergeben.

Das dort konnte nicht seine Schwester sein. Er wartete darauf, dass sie Bertalan widersprach. Niemals hätte Sanara zugelassen, dass man so etwas über sie sagte. Sie hätte sich gewehrt, geschrien, wäre aufgesprungen, hätte getobt, den Vogt mit dem Feuer ihres Zorns verbrannt.

Doch nichts von alledem geschah.

Ihre Reaktion bestand nur darin, dass sie unruhig über die

Schulter schaute, als fürchte sie, beobachtet zu werden. Sinan folgte ihrem Blick, konnte allerdings nichts erkennen. Nur die Schatten der Gemälde, die im Halbdunkel und im Schattenwurf der ruhig brennenden Flamme des Vanar wie lebendig wirkten.

Es sah aus, als schämte sie sich vor ihm.

Für Sinan brach eine zusammen, und er wusste nicht, woher er die Kraft nehmen sollte, stehen zu bleiben und seine Schwester zu betrachten.

»Nun, Schmied, tu, was man dir aufgetragen hat!«, forderte Bertalan ihn auf. »Der König wird nach Einbruch der Dunkelheit mit seinem Bruder kommen. Er sagte, dass es ihm eine Ehre sei, nun eine Nachfahrin des ersten Menschen in seinen Diensten stehen zu haben.«

Sinan hatte das Gefühl, seine Glieder seien taub geworden und sein Blut zäher als sonst.

Seine Schwester hatte ihn verraten. Ihn, ihr Haus und ihr Volk. Wie der Vater, den sie all die Jahre in Schutz genommen hatte. Er fand keine Worte für seine Gefühle.

Schließlich sprach sie endlich, doch sie redete zu ihm, nicht zu Bertalan, der Sinan nun ungeduldig ein Zeichen gab, sich zu beeilen. »Verzeiht mir«, sagte sie mit brüchiger Stimme. »Ich … ich hatte geschlafen.« Wieder sah sie erst furchtsam in die Nische, als wäre dort jemand, und dann auf Bertalan.

»Ihr seid also der Schmied, der mir das Halsband anlegen soll?« Ihre Stimme zitterte.

Sinan starrte sie an.

»O ja, Mendari Amadian«, sagte er. Seine Stimme klang bitter. »Das ist der Auftrag, mit dem der Vogt mich hierherbrachte.« Er warf das Tuch, in das er das Band und eine schmale Zange eingeschlagen hatte, neben sie aufs Bett, bückte sich und wickelte beides aus. »Doch ich gestehe, was ich hier fand, erschreckt mich zutiefst.«

Er gab sich keine Mühe, seine Verachtung zu verbergen.

Sie ließ ihn nicht aus den Augen.

»Ich bitte Euch«, wisperte sie. »Lasst Euch nicht täuschen.«

Sinan senkte den Blick. Seine Augen brannten. Mit zitternden Händen nahm er das Band. Ihm war egal, dass die Kälte des hauchfeinen Rindengewebes seine Fingerspitzen ertauben ließ. Er band es seiner Schwester um den Hals.

Sie ließ es geschehen und legte dabei auch die Hand auf seinen Arm. Plötzlich neigte sie ihr Gesicht und drückte ihm einen Kuss auf den Unterarm, sodass Bertalan es nicht sehen konnte. Ihre Lippen waren rau und vor Kälte gesprungen.

Als sie wieder aufsah, hatte sie Tränen in den Augen.

Wie konnte sie nur erwarten, dass er ihr verzieh! Zitternd verknotete er das Band in ihrem Nacken. Immer wieder entglitten die Enden seinen eisigen Fingern, immer wieder musste er neu ansetzen.

»Erklärt es mir, Mendari Amadian!«, sagte er dabei halblaut. »Erklärt, warum ich nicht glauben sollte, dass Ihr Euch so verhaltet, wie der Vogt sagte und wie es Siwanon selbst einst tat.«

In ihren Augen flackerte es bestürzt auf. »Glaubt nicht, ich würde den Herren von Norad freiwillig dienen!«, wisperte sie hastig und mit einem schnellen Blick auf Bertalan, der gelangweilt aus dem Fenster sah. »Jedes Kind des Akusu weiß, was Tarind im Kloster des Abends anrichtete. Wie könnte ich es also vergessen! Ich könnte es nie, auch um des Namens willen nicht, den ich trage.«

Sinan betrachtete sie, ihre Augen, die von der gleichen Farbe waren wie seine. Sie war Blut von seinem Blut, die nächste Verwandte, die er noch hatte. Nie hatte sie ihn angelogen.

Und doch – in den Tiefen ihrer Augen glaubte er, plötzlich ein grünliches Gitter zu sehen, ähnlich einem Netz. Einen Herzschlag später war der Eindruck wieder gewichen.

Aber Sinan war sicher, dass er sich nicht getäuscht hatte. Seine Schwester hatte ihr Volk verraten und bereits begonnen, Tarind und seinem Zwilling ihre Kraft zu geben. Wie ihr Vater, den sie all die Jahre in Schutz genommen hatte.

Aber vielleicht war doch noch ein Funken Ehre in ihr.

Seine Miene wurde hart. »Beweist es mir, Mendari Amadian«, sagte er. Er beugte sich nach einem schnellen Blick auf den Vogt, der ihm nun wieder ungeduldig zuwinkte, noch einmal über sie, als wolle er den Knoten kontrollieren, mit dem er ihr Sklavenband geknüpft hatte. Es musste halten. Sie hatte seinen Namen bisher nicht genannt, das hieß, dass die Herren der Festung wohl wussten, wer sie war, seine Identität hingegen einstweilen noch geschützt war.

Er überlegte einen Moment lang, ob sie nun auch ihn verraten würde, und stellte sich der bitteren Erkenntnis, dass er nur hoffen konnte, sie sei stark genug, um wenigstens ihren Bruder zu schützen. Auf ihn durfte kein Verdacht fallen.

Als sie den Blick senkte, zog er unauffällig den *qasarag* aus dem Hosenbund und ließ ihn in ihren Schoß fallen.

Sie sah auf, und ihre Augen weiteten sich, doch dann ließ sie das Päckchen schnell in den Falten ihres Rocks verschwinden.

»Wie?«, hauchte sie, als sie wieder aufsah. »Wie soll ich es beweisen?«

Seine Lippen waren an ihrem Ohr, während er ein weiteres Mal den Knoten des Sklavenbands überprüfte.

»Man sagt, dass nur der Tod einen Verrat sühnen kann«, murmelte er und richtete sich auf. »Wendet an, was ich Euch gab. Beweist mir, dass Ihr noch wisst, was es heißt, eine Amadian zu sein.«

Ihr Gesicht war kreidebleich geworden. Sie rührte sich nicht, wandte aber auch nicht den Blick von ihm.

Sinan nickte noch einmal kurz, dann war er bei Bertalan an der Tür und schlug mit der Faust dagegen.

Er drehte sich nicht noch einmal um, sondern ging, ohne sich noch einmal nach seiner Schwester umzusehen.

Entsetzt sah Sanara, wie sich die Tür ihres Kerkers hinter Sinan und dem Vogt schloss.

Ihre Gedanken wirbelten durcheinander. Ihr Bruder war hier gewesen!

Ihr Bruder, der für sie gesorgt hatte, nachdem er sie durch das Blut und die Leichen führte, die die Mordlust des Elbenfürsten hinterlassen hatte. Sinan, der ihr in den Straßen Guzarats Äpfel und Brot gestohlen hatte, wenn der Hunger sie quälte, bis sie es selbst tun konnte.

Ihr Bruder, der immer dafür gesorgt hatte, dass sie den Glauben an sich selbst nicht verlor.

Ihr Bruder, der sie nun für eine Verräterin hielt.

Sie hatte sich so lange danach gesehnt, wieder in sein Gesicht zu schauen, das Gesicht, das ihr so ähnlich war und das ihr immer ein Fels in der Brandung des Lebens gewesen war.

Du kanntest diesen Mann. Diesen Schmied, in dem ein Vulkan brodelt.

Sanara fuhr herum und sah dem Geist ins Gesicht, der gerade aus den Schatten der Wandnische, in der er sich vor Sinan und dem Vogt versteckt hatte, wieder neben das Bett glitt.

Sie sprang angewidert aus dem Bett, als die nebelhafte Gestalt eine Hand nach ihr ausstreckte. »Verschwinde! Du hast kein Recht, mich zu belauschen!«

Du vergisst, dass du nicht mehr dir gehörst, Dunkelmagierin. Deine Essenz, deine Magie und dein Wille gehören Tarind Norandar. Du trägst sein Sklavenband. Nichts gehört mehr dir, nicht einmal deine Gedanken.

Bei den Worten des Nebelwesens rann Sanara ein Schauder über den Rücken. Die Kälte des Sklavenbandes schmerzte auf der nackten Haut.

»Lass mich in Ruhe«, murmelte sie erschöpft und wandte sich ab.

Dieser Schmied, er glaubte, dass nur Tod den Verrat sühnen kann. Glaubst du das auch? Glaubst du, dass der Tod dich freikau-

fen könnte? Dich und den Namen, den dein Vater trug? Das wird nicht geschehen. Ich werde nicht zulassen, dass du stirbst.

»Geh fort«, stieß Sanara hervor. »Nie hätte Siwanon die Menschen verraten, niemals hätte er das getan! Und ich gehöre niemandem.«

Du warst vertraut mit diesem Schmied. Kanntest du ihn?

Sanara wandte sich von dem Geist ab und ging zum Fenster. Sie wusste, er würde im Schatten bleiben. Ihre Finger wickelten vorsichtig den Gegenstand aus, den Sinan ihr überlassen hatte.

Wenig später hielt sie einen Dolch in der Hand. Einen Dolch von atemberaubender Schönheit – die Klinge aus Bleiglas und das Stichblatt aus Nachtfeuer. Als ihre Fingerspitze über die Schneide glitt, schmerzte es. Die Waffe war extrem scharf geschliffen.

Eine Idee nahm Gestalt in ihr an: Nur der Tod sühnte Verrat.

Sie wandte sich um und warf der nebelhaften Gestalt, die hinter dem Bett aufragte und sie lauernd ansah, einen verächtlichen Blick zu.

»Ich weiß, wer du bist. Du kannst nur der Zwilling des Königs sein, der die Gabe des Lebens besitzt. Nur ein Elb mit solcher Gabe könnte seiner Seele in dieser Welt ein Bild verleihen.«

Der Geist schwieg eine Sekunde, dann lachte er laut auf. *Weshalb glaubst du das?*

»Haare, die dunkel sind wie die Nacht«, erwiderte Sanara und straffte sich. »Deine Größe. Man kann deine Züge nicht erkennen, doch sie ähneln denen des Königs, auch wenn ihr Elben für uns Menschen alle irgendwie ähnlich ausseht.«

Ihre Finger umklammerten den *qasarag,* doch noch verbarg sie ihn in den Falten ihres Rocks. Sinan hatte recht. Es gab nur einen Weg, wie sie würde beweisen können, dass sie keine Verräterin war, weder am Haus des Siwanon, noch an ihrem eigenen Volk. Und wie sie die verhassten Brüder Norandar daran hindern konnte, ihre Magie zu missbrauchen.

Doch um zu tun, was richtig war, musste sie den Geist, der Tag und Nacht bei ihr war, ablenken. Also sprach sie weiter. »Dann die düsteren Lebensfunken in deinen Augen, die beinahe violett sind. Du bedienst dich sicher der Macht des Syth, weshalb sie auch nicht der Magie entsprechen, die du in dir trägst. Die Schwäche, die dir nicht gestattet, die Form zu wahren. Du bist kein menschlicher Seelenmagier! Ich weiß nicht, welche böse Zauberei es Euch ermöglicht, Fürst, mich heimzusuchen, aber Ihr werdet mich nicht mehr länger quälen.«

Sie hob den *qasarag*.

Nein! Der Geist riss die Augen auf, wollte aus den Schatten auf sie zustürzen, doch er konnte das Dunkel nicht verlassen, er war zu schwach. *Leg den Dolch weg, Dunkelmagierin!*

Sie hob den Kopf und warf dem Geist einen störrischen Blick zu.

Das darfst du nicht, Seelenherrin!

Sanara setzte die Spitze der Klinge auf ihre Brust und suchte eine Stelle, um durch die Rippen zu stoßen. Die Klinge war schön, und für einen Augenblick bedauerte Sanara, dass sie keine Zeit mehr haben würde, Sinans Geschenk genau zu betrachten und sich daran zu freuen. Doch er hatte recht. Nur der Tod konnte die Ehre wiederherstellen, die ihr und ihrem Bruder genommen worden war. Sie hatte einen eigenen Willen, und es gab nur eine Möglichkeit, ihn durchzusetzen.

Nein! Ich verbiete es!, schrie der Geist und zerrte vergeblich an den Fesseln, die die Dunkelheit ihm auferlegte.

NEIN! Neeeeiiin!

Der Schrei der nebelhaften Gestalt dröhnte durch das Gemach, schrillte in ihren Ohren und lief als Echo durch Sanaras Seele. Sie lächelte. Ihr Bruder hatte sie nicht im Stich gelassen. Er hatte wie immer ihren Willen gestärkt.

Die Klinge schmerzte, als sie unterhalb ihres linken Busens zwischen ihre Rippen fuhr und mit seinen scharfen Kanten aus Diamant Haut und Fleisch durchschnitt.

Doch Sanara hieß den Tod tapfer willkommen.

Es war dunkel.

Eine betäubende Stille umfing sie, ein dunkles Leuchten. Die Wunde kribbelte, fühlte sich lebendig an, schmerzte aber nicht.

Ihre Glieder waren wie taub. Die Knie gaben nach, als habe ihr Wille die Kontrolle darüber verloren, ihr Rücken glitt am Maßwerk des Fensters hinab auf den kalten Marmorboden. Ihr Arm vermochte den Sturz nicht abzufangen, knickte ab und ließ die Wange hart auf die Marmorfliesen schlagen.

Doch da war kein Schmerz.

Dann, plötzlich, sah und hörte sie wieder, als stünde sie noch selbst am Fenster und blicke auf ihren zusammengesunkenen Körper hinab, der dort lag. Eine Blutlache bildete sich unter dem Gesicht, das ihr gehörte und doch nicht ihres war – sie stand *hier* – und breitete sich langsam aus.

Sie sah wie durch dunklen Nebel und gelbes Feuer hindurch. In den Ohren hallte der schrille, endlose Entsetzensschrei des Geistes, und Sanara konnte nicht sagen, ob er im Diesseits oder im Jenseits erklang.

War sie tot? Ihr Körper lag leblos auf dem Boden, blutete aus einer Wunde, und sie stand hier und sah auf sich hinab.

Es prickelte lebendig an der Stelle, wo der Dolch in ihrer Brust steckte. Sie musterte sich genau. Ihre Gestalt stand als lohgelbe Flamme mit schwarzbraunen Wirbeln aufrecht über dem leblosen Körper. Sanara hatte das Gefühl, nun, da der Leib leblos war, sei ihre Magie stärker denn je. Zum ersten Mal seit Tagen wurde ihr warm. Fast zu warm.

Die beiden Wachen, die nun hereinstürmten, sahen ihr Seelenbild nicht. Doch der Schrei des Gespenstes war nicht nur für Sanara hörbar gewesen.

Sie redeten durcheinander, fragten, wer geschrien hatte, was passiert sei, beugten sich entsetzt über sie, riefen nach ihr, riefen um Hilfe. Doch sie wagten nicht, sie anzufassen, ihren Körper zu berühren. Vielleicht spürten sie, dass die Flamme ihrer Seele darüber wachte.

Die Wachposten berieten hastig, was zu tun sei, doch Sanara achtete nicht auf das, was sie sagten. Schließlich eilte einer davon, während der andere furchtsam in der Tür stehen blieb und auf sie herabstarrte.

Sie hockte sich neben den Körper, der reglos dalag und unter dem die Blutlache immer größer wurde. Sie wusste, dass sie nun frei war, um zu gehen. Es wäre der Beweis gewesen, den ihr Bruder gefordert hatte. In seinen und in den Augen ihres Volkes wäre ihr Name reingewaschen von Verrat.

Aber der Körper vor ihr lebte noch. Sie legte eine farangelb leuchtende Hand auf die Schulter, deren Blusenärmel zerrissen war, so als könne sie den Leib – sich – damit stärken. Sie fragte sich, warum sie das tat. Dieser – ihr – Körper starb. Das war es, was sie gewollt hatte: frei sein. Frei vom Makel des Verrats, frei davon, in den Dienst dieses verhassten Elben gezwungen zu werden, der ihr Volk, ihr Haus, ihren Vater auf dem Gewissen hatte.

Nun musste sie nur noch gehen. Es war leicht. In der Ferne waren die Jenseitigen Ebenen schon zu sehen, und sie würde nicht einmal das endlose, wortlose Lied singen müssen, das sie als kleines Mädchen unter großen Mühen erlernt hatte.

Doch sie blieb, als würde etwas an ihrem Körper sie festhalten. Sie konnte ihre Schulter nicht loslassen, aufstehen und fortgehen. Die Wunde in der Brust prickelte wie pure Energie.

Eine Weile saß sie so neben dem leblosen Körper, unter dem die Blutlache dunkler wurde und nur noch langsam anwuchs. Die Flamme – sie selbst – brannte warm und gleichmäßig.

Und sie ging nicht.

Dann wurde die Tür des Gemachs aufgestoßen.

Sanara – die schwarzbraun gemusterte Flamme – flackerte auf in dem kalten Windstoß, der auf einmal durch das Gemach fegte, und wäre fast erloschen. Die Wärme, die sie vor einem Herzschlag noch eingehüllt hatte, wurde von der eisigen Böe davongetragen und ließ sie bis ins Mark hinein schaudern.

»Geht!« rief eine herrische Stimme. Ein Duft, wie von verbranntem Harz des Yondarbaums, breitete sich aus. Die Flamme – Sanara – fuhr zurück. Es war, als werde die letzte Kraft aus dem bereits kalt daliegenden Körper gefegt, und einen Augenblick glaubte sie, die prickelnde, herbe und kühle Luft zerreiße das Band, das zwischen ihr und ihrem Körper bestand.

Die hochgewachsene Gestalt eines Elben beugte sich über sie und betastete sie hastig. Er schien keine Angst vor ihr zu haben. Dann erhob er die Stimme und beschwor die Kräfte des Goldenen Mondes. Sanara durchfuhr bei den uralten Worten erneut ein Kälteschauer. Sie konnte wieder fühlen und spürte, wie sich eine schlanke, kraftvolle Hand auf ihre Wange legte und die Hitze, die der *qasarag* geschickt hatte, durch frischen Wind ersetzt wurde.

Sie sah wieder auf ihren Körper hinab. Er würde frieren. Einer Eingebung folgend legte sie sich auf ihre leblosen Glieder, um sie zu wärmen und vor der Kälte zu schützen, die in ihn eindrang. Es war ein schönes Gefühl, denn das Prickeln – nun wusste sie, dass diese Empfindung in ihrer Seele stattgefunden hatte – ging in ihren Körper über. Die Lebendigkeit ihrer eigenen Flamme schien sich bis in die kleinste Faser ihres Seins zu verbreiten und mischte sich mit der kalten Frische, die dieser Elb dorthin geschickt hatte. Es war, als gingen an einem kalten Frühlingsmorgen die Sonnen auf, als sei ihr erlaubt worden, an einem solchen Morgen die erste Luft zu atmen, die Ys für den neuen Tag geschaffen hatte.

Es war, als kehre das Leben in ihren Körper zurück.

Aber mit dem Leben erwachte wilder, pochender Schmerz erst in der Brust, dann im Schultergelenk, als kalte, aber trockene Finger ihr Handgelenk packten und sie mit unmenschlicher Kraft hochrissen; Schmerz, als ihr Körper wieder fiel und sie sich trotz einer weichen Unterlage – das Bett? – die Hüfte anstieß; Schmerz, als eine eisige Hand sich mit der Kraft eines Kriegers auf ihr Brustbein drückte, um sie festzuhalten.

Sanara wollte aufschreien, als der *qasarag* mit einem Ruck aus ihrer Brust gezogen wurde. Doch ihr versagte die Stimme. Stattdessen hörte sie einen wütenden Laut, der nicht von ihr stammte.

»O nein, Mendari Amadian, nein!«

Kalte Finger strichen über die Wunde, eisiger Balsam legte sich darauf, drang in sie ein und brachte ihre Lungen dazu, verzweifelt nach Luft zu ringen, die sich viel zu kalt anfühlte.

Sie keuchte auf. Der Schmerz tobte immer noch in ihrer Brust, doch wieder strichen Finger, die gleichzeitig sanft und unerbittlich waren, etwas Eisiges, aber Heilendes über die Wunde.

Sie riss die Augen auf und sah, dass sich ein Elb über sie gebeugt hatte.

»Ich lasse Euch nicht gehen, hört Ihr?«

Seine zornige Stimme duldete keinen Widerspruch. Schwarzes, struppiges Haar fiel in ein Gesicht, dessen blasse, schöne Züge für Sanara die personifizierte Grausamkeit bedeuteten.

Tarind, der für Sanara den Tod verkörperte.

Erneut durchzog eisiger Frost ihren Körper und riss ihre widerstrebende Seele noch ein Stück von den Jenseitigen Nebeln fort.

»Erwacht, Mendari!«, erklang es wütend. »Ich werde nicht zulassen, dass Ihr Euch aus dem Leben stehlt und der Strafe entzieht, die mein Bruder über Euch verhängt hat! Wacht auf, ich befehle es Euch im Namen des Vanar!«

Der Elb – der Mörder des Ältesten – kniete jetzt über ihr und hielt sie fest. Er heilte sie, holte sie ins Leben zurück und schürte mit seiner eisigen Magie das Feuer ihrer Seele. Angst überkam sie. Sie versuchte, sich zu wehren, doch der Elb, der über ihr war, ließ es nicht zu. Eisige Kälte drang durch die Wunde in ihren Körper und versuchte, sie einzufrieren. Ihre Lunge schien plötzlich nicht mehr genug Luft aufnehmen zu können, doch auf einmal war auch wieder genug von ihrer eigenen Kraft da.

Sie murmelte die Worte der Macht, und spürte, wie die Flamme, die nun wieder in ihrem Inneren brannte, aufloderte und ihr Kraft gab. Sie griff neben sich und ertastete den *qasarag*, den er dorthin geworfen hatte, weil er die Berührung des Glases nicht ertrug. Mit einem Ruck stach sie zu.

Der Elb – der König! – stöhnte auf und taumelte.

Die Kälte wurde auf der Stelle erträglicher, als er sie losließ. Mühsam setzte Sanara sich auf und richtete ihren Blick auf den Mann, der schwer atmend vor ihr stand, und sich mit schmerzverzerrtem Gesicht die Seite hielt. Er stöhnte erneut und lehnte sich an den Sims des Kamins, den Körper gekrümmt, und murmelte ein paar Worte in der uralten Sprache, von der die Elben sagten, dass Vanar selbst sie seinen Kindern beigebracht hätte.

Jetzt sah sie es. Er war nicht der, der den Ältesten getötet und ihren Vater gequält und dann mit sich genommen hatte, auch wenn er so aussah.

Seine Augen mit den länglichen Pupillen funkelten, als scheine die Weiße Sonne durch grünes Laub, sein Haar war, bis auf wenige, mit grünen, goldenen und silbernen Fäden umwickelte Strähnen über dem linken Ohr, kurz wie zerrupftes Rabengefieder.

Schweiß lief ihm die Schläfe hinab, doch langsam fasste er sich wieder.

Es war der Zwilling des Königs, der, von dem man sagte, in ihm sei die Gabe des Lebens so stark wie einst in Vanar selbst.

»Rührt mich und meine Seele nie wieder an, Telarion Norandar«, murmelte sie.

Erst jetzt spürten ihre Finger wieder etwas Langes, Dünnes, das mit einer klebrigen Flüssigkeit verschmiert war. Dann packten kalte Finger nach ihr, umklammerten ihr Handgelenk und verdrehten es so rücksichtslos, dass sie aufschrie und den Dolch fallen ließ.

Klirrend fiel er zu Boden.

»Es misslang Euch, Mendari«, stieß der Fürst hervor. »Die Klinge drang kaum durch meine Haut. Ich konnte ihre Magie abwehren.«

Sanara war so schwach, dass sie sich kaum aufrecht halten konnte. Auf ihrem Bauch kitzelte es. Sie sah an sich herab und erkannte, dass sie immer noch blutete. Die Magie des *qasarags* hatte die Heilkraft des Fürsten gemindert, und so hatte er sie nur ins Leben zurückbefehlen, nicht aber die Wunde völlig schließen können.

Im nächsten Moment waren ihre Augen wieder blind vor Tränen bei dem Gedanken, wie schlecht ihr geliebter Bruder nun von ihr denken musste. Sie hatte sich selbst nicht töten, geschweige denn einen der Norandar-Brüder verletzen können.

Er nahm den Dolch und schlug ihn in ein Tuch ein, sodass er ihn nicht mehr direkt berühren musste. Sein Gesicht verzog sich erneut vor Schmerz.

»Woher habt Ihr diesen *qasarag?*«, verlangte er zu wissen.

»»Er ist ein Geschenk!«, hauchte sie und versuchte, sich wieder aufrecht hinzusetzen. Sie würde vor diesem Elb keine Schwäche zeigen.

»Ein Geschenk!«, rief er. Dann steckte er das Bündel hinter die Schärpe, die er um die Hüfte trug, wobei er sorgfältig darauf achtete, das möglichst weit entfernt von der Wunde zu tun, die sie ihm zugefügt hatte.

Als er sie wieder ansah, war sein Blick so voller Verachtung, dass Sanara die Hände zu Fäusten ballen musste, um weiterhin zu ihm aufzusehen.

»Ein Geschenk, um Euch dem Dienst bei meinem Bruder und mir zu entziehen! Und um mich zu töten!«, presste er hervor. »Um Euch dem Dienst zu entziehen, der die Verbrechen Eures Volks – Eures Hauses, Mendari Amadian! – wenigstens geringfügig wieder gutgemacht hätte! Aber ich hätte wissen müssen, dass kein Dunkelmagier genug Ehre im Leib hat, um das Leid zu sühnen, das seine Kraft über mein Volk brachte!«

Sanara spürte, wie Wut in ihr aufstieg und ihr Kraft gab. Wut, die sich nicht um das Sklavenband scherte, nicht um den Geist, den sie immer noch im Hintergrund wusste, und nicht um den kalten Hass, den der Bruder Tarinds ihr entgegenbrachte.

»Die Verbrechen *meines* Hauses an *Eurem* Volk, Fürst Norandar?!«

Sie sah nicht, dass er vortrat, spürte nur, wie eisige, lange Finger ihr Gesicht packten und sie zwangen, ihn anzublicken.

»O ja. Es war Euer Vater, der den meinen tötete. Und nun wolltet Ihr es ihm gleichtun und mich töten! Wollt Ihr das leugnen? Nennt mir einen Grund, warum ich Eure Lebensflamme nicht auf der Stelle zum Verlöschen bringen sollte!«

Sanara schnaubte und versuchte vergeblich, sich loszureißen. »Ich weiß, dass man sich das unter den Elben erzählt, doch so war es nicht!«

Sie spürte seinen maßlosen Zorn, als er die Finger tiefer in ihren Hals grub. »Ich bin ein Heiler, ich habe die Gabe des Lebens von meinem Vater geerbt und war deshalb mit ihm verbunden, wusstet Ihr das, Mendari? Seine Seele verbrannte in dunklem Feuer, wie es nur die Herren des Todes zu entfachen verstehen! Ich habe jede Sekunde seines Endes miterleben müssen, ohne ihm helfen zu können. Und Ihr leugnet das?«

Er stieß sie zurück und ließ sie los, um sich, voller Abscheu, die Finger an der Hose abzuwischen.

»Wie hätte mein Vater das tun können, wenn er Tausende Meilen entfernt war?«, gab Sanara mit hoch erhobenem Kopf zurück. »Dennoch kam Euer Bruder und richtete meine ganze Familie, enthauptete den Ältesten des Klosters, schlachtete die Priester ab und löschte in meinem Vater – einem freien Mann! – alle Magie, bevor er ihn mit sich fortnahm!«

»Wenn mein Bruder auch nur die Hälfte von dem empfand, was ich nun für Euch und Euer Haus empfinde, dann war jeder Schlag, jeder Schwertstreich gerechtfertigt!«, rief er.

»Nichts davon ist wahr! Mein Vater tat nichts, um die Grausamkeit zu rechtfertigen, die im Allerheiligsten des Dunkelmonds geschah!«

»Nennt Ihr mich und meinen Bruder, der der König aller Elben ist, Lügner?«

»Was, wenn Ihr es wärt? Was, wenn Euer Bruder mein Haus und meinen Vater nicht getötet hätte, weil er den Mord an Dajaram rächen, sondern vertuschen wollte, dass er selbst diese Tat begangen hat, um an die Macht zu kommen?«

Mit Genugtuung stellte sie fest, dass die blasse Haut Telarion

Norandars noch bleicher wurde. Der Fürst fuhr bei dieser Anschuldigung zurück, als habe sie ihn geschlagen.

Doch dann war er wieder vor ihr. Mit einem heftigen Stoß warf er sie rücklings auf das Rakkarfell und kniete über ihr. Dann riss er ihr die Bluse ein Stück weiter auf, sodass ihre nackte Haut seiner Kälte ausgesetzt war, und presste eine Hand auf ihr Gesicht, die andere auf das Zeichen ihres Hauses.

Er war ihr so nah, dass ihre Sinne nichts mehr außer ihm wahrnahmen, seinen Geruch, seine Kraft, seinen Zorn. Sanara gab einen erstickten Schrei von sich, doch er hielt sie nur umso fester.

»Ich wollte Euch nicht den Tod schenken, Mendari«, brach es aus ihm hervor. »Den Tod, den Ihr und Euer Haus mit offenen Armen zu empfangen bereit seid. Und es widerstrebt mir, Euch etwas zu geben, das Ihr offenbar für ein Geschenk haltet. Doch für Eure Lügen, für Mord und dessen Rechtfertigung kann es keine andere Strafe geben.« Entsetzt versuchte Sanara, sich wieder zu wehren, als er seine Magie ungehindert in sie jagte, doch sie kam gegen ihn nicht an. Wieder musste sie angesichts der eisigen Kälte, die sie zu überwältigen drohte, nach Luft ringen.

Doch die Kraft seiner Hände schien nur noch stärker zu werden. »Ich bin Herr des Lebens, Mendari. Und ich entscheide, Euch dieses Leben nun zu nehmen, denn Ihr verdient es nicht.«

Einen Augenblick später durchfegte ein solcher Sturm Sanara, dass ihr die Flamme des Lebens aus dem Körper gerissen wurde. Wieder stand sie neben sich und sah auf sich selbst hinab. Fast leblos lag sie da, während Telarion Norandar über ihr kniete und ihr Gesicht und ihren Körper in Händen hielt, als sei er ihr Geliebter.

Dann war sie … fort. Sie stand auf einer endlosen Ebene, mitten in einem Hurrikan, hilflos Myriaden winziger, nadelscharfer Eiskristalle ausgesetzt, die auf sie einprasselten, ihre Haut durchdrangen und ihr Blut erstarren ließen, bis der Sturm ihre Seele selbst erreichte.

Im Diesseits versuchte sie, seine Arme wegzuschieben, doch der elbischen Stärke eines Heerführers und Kriegers hatte sie nichts entgegenzusetzen. Auch auf der geistigen Ebene war jede Gegenwehr vergeblich. Sie kauerte sich zusammen, um in sich die so notwendige Wärme zu finden und den Orkan zu überstehen, doch es half nicht. Es schien, als sei ihre Feuermagie zu schwach, um sich gegen die eiskalte Luftmagie des Elbenfürsten zu behaupten.

Mit einem Schrei, von dem sie nicht wusste, ob er im Brüllen des Sturms überhaupt zu hören war, konzentrierte sie sich auf das Bild ihres Geistes: Ein kleines lohgelb glühendes Feuer mit dunklen Schlieren darin erschien, erschreckend winzig auf jener endlosen Ebene, auf der der Schneesturm immer heftiger tobte. Sie kauerte sich dicht vor die Feuerstelle, die aber kaum noch Wärme abgab. Das Feuer wurde kleiner, hatte den wütend heulenden Eiskristallen nichts entgegenzusetzen. Eine Flamme nach der anderen gab auf und erlosch.

Sanara wusste: War erst die letzte Flamme verschwunden, würde auch sie sterben. Die Kälte in ihr breitete sich immer weiter aus, drang auch in die letzte Muskelfaser, die kleinste Ader vor, ließ ihr Herz langsamer schlagen, unerbittlich und erbarmungslos.

Das Feuer verlor wieder ein paar Flammen und wurde schwächer.

Wehre dich. Überlebe.

Nein. Das muss ich nicht.

Sie hatte sterben wollen, um diesem Mann und auch seinem Bruder nicht als Sklavin dienen zu müssen. Nun gab er ihr dieses Geschenk freiwillig. Sie würde es annehmen, sodass sie erlöst war. Erlöst von Telarion Norandar, erlöst von seinem verhassten Bruder, erlöst davon, sich ihnen unterwerfen zu müssen.

Sanara sah, wie sie sich aufrichtete und dem Sturm entgegenstellte. Sie breitete die vor Kälte schmerzenden Arme in der üblichen Geste der Demut aus und schloss die Augen.

Der brüllende Wind traf Sanara mit voller Wucht und ließ sie in Myriaden Eiskristalle zerspringen.

Eben noch das wütende Heulen des Sturms – jetzt fast vollkommene Stille. Plötzlich und übergangslos ist ihr nicht mehr kalt. Die Angst ist verschwunden.

Ist das der Tod?

Sie öffnet die Augen, steht auf einer weiten Ebene. Der Boden ist ein Mosaik aus silbernem und weißem Glasfluss.

Sie kennt das Zeichen, das die Steine bilden. Das Zeichen der Gerechtigkeit und des ewigen Gleichgewichts in der Welt, eine Kugel – das Zeichen der Ys, der Schöpferkraft der ewigen Harmonie. Das Mosaik ist von einem Kranz aus gewaltigen, kannelierten Säulen umgeben.

Als sie den Blick erhebt, stellt sie fest, dass die Säulen kein Dach tragen. Der Nachthimmel ist voller Sterne, und der Silberne Mond steht genau über ihr. Der Goldene und der Dunkle leuchten gemeinsam am östlichen Horizont.

Als ihr Blick nach Westen geht, der Himmelsrichtung der Erde, stellt sie fest, dass dort die Weiße Sonne gerade untergeht. Sonnen und Monde erstrahlen gleichzeitig am Himmel, als stünde die Zeit still.

Als sie sich auf die Landschaft hinter den Säulen konzentriert, sieht sie, dass sie sich auf dem höchsten Gipfel eines Gebirges befindet. Der Berggipfel ist so hoch, dass die Sterne selbst am Tage zu sehen sind.

Tief unter ihr liegt die Welt unter einer dichten Wolkendecke verborgen. Um den Fuß der Säulen haben sich Schneeverwehungen gebildet, in denen Nessablüten von der Farbe der Roten Sonne blühen.

»Seid willkommen.«

Die Stimme klingt wie die eines Geistes der Jenseitigen Nebel sowohl im Ohr als auch im Inneren Sanaras. Es ist die sanfte, dunkle Stimme einer Frau, alt und wissend, aber auch jung und heiter.

Erst jetzt bemerkt sie, dass sie nicht allein ist.

Am nördlichsten Punkt der von den Säulen umgebenen Fläche steht eine Gestalt und lächelt sie an. Als Seelenherrin weiß Sanara sofort, dass diese Erscheinung sich halb im Jenseits und halb in dieser Welt befindet. Eine kleine Frau, deren dunkles Haar weit über die Hüfte fällt. Es ist nicht zu erkennen, ob sie die Haare offen trägt oder sie – ähnlich wie Anjoris – in dünne Zöpfe geflochten hat. Ihr Gewand ist silbrig.

Sanara schließt die Augen, geht in die Knie und breitet demütig die Arme aus. Sie weiß, dass sie vor dem Schöpfergeist der Harmonie und der Ordnung steht.

Sie spürt das Lächeln der Ys durch die geschlossenen Augen hindurch wie ein sachtes Streicheln. Langsam, als treibe nicht ihr eigener Wille sie an, erhebt sie sich wieder.

»Du bist die Seelenherrin«, spricht die Stimme der Ys. »Du bist alles, was ich und der Schöpfergeist des Chaos dem Volk des jüngeren Mondes schenkten. Du bist Erde und Feuer, Herrin der Seelen und Herrscherin über den Tod, du bist der Sommer, in dem das Leben am lebendigsten ist. Du bist Wärme, Mittag und Licht. Und doch kannst du nicht sein ohne Wasser, ohne Luft, ohne die Gabe des Lebens, ohne Winter und Kälte, Nacht und Schatten.«

Sanara spürt plötzlich, dass sie nicht allein vor Ys steht. Als sie die Augen langsam wieder öffnet, sieht sie einem hochgewachsenen Elben in die Augen.

Sie erkennt ihn wieder. Es ist Telarion Norandar.

Angst macht sich breit in ihr, sie will zurückweichen, doch sie kann sich nicht rühren. Es ist, als halte Ys sie fest.

»Fliehe nicht. Er ist alles, was du nicht bist – und damit deine Ergänzung.«

Sie wendet sich an Telarion, dem der Widerwille ebenfalls ins Gesicht geschrieben steht. Doch wie sie hat auch er die Arme demütig ausgebreitet und bleibt stehen.

»Du bist die wirbelnde Luft, die frische Kälte des Morgens und die Gischt des Wasserfalls, die im Laub glitzert. Du bist der erste Frühlingstag nach dem Winter, der, der alles Leid und selbst den Tod heilt. Du existierst durch sie, wie sie durch dich. Es gibt keine Kälte ohne Hitze, kein Licht ohne Schatten. Kein Leben ohne Tod.«

Ys nimmt erst seine Hände, dann ihre und spricht weiter.

»Einst wollte ich meinen Geliebten aus der Welt verbannen. Doch er hat unserem Werk den unbändigen Schöpfungswillen eingegeben, so wie ich ihm die Ordnung. Und so liegt beides in der Natur dieser Welt: Harmonie und Chaos. Ich beruhigte Syths Kräfte zu lange, und nun bricht sich das natürliche Chaos der Dinge Bahn. Als er mich verließ, prophezeite er mir dies, doch ich wollte es nicht glauben. Nun weiß ich es besser. Doch er und ich haben die Macht über unsere Schöpfung abgegeben. Nur die Kinder der Zwillingsmonde können uns jetzt noch helfen. Die Macht liegt bei euch.«

»Wobei helfen?«, fragt Telarion mit rauer Stimme.

Sanara betrachtet ihn aus dem Augenwinkel, während sie mit halbem Ohr die Worte der Ys aufnimmt. Vielleicht liegt es an der Gegenwart des Schöpfergeistes der Harmonie, aber es ist, als sehe sie das Antlitz des Fürsten zum ersten Mal. Es ist schön und ebenmäßig geschnitten wie das des Königs, doch im Gegensatz zu seinem Zwilling sind die Züge Telarion Norandars ruhig und ernst, nicht grausam und zornig.

Wie sie trägt er keine Kleidung. Kein Tuch verdeckt seine kraftvollen Muskeln, seine langen Glieder und das Zeichen des Vanar auf seinem Schildarm: stilisierte, grüne Wolken mit goldenem Rand, die sich über seine Schulter bis auf die Brust erstrecken. Aber auch die rötlichen Narben auf seiner Haut liegen frei; sie wurden ihm, dem Heermeister des Königs, im Kampf geschlagen, und nicht einmal seine Kunst vermag sie zu entfernen.

Sanara bedauert plötzlich, dass das Leben den Heiler und Herrn des Lebens zwang, das Handwerk des Todes auszuführen.

Ys lächelt, als wisse sie um Sanaras Gedanken.

»Das Siegel, mit dem ich Syth einst bannte, muss zerstört werden«, fährt sie fort. »Doch nur zwei, die durch ihre Gegensätze eins sind, können es bergen und dort zerstören, wo es geschaffen wurde.«

Sanara spürt, dass der Fürst etwas sagen will, doch Ys kommt ihm zuvor.

»Du kannst es nicht allein, Sohn des Vanar. Sie kann es nicht allein. Das Siegel ist sowohl in der Leere, in der Syth lebt, als auch hier in dieser Welt. Kein Herr des Lebens könnte es ohne einen finden, der den Nebeln befiehlt. Kein Seelenherr könnte es bergen, ohne dass sein Geist ans Leben gebunden würde. Ich habe euch gewählt. Nur ihr werdet das vollbringen können, doch einer nicht ohne den anderen. Seid gesegnet!«

Dann ist Ys mit einem Mal fort. Sanara ist mit dem Fürsten der Elben allein.

Er wendet sich nach einem langen Blick, den sie nicht deuten kann, ab und schickt sich an, diesen Ort zu verlassen.

Der Gedanke, er könnte nicht mehr in ihrer Nähe sein, ist auf einmal der traurigste, den Sanara sich vorzustellen vermag. Sie streckt die Hand aus und berührt das Zeichen des Vanar auf seinem Schildarm. Seine Muskeln darunter sind hart und fest, doch die Haut ist weich und kühl wie die Wolken darauf.

Er dreht sich um und tritt mit herausforderndem Blick dicht an sie heran. In einem anderen Leben wäre sie ob dieser Nähe in Panik ausgebrochen. Doch hier wallt ein Gefühl in ihr auf, von dem sie weiß, dass es nicht ihres ist. Es ist die Erinnerung an das, was Ys für Syth empfand. Die Liebe, die einst die Schöpfergeister dazu brachte, die Welt zu schaffen.

Als Sanara zu Telarion aufsieht, weiß sie mit einem Mal, dass er das Gleiche für sie fühlt.

Sie betrachtet den Körper des Fürsten der Elben und genießt seine kraftstrotzende Schönheit. Auch sein Blick liegt neugierig auf ihr. Sie streicht über die Ader, die über die ausgeprägten Muskeln seines Schildarms läuft, über Schultern und Brust. Die tätowierten Wolken wirbeln bei ihrer Berührung auf.

Er schaudert, genießt die zarte Berührung. Sein Schwertarm schlingt sich um ihre Hüfte und zieht ihren Leib an seine Brust, zögernd erst, als schrecke er vor der menschlichen Hitze ihres Körpers zurück. Doch dann gefällt ihm, was er spürt, und er tut es mit sanfter Kraft. Die Kälte seiner Haut ist für sie angenehm und nicht mehr schneidend, als sie mit der Nase seine Kehle berührt. Er fühlt sich frisch wie ein kühler Frühlingsmorgen an, bevor die Sonnen zu heiß werden, der Duft von Yondarharz geht von ihm aus. Sie atmet tief ein.

Plötzlich will sie mehr. Er ist ihr nicht nah genug. Sie greift in seine dichten, schwarzen Haarsträhnen, die kaum länger sind als ihr längstes Fingerglied, und zieht seine Lippen auf ihre. Ihr Kuss ist intensiv, verlangend, wird begehrlicher, und er erwidert ihn stürmisch.

Mit einem leisen Seufzen zieht er sie noch näher an sich heran, sodass sie seine Erregung spürt. Seine Hände werden mutiger, gleiten über ihre warme Haut, als bekämen sie nicht genug von diesem ungewohnten Gefühl. Seine Finger streichen erst über ihren Rücken, dann ihre Hüften, ihren Bauch und finden schnell die Stellen ihres Körpers, deren Berührung sie sich am meisten wünscht. Für einen Moment wird die Sehnsucht nach mehr so übermächtig, dass sie nach Atem ringen muss.

Noch nie hat Sanara einen Mann so begehrt wie Telarion Norandar, und in seinen seltsamen Augen sieht sie, dass er für sie das Gleiche empfindet. Das Verlangen ist so groß, dass es über das körperliche hinausgeht. Sie weiß mit einem Mal, dass nur seine Kräfte als Heiler die Wunden schließen können, die das Massaker, das sein Bruder anrichtete und schuld an ihrer zehn Jahre dauernden Flucht ist, hinterlassen hat.

Und nur ihre Seelenmagie wird seinen Hass auf das Volk des Dunklen Mondes und ihr eigenes Haus auslöschen können.

Wieder spürt sie, wie seine Lippen die ihren suchen, verlangend und fordernd, aber auch voller Freude darauf, nicht nur seinen Körper mit ihrem, sondern auch seine Seele und Magie mit der ihren zu vereinen.

Sie schlingt die Arme um seine breiten Schultern und schmiegt sich eng an ihn, als seine Hände sie an seine Hüften ziehen. Ein Damm scheint zu brechen, in ihnen beiden, und so wie seine Gegenwart auf einmal in sie fließt, geht ihr Sein in ihn über.

Nie ist sie jemandem so nah gewesen.

Nie war sie so sicher, dass die Erfüllung des eigenen Seins im anderen liegt. Die vollkommene Harmonie zweier Wesen.

Ein Geschenk, das Ys nur wenigen zuteilwerden lässt.

Kapitel 8

»So, wie die Elben über das Wort gebieten, so tun die Menschen es über die Musik. Doch Musik ist etwas Besonderes: Die Menschen sagen, sie sei in der Lage, Geschichten anrührender zu erzählen als selbst Worte, von den größten Dichtern ersonnen, es je könnten. Tatsache ist, dass sich unter den Menschen mehr talentierte Barden befinden, denen auch die elbische Gabe der Poesie gegeben ist, als gute Musikanten unter den elbischen Poeten. Denn viele der Musikanten sind auch Herren über Geist und Seele, und so sind sie in der Lage, mit den Tönen ihrer Melodien die Seelen ihrer Zuhörer zu rühren, mehr, als die Worte der Elben es je könnten.«

Von den Gaben der Kinder des Akusu
Dritte Rolle der Schriften des Klosters der Weisen Zwölf

Die Luft, die sie atmete, war zu kalt.

Sie schmerzte gleich doppelt in den Lungen, denn sie war so dick vom Rauch verbrannten Yondarharzes, dass sie sie aushusten musste. Gleichzeitig aber kam sie Sanara so kalt vor, als atme sie pures Eis. Sie rang nach Luft, doch sie strömte noch kälter in ihre Lungen.

Dann erkannte sie, wo diese Luft herkam. Kräftige Hände lagen auf ihrer Wange und Brust, unerbittliche Fingerspitzen pressten sich gegen ihre Schläfen und ließen Eiseskälte nicht nur in ihre Atemwege, sondern auch in ihr Blut und ihre Gedanken strömen.

Sanara wehrte sich und versuchte, sich aus den übermenschlich starken Armen, die sie festhielten, zu befreien.

Sie wusste nicht, woher sie die Kraft nahm. Schmerz flammte unterhalb ihrer Brust auf, als habe jemand ein Messer hineingejagt. Die Gestalt, die sich so dicht über sie beugte, dass ihre Lippen beinahe die von Sanara berührten, taumelte plötzlich und löste sich von ihr.

Einen Augenblick lang war sie erleichtert, als Druck und Kälte nachließen. Ihr Herzschlag beruhigte sich. Doch dann spürte sie auf einmal Reue über das, was sie getan hatte. Es war, als habe sie etwas unendlich Wertvolles von sich gestoßen.

Gerade noch hatte sie etwas in den Armen gehalten, von dem sie wusste, dass Ys es ihr gegeben hatte; Schönheit, Kraft, Mut und Lebendigkeit hatten sich tief in ihr ergossen und eine Freude ausgelöst, wie sie sie noch nie zuvor empfunden hatte. Sie gab einen entsetzten Laut von sich und wollte es zurückholen, doch sie griff ins Leere.

Sie versuchte, ihren Atem zu beruhigen. Noch immer bekam sie zu wenig und zu kalte Luft, noch immer schmerzte die Brust, dazu kam dieses Gefühl des Verlustes von etwas, das zu ihr gehört hatte und ein wichtiger, ja, unverzichtbarer Teil von ihr war. Als die brennende Kälte in der Lunge nachließ, kam keine Wärme. Da war nur noch Leere; eine Leere, von der sie nicht gewusst hatte, dass sie existierte und die körperlich so wehtat, als habe man ihr das Herz aus dem Leib gerissen.

Sie schluchzte trocken. Wieder rang sie nach Atem und setzte sich auf.

Erst jetzt erfassten ihre Augen die Umgebung. Auch die Gestalt, die vor ihr stand, war nun klar zu erkennen. Ihre Kleidung bestand aus einem weiten, hellgrünem Mantel mit fein gestickten Säumen in Blau und Gold, dazu ein weißes, gewickeltes Hemd, das einen kleinen blutigen Riss an der rechten Seite aufwies.

Sanara erinnerte sich, an dieser Wunde schuld zu sein.

Ihr Blick wanderte weiter, bis sie dem Mann vor sich in die Augen sah. Sie erkannte sein Gesicht – der Zwilling des Königs. Als sie es sah, wusste sie, er war das kostbare Gut gewesen, das sie empfangen und in den Armen gehalten hatte. Und das sie törichterweise von sich gestoßen hatte.

Sie kannte jeden Zug dieses Angesichts, jeden Fleck in der Iris, und sogar die pechschwarze Haarsträhne, die ihm in die Stirn fiel. Noch vor wenigen Herzschlägen war dieses Antlitz voller Zärtlichkeit gewesen, hatte sich nicht sattsehen können an ihr. Doch als sich ihre Blicke nun trafen, fuhr sie erschrocken zurück.

In den Augen glomm Hass. Schlimmer noch, es war Ekel.

»Ihr habt überlebt, Mendari«, stieß er schließlich hervor.

Nach einem erkennbaren Zaudern trat er vor und schob mit spitzen Fingern die Bluse ein wenig beiseite, die sie über ihre Brust gezogen hatte. Er schien um jeden Preis vermeiden zu wollen, ihre Haut zu berühren.

Sanara folgte seinem Blick. Seine Augen weiteten sich, als er sah, dass sich die Wunde, vom *qasarag* verursacht, geschlossen hatte. Nicht einmal mehr eine Narbe war zu sehen.

»Ich wusste, Ihr seid stark«, wisperte er. »Ihr seid geheilt! Obwohl ich, ein Heiler, Eure Magie löschte! Welcher dunkle Zauber ist so mächtig?«

Sein Blick klebte fassungslos an ihr, als könne er nicht glauben, dass er, der Heiler und Bruder des Königs, so versagt hatte.

Sanara erkannte, dass er keine Antwort erwartete, denn er sprach mit sich selbst und nicht zu ihr.

Und doch verstand sie den Abscheu nicht, der aus seinen Worten sprach.

Sie steht auf dem Mosaik aus Glasfluss im Tempel der Ys. Silbriges Mondlicht lässt die schlanke Gestalt des Elben vor ihr aufleuchten. Noch nie hat Sanara einen Mann so begehrt wie Telarion Norandar, und in seinen seltsamen Augen sieht sie, dass er für sie das Gleiche empfindet.

Sie wollte ihm zurufen, welche Freude sie selbst empfunden hatte, als sie ihn, den Heermeister und Bruder des Königs, umarmt und geliebt hatte. Doch der Abscheu in seinem Gesicht verbot jede Antwort auf das, was er gesagt hatte. Die Trauer über das, was sie verloren hatte, drohte, sie zu übermannen.

»Es war kein dunkler Zauber, wie Ihr es nennt«, sagte sie dann und war erleichtert, dass ihre Stimme rau, aber fest klang und nur leicht zitterte. »Ich bin sicher, dass Ihr mich töten wolltet, Fürst«, fuhr sie mit aller Würde fort, die sie in sich finden konnte. »Aber ich bin auch sicher, dass Ihr ebenso gut wie ich wisst, wer Euch daran hinderte, es zu tun! Nur der Schöpfergeist der Harmonie hätte die Macht, Eurer Magie zu trotzen.«

Für einen Augenblick sah es so aus, als überrasche ihn der Widerspruch. Er hob eine Hand und fuhr damit zornig durch die Luft. Es sah aus, als wolle er sich ablenken von einem Gedanken, den sie ihm eingegeben hatte.

»Ihr lügt, wenn Ihr nur den Mund aufmacht, Mendari«, sagte er dann lauter als notwendig. »Wollt Ihr der Liste Eurer Verbrechen – Lügen, Verrat und Mord – wirklich noch die Blasphemie hinzufügen?«

Er schnaubte. »Ihr habt meine Kraft überlebt, Mendari. Ihr gebietet offenbar nicht nur über das Feuer, sondern seid auch eine Herrin der Seelen, wie man bei Eurem Volk sagt. So konntet ihr meiner Seele vorgaukeln, alles geschehe im Namen der Ys!« Er stieß ein verächtliches kleines Lachen hervor. »Und ich habe Euch noch dabei geholfen, indem ich Eure Seele in den Körper zurückbefahl! Es sollte mich nicht wundern, dass Ihr sofort versuchtet, mich Eurerseits zu töten. Ihr seid eben eine Amadian und damit im doppelten Sinn eine Herrin des Todes.«

Sanara fuhr auf. Dass er die Schönheit dessen, was sie geteilt hatten, so fortwerfen konnte, ließ sie alles, außer der Enttäuschung darüber, vergessen. Mit einem Mal stand sie vor dem Bett.

»Ihr könnt leugnen, was Ihr wollt!«, stieß sie hervor. »Ich habe meine Magie nicht gegen Euch gewandt, genauso wenig wie mein Vater dies einst tat! Dazu ist Seelenmagie nicht gemacht! Siwanon hatte keinen Grund, Dajaram zu hassen. Warum hätte er ihn töten sollen? Wir Seelenherren befehlen den Kräften des Goldmonds nicht!«

Nun war er es, der vor Zorn bebte. »Und wieder nennt Ihr mich einen Lügner und meinen Bruder gar einen Mörder!«

»Bei Euch ist es vielleicht die Unwissenheit über Akusus Gabe, den Jenseitigen Nebeln zu befehlen, aber Euer Bruder ein Lügner und Mörder, so wahr ich hier stehe!«, schrie Sanara. Ihre Brust schmerzte, sie hatte das Gefühl, ihre Knie würden jeden Moment nachgeben, und sie wusste nicht, wo sie die Kraft herbekam, stehen zu bleiben; doch jegliche Furcht, die der Fürst Sanara je eingeflößt hatte, war in der Flamme ihrer Wut verschwunden. »Was glaubt Ihr, warum Tarind das Massaker im Kloster des Abends anrichtete? Er tötete jeden – Männer, Frauen, Kinder – gleichermaßen! Dort waren die, die seine Lügen hätten aufdecken …«

»Schweigt! Ich erlaube Euch solche Worte nicht!«

Die Autorität, mit der er das hervorstieß, ließ Sanara zurückzucken, dennoch drückte sie den Rücken durch und streckte das Kinn vor, als sie antwortete. »Nun, man sagt gemeinhin, der Zwilling des Königs sei von großer Weisheit. Doch in dem Mann, der hier vor mir steht, sehe ich nur wenig davon. Ich kann nur Dummheit erkennen, wenn Ihr nicht erkennen wollt, dass Ihr Eure Treue dem Falschen schenkt!« Ihre Stimme klang jetzt so scharf, dass es an ihm war, zurückzufahren. »Doch wenn Ihr wirklich so weise seid, wie man sagt, werdet Ihr sehr genau wissen, was Ys mir – und auch Euch, mein Fürst! – heute schenkte. Auch wenn Ihr jetzt nicht Manns genug seid, es zuzugeben! Ich war mit Euch im Heiligtum der Ys, und Ihr hieltet mich in Euren Armen, so wahr ich hier stehe!«

Sanara hielt inne, als die Erinnerung an seine Leidenschaft sie zu überwältigen drohte.

Auch er atmete schwer, doch er antwortete nicht.

»Ich sah, was Tarind einst im Kloster des Abends tat«, fuhr sie dann fort. »Ihr habt sehr richtig erkannt, dass ich Seelenherrin bin wie mein Vater. Ich weiß, dass er Eurem Bruder die Wahrheit sagte und dieser erst danach – und nur deshalb – mein Volk und meine Familie tötete! Ich weiß, was geschah, und schwöre bei der Ys, die mich heilte und mich mit … die mich beschenkte, dass ich die Wahrheit spreche!«

Für einen Augenblick glaubte Sanara, Zweifel blitze in den grünen Augen auf. Doch der Eindruck verschwand nach ein paar Herzschlägen wieder.

Dann wanderte sein Blick in einer seltsamen Mischung aus Hass und Anerkennung über sie dahin. Beschämt von diesem Blick wurde sie sich ihres armseligen Aufzugs bewusst, doch sie bemühte sich, aufrecht zu bleiben und die Würde zu wahren.

»Nun, wozu mich die Wachen riefen, ist geschehen«, sagte er schließlich kalt. »Ihr seid geheilt. Doch seid gewiss, Mendari, ich werde dafür sorgen, dass dieses Leben, das Ihr Euch erschlichen habt, in den Dienst des Vanar gestellt wird.«

»Das wird nie geschehen!«, protestierte Sanara sofort.

»Das werden wir sehen, Mendari«, gab er zurück. »Seid sicher, von nun an wird mir gleichgültig sein, was die Tochter des Mannes, der meinen Vater qualvoll sterben ließ, erleiden wird, wenn ich die Magie des Hauses Amadian der des Vanar unterwerfe.«

Sanara zitterte. Man hatte sie in den Jahren seit ihrer Flucht mit Sinan beschimpft, beraubt, bespuckt und ihr Gewalt angetan. Vor ihr stand der Bruder des Mannes, der ihren Vater und viele andere Menschen grausam getötet und diese schreckliche Zeit zu verantworten hatte.

Und doch schmerzten sein Hass und sein Abscheu mehr als die Wunde, die sie sich mit dem *qasarag* beigebracht hatte.

Sie wich seinem Blick nicht aus, suchte verzweifelt nach etwas in seinem Gesicht, das sie hätte hoffen lassen können, er wahre nur die Fassade.

Vergeblich. Seine Miene blieb kalt und unbewegt. Er drehte sich um und ging davon.

Als die Tür hinter ihm zufiel und seine Schritte im Gang verhallten, war es das Schrecklichste, was Sanara je hatte mit anhören müssen.

Lautes Rufen und Johlen erklang, eine Tür knarrte im Stimmengewirr. Frische Nachtluft fegte durch den Raum. Elbische Soldaten hatten die Taverne betreten und wehten Ronan den Geruch frischen Laubs und salzigen Meerwassers in die Nase. Das Kaminfeuer flackerte.

Ronan richtete sich nicht auf, sondern lächelte den Ankömmlingen höflich zu. Der Musikant wandte sich wieder seiner *pathi* zu und entlockte dem halbrunden Instrument die ersten Takte eines fröhlichen Trinkliedes.

Ronan schloss die Augen und legte die Füße erneut gegen den Pfeiler, der das Dach der kleinen Taverne hielt. Er war schon seit ein paar Tagen hier und wartete darauf, dass Mojisola und Sinan auftauchten. Sie wollten ihm berichten, ob sie schon mehr von der Gefangenen gehört hatten, die sich in Tarinds Gewalt befand. Nach allem, was Ronan von den elbischen Soldaten erfahren hatte, die regelmäßig in den Tavernen rund um Bathkor in der Oberstadt auftauchten, war sie eine Feuermagierin von großer Stärke.

Mojisola hatte Ronan in einer stillen Minute anvertraut, Sinan kenne diese Frau. Und auch wenn er es nicht sagte, war sich Ronan ebenso sicher, dass Sinan, der ein Amadian war, sie kannte.

Doch es beunruhigte ihn, dass er diese Feuermagierin auf den Jenseitigen Ebenen nicht fand. Seit er seinen Gefährten im Wald von Dasthuku getroffen hatte – in der Nacht, in der Sinan vom Heermeister das zweite Sklavenband erhalten hatte –, suchte er nach dem Kind des Akusu, das über die Macht verfügte, das Siegel zu finden.

Schon damals hatte er den Verdacht gehegt, die Gefangene, die den Weberaufstand ausgelöst hatte, könne diejenige sein, die er suchte. Wenn es stimmte, was die Königin von ihrer Magie berichtet hatte, war es vielleicht möglich, dass sie von Siwanon Amadian abstammte, von dem man sich erzählte, er habe das Siegel verwahrt.

Nicht einmal der Gesang, der einst dem ersten Menschen aus

Lehm und Feuer Leben eingehaucht hatte, half ihm, sie zu finden. Vielleicht war sie es nicht. Vielleicht waren seine und die Hoffnungen seines Gefährten vergebens.

Auch besagter Gefährte, den er seit der ersten Begegnung in Dasthuku schon zweimal gerufen hatte, wusste dafür keine Erklärung. Doch er drängte Ronan. Das Siegel musste gefunden werden. Die Kräfte der Zerstörung sammelten sich. Im Geheimen, doch sie wurden stärker.

Lautes Gelächter brach neben Ronan aus, doch er beachtete es nicht weiter. Er saß mit dem Rücken am Kamin, hielt die *pathi* auf den Schoß und dachte immer noch darüber nach, wie er wohl die Dunkelmagierin finden sollte, von der die Weisen glaubten, sie könne das Siegel finden, als ein Schatten über ihn fiel.

Die tanzenden Flammen erhellten das blasse Gesicht und die langen, hellblonden Haare eines Elben aus Nisanti, der vor ihm stand.

»Keine Melodien mehr, Spielmann«, forderte der Elb. »Musik kann den Tod bedeuten. Erzähle lieber eine Geschichte.«

Er sah zu den Wachen, die sich neugierig am Tisch neben ihm sammelten. Ronan kannte sie flüchtig. Sie taten Dienst in Bathkor und waren oft eingeteilt, um Gefangene zu bewachen und den Bruder des Königs zu begleiten, wenn dieser das *kastron* verließ. Vielleicht konnte er ihnen Neuigkeiten entlocken, wenn er sich willfährig zeigte.

»Eine Geschichte wollt ihr also«, sagte Ronan, lehnte sich zurück und legte die langen Beine wieder gegen den geschnitzten Holzpfahl. Seine Finger glitten über die Saiten der *pathi*, ohne dass sich Töne von ihnen lösten. Er kramte in seinem Gedächtnis nach einer passenden Legende.

»Welche der Geschichten wollt ihr hören?«, fragte er dann. »Die von der Eroberung Bathkors durch Mahvash den Großen aus dem Hause Norad? Oder die von der Eiselbin, die sich, wie einst Vanar, einen Geliebten aus Blumenblättern machte, weil kein lebendiger Mann ihr Herz erweichen konnte?«

»Wir haben heute genug von der schwarzen Kunst deines Volkes gesehen und gehört, Spielmann! Wie wäre es mit dem Epos über die erste Schlacht der Elben gegen die Menschen?«, fragte der Soldat herausfordernd.

Ronan lachte leise und zupfte an den Saiten der *pathi.* »Eine Schlacht, die die Elben gewannen! Heroisch soll sie also sein, die Geschichte, die du hören willst.« Er warf dem Soldaten einen belustigten Blick zu.

Der Elb runzelte die Stirn und wollte antworten, doch einer seiner Gefährten fiel ihm ins Wort. »Es mag sein, dass wir heute gesehen haben, was eine Magierin des Todes vermag«, sagte er. »Doch wir konnten auch sehen, dass der König recht hat, wenn er sagt, dass die Gabe des Lebens immer den Sieg davontragen wird.«

Ronan hob die Brauen, als könne er das nicht recht glauben.

»Schweig, Defrim!«, fuhr der erste Elb den Kameraden an. »Sonst wird der Geist dieser Dunkelhexe dich holen. Hörst du nicht die Stimmen, die nachts aus ihrem Gemach dringen? Diese Frau ruft die Geister, um mit ihnen zu sprechen. «

Ronan wandte sich ab, als interessiere ihn nicht, was die Wachen äußerten. Wieder strich er über die Saiten der *pathi.* »Ich habe schon viel über die wundervolle Gabe des Zwillings von König Tarind gehört«, bemerkte er beiläufig. »Es wundert mich, dass euer Volk bisher so wenige Verse auf ihn und seine Macht gedichtet hat.«

»Das wäre wirklich angebracht!« Der Soldat, der sich Defrim nannte, nickte eifrig. »Ich finde, er hätte nach dem, was heute passiert ist, ein eigenes Lied verdient! Du etwa nicht?«, wandte er sich an den anderen, der ihn finster anblickte. »Immerhin hat er diese Hexe besiegt. Und das, obwohl man sagt, dass sie Macht über den Tod besitzt. Nun, die Macht über ihren eigenen Tod hat ihr der Fürst mit seiner Gabe genommen!«, schloss er triumphierend.

Ronan gestattete sich einen neugierigen Blick. Doch er legte auch ein wenig Skepsis hinein.

»Wir alle unterliegen dem Tod«, sagte er. »Wie kann der Heermeister eine Seelenherrin besiegen?«

»Sie spricht mit den Geistern«, wiederholte Defrim hartnäckig. »Und die Geister der alten Elbenkönige wollten sie holen, denn sie will sich nicht unterwerfen. Doch der Heermeister zwang ihre Seele wieder in ihren Körper zurück. Und jetzt gehört ihre Macht ganz ihm und seinem Bruder!«

»So wird es jedem Menschen ergehen, der sich Tarind Norandar nicht unterwirft«, knurrte der erste Wachsoldat und trank einen Schluck aus dem geschnitzten Holzbecher, den er in der Hand hielt. »Und jetzt will ich nicht mehr über Menschen reden, sondern von den großen Schlachten und Helden von einst hören!«

»Die Söhne des Dajaram sind von Vanar wahrlich gesegnet«, sagte Ronan freundlich und begann, in sanftem Rhythmus die Verse des Ayanna-Liedes zu rezitieren, das von den glorreichen Siegen der Elben in der ersten großen Schlacht zwischen den Kindern der Zwillingsmonde erzählte.

Nur hin und wieder ließ er den einen oder anderen Ton auf der *pathi* dazu erklingen, um die Worte, die einst ein elbischer Sänger gedichtet hatte, tiefer in den Geist der anwesenden Kinder des Vanar dringen zu lassen. Es musste, wie die meisten der alten Elbenlieder, gesprochen und nicht gesungen werden. Er kannte das Epos auswendig, und so fiel es ihm nicht schwer, die Worte im richtigen Maß und in der richtigen Abfolge der Verse vorzutragen.

Seine Gedanken schweiften bald von seinem Vortrag ab und glitten zu dem, was Defrim erzählt hatte.

Der Heermeister, der Bruder des Königs, hatte also eine gefangene Dunkelmagierin gerettet, die sich hatte töten wollen. Eine Seelenherrin, wenn man den Worten Defrims Glauben schenken durfte. Ronan fragte sich zwar, wie ihr das gelungen sein sollte, dennoch war er sicher, dass hier von der Dunkelmagierin die Rede war, die den Aufstand im Weberviertel angezettelt hatte und von der er glaubte, dass sie Sinan Amadian besonders am Herzen lag.

Er dachte erneut an die Begegnung im Wald von Dasthuku.

Finde die Nachfahren des ersten Amadian, wenn sie noch leben. Die Nachfahren des Ersten, der vom Dunklen Mond aus Feuer und Erde geschaffen wurde. In seinem Haus vererbte sich die Gabe, die Jenseitigen Ebenen zu betreten, am stärksten.

Sinan der Schmied war ein Amadian. Und er hatte gesagt, dass seine Schwester die Gabe der Seelenherrschaft besitze, genau wie Siwanon, von dem es hieß, dass er das Siegel gehütet hatte.

Ronan rezitierte noch ein paar Verse des Ayanna-Liedes. Er sah kaum, dass sich die Stirn des ersten Wachsoldaten geglättet hatte und er einen Becher mit heißem Gewürzwein neben Ronan stellte.

Der Dampf aus dem geschnitzten Holzbecher kräuselte sich in die Luft und trug Baumharz- und Kräuterdüfte zu dem Sänger, vertrieb die Gerüche nach verschwitzten Körpern, dem Rauch der verbrannten Holzkohle und den Schwarzsteinen im Kamin, sodass Ronan wieder klarer zu denken vermochte.

Durch die geschnitzten Fensterrahmen, die das Maßwerk der nahen Festung nachahmten, sah Ronan ein Stück des Akusu. Wie immer war das Rund des Mondes nur an den düsteren rötlichen Feuern zu sehen, die auf dem tiefen Schwarzbraun glommen, und an der kupferfarbenen, hauchdünnen Sichel, die das Schwarz des Mondes vom Blau des Himmels trennte.

Wenn es noch einen Amadian gibt, dann ist er der eine Teil des Ganzen, der das Siegel finden kann. Und ich sollte mit dem Lied des Akusu seine Seele aufspüren. Doch ich kann diese Frau nicht finden. Was, wenn sie es doch nicht ist?

Der Heermeister hatte die angebliche Hexe, der die Elben die Gabe des Todes nachsagten, besiegt. Bisher hatte Ronan angenommen, damit habe man die Feuermagie dieses Schankmädchens gemeint, das den Aufstand im Weberviertel losgetreten hatte.

Doch auf einmal war er sicher, dass diese Gefangene mit der Herrschaft der Seelen gesegnet war. Eine Seelenherrin. Die Schwester des Schmieds, der ein Sohn des Siwanon war.

Er riss die Augen auf und hätte sich beinahe verhaspelt. Ein Stirnrunzeln des Wachsoldaten, der ihn um das Ayanna-Lied gebeten hatte, brachte Ronan wieder zur Besinnung.

Eine Tochter des Siwanon! Die Gefangene war Sinans Schwester, das erklärte die Sorge, die er für sie empfand.

Alles passte zusammen. Nicht nur ein Kind des Fürsten von Guzar hatte Tarinds Massaker im Kloster des Westens überlebt. Nicht nur sein Sohn Sinan, sondern auch Siwanons Tochter!

Finde die Nachfahren des ersten Amadian, wenn sie noch leben. Die Nachfahren des Ersten, der vom Dunklen Mond aus Feuer und Erde geschaffen wurde. In seinem Haus vererbte sich die Gabe, die Jenseitigen Ebenen zu betreten, am stärksten.

Sinan besaß diese Gabe nicht, aber vielleicht gab es doch noch Hoffnung für das Gleichgewicht der Welt. Vielleicht ging sie nicht im Chaos unter, das der wiederkehrende Syth auslöste und zu dem Tarind Norandar, wie die Weisen behaupteten, beitrug, indem er die Kinder des Akusu unterdrückte. Er musste sie finden, noch heute Nacht. Diesmal würde er nicht wieder versagen.

Als Ronan seinen Vortrag beendet hatte, stand er auf.

»Wo willst du hin, Spielmann?«, fragte Defrim stirnrunzelnd. »Ich möchte noch eine Geschichte hören!«

»Es war mir eine Freude, meine Herren, Euch eines der wunderbaren Epen Eures Volks vorzutragen. Doch ich bin ein fahrender Musikant und verweile nie lange an einem Ort.«

Ronan verneigte sich mit einem Lächeln vor Defrim und seinem Gefährten. Er wartete die Antwort nicht ab, sondern verschwand in der Nacht.

Wach auf, Zauberin. Lebst du? Oder hast du dich wieder davongemacht? Erwache! Ich befehle es dir.

Sanara schreckte aus dem Halbschlaf auf, in den sie sich geweint hatte. Sie wusste nicht, wie lange sie geschlafen hatte. Wahrscheinlich nur wenige Minuten. Es war immer noch dunkel, noch immer schien der silberne Mond.

Der Geist, den der Bruder des Königs geschickt hatte – und der vielleicht sogar sein eigener war – trieb auch weiterhin ein böses Spiel mit ihr. Seit dem Versuch, sich mit dem *qasarag* das Leben zu nehmen, seitdem der Heermeister ihre Seele wieder in ihren Leib gezwungen hatte, war das nebelhafte Wesen da und ließ ihr keine Ruhe. Nur in der Zeit, in der er persönlich anwesend gewesen war und sie gerettet hatte, hatte sie die Anwesenheit des Gespenstes nicht bemerkt.

Du kannst nicht gehen. Der König und sein Bruder brauchen deine Macht. Sie gehört nicht mehr dir.

Kalte Nebelschwaden streckten sich dort aus, wo Finger und Arme hätten sein sollen und strichen über ihren *darstan.* Sie konnte die Berührung spüren, als hätten die geisterhaften Finger des Gespenstes in ihren Kopf hineingegriffen.

Es quälte sie. Doch sie ertrug es, denn es war nichts im Vergleich zu der Hoffnungslosigkeit, die sie ergriffen hatte.

Sie war gestorben. Doch dann war der Bruder Tarinds gekommen und hatte sich als noch grausamer erwiesen als der König selbst. Er hatte sie, die bereits tot gewesen war, wieder ins Leben zurückgeholt und ihr dazu Erinnerungen aufgebürdet, die kaum zu ertragen waren.

Du gehörst dem König und seinem Bruder. Sie befehlen deiner Magie. Sie gehört nicht mehr dir.

Die Worte des Geistes waren ihr Beweis genug. Das Wesen, das seine Erscheinungsform aus den Jenseitigen Nebeln speiste, war dem Heermeister zumindest untertan. Auch wenn es leugnete, der Heermeister selbst zu sein, war sich Sanara sicher, dass Telarion Norandar es befehligte. Wer sonst als ein Mann, der den Essenzen des Lebens befahl, sollte so etwas wirken können?

Wieder strichen Nebelschwaden wie ein kalter Hauch über ihre Stirn und griffen in ihre Gedanken. Sanara wehrte sich nicht, als das Gespenst ein Gedankenbild nach dem anderen aus ihrem

Kopf holte. Der Geist hatte dies schon mehrfach seit ihrer Heilung getan und schien sich an den Bildern zu ergötzen, die er ihr entlockte.

Der Heermeister, der sich über sie beugt und ihr Gesicht berührt, als sei sie seine Geliebte … Der heulende Sturm auf der endlosen Ebene, Eiskristalle, die sie zu Millionen zu durchbohren scheinen und das Leben erbarmungslos aus ihr hinausjagen … Sie kniet vor Ys, die segnend die Hand über sie hält und ihr zeigt, dass sie nicht allein ist … Der schlanke Körper des Heermeisters vor der Silhouette der Zwillingsmonde … Kurze, schwarze Haarsträhnen, deren Spitzen ihre Handfläche kitzeln, als hielte sie die Federn eines jungen Raben in der Hand. Der Druck kühler Finger auf ihrer Haut, ihre Hand auf dem festen Muskel eines Arms, Lippen, die über ihre streichen. Unendliche Freude, als seine Magie, sein Selbst in sie strömt …

Dann ist sie wieder in diesem Gemach und sieht sein Gesicht über sich. Das Gesicht, das in Ys' Heiligtum eine besondere Schönheit besaß, ist nun im roten Halbdunkel des schwindenden Tages vor Widerwillen und Abscheu verzerrt. Abscheu vor ihr. Der Moment, in dem er fassungslos vor Zorn vor ihr steht und sich schließlich mit grenzenloser Verachtung abwendet, um den Raum zu verlassen, ist der schrecklichste, den Sanara je erlebt hat.

Der Geist lachte wieder.

Eine kleine, dreckige Dunkelmagierin, hört sie ihn, *die sich in einen Fürsten der Elben verliebt hat!*

Das Lachen erklang nicht nur in ihrem Ohr, sondern auch ganz tief in ihrem Inneren.

Mit einem zornigen und zugleich enttäuschten Laut sprang Sanara aus dem Bett, griff nach der Filzdecke und ging zum Fenster hinüber. Dort war es ein wenig heller. Der Geist blieb zurück, doch seine Stimme hörte sie auch hier im blassen Licht der letzten Sterne der Nacht so deutlich, als stünde er neben ihr.

Willst du wissen, was geschehen ist?, fragte er, als er sich ein wenig beruhigt hatte. *Telarion Norandar ist ein großer Meister der Magie des Lebens. Du wolltest dich dieser Magie verweigern, indem du dir einen* qasarag *in die Brust jagtest. Doch seine Macht ist unendlich viel stärker als deine. Er holte dich ins Leben zurück. Dazu musste er eine Bindung zu dir herstellen – und du reimtest dir an der Schwelle des Todes diese lächerliche Vision zusammen.*

Sanara kauerte sich auf dem Marmorboden neben dem Fenster in die Filzdecke. Tränen der Scham stiegen in ihre Augen. Das Gespenst hatte recht. Es musste recht haben.

Wie so oft in den letzten Stunden kehrte sie ihren Blick nach innen, richtete ihn auf das Feuer ihrer Magie. Immer noch waberte die Flamme bernsteingelb, immer noch wirbelten samtig dunkle Schlieren darin umher. Doch auch jetzt, wie alle vorigen Male, waren diese Schlieren von silbrigen und grünen Fäden durchzogen, die das so vertraute Dunkel wie stilisierte Wolken aussehen ließen.

Ich sehe es auch, hauchte der Geist in ihr Ohr. *Die Heilung vermischte deine Dunkle Magie mit der Kraft des Fürsten, zum Zeichen, dass sie ihm gehört und nicht mehr dir. Du weißt, dass ich die Wahrheit spreche. Du wolltest dich töten, um dich der Strafe zu entziehen, die die Königsbrüder über dich verhängten. Doch nun gehörst du ihnen nur umso mehr. Jeder wird erfahren, dass eine Amadian sich ihnen unterworfen hat – und sie werden auch wissen, warum: Denn die Verräterin liebte den Fürsten.*

Wieder erklang das unerbittliche Lachen.

Sanara erinnerte sich an die Heilung und berührte unwillkürlich die Stelle unter der linken Brust. Sie erinnerte sich an die Wunde, die Qual, die sie empfunden hatte, als Telarion Norandar ihre Lunge gezwungen hatte, wieder zu atmen, an den Schmerz in der Brust, als er den *qasarag* herausgezogen und ihr Herz wieder hatte schlagen lassen.

Er mochte die Wunde geheilt haben. Die Seele und ihre Magie waren von diesem Vorgang so befleckt, dass sie nicht mehr glauben konnte, das habe Ys getan.

Der Fürst hatte recht gehabt: Ihre Worte waren falsch gewesen. Sanara schämte sich wie noch nie in ihrem Leben.

Es war eine Tatsache: Der Bruder des Königs hatte ihre Magie stigmatisiert und geschwächt und sie damit für immer von ihrem Volk getrennt. Nicht jeder würde es auf den ersten Blick sehen können, doch sie wusste es und fragte sich, wie sie je wieder einem Menschen in die Augen sehen sollte.

Sie wusste, es gab einige wenige, die sowohl das Erbe ihres Volkes als auch das der Elben in sich trugen. Doch sie waren selten, und immer mussten sie sich entscheiden, welchem Volk sie angehören wollten. Man begegnete ihnen mit scheelen Blicken, die Magie beider Monde war in ihnen verwässert.

Und nun gehörte auch sie dazu.

Der Geist lachte, als habe er ihre Gedanken gelesen.

Die Strafe dafür, dem verräterischen Haus anzugehören, hat begonnen, flüsterte er in ihr Ohr, obwohl er in den Schatten hinter dem Bett blieb. *Der Fürst hat mit der Strafe begonnen, indem er in dir das Begehren nach ihm weckte. Ein Begehren, dass nie Erfüllung finden kann, denn wer wollte schon eine, deren Magie verwässert wurde und nun unrein ist? Hast du nicht bemerkt, wie er dich ansah, bevor er ging?*

Sanara schwieg und verkroch sich tiefer in die Filzdecke, die sie mitgenommen hatte. Sie wärmte nur unzureichend, doch als sie ihre Wange an den Stoff schmiegte, glaubte sie einen Hauch der Sanftheit zu spüren, mit der der Heermeister sie im Heiligtum der Ys berührt hatte.

Wieder lachte der Geist in den Schatten hinter dem Bett. Dann begann er, Worte zu murmeln. Worte, die Sanara noch nie gehört hatte. Es spielte keine Rolle. Sie hörte nicht auf die monotonen Verse, sondern starrte durch die Mauerdurchbrüche auf das Stück der mondbeschienen Ebene, die so weit unter ihr lag.

Wieder glitt sie erschöpft in einen Halbschlaf, eingelullt von Trauer und dem Singsang, mit dem das nebelhafte Wesen sie davon abhalten wollte, sich selbst in Trance zu versetzen.

Als der Gesang abbrach, schreckte sie auf. Erst war sie erleichtert. Doch dann spürte sie, dass etwas anders war.

Der Boden unter ihm schien fest zu sein. Und doch hätte der Musikant seine Beschaffenheit nicht beschreiben können.

Dichter, grauer Nebel umwogte ihn.

Bei genauerem Hinsehen war zu erkennen, dass das Grau irisierte, als wäre es blau, rot oder gelb, die losen Formen bildeten flüchtige Schatten, als huschten Gestalten durch die Nebel.

Ronan wusste, dass die Weisen sagten, die Nebel seien lebendig. Die Farben, die ein Seelenherr bei Betreten der Jenseitigen Ebenen sah, waren ein Abglanz der Magien, die jedem lebendigen Wesen auf dieser Welt innewohnten.

Die Nebel hatten ihn nun entdeckt und drangen auf ihn ein, umringten ihn, tanzten, angezogen von seiner Lebendigkeit. Sie wussten sehr wohl, dass er keiner der Ihren war und stürmten nur umso heftiger auf ihn ein.

Ronan atmete durch. Er brauchte seine Kraft, wenn er diejenige finden wollte, die zu suchen er gekommen war. Er würde sie rufen können, doch zuerst würden die Toten gehen müssen. Ronan hockte sich auf den Boden und schloss die Augen.

Leise sang er die Worte, die Akusu den Anführer des Heeres der Menschen während der zweiten Schlacht gelehrt hatte. Die Schwaden wirbelten beim Klang seiner Stimme erregt auf, dann wurden sie blasser und blasser. Sie mussten dem Lied gehorchen.

Als die letzten Töne der getragenen Melodie Ronans Lippen verlassen hatten, stand er langsam auf und öffnete die Augen. Die Ebene, auf der er nun stand, war völlig leer. Keine Landmarken ragten aus dem Boden, dessen Konsistenz unklar blieb. Keine Berge, Bäume oder Hügel waren zu sehen. Nur unendlich weit entfernt – oder war es ganz in der Nähe? – deutete ein silbriger Lichtstreifen, der direkt auf einem purpurfarbenen lag, ein Zusammentreffen von dem an, was man in Ermangelung anderer Begriffe Erde und Himmel nennen musste.

Ronan blinzelte und atmete tief die Luft ein, der jeglicher Geschmack, jedes Aroma zu fehlen schien, so wie dem Himmel über ihm jedes Gestirn fehlte. Kein Mond schien. Es war ein einsamer Anblick, den Ronan mehr fürchtete als alles andere.

Ihm fielen die Worte der Weisen ein, die ihm gesagt hatten, diese Ebene sei ein Abbild der Leere jenseits dieser Welt, in die Ys einst den Schöpfergeist der Veränderung verbannt hatte. Ys hatte nicht die Macht gehabt, ihren Geliebten zu töten, und doch hatte sie ihn einer unbeschreiblichen Folter ausgesetzt: Sie hatte ihn in eine Welt gestoßen, in der es nichts gab. Keinen Anblick, an dem das Auge sich festhalten konnte, keine Gerüche, kein Geräusch, kein Lebewesen.

Ronan verdrängte die Furcht. Dann hob er die *haqum*, die kleine Süßholzflöte, die er mitgebracht hatte, an die Lippen.

Es war nicht gut, zu lange auf dieser Ebene zu verweilen, doch er konnte den halben Schritt ins Diesseits erst vollziehen, wenn er sein Ziel gefunden hatte. Eine leise, klagende Melodie strich über die Ebene, erfunden, um eine zu suchen, die aus Feuer und Erde gemacht war und die Seelen beherrschte. Und diesmal spielte Ronan sie in einem Rhythmus, der von der Trauer über den Tod erzählte und der Bürde, die diese Gabe bedeutete.

In dieser Welt konnte Ronan die Töne sehen, während er sie spielte. Sie waren von einem tiefdunklen Rot, das beinahe violett wirkte und vom lohfarbenen Gelb der Faranfrucht; einzelne Funken von düsterem, dunklem Licht, die sich wie aus einem Feuer lösten, ihn erst einhüllten und dann in verschiedene Richtungen über die Ödnis davonschwebten.

Ronan beobachtete seine Musik, während er sie spielte. Lange Zeit schwebten die Funken, wie schon so oft, ziel- und richtungslos um ihn herum und erloschen nach einer Weile. Es schien ewig zu dauern, bis die Funken, die vor der düsteren Leere, die nur von dem gleichzeitig fernen und doch so nahen Horizont erhellt wurde, ohnehin kaum zu sehen waren, sich sammelten und einen Punkt in der Ödnis anzustreben schienen.

Winzig klein konnte er plötzlich in der Ferne einen gelblichen Lichtpunkt ausmachen. Er spielte weiter, schickte weiterhin die Töne aus, damit sie ihm den Weg wiesen und ging langsam einen Schritt nach dem anderen. Er ließ den bernsteingelben Funken nicht aus den Augen, damit er sich nicht verirrte, denn hier war jeder falsche Schritt ein Schritt in den eigenen Tod. Doch nicht nur deshalb fiel ihm das Gehen in der Leere schwer. Er wusste, sein Körper blieb unbewegt an der Stelle, an der er ihn verlassen hatte: dem Heuboden der Taverne, an der er an diesem Abend gespielt hatte. Doch er entfernte sich von ihm. Es war schwer, dem Ruf des eigenen Leibs, die Seele möge wiederkommen, zu widerstehen. Der Wunsch, zurückzukehren, zerrte an ihm und drohte mitunter, die sanfte Melodie zu übertönen, die ihn zu der Magierin bringen sollte.

Es dauerte länger, als er erwartet hatte, das gelbe Licht zu erreichen. Es war, als könnten die dunkelroten, gelben und purpurnen Töne die Seele, die er erreichen wollte, immer noch nicht richtig erfassen, als funktioniere sein Richtungssinn nicht so verlässlich, wie es sonst der Fall war.

Er widerstand der Versuchung, in seinen Körper zurückzukehren, und wurde belohnt: Der Lichtfunken kam immer näher und nahm Gestalt an. Zuerst sah er aus wie eine kleine, gedrungene Flamme mit dunklem Kern. Doch Ronan war ein Seelenherr, er sah mehr als nur die Essenz der Wesen, die er suchte. Er sah sie als Abbild ihrer selbst, nicht nur als Sinnbild ihrer Magie.

Die Flamme wurde schließlich zu einer jungen Frau. Einer Frau, die sich auf dem Boden zusammengekauert hatte und sich mit geschlossenen Augen an eine unsichtbare Wand lehnte. Die Gestalt war transparent, und doch war das Licht so intensiv, dass Ronan wenige Schritt vor ihr erstaunt innehielt und sie betrachtete. Sie trug eine helle Bluse, die an der Schulter zerrissen war, einen langen Rock und spitz zulaufende, abgetragene Pantoffeln.

Die Haare waren notdürftig von einem *darstan* umschlungen. Sie schien ihn nicht zu bemerken.

Wieder schloss er kurz die Augen und sang leise ein paar Worte. Dann hob er den Blick wieder. Nun war er in der Lage, auch die diesseitige, wirkliche Umgebung zu sehen, in der sich diese Seele befand.

Zu seinem Erstaunen war es kein Kerker, sondern ein Gemach, wenn auch keines der größeren, in denen man Gäste untergebracht hätte. Es sah aus wie das eines entfernten Verwandten, mit dem man nicht gerne zu tun hatte.

Ronan sah sofort, dass der Raum für Elben geschaffen worden war. Für die Frau, deren helle Gestalt auf die außergewöhnliche Kraft ihrer Dunkelmagie hindeutete, musste die Umgebung eine Qual sein.

Sie kauerte an einem der beiden Fenster, die aus Maßwerk bestanden und durch die ein wenig vom silbrigen Licht der Ys hereinfiel. Sie hatte sich in eine Decke aus dunklem Filz gehüllt, doch da er sie nicht nur mit den Augen sah, entzog die Decke sie nicht seinem Blick. Sie rührte sich nicht. Unklar blieb, ob sie ihn nicht wahrnahm oder nur ignorierte. Eines jedenfalls wusste er sicher: Sie war nicht tot.

Er setzte die Flöte ab. In dem Maß, in dem die Töne verhallten, erstarb auch der Strom der Funken, den die *haqum* in den Äther geschickt hatte.

Erst jetzt hörte Ronan, dass er nicht der einzige Musikant war. Eine hohe, leere und tote Stimme hallte nicht nur durch das Gemach, die Melodie erreichte Ronan auch in der Jenseitigen Ödnis.

Er wandte sich um. Er stand in den Schatten hinter einem breiten Bett, das einen Teil des Gemachs mit Beschlag belegte. Er befand sich halb in den Nebeln, und so war ihm nicht gestattet, sich ins Licht des Mondes zu begeben. Doch er war nicht allein hier.

Eine düstere Form stand nicht weit von ihm entfernt in einer dunklen Wandnische. Sie leuchtete so dunkelblau, dass es beinahe violett wirkte. Und doch war nicht erkennbar, wer da vor ihm stand. Die Form hielt sich nicht, verschwamm, löste sich auf, um sich an anderer Stelle aus Nebel wieder neu zu bilden. Nur die blauvioletten Funken in den tiefen Augenhöhlen leuchteten stetig. Es war der Geist eines Wesens, in dem die Gabe, den Seelen zu befehlen, verwässert war.

So wie in dem Gefährten, den er selbst in Dasthuku getroffen hatte.

Geh fort, sagte die Gestalt drohend. Die Stimme hallte und warf Echos, während sie zwischen den Welten hin und her wanderte. *Geh fort! Dir ist nicht gestattet, hier zu sein. Ich verbiete es.*

Die Hände, die immer wieder zerfaserten, fuhren durch die Luft, als wollten sie einen Bann beschwören, der Ronan vertreiben sollte. Doch die Kraft prallte wirkungslos an ihm ab.

Geh fort!, wiederholte das Gespenst bedrohlich. *Niemand darf diese Menschenfrau sehen! Sie und ihre Macht gehören dem König, und keinem sonst.*

Ein Lächeln zuckte um Ronans Mundwinkel. Er fürchtete das Gespenst nicht. Es war zu schwach, um ihm etwas anhaben zu können. Er wandte seine Aufmerksamkeit wieder der farangelb leuchtenden Gestalt am Fenster zu.

Sie war erwacht und starrte nun furchtsam zu ihm.

Nein. Nicht zu ihm.

Die Gestalt, die die Nebel nur unzureichend befehligen konnte, kam einen Schritt auf ihn zu und streckte eine Hand nach ihm aus, die wieder und wieder zerfaserte.

Geh endlich! Ich befehle es dir!

Ronan wollte das Wesen ignorieren, er wollte ihm keinen Schaden zufügen. Es war zu schwach, um mehr als Drohungen auszustoßen. Wieder ging er ein paar Schritte aus dem Schatten hinter dem Bett auf die lohgelbe Gestalt zu, doch ein lauter Wutschrei, der zwischen den Welten hin und her hallte, hielt ihn zurück.

Ich sagte: Geh fort! Diese dort gehört mir!

Ronan hörte, wie die junge Frau am Fenster aufschluchzte und die Hände vors Gesicht schlug, als sie das hörte. Er bekam Mitleid mit ihr, und ihm wurde klar, dass dieser Geist zur Bewachung der Gefangenen hier war. Er musste dafür sorgen, dass er ging.

Du bist zu schwach, sagte er. *Ich habe nach dieser hier gesucht, und in mir ist die Macht des Akusu stärker als in dir. Gestatte mir, sie zu sehen, oder weiche!*

Ich werde mir von einem wie dir nichts sagen lassen!, schrie der Geist in hellem Zorn.

Ronan schüttelte den Kopf.

Du hast keine Macht über mich, ich aber über dich. Ich sage dir, geh und gib dieser Angehörigen meines Volkes den Frieden. Tust du es nicht, werde ich dafür sorgen, dass du sie in meiner Gegenwart nicht plagen kannst.

Das Wesen aus Nebel und Rauch geiferte mit aller Macht, doch Ronan kümmerte sich nicht darum. Er hob die *haqum* an die Lippen und spielte eine kleine Melodie.

Das Gespenst stöhnte auf, doch der Laut erreichte das Diesseits nicht mehr und verklang in einem Heulen auf den Jenseitigen Ebenen. Der dichte, grauviolette Nebel, aus dem es gebildet war, wurde blasser, wirbelte noch einmal durcheinander und löste sich auf.

Bis auf den schweren Atem der jungen Frau am Fenster war es nun still im Zimmer.

Einen Augenblick lang sah Ronan besorgt zu der schweren Holztür. Doch davor rührte sich nichts. Dann erinnerte er sich daran, was Defrim, der Wachsoldat, früher am Abend gesagt hatte: dass die Gefangene mit den Geistern sprach. Elben hatten große Furcht, wenn es um die Jenseitigen Nebel und den Tod ging, sie verstanden diese Magie nicht. Natürlich würden sie ohne Not nicht das Gemach betreten.

Ronan ließ die Flöte sinken.

Das nebelhafte Wesen würde sich nicht lange vertreiben lassen. Es würde sich wieder neu bilden, doch er war sicher, solange er hier war, würde es nicht wiederkehren. Für eine Zeitlang war es fort und würde weder diese junge Frau vor ihm noch ihn selbst belästigen. Er würde unbehelligt mit ihr sprechen können.

Langsam, um die Dunkelmagierin vor ihm nicht zu erschrecken, trat er vor, bis er den Rand des Schattens erreicht hatte. Dort ließ er sich nieder und betrachtete sie. Ihre Gestalt leuchtete so hell, dass er unwillkürlich Bewunderung verspürte, denn es sprach für die Stärke ihrer Magie. Selten hatte er Feuermagie gesehen, die so stark war, wie die ihre. Er mochte wohl glauben, dass dem König viel daran lag, diese Kraft für sich zu verwenden, wenn er dies erreichen konnte. Der Zaranth wäre besiegt, ließe sich die Feuermagie dieser Frau gegen ihn wenden.

Ronan fragte sich, ob Telarion Norandar stark genug sein würde, sie zu bändigen.

Wahrscheinlich würde es dem Zwilling des Königs, von dem selbst die Weisen wussten, dass der Goldmond ihn besonders reich mit der Gabe des Lebens beschenkt hatte, gelingen, wenn dieser Frau keine Kraftquelle zuwuchs.

Immer noch hatte sie das Gesicht mit den Händen bedeckt, doch jetzt konnte er auch in ihr Inneres sehen. Wie er erwartet hatte, zogen sich samtig schwarzbraune Schlieren durch das leuchtende Gelb ihrer Gestalt, wirbelten durcheinander, lösten sich auf wie Rauch über einem nächtlichen Feuer und wurden doch immer wieder von einer unsichtbaren Quelle im Inneren gespeist. Die Formen, die sich bildeten, kräuselten und ringelten, waren von einer Schönheit, die Ronan faszinierte.

Erst nach einer Weile fiel ihm auf, dass die Schlieren sich meist zu einer ganz besonderen Form verbanden. Er hätte eine Flamme erwartet, doch nur etwa die Hälfte der Fäden blieben bis zu ihrem Verblassen schwarzbraun und zuckten und flackerten wie ein Feuer. Die anderen wurden zu einem klaren, silbrigen Grün. Ihre endlose Bewegung war gleichmäßig, ruhig und rund, wie die Wolken, die Goldmagier, die die Luft und die Winde beherrschten, auf dem Arm hatten.

Ronan richtete seinen Blick auf den Kern ihrer Gestalt. Ein dunkler Diamant, auf dem sich eine schuppige Sonnenechse zusammenrollte, wie sie am Saphirmeer zu finden war, saß in ihrer Lichtform dort, wo im Körper das Herz steckte. Doch die Schuppen dieser Echse schimmerten nicht in dem Orange, das den Sonnenechsen Guzars den Namen gegeben hatte, sondern in einem silbrigen Grün, und von ihnen gingen die Fäden aus, die sich in die Wolkenformen ringelten.

Ronan betrachtete die junge Frau nachdenklich. Sie war zweifellos eine Amadian, so wie Sinan. Das Hauszeichen war unverkennbar: der Diamant mit dem achtzackigen Sternenschliff und der Sonnenechse, die sich darauf zusammenrollte. Sie war eine direkte Nachfahrin des ersten Menschen, den Akusu gemacht hatte. Das satte Farangelb ihrer Gestalt und der schwarzbraune Rauch in ihr verrieten deutlich ihre Begabungen: Feuer und Tod.

Auch das Silber in den Schlieren, die aus dem Diamanten stiegen, war erklärbar. Immer wieder wurden Menschen oder Elben geboren, die neben ihrer Magie mit besonderen Kräften der beiden ersten Schöpfergeister gesegnet waren.

Die Weisen sagten, dass einst ein Mensch mit der Fähigkeit, in die Nebel zu gehen, das Siegel finden würde und dass diese Gabe bei einem Amadian besonders stark wäre. Es schien Ronan nur richtig, dass dieser Mensch, glaubte man den Worten der Weisen, mit von Ys gesegnet war, so wie diese junge Frau.

Aber ihre Magie war auch grün. Grün wie die Luft. Ronan erinnerte sich an die Worte des Wachsoldaten. Der Heermeister habe sie geheilt, als sie hatte sterben wollen, und ihre Seele wieder in ihren Körper befohlen. Ronan wusste, dass sich bei einer Heilung Magien berührten.

Vielleicht war das schimmernde Silbergrün der Echse ein Zeichen dafür, dass es so geschehen war, wie der Soldat gesagt hatte.

Er schauderte unwillkürlich bei dem Gedanken, eine Feuermagierin, deren Essenz aus Hitze bestand, könnte ständig kalte Luft in sich spüren. Kein Wunder, dass sie verzweifelt schien. Es musste eine beständige Folter sein, die Eiseskälte des königlichen Bruders in sich zu haben. Und wieder stieg Mitleid mit ihr und

Wut auf den Heermeister in ihm auf. Ein Heiler durfte nicht so grausam sein.

Doch dann rief er sich zur Ordnung. Er war hier, um ihr zu helfen – immer vorausgesetzt, sie war wirklich diejenige, die er suchte. Er ging zu ihr hin, achtete aber sorgfältig darauf, im Schatten zu bleiben, wo er sein Seelenbild leichter aufrechterhalten konnte.

Immer noch hielt die junge Frau vor ihm die Hände vor ihr Gesicht, als schäme sie sich, ihm in die Augen zu sehen.

Nein, korrigierte sich der Musikant. Sie fürchtete sich. Sie hatte Angst vor dem anderen Wesen, von dem selbst er nicht wusste, um wen es sich gehandelt hatte.

Ich sehe, dass du dich fürchtest. Doch das musst du nicht, sagte er und machte es sich auf dem Boden vor ihr bequem. Er lehnte sich mit dem Rücken gegen die feste Wand neben dem Fenster und streckte behaglich die Beine aus. *Ich weiß, wer du bist, und ich freue mich, dass ich dich endlich gefunden habe. Denn ich habe lange nach dir gesucht, Tochter des Siwanon.*

Zunächst rührte sie sich nicht, dann senkte sie langsam die Hände.

Und doch ließ sie sich Zeit mit der Antwort. »Wurdest du auch geschickt, um mir meine Kraft zu nehmen?«, stieß sie dann hervor. Ihre Stimme klang verbittert, doch sie entspannte sich ein wenig.

Ronan lachte. *Schau mich an. Was siehst du?*

Sie hatte die Hände nun vom Gesicht genommen. Selbst überlagert vom farangelben Licht sah Ronan, dass ihre Augen das gleiche Bernsteingelb aufwiesen, das auch Sinan auszeichnete.

Sie starrte ihn böse an und stellte fest: »Der andere Geist war schwach. Das bist du nicht!«

Ronan schüttelte freundlich den Kopf. *Nein, ich bin nicht schwach. Im Gegenteil. Sieh meine Farbe. Du bist eine Seelenherrin, du solltest wissen, dass Geister in der Farbe leuchten, die ihrer Magie entspricht. Ich denke, für dich leuchte ich rot wie die Erde.*

»Eher rot wie Blut«, gab sie heftig zurück. »Zudem tanzen Funken und Schlieren in dir. Sie bilden Kreise und sind – silbern. Ja«, fügte sie hinzu, »silbern.«

Ronan hatte den Eindruck, dass sie noch etwas sagen wollte. Doch sie kniff die Lippen zusammen und schwieg. In ihrem Blick lag Misstrauen.

Du siehst auch violette Funken, wie bei dem anderen Geist, sagte er nach einer Pause. *Und nun weißt du nicht, ob du mir trauen sollst.*

Sie streckte das Kinn vor und wich seinem Blick nicht aus, doch sie antwortete nicht. Es war die Mimik eines trotzigen Kindes. Zweifellos ein Mienenspiel, das sie gewohnt war aufzusetzen und das somit ihrem Wesen zu entsprechen schien.

Ronan unterdrückte ein erneutes Lachen. In ihrer Lage würde sie Gelächter wahrscheinlich verletzen, aber er wollte vermeiden, ihr weiteres Leid zuzufügen.

Ich habe dich lange gesucht, Tochter des ….

»Mein Name ist Sanara«, unterbrach sie ihn.

Sanara, sagte er anerkennend. *Die Stolze.*

Sie zog die Decke enger um sich und schlug die Augen nieder. »Mein Stolz auf diesen Namen ist fort.«

Warum?

Sie warf ihm einen schiefen Blick zu. »Geh einfach weg«, sagte sie dann. Es klang erschöpft. »Ich bin es müde, mich mit den Geistern herumzuschlagen, die mir die Söhne des Dajaram schicken.« Sie schloss die Augen und presste ihre Stirn gegen die feinen Marmorstreben, die das Fenster verzierten.

Überrascht starrte Ronan sie an. Er hatte von einer Seelenherrin nicht erwartet, für einen Diener von Goldmagiern gehalten zu werden. *Wie kommst du darauf, dass ich von Tarind oder seinem Bruder geschickt wurde?*

Sie reagierte nicht auf die Frage.

Du glaubst, sie schickten das Nebelwesen, das ich vorhin vertrieb, sagte er nach einer Weile.

»Willst du vielleicht leugnen, dass es einen Elb verkörperte? Der Bruder des Königs, der Heerführer, ist ein Meister des Lebens. Er kann der Magie eine Gestalt verleihen. Ich bin sicher, dass er sich hinter diesem Geschöpf der Dunkelheit verbirgt.«

Nein, widersprach Ronan. *Das glaube ich nicht. Als Heiler kann Telarion Norandar das Leben, die Magie also, die Elben und Menschen innewohnt, stärken oder schwächen. Aber er hat nicht die Macht, seiner oder der Magie anderer eine Gestalt zu geben.*

»Woher willst du das wissen? Wer bist du überhaupt?«, fragte sie ungeduldig.

Ronan lächelte. *Dort, wo ich meine Magie zu beherrschen lernte, gab man mir den Namen Abhar, was ‚der Schimmernde' bedeutet. Doch meine Eltern nannten mich Ronan, und so bin ich außerhalb der Nebel Ronan der Flötenspieler. Ich war auf der Suche nach dir.*

Sie sah ihn nachdenklich an. Ihr Misstrauen war immer noch nicht verschwunden.

»Wo du deine Magie zu beherrschen lerntest? Du scheinst nicht viel älter als ich zu sein, und doch kann ich mich nicht erinnern, dass im Kloster des Westens ein Musikant mit mir lernte, die Jenseitigen Nebel zu besuchen.«

Ich habe diese Kunst nicht bei den Shisans des Abends gelernt.

»Wo dann?«, wollte sie wissen.

Ronan setzte sich auf und wandte sich ihr zu. *Ich bin nicht hier, um dir von mir zu erzählen. Ich kam, um dir zu sagen, dass du die Hoffnung nicht aufgeben darfst, Sanara Amadian. Ich weiß, du bist zornig, weil der Heermeister dich ins Leben zurückzwang, doch sicher weißt du, dass er das auf Befehl der Ys tat.*

»Wie kannst du so etwas sagen!«, fuhr sie auf. »Im Namen der Ys? Er tat es, weil er mich mehr hasst als alles auf der Welt!« Sie unterbrach sich.

Zu Ronans Erstaunen bildeten sich Tränen in ihren Augen, als löse der Gedanke eher Trauer denn Wut aus. Dann vergrub sie ihr Gesicht in den Armen. Als sie wieder aufsah, glaubte Ronan, sich getäuscht zu haben. In den bernsteingelben Augen war jetzt wieder das zu sehen, was sie ausmachte: Stolz.

Er empfand Bewunderung. Sie war wahrlich eine starke Frau.

»Telarion Norandar rettete mich nicht, weil er der Ys gehorchte, sondern weil er und sein Bruder mich und meine Magie benutzen wollen, um das Volk des Akusu vollkommen zu unterwerfen«, sagte sie mit unterdrücktem Zorn. »Und mein Versuch, diese Welt zu verlassen, bevor er mich dazu zwingen konnte, passte ihm in den Kram, weil es ihm nun, nachdem er meiner Seele zu leben befahl, leichter fallen wird, meine Magie mit seiner zu vergiften und mich unter seine kalte Luftmagie zu zwingen.«

Ronan nickte langsam. *Ich verstehe. Und doch ist es nicht so, wie du denkst. Der Heermeister besitzt große Macht, doch er kann den Nebeln nicht befehlen. Das kann niemand, nicht einmal der Vanar wäre dazu in der Lage. Vielleicht weiß er es noch nicht, aber er tat es, weil Ys wollte, dass du lebst.*

Ihre Miene bewies, dass sie ihm nicht ein Wort glaubte.

Zeig mir deinen linken Arm.

Sie zauderte, dann streckte sie ihm mit einer abrupten Geste die Faust entgegen und schob mit der Rechten den halb abgerissenen Blusenärmel den Arm hinauf.

»Ich besitze das Zeichen nicht. Ich war zu jung, um es zu empfangen, als …«

Sie unterbrach sich und sprach nicht weiter, so als habe sie entschieden, dass es ihn nichts anginge.

Ronan sah den nackten Arm und nickte erneut. *Ich sage dir, bekämest du es nun, würden sich in den farangelben Flammen, mit denen dich Akusu auszeichnen würde, nicht nur seine dunklen Wirbel zeigen, sondern auch die silbernen des Schöpfergeistes der Harmonie.*

Wieder schien sie etwas fragen zu wollen, doch sie schluckte es hinunter. Nachdenklich starrte sie auf ihren nackten Arm, so als könne sie nicht glauben, was er sagte.

»Ich bin eine Amadian«, murmelte sie wie abwesend. »Die

Legende sagt, dass die Macht, die Akusu uns, seinen Kindern, schenkte, einst von Syth selbst kam. Und nun bin ich von Ys gezeichnet, von der es heißt, dass sie es war, die den Elben erlaubte, die Macht über das Leben zu behalten.«

Ronan konnte an ihrer Miene sehen, dass ihr das Kummer bereitete.

Sie lachte plötzlich auf. »Nun gibt es wohl endgültig keine Schande mehr, die ich meinem Haus nicht gemacht hätte«, stieß sie verbittert hervor und ließ den Blick aus dem Fenster in das kleine Stück Ferne wandern, das zu sehen war. »Statt mein Volk nach dem Tod meines Vaters vom Makel des Verrats reinzuwaschen, den man ihm nachsagt, lasse ich mich durch eine unbedachte Handlung von seinen Mördern gefangen nehmen. Ich kann mich nicht einmal umbringen. Und nun stellt sich auch noch heraus, dass es mir vielleicht sogar bestimmt war, mich in ihren Dienst zu stellen.« Sie drehte sich zu Ronan um und sah ihn herausfordernd an. »Ich glaube kaum, dass du eine wie mich gesucht hast.«

Ronan lächelte. *Ich bin sicherer denn je, dass du diejenige bist, nach der die Weisen gesucht haben.*

»Die Weisen?«

Du kennst die Legende von Ys und Syth und wie sehr sie beide unter dem Streit litten, der immer wieder zwischen ihnen ausbrach? Ronan sah sie forschend an.

Sie nickte resigniert.

Ys war zornig, denn Syth störte alles auf, was seine Geliebte schuf, und verdarb alles, was sie wachsen ließ in der Hoffnung auf Neues. Da verbannte sie ihn und machte das Siegel, das ihn daran hinderte, die Jenseitige Leere zu verlassen und erneut Gestalt anzunehmen. Aber bevor sie es schloss, tat er es selbst, denn er konnte nicht mehr mit ansehen, wie sie litt. Doch er schwor, er würde wiederkommen, das Siegel nehmen und es zerstören. Was danach geschehen sollte, darüber werden sich die Weisen nicht einig. Vielleicht endet die Herrschaft der Ys, und das Chaos bricht an. Aber vielleicht ist es auch so, dass, wie zu der Zeit, als die Welt jung war, die beiden wieder gemeinsam herrschen können. Aber wie dem auch sei, die Weisen glauben, diese Zeit sei nun gekommen. Du weißt selbst, wie sehr die Welt von Ungleichgewicht erschüttert wird. Dürren, Überschwemmungen, das Aufbäumen der Erde, wilde Stürme, die die Ernten vernichten. Zu viel Sonne, zu viel Regen, zu viel Schnee. Überall ist die Harmonie, das Gleichgewicht, aus den Fugen geraten.

»Willst du sagen, dass Tarind deshalb allenthalben siegt? Dass sich deshalb selbst die Erde gegen den Khariten wandte?«

Die Weisen sind davon überzeugt, bestätigte Ronan.

Sanara sagte nichts, doch sie musterte ihn aufmerksam, als überlege sie, was sie ihm glauben konnte.

»Das Siegel, mit dem Syth einst verbannt wurde, muss zerstört werden«, murmelte sie nach einer Weile, und Ronan war sich nicht sicher, ob sie es ihm sagte oder doch nur sich selbst. »Doch nur zwei, die durch ihre Gegensätze eins sind, können es bergen und dort zerstören, wo es geschaffen wurde.«

Ronan nickte nachdenklich. *So ist es.*

Es klang, als wiederhole sie diese Worte nur, doch Ronan, der als Musikant alle Epen und Lieder dieser Welt kannte, erinnerte sich an nichts, was diese Worte enthielt.

Es waren mehr oder weniger die gleichen Worte, die die Weisen ihm mit auf den Weg gegeben hatten. Auch wenn er sich nicht erklären konnte, wo diese junge Frau, die wie ein Schankmädchen gekleidet war, sie gehört haben sollte, bestätigte sie ihn in der Überzeugung, diejenige gefunden zu haben, nach der er suchte.

»Und die Weisen – wer auch immer sie sein mögen! – glauben also auch, dass ich eine dieser beiden bin, die das Siegel finden und zerstören können?«

Ja.

Sie schwieg eine Weile, als würde sie nachdenken.

Ronan betrachtete sie geduldig. Wieder war er verwundert, wie erstaunlich hell ihre Magie brannte. Die Flamme des Vanar im Kamin, ihr Selbstmordversuch, die Rettung durch den Bruder des Königs, seine Magie, die immer noch in ihr schimmerte und die samtschwarzen Kringel in ihr grün färbte und sie in Wolkenform zwang – all das hätte die Gestalt, die er mit seinen jenseitigen Sinnen sah, fast unsichtbar machen müssen.

Und doch leuchtete ihre Gestalt in einem wunderbaren Farangelb, an dem er sich nicht sattsehen konnte.

Wieder spürte er Ärger darüber, dass ausgerechnet ein Heiler und Magier des Lebens die Skrupellosigkeit besaß, eine solche Reinheit zu zerstören.

»Die Weisen sagen also, dass die Welt gerettet werden kann, wenn das Siegel gefunden wird«, unterbrach sie schließlich seine Gedanken. »Doch wie könnte ich die dafür Auserwählte sein? Ich bin in der Hand der Söhne des Dajaram. Sie werden mich nicht gehen lassen. Selbst wenn sie nicht hier sind, haben sie doch dieses Wesen geschickt, das sich aus den Jenseitigen Ebenen speist.«

Ronan zuckte mit den Achseln. *Ich kann dir nicht sagen, wer dieses Wesen ist. Aber meine Erscheinung sollte dir sagen, wer* ich *bin – ein Kind des Akusu, so wie du. Und nun, da ich dich gefunden habe, werde ich dich nicht mehr allein lassen.*

Sie erwiderte nichts, sondern sah aus dem Fenster. Das sternenübersäte Firmament verblasste langsam. An dem winzigen Stück Horizont, das zu sehen war, war an den lavendelfarbenen Wolken zu erkennen, dass bald schon die Weiße Sonne aufgehen würde.

»Ich weiß nicht, ob ich glauben soll, was du gesagt hast«, brach Sanara schließlich das Schweigen. »Doch ich gebe zu, dass … dass ich es bedauere, dich bald wieder gehen lassen zu müssen. Die Shisans des Abends sagten, niemand könne auf Dauer von seinem Körper getrennt sein.«

Ronan lachte leise. *Ja, ich werde immer wieder gehen müssen, genau wie dieses Wesen, das dich belästigt. Doch ich werde wiederkommen. Und bis dahin kann ich dir etwas Kraft hierlassen, sodass du dich dem Heermeister zu widersetzen vermagst, wenn er deine Magie unter seine Herrschaft zwingen will.*

Er setzte die Flöte an die Lippen und spielte. Rote Funken lösten sich aus der *haqum* und schwebten zu ihr. Die dunklen Schlieren in ihrer Seele schienen sich ihnen entgegenzustrecken. Er spielte weiter und sah zu, wie Sanara sich zum ersten Mal, seit er gekommen war, entspannte. Sie schloss die Augen und legte die Stirn an die feine Marmorstrebe, die sich durch das Fenstermuster zog, während seine Musik in sie floss.

»Mir ist zum ersten Mal richtig warm, seit der Heermeister mich wieder ins Leben befahl«, murmelte sie. Sie schlug noch einmal die Augen auf und sah Ronan an.

Unwillkürlich lächelte er ihr zu und spielte noch ein paar Takte. Das gelbe Leuchten ihrer jenseitigen Gestalt wurde noch etwas intensiver.

Sie atmete schneller. »Ich danke dir, Ronan Abhar.«

Er setzte die Flöte ab, und neigte den Kopf vor ihr. *Ich freue mich, Euch gefunden zu haben, Mendari Amadian*, erwiderte er mit einem Lächeln. *Wir sehen uns bald wieder.*

Dann erhob er sich und schickte sich an zu gehen. Bevor er in die Schatten der Nischen hinter dem Bett trat, wandte er sich noch einmal um und sah, wie sie sich im Halbschlaf an die Filzdecke schmiegte.

Er verdrängte den Gedanken, wie gerne er bei ihr geblieben wäre. Und wie viel lieber er sie in seiner körperlichen Gestalt getroffen hätte.

Immerhin hatte er sie nun gefunden, diejenige, die das Siegel brechen konnte.

Und ihm hatte die Begegnung besser gefallen, als er es je erwartet hätte.

Kapitel 9

»Man sagt, dass Ys und Syth ewig im Krieg miteinander liegen werden. Immer wieder denken sowohl die Kinder des Vanar als auch die Kinder des Akusu, dass Syth nichts weiter sei als die Vernichtung. Doch sie vergessen, dass auch die ewige Harmonie eine Vernichtung allen Lebens, wie wir es kennen, zur Folge hätte.
Und so bestehen die Weisen darauf, dass Syth nichts mehr auf der Welt liebt als Ys, und diese über alles Maß den Syth, und dass das wahre Leben nur aus dem ewigen Kampf der beiden um ihre Liebe zu entstehen vermag.«

Von den Kriegen der Elben und Menschen
Vierte Rolle der Schriften des Klosters der Weisen Zwölf

Die Muskeln brannten vor Schmerz, doch die Anstrengung reinigte nicht wie sonst.

Für einen Augenblick hörte er nur sein eigenes Keuchen, das dem Schrei folgte, mit dem er sich auf den Gegner gestürzt hatte. Der Kampf kostete Kraft. Gut so. Er war bereit, sich noch mehr hineinzusteigern. Der Schweiß durchtränkte mittlerweile das feine Rindengewebe, mit dem das Heft seines *daikons* umwickelt war, und schien das Gewicht der Waffe, die er schwang, zu erhöhen. Das Stichblatt rutschte immer wieder nah an die Schwerthand. Der Heermeister wusste, dass sein Zeigefinger eine rote Druckstelle haben würde, wenn dieser Kampf beendet war. Doch das war er noch lange nicht. Sein Gegner würde erst aufgeben, wenn er am Boden war. Oder er, Telarion. Entweder man siegte oder wurde besiegt.

Mit einem Kampfruf wurde Telarion von der Wucht eines aufspringenden Körpers zurückgestoßen und konnte sich nur mit einer Rückwärtsrolle über den Nacken vor der herabsausenden Klinge retten. Nicht das erste Mal war er für die kurzen Haare, die ihm schon manch irritierten Blick eingebracht hatten, dankbar.

Mit einem dumpfen Geräusch schlug das *daikon* des Gegners neben seinem linken Ohr in den Holzboden und schnitt eine schwarze Haarsträhne ab. Der Heermeister erlaubte sich nicht, darüber erschrocken zu sein, sondern ging sofort zum Gegenangriff über, stach das *daikon* von unten in Richtung des Gegners. Der Angriff erinnerte ihn daran, dass er sich auf den Kampf konzentrieren musste, nicht auf das, was in ihm tobte.

Der körperliche Kampf, den er mit seinem Hauptmann in der Waffenhalle ausfocht, die damit verbundene Anstrengung, lenkte ihn davon ab, was sein Innerstes seit Tagen in Aufruhr versetzte: Hitze, dunkler Rauch, Zorn darüber, dass das Grün seiner Magie nicht mehr rein war, sondern durchzogen von schwarzbraungelben Wirbeln. Die Wolkenformen, die die Luft in ihm immer gebildet hatte, waren nicht mehr nur von Gold begrenzt, sondern auch von der Farbe der überreifen Faranfrucht und von Silber.

Besonders Letzteres wühlte sein Inneres zusätzlich auf. Es war die Farbe der Ys.

Wie oft hatte er seit der Heilung dieser Dunkelhexe versucht, ihre Magie zu bändigen und Einfluss zu nehmen auf ihre magische Essenz, die gleichzeitig, wie bei allen großen Magiern der Welt, auch ihre Lebensessenz war!

Und doch kam er kein Stück weiter. Bei ihr schien seine Magie, die bisher unfehlbar gewesen war, zu verpuffen. Immer schwächer hätte sie werden müssen, und nur auf sein Geheiß hätte die Flamme ihrer Magie aufflackern dürfen. Doch jedes Mal, wenn er wieder in ihr Gemach kam, schien sie wieder stärker geworden zu sein. Jedes Mal war das Netz, das er beim Besuch davor um ihre Lebensflamme gewoben hatte, dünner geworden. Als habe Ys selbst sie mit einem Schutz umgeben.

Das empörte Telarion Norandar besonders. Hatte er nicht sein ganzes bisheriges Leben in den Dienst des Ausgleichs, der Harmonie, gestellt? Er hatte Menschen und Elben gleich behandelt und keinem, der ihn darum gebeten hatte, das Geschenk des Lebens verweigert. Selbst diese Hexe hatte er geheilt!

Und nun wurde ihm der Erfolg verweigert, sie davon abzuhalten, den Tod ihrer Flamme zu verbreiten.

Er konnte es nicht verstehen, und es machte ihn zornig. Doch dieser Zorn reinigte nicht. Er schien die kleinen Entzündungsherde der Flammen und des dunklen Rauchs in ihm nur zu schüren.

Was wiederum die Wut nährte.

Wieder stieß Gomaran von Malebe einen Kampfruf aus. Der Hauptmann hieb mit seinem Schwert auf ihn ein und holte damit seinen Herrn aus seinen Gedanken zurück auf den Boden der Tatsachen. Auf den Holzboden, der sich in der Mitte des Waffensaals befand.

Ein Angriff, den Telarion nur mit Mühe abwehren konnte, indem er mit beiden Händen sein eigenes *daikon* hochriss. Metall klirrte, Funken stoben, als eine Klinge auf die andere traf.

Das Silber der Ys fand sich nicht nur in der Flamme der Feuerzauberin. Auch seine eigenen inneren Wolken, Zeichen seiner Luftmagie, besaßen neuerdings neben dem goldenen Schimmer, der sie aussehen ließ, als würden sie von der Abendsonne angeleuchtet, auch einen silbernen. Er hätte sich geehrt fühlen müssen, dass Ys ihn so gesegnet hatte. Es passierte nur wenigen Wesen, dass ihre Magie von einem der beiden höchsten Schöpfergeister ausgezeichnet wurde.

Doch für ihn bewies es nur eins: dass die dunkle Magie, mit der diese Hexe aus dem Haus Amadian ihn geschlagen hatte, gewirkt hatte. Sie hatte den Schutz, mit dem sie sich umgeben hatte, auf ihn übertragen, als wolle sie ihn daran erinnern, dass seine Gabe bei ihr nichts auszurichten vermochte.

So erinnerten ihn die silbernen Dunstschwaden in seinem

Selbst nur daran, dass er bei der Tochter des Siwanon, da, wo es am wichtigsten gewesen wäre, versagte. Wieder und wieder.

Erneut zog das Sirren eines *daikons* seine Aufmerksamkeit erst im letzten Augenblick auf sich. Er duckte sich gerade noch rechtzeitig unter Gomarans Klinge weg, als diese über ihm vorbeipfiff, und rammte dem Milchbruder mit einer geschmeidigen Bewegung von unten den Ellbogen gegen die Brust, um wieder Abstand zwischen ihn und sich zu bringen.

Gomaran ächzte kurz, als der Hieb ihm die Luft aus den Lungen trieb. Wieder hob der Heermeister das Schwert mit beiden Händen über den Kopf, umklammerte das von Schweiß durchtränkte Heft noch einmal neu und ließ dann einen Hagel von Schlägen auf den Hauptmann niederprasseln.

Einen Sturmhagel wie den, den er auf die Tochter des Siwanon hatte niedergehen lassen, der sie hatte töten sollen. Und der es nicht getan hatte.

Seine Magie, die ihn nie im Stich gelassen hatte, hatte auch hier versagt. Wieder wünschte er sich, er hätte den Versuch, diese Dunkelmagierin zu heilen, niemals gewagt.

Doch er hatte es getan, und das, obwohl sie sich ausgerechnet mit einem *qasarag* hatte töten wollen. Er war Heiler, er hatte den Blutsee gesehen, in dem sie gelegen hatte und sofort gewusst, dass die Verletzung tödlich war. Aber dank seiner Magie hatte er auch bemerkt, dass ihre Seele nicht hatte gehen wollen. Die Flamme ihres Selbst hatte ruhig neben ihrem Körper gekniet.

Jetzt wusste Telarion, dass es an der Magie des *qasarags* gelegen hatte. Die Kraft dieser magischen Waffe war dunkel, sie gehörte Akusu und Syth und hatte die Tochter des Siwanon demzufolge gestärkt. Hätte sie einen normalen Dolch benutzt, wäre er zu spät gekommen.

Und trotzdem hatte er die Dunkelmagierin heilen wollen. Er hatte sich und der Welt beweisen wollen, dass er, Telarion Norandar, der Heermeister und Heiler, stärker war als ein *qasarag*, stärker als eine Amadian, stärker noch als selbst Akusu oder Syth.

Und obwohl er den *qasarag* hatte besiegen können, hatte er sich letzten Endes als der Schwächere erwiesen.

Die Niederlage war schwer zu ertragen.

Seit Tagen fand er nicht mehr zu der Kühle zurück, die ihm stets innegewohnt hatte. Er war gereizt und leicht aufbrausend – auch jetzt, da Gomaran wieder auf ihn zustürzte, kurz vor ihm aufsprang und das *daikon* in seiner Hand so drehte, dass die Spitze nach unten auf seinen Gegner wies.

Telarion schrie vor Wut auf, wich zur Seite aus, wirbelte herum, ging in die Knie und ließ seine Klinge dort über den Boden schwingen, wo Gomaran gerade im Begriff war zu landen. Erst im letzten Augenblick bemerkte sein Milchbruder, was er vorhatte, und drehte sich noch in der Luft, um der Klinge auszuweichen. Schwer atmend kam er etwa einen Klafter entfernt zum Stehen und wandte sich um.

Telarion richtete sich auf, packte das Heft seines Schwerts mit einer Hand und machte einen Ausfallschritt nach vorn, sodass seine Klinge zustach. Doch erneut war er nicht schnell genug. Gomaran knickte in der Hüfte ein und wich nach hinten aus. Telarion folgte ihm, wieder hallte das Klirren von Metall durch den Saal, als die Klingen erbarmungslos aufeinandertrafen.

Gomaran war ein guter Gegner. Beinahe so gut wie diese Dunkelhexe, die auf jeden Zauber, den Telarion ausübte, einen Gegenzauber zu wirken verstand. Wütend ließ der Heermeister das Schwert durch die Luft sausen. Er hatte aus Überheblichkeit und um sie für eine Lüge zu bestrafen, die Grenzen seiner Kunst überschritten. Und sie hatte das ausgenutzt. Sie hatte die Magie in ihm, auf deren Stärke er immer stolz gewesen war, verändert – was genau umgekehrt hätte geschehen sollen.

Telarion schüttelte sich fast vor Abscheu, als vor seinem inneren Auge wieder die Bilder aufstiegen, die sie in ihm ausgelöst hatte, als er sie hatte töten wollen. Er hatte aus Zorn über die Lüge, seinen Bruder betreffend, alle Kraft in den Versuch gelegt, ihre Essenz zu löschen, und dabei vergessen, sich selbst zu schützen. Sie hatte diese Schwäche, dieses dumme Versäumnis, sofort ausgenutzt und ihre eigene Magie – und infamerweise auch die der Ys – tief in ihn gepflanzt.

Die Bilder, die sie ihm so eingegeben hatte, beschämten Telarion Norandar zutiefst.

Er war sicher, hätte er ihre Magie wieder aus sich vertreiben können, dann wären auch diese Bilder verschwunden. Doch es war, als hätte die fremde Magie in ihm ein Eigenleben. Er konnte sie nicht beeinflussen, nicht einmal über längere Zeit unterdrücken, denn sie füllten eine Leere in ihm, der er sich vorher nie bewusst gewesen war.

Eine Leere, die schmerzte, wenn es ihm denn wirklich einmal gelang, Rauch und Feuer in sich zu unterdrücken. Für einen Wimpernschlag war er froh, es geschafft zu haben, doch dann …

… kehrten die Bilder zurück, als habe etwas in ihm sie sehnlichst herbeigewünscht. Als sei es ihre einzige Bestimmung, ihr einziger Zweck, diese Leere in ihm zu füllen.

Immer wieder steht er im Tempel der Ys auf dem Gipfel des Berges Seleriad. Silbergraue Wolken, von den Sonnen und den Monden angeleuchtet, wogen in den Tälern darunter wie die Luft in ihm.

Dann der Duft eines blühenden Obstgartens, der ihm in der kühlen Erhabenheit dieser Bergwelt unerwartet in die Nase steigt. Die junge Frau, von der dieser Duft ausgeht, ergreift seine Hand und hält ihn zurück, als er gehen will.

Er weiß, er müsste sich aus ihrer Nähe, die Feuer ausstrahlt und Temperament und warme Dunkelheit, entfernen. Sie ist alles, was er nicht ist. Er ist das Leben, der Heiler, die lichte Weite, also muss sie der Tod sein, die Enge, die alles erstickt. Etwas in ihm sagt ihm, dass er sich von ihr fernzuhalten hat, dass er sie bekämpfen muss.

Und doch, wenn er sie ansieht, weiß er, dass sie das Leben selbst ist, dass sie lebendiger ist als alles, was er jemals traf, seit er geboren wurde. Er lässt sie an sich herantreten und gestattet ihr, ihn zu berühren.

Ihre Finger auf seiner Haut hinterlassen feurige Spuren und fachen etwas in ihm an, das er trotz seines Alters noch nicht erlebt hat: eine Magie, die jede Faser seines Körpers erfasst und erfüllt. Noch nie hat er die Berührung einer Frau so empfunden, und obwohl sein Bruder es oft im Spott behauptet, Telarion lebte trotz seines Priester-Gelübdes nie im Zölibat.

Aber nun ist es, als lasse ihn das langsame Tasten ihrer Hände erwachen. Nie hat er sich lebendiger gefühlt als jetzt, da ihre Finger seine kurzen Haare durchwühlen, über seine Brust streichen, an seiner Wange liegen.

Er zieht sie an sich, lässt sie spüren, was sie in ihm auslöst. Nichts wünscht er sich in diesem Augenblick mehr, als seinen Körper und seine Seele eins mit ihr werden zu –

»Mendaron!«

Telarion starrte in das Gesicht unter ihm, als sehe er es zum ersten Mal.

Augen, deren dunkelgrüne Iris von einer länglichen Pupille durchzogen wurde, blinzelten ihn ein wenig furchtsam an. Erst jetzt sah er, dass er auf der Brust seines Gegners kniete und ihm die scharfe Klinge des *daikons* unters Kinn drückte. Er war dabei, das Schwert druckvoll wegzuziehen und seinem Milchbruder so die Kehle durchzuschneiden.

Hastig stand er auf, nahm das Schwert in die Schildhand und hielt Gomaran die Hand hin. Sein Milchbruder ergriff sie, zog sich hoch und tupfte sich mit der Fingerspitze über den kleinen Schnitt an seiner Kehle. Blut benetzte sie.

»Es tut mir leid«, murmelte Telarion. Er legte sein *daikon* ab und bedeutete Gomaran, den Kopf in den Nacken zu legen. Als er in den Luftwirbel seiner Magie griff, um dort ein Stück seiner Heilkraft herauszunehmen, brauchte es einige Herzschläge, bis er eine Stelle fand, die rein genug war und nicht durchzogen vom dunklen Rauch der Magie, die diese Hexe in ihm hinterlassen hatte.

Er strich diese Essenz seines Selbst auf die Wunde, die er Gomaran zugefügt hatte. Erst zuckte der Gefährte ein wenig zurück, doch dann hielt er still, als er spürte, dass die Verletzung sich sofort schloss und zu einer dünnen Narbe wurde. Dann verschwand auch diese.

Telarion beobachtete es mit Erleichterung und trat einen Schritt zurück. Die Tochter des Siwanon mochte seine Magie abwehren können, doch offenbar hatte sie sie ihm nicht genommen. Er besaß sie noch, auch wenn es ein schwacher Trost war.

»Es tut mir leid«, wiederholte er und ging zum Rand des Holzbodens, wo die Scheide seines *daikons* auf der Schärpe lag, die er dort zusammen mit seinem Mantel abgelegt hatte.

Sein Gesicht brannte, als er die Klinge reinigte und in das geölte Holz schob. Und es ärgerte ihn, dass er nicht sicher sagen konnte, ob es an der Scham lag, seinen Milchbruder bei einem Übungskampf verletzt zu haben. Oder vielleicht daran, dass er in diesem Moment daran gedacht hatte, eine Feuerhexe im Arm zu halten und sie …

Mit aller Kraft schob er den Gedanken beiseite.

Er hörte leise Schritte hinter sich, dann trat Gomaran in sein Blickfeld.

»Ihr habt lange nicht meditiert, Mendaron. Ihr seid unruhig.«

»Das bin ich«, sagte Telarion kurz angebunden. Er ließ sich nieder und drückte seine verschwitzte Stirn in ein Tuch, das für diesen Zweck bereitlag. Er sah seinem Vertrauten nicht in die Augen, so als könne ihm dieser ansehen, was in ihm vor sich ging.

»Ihr habt immer noch die Magie dieser Frau in Euch, Mendaron«, sagte Gomaran ruhig und löste die Haare, die er für den Kampf hochgebunden hatte.

Telarion hielt für einen Augenblick in der Bewegung inne. Das klang nicht nach einer Frage, sondern einer Feststellung.

Erst nach einer langen Pause antwortete er. »Das ist wahr.«

»Vielleicht hätte Euer Bruder Euch doch gestatten sollen, in den Palast der Stürme zurückzukehren.«

Telarions Blick fiel auf die Wand des Waffensaals, dessen Fenster nach Süden wiesen. Die Wände waren aus dem violetten und gelben Granit, der für Syth und das Feuer stand. Für den Krieg und den Zorn. Die Wandgemälde, mit denen der Saal geschmückt war, erzählten von den großen Schlachten zwischen Menschen und Elben, aber auch von den Tumulten, die Syth in der noch jungen Schöpfung ausgelöst hatte; zu Beginn der Welt, als selbst die Zwillingsmonde noch nicht geboren waren.

Irgendwie schien es passend, dass er sich in seinem Zustand hier befand.

»Ich kann Vanar nicht gegenübertreten. Nicht jetzt«, murmelte er.

Gomaran band die oberen Strähnen seiner Haare zum traditionellen Knoten der Elben zusammen. Die dunkelgrünen Augen bildeten einen seltsamen Kontrast zu seinem Haar, das wie bei den meisten Elben aus dem Wald von Mundess die gleiche Farbe wie das Holz des Mayalabaums hatte und damit heller war als sein Gesicht.

Gomaran war mit ihm aufgewachsen. Sie waren verwandt, und bei aller Verbundenheit, die er zu Tarind empfand, fragte sich Telarion oft, ob Gomaran seinem Herzen nicht noch näher stand.

Er stockte und dachte zum hundertsten Mal in den vergangenen Tagen daran, seinem Milchbruder zu erzählen, was die Begegnungen mit dieser Hexe in ihm ausgelöst hatten – und immer noch auslösten. Doch wie jedes Mal zuvor siegte auch jetzt die Scham. Er brachte nicht über die Lippen wie umfassend der Sieg gewesen war, den die Tochter des Siwanon über ihn davongetragen hatte.

Und wie wenig er dagegen zu tun vermochte.

Doch es schien, als verstünde Gomaran seine Gefühle auch ohne Worte.

»Als Ihr mir vor einigen Tagen erzähltet, Ihr wünschtet in den Palast der Winde zurückzukehren, war ich dagegen«, sagte der Hauptmann und lehnte sich an die Wand. Er sah Telarion an. »Ich hielt den Kampf um den Frieden auf dieser Welt für wichtiger.

Es war eine der wenigen Gelegenheiten, bei denen ich mit Eurer Entscheidung nicht einverstanden war. Und ich entschuldige mich dafür, denn nun scheint mir, Ihr habt diesen Wunsch aus gutem Grund geäußert. Vielleicht hätte Euer Bruder recht daran getan, Euch Eure Bitte nicht abzuschlagen.«

Telarion trafen die Worte mehr, als ein direkter Vorwurf es vermocht hätte. »Ich hätte dich nicht getötet!«, fuhr er auf und bemerkte erschrocken, wie verletzt seine Stimme klang. »Das könnte ich nicht! Manchmal glaube ich, du stehst mir näher als selbst Tarind«, fügte er nach einer kurzen Pause hinzu.

»Ihr seid mein Milchbruder«, erwiderte Gomaran. Es klang fast liebevoll. »Es mag sein, dass Yveth von Kantis den König und Euch gleichzeitig empfing, austrug und zur Welt brachte. Doch wir beide wurden von derselben Mutter genährt, und ich war sogar im Palast der Winde bei Euch.«

»Ich könnte dich nicht verletzen«, murmelte Telarion. Zu seinem Zorn, von der Tochter des Siwanon besiegt worden zu sein, gesellte sich nun auch noch die Scham, die er Gomaran von Malebe gegenüber empfand. Auch diese Scham schürte das Feuer, den Rauch und damit den Zorn in ihm nur noch weiter.

»Ich bin sicher, ich war es nicht, den Ihr vorhin töten wolltet«, sagte Gomaran jetzt. »Es scheint mir notwendig, dass Ihr darüber sprecht. Und wenn es nicht Vanar sein kann oder darf, dem Ihr Euch sonst immer anvertraut, und auch Euer Zwilling Euch nicht anhören will – denn wer wollte Tarind verübeln, dass er auf seinen Bruder und Heermeister nicht verzichten mag, wenn er übermorgen aufbricht, um den Zaranthen zu besiegen! –, dann solltet Ihr mit mir darüber sprechen, wie es Euch bei dieser Feuerhexe erging.«

»Es gibt nicht viel zu sagen. Das meiste weißt du schon«, wiegelte Telarion ab.

»Ich weiß, dass Ihr zu dieser Frau gingt. Und dass sie trotz Eures offenbaren Hasses auf sie weiter am Leben ist.«

Telarion nickte düster. »Du warst dabei, als die Wachen mich riefen, weil ihr etwas geschehen sei. Sie vermuteten, dass sie sich etwas angetan habe und wagten nicht, es dem König zu melden.«

»Die beiden sagten, sie hätte versucht, sich umzubringen.« Gomaran runzelte die Stirn. »Ich konnte es nicht glauben. Woher sollte diese Frau eine Waffe haben? Und warum sollte sich eine wie sie, eine Amadian, damit selbst verletzen, ja, das Leben nehmen wollen? Und doch schworen beide Stein und Bein, sie würde in ihrem eigenen Blut liegen. Ich vermutete jedoch, sie seien im düsteren Licht des Gemachs, so kurz vor Untergang der Roten Sonne, einem Irrtum aufgesessen.«

»Nein. Sie lag da, eine Pfütze, nein, einen See von Blut unter sich. Sie hätte tot sein müssen, das wusste ich in dem Moment, in dem ich das Zimmer betrat.«

Gomarans Augen weiteten sich. Er gab einen Laut des Erstaunens von sich. »Und doch lebt sie. Ich hatte bisher geglaubt, sie habe versucht, Euch in einen Hinterhalt zu locken.«

»Nein, das kam danach. Woher hätte sie auch wissen sollen, dass die Wachen mich holen würden? Sie hat versucht, sich selbst zu richten, wahrscheinlich, weil sie uns nicht dienen wollte und keinen anderen Ausweg sah. Ihre Seele hatte den Körper verlassen, als ich kam, auch wenn sie noch nicht in die Nebel gegangen war. Sie kniete neben ihrem blutenden Körper, als könne sie nicht gehen, als wolle sie ihn beschützen. Nur darum habe ich versucht, sie zu heilen und ins Leben zurückzubefehlen. Und dann, als ich ihrer Seele wieder befohlen hatte, in den Körper zurückzukehren, fand ich den Grund, warum sie nicht gegangen war. Hier …«

Er griff in die Falten der Schärpe, die neben ihm lag, und zog das Päckchen hervor, das er seit Tagen mit sich herumtrug. Das Leinen, in das er den *qasarag* eingeschlagen hatte, war hier und dort ein wenig steif geworden, wo das Blut der Hexe den Stoff getränkt hatte. Es klebte, als er es auswickelte.

Für einen Moment schoss Telarion der Gedanke durch den Kopf, dass ihr Blut noch an der Klinge gewesen war, als sie ihn damit verletzt hatte. Er fragte sich, ob das wohl mit ein Grund dafür war, dass er ihre Magie nun nicht mehr loswurde und ständig diese Träume von ihr hatte.

Gomarans Augen weiteten sich erneut, als er den Dolch sah. Er pfiff durch die Zähne und streckte unwillkürlich die Hand nach der Waffe aus. Doch die Fingerspitzen verhielten kurz über der Klinge, ohne sie zu berühren. Das getrocknete Blut daran schien den Anblick nicht zu stören, sondern zu der Magie, die von der Waffe ausging, zu passen und ihre düstere Schönheit noch zu verstärken. »Eine wunderschöne Arbeit«, murmelte er nach einer Weile. »Ich spüre die Macht in den Fingerspitzen.« Er sah Telarion besorgt an. »Vielleicht solltet Ihr in Erwägung ziehen, ihn nicht mehr so eng am Leib zu tragen?«

Telarion winkte ab. »Ich lasse ihn nicht mehr aus den Augen.«

Gomaran furchte die Stirn. »Das … das ist das Verrückteste, was ich je hörte! Eine Dunkelmagierin versucht, sich mit einem dunkelmagischen Dolch umzubringen? Wenn sie ihn heimlich bei sich getragen hätte – es hätte sie gestärkt. Was hätte sie damit anrichten können!«

Der Heermeister zuckte mit den Achseln. »Ich denke, sie wusste es nicht. Sie ist eine Amadian, aber sie weiß nur wenig über Magie, selbst über die eigene, und ist nicht von ihrem Schöpfer gezeichnet. Aber eines wusste sie sicher, sobald ich sie ins Leben zurückgeholt hatte – dass ich in dem Moment angreifbar war!«

Die Heftigkeit, mit der Telarion den letzten Satz hervorstieß, ließ Gomaran zusammenzucken.

Nach einem Blick in Gomarans fragende Miene sprach Telarion weiter. »Sie griff mich sofort mit dem Dolch an. Doch er verletzte nur meine Haut. Es schwächte mich etwas, aber diese Wunde ist vergessen.« Er stockte kurz bei dieser Lüge, hoffte aber, dass sein Ziehbruder es nicht bemerkte. »Selbst in dieser Situation war sie stark genug, das zu tun!«, fuhr er hastig fort. »Ich warf ihr vor, dass sie sich der letzten Ehre entzöge, die ihr geblieben sei: die Verbrechen ihres Vaters wieder gutzumachen, indem sie ihre Magie in meine und Tarinds Dienste stelle. Doch das wies sie von sich mit der Behauptung, ihr Vater habe Dajaram nicht getötet. Er sei im Kloster des Abends gewesen, als Dajaram starb. Kein Seelenherr würde so etwas über solche Entfernungen hinweg tun können.«

Gomaran wollte ihm ins Wort fallen, doch Telarion sprang auf und hob herrisch eine Hand. Und doch stockte er, bevor er weitersprach. Kurz schoss ihm durch den Sinn, Gomaran zu erzählen, wie geschickt die Tochter des Siwanon die Schwäche in seinem inneren Schild genutzt hatte, um sich in seine Seele zu schleichen. In sein Herz. Dass sie in den Bruchteilen von Sekunden die Leere gefunden hatte, von der er glaubte, sie mit seiner Gabe des Lebens gefüllt zu haben.

Er schloss die Augen und versuchte, seinen Atem zu beruhigen, als auch schon jenes Prickeln in ihm aufstieg, das bei aller Intensität nur ein Abglanz des Entzückens war, das die Tochter des Siwanon in ihm geweckt hatte.

Er schluckte. Nein.

Er konnte Gomaran gegenüber nicht aussprechen, was beim Gedanken an sie immer wieder in ihm geschah.

»Das war nicht alles« sprach er weiter und ging unruhig ein paar Schritte auf und ab. Er war sich bewusst, dass er seinen Milchbruder nun erneut anlügen würde.

»Sie … sie beschuldigte Tarind, er habe die verräterischen Mönche im Kloster des Westens nicht aus Gründen der Rache, die der älteste Sohn dem Vater schuldig ist, ausgelöscht.«

Gomarans Augen wurden dunkel vor Zorn. »Warum sonst hätte er es tun sollen? Ich weiß, Ihr haltet Euren Bruder für eitel und oberflächlich. Und doch, wie kann diese Hexe es wagen, ihm zu unterstellen, er wüsste nicht, was ein Prinz seinem Vater schuldig ist? Aus welchem Grund wäre Euer Bruder denn sonst über das Saphirmeer gereist und hätte dort für Gerechtigkeit sorgen wollen?«

Telarion starrte auf den *qasarag* in seiner Hand. Er zögerte mit der Antwort, wusste er doch, dass, die Lüge dieser Feuermagierin über seinen Bruder in eigene Worte zu kleiden, sie erst an Substanz gewinnen lassen würde.

Dennoch erwiderte er: »Sie sagte, Tarinds Gründlichkeit, mit der er die Shisans und auch die anwesende Familie des Siwanon auslöschte und der sie nur mit knapper Not, wie es scheint, entkommen konnte, hätte nur einen anderen Grund haben können: Er wollte die zum Schweigen bringen, die seine eigene Tat hätten aufdecken können.«

Seine Worte umschrieben ihren direkten Vorwurf, Tarind habe seinen Vater umgebracht und dann ein noch größeres Verbrechen begangen, um den Mord zu vertuschen. Ein Ächzen verriet jedoch, dass Gomaran sehr wohl verstanden hatte.

»Es war nichts weiter als eine Lüge«, sagte Telarion schließlich mit fester Stimme und schlug den Dolch wieder ein. »Eine Lüge, die ihr die Magie dieses Dolches eingab.«

Gomaran schnaubte. »Das will ich meinen. Wie ich schon sagte, Euer Bruder ist nicht wie Ihr, doch das ist, wie Ihr wisst, ganz seinem Aufwachsen hier bei Hofe geschuldet. Ein König ist kein Mönch und muss auch nicht wie einer leben, anders als Ihr, mein Fürst, der Ihr die Regeln des Vanar beachtet.«

Telarion schwieg.

»Es mag wohl sein, dass ihr der Dolch eingab, eine so ungeheuerliche Behauptung über Euren Zwilling in die Welt zu setzen«, fuhr Gomaran fort. »Anders ist das nicht zu erklären. Ein Norandar, der Vatermord begangen haben soll! Unfassbar.« Er strich sich über das Gesicht und schien nachzudenken. »Wie, sagte sie, soll Tarind es angestellt haben?«, fragte er dann. »Ihr selbst habt gespürt, dass die Seele Eures Vaters verbrannt wurde, nicht sein Körper. Was meinte sie dazu?«

Telarion stieß einen verächtlichen Laut aus. »Glaubst du, ich habe ihr die Möglichkeit gegeben, diese Lüge zu diskutieren?«

Gomaran schwieg schuldbewusst. Natürlich hatte der Zwillingsbruder des Königs nicht eine Minute in Erwägung gezogen, was diese Zauberin sagte. »Woher hat sie überhaupt eine solche Waffe?«

Telarion zuckte mit den Achseln und verknotete die Schärpe an seiner Hüfte. »Bertalan sagt, er weiß es nicht. Niemand wurde zu ihr vorgelassen. Der Schmied, der ihr das Sklavenband umlegte, war nicht mit ihr allein. Außerdem ist er ein Waffenschmied, er arbeitet mit Metall und Feuer. Nicht mit Edelsteinen.« Er bückte sich und nahm das Päckchen mit dem *qasarag*, das er abgelegt hatte, wieder auf.

»Wer weiß, welch üble Zauberei dahintersteckt«, sagte Gomaran düster. »Vielleicht brachte sie ihn aus den Jenseitigen Ebenen mit, die sie jederzeit betreten kann.«

Telarion schob das Päckchen mit dem Dolch wieder in seine Schärpe. »Das ist gut möglich. Lass uns gehen, Bruder. Übermorgen brechen wir nach Solife auf. Es gibt viel zu tun. Ich bin dir dankbar, dass du mir Gehör geschenkt hast.«

Der Hauptmann nickte. »Ich werde immer für Euch da sein, mein Fürst.«

Er wandte sich um und ging dem Heermeister voraus.

Telarion folgte ihm langsam. Er hatte sich seinem Gefährten gegenüber überzeugt gegeben. Doch so unerschütterlich war sein Glaube nicht.

Was, wenn die Hexe die Wahrheit über seinen Bruder ausgesprochen hatte? Wieder versuchte er, sich einzureden, es könne nur eine Lüge sein.

Bei aller Uneinigkeit, die zwischen seinem Bruder und ihm herrschte, bei allen Unterschieden, die es zwischen ihnen gab – Yveth von Kantis, ihre Mutter, hatte sie beide zur gleichen Stunde zur Welt gebracht. Die Vorstellung, sein Bruder könnte Dajaram, den eigenen Vater, auf dem Gewissen haben, war entsetzlich. Kein Wesen, das derart eng mit ihm, Telarion, verbunden war, konnte etwas so Furchtbares tun.

Jeder, der dies behauptete, war nichts weiter als ein verdammenswerter Lügner.

Doch er wusste auch, wenn Menschen, besonders Feuermagiern, das Feuer ihrer Seele zu Kopfe stieg, dann wirkte es reinigend. Solche Menschen waren nicht in der Lage, kühl zu überlegen, welche Vorteile eine Lüge brachte und welche Teile einer Geschichte besser der Wahrheit entsprechen sollten. Solche Menschen berechneten nicht und wogen nicht ab.

Die Tochter des Siwanon hatte ihm diese Worte zornig und verletzt entgegengeschleudert, ohne groß zu überlegen. Sie waren nicht geplant gewesen und mit wildem Stolz ausgesprochen worden. Es war keine Geschichte, die sie sorgfältig erdacht hatte, um sie als Waffe gegen die zu benutzen, die den Ruf ihres Hauses befleckten. Zumal der Ruf dieses Hauses bereits unwiederbringlich zerstört war.

Nein, der Vorwurf war aus ihrem Herzen gekommen.

Und tief in seinem Inneren musste Telarion sich eingestehen, dass nicht nur sein Verstand ihm sagte, dass sie wahrscheinlich die Wahrheit sprach. Auch wenn er den Gedanken verabscheute, ihn wieder und wieder von sich wies und jedem anderen gegenüber geleugnet hätte – er kannte sie. Er kannte ihre Seele.

Sie log nicht.

Erneut kam eine Sehnsucht auf, die jede Faser seines Körpers durchströmte. *So wie ihr Sein auf einmal in ihn fließt, geht seine Gegenwart in sie über.*

Wieder spürte er die Leidenschaft, mit der sein Körper und seine Seele die Tochter des Siwanon berührt hatten.

Nie ist er jemandem so nah gewesen. Er kennt sie so gut wie sich selbst.

Sie log nicht.

Mit einem Mal war er froh, dass er morgen zusammen mit seinem Zwilling nach Solife aufbrechen würde, um dem Rebellentum des Zaranthen ein Ende zu bereiten, statt sich in die Stille des Palastes der Stürme zurückziehen zu können. Der Zorn, den er empfand, würde nur im Feuer des Kampfes zu besiegen sein. Er würde die Erinnerung an ihre Berührung, die Erinnerung an die

Freude, an die Lebendigkeit, die ihr Körper dem seinen bereitet hatte, verdrängen und auslöschen. Der Gedanke tat weh, denn die Bilder würden ihm die Leere bewusst machen, die sie gefüllt hatten.

Aber nur der Kampf, die Sorge für seine Männer und die Anwendung seiner Gabe des Lebens würden sie füllen können.

Krieg kam ihm da gerade recht.

Das rötliche Licht auf dem Fels und den Dächern unter ihr verblasste.

Auch wenn es nicht gewärmt hatte, war Sanara traurig, dass die Rote Stunde zu Ende ging. Zumindest war ihr Licht, das sich über die Stadt und den winzigen Ausschnitt gelegt hatte, den man von den Feldern und dem Fluss vor der Stadt erkennen konnte, für das Auge angenehm gewesen.

Nun, da die Röte verschwand, glommen die violetten Funken in der Nische hinter dem Bett wieder umso stärker auf. Sanara sah aus dem Augenwinkel, wie sich die hauchdünnen Nebelschwaden in den tiefen Schatten, die die Dämmerung hinterließ, erneut zu einer Gestalt fügten, wenn sie auch immer wieder zerfaserte. Verzweiflung machte sich in ihr breit, als die tonlose Stimme von Neuem an ihr Ohr wehte.

Komm weg von dort, Dunkelmagierin. Ich gestatte dir nicht, dich zu wärmen.

»Das Licht selbst trifft mich nicht. Wie kann es mich da wärmen?«, erwiderte Sanara müde und schmiegte sich enger an die Filzdecke, die man ihr gegeben hatte. Sie hatte das Gefühl, sich in den letzten Tagen kaum von der Stelle gerührt zu haben.

Es schien, als sei hier am Fenster der einzige Platz, der sie etwas aufmunterte. Kaum jemand kam, um sie zu sehen, selbst die Wachen schoben nur Wasser und Nahrung durch die Tür, ohne das Turmzimmer zu betreten. Lediglich der Heermeister kam hin und wieder. Doch auch er sprach nicht mit ihr und ließ nicht erkennen, dass er Erinnerungen an ihren Aufenthalt im Tempel der Ys besaß.

Sanara fand nur eine Erklärung dafür, dass er so ungerührt blieb: Sie selbst hatte diese wunderbaren Bilder in sich geformt, als er sie geheilt und dann versucht hatte, sie mit eben dieser Magie zu töten. Ihr Geist wusste nicht, was er mit diesem Überfluss an fremder Magie hatte anfangen sollen, und hatte ihr deshalb diese Bilder vorgegaukelt.

Dennoch war es eine Qual, dass er sich bei jedem seiner Besuche dicht neben sie setzte, sodass sie seine Kälte spüren konnte, und dass der Geruch nach Rauchwerk ihre Nase reizte. Nur mit äußerster Mühe konnte sie der Versuchung widerstehen, wie auf dem Berggipfel seine Finger zu ergreifen, in der Hoffnung, er würde sie wieder in die Arme ziehen.

Und doch widerstand sie ihm. Sie durfte nicht nachgeben. Sie musste standhaft bleiben, um ihrer selbst und des Rufs ihrer Familie willen.

Sie würde dieser Zauberei nicht nachgeben.

Kaum war er fort und überzeugt, ihre Magie wieder ein Stück mehr an sich gebunden zu haben, musste sie alle Kraft aufbieten, um das Netz wieder zu versengen und aufzulösen. Es gelang ihr auch diesmal, doch es wurde immer schwerer. Sie hätte es nicht geschafft, wenn –

Du darfst dich nicht stärken, bis du deine Magie Tarind unterworfen hast! Erst dann wird er gestatten, dass du besser behandelt wirst.

Amüsiertes Lachen war die Antwort. Es kam nicht von ihr.

Überrascht sah Sanara auf. Das rote Licht im Gemach schien wieder stärker geworden zu sein. Ein Blick nach draußen versicherte ihr, dass es nicht daran lag, dass die Rote Sonne gegen alle Gesetze der Natur wieder aufgegangen war.

Ein wütender Schrei erklang, halb in ihrem Ohr, halb in den Nebeln. *Geh fort! Dir ist nicht gestattet, hier zu sein! Nur ich darf sie sehen.*

Ich weiß mittlerweile, dass das dein Wunsch ist, sagte eine freundliche Stimme. *Ich weiß aber auch, dass ich stärker bin als du und dich vertreiben kann, wenn ich hier bin.*

Während diese Worte erklangen, manifestierte sich vor dem Bett aus dem Nichts heraus eine leuchtend rote Gestalt. Silberne und violette Spiralen kreisten langsam in ihrem Inneren, zogen den Blick auf sich und beruhigten die Gedanken.

Sanara musste lächeln. Es war Ronan der Musikant. Sie erinnerte sich, dass er beim ersten Mal versprochen hatte, wiederzukehren und sie es nicht geglaubt hatte. Aber er hatte sein Versprechen gehalten, heute war das vierte Mal, dass er zu ihr kam. Und mit jedem Mal freute sie sich mehr darüber, ihn zu sehen.

Die Freude vertrieb diese elende Sehnsucht, die der Heermeister ihr eingeflößt hatte.

Geh fort! Ich werde Wege finden, dich zu vernichten!

Das bezweifle ich, antwortete der Musikant.

Ronan formte sich immer klarer aus rotem Licht und nahm Gestalt an. Selbst seine einfache Kleidung war nun zu sehen, eine Tunika, eine Hose aus Leder, ein breiter Gürtel, an dem eine Tasche hing, die geflochtenen Lederbänder, die er um die Handgelenke und den Nacken trug. Die dicken Filzlocken, die er wie meist hochgebunden hatte.

Du weißt nicht, über welche Macht ich gebiete!

Jetzt war Ronan so deutlich für Sanara zu sehen, dass sie das Mitleid auf seinen Zügen erkennen konnte.

Nein, das weiß ich nicht. Aber es kann nicht viel sein, denn du kannst dir nicht einmal eine Gestalt geben. Ich bin sicher, dass du mich auch nicht klar siehst. Wahrscheinlich würdest du mich nicht erkennen, würde ich außerhalb der Nebel leibhaftig vor dir stehen. Deshalb werde ich diese dort besuchen, wann immer es mir gefällt. Und nun lass mich mit meinem Schützling allein.

Das werde ich nicht!

Wenn du es nicht freiwillig tust, werde ich dich wie immer fortschicken, sagte Ronan.

Er ignorierte das Geschrei und die Flüche des Geistes, hob die Flöte aus Süßholz an die Lippen und spielte ein paar Takte der Melodie, die das schattenhafte Wesen vertrieb. Die grauen Nebel, die aussahen, als hauche violettes Licht sie an, wirbelten erregt auf und schwanden wie Morgendunst. Die wütenden Schreie des Gespensts verklangen in der Ferne.

Unwillkürlich drehte sich Sanara, um einen Blick auf die massive Eichentür zu werfen, vor der die elbischen Soldaten Wache hielten. Schließlich stand sie auf, um sich neben Ronan aufs Bett zu setzen.

»Ich frage mich jedes Mal, warum sie nicht kommen und nachsehen, ob sie mich wieder retten müssen.«

Ihr Blick glitt wieder zu ihm. Seine Erscheinung war so klar, als säße er leibhaftig vor ihr. Sie wusste, dass die Gestalt eines Seelenherrn in diesem Zustand in der Regel der entsprach, die er auch im Diesseits besaß. Und doch war sie neugierig, ob sie Ronan bei einer leibhaftigen Begegnung erkennen würde.

Ronan lachte. *Du warst schon vorher unter ihnen gefürchtet, als du einen der Ihren mit deinem Feuer anstecktest. Weißt du denn wirklich nicht, was sie sich von dir erzählen? Wenn die Tür nicht so massiv und zudem noch verschlossen wäre – ich glaube, du könntest einfach in die Freiheit spazieren. Keiner von ihnen hätte den Mut, dich aufzuhalten. Und seit der Heermeister dich dem Tode entriss, fürchten sie sich noch mehr.*

Sanara lächelte schwach. »Das mag sein. Dabei bin ich sicher, ich könnte ihnen gar nichts mehr tun, so kalt ist mir.«

Leise begann er, eine Melodie zu singen, bei der Sanara wärmer wurde. Sie hatte sogar das Gefühl, das giftige Grün, das seit dem Besuch des Heermeisters am Morgen ihre Seelenflamme wieder umschloss, werde blasser, das Lohgelb kräftiger, die Rauchschlieren dunkler. Sie schloss die Augen und genoss es, dass der Musikant ihr Kraft gab.

»Danke«, sagte sie, als er die Melodie beendet hatte.

Bevor ich gehe, werde ich es noch einmal auf der Flöte spielen.

Die Flöte verstärkt die Magie, dann wird das Netz des Heermeisters fast zerstört sein.

»Ich weiß immer noch nicht, wer du bist und warum du mich gesucht hast«, sagte sie nach einer Pause. »Aber ich glaube, wenn du nicht wärst, hätte ich dem König und seinem Bruder bereits nachgegeben.«

Sie werden morgen nach Solife aufbrechen. Und sie werden dich mitnehmen. Sie brauchen dich, um den Zaranthen zu besiegen. Und du musst sie in Sicherheit wiegen. Deshalb bin ich hier.

Sanara hatte gewusst, dass der König und sein Bruder das vorhatten; sie hatte auch nicht geglaubt, hierbleiben zu können. Doch nun, da es feststand, fand sie den Gedanken, nicht hier in Bandothi bleiben zu können, erschreckend.

»Dann müssen wir uns also trennen«, sagte sie und senkte den Blick. Der Gedanke, sich nicht mehr auf Ronans Gesellschaft freuen zu können, machte sie traurig.

Wieso denkst du das?, fragte er belustigt.

Sie verzog das Gesicht. Sie mochte es nicht, wenn man sie wie ein kleines Kind behandelte.

»Wie sollten wir uns denn sehen? Du sagtest, dass du in den Tavernen rund um Bathkor aufspielst. Es ist nicht weit zu mir in den Turm. Aber wenn die Entfernung größer wird, wirst du sie nicht mehr überbrücken können.«

Er lächelte. *Es würde anstrengender werden, dich zu besuchen, wenn du weiter fortgingst, das ist wahr. Aber wer sagt, dass wir uns trennen müssen?*

»Ich habe diese Stadt seit Jahren nicht verlassen«, murmelte sie. »Aber nach Solife ist es eine lange Reise.«

Das ist wahr. Doch du vergisst, ich bin Musikant, und ich beherrsche nicht nur die Musik, sondern kenne auch die meisten Wortepen der Elben auswendig. Ich werde den Heerzug begleiten, und sowohl der Heermeister als auch der König werden sich darüber freuen. Er sah Sanara aufmerksam an. *Ich werde dir näher sein als je zuvor.*

Der Blick, der auf ihr lag, ließ Wärme in Sanaras Wangen steigen. Sie war dankbar für das abnehmende Licht, das sie umgab.

Und nicht nur das, sprach er weiter. *Ich bin nach wie vor sicher, dass du eine Hälfte des Ganzen bist, das nötig ist, das Siegel zu finden. Und es muss gefunden und zerstört werden.*

Sanara sah ihn nachdenklich an. »In dir ist nicht nur das Silber der Ys, wie in mir. Auch das Violett des Syth. Wie kann ich wissen, dass du nicht in seinem Namen sprichst? Ich werde nicht dazu beitragen, dass die Welt in Chaos und Zerstörung versinkt.«

Das wird sie, wenn wir nichts tun, erwiderte Ronan.

»Das sagst du.«

Er zuckte mit den Achseln. *Man kann eines sagen, Sanara Amadian,* meinte er dann. *Du bist eine Feuermagierin und Seelenherrin von großer Kraft. Deine Herkunft und diese Kraft verraten den Weisen, dass du diejenige bist, die sie bereits seit Generationen suchen. Doch du hast nicht gelernt, wie man diese Kräfte einsetzt oder sich auf der Jenseitigen Ebene zurechtfindet – das sagst du selbst.*

Obwohl seine Stimme in dieser Welt nicht zu hören war, klang sie ernst und sachlich, so als stelle er fest. Er legte den Kopf schief, als warte er auf eine Bestätigung.

»Das ist wahr«, gab sie schließlich zu. »Ich war dabei, es zu lernen, und bat darum, gemeinsam mit meinem Bruder von Akusu geweiht zu werden. Doch ich sollte mindestens noch ein weiteres Jahr lernen, wurde mir erwidert.«

Nun, ich kenne einen Ort, an dem du es lernen kannst. Ich werde dich dorthin bringen.

Sanara starrte den Musikanten an. »Wie soll das gehen? Ich bin eine Gefangene! Und ich bin schwach und durch das Sklavenband gebunden.«

Ronan schmunzelte. *Ich habe einen Plan. Er könnte gelingen, doch nur auf dem Feldzug. Wenn du nicht von starken Mauern und einem Labyrinth von Gängen umgeben bist. Du darfst nicht den Mut verlieren.*

Sie starrte ihn an. »Woher weißt du, dass mich der Heermeister mit seiner verfluchten Gabe nicht vorher brechen wird?«

Er hat es bisher nicht getan und das, obwohl er und sein Heer morgen schon zur Weißen Stunde aufbrechen wollen, sagte Ronan. *Nein, nach allem, was ich über ihn weiß und was du über die Art gesagt hast, mit der er es versucht, kann er das gar nicht. Du bist zu stark, und ich stärke dich zusätzlich.*

Sanara spürte einen kurzen Stich. Natürlich, Ronan verfolgte einen bestimmten Zweck, indem er sie besuchte – er war ein Abgesandter der Weisen. Auch wenn sie selbst im Kloster des Westens immer nur im Flüsterton von ihnen hatte sprechen hören, bis sie die Geschichten für eine Gutenachtgeschichte der Mönche gehalten hatte.

Doch ein klein wenig hatte sie gehofft, Ronan käme auch wegen ihr.

»Ich werde mich Telarion Norandar nicht unterwerfen. Und seinem Bruder schon gar nicht«, erklärte sie.

Das musst du nicht. Doch wehre dich nicht, wenn sie dich fesseln und mitnehmen, damit du keinen Verdacht erregst. Ich werde dafür sorgen, dass du rechtzeitig freikommst.

»Wie?«, wollte Sanara wissen.

Ronan zögerte. *Ich habe einen Plan*, sagte er dann. *Wir werden eine passende Gelegenheit abwarten. Aber ich kann ihn nicht allein ausführen. Daher möchte ich dir noch nicht mehr dazu sagen.*

Es fiel Sanara schwer, nicht weiter nachzufragen. So vieles brannte ihr auf der Seele: Warum Ronan sie befreien wollte; wer sie, die Tochter des angeblichen Verräters, für jemanden hielt, der die Welt retten konnte; wer ihr zeigte, wie sie ihre Kräfte nutzen konnte.

Ob das alles nicht am Ende nur eine Finte war, um sie endgültig zu unterjochen?

Dann sagte sie sich, dass das Misstrauen einem so machtvollen Seelenmagier gegenüber, wie er es war, wohl auf ihre Gefangenschaft zurückzuführen war. Auf die Kälte und die Angst, die von dem Geist, den ständigen Attacken des Heermeisters gegen ihre Magie und der blaugrünen Flamme im Kamin, der sie unablässig ausgesetzt war, angeheizt wurden.

Sie rang sich ein Lächeln ab. Wenn sie einem, dem die dunklen Magien der Musik und der Nebel so kraftvoll innewohnten, nicht vertrauen konnte, wem dann? Schlimmstenfalls befreite er sie, und sie würde feststellen, dass sie einem anderen Zweck dienen sollte, als dem, das Siegel zu finden.

Dieses Schicksal schien ihr immer noch besser, als hier darauf zu warten, erneut in das verhasste Gesicht des Königs oder seines Zwillings blicken zu müssen.

»Ich vertraue dir«, sagte sie schließlich. Sie lächelte. »Was glaubst du? Wann kann ich dich von Angesicht zu Angesicht sehen?«

Das weiß ich nicht, antwortete er nachdenklich. *Ich werde den Tross begleiten. Das habe ich schon getan, als wir von Kharisar kamen. Auch da habe ich den König unterhalten, und selbst sein Bruder, der Mönch der Luft, schien meine Vorträge zu genießen. Ich hoffe also, es wird nicht schwer, zu ihnen zu gelangen, und ich glaube nicht, dass du dann weit fort sein wirst.*

Er sah sie an und lachte leise – ein fröhliches Lachen.

Sanara hörte es gern. »Ich werde unter Bewachung stehen. Wahrscheinlich wirst du mich nicht so einfach auf dieser Ebene aufsuchen können.« Sie kicherte. »Ich stelle mir gerade vor, was die Wachen sagen, wenn du mich in dieser Gestalt besuchst. Du sagtest, sie fürchten mich – vielleicht könnte ich sie so überzeugen, mich gehen zu lassen. Ich könnte ihnen drohen, sie sonst in die Jenseitigen Nebel zu zerren.«

Er wurde ernst. *Ich fürchte, wir würden nicht weit kommen. Und es ist wichtig, dass ich dich zu den Weisen bringe.*

»Du könntest recht haben. Freiheit …«, murmelte Sanara und schloss die Augen. Der Gedanke, das kalte Goldband nicht länger tragen zu müssen, nicht mehr vom Nebelgeist geplagt zu werden,

den ihr der Heermeister schickte, und frei durch die Wälder streifen zu können, war verführerisch.

»Zu den Weisen wirst du mich bringen?«, fragte sie dann. »Wo leben sie? Ich glaubte immer, sie seien nur eine Legende, von den Mönchen des Abends erdacht.«

Es gibt sie wirklich, und sie leben an einem heiligen Ort, erwiderte er.

»Das Kloster des Westens und die Shisans des Abends wurden vernichtet. Ich habe nicht gehört, dass jemand dorthin zurückkehrte, nachdem Tarind dort das Blutbad angerichtet hatte«, sagte Sanara.

Es gibt andere Orte als den Westen von Guzar, an denen die Macht des Akusu bis heute gelehrt wird. Aber lass uns den zweiten Schritt nicht vor dem ersten gehen. Ich denke, es kostet dich Kraft genug, als Gefangene standhaft zu bleiben, auch ohne dass du dir Gedanken machst, ob du mir vertrauen kannst oder nicht. Ich glaube, du weißt, dass du es tun kannst.

Ich würde dich nicht verletzen, fügte er dann hinzu.

»Ja«, sagte sie nach einer Weile. »Ich glaube, das würdest du nicht.« Sie straffte sich und schob das Kinn ein wenig vor. »Es würde dir auch schlecht bekommen, mich zu betrügen.«

Er warf den Kopf in den Nacken und brach in schallendes Gelächter aus.

Darauf möchte ich wetten, Mendari Amadian. Er senkte den Kopf in einer drolligen kleinen Verneigung. *Schon allein deshalb würde ich es nie wagen!*

Dann wurde er wieder ernst, streckte die Hand aus und ließ sie über ihr Gesicht gleiten.

Sanara spürte, dass seine Finger halb in ihre Gedanken glitten, ähnlich wie die Finger des Gespensts aus Nebel, das immer wieder versuchte, in ihren Geist einzudringen und ihre Erinnerungen hervorzuzerren.

Doch Ronan stahl ihr nichts. Stattdessen floss Hoffnung aus ihm in sie hinein, Trost und der Glaube, dass sich alles zum Guten wenden würde. Die Zuversicht verstärkte sich, als er auf der Flöte die Melodie spielte, die ihrer Magie Kraft verleihen sollte.

Als er die Flöte wieder absetzte, glaubte Sanara, ihre frühere Stärke beinahe zurückerlangt zu haben. Immer noch waberten Grün und Silber durch ihre gelb-dunkle Flamme, doch das beunruhigte sie nicht mehr. Das Netz, das der Heermeister heute in der Frühe aus Kälte und Sturm gewoben hatte, war zerstört.

»Ich würde dich umarmen, wenn es ginge«, sagte sie schließlich.

Ronan nickte. *Das wäre schön. Und es wird geschehen, wenn wir uns treffen und gemeinsam fliehen. Ich freue mich darauf.*

Seine Gestalt verblasste, und wie die beiden Male zuvor stieg Bedauern in Sanara auf, dass er gehen würde.

»Kannst du nicht noch bleiben?«

Er schüttelte den Kopf, doch seine Miene verriet, dass er es nicht weniger bedauerte als sie.

Du solltest schlafen. Die Reise wird anstrengend, denn ich glaube nicht, dass die Norandar-Brüder dich schonen werden. Ruh dich aus. Das Gespenst wird erst bei Untergang der Ys wieder Gestalt annehmen und dich plagen können. Vertrau mir. Ich werde dafür sorgen, dass du an einen Ort kommst, an dem du lernst, was deine Magie bewirken kann. Dann wirst du erkennen, dass wir beide dasselbe wollen: die Welt vor der Vernichtung bewahren.

Seine Stimme verhallte, sowohl in ihrem Ohr als auch in ihren Gedanken.

Dann war er fort.

Das Gemach war dunkel und leer, als wäre er nie da gewesen.

Aber diesmal flößte es Sanara keine Furcht mehr ein.

Es war eines der wenigen Male, die der Shisan im Tempel des Syth froh darüber war, dass sich so wenige Gläubige hierherverirrten.

Es war nicht mehr üblich, den Schöpfergeist des Chaos um etwas zu bitten. Der Aspekt der Veränderung, den Syth ebenfalls beinhaltete, war sowohl bei Menschen als auch bei Elben weitgehend in Vergessenheit geraten. Meist wurde Syth als der Schöpfergeist des Bösen betrachtet, obwohl dies nicht der Wahrheit entsprach, wie dieser Priester jedem hätte versichern können, der mehr über die beiden ersten Schöpfergeister erfahren wollte.

Nur ab und zu verirrten Menschen sich hierher, die während der Roten Stunde oder des Mittags – dann, wenn beide Sonnen am höchsten standen – in den Tempel kamen und vor den in sich verknoteten Torus aus violettem Marmor traten, um darum zu bitten, dass die Knechtschaft, in die Tarind und die Elben sie geschickt hatten, beendet würde.

Doch nun, nach dem Einbruch der Dunkelheit und dem Aufgang der Zwillingsmonde, war niemand da, der hätte sehen können, wie sein beinahe einziger regelmäßiger Gast im Allerheiligsten vor Wut raste.

»Dieser Verfluchte!« tobte er. »Wie konnte er es wagen?«

Der Shisan wandte sich um und zündete ein paar Kerzen an, die Licht und Schatten auf den Torus warfen.

»Was tut ‚er'?«, wollte er wissen. »Und wer ist ‚er' überhaupt?«

Sein Gast blieb vor ihm stehen. Sein Gesicht war unter der Kapuze kaum zu erkennen.

»Ich weiß es nicht. Du hast mich gestärkt, doch an ihm prallt alles ab. Ich kann ihn nicht beeinflussen. Ich kann ihn nicht einmal erkennen!«

Der Shisan betrachtete ihn mit amüsierter Gelassenheit. »Ich finde es ein wenig anstrengend, mit dir zu sprechen, wenn du ständig dein Antlitz unter dieser Kapuze und deine Gestalt unter diesem Mantel verbirgst. Hier vor Syth kannst du dein Gesicht offen zeigen.«

Der Gast schlug nach kurzem Zögern die Kapuze zurück.

»Ich habe keine Angst vor dir oder dem Schöpfergeist des Chaos, falls du das meintest!«, sagte er herausfordernd. »Und du weißt zu gut, wer ich bin, als dass es einen Unterschied machen sollte.«

»Das mag sein, doch du weißt sehr wohl, dass man den Veränderungen, die Syth in dieser Welt anstößt, offen gegenübertreten sollte. Es ist eine Frage der Achtung.«

Die offenen Worte hatten auf den Gast offenbar eine beruhigende Wirkung. Er starrte den Priester noch ein paar Herzschläge lang zornig an, doch dann kniete er nieder, schlug das Zeichen des Syth vor der Brust und breitete die Arme aus.

»Ich gehöre ihm«, sagte er.

»Das weiß ich«, sagte der Shisan freundlich und legte sich den Saum seiner Toga auf den Arm. »Also. Von wem sprichst du?«

»Da ist ein Erdzauberer, der die Feuermagierin nun schon viermal besucht hat. Sie wird jedes Mal stärker!«

Der Shisan runzelte die Stirn. »Ein Erdzauberer.«

Der Gast nickte langsam. »Ich erkenne es an der Farbe seines Seelenbildes. Und obwohl mich Syth schon bei meinem letzten Besuch stärkte, kann meine Wassermagie seine Erdkraft nicht hinwegspülen.«

»Warum willst du diesen Erdmagier besiegen?«, fragte der Shisan nach einer Weile.

»Er darf die Tochter des Siwanon nicht beeinflussen. Es muss gelingen, sie zu unterwerfen. Ihre Kraft ist es, die das Siegel von den Jenseitigen Ebenen lösen und uns die Herrschaft sichern kann! Ihr wollt das Siegel ebenso wie ich.«

Das gelblich-düstere Licht der Zwillingsmonde leuchtete nun durch eines der Maßwerk-Fenster. Der Shisan ging ein paar Schritte und sah in den Wüstengarten hinaus, der sich aus Sand, Steinen und den jetzt dunklen Silhouetten der dornenbewehrten Sagaros zusammensetzte. Der sorgfältig und sauber geharkte Boden glitzerte im blassen Mondlicht.

Auf einem kleinen Hügel, den man erklimmen konnte, befand sich eine Figurengruppe aus rötlichem Sandstein, den man vom Berg Farokant im Süden Solifes geholt hatte. Es war eine Darstellung, in der der Schöpfergeist des Chaos dem ersten Wesen, das sein Sohn Vanar aus dem Harz des Yondarbaums geformt und in

Wolken und den Wassern des Mondsees getauft hatte, nun Leben einhauchte.

Es war ein Frevel gegenüber Akusu gewesen, doch dieser Frevel hatte die Elben hervorgebracht. Vielleicht war es ja auch ein Frevel, dass Tarind herrschte – und doch konnte vielleicht nur so Besseres entstehen.

Der Schöpfer der Zerstörung und des Chaos musste wieder in die Welt, er musste die Stagnation durchbrechen, die Ys seit seiner Verbannung aufrechterhielt.

»Ys darf nicht weiter allein regieren«, flüsterte der Gast drängend. »Das Siegel gehört endlich in die richtigen Hände. Nur wir können dafür sorgen, dass das geschieht!«

Der Priester nickte langsam und schlang sich erneut den Saum seiner Robe um den Arm. Er schien zu wissen, wen sein Gast mit »wir« meinte.

»Warte hier«, sagte er und ging zum Altar des verknoteten Torus. Dort standen vier Schalen, je eine mit den vier Elementen: Die Gaben, die Syth und Ys gerecht unter ihren Zwillingskindern aufgeteilt hatten.

Er zog eine kleine Schüssel aus Kupfer hervor, griff in die rote Schale und holte eine Handvoll Lehm heraus, die er in die Kupferschale gab. Dann ging er zur blauen Schale und entnahm ihr ein wenig Wasser, das er mit der Erde mischte. Dabei murmelte er ein Gebet, mit dem er allen vier Schöpfergeistern dankte, und formte sodann eine kleine Scheibe, in die er das Symbol des Torus, das der Veränderung, und ein Zeichen für Stärke einritzte. Dann warf er die Scheibe in die gelbe Schale, in der eine stete Flamme brannte und das Amulett härtete. Zuletzt nahm er trotz der heißen Flamme die gebrannte Scheibe aus der gelben Schale und legte sie in die grüne, in der sich aromatischer Rauch kräuselte, um sie abzukühlen.

Und doch war die Scheibe noch warm, als er sie herausnahm, ein Lederband hindurchzog und das Amulett dem Gast um den Nacken legte.

»Die Kraft des Syth sei mit dir. Mögest du Erfolg haben, sodass diejenigen, die die Veränderung gut heißen und immer offen für sie waren, die Macht erhalten.«

»Ich danke dir«, wisperte der Gast und berührte ehrfürchtig das kleine Amulett. Es hatte sich beim Kontakt mit der Haut des Unbekannten leicht gefärbt und besaß nun die Farbe von Lavendelblüten.

»Leg es nicht ab. Aber lass es auch niemanden sehen«, sagte der Shisan. »Es entfaltet seine Wirkung nicht sofort. Da es sich aus der Veränderung speist, musst auch du dich verändern und aus der Schwäche Stärke entwickeln. Erst dann wirst du spüren, dass geschieht, was du wünschst.«

Noch einmal verneigte sich der Gast, dann erhob er sich. »Ich danke dir. Ich verspreche, dass ich das Siegel finden werde.«

Der Unbekannte schlug seine Kapuze über den Kopf. Das Gesicht verschwand in den Schatten des Mantels, ebenso wie die Gestalt selbst.

Dann enteilte er durch Tor und Sandgarten in die Dunkelheit.

Nachdenklich sah der Shisan seinem Gast hinterher. Er fragte sich, ob und wann er ihn wohl wiedersehen würde.

»Nein!«

Sinan hielt inne, als er merkte, dass sein Ausruf die Aufmerksamkeit vieler, die um ihn herumsaßen, auf sich gezogen hatte. Er, Mojisola und Ronan saßen bereits in einer stilleren Ecke des Gastraums der Taverne, doch sie waren nicht weit genug von der Feuerstelle und dem Schanktisch des Wirts entfernt, als dass man sie hätte überhören können, wenn einer von ihnen seine Stimme erhob.

Mojisola sah den Freund vorwurfsvoll an. »Du solltest wissen, dass wir hier nicht zu laut reden dürfen!«

Sinans bernsteinfarbene Augen funkelten böse. »Meine Schwester hat sich auf die Seite der Norandar-Brüder geschlagen, und ich soll Ronan zuliebe so tun, als sei sie die Auserwählte?« Er konnte sich nur mühsam beherrschen.

In seiner Stimme schwang Bitterkeit darüber, dass ihn Sanara, seine Schwester, für die er jahrelang der Ersatzvater gewesen war, verraten hatte. Er war sicher, dass sie alle Amadians verraten hatte und damit auch das eigene Volk – er hatte selbst gehört, wie der Vogt es sagte!

»Und glaubst du wirklich alles, was Bertalan von sich gibt?«, gab Mojisola geringschätzig zurück. »Wenn einer auf der Seite dieser Blätterfresser steht, dann er. Er hat sicher nur wiederholt, was ihm der König sagte. Oder der Heermeister, was wohl auf das Gleiche hinausliefe, wie du selbst weißt!«

Damit stieß er seinen halbgeleerten Becher mit *kurimis* gegen den von Sinan. Es klang freundschaftlich und war sicher als Versöhnungsangebot gedacht, doch Sinan brachte es nicht über sich, die Geste zu erwidern.

Sinan schluckte. Er dachte an das Netz aus grünen Funken, das er kurz, aber sehr deutlich in Sanaras Pupillen gesehen hatte, bevor er ihr den Dolch in den Schoß hatte fallen lassen. Bewies das etwa nicht, dass der Vogt sehr wohl recht hatte? Auch jetzt noch bereitete schon die bloße Erinnerung ihm Schmerz. Es war gleich, ob man ihre Magie mit Gewalt beeinflusst hatte oder ob sie sie freiwillig abgegeben hatte – alles, was zählte, war, dass sie lebte und *zuließ*, dass sie von den Mördern ihrer Familie benutzt wurde. Ja, dass sie sich dem Vernehmen nach den *qasarag*, den er mit so viel Mühe hergestellt hatte, selbst ins Herz gestoßen hatte, statt einem der verhassten Elbenbrüder in die Brust!

Sinan wusste genau, hätte er Zugang zu den Jenseitigen Nebeln gehabt, er hätte den Dolch tief in den Körper dieser Mörder getrieben und wäre sofort dorthin gegangen, bevor sich auch nur ein Norandar damit hätte brüsten dürfen, einen Amadian besiegt zu haben.

»Ihr könnt sagen, was ihr wollt«, murmelte er. »Für mich ist sie tot. Ich hätte ihr den *qasarag* nie überlassen dürfen.«

»Sie versuchte, sich selbst damit das Leben zu nehmen, weil du ihr nicht glaubtest, dass sie keine Verräterin ist«, warf Ronan ein. Seine Stimme klang ernst. »Sie tat es dir zuliebe, verstehst du das nicht?«

»Meinst du, es macht mir Spaß, so von meiner Schwester zu denken?«, fuhr Sinan erneut auf. »Ich habe jahrelang gehofft, sie wiederzusehen«, fuhr er mit mühsam gedämpfter Stimme fort. »Seit ich aus dieser Stadt floh! Meinst du, ich hätte mir gewünscht, zuzusehen, wie sie den Weg unseres Vaters einschlägt? Sie war immer der Ansicht, Siwanon hätte die Menschen nicht verraten, sondern sei nur mit Tarind gegangen, weil ihm keine andere Wahl blieb.«

»Die hatte er auch nicht«, bekräftigte Ronan. »Ein Seelenherr kann bei aller Macht nicht von jetzt auf gleich in die Nebel eintauchen und dort den Tod eines ganzen Elbentrupps befehlen. Sicher hat Sanara dir das erklärt.«

»In Solife weiß man, dass das ein Gerücht ist, das die Elben selbst verbreitet haben, um zu rechtfertigen, dass sie jeden Seelenmagier töten, den sie in die Finger bekommen«, sagte Mojisola und nickte.

Sinan starrte in den Becher und sah interessiert zu, wie der Schaum auf seinem warmen *kurimis* langsam verschwand.

Als er wieder sprach, wandte er sich Ronan zu, der die Saiten seiner *pathi* streichelte, ohne ihnen Töne zu entlocken. Er hatte für diesen Abend seine Lieder beendet, weil er seine Stimme schonen müsse, da er morgen am Heerzug des Königs teilnehmen würde, um dort für ihn zu singen.

Dem Wirt hatte das nicht gefallen. Sein Umsatz konnte sich sehen lassen, seit Ronan sein Lager auf dem Heuboden seiner Taverne aufgeschlagen hatte.

»Ich verstehe nicht, wie du sie in Schutz nehmen kannst«, stieß Sinan hervor. »Gerade sie ist stark genug, um der magischen Kraft eines *qasarags* widerstehen zu können. Wahrscheinlich hat die Magie des Dolchs sie überhaupt erst überleben lassen.«

»Woher hätte sie das wissen sollen?«, gab Ronan zu bedenken. »Sie war kaum ein Jahr bei den Shisans des Abends. Du kannst ihr nicht zum Vorwurf machen, dass dein Wunsch nach Rache in ihr nicht genauso glüht wie in dir, denn sie hat das Massaker anders erlebt. Sie war geschwächt von der Magie des Heermeisters und der des Königs und so richtete sie den Dolch gegen sich selbst, statt – wahrscheinlich vergeblich! – auf den König oder gar dessen Bruder, der der Magie dieser Waffe aller Voraussicht nach hätte widerstehen können.«

Sinan biss sich auf die Lippen. »Es geht nicht darum, was war. Es geht darum, was ist«, sagte er schließlich. Er hatte sich etwas gefasst und sprach ruhiger als zuvor. »Die Amadians gelten als Verräter an ihrem Volk. Es kann mir als Sohn des Fürsten von Guzar nicht gleich sein, wie man über ihn denkt. Aber ich kann auch nicht zu jedem, der glaubt, was Tarind über ihn verbreitet hat, hingehen und sagen: Meine Schwester ist anderer Ansicht, und die Weisen, die niemand kennt, denken, sie habe recht – weil das besser in ihre Legenden passt. Der Makel, mein Vater Siwanon sei ein Verräter, hätte dem Volk genommen werden müssen, das ihn als den größten Seelenherrn seit dem ersten Menschen, den Akusu erschuf, verehrte. Doch nun muss es damit leben, dass seine Tochter die Schande mit dem Verräter teilt – berechtigt oder nicht.«

Ronan senkte den Blick. »Die Weisen sind sicher, dass eine, die diesem Geschlecht entstammt, eines der beiden Teile ist, die das Siegel aus den Nebeln holen können.« Als er den Zorn in Sinans Augen sah, fügte er schnell hinzu: »Du musst das nicht glauben. Doch nimm hin, dass ich es tue.«

»Ich glaube es ebenfalls«, warf Mojisola ein. Auf Sinans irritierten Blick erwiderte er: »Und ich glaube an das Siegel. Daran, dass es zerstört werden muss, damit das Gleichgewicht in der Welt wiederhergestellt werden kann.«

Sinan schüttelte den Kopf. »Es mag sein, dass das stimmt. Doch ich kenne Sanara besser als ihr. Sie glaubt nicht an das Siegel. Sie war immer überzeugt, dass unser Vater kein Verräter sei.«

Er schwieg und lehnte sich zurück, dann stürzte er den Rest seines *kurimis* hinunter. Er sah in den Becher, als würde er bedauern, dass er nun leer war.

»Und nun weiß sie sich keinen anderen Rat, als sich in die Hände seiner Mörder zu begeben und sich einen *qasarag*, der sie hätte stärken und der zumindest einen dieser Schlächter aus der Welt hätte entfernen können, selbst in die Brust zu stoßen!« Leise fügte er hinzu: »Nein. Sie ist für mich gestorben.«

Ihm war egal, ob die Freunde die Tränen sahen, die ihm in die Augen stiegen.

Es war Ronan, der nach kurzem Schweigen wieder das Wort ergriff.

»Ich höre, was du sagst und glaubst, und kann es nicht ändern«, sagte er langsam. »Wirst du mir also nicht helfen, sie zu befreien? Du und Mojisola, ihr beide begleitet das Heer des Königs als Schmiede.«

Sinan musterte den Musikanten nachdenklich. »Ich weiß wirklich nicht, ob du das tust, weil es der Sache dient, diese Welt zu befrieden und von zwei Verbrechern zu befreien – oder weil du von der Schönheit einer Frau geblendet bist.«

»Sie ist die, nach der ich suchte, seit meine Ausbildung beendet war und die Weisen mich fortschickten, sie zu finden«, erwiderte Ronan. »Und ich weiß einen Weg, wie ich dir das beweisen kann.«

Kapitel 10

»So beschlossen Ys und Syth, die Herrschaft über die Schöpfung abzugeben, um sich ganz ihrer Liebe zu widmen, sodass sie nicht mehr miteinander zu kämpfen hätten. Noch einmal setzten die Schöpfergeister ihre Kraft ein, und Ys gebar aus dem Samen des Syth Zwillinge. Doch sie betraten die Welt nacheinander, Vanar, der Strahlende, Vater der Elben, war der Erste, Akusu, der Dunkle, Schöpfer des Menschengeschlechts, der Zweite. Doch waren beide Kinder der Schöpfergeister Ys und Syth und wurden von beiden gleich geliebt.«

Von den Gaben der Kinder Vanars
Zweite Rolle der Schriften des Klosters der Weisen Zwölf

Der Körper unter ihm regte sich.

Das junge Mädchen, eine Marketenderin, die sein Sklavenband trug, schrie erstickt auf. Ihr Körper war von einem kalten Schweißfilm bedeckt, ihm fehlte die Wärme, die ihm noch wenige Minuten zuvor innegewohnt hatte.

Doch Tarind löste seine Fingerspitzen noch nicht von ihrer Stirn und Kehle. Sie besaß immer noch Feuermagie. Noch einmal schloss er die Augen, fühlte ihren Leib unter sich und griff dann tief in die nur noch schwach flackernde Flamme ihrer Seele, die einen Kern von erdigem Rot hatte. Entzückt sah er zu, wie das Feuer im goldenen Regen, der in seinen Seelenteich fiel, aufloderte und sich in den Tropfen widerspiegelte. Das Wasser des Sees schien klarer zu werden und von innen heraus zu leuchten. Erregt rauschte das Wasser über die Flammen hinweg und sog sie in sich auf.

Es war die reine Kraft des Feuers, die sich nun in ihm ausbreitete. Er legte den Kopf in den Nacken und genoss die Hitze, die ihn wie neues Leben durchströmte.

Schick sie fort.

Eine Stimme erklang aus unendlicher Ferne in seinem Ohr, als wispere sie direkt hinein. Sie zerrte am Rand seines Bewusstseins und verlangte seine Aufmerksamkeit. Widerstrebend wandte er sicj von dem jetzt glasklaren, tiefen Teich seiner Seele ab und zog sich zurück.

Gleichzeitig lösten sich seine Hände vom abgekühlten Leib seiner Bettgenossin. Die junge Frau befreite sich aus seinem engen Griff, blieb aber schwer atmend unter dem dünnen Laken seines Lagers liegen. Sie hatte die Augen geschlossen, Tränenspuren auf dem Gesicht.

»Geh«, sagte er. Es war ein Befehl, dem sie augenblicklich gehorchte, doch sie bewegte sich nicht schnell genug. Ungeduldig wies er auf den hinteren Ausgang seines *ethandin*. »Dort. Ich will nicht, dass du gesehen wirst.«

Tarind stand auf und griff nach der Hose, die neben seinem Schlaflager lag.

Mühsam stand die junge Frau auf und zog sich die schlichte Bluse und einen Rock an, doch Tarind achtete nicht mehr auf sie. Er streifte ebenfalls eine leichte Tunika über und schob den Wandschirm beiseite.

Auf den ersten Blick war der Innenraum des *ethandin* leer. Es war noch dunkel, doch schon bald würde über den nahen Gipfeln der südlichen Loranonberge die Weiße Sonne aufgehen. Der Ausgang seines *ethandin* wies nach Osten, schon jetzt erhellten die Strahlen des noch verborgenen Gestirns die ewigen Schneefelder auf den wenigen Gipfeln des Loranon, die hoch genug waren, um auch im Sommer Schnee zu tragen.

Seit über einem Zehntag war sein Heer nun nach Süden unterwegs. Er hatte mit Zwischenfällen gerechnet, damit, dass Erdstöße oder Steinschläge sie aufhielten oder die Fluten des Lithon die befestigte Brücke fortrissen.

Doch bisher war nichts geschehen. Es war, als wisse der Zaranth nicht, dass der König der Elben zu einem Feldzug aufgebrochen war, an dessen Ende die Vernichtung seines Volkes und die Eroberung seines Reichs stehen sollten.

Kurz ging dem König durch den Kopf, dass der Zaranth sich fürchten könne. Immerhin befand sich die Tochter des Hauses Amadian in Tarinds Gewalt. Der König der Elben war sicher, dass sie die Einzige war, die einen so mächtigen Feuermagier wie Saif aus dem Hause Jatamar besiegen konnte. Und es würde nicht mehr lange dauern, bis sein Bruder sie unterworfen hatte.

Tarinds Blick fiel auf die schlanke Gestalt, die auf einem Sessel Platz genommen hatte. Sie hob sich im düsteren Licht der silbernen und goldenen Laternen nur schwer von der Umgebung ab. Dunkles Haar beschrieb einen Bogen um ihr Gesicht, sodass er es nicht sehen konnte.

Die Besucherin schaute ihn nicht an. Erst, als er einen weiteren Sessel nahm und ihr gegenüber aufstellte, hob sie den Kopf. Er setzte sich hinein und streckte seine Beine lang aus.

»Meine Königin«, sagte Tarind und nickte ihr zu. »Sie ist fort, wie Ihr wünschtet.«

Ireti verzog keine Miene. »Ich komme zu Euch, mein Gemahl, um Euch um etwas zu bitten.«

Tarind beugte sich vor und nahm ihre schlanken Finger in seine Hand. Wie immer waren sie kühl und trocken und so leicht, als seien sie aus Nebel gemacht. Er strich darüber.

Halb erwartete er, dass sie ihm die Hand entziehen würde. Immerhin hatte er gerade erst eine Sklavin aus seinem Bett geschickt.

Doch wieder bewies Ireti Landarias, dass er sie zu recht zu seiner Königin gemacht hatte.

Sie streckte ihrerseits die Hand aus und liebkoste seine Wange. Es war Tarind, als berühre sie kurz die Oberfläche seines Seelenteichs. Ruhe breitete sich in gleichmäßigen, kreisrunden Wellen in ihm aus, ohne die Kraft des Feuers zu vertreiben, die ihm die junge Sklavin überlassen hatte.

»Ihr seid außergewöhnlich, Herrin«, murmelte Tarind. »Es gibt nur wenige, die mich in meinem Königtum so sehr unterstützt haben wie Ihr es tatet, seit ich Euch auf Anraten meines Ziehbruders zu meiner Gemahlin machte.«

In Iretis Mundwinkeln zuckte es. Noch immer lag ihre Hand kühl und sanft auf seiner Wange. »Habt Ihr es nie bereut?«, fragte sie mit ihrer dunklen Stimme.

Tarind lachte. Er drückte seine Lippen kurz auf ihre Hand, dann lehnte er sich, ohne ihre Finger loszulassen, in seinem Sessel zurück. Er wurde ernst. »Nein, nie. Ich verdanke es nicht zuletzt Eurer Unterstützung, dass ich die Krone trage.«

Ireti schlug die Augen nieder. Sie ließ sich Zeit mit der Antwort. »Und doch zögertet Ihr, als ich Euch bat, mich auf diesen Feldzug mitzunehmen.«

Tarind beugte sich vor, um ihr wieder in die dunklen Augen zu blicken. »Ihr wisst, warum ich zögerte, Herrin, nicht wahr? Es war sicher nicht, weil ich Eure Gegenwart nicht über alles zu schätzen wüsste.«

Iretis Finger klammerten sich fester um seine, als entgleite er ihr und sie wolle es verhindern.

Tarind betrachtete sie. Ihr Haar war nicht blauschwarz wie seines, sondern eher bräunlich und doch so glatt und dunkel, dass es das Licht zu schlucken schien. Wie immer hatte sie es in der Höhe ihrer Schulterblätter mit einem schmalen Goldband in einer Schlaufe zusammengefasst, sodass es ihr nicht ins Gesicht fiel und doch so aussah, als trüge sie es offen. Es fiel in einem weichen Bogen bis zu ihrem Kinn, um dann hinter ihrer Schulter zu verschwinden. Der weite Mantel, den sie über ihr dünnes, schmuckloses Seidenkleid gezogen hatte, verdeckte die anmutigen Kurven ihrer Gestalt und doch wirkte sie darin schmal und zerbrechlich.

Plötzlich fiel ihm auf, dass sie immer noch seinem Blick auswich. Zudem spürte er, dass ihre Finger in seinem Griff bebten. Tarind ließ seinen Daumen tröstend über ihren Handrücken gleiten.

»Was bedrückt Euch, meine Gemahlin?«, fragte er leise.

»Ich … ich wollte Euch nicht zur Last fallen«, murmelte sie.

Tarind stutzte, dann brach er in Gelächter aus. »Wie kommt Ihr darauf?«, fragte er. »Ich gestehe, ich dachte nicht daran, Euch mitzunehmen, bis Ihr mich darum batet; doch das war nicht, weil ich Euren Rat oder gar Eure Gegenwart nicht zu schätzen wüsste.« Er wurde ernst. »Ihr wisst, dass uns am Ende unseres Weges ein grausamer, blutiger Krieg erwartet. Ich werde dem Zaranthen keine Gnade gewähren, und mir widerstrebt der Gedanke, etwas so Reines wie Euch auch nur in die Nähe eines solchen Kampfes zu zerren.«

Sie schwieg. »Ich weiß, wie sehr Ihr um mich besorgt seid«, flüsterte sie schließlich und erneuerte noch einmal den Griff, mit dem sie seine Finger umklammert hielt. »Und ich danke Euch, dass Ihr meiner Bitte entsprochen habt.«

Tarind nickte. »Das habe ich. Und wie ich freimütig gestehe, gegen den Rat einiger meiner Vertrauten.«

Jäh hob sie den Kopf. »Ihr müsst mir nicht sagen, wer diese Ratgeber sind!«, stieß sie hervor. Ihre Stimme klang bitter und verletzt, und Tarind glaubte, den Schmerz, den ihr diese Vermutung bereitete, selbst zu spüren. »Ich weiß es. Allen voran war sicher der Heermeister, Euer Zwilling, dagegen, mich mitzunehmen.«

Tarind musste lächeln. Ihm war bekannt, dass Ireti sich nicht mit seinem Bruder verstand, doch das war nichts weiter als Eifersucht darauf, was er mit seinem Zwilling teilte. Und vielleicht Neid auf Seiten Telarions, der bisher keine Gemahlin gewählt hatte und dem somit die enge Bindung zu einer Frau fehlte.

»Und wenn es so wäre?«, fragte er sanft. »Ich nahm Euch mit und kann Euch sagen, dass ich es bis jetzt nicht bereue. Warum also sollte es Euch stören, was Telarion über Euch denkt? Ich bin der König.«

»Und doch hört Ihr auf den Rat Eures Zwillings.«

»Warum sollte ich das nicht?«

Ireti antwortete nicht sofort, sah ihn stattdessen forschend an.

Schließlich sagte sie: »Euer Bruder verbringt viel Zeit in der Gesellschaft dieser Feuermagierin.«

Tarind war verblüfft. »Sicher wisst Ihr auch, warum. Ihre Magie übertrifft die Künste des Zaranthen bei Weitem. Doch ich besitze die Magie des Lebens nicht, die Vanar einst dem Haus Norandar verlieh, mein Bruder besitzt sie. Und so ist er derjenige, der das Netz um sie webt. Aber wir beide sind verbunden. Wir sind Brüder, Zwillinge! Was ihm gehört, gehört auch mir.«

»Seid Ihr sicher, dass es das ist, was Euren Zwilling immer wieder zu dieser Dunkelmagierin treibt?«

Tarind schwieg.

Sie erwiderte seinen Blick voller Besorgnis. »Ihr seid erzürnt, mein König, dass ich Euch diese Bedenken vortrage.«

Zum ersten Mal, seit er sie ergriffen hatte, ließ Tarind die Hand seiner Gemahlin los. Er lehnte sich zurück. »Mein Bruder steht loyal zu mir. Was lässt Euch daran zweifeln?«

Sie kniff kurz die Lippen zusammen, bevor sie fortfuhr. Es war deutlich, dass sie lieber nichts weiter gesagt hätte. Doch ein Blick auf die Miene ihres Gemahls und Königs machte klar, dass sie schon zu weit gegangen war. Nun blieb ihr keine Wahl mehr.

Tarind erwartete von ihr, dass sie ihren Vorwurf gut begründete.

»Ihr kennt meine Fähigkeiten«, sagte sie und wählte die Worte sorgfältig. »Ihr wisst, ich würde Euch nie belügen, mein König. Ich weiß, was Euch mit Eurem Bruder verbindet. Doch wenn Euch auch nicht die gleiche Kraft des Lebens zu eigen ist wie Eurem Zwilling, so wisst Ihr doch ebenso gut wie ich, was nötig ist, einen Dunkelmagier unter die Goldene Magie zu zwingen.«

»Natürlich.« Tarind ließ sie nicht aus den Augen.

Sie holte Luft, bevor sie fortfuhr. »Er braucht zu lange«, sagte sie dann.

»Zu lange?«

»Wie viele Sitzungen hat er mit dieser Magierin bereits hinter sich? Der Fürst ist ein Heiler zweiter Ordnung. Selbst wenn man in Betracht zieht, dass die Tochter des Siwanon dem Zaranthen weit überlegen ist, sollte seine Lebenskraft sie schon lange besiegt haben.«

Tarinds Augen verengten sich. »Was wollt Ihr damit andeuten, Gemahlin?«

Seine Königin musste mehrfach ansetzen, um ihren Verdacht auszusprechen. »Ich war gestern dabei, als der Fürst sagte, er habe das Netz, das sie in seine Gewalt zwingen soll, erst zur Hälfte fertiggestellt. Das zwingt mich geradezu zu der Frage, ob wirklich *er* es ist, der *sie* unterwirft. Wir beide, Ihr und ich, wissen, wie groß ihre Kraft ist. Erinnert Euch nur an den Soldaten, dessen Seelenteich sie zum Kochen brachte! Selbst Eurem Bruder fiel es schwer, es zu kühlen, dabei gehorcht ihm die Kälte Eurer Mutter, die aus den Eisebenen von Kantis stammte. Vielleicht spinnt sie ihrerseits ein Netz, um sich seine Magie zu unterwerfen.«

Tarind schnaubte. »Ich weiß, dass Ihr meinen Zwilling nicht mögt. Es ist nicht leicht, ihn zu mögen, denn er verachtet vieles, was Euch und mir wichtig ist. Zudem ist er aufbrausend und oft zu sehr von sich überzeugt. Doch er kennt seine Macht sehr genau. Wenn es so wäre, wie Ihr sagt, Gemahlin, glaubt Ihr nicht, dass er sich dessen bewusst wäre?«

Ireti senkte den Blick. »Es klingt plausibel, was Ihr sagt.« Sie schien noch etwas hinzufügen zu wollen, doch dann erhob sie sich mit einer geschmeidigen Bewegung. Die Seide ihres Gewands raschelte leise und trieb Tarind den schweren Duft von Nachtblumen entgegen. Sie hatte sich schon zum Gehen gewandt, da ergriff er wieder ihre Hand und zog sie auf seinen Schoß.

Sie sah ihn nicht an. »Ich weiß, was Euer Bruder Euch bedeutet«, murmelte sie. »Er ist noch an Eurer Seite, obwohl ich weiß, dass er Euch nicht guttut.«

Tarind schüttelte langsam den Kopf und verfiel in einen vertraulicheren Ton. »Ich müsste lügen, wenn ich sagte, dass mir der Gedanke nicht auch schon gekommen wäre, Ireti.«

Er zog ihren schlanken Körper enger an sich und atmete ihren Duft ein.

»Du weißt, dass ich dir vertraue. Das habe ich immer getan. Es hat mir nie geschadet. Ohne dich und deine Gaben wäre ich nicht, was ich jetzt bin. Sag mir, was ich tun soll.«

Seine Hand fuhr die Rundungen ihrer Hüften nach.

Ireti gestattete ihm die intime Berührung und ließ eine seiner langen Haarsträhnen durch die Finger gleiten. »Ich weiß, wie sehr es dich schmerzen muss zu wissen, dass dein Bruder, dein Zwilling, in die Fänge dieser Hexe gerät, mein König.«

Tarind schwieg zunächst.

Nach einer Weile sagte er: »Wenn du es für nötig hältst, könnte ich ihm befehlen, das Netz nicht enger zu ziehen.«

Ireti sah ihn forschend an. »Nein«, sagte sie dann. »Ich könnte nicht ertragen, die Chancen deines Sieges über den Zaranthen zu schmälern, indem ich dir zu so etwas riete. Ich kann nur noch einmal sagen, dass ich weiß, was du für deinen Bruder empfindest, und es tut mir weh, wenn ich gegen dieses Gefühl sprechen muss.«

Tarind runzelte die Stirn, distanzierte sich wieder etwas von ihr. »Was ratet Ihr mir, Herrin?«

»Misstraut ihm. Telarion tut, was sein Herz ihm eingibt. Noch bin ich sicher, dass er Euch ergeben ist, doch Euer Zwilling sollte wissen, dass Ihr auf ihn achtet, wie es einem Bruder geziemt. Zeigt ihm diese Sorge, und überlasst alles andere weiterhin mir, wie Ihr es bisher tatet.«

Tarind sah Ireti ins Gesicht. Aus ihren Augen sprach Angst um ihn.

»Es gereichte mir nie zum Nachteil, Euch meine Geschäfte zu überlassen, Herrin. Es wird geschehen, wie Ihr sagt.«

Ein sanftes Lächeln ließ ihr Gesicht erstrahlen. »Dann bin ich beruhigt, mein König.«

Sie neigte den Kopf zu ihm und berührte mit den Lippen seine Stirn. Dann stand sie auf und huschte lautlos aus dem *ethandin*.

Das Rumpeln stockte plötzlich, doch Sanara konnte nicht erkennen, was außerhalb des hölzernen Wagens vor sich ging. Sie versuchte, durch die winzige, vergitterte Öffnung in der Tür etwas zu erkennen, doch das weiche Band aus geflochtenen Goldfäden, das man ihr um die Fußgelenke gelegt hatte, behinderte sie. So war nur zu sehen, dass es draußen bereits dunkel war.

Schwerer Regen trommelte auf das hölzerne Dach des Wagens, doch wie jeden Abend öffnete sich schon bald die einzige Tür des aus robustem Mayalaholz gezimmerten Gefährts. Ein Halbelb stieg ein und kam vorsichtig näher, um ihre Fesseln zu lösen.

»Wie jeden Abend bittet der Heermeister um Eure Gesellschaft, Mendari Amadian.«

Sanara sah den Mann an. Er trug elbische Tracht, wie seine Soldatenkameraden hatte er die oberen Strähnen seines holzfarbenen Haars am Hinterkopf zusammengebunden. Die gelblichen Augen mit den länglichen Pupillen in dem blassen Gesicht wirkten auf Sanara im Zusammenspiel mit dieser Tracht seltsam. Es schien nicht zu passen.

Doch sie selbst würde kaum einen besseren Anblick bieten, auch ihr hatte man eine elbisch geschnittene Lederhose, eine neue Bluse und ein Lederwams gegeben, anstelle ihrer eigenen zerlumpten Kleidung, die sie als Schankmädchen getragen hatte. Selbst den *darstan* hatte man ihr genommen.

Eine Zofe der Königin, die den König auf diesem Heerzug begleitete, hatte ihr auf Befehl des Heermeisters sogar die Haare ausgekämmt. Nun fielen sie ihr zum ersten Mal, seit sie ein Kind war, offen und ungebunden über den Rücken, und jedes Mal, wenn der Fürst sie wieder zu sich rief, um weiter an seinem Netz zu weben, das ihre Magie der seinen unterwerfen sollte, glaubte Sanara, vor Scham sterben zu müssen. Selbst seine kurzgeschnittenen Haare wären besser gewesen als die Locken, die ihr nun bis zu ihrer Hüfte reichten und die immer erst aus dem Gesicht gestrichen werden mussten, bevor er sie berühren konnte.

Ohne hochgebundene Haare, die unter einem gewundenen

Tuch versteckt waren, fühlte Sanara sich fast noch schlechter, als hätte man sie gezwungen, keine Kleidung zu tragen. Ihre Kleidung war seit der Flucht aus dem Kloster immer zerfetzt oder unvollständig gewesen, deshalb war sie lüsterne Blicke gewohnt. Doch es war seit jeher Sitte, dass die Kinder Akusus im Gegensatz zu den Elben ihr Haar banden oder verdeckten, manche glaubten sogar, dass hochgebundene und geflochtene Haare die goldene Magie abzuwehren vermochten. Kein Mensch, der etwas auf sich hielt, trug daher offene Haare; einem Menschen, der es dennoch tat, war die Verachtung und der Abscheu aller anderen Kinder des Akusu sicher.

Aber genaugenommen war es Sanara gleichgültig, ob der Heermeister diesem Aberglauben anhing oder sie nur demütigen wollte. Wie Tarind es vorhergesagt hatte, war sie in den Augen ihres Volkes restlos erniedrigt und gedemütigt.

Der düstere Geist, der sie selbst hier, in diesem engen, unbequemen Gefährt bei jeder Gelegenheit heimsuchte, ließ nicht zu, dass sie vergaß, wie wenig der Fürst von ihr, der Tochter des Siwanon, hielt. Wieder und wieder lachte das Gespenst sie aus, quälte sie, erinnerte sie daran, dass die Bilder, die er sich aus ihrem Geist holte und die alles waren, was sie in diesem Sklavendasein noch hatte, nichts weiter waren als Hirngespinste. Selbst Ronan, der zwar seltener als in Bathkor, aber dennoch hin und wieder auftauchte, wenn der Heermeister sie tief in der Nacht zurück in ihr Gefängnis schickte, konnte die Bilder nicht allzu lange vertreiben.

Der Halbelb beugte sich nun vor ihr herab und schob vorsichtig ihren Haarvorhang beiseite, um das Band um ihre Knöchel zu lösen, sodass sie gehen konnte. Sie straffte sich und gab sich Mühe, nicht zu den Knöcheln zu greifen und die Gelenke zu massieren, die sich an dem Band wundgerieben hatten.

Der Halbelb kletterte aus dem Wagen und wartete draußen auf sie. »Nun, Mendari?«

Sie rührte sich nicht. »Was, wenn ich nicht komme?«

Die Brauen über den gelben Augen hoben sich. »Ihr seid nicht bei Kräften. Sicher wollt ihr vermeiden, mit einer Brandnarbe im Gesicht vor dem Fürsten zu erscheinen«, sagte er und spielte damit auf die Feuerkraft an, die er offenbar besaß.

Statt einer Antwort wandte Sanara sich ab und zog sich ein paar der zerlumpten Decken, die das Rumpeln des Wagens etwas mildern sollten, über den Körper.

Einen Augenblick später wurde sie grob am Handgelenk gepackt und aus dem Wagen gerissen, dann stellte man sie mit elbischer Muskelkraft auf die Beine. Sie biss die Zähne zusammen, als sich Finger tief in ihren Oberarm gruben. Im nächsten Moment brannten die Druckmale wie flüssiges Feuer. Flammen, die Sanara nicht abwehren konnte, weil sie sich wie frische Wurzeln einer Pflanze in ihr Fleisch zu graben schienen.

»Ich werde dem Heermeister gehorchen«, zischte es in ihr Ohr. »Und er befahl mir, Euch zu ihm zu bringen.«

Dann zerrte er sie mit sich.

Sanara sah nicht mehr auf. Sie kannte die Umgebung, denn bereits einen Zehntag war das Heer des Königs der Elben unterwegs. Sie befanden sich jetzt in den Bergwäldern des südlichen Loranon-Gebirges, und wie bisher jeden Abend, regnete es. Es schien, als wolle der Himmel hier ausgleichen, was er in diesem heißen und trockenen Frühjahr in Bandothi versäumt hatte.

Sanara reiste in einem Wagen, wie ihn Daris des niederen Adels bisweilen benutzten; er war klein, stickig, verbarg aber die Insassin züchtig vor den Blicken der Soldaten. Die Tür des Wagens hatte man verstärkt. Pferde zogen ihn, während die Wagen der elbischen Adligen oft getragen wurden. Einerseits war Sanara froh, dass sie so vor den halbtropischen Pflanzen geschützt war und nicht, wie die Menschen, die den Heerzug begleiteten, zu Fuß unter den riesenhaften Blättern und dem freien, regnerischen Himmel marschieren musste.

Und obschon sie abends froh war, wenn sich die Tür des rollenden Verschlags öffnete und der Halbmensch und Feuermagier sie holte, um sie in das Zelt des Heermeisters zu bringen, so verabscheute sie dennoch den Weg dorthin. Ein Weg, bei dem sie immer wieder an Elben und auch Menschen vorbeimusste, die sie mit ihren geringschätzigen Blicken verfolgten; die einen, weil sie die Magie der Dunkelmagierin verachteten, die anderen, weil das Gerücht, eine Amadian helfe den Norandar-Brüdern, bereits die Runde machte.

Eine kleine Weile später wurde eine bestickte Decke zurückgeschlagen, die den Eingang von einem der größeren *ethandin* des provisorischen Lagers verdeckte. Kalte, feuchte Luft schlug Sanara entgegen, geschwängert von den Gerüchen nach Baumharz und frisch geschlagenem Holz.

Unwillkürlich blieb sie auf der Schwelle stehen. Angst erwachte in ihrem Inneren. Doch sie durfte nicht lange stehen bleiben, der elbische Feuermagier führte sie tiefer in die Schatten, drückte sie auf einen Schemel und band ihre Hände an einen der Pfähle, die das *ethandin* stützten.

Sanara schloss die Augen und richtete, wie Ronan es ihr gezeigt hatte, den Blick auf ihre innere Flamme.

Sie sah nicht auf, als der Heermeister den halbelbischen Hauptmann mit einem Nicken fortschickte und sich vor ihr auf einem Hocker niederließ.

Das Netz aus grüner Luft, das sie umgab, war mittlerweile dünn, aber fest. Sanara fehlte die Kraft, die sie in Bathkor von Ronan erhalten hatte. Sie fragte sich, wann der Musikant sein Versprechen einlösen würde und wie lange sie noch jeden Abend die Tortur überstehen konnte, mit der der Heermeister sie zu bezwingen versuchte.

Allabendlich knüpfte der Fürst weiter an dem Netz, das ihre Magie unter seine Herrschaft zwingen würde, bis sie schließlich ihre Feuermagie auf ein Wort von ihm oder Tarind würde freilassen oder in sich verschließen müssen. Der Gedanke daran brachte sie beinahe um. Was für eine Schande!

Aber etwas in ihrem Inneren, etwas, das eng mit den Bildern von dem Erlebnis in Ys' Heiligtum verbunden war, sehnte den

Zwilling des Königs geradezu mit Inbrunst herbei. Ihre Erinnerungen an ihre Begegnung waren nicht verblasst, im Gegenteil, jedes dieser Treffen, zu denen der Fürst sie kommen ließ, schien ihre Leidenschaft für ihn nur noch zu schüren. Er berührte sie, und der kühlende, duftende Weihrauch, den er in sie schickte und der ihrem flammenden Wesen so fremd war, war angenehm und löschte alle Unruhe, bis ihr bewusst wurde, dass sie sich zu wehren hatte. Seine Magie war anders und durfte nicht von ihr Besitz ergreifen.

Es war eine Qual, dieses Fremde in ihr, das er jeden Abend aufs Neue weckte, zu lieben und zu wissen, dass es keine Hoffnung gab, diese Liebe könnte je in Erfüllung gehen. Stattdessen musste sie sich ihrer sogar schämen. Es schien grundfalsch, ein Verstoß gegen alles, was Ys je geschaffen hatte.

Sie hatte keine Ahnung, wie lange es diesmal dauerte, bis Telarion Norandar schließlich von ihr abließ.

Als die scharfe Kälte aus ihr verschwand und diese unangenehme Leere in ihr zurückließ, bedauerte Sanara das für einen Moment. Dann bemerkte sie, dass seine Finger nach wie vor auf ihrer Wange und ihrer Schläfe lagen und nicht losließen.

Einen Augenblick rührte sie sich nicht, dann schlug sie die Augen auf. Sein Blick lag auf ihr, diesmal ganz ohne den Hass und den Abscheu, der sich sonst darin zeigte, sondern vielmehr verwundert über das, was er in der Hand hatte.

Sanara hielt den Atem an. Sie genoss die Berührung und musste sich zusammennehmen, um ihre Wange nicht in seine Hand zu schmiegen. Sie wusste, dieser Augenblick würde nicht lange anhalten, und doch wünschte sie sich, er hätte ewig gedauert.

»Mein Fürst?«

Sanara zuckte zusammen. Auch der Heermeister sprang erschrocken auf, als die Stimme seines Hauptmanns aus den Schatten des *ethandin* erklang. Er ballte die Hand, die an ihrem Gesicht gelegen hatte, zur Faust – als habe sie etwas Verbotenes berührt.

Dann schälte sich im blassen Licht der goldenen Laternen das

Gesicht des Gomaran von Malebe aus dem Halbdunkel. »Mendaron Norandar, Euer Bruder wünscht, dass Ihr zu ihm kommt und die Abendmahlzeit mit ihm, seiner Gemahlin und seinen Generälen einnehmt.«

Telarion warf Sanara noch einen letzten Blick zu, der von seiner Verwirrung zeugte, dann wandte er sich endgültig ab und Gomaran zu. Der Hauptmann schenkte ihr keine Beachtung.

»Ich bin noch nicht fertig mit dieser hier«, sagte der Heermeister und zog sich eine weite Jacke über das Hemd. Seiner Stimme war nichts von der Zärtlichkeit anzuhören, die Sanara noch vor wenigen Augenblicken zu spüren geglaubt hatte. »Ich vertraue sie dir an.«

Gomaran nickte. »Ihr könnt Euch darauf verlassen, dass sich ihr niemand nähert.« Er begleitete seinen Ziehbruder bis zum Ausgang, dort ließ er sich nieder.

Erschöpft und enttäuscht, dass Gomaran den Moment mit dem Fürsten unterbrochen hatte, presste Sanara das Gesicht an die glatte Zeltstange, an die sie gebunden war. Fast wünschte sie, der Fürst hätte befohlen, sie wieder in den Wagen zu bringen, damit sie richtig schlafen konnte. Sie schloss die Augen und versuchte, die Sehnsucht nach Telarions Nähe zu unterdrücken.

Sie war fast eingeschlafen, als Töne ihr Ohr erreichten.

Jemand spielte Flöte. Eine lange, getragene Melodie, die ohne Refrain, ohne Strophen auszukommen schien, wie es sonst die Lieder der Elben auszeichnete.

Sie wusste sofort, wer es war: Ronan. Sie sah auf und versuchte, aus dem Eingang des Zelts hinauszusehen. Doch es war bereits zu dunkel. Das dichte Laubwerk des Bergwaldes und die düsteren Regenwolken darüber ließen das Licht der Zwillingsmonde nicht bis auf den Waldboden. Die einzige Beleuchtung im Lager waren die düsteren Laternen der Elben, die ein sternenartiges Licht verbreiteten, sodass keine Feuer entzündet werden mussten. Sanara versuchte, in dem kleinen Fleck Wald vor dem *ethandin* zu erkennen, ob Ronan in der Nähe saß. Dabei war sie immer bemüht, nicht die Aufmerksamkeit des Hauptmanns auf sich zu ziehen.

Das Lied hatte Passagen, die so leise waren, dass Sanara sie kaum hören konnte, dann wieder meinte sie, Funken zu sehen, die durch die zunehmende Dämmerung schwebten und nach ihr suchten.

Sie erschrak. Der Hauptmann würde diese Lichter sehen, auch wenn sie noch so klein waren. Sie würden sie verraten! Sie überlegte fieberhaft, was sie tun konnte, wollte aufstehen und hätte dabei beinahe den kleinen Schemel umgeworfen, auf dem sie saß.

Doch Gomaran rührte sich nicht. Es schien, als sei er eingeschlafen. Keiner der Soldaten, die um die Zelte der Generäle und des Königs ihren Dienst versahen und sonst bei Einbruch der Nacht sehr geschäftig wurden, ließ sich blicken.

Sanara begriff schließlich, dass sie nicht in der Lage waren, die Melodie zu hören. Es war eines der Lieder, die Akusu die Menschen während der dritten Schlacht zwischen Elben und Menschen gelehrt hatte, um seinen Kindern eine Waffe gegen das Volk seines Zwillings zu geben.

Der Funkenflug wurde stärker. Die winzigen Lichter schimmerten rot und dunkel, mal heller, mal dunkler, sie sammelten sich bei ihr und umhüllten sie schließlich. Hitze ging von ihnen aus, die Sanara wärmte wie ein loderndes Feuer.

Plötzlich spürte sie, wie jemand an ihren Fesseln zerrte. Einen Augenblick schien es, als würde ihre Kälte in ihre Haut schneiden, dann fielen sie ab. Auch das Band um ihren Hals wurde gelöst.

So lose die Goldfäden gesessen haben mochten, nun war es, als fließe auf einmal wieder ungehindert das Blut durch Sanaras Körper und trage die Wärme, die von den Funken ausging, in die kleinste Faser hinein.

Als sie sich erstaunt umwandte, erstarrte sie. Ein dunkelhäutiger Mann stand vor ihr. Er war ebenfalls von Funken umhüllt und sah auf sie herab. Ein Mensch, von roten und dunklen Funken umgeben wie sie.

War das Ronan?

»Folge mir«, sagte er hastig und ohne sich vorzustellen. Dann wandte er sich um und tauchte in einen Erdspalt, der sich unter der hinteren Zeltbahn herwand und der vorher nicht dagewesen war.

Sanara erhob sich, doch sie zögerte. Die Silhouette des Hauptmanns im Zelteingang bewegte sich nicht. Es schien, als sei er eingeschlafen. Vielleicht hörte er auch tatsächlich weder die beständig spielende Flöte noch die drängenden Worte des Mannes, der nun aus dem engen Spalt aufsah.

»Du darfst nicht zögern!«, sagte er. »Komm, wenn du die Freiheit willst!«

Sanara schob die Zweifel in sich beiseite und trat ins Dunkel des Tunnels. Kaum hatte sie sich unter der Zeltbahn aus gewebten Rindenfasern hindurch geduckt, rieselten Steinchen, Erdbrocken und Wurzelreste auf sie herab.

Die Erde schloss sich über ihr.

Sinan sah sich in seiner Schmiede um. Im Dunkel der Nacht, das nur von den Sternen erhellt wurde – die Zwillingsmonde waren durch einen zartgoldenen Streifen über den Wipfeln der schlanken Abistabäume zu erahnen und würden erst noch aufgehen – erwachte das Lager nun langsam zum Leben.

Er hatte früher am Abend gesehen, dass man seine Schwester ins *ethandin* des Heermeisters geführt hatte. Sie trug die Reisekleidung eines Knappen der Elben, die Haare fielen ihr nach elbischer Sitte glatt gekämmt und ungebunden den Rücken hinab. Selbst er hatte seine Schwester seit der Zeit im Kloster nie ohne *darstan* gesehen.

Auch wenn Sinan wusste, dass es angesichts ihrer geplanten Flucht das Klügste war, was sie hatte tun können, erfüllte ihn ihr Anblick mit Bitterkeit. Es hätte ihr eine Schande sein müssen, dass man sie so sah, eine Schande, wie für ihn, zu sehen, dass seine Schwester nun offenbar endgültig auf die Seite der Elben gewechselt war. Und doch tat sie nichts. Wie einst der Vater, den sie immer in Schutz genommen und verteidigt hatte, setzte sie ihre Gabe nicht ein, über die Nebel der Jenseitigen Leere auf die Seelen der Feinde ihres Hauses zuzugreifen und sie zu vernichten.

Er sah sich wieder um. Bald würde er die Schmiede verlassen. Schon jetzt tat es ihm leid um sein Werkzeug, das er damals aus dem Kloster mitgenommen und durch jede Schlacht und alle Fährnisse gebracht hatte.

Nur den Sickenhammer, den er vom Ältesten des Abend-Klosters zur Weihe bekommen hatte und von dem es hieß, er sei einst von Vakaran selbst geschmiedet worden, würde er mitnehmen.

Er wog den zierlichen und dennoch schweren Hammer in der Hand. Die runden Finnen glänzten im Sternenlicht silbrig und ließen die uralten Runen darauf und auf dem Hammerkopf selbst beinahe verschwinden.

Er steckte das kostbare Werkzeug in den Gürtel. Er hatte es erst vorhin benutzt, um ein goldenes Stichblatt mit magischen Zeichen zu versehen, bevor er das Blatt und das Heft an die geschmiedete und polierte Klinge montiert hatte.

Nun lag das fast fertige *daikon* für den Heermeister auf seinem Amboss. Eine Klinge, in die Sinan all seine Kunst und seinen Stolz gesteckt hatte. Nur wenige Runen fehlten noch darauf, dennoch würde er es so bald nicht fertigstellen können.

Fast bedauerte er, dass er nun nicht sehen konnte, wie es der Heermeister in Empfang nahm. Er hätte zu gerne gewusst, ob der Zwilling jenes Mannes, der seinen Vater getötet hatte, auch dieses *daikon* mit der Ehrerbietung betrachtet hätte, die er dem Erbstück des Vakaran entgegengebracht hatte.

Doch er würde nicht mehr hier sein, wenn Telarion Norandar herausfand, dass die Feuermagierin, die er in seiner Gewalt hatte, geflohen war. Nicht einen Tag, nicht eine Stunde länger würde er im Sklavendienst dieses herrischen Elben bleiben, der noch besser als sein Bruder zu wissen glaubte, was die Schöpfergeister für die Welt geplant hatten.

Sinan sah auf den Zeltplatz hinaus. Die Elben, die die letzte Stunde des Tages mieden, hätten langsam erwachen müssen, doch nichts rührte sich. Dann sah er es: winzige Lichter, blassrote Funken nur, die von der Westseite des Platzes hinüber zum Osten schwebten und dabei verschlungene Muster bildeten, sich auflösten und wieder neu entstanden. Sie schienen zu tanzen und jedes Lebewesen, das sie fanden, zu begrüßen.

Erst als die Funken auch ihn erreichten und um ihn herumwirbelten, hörte er, dass es sichtbar gewordene Musik war.

Ronan gab das Zeichen.

Sinan tastete nach seinem Hammer, griff nach dem Wasserschlauch, band ihn sich auf den Rücken und warf den Beutel mit Decke, Proviant und einem Messer über die Schulter. Dann nahm er die Scheide, die er aus Holz geschnitzt hatte und in der das fast fertige *daikon* steckte.

Auf dem Zeltplatz blieb es still. Trotz der Dunkelheit war zu sehen, dass die Elben, die vor dem *ethandin* des Heermeisters und den anderen Zelten Posten bezogen hatten, weiterhin wachsam blieben und doch weder die Funken der Melodie sahen noch hörten. So wie das Licht des Liedes Sinan Mut und Zuversicht zu schenken schien, nahm es den Elben die geschärften Sinne und schläferte den Verstand ein.

Sinan sah sich noch einmal um, verabschiedete sich still von seiner Schmiede und verschwand, begleitet von den Funken, im Wald. In den vergangenen Tagen war er den Weg zum Treffpunkt so oft gegangen, dass er ihn auch mit geschlossenen Augen gefunden hätte.

An einem der wenigen Lokantabäume, die sich hier befanden, machte er Halt und verbarg sich in den Gezalbüschen, die sich zwischen den Wurzeln angesiedelt hatten. Als er den Kopf hob, sah er in der Entfernung von etwa einem Dutzend Klaftern silbrig goldene Laternen durch das Gestrüpp schimmern.

Das Heerlager.

Es dauerte nicht lange, dann vibrierte die Erde unter ihm. Doch es war kein Erdbeben, es dröhnte nicht. Nur ein leises Scharren war zu hören, das schließlich zu schwerem Atem wurde. Ein weißes Gebiss erschien im Dunkeln.

Es war Mojisola, der aus der Finsternis kam und ihn anlächelte.

Einen Augenblick später stieg Sinan der frische Duft süßer Obstblüten in die Nase. Bevor er überlegen konnte, hing ihm eine junge Frau am Hals.

»Sinan!«, stieß seine Schwester aus. Sie umklammerte ihn, als habe sie etwas Verlorenes wiedergefunden.

Seine kleine Schwester. Für einen Augenblick war Sinan davon überwältigt, Sanara nach so langer Zeit wieder im Arm zu halten. Vielleicht hatte er unrecht gehabt. Wie konnte er nur schlecht von ihr denken! Er drückte sie kurz.

»Du hast … Ich bin so froh, dass du dem Vogt seine Lügen nicht geglaubt hast!«

Die Lügen des Vogts. Sinan wurde sich bewusst, dass sie nach wie vor gekleidet und frisiert war wie eine Elbin. Der Vogt hatte nicht gelogen. Vorsichtig, aber doch entschieden, befreite Sinan sich aus den Armen, die ihn umschlungen hielten. Er schob seine Schwester von sich fort und ließ sie los.

Verwirrt sah sie ihn an.

»Du sprichst von Lügen? Sieh dich an«, sagte er. Er griff in ihre lose fallenden Locken, die ihr fast bis zur Hüfte reichten, und ließ sie so plötzlich wieder los, als handele es sich um giftige Raqortriebe.

Dann kam ihm ein Gedanke. Er hob die Hand und schob mit einem energischen Griff den Kragen ihrer Bluse beiseite. Er schnaubte, als er auf ihr Hauszeichen sah; die Sonnenechse, die sich auf dem runden Diamanten mit dem Achtfachschliff zusammenrollte.

Sanara folgte seinem Blick – und erschrak offenbar.

Wer dem Haus des Siwanon angehörte, dessen Echse besaß

Schuppen, die in jeder Schattierung von orange, gelb und hier und da rot leuchteten, um Akusu, das Haus Amadian und auch die Rote Sonne zu ehren. Doch nun war trotz der beinahe vollständigen Dunkelheit des Waldes und der roten Funken, die sie alle umwirbelten, zu sehen, dass die Flanken des Tiers auf Sanaras Brust in Grün und Silber schimmerten. Nur noch auf dem Rücken trug die Echse die gelbrote Färbung.

»Eine Amadian, die das Grün für Kälte und Luft in ihrem Hauszeichen trägt!«, sagte Sinan und musste seinen Zorn mühsam beherrschen. »Ich gestehe, ich hatte bisher noch die Hoffnung, dass, was ich hörte, falsch sei. Du bist meine kleine Schwester!« Er holte Luft. »Doch jetzt glaube ich, wenn Akusu dich gezeichnet hätte, bevor Tarind die Unseren dahinschlachtete, dann wären die dunklen Flammen auf deinem Arm nun auch grün. – Doch wie dem auch sei, das wirst du auf den Jenseitigen Ebenen vor unseren Ahnen rechtfertigen müssen.«

Sanara starrte ihn an. Sie war unendlich verletzt, das war unübersehbar, und doch schwieg sie.

»Lass es gut sein, Sinan«, unterbrach ihn der dunkle Mann, der sie geholt hatte. »Wenn es so ist, wie Ronan sagt, dann ergibt das vielleicht einen Sinn, den wir beide – und auch sie! – noch nicht verstehen.«

»Ich kann mir die Welt nicht so schönreden, Mojisola!«, stieß Sinan bitter hervor. »Dieser verfluchte Elb versucht, auch die letzte Bastion der Freiheit zu vernichten, und ich soll Hurra schreien, wenn meine Schwester ihn dabei unterstützt?«

»Das würde ich nie tun!«, stieß Sanara aufgebracht hervor. »Nie! Lieber hätte ich mich selbst getötet, als Tarind meine Kraft zu überlassen, das musst du wissen!«

»Deshalb hast du wohl seinem hochmütigen Zwilling gestattet, dich mit seiner Magie zu zeichnen«, gab Sinan kühl zurück.

Sanara fuhr zurück, als habe er sie geschlagen. Doch wieder schwieg sie und sah ihn an, als wisse sie um die Schuld, die sie sich aufgeladen hatte.

Sinan nickte langsam, ohne den Blick von ihr zu nehmen. »Du schweigst«, sagte er leise und schluckte. Er musste die Tränen zurückhalten und spürte voller Traurigkeit, wie auch der letzte Funke des Vertrauens, das zwischen ihnen immer so stark gewesen war, erlosch. »Mir wäre es lieber gewesen, du hättest wenigstens versucht, mir diese Idee auszureden.«

Er sah sie aufmerksam an, doch sie schwieg auch weiter.

»Hast du wirklich nichts zu sagen, Schwester?« Das Wort klang, als habe Sinan Essig auf der Zunge. »Es wäre kein Wunder. Unser Vater ergab sich dem einen Zwilling, und du, seine Tochter, dem anderen. Dein Zeichen und deine Haartracht beweisen es, ja, sogar deine Augen sind nicht mehr bernsteinfarben, sondern haben grüne Flecken bekommen. Wusstest du das? Das sieht man sogar durch die Funken hindurch.«

»Was könnte ich dir denn sagen, das du mir glauben würdest?«, flüsterte sie schließlich.

Stille breitete sich auf der kleinen Lichtung aus. Mojisola blieb ganz ruhig. Er sah keines der Geschwister an. Sinan wusste, dass er sich einiges aus dem zusammenreimen würde, was Sinan ihm gesagt hatte. Aber auch der dunkelhäutige Schmied würde die Trauer nicht erfassen können, die er empfand.

»Ich glaube nicht, dass du etwas sagen könntest, das ihn überzeugt«, erklang nun eine ruhige Stimme in die Stille hinein. »Obwohl es für mich beweist, dass du diejenige bist, die das Siegel bergen wird. Wir sollten gehen. Niemand hat euch bisher bemerkt. Das sollte auch so bleiben.«

Ronan war zwischen den Stämmen aufgetaucht. Er näherte sich eilig und bemühte sich, dabei so wenig Geräusche wie möglich zu machen. »Mein Flötenspiel hat sie betäubt, doch spätestens, wenn der Heermeister von seiner Abendmahlzeit zurückkehrt, werden sie entdecken, dass Sanara fort ist. Ich werde noch eine Weile weiterspielen, ich denke, das kann euch und auch uns schützen. Doch wir müssen gehen.«

Mojisola nickte Sinan zu und legte ihm die Hand auf die Schulter. Es war das Beste, was er tun konnte, und doch tröstete es Sinan nicht. Ihm war, als sei Sanara soeben gestorben. »Lass uns aufbrechen. Nach Süden.« Er drehte sich um und verschwand in den Büschen.

Sinan nickte und wandte sich ab, ohne Sanara noch einmal anzusehen.

»Sinan!«

Er blieb stehen, drehte sich aber nicht zu ihr um. Kein Blick zurück.

»Wohin … wohin gehst du nun?«

»Ich werde nach Solife gehen und mit dem Zaranthen gegen Tarind und sein Heer kämpfen«, sagte er. »Mein Vater war der höchste unter den Menschen, wie man sagt. Ich werde diesem Erbe gerecht werden. *Ich* werde nicht zusehen, wie das Volk Akusus untergeht.«

»Das werden wir auch nicht«, sagte Ronan.

Jetzt wandte Sinan sich doch noch einmal um.

»Ich glaube nicht, dass es das Siegel gibt oder dass seine Existenz oder Vernichtung etwas auf dieser Welt bewirken können. Doch für den Fall, dass Ronan recht hat und du die bist, die es finden wird, werde ich mich wieder daran erinnern, dass ich einmal eine Schwester hatte. Bis dahin bin ich das einzige Kind meines Vaters.«

Sanara war bleich geworden wie der Tod – wie dieser Elb, dessen Farben sie trug, dachte Sinan – und erwiderte nichts.

Es war Ronan, der antwortete. »Wenn ihr euch wieder begegnet, wirst du wissen, dass ich recht habe. Sie hat dich und dein Haus nicht verraten.«

Sinan bedachte erst Ronan, dann seine Schwester mit einem langen Blick. »Das hoffe ich für dich und alle, die an diese Legende glauben. Wenn die Armeen aufeinandertreffen, würde ich ungern gegen euch antreten. Wir sind dem gleichen Schoß entsprungen, doch ich schwöre hier und jetzt, Sanara Amadian, die du einmal mein Fleisch und Blut warst, dass ich dich töten werde, wenn ich sehe, dass du diesem Elb, der unser Haus auslöschte und es der Schande preisgab, deine Kraft gegeben und dich mit ihm verbündet hast.«

Damit wandte er sich endgültig ab.

Er hatte die Brücken zwischen ihnen abgebrochen. Jetzt war er allein.

Und doch fühlte er sich freier als jemals zuvor.

Irgendetwas war nicht in Ordnung.

Es war wie eine Störung in Telarions magischer Essenz. Besorgt sah er zu seinem Bruder hinüber, der sich angeregt mit seiner Königin, einem General und seinem Ziehbruder Iram unterhielt. Nichts wies darauf hin, dass etwas nicht in Ordnung war.

Telarion konzentrierte sich, doch auch auf der Ebene, auf der er die inneren Magien jedes der Anwesenden wahrnehmen konnte, war nichts Außergewöhnliches zu erkennen. Sein Bruder, der König, war ein blauer Fleck, der goldenen Regen in sich trug. Der General besaß das helle und wellige Blau der Nisan vom Östlichen Meer. In Iram Landarias waberte das dunkle Grün des Laubs von Qentarbäumen.

Vielleicht lag es daran, dass die Königin anwesend war. Wie so oft bekam Telarion von ihr kein klares Seelenbild. Sie war dunkelblau wie ein tiefer, aber stiller See. Telarion hatte schon häufiger gemerkt, dass Ireti Landarias ihm Unbehagen verursachte. Bisher hatte er immer gedacht, der Grund sei, dass er mit seiner Schwägerin nicht sonderlich gut auskam.

Er hielt sich demzufolge fern von ihr, doch ihr Entschluss, am Feldzug gegen den Zaranthen teilzunehmen – und der Entscheidung seines Bruders, ihr das zu gestatten –, sorgte für häufigere und nähere Begegnungen, als ihm lieb sein konnte.

Und doch war etwas anders als sonst. Er schloss die Augen und horchte in sich hinein.

Der Luftwirbel in seinem Inneren war in Aufruhr.

Seitdem die Tochter des Siwanon ihn mit ihrer Magie vergiftet hatte, war es nicht so schlimm gewesen. Die Hitze, die er seitdem spürte und an die er sich im letzten Zehntag langsam gewöhnt hatte, ließ mit einem Mal nach. Kälte strich um ihn, ein Gefühl, das ihn erschreckte und das er nicht kannte. Es war, als ziehe jemand die Wärme, die die Dunkelmagierin in ihn gepflanzt hatte, langsam ab.

Es war wider Erwarten ein unangenehmes Gefühl. Er dachte daran, dass Vanar seinen Kindern in der ersten Schlacht mit den Menschen die Gabe verliehen hatte, dem dunklen Volk die Lebenskraft zu entziehen, und wusste nun, dass er liebend gern darauf verzichtet hätte, zu erfahren, wie sich das anfühlte.

Unruhe erfasste ihn, als er daran dachte, dass er Gomaran mit der Tochter des Siwanon allein gelassen hatte.

Er stand auf, murmelte eine Entschuldigung und wollte das Zelt trotz der vorwurfsvollen Blicke der Königin und des enttäuschten Tarinds verlassen – als Gomaran von Malebe hereingestürmt kam.

»Mein Fürst!«

Telarion packte seinen Ziehbruder an der Schulter und riss ihn herum. Kurz blickte er in Gomarans Gesicht und in sein Inneres. Der Baum, aus dem Gomarans Magie bestand, war düster; es schien, als schimmere seine Rinde an ein paar Stellen rötlich gelb, so als habe jemand versucht, den Stamm anzuzünden.

»Sie ist fort«, wisperte Gomaran.

Telarion fuhr zurück. Ihm kamen nicht eine Sekunde Zweifel daran, dass Gomaran von der Tochter des Siwanon sprach. Sein Milchbruder kleidete nur in Worte, was Telarion befürchtet hatte.

»Nun, Bruder?«

Der König war aufgestanden. Es war still geworden. Die Generäle, die der König zum Abendmahl geladen hatte, unterbrachen die Gespräche. Die Königin, die neben Tarind saß, sah Telarion mit großen, zornigen Augen an, doch sie schwieg.

Telarion musste sich räuspern, bevor er mit fester Stimme wiederholte, was Gomaran ihm gesagt hatte. »Die Tochter des Siwanon Amadian ist verschwunden, mein König.«

Die Gäste begannen, durcheinander zu sprechen. Jeder von ihnen wusste, dass die Tochter des höchsten der Menschen eine Waffe war, auf die Tarind gesetzt hatte. Die meisten Feuermagier, die auf der Seite des Königs kämpften, waren zu schwach, um in der Wüste von wirklichem Vorteil zu sein. Und die Tochter des Siwanon war nach allem, was man gehört hatte, zudem noch eine Seelenherrin. Sie würde das Feuer direkt in das Herz des Zaranthen tragen können, wenn man ihre Magie nur gründlich genug unterwarf.

Und nun war sie fort?

Telarion klatschte ungeduldig in die Hände und bedeutete seinen Generälen zu schweigen. Er wartete nicht ab, dass man seinem Befehl Folge leistete, sondern wandte sich wieder an Gomaran.

»Wie konnte sie entkommen?«

Gomaran sah unruhig in die Runde, dann zu seinem Ziehbruder. »Mein Fürst, ich kann es Euch nicht sagen. Sie kam nicht an mir vorbei, auch nicht an den Soldaten, die hinter dem Zelt Wache hielten. Und doch fand ich soeben nur ihre Fesseln an dem Pfahl, an den wir sie gebunden hatten.«

Telarion ballte die Hände zu Fäusten. Die Gefangene hatte sich in seiner Obhut befunden, als sie entkommen war. Er rief sich die letzte Sitzung mit ihr ins Gedächtnis. Wieder hatte er damit Erfolg gehabt, das Netz um ihre Magie herum dichter zu weben. Es war nun eng genug gewesen, und zufrieden hatte er sich für einen Augenblick dem Gefühl hingegeben, ihr dunkles Feuer bald unter seiner Kontrolle zu haben.

Doch dieser Moment des Triumphes war auch eine Niederlage gewesen. Seine Konzentration hatte in seiner Genugtuung nachgelassen und für einen Augenblick hatte er sie wieder so gesehen wie damals in der Folterkammer des Verlieses in Bathkor, als Inbegriff der Anmut. Ihr Feuer war Leben und brachte Freude, und so war Freude darüber, etwas so Kostbares berühren zu dürfen, in ihm aufgestiegen.

Er hatte sie kaum loslassen können, bis Gomaran ihn zu seinem Bruder rief. Er fühlte Trauer bei dem Gedanken, dass sich diese Schönheit nun von ihm entfernte. Dann wurde die Trauer zu Zorn. Zorn, dass sie ihn wieder betrogen hatte, Zorn, dass sie sich erneut gegen ihn gewandt und seiner Magie, die sonst so unfehlbar war, entzogen hatte.

Und nun legte Gomaran Telarion die goldenen Bänder in die Hand. Sie waren glatt durchgeschnitten, nicht zerrissen oder verbrannt. Man hatte ihr also geholfen. Kurz tastete der Heermeister an seiner Schärpe entlang und stellte erleichtert fest, dass der *qasarag* noch dort war. Sie hatte ihn also nicht gestohlen.

»Ich bin sicher, dich trifft keine Schuld«, sagte Telarion zu seinem Hauptmann. »Geh zurück in mein *ethandin* und untersuche den Boden genau. Und dann geh diesen Schmied holen, der mein *daikon* machen sollte. Er sagte, dass er die Erde nicht beherrscht, aber was, wenn doch? Vielleicht hat er ihr bei der Flucht geholfen und wir haben dem Falschen vertraut.«

Gomaran sah ihn an und nickte. »Ich werde tun, was Ihr sagt, mein Fürst.« Er wandte sich um und ging.

Telarion holte Luft und wandte sich den anderen zu. Es war immer noch still. Sein Bruder betrachtete ihn nachdenklich über die Köpfe der Anwesenden hinweg. Iretis Miene war nicht zu deuten.

»Nun, Bruder?«, fragte der König erneut.

»Die Tochter des Siwanon konnte fliehen«, erwiderte Telarion, so ruhig er konnte.

In Wahrheit brauchte er alle Kraft, um sich zu beherrschen. Das Feuer, das sie in ihm hinterlassen hatte, loderte auf, und er musste erneut die Fingernägel in die Handflächen graben, um nicht den Tisch umzuwerfen.

»Hast du sie nicht gefesselt?«, fragte Tarind scharf. »Aber wahrscheinlich warst du wieder zu freundlich. Du lässt deinen Sklaven an einer zu langen Leine, Bruder!«

»Ich bin mir dessen bewusst«, gab Telarion zurück. Sein Bruder hatte einen Ton angeschlagen, der ihm zutiefst missfiel. »Und natürlich fesselte ich sie. Mehrfach, wie Ihr seht, Bruder!« Er hob die losen Bänder, die Gomaran ihm gegeben hatte.

»Sie sind zerschnitten! Wie könnte das jemand tun, der die Goldmagie nicht beherrscht?«, hörte Telarion jetzt Iram fragen.

Er fuhr herum. »Mir gefällt nicht, was Ihr andeutet, Fürst!«, sagte er laut. »Ich saß Euch gegenüber und habe das Zelt nicht verlassen!« Er atmete tief durch, als er Irams spöttischen Gesichtsausdruck bemerkte, wollte sich vom Ziehbruder seines Zwillings nicht aus der Fassung bringen lassen. »Ich bin sicher, dass ihr jemand half, mein König«, sagte er dann wieder ruhiger.

»Ein Kind des Akusu? Hier, in meinem Heerlager?«, stieß Tarind hervor. Plötzlich nahm er den Weinbecher, der vor ihm auf dem Tisch stand und warf ihn mit einem lauten Schrei durch das Zelt. Der aus hauchdünnem Marmor geschliffene Becher prallte gegen den Baumstamm, um den herum das *ethandin* aufgebaut war, und zerschellte.

»Wir hatten die Waffe, die diesen Krieg hätte entscheiden können!«, schrie Tarind wütend. »Und mein eigener Bruder lässt sie entkommen!«

Ireti versuchte, ihn zu beruhigen. »Wer könnte hier im Lager einer Kraft widerstehen, wie Euer Bruder sie besitzt, mein König?« Sie warf Telarion einen Blick zu, der ebenfalls zornig wirkte, auch wenn Telarion eher vermutete, dass sie es, um ihrem Gemahl zu gefallen, vortäuschte. Sie legte eine blasse Hand auf Tarinds Arm.

Telarion zauderte. Er setzte ein paar Mal an, bevor er über die Lippen brachte, was er seinem Zwilling bisher verschwiegen hatte. »Ihr wisst, dass es mir schwerfiel, die Magie der Tochter des Siwanon der meinen zu unterwerfen. Doch es lag nicht nur an der dunklen Stärke, die diese Frau in sich trägt, mein König. Es liegt auch daran, dass sie mit der Kraft der Ys gesegnet ist.«

Die Gäste tauschten beunruhigte Blicke.

Tarind wirbelte herum. »Warum hast du mir das nicht gesagt?«

Telarion wich Tarinds wütendem Blick nicht aus. »In meinem Hochmut dachte ich, dass die Gabe des Lebens, die ich besitze, in jedem Fall ihrer tödlichen Feuer- und Seelenmagie überlegen sei, ob nun von Ys gesegnet oder nicht«, sagte er dann. »Ich sehe jetzt, dass ich mich getäuscht habe.«

Ireti hob die Augenbrauen, sagte jedoch nichts dazu.

Im Zelt war es still.

Telarion ließ seinen Blick über die Anwesenden schweifen. Aller Augen waren auf ihn gerichtet, doch er ließ sich nicht anmerken, wie bitter er persönlich diese Niederlage empfand. Mehr denn je wünschte er sich, er hätte damals dem Ruf der Wachen nicht Folge geleistet, hätte ihr Gefängnis nie betreten und nie versucht, sie zu heilen.

Und doch. Er hatte es getan. Er hatte sie geheilt, und nun war seine Seele mit ihr verbunden, ohne dass er einen Weg wusste, diese Verbindung wieder aufzuheben.

Er verbannte die Reue.

»Mein König, ich werde gehen und die Tochter des Siwanon zurückholen. Sie wird nicht ungestraft davonkommen.«

Iram mischte sich ein. »Es spricht für Eure Tapferkeit, Fürst, dass Ihr damit die Scharte auswetzen wollt, die sie Euch zufügte. Aber wie wollt Ihr sie denn in den Bergen finden, wenn sie die Spuren ihrer Flucht so meisterlich verbergen konnte?«

»Sie entkam durch die Erde«, erklang Gomarans Stimme hinter Telarion. »Die Erde vor der hinteren Zeltbahn, mein Fürst, ist locker, als habe dort jemand gegraben und den Tunnel wieder zugeschüttet. Wir werden morgen früh nach dem Ausgang suchen – sobald die Weiße Sonne aufgegangen ist.«

»Doch wohin könnte sie geflohen sein?«, wollte einer der Generäle wissen.

»Nach Süden«, erwiderte Telarion sofort. »Zu dem, den sie als ihren Herrn anerkennt: dem Zaranthen.«

Ireti nickte langsam. »Ich glaube, das ist richtig. Euer Bruder wird sie finden.«

Telarion wandte sich an Gomaran. »Beginne damit, das Notwendigste zusammenzupacken. Stelle einen Trupp zusammen, in dem auch Wassermagier sind, die in der Wüste Quellen finden können, dazu einen Halbelb, der sich auf Pferde versteht. Wir brechen im Morgengrauen auf.«

Gomaran nickte düster. »Mendaron«, fügte er halblaut hinzu. »Ihr verlangtet danach, den Schmied zu sehen. Doch er ist nicht zu finden. Wahrscheinlich hat er sie befreit und ist dann mit ihr geflohen.«

Bevor Telarion darauf reagieren konnte, war Tarind vorgetreten und stand jetzt dicht vor seinem Zwilling.

»Vielleicht solltest nicht gerade du diese Dunkelmagierin verfolgen«, sagte er halblaut. »Du bist ein guter Kämpfer, aber …« Er zögerte.

Der Fürst runzelte die Stirn. »Worauf willst du hinaus, Bruder?«

Der König schwieg und schlug die Augen nieder, so als wage er nicht, den Satz zu beenden.

Telarion starrte ihn verständnislos an. »Was lässt dich denken …« Dann wurde ihm die Ungeheuerlichkeit dessen bewusst, was Tarind nicht aussprach.

Dem Heermeister verschlug es den Atem. Er wollte auffahren, doch er und Tarind standen weit genug von den anderen entfernt, sodass er hoffen konnte, die Worte des Königs hätten sie nicht erreicht.

Er warf Ireti einen Blick zu. Sie beobachtete ihn aus den Augenwinkeln, und es war klar, dass sie das dachte, was ihr Gemahl zum Ausdruck brachte. Telarion fragte sich unwillkürlich, ob sie seinem Bruder vielleicht die Worte eingegeben hatte.

»Prüfe dich«, murmelte Tarind. Seine Stimme blieb leise, doch sie war so drängend wie sein Blick. »Du brauchst zu lange, um diese Feuermagierin zu unterwerfen, das weißt du selbst. Und ich weiß, dass es dir nicht möglich ist, sie zu zwingen, ohne dass du dich irgendwann selbst öffnest und ihr Zugang zu deiner Magie gewährst. Zu deiner Seele. … Oder hast du es gar schon getan?«

Erst jetzt fand Telarion seine Sprache wieder.

»Vanar hat dich nicht im gleichen Maße mit der Gabe des Lebens gesegnet wie mich oder unseren Vater«, gab er schneidend zurück. »Und so hast du vielleicht übersehen, dass es das Erste ist, was Heiler im Palast der Stürme lernen: ihre eigene Magie abzuschirmen, wenn sie sie anwenden. Ich verdiente es wahrlich nicht, Heiler der zweiten Ordnung genannt zu werden, wenn ich so schwach wäre, wie du sagst!«

Tarind musterte ihn nachdenklich, so als müsse er überlegen, ob er seinem Zwilling trauen konnte.

Telarion trat noch einen Schritt auf den König zu. »Sage mir, zweifelst du daran, dass niemand die Dunkle Magie, also das Verderben und den Tod, besser vernichten kann als ein Heiler, Bruder?«

»Die Gabe des Lebens ist in dir stärker als in mir, das weiß ich«, beeilte Tarind, sich zu versichern. »Doch …« Er zögerte.

Zorn wallte in Telarion auf und brachte den Luftwirbel in ihm zum Kochen. »Zweifelst du wieder an meiner Loyalität?«, presste er hervor.

»Nein«, erwiderte Tarind leise. »Nicht an deiner Loyalität.«

»Woran dann, Bruder?«

Niemand, der nicht direkt neben ihnen stand, konnte die Söhne des Dajaram noch hören.

»Ich zweifle an deinem Herzen«, wisperte Tarind schließlich. Seine Augen funkelten. Telarion konnte in der Dämmerung nicht erkennen, ob vor Zorn, aus Trauer oder Spott.

»Diese Feuermagierin hat es berührt, nicht wahr? Bisher blieb es kalt beim Anblick oder der Berührung einer Frau. Doch nun ist der Tochter des Siwanon gelungen, was die Frauen unseres Volkes vergeblich versuchten. Ist es nicht so?«

Telarion stockte der Atem bei diesen Worten. Unwillkürlich trat er einen Schritt zurück.

Dann sirrte die Klinge seines *daikons* durch die Luft. Die Waffe hielt nur wenige Fingerbreit neben der Kehle des Königs inne, der sich nicht gerührt und den Blick nicht abgewandt hatte.

Telarion atmete schwer. Beide Hände umklammerten das Heft des *daikons* so fest, dass seine Knöchel weiß hervortraten.

»Nur der ältere Sohn der Frau, die mich geboren hat, durfte das ungestraft aussprechen«, stieß der Fürst schließlich hervor. »Ihr Vater tötete meinen genauso wie deinen! Glaubst du, das könnte ich vergessen? Glaubst du …«

Telarion unterbrach sich und sah von seinem Bruder, der ihn nach wie vor unverwandt und prüfend musterte, wieder zu Ireti.

Auch sie wich seinem Blick nicht aus, aber ihre Miene war nicht zu deuten.

Telarion ließ das Schwert sinken und schob es mit einer abrupten Bewegung zurück in die Scheide. »Von der gleichen Mutter in der gleichen Stunde empfangen und in der gleichen Stunde geboren«, sagte er nach einer Pause mit hoch erhobenem Kopf. Er gab sich keine Mühe mehr, leise zu sprechen. »Was auch immer geschehen mag, ich werde an der Seite meines Bruders und Königs stehen.«

Es war ein Versprechen, das er weniger seinem Bruder als vielmehr sich selbst gab. Und doch hatte er das bittere Gefühl, dass es ihn zu einem Verräter machte.

Zum Verräter an allem, wofür er bisher gelebt hatte.

Kapitel 11

»Es waren die Menschen, die den zweiten großen Krieg
zwischen den Kindern des Vanar und denen des
Akusu auslösten. Denn sie waren verbittert, dass Syth dem Volk
des Goldenen Mondes die Gabe verliehen hatte,
ihnen die Lebenskraft zu nehmen. Die Kinder des Vanar
waren sich dieser Überlegenheit bewusst und ließen
das Volk des Akusu spüren, dass sie die Geschöpfe des zweit-
geborenen Zwillings waren und damit unter ihnen standen.
Und obwohl Ys diese Überheblichkeit missbilligte,
quälten die Elben die Kinder des Dunklen Mondes,
bis diese sich schließlich zur Wehr setzten.«

Von den Kriegen der Elben und Menschen
Vierte Rolle der Schriften des Klosters der Weisen Zwölf

Ronan führte sie nach Norden.

Sanara konnte sich kaum an die Karten erinnern, die ihr Vater ihr als Kind gezeigt hatte, um sie zu lehren, aus welchen Gebirgen, Steppen und Wäldern die Welt bestand. Sie versuchte, sich in Erinnerung zu rufen, was im Norden des Loranon lag: der Wald von Dasthuku, darüber die Eisebenen von Kantis, die von den Wäldern durch das Hochgebirge von Zendar getrennt waren.

Ronan verriet ihr nicht, wohin die Reise genau gehen sollte. Er hatte etwas vom Berg Chuma Rei erzählt, der in der Nähe ihres Ziels liegen sollte. Doch Sanara hatte keine Vorstellung, wo genau er sein konnte und durch welche Landschaften der Weg führen würde, der sie dorthin bringen sollte.

Schon jetzt waren sie von dem Weg, den das Heer nach Südwesten genommen hatte, abgewichen und gingen nach Nordwesten, um möglichst bald den Lithon zu überqueren. Bereits einen Tag, nachdem Ronan ihr die Flucht ermöglicht hatte, waren sie von den Bergen, von denen nur wenige hoch genug waren, um eine ewige Schneekappe zu tragen, herabgestiegen.

Die kurze Zeitspanne hatte sie erstaunt, denn das Heer war über einen Zehntag durch das Gebirge gezogen. Doch Ronan hatte erklärt, dass die Truppen der Straße gefolgt seien, die sich durch die nördlichen Gebirgsausläufer zog, und überhaupt langsamer vorankamen als sie, die sie nur zu zweit waren. Dabei hielten sie sich abseits der Straße, die sich durch die Täler und Pässe wand, um von ihrer Spur abzulenken. Es war ein anstrengender Weg, doch Sanara sah die Notwendigkeit dafür ein. Denn auch wenn Ronan oft die Flöte an die Lippen setzte, es erschöpfte ihn, ständig seine Magie einzusetzen, um sie und sich selbst vor der Entdeckung durch elbische Soldaten zu schützen, die ihnen sicher schon auf den Fersen waren.

Es war keine angenehme Reise. Es regnete ununterbrochen, und nichts wies darauf hin, dass sich das Wetter bessern würde. Im Gegenteil, dort, wo sie die Baumgrenze überschritten, um der Straße nicht folgen zu müssen, war zu sehen, dass die dünne Erdschicht, die auf den Felsen lag, immer wieder in die Täler gerutscht war. Einige Weiler waren völlig unter Schlamm, entwurzelten Bäumen und Felsbrocken versunken, und es war mühselig, die Trümmerfelder zu umklettern. Wieder kam Sanara der Gedanke, der ihr während ihrer Zeit im Heerzug gekommen war: Hier tobte das Wetter aus, was es der Ebene in diesem heißen Frühjahr versagt hatte.

Es herrschte ein Zuviel an Nässe. Da sie nachts kein Feuer anzündeten, um etwaige Verfolger nicht auf sich aufmerksam zu machen, glaubte Sanara, sie habe seit der Flucht vor drei Tagen keinen trockenen Faden mehr am Leib gehabt. Selbst ihre Haare, die sie noch während des Aufbruchs geflochten und am Hinterkopf verknotet hatte, schienen nicht mehr trocknen zu können.

Doch sie beklagte sich nicht. Es hätte sie, eine Feuermagierin, geradezu quälen müssen, ständig dem Regen ausgesetzt zu sein, nicht trocken werden zu können, ständig von Wald umgeben, der dem Feuer in ihr mit Abneigung begegnete. Sowohl Ronan als auch sie stolperten bei ihrer Wanderung durch das Unterholz wieder und wieder über Wurzeln, die Wimpernschläge zuvor noch nicht da gewesen waren. Äste schienen ihnen den Weg versperren zu wollen.

Und doch existierte etwas in ihr, das den Regen und den feuchten, duftenden Nebel, der immer wieder aus dem Unterholz und der durchtränkten Erde aufstieg, das Leben, das allenthalben zu spüren war, genoss.

Sie hatte nie im Wald gelebt, selbst am Nordufer des Saphirmeers, wo sie aufgewachsen war, gab es kaum Wälder, höchstens lichte Haine mit Bäumen, die ein Mensch auch ohne elbische Stärke erklettern konnte. Nicht so gewaltige Stämme, wie die Elben sie kannten und liebten und von denen der Vater erzählt hatte, dass sie so hoch seien, dass die Norad-Elben ganze Städte in ihren Baumkronen gebaut hätten. Bis heute erschien es Sanara seltsam, dass es ein Volk gab, das in einem Baum leben konnte, einem Geschöpf also, das selbst lebte und das sich doch so viel mehr von einem selbst unterschied als ein Tier.

Seitdem Ronan bei ihr in der Festung gewesen war und von Freiheit gesprochen hatte, hatte Sanara Angst davor gehabt, allein durch einen der Alten Wälder dieser Welt zu gehen. Doch nun spürte sie in sich heimliche Freude darauf, den Wald von Dasthuku betreten zu können.

Doch zuerst würden sie den Lithon überqueren müssen. Der Fluss ging hier in eine seiner beiden südlichen Kehren, mit denen er das Loranongebirge quer durchschnitt, und war etwa eine Viertelmeile breit. Zu breit, um zu schwimmen.

Als Sanara an diesem Morgen erwachte, hatten sich die Nebel im frühen Licht der Weißen Sonne verzogen. Ronan und sie hatten sich vor Einbruch der Nacht am Abend zuvor weiter die Hänge hinaufbegeben und schließlich einen kleinen Felsüberhang gefunden, unter dem sich ein schmaler, halbwegs trockener Streifen befand, auf dem sie beide übernachten konnten.

Erst jetzt, beim Anblick der Sonnenstrahlen, war sie erleichtert, dass der Regen aufgehört hatte, auch wenn es noch von den Felsen herabtropfte.

Sanara lauschte, doch nichts war zu hören. Sie befreite sich von der feuchten, schweren Lederhose, die man ihr überlassen hatte, ebenso wie von dem Wams und kletterte nur mit dem langen und eigentlich zu großen Soldatenhemd bekleidet, auf den kleinen Vorsprung vor der Höhle. Nichts war zu sehen. Der Blick ins Tal war frei. Zwischen zwei Hügeln, die niedriger lagen als der Berghang, auf dem sie sich befanden, war der Lithon zu sehen, dahinter ein weiterer Gebirgszug, zwischen dessen verhältnismäßig niedrigen Gipfeln ein dunkler Schatten zu ahnen war: der Wald von Dasthuku. Dunstschwaden stiegen aus dem Flusstal auf, vielleicht waren es auch niedrige Wolken. Weite und endlose Luft, die nicht von den Bergen, dem Sinnbild der Erde, eingegrenzt wurde.

Sanara glaubte, der Nebel im Flusstal und die Wolken, die sie von oben betrachten konnte, würden nach verbranntem Yondarharz durften.

»Wir können den Fluss noch heute erreichen«, erklang es hinter ihr. Ronan war erwacht, er hatte sich ebenfalls seiner Tunika entledigt und setzte sich neben sie. Sein Oberkörper war sehnig und bei Weitem nicht so muskulös wie der von Sinan. Oder von …

Sanara verdrängte energisch das Bild des Fürsten von Norad aus ihrem Kopf.

»Wir müssen bald aufbrechen«, fügte Ronan hinzu. Er reichte ihr ein Stück Trockenfleisch. Es war nicht groß.

»Wir haben nicht mehr viel Proviant.«

Ronan winkte ab. »Wir können den Lithon nur mit einem Boot überqueren. Ich kenne eine Stelle, an der ein Fährmann lebt. Ich glaube, ihm können wir vertrauen. Er ist kein Elb. Von ihm bekommen wir sicher etwas.«

Erstaunt sah Sanara ihn an. »Einer vom Volk des Dunkelmonds ist Fährmann?«

Ronan lächelte. »Warum nicht?«

Sanara legte die Hände auf die Oberarme und schauderte, als die Sonnenstrahlen die klamme Kälte aus ihren Knochen vertrieben. »Es scheint mir seltsam«, sagte sie nur.

»Ich habe auch noch von keinem Schankmädchen aus Guzar gehört, das drei Tage durch einen Wald wandert, ohne sich über Regen, ständige Nässe, Kälte und Nebel zu beschweren.«

Er sah sie forschend an.

Doch Sanara erwiderte nichts. Sie hielt ihr Gesicht noch eine kleine Weile in die Sonne, dann griff sie nach Hose und Wams. »Wir sollten gehen, wenn wir es heute noch bis zum Fluss schaffen wollen«, sagte sie.

Sie erreichten den Lithon, als die Weiße Sonne die Gipfel der sie umgebenden Hügel berührte. Sie fielen an dieser Stelle bis zum Strom hinab. Das Tal des Lithon verbreiterte sich, so wusste Sanara, erst ein paar Meilen vor Bandothi.

Sie folgten noch etwa eine Stunde dem Ufer des Flusses aufwärts, dann sagte Ronan: »An dieser Flussbiege dort vorne müsste sich die Hütte befinden, in der der Fährmann wohnt, von dem ich sprach.«

Sanara nickte langsam und folgte dem Musikanten. Sie hatte das Zeitgefühl verloren, denn der Himmel hatte sich wieder zugezogen. Über den schroffen Hügeln, die sich über dem Fluss erhoben, grollte Donner.

»Dort«, sagte Ronan, der wie immer vor ihr herging.

Insgeheim war Sanara erleichtert, als ihr Blick seinem ausgestreckten Arm folgte und sie in der Ferne eine Laterne sah. Auch wenn sie festgestellt hatte, dass Regen und Kälte ihr nicht so viel ausmachten, wie sie geglaubt hatte, die Aussicht, dass nach diesem trockenen Tag wieder ein Unwetter drohte, drückte ihre Stimmung.

Sie hatten das Haus bald erreicht. Ronan klopfte an die Tür, als die ersten schweren Tropfen des Gewitters auf sie niedergingen.

Der Mann, der öffnete, war eindeutig ein Mensch mit der bronzefarbenen Haut von jemandem aus Undori, und er trug auch die Haartracht, die dort unter den Kindern des Dunklen Mondes üblich war. Das erklärte zweifellos sein Wissen, was das Befahren und Bezwingen des elbischen Elements Wasser anging, auch wenn er ein Mensch war. Und obwohl er nach einem langen Blick beiseitetrat, um sie und Ronan einzulassen, war Sanara nicht sicher, was sie von ihm halten sollte.

Die Undori waren, so war in Bandothi zu hören, Piraten, die besonders den Elben aus Nisan und Mundess die Herrschaft über das Östliche Meer streitig machten. Sie nahmen Gefangene und raubten Schiffe aus, nur, um die Waren selbst weiterzuverkaufen. Aber natürlich mochten das Gerüchte sein, die von den Elben selbst in Umlauf gebracht worden waren, ähnlich den üblen Geschichten, die man über die Seelenherren hörte.

Der Mann deutete höflich auf zwei kleine Schemel, die direkt vor dem Herdfeuer standen. Er sagte auch nichts, als er zwei Schalen mit Suppe aus einem Kessel füllte, der über den Flammen hing. Die erste Schale gab er Ronan, die zweite reichte er Sanara.

Er ließ sie nicht aus den Augen, als sie sie nahm. Ihre Finger berührten sich kurz, als habe er das beabsichtigt. Zuerst wunderte Sanara sich darüber, dann fiel ihr siedend heiß ein, was Sinan über sie gesagt hatte; dass ihre früher bernsteingelbe Iris nun grüne Flecken aufweise. Wenn die Magie des Heermeisters noch in ihr wirkte, dann waren ihre Finger kalt.

Sie schlug die Augen nieder und hoffte, dass der Fährmann die Röte, die nun zweifellos in ihre Wangen stieg, auf die plötzliche Hitze vor dem Herdfeuer zurückführte.

»Du bist eine Feuermagierin.« Es waren die ersten Worte, die er sprach. Es klang nicht unfreundlich.

Sanara warf einen Blick auf Ronan, den dieser nachdenklich erwiderte. Dann antwortete sie: »Das ist wahr.«

»Und doch sind in deinen Augen grüne Funken zu sehen. Auch bist du nicht so warm, wie eine sein sollte, die das Feuer beherrscht.«

Sanara schluckte und nippte noch einmal an der Suppe, um sich zu fassen. »Das höre ich oft«, erwiderte sie schließlich mit einem gezwungenen Lachen. »Meine Mutter sagte mir, meine Großmutter sei in Bandothi die Hausmagd eines elbischen Daron aus den Wäldern von Darkod gewesen. Wahrscheinlich war dieser Daron mein Großvater.«

Ronan schwieg, doch der Mann lächelte nun. »Verstehe.«

Sanara sah nicht auf.

Der Fährmann ging zu seinem Tisch, um einen Laib Brot zu holen. Er brach ein Stück ab, kehrte zurück und reichte es Sanara.

»Mein Name ist Odran. Dein Gefährte ist Musikant?«

»Das bin ich«, erwiderte Ronan und nahm erneut von seiner Suppe. »Es tut gut, etwas Warmes zu bekommen. Meine Gefährtin und ich sind seit einem Zehntag unterwegs. Wir sind froh, dass du uns Nahrung und Obdach gibst.«

Odran nickte. »Ich würde mich freuen, wenn du uns ein Lied zum Essen singst, dann könnt ihr beide hier vor dem Herd schlafen. Wenn in deiner Begleiterin viel Windmagie ist, wird sie sich sicher freuen, dass ihre Kleider dort trocknen können.«

»Du bist sehr großzügig zu einer, in der elbisches Blut fließt«, sagte Sanara und sah Odran herausfordernd an.

Er wich ihrem Blick nicht aus. »Warum sollte es mich kümmern, ob das Feuer in dir dunkel oder grün ist?«, sagte er. »Auch wenn ich weiß, dass das in unseren Zeiten eine große Rolle spielt. Die Kinder Akusus geben den Goldmagiern die Schuld an Überschwemmungen und Regen, die Elben klagen die Menschen an, Dürren und Erdbeben auszulösen und sie damit töten zu wollen. Wer beides in sich trägt, wird von beiden Seiten geächtet. Doch wem sollten solche Unbilden schon nutzen? Ich lebe allein, aber ich musste meine Hütte in diesem Jahr unten am Strom aufgeben. Ich habe sie erst vor wenigen Tagen hier wieder aufgebaut, auch wenn mein Weg zum Boot nun länger ist. Das ist niemandes Schuld.«

»Die Schöpfung ist nicht mehr im Gleichgewicht«, bestätigte Ronan. »Syth war der Welt zu lange fern. Und nun drängt er mit Macht zurück.«

»Es ist zu einfach, alles auf den Schöpfergeist des Chaos zu schieben.« Odran schüttelte den Kopf. »Die Völker selbst tragen die Verantwortung dafür, dass es so weit kam. Und sie fördern es noch mit ihrem Hass und ihrem Starrsinn.«

»Aber Elben und Menschen können nicht zusammenleben«, platzte es aus Sanara heraus. »Wie auch? Schon allein die Furcht, die die Kinder Vanars den Menschen einflößen! Mich schaudert jedes Mal, wenn ich einem Angehörigen dieses Volkes begegne!«

Odran sah auf, doch Sanara konnte seinen Gesichtsausdruck nicht deuten. »Und doch trägst du die Kraft des Goldmonds in dir.«

»Das tue ich nicht freiwillig!« Sanara war nun so zornig, dass sie aus dem Augenwinkel bemerkte, dass Ronan zusammenzuckte und sie überrascht ansah. Doch er war klug genug, sich nicht in den sich anbahnenden Streit einzumischen. »Glaubst du ich habe darum gebeten, dass der …« Sie unterbrach sich und kniff die Lippen zusammen. Dann sagte sie, spürbar ruhiger: »Du bist freundlich zu uns, und ich danke dir dafür. Das müsstest du nicht sein, und ich muss mich entschuldigen, dass ich mich so schlecht benehme.«

Odran konnte ein Lachen nicht unterdrücken. »Eine Feuermagierin, fürwahr.«

Obwohl Ronan ebenso überrascht über ihren Ausbruch war wie der Fährmann, stimmte er in das Lachen ein. »Verzeih ihr, Odran. Wie bei jedem, der das Feuer in sich trägt, ergreifen auch ihre Flammen hin und wieder Besitz von ihrem Verstand.«

Sanara presste erneut die Lippen aufeinander. In ihren Augen tanzten Flammen, und sie fragte sich, warum Ronan seinen Blick nicht abwandte. Es war, als stelle er stumm eine Frage, die sie aber nicht verstand.

»Natürlich«, sagte der Fährmann nun freundlich, nahm einen Schürhaken und stocherte in seinem Herdfeuer herum. Nach einer Weile ergriff er wieder das Wort. »Du sagst, du habest nicht um die grüne Magie in dir gebeten. Aber wenn du einen Rat annehmen willst: Bedenke, ob sie nicht vielleicht ein Geschenk ist.«

»Sie ist kein Geschenk!«, sagte Sanara. »Ich bekam diese Magie, ohne dass ich darum bat. Du weißt nicht, was sie mich schon kostete!« Tränen stiegen ihr in die Augen, als sie an Sinan dachte, der sich von ihr losgesagt hatte. »Ich wünschte, ich hätte sie nie erhalten.«

Sie fühlte sich einsamer denn je.

Jeden Tag entfernte sie sich weiter von Sinan, er ging nach Süden, sie nach Norden. Er wollte nichts mehr mit ihr zu tun haben. Und das, weil sie grüne Magie in sich trug, um die sie niemanden gebeten hatte, nicht einmal Ys.

Sie entfernte sich auch vom Zwilling des Königs. Bei aller Erleichterung, wieder frei zu sein, spürte sie jeden Schritt, der sie weiter voneinander entfernte; als dehne sie schmerzhaft ein Band, das nicht reißen durfte. Und obwohl ihr die Lüge leicht über die Lippen gekommen war, kam sie sich wie eine Verräterin vor.

Seit Tagen war sie unterwegs, doch bisher hatte sie nicht entscheiden können, was mehr schmerzte, die Trennung von ihrem Bruder oder die vom Fürsten der Elben.

»Ich bin aus Undori«, sagte der Fährmann. »Und weil meine Mutter eine Elbin aus Nisanti war, kenne ich es nicht anders, als dass in mir die Magien beider Monde leben. Ich beherrsche das Wasser und alle Fische. Und doch verjagte man mich aus Usharal, weil das Blau meiner Augen die Undori ängstigte.«

Sanara starrte ihn an. »Wie kannst du da nicht hassen, was du bist?«

»Tust du es?«, fragte er zurück. »Hasst du dich wirklich für das, was du bist? Ich bat meine Mutter und meinen Vater nicht um ihre Magie. Und doch liebte ich sie, und sie gaben mir ein Heim und sorgten für mich. Meine Mutter starb in einer einsamen Fischerhütte in Undori, fern der Heimat, denn auch die Elben von Nisanti duldeten sie nicht mehr, weil mein Vater sie liebte und sie mit ihm leben wollte.«

Er lachte leise, versunken in die Erinnerung. Sanara unterbrach ihn nicht, sondern trank noch ein wenig von der Suppe. Sie tat gut, neben Gemüse war Fischfleisch darin, auch rote, scharfe Schoten des Feuerstrauchs, die der Flamme in ihr Nahrung gaben.

Ronan hatte seine Schale neben sich abgestellt und zog nun seine *pathi* hervor. Seine Finger begannen, sanft über die kreuz und quer gespannten Saiten zu gleiten.

Als hätte Odran das gespürt, erzählte er weiter. »Meine Mutter sagte immer, sie habe nicht darum gebeten, meinem Vater zu begegnen. Doch es faszinierte sie, dass er die Fische in ihrem Element, dem Wasser, beherrschte, wie es viele Undori können. Vielleicht weißt du, dass Undori ein Inselreich ist. Die Undori sind Menschen, verstehen es jedoch, dem Wasser abzuringen, was sie benötigen: Land, Nahrung, die Tiere des Meeres. Die Elben hassen sie deshalb. Doch meine Mutter sah, dass aus der Magie meines Vaters Schönheit entsprang. Pflanzen können nur wachsen, wenn die Erde ihnen Nahrung gibt. Fische gibt es nur im Wasser. Die Magie des Vanar kann nur mit der des Akusu existieren und umgekehrt. Es tut mir leid für dich, wenn du das nie erfahren hast.«

Eine Pause entstand, in der Ronan leise ein Lied über die Schönheit des Saphirmeers sang. Er ließ Sanara nicht aus den Augen.

Odran lachte leise. »Das Saphirmeer. Warst du je dort?«

Sanara zögerte. Dann schüttelte sie den Kopf.

Odran wandte seinen Blick wieder dem Feuer zu.

»Man sagt, es entstand aus der Liebe eines Menschenkindes zu einem Elben des Meeres«, sagte er leise. »Dein Gefährte singt diese Geschichte gerade, aber ich werde sie dir erzählen.

Amdiri und Thautar sahen sich das erste Mal im Licht der Ys

und erkannten so die Schönheit der Seele des jeweils anderen. Sie verliebten sich und mischten ihre Gaben, sodass jeder die Magie des anderen in sich trug. Und doch mussten sie sich bald wieder trennen, auch wenn Amdiri, die Feuertochter, dem Sohn des Meeres, Thautar, versprach, nach Jahresfrist zu ihm zurückzukehren. Doch sie trug nun in ihrem Feuer die Kraft des Meeres, weshalb man sie bald aus ihrem Volk verstieß. Sie drohte in der Wüste, wo ihre Sippe lebte, einsam und verlassen zu sterben. Da hatte Ys Mitleid mit ihr. Sie konnte den Tod, die Gabe des Syth an Akusu und die Menschen, nicht aufheben und Amdiri das Leben schenken, wo ihre Schöpfer es begrenzt hatten, und so verwandelte sie Amdiri in ein Meer, das inmitten der rotgelben Feuerfelsen Guzars lag.

Lange Zeit später fand der Thautar, der sie immer gesucht hatte, dieses Meer und erkannte die Gnade, die Ys seiner Geliebten erwiesen hatte. Er stürzte sich in das Gewässer, das trüb war und still wie ungeweinte Tränen, und bat Ys, sich mit ihr vereinen und sterben zu dürfen. Doch Ys konnte auch ihm die Gabe nicht nehmen, die Vanar, sein Schöpfer, ihm verliehen hatte, nämlich das Leben, und so verbrachte er den Rest seiner Tage dort am Ufer in einer Hütte, ohne die endlose Weite seiner Heimat und die hohen Wellen des Östlichen Meers, aus denen er geboren war, wiederzusehen.

Als aber das Ende seines Lebens gekommen war, schwamm er in die Fluten hinaus, die einst seine Geliebte gewesen waren. Da erwachte das Meer, umschmeichelte, liebkoste und umarmte ihn, und so schenkte er ihr erneut seine Seele, bis sie vereint waren. Seither schimmert das Saphirmeer dunkelblau in der grellen Wüste, ist klar bis auf den Grund, kühl und Leben spendend wie Thautars Seele, und seine Wellen schäumen und singen pausenlos ein Lied der Schönheit.«

Sanara starrte Odran an, während seine Stimme verklang. Für eine Weile war nur das Rauschen des heftigen Regens und der Donner draußen über den sanften Klängen der *pathi* zu hören.

Diese Geschichte kannte sie, ihr Vater hatte sie ihr erzählt und hatte auch gesagt, dass in den Muscheln, die sie vom Strand ins Haus brachte, der Gesang Amdiris zu hören sei.

»Wenn du mich fragst, es ist ein Geschenk der Ys, dass du den Wind in dir trägst, Feuermagierin.«

Mit diesen Worten stand Odran auf. »Ich werde nach meiner Ziege sehen. Bei Gewitter wird ihre Milch oft sauer. Ihr könnt es euch hier vor dem Feuer bequem machen. Dort drüben auf der Truhe liegen Decken. Morgen bringe ich euch über den Lithon.«

Er ging hinaus.

Sanara schloss die Augen. *Wenn du mich fragst, es ist ein Geschenk der Ys, dass du den Wind in dir trägst, Feuermagierin.* Unversehens wie eine plötzlich aufkommende Brise wallte Sehnsucht nach dem Heermeister in ihr auf, Sehnsucht nach seiner kühlen, trockenen Hand und den ernst blickenden grünen Augen, die mit der länglichen Pupille so seltsam wirkten.

»Ich hoffe, wir finden das Siegel und stellen so Ys' Macht wieder her«, hörte sie sich sagen, und sie wusste, das war es, was sie wollte. Vielleicht würde sie sich dann der Liebe zu Telarion Norandar nicht mehr schämen müssen.

Die Töne der *pathi* rissen ab.

»Der Heermeister hat dich zu lange mit seiner Magie geplagt«, sagte Ronan ruhig und stand auf, um ihr ein paar Decken zu bringen. Mitleid schwang in seiner Stimme. »Es muss schrecklich für eine Feuermagierin wie dich sein, ständig das Eis und den Sturm eines so starken Goldmagiers in sich zu fühlen, wie der Zwilling des Königs einer ist. Aber ich bin sicher, dass die Weisen dich von seiner Magie befreien können. Es wird nicht mehr lange dauern.«

Sanara nickte langsam, als sie sich nahe der Flammen auf den Boden legte. Ihr wurde bewusst, dass sie nie wieder das Verlangen danach haben würde, von dieser Magie befreit zu sein.

Sie spürte, dass Ronan sich hinter ihr niederließ. Sein sehniger Oberschenkel drückte sich an ihren Rücken und wärmte sie dort. Seine Nähe, sein Geruch nach herbstlichem Laub und Kräutern und die Hitze des Feuers vor ihrem Gesicht dämpften die Sehnsucht nach duftender und prickelnder Kälte in ihr.

Ronan hatte seine *pathi* wieder aufgenommen und sang nun eine der Melodien, die die Hirten von Khitari ersonnen hatten.

Sanara schloss wieder die Augen. Sie hörte kaum noch, wie Ronan das Lied schließlich beendete und sich hinter sie legte. Sein Körper wärmte sie von hinten, Atem strich warm über ihren Hals, ein Arm schlang sich um ihren Leib und zog ihn an seine Brust.

Ronans Griff war warm, sicher, dunkel. Das Feuer vor ihr glomm nur noch. Die grüne, wirbelnde Magie in ihr legte sich zur Ruhe.

Er hatte sich nie bewusst gemacht, wie sehr die Haarfarben der Menschen variierten.

Selten war sie nur blond, nur braun oder nur rot, wie es bei den Elben der Fall war. Das Licht der beiden Sonnen, das Alter und vieles mehr beeinflussten sie. Blondes Haar war nur an den Spitzen hell, es wuchs dunkler nach; rotes wurde an den Spitzen blond, dunkles wurde oft von rot durchzogen oder vom Alter grau. Die Menschen selbst schienen Vergnügen daran zu finden, ihre Haare zu färben und damit ihr Erscheinungsbild zu ändern.

Telarion Norandar war das wie allen Elben fremd. Er selbst hatte Haare, deren Schwärze durch keine andersfarbige Strähne unterbrochen war, ohne Schattierungen, ohne hellere oder dunklere Partien. Und das würde sich zeit seines Lebens auch nicht ändern.

Telarion wunderte sich, dass ihm dieser Unterschied zwischen Elben und Menschen früher nie so aufgefallen war. Erst hier in der rötlich gefärbten Steppe von Entarat wurde ihm dieses Detail gewahr.

Entarat bestand aus einer schier endlosen Savanne, die an die Sand- und Steinwüsten von Solife und dem südlichen Guzarat grenzte, nur bewachsen von harten Halmen, die den schulterhohen Keosotziegen als magere Nahrung dienten. Doch die Menschen dieses Landstrichs besaßen die Gabe, mit Tieren zu reden, sie zogen mit den riesigen Herden von Ort zu Ort, mit Hütten, die sie aus den wenigen kostbaren Holzstangen errichteten, die sie besaßen, und mit selbstgemachten Grasmatten und Tierhäuten abdeckten. Hütten, die schnell auf- und wieder abgebaut werden konnten.

Manchmal gab es auch Dörfer von Ackerbauern, doch sie waren selten und überwiegend verlassen. Oder er und sein kleiner Spähtrupp trafen auf kleine Dörfer, die nach Ziegen rochen. Die wenigen Menschen, die dort noch lebten, sahen aus, als seien sie selbst aus Lehm und Staub gemacht, die Haut gegerbt und ausgetrocknet vom grellen Licht. Das Land litt unter Dürre, die Sonnen brannten unnachgiebig vom Himmel. Im Winter konnte es kalt werden, doch dieses Jahr hatte es kaum geregnet. Die Ernte würde schlecht ausfallen. In den Pferchen der Dörfer war verendetes Vieh zu finden, die Hütten selbst waren bis auf wenige, deren Besitzer nicht mehr reisen konnten, verlassen. Wahrscheinlich hatten die anderen ihr Vieh mitgenommen und waren auf der Suche nach besseren Weidegründen fortzogen.

Die Armut der Leute war schrecklich anzusehen. Und doch war sie dem Heermeister ein Ansporn. Denn schon allein, um dieses trockene Land wieder zum Erblühen zu bringen, musste er die Tochter des Siwanon finden. Zusammen mit seinem Bruder würde er den Feuermagier auf dem Thron von Solife besiegen!

Telarion und seinen Männern machte die Hitze zu schaffen, auch wenn er außer Gomaran nur noch drei weitere reinblütige Elben mitgenommen hatte. Sie waren mit ihm und Tarind weitläufig verwandt und entstammten einem Zweig des Hauses Norandar, der näher mit dem Herrscherhaus der Nisanti verwandt war als mit den Elben von Norad. Mit ihnen würde er auch in der Wüste Wasserquellen finden. Der große Rest bestand aus Halbelben, die sich mit Pferden und anderen Tieren auskannten. Ihnen würden wenig Pflanzen zur Verfügung stehen, während sie nach der Feuermagierin suchten, also würden sie sich, so unangenehm es auch war, von der Jagd ernähren müssen. Für Telarion, der es seit seiner Zeit im Kloster der Winde gewohnt war, auf Fleisch in seiner Nahrung zu verzichten, würde dies am unangenehmsten sein.

Die karge Landschaft, die vom Element der Erde beherrscht war, bedrückte den Heermeister. Nur hier und da unterbrach ein Busch, noch seltener ein Baum, die trockene Landschaft und klammerte sich mit seinen Wurzeln mühsam in den rötlichen Staub.

Nur wenige Wildtiere waren zu sehen, zumeist waren sie klein und huschten wahrscheinlich bereits davon, wenn sie den Trupp des Heermeisters herannahen hörten. Telarion hasste die karge Landschaft, in der er sich bewegte, und sehnte sich jede Stunde nach den schattigen grünen Hochwäldern seiner Heimat im nördlichen Norad zurück. Pflanzen, so es sie gab, waren in der Savanne robust und widerstandsfähig, ihnen fehlte die Eleganz und Größe der Qentar- und Yondarbäume, aus denen der endlose Hochwald von Norad bestand.

Doch bisher hatten sie keine Spur der Tochter des Siwanon gefunden. Im Gegenteil, das Gefühl des Verlusts, das ihn bereits in der Stunde ihrer Flucht überfallen hatte, war in Telarion gewachsen. Immer glaubte er sie wie ein dunkles Feuer am Rand seines Bewusstseins zu spüren, als führe ein unsichtbares Band von ihm zu ihr, das nun schmerzhaft gedehnt wurde.

Es tat weh, und Telarion wusste nicht, warum. Vielleicht war es ihr Verrat. Er hatte geglaubt, sie endlich gefangen und besiegt zu haben. Sie hatte sich zuletzt nicht mehr gegen sein Netz aus Luft und Kälte, gegen ihn und seine Gabe, gewehrt – und doch war sie zusammen mit den beiden verräterischen Schmieden und dem Musikanten – wohl ebensolche Spione des Zaranthen wie sie – geflohen. Wieder hatte sie ihn getäuscht und ihn, den Heiler und Heermeister, dem sonst alles gelang, überlistet.

Doch da war noch etwas anderes. Sie war gegangen, und damit

hatte er etwas sehr Kostbares verloren. Ein Teil der Leere, die sie hinterlassen hatte, wurde durch die Landschaft gefüllt – er, der Kälte und Sturm in sich trug, konnte in der Regel Hitze schlecht ertragen; doch diesmal schien das anders. Dem dunkelgelben Kern, der seine inneren Wolken zum Leuchten brachte, führte die erdige und glühende Savanne Nahrung zu, die ihm nun willkommen war.

Und doch schien das nur ein kläglicher Ersatz für die Abende zu sein, an denen er diese Feuermagierin hatte kommen lassen, um sich ihre Magie zu unterwerfen.

Telarion und sein Trupp reisten hauptsächlich nachts und zur Stunde der Weißen Sonne und suchten sich dann Schutz unter einem Felsen oder Baum, bis die Rote Sonne hinter dem staubigen Horizont verschwunden war.

Der Heermeister konnte sich nicht erinnern, wie er und seine Leute in diesem Dorf angekommen waren, das die Bewohner Deri genannt hatten. Es schien, als habe er Jahre in diesem Landstrich verbracht, denn hier im Steppenland glich jeder Tag dem anderen: heiß, schmutzig, karg und voll blendendem Sonnenlicht, das an seiner elbischen Lebenskraft zehrte, die aus reiner, kalter Luft bestand. Immer wieder hatte er sich ins Kloster der Stürme zurückgewünscht und seinen Platz an der Seite seines Zwillings, des Königs, verflucht.

Doch es zog ihn weiter zu dem lodernden Feuer am Rand seines Bewusstseins, das die Leere in ihm füllen würde.

Deri war eine winzige Ansammlung von Hütten, die rasch abgebaut werden konnten, wenn die Herden der schulterhohen Keosotziegen kein Futter mehr fanden. Als er in Deri ankam, hatten ein paar seiner Leute einen Großteil der Dorfbewohner, hauptsächlich Frauen, Kinder und die Alten des Dorfes, bereits vor dem Tempel des Vanar zusammengetrieben, sodass er sie nach vier Flüchtlingen befragen konnte.

Viel versprach er sich nicht davon, doch er wollte sich später nicht vorwerfen, er habe es nicht versucht. Der Tempel selbst war, wie die anderen vier, klein. Er bestand aus kaum mehr als einer runden Mauer grob behauener Steine und besaß, wie der kleine Tempel der Ys an der Nordseite, nur die Andeutung eines Daches. Doch er schien gut gepflegt, die Steine waren ordentlich aufeinandergestapelt, die Fugen hatte jemand mit Lehm ausgestrichen.

Während Telarion in das Dorf ritt, hatte er gegen seine Übelkeit ankämpfen müssen. Der Gestank der langhaarigen Keosotziegen war hier übermächtig. Es war staubig, überall lag Tierdung herum. Die Hütten waren einfache Gestelle aus biegsamen Stangen und Ästen, um die man gegerbte Häute der Keosots und Grasmatten gelegt hatte. Die Hitze und die Luft in den Hütten mussten schrecklich sein, doch inzwischen waren viele Bauten bereits von seinen Soldaten zerstört worden. Giftige Pflanzen, wie der Raqor, hatten sich ihrer bemächtigt, einige wenige sahen aus, als hätte ein gewaltiger Sturm sie umgeweht oder eine Flut sie zermalmt.

Er bemerkte den Kampf, der immer noch tobte. Sein Trupp hatte die Nomaden überraschen wollen, aber es sah aus, als hätten die Menschen von der Armee des Königs in der Nähe gewusst und seien deshalb auf der Hut gewesen. Sie kämpften mit allem, was sie hatten – Beile, Lanzen, Pfeil und Bogen – und wehrten sich damit erbittert gegen die Soldaten. Es schien nicht viele Feuermagier unter ihnen zu geben, die den Pflanzen- und Wassermagiern des Königs etwas entgegensetzen konnten.

Der Heermeister sah schnell, dass er die Lage unterschätzt hatte. Es hätte mehr als die rund drei Dutzend Soldaten gebraucht, die er mitgebracht hatte, um den Widerstand der Dörfler ohne viel Blutvergießen zu brechen.

Er verschaffte sich schnell einen Überblick. Obwohl die Nomaden sich mit aller Kraft wehrten, waren die Soldaten ihnen überlegen. Dennoch waren die Hirten noch nicht besiegt, sie kämpften mit dem Mut der Verzweiflung. Viele von ihnen befanden sich noch im Kampf Mann gegen Mann.

Als Telarion sah, dass einer der Nomaden Gomaran in die

Enge trieb und mit einer Hacke die Dornenranken zerschlug, mit denen dieser seinen Gegner in Schach zu halten versuchte, sprang Telarion vom Pferd. Sein Milchbruder war in Gefahr, das würde er nie zulassen. Er stürmte auf die Kämpfenden zu, schneller, als der Hirte ihn zu sehen vermochte.

Telarion zog im Laufen das *daikon* sowie das *wakun* aus der Schärpe, blieb etwa eine Elle vor dem Mann stehen und rammte ihm den Dolch mit der Schildhand von hinten in den Brustkorb. Das *daikon* in Telarions Schwerthand sauste sirrend durch die Luft, dann flog der Kopf des Mannes mehr als einen Klafter weit über den staubigen und bereits blutdurchtränkten Boden. Als Telarion schwer atmend den Dolch aus dem Leichnam zog, sackte der Hirte zusammen und blieb still liegen. Gomaran nickte seinem Herrn nur kurz zu und wandte sich dem nächsten Nomaden zu.

Telarion sah sich um, und angesichts des Gemetzels packte ihn Wut. Er hatte die Leute nur befragen wollen, und er wusste, seine Männer hatten den Kampf nicht begonnen. Und doch lagen nun drei von ihnen und etwa ein Dutzend Menschen tot auf dem staubigen, mit Dung bedeckten Boden.

Ihm blieb nicht viel Zeit zum Nachdenken. Wieder stürzte einer der Hirten auf ihn zu, mit lautem Gebrüll und einem Speer. Telarion konnte ihn nur gerade eben mit dem hochgerissenen *daikon* abwehren. Im nächsten Moment schwang er die Linke und jagte dem Gegner das *wakun* in den Bauch. Als er den Dolch mit einer zusätzlichen Drehung nach oben herauszog, hatte der Nomade Mühe, seine Eingeweide bei sich zu behalten.

Früher hatte Telarion sich nie vorstellen können, einmal zu töten. Wesen, egal, ob Mensch oder Elb, auch nur zu verletzen, ihnen Leid, Schmerz oder Tod zuzufügen, war etwas, das ihm als Heiler Abscheu einflößte. Oft in den letzten Jahren hatte er sogar geglaubt, den Anblick zerschlagener Leiber, abgetrennter Gliedmaßen und grausam verstümmelter Körper, die auf keine Heilung mehr hoffen konnten, nicht mehr länger zu ertragen. Doch jetzt vergaß er diese Gedanken. Diese Nomaden widersetzten sich ihm, widersetzten sich dem König und dem Leben und töteten seine Soldaten, die doch nur auf seinen Befehl hin handelten.

Das würde er nicht zulassen. Rücksichtslos setzte er seine Klingen ein, um seine magischen Kräfte zu schonen, und kassierte dabei auch eine Wunde am Oberarm.

Das Blatt wendete sich schnell. Es dauerte nicht lange, dann hatten seine Soldaten die Lage im Griff. Wer von den besiegten Nomaden überlebt hatte, wurde zu den Frauen und Kindern in den Pferch getrieben, den ein paar der elbischen Soldaten hatten wachsen lassen. Telarion kam langsam wieder zu Atem, nickte seinen Soldaten zu und ging hinüber zu dem Dornenrund, um sich die Leute anzusehen, die ihm und seinem Trupp so herbe Verluste zugefügt hatten.

Es waren nicht viele, nur ein paar Dutzend. Zuletzt wurde ein junger Nomade in den Pferch gestoßen, dem man im Kampf den Arm abgeschlagen hatte. Eine etwa gleichaltrige Frau, sicher sein Weib, stürzte sofort zu ihm hin. Ihr Kind hatte sie im Arm. Als sie sah, dass seine Wunde tödlich war, schrie sie leise auf, dann fuhr sie zu Telarion herum.

Blutbefleckt stand sie vor ihm. »Wie konntet Ihr das nur zulassen?«, schrie sie, bevor Telarion seine Worte an die Dorfbewohner richten konnte. »Was für eine Gerechtigkeit ist das hier, in deren Namen Ihr auftretet? Wir haben niemandem etwas getan!«

Telarions Augen verengten sich. »Wir kamen nicht in der Absicht, Menschen zu töten. Ihr habt uns angegriffen! Wir sind nur auf der Suche nach einer entflohenen Sklavin. Nur an ihr sind wir interessiert. Wenn ihr sie gesehen habt und ihr Unterschlupf gewährtet, sagt es frei heraus, und ich verschone euer Leben.«

Die junge Frau warf ihm einen langen Blick zu, den Telarion nicht zu deuten vermochte. »Ich weiß, wer Ihr seid, Herr«, stieß sie hervor. »Ihr seid der Zwilling des Elben, der sich König nennt. Es heißt, Ihr seid der wahre Erbe des Vanar und seiner Magie, und so solltet Ihr nicht den Tod bringen, sondern Eurer Gabe gemäß das Volk und die Welt *heilen!*«

»Es ist nicht an dir, zu entscheiden, welche Pflichten ich zu erfüllen habe, Weib«, erwiderte Telarion scharf. »Und ich erfüllte diese Pflichten schlecht, wenn ich zuließe, dass das Chaos mir die Herrschaft aus der Hand reißt und dieses Reich in Schutt und Asche legt!«

Die junge Frau nickte, doch ihre Miene zeigte Verachtung. »Wer andere besiegt, hat zweifellos Kraft, Mendaron. Doch nur wer sich selbst besiegt, der besitzt wahre Stärke!«

Telarion schüttelte entschieden den Kopf. »Ich kenne die Sprüche der Weisen, Weib. Es ist klug, sie zu beachten, doch anwenden muss nicht nur ich sie, sondern das gilt ebenso für die Magier des Akusu! Denn es heißt bei den Weisen auch, dass man nicht zu den Waffen greifen soll, wenn Gefühle dazu verleiten.«

Die Wut im Gesicht der jungen Frau verschwand plötzlich und wich einer tiefen Verbitterung. »Das Schicksal hat Euch und Eurem Bruder die Macht gegeben, und es ist an Euch, sie nach Eurem Ermessen zu nutzen. Ich kann nur zu meinem Schöpfer beten, dass er Euch Erleuchtung schenkt.«

Sie ging erneut in die Knie und beugte sich über ihren sterbenden Mann. So gut sie konnte, bettete sie sein Haupt mit einer Hand in den Schoß. Mit der anderen versuchte sie, ihr weinendes Kind zu beruhigen. »Es bleibt mir nur, Euch um ein schnelles Ende zu bitten.«

Für einen Moment wurde es still. Nur das Kind im Arm der Frau weinte leise.

»Herr, hier drüben!«

Die Stimme Gomarans erklang aus einem Verschlag, der sich im Osten eines der Hütten dort befand. Man hatte versucht, die Spuren zu verwischen, doch es war deutlich, dass dort erst vor Kurzem ein Schmied gearbeitet hatte. Mit langen Schritten ging Telarion zu Gomaran hinüber.

»Seht, die Asche ist noch warm«, sagte Gomaran und zerrte

einen mageren Menschen hinter der Esse hervor. Der Mann war schwach und offenbar keiner, der Eisen und Metalle zu bearbeiten verstand. »Dieser hier sagte mir, dass zwei reisende Schmiede gestern Nacht Unterschlupf suchten. Von der Feuerhexe sagte er nichts. Sie erledigten ein paar Arbeiten für die Dorfleute um einer Mahlzeit willen und sind heute früh aufgebrochen.«

Telarion nickte grimmig und sah auf den Mann hinab, der vor Angst beinahe verging.

Dann wandte er sich um und schritt zu dem Pferch zurück.

»Sag uns, in welche Richtung die Feuermagierin davonging, die ich suche. Sie ist in Begleitung eines Musikanten und zweier Schmiede. Von diesen weiß ich, dass ihr sie beherbergtet!«, wandte sich Telarion an die Frau, die immer noch ihren halbtoten Mann auf dem Schoß hatte und ihr Kind hielt – ein Bild, das sein Herz rührte.

Telarion spürte die Blicke seiner Soldaten auf sich ruhen. Er wusste, dass sein Bruder darauf bestand, dass er konsequent war. Auch für die Moral seiner Soldaten wäre es besser gewesen, sich von den Bitten der Frau nicht rühren zu lassen. Doch andererseits hatte das Weib, wahrscheinlich die Priesterin des Akusu in diesem Dorf, ebenfalls recht. Nur wer Milde zeigte und im rechten Moment nachgeben konnte, bewies wahre Stärke.

»Ihr sollt nicht darunter leiden, dass sich Rebellen bei euch versteckten«, fügte er sanfter hinzu. »Wenn du mir verrätst, wohin sie geflohen sind, werde ich denen Heilung zukommen lassen, die noch in der Lage sind, sie zu empfangen.«

Doch in den dunklen Augen der Hirtin blitzte es nur zornig auf. »Eher werde ich meinem Kind einen schnellen Tod zukommen lassen, als dass die Kälte Eurer Magie es vergiftet!« Damit brach sie einen der handspannenlangen und giftigen Dornen eines Raqorbusches im Zaun ab und hielt ihn drohend über ihr Kind.

Telarion spürte Übelkeit in sich aufsteigen. Diese Frau opferte lieber ihr Kind, als dass sie der Zerstörungswut des Syth abschwor? »Wie kannst du das nur tun, Weib!«, brach es aus ihm hervor. »Siehst du nicht, wie sehr der Geist der Zerstörung schon Besitz von dir ergriffen hat?«

»Und doch«, sagte die Frau, »wäre mir lieber, mein Kind stürbe, als dass es unter Eurer Tyrannei weiterleben muss und seinen Schöpfer Akusu und damit die wahre Ordnung der Dinge zu verleugnen lernt!«

Zorn über die fehlende Demut in ihren Worten legte sich wie ein roter Schleier über Telarions Gedanken. Diese Frau war so trotzig wie der Schmied und die Hure, die sein Bruder sich im Heerlager im Wald von Dasthuku ins Bett geholt hatte.

Trotzig wie die Tochter des Siwanon, die mit erhobenem Haupt vor ihm gestanden hatte und ihm trotz ihres zerlumpten Aufzugs mit Feuer in den Augen den Stolz und die Ehre des ältesten Hauses der Menschheit entgegenschleuderte und lieber Hand an sich legte, als sich ihm, dem Heiler, und seiner Gabe zu unterwerfen.

Und die mit ihrer Flucht alle Schönheit und alles Leben mit sich genommen und damit eine schreckliche Leere in ihm hinterlassen hatte, die sich so furchtbar anfühlte wie der Tod.

Nun, den Tod konnten diese Rebellen bekommen, wenn sie ihn so sehr herbeisehnten. Ohne ein weiteres Wort machte er eine umfassende Geste.

Ein plötzlicher Sturmwind kam über die Leute. Sie kauerten sich zusammen, drückten sich aneinander, während die eisigen Windböen ihnen mit einer Kälte, die sie in ihrem heißen Wüstenland nicht kannten, die Luft zum Atmen nahmen. Telarion sah durch die wirbelnden Eiskristalle, die er entfacht hatte, dass die Frau schluchzend den Dorn des Raqorbusches in den Körper des Säuglings bohrte. Ohnmächtig vor Zorn legte Telarion all seine Kraft in seine Luftmagie. Die Kälte und der Sturm würden dieses schmutzige, staubige und heiße Dorf reinigen, damit hier wieder Wasser und Leben einkehren konnten.

Syth, die Zerstörung und das Chaos, und Akusu, der Tod, durften nicht siegen. Der Goldmond war das Leben. Nicht Fanatiker wie diese oder die Tochter des Siwanon, die ihr Dorf, ihr Leben und das ihrer Kinder opferten, nur weil sie ihn und seinen Bruder verachteten! Er verstärkte den Sturm, sodass sich selbst seine Soldaten die Arme vor die Augen legen mussten, damit sie von den stürmischen Eissplittern nicht geblendet wurden.

»Zerstört das Dorf und übergebt es den Pflanzen!«, schrie Telarion. »Nichts soll übrig bleiben und daran erinnern, dass es existierte!« Er riss sein Pferd herum und galoppierte davon.

Die Schreie der Dörfler verstummten irgendwann. Nur ein glasklarer, in der Sonne dampfender und glitzernder Eisberg blieb übrig. Er würde erst verschwinden, wenn Telarions Zorn verraucht war.

Eine kalte Windbö traf Sinan im Rücken.

Er wirbelte herum.

Er und Mojisola hatten das Dorf erst vor ein paar Stunden, kurz nach Aufgang der Weißen Sonne, verlassen, nachdem ein Hirtenjunge herbeigelaufen war und die Dorfbewohner vor einem Trupp elbischer Reiter warnte. Sie hatten einen ganzen Tag dort Rast gemacht, denn das Dorf hatte keinen eigenen Schmied, und so hatten er und Mojisola beschlossen, mit Schmiedearbeiten Nahrung und Obdach zu bezahlen.

Sinan wäre gern länger geblieben. Die Reise durch die trockene und heiße Savanne Entarats war nicht leicht. Doch die Nachricht, dass sich Elben dem Dorf näherten, hatte die beiden Schmiede veranlasst, rasch weiterzuziehen. Sie wollten nicht den Anlass geben, um die freundlichen Dorfbewohner der Rache der Elben auszusetzen.

Er und sein Gefährte waren bereits weit den Hang hinaufgekommen. Sie wussten, Reiter würden ihnen nicht hier herauf folgen können; der Felsgrat, der die endlose Wüste von Solife von der roten Savanne trennte, war nicht mehr weit entfernt. Zudem war der Hang voller Buschwerk und Felsen, hinter denen man sich gut verstecken konnte. Es war unwahrscheinlich, dass man sie hier entdeckte.

Die Bö, die Sinan erfasste und ihm wieder die Spinne der Furcht vor den Kindern des Vanar in den Nacken setzte, war nicht wirklich kalt, aber deutlich kühler, als es eine Bö, die aus dem heißen Tal den Berghang hinaufwehte, hätte sein dürfen. Entarat war keine Wüste, und doch kam es hin und wieder vor, dass die öde und trockene Erde von einem Sandsturm aufgewirbelt wurde.

Doch diese Winde waren, auch wenn sie von Nordosten wehten, wo kein Gebirge den Weg versperrte, nie so kalt wie der Atem der Eisebenen von Kantis. Solche Böen konnten nur von Elben selbst stammen.

Sinan wandte sich um und spähte ins Tal hinab. Er konnte das Dorf weniger sehen als unter einer Ansammlung von Paranibäumen erahnen, die ihre breiten Äste mit den harten, staubigen Blättern über die Hütten ausbreiteten und in der Hitze des Tages den nötigen Schatten für die Bewohner spendeten. Das weißliche, wie Watte aussehende und süßlich schmeckende Fruchtfleisch der Paranischoten war den Hirten eine willkommene Abwechslung bei ihren Mahlzeiten.

Die Weiße Sonne näherte sich dem Horizont. Bald würde es düster werden, doch noch waren einzelne Wesen erkennbar. Man konnte sogar – hauptsächlich anhand der Farbe, wenn schon nicht an der Größe – die mannshohen Keosotziegen von den Pferden unterscheiden, die nun ins Dorf jagten. Ziegen und Menschen stoben auseinander, ein paar konnten nicht rechtzeitig ausweichen und wurden niedergeritten.

Ihm stockte der Atem bei diesem Anblick. Er und Mojisola waren aufgebrochen, um die Bewohner zu schützen. Sie hatten geglaubt, wenn sie, die man wahrscheinlich suchte, nicht da seien, würde man die Nomaden in Frieden lassen und in der Steppe weitersuchen. Die Hirten besaßen nichts außer ihren Ziegen und ein wenig Hausrat, zudem waren es nicht viele, weswegen es selbst für einen Trupp elbischer Soldaten, die ein rachsüchtiger König und sein grausamer Heermeister ausgeschickt hatten, hier nichts zu holen gab, was die Mühen gelohnt hätte.

Offenbar hatten sie sich geirrt.

Mojisola trat neben ihn, warf einen Blick ins Tal und zog Sinan dann hastig hinter einen Felsen.

Wieder wehte eine Bö, kälter noch als die letzte, rote Staubkörner in Sinans Gesicht und ließ ihn trotz der brennenden Sonnen frieren.

»Es scheint, als hätte der Junge recht gehabt«, sagte Mojisola düster und trat zu Sinan.

Der Schmied fuhr herum. »Was willst du damit sagen?«

»Sieh doch hin«, erwiderte der Gefährte. »Das sind nicht irgendwelche Elben. Dieser Wirbelsturm, der sich auf das Dorf beschränkt … sag nicht, das ist dir nicht aufgefallen!«

Sinan starrte in das weit unter ihm liegende Tal hinab.

»Ich hatte gehofft, dass der Junge sich irrt. Und ich kann mir immer noch nicht vorstellen, dass der Heermeister selbst uns verfolgt.«

»Nun, der Junge sagte, der Anführer habe Haare, die dem Gefieder einer struppigen Krähe gleichen und nur so kurz seien wie sein Finger«, sagte Mojisola.

»Der Zwilling des Königs ist nicht der einzige Heiler im Heer des Königs.«

»Aber der Einzige, dem die Flucht deiner Schwester und dir eine doppelte persönliche Niederlage zufügte«, gab Mojisola zu bedenken. »Ich will nicht von deiner Schwester sprechen, aber Telarion Norandar hat auch mit dir eine Rechnung offen. Immerhin hast du sein Schwert bei dir.«

Sinans Finger umklammerten das Heft des *daikons*, das er im Gürtel trug.

»Es gehört ihm nicht. Noch fehlen die Runen des Windes, des Wassers und der Luft auf der Klinge. Noch gehört es mir.«

Mojisola beobachtete mit gerunzelter Stirn die Schlacht. Der Verlauf des Kampfes war von hier oben aus nur schwer zu verfolgen. Elben vermochten sich schneller zu bewegen, als Menschen es konnten, doch aus dieser Entfernung war kaum zu unterscheiden, wer zu den Dorfbewohnern gehörte und wer nicht.

Was man sehen konnte, war der Pferch, den drei der Elben im Westen des Dorfes wachsen ließen. Sinan nahm an, dass sie sich die Stelle ausgesucht hatten, an der die Priesterin des Abends die Heilige Hütte des Dunkelmonds angelegt hatte. Die Hütte war halb in die Erde hineingebaut; ein langer Streifen im Dach war nicht gedeckt, um des Nachts dem Lauf des Dunklen Mondes folgen zu können.

Nun hatten die Elben einen Wall aus Pflanzen, wahrscheinlich Raqordornen, aus dem Boden entstehen lassen. Nach und nach wurden die Bewohner dort zusammengetrieben.

Wieder blies eine kalte Bö, die die letzten Gefechte – wenn man den Kampf zwischen den ausgebildeten Kriegern des Heermeisters und seines Bruders mit den Nomaden dieses Steppendorfes so nennen konnte – ausgelöst hatten, Sinan Staubkörner ins Gesicht.

Dann legte sich der kalte Wind und mit ihm der rote Staub, der ihn und Mojisola bedeckte, seit sie aus den südlichen Loranonbergen herabgestiegen waren. Sinan betrachtete seine Hände. Der feine Staub hatte die Haut ausgetrocknet und sich dann daran gesetzt, sodass selbst die Reinigung, die ihm die Dorfbewohner gestern in dem kleinen Tümpel zwischen den Bäumen gegönnt hatten, ihn nicht mehr aus den Myriaden kleinster Rissen hatte auswaschen können.

Doch ihm machte das nichts aus. Er betrachtete es als eine Ehre, die ihm die Erde zukommen ließ, ähnlich den Nomaden, die in diesem Dorf lebten – das nun von den Reitern dort unten vernichtet wurde.

Der Staub hatte sich gelegt. Sinan konnte aus dieser Entfernung nur schwer Elben und Menschen unterscheiden, doch nur noch wenige Punkte rührten sich außerhalb des Pferchs aus Raqordornen. Wäre die Landschaft nicht so trocken gewesen, dann hätte er sie vielleicht an den Haarfarben erkennen können, doch selbst die sonst so klaren, reinen Farben der Elben waren nunmehr von einem roten Schleier überzogen.

Dann hörte er plötzlich einen Schrei. Es klang wie ein Befehl, und er kam vom Dorf. Nichts war vorher zu hören gewesen, nur dieser Ton, voll schrecklicher Wut, die kälter war als die Nächte in den Eisebenen von Kantis, von denen Sinans Vater an langen Abenden vor dem Kamin des Herrenhauses von Guzarat erzählt hatte.

Sand wirbelte auf und bildete einen Tornado. Dann flogen Sinan plötzlich Körner ins Gesicht, so kalt wie Eis. Sie rissen ihm nicht nur die Haut auf. Die Kälte, die sie mitbrachten, drang tief in sein Blut und schien sogar die Strahlen beider Sonnen auszulöschen; sie verschwanden hinter Wolken aus aufgewirbeltem Staub und Sand, als wollten sie sich abwenden von dem, was im Dorf vor sich ging.

Sinan schrie entsetzt auf und riss Mojisola mit sich hinter dem Fels zu Boden.

Ein Blizzard fegte über sie hinweg, heulte, als sei er lebendig und jage alle, die dem Volk des Dunklen Mondes angehörten und auch nur ein wenig Feuerkraft oder Erdmagie in sich hatten.

Es dauerte lange, bis der Sturm verebbt war und Sinan es wagte, wieder über den Felsen hinweg ins Tal zu schauen. Es war still im Dorf, während sich die wild wirbelnden Böen langsam legten. Dann blinkte etwas im Westen der Hütten – dort, wo der Pferch gewesen war – im Licht der Roten Sonne auf, so als sei etwas plötzlich in Glas eingeschlossen.

Sinan ahnte, worum es sich handelte.

Der Heermeister hatte die Hirten in Eis eingeschlossen. Er hatte sie alle erfrieren lassen.

Mojisola schob sich schweigend neben ihn. Es war, als könnte auch er nicht in Worte fassen, was er sah.

»Der Heermeister ist wahrlich der Zwilling dieses grausamen Königs«, sagte Sinan schließlich heiser. Kurz schoss ihm der Gedanke durch den Kopf, ob seine Schwester wirklich die Kraft hatte haben könnten, sich gegen einen so machtvollen Magier der Luft durchzusetzen, wenn dieser etwas erreichen wollte.

Vielleicht war es wirklich nicht ihre Schuld, dass sie nun grüne Magie in sich hatte.

Winzige dunkle Punkte lösten sich schließlich aus dem Staub, der alles bedeckte. Sie verschwanden schnell nach Südwesten, in die Richtung, in der die Straße nach Sirakand lag und die deshalb die beste Verpflegung versprach. Es waren also ausschließlich die Reiter des Heermeisters. Sinan wusste, dass die Absicht, der Straße zu folgen, nicht nur reine Bequemlichkeit der Elben war. Wer das Wüstenland betrat und es nicht kannte, war darauf angewiesen, tagsüber Schutz und die Brunnen der Oasen zu finden. Das galt besonders für Elben, die Hitze, Trockenheit und Staub um einiges schlechter ertrugen als Menschen.

Sinan wusste, dass der König und der Heermeister in ihm einen Spion des Zaranthen vermuteten. Kein Wunder also, dass man dachte, er sei direkt auf dem Weg dorthin.

Weder er noch Sanara waren trotz der Feuermagie, die sie besaßen, Wüstenmenschen, das wusste der Fürst. Er durfte damit rechnen, Sinan und seiner Gefangenen auf der Straße zu begegnen, die von einer Oase zur anderen führte.

Ein Teil von Sinan war erleichtert, als er sah, dass die Reiter sich aus dieser Richtung fortbewegten. Denn er und Mojisola würden den Verfolgern ein Schnippchen schlagen. Sie wollten direkt nach Süden gehen, weit abseits der Straße, am Vanion-See vorbei ins Kantar-Gebirge, und erst von dort zurück nach Nordwesten in die Hauptstadt Sirakand.

Und doch hatte er ein schlechtes Gewissen. »Wir hätten nicht gehen dürfen«, murmelte er.

Mojisola erhob sich. »Was hättest du tun wollen?«

Sinan schwieg.

»Was du fühlst, spricht für dich, Sinan Amadian«, sagte Mojisola. »Und du wirst noch mehr tun, um deinem Namen gerecht zu werden. Du hast selbst gehört, dass Saif von Jatamar, der Zaranth, Verstärkung aus Guzar und dem südlichen Entarat herbeigerufen hat. Er wird sich freuen, wenn Sinan Amadian ihm ein Schwert verspricht. Du wirst die Ehre deines Hauses wieder herstellen können.«

»Ich habe den Fürst doppelt gedemütigt«, murmelte Sinan. »Ich nahm ihm die Gefangene, die den Krieg entscheiden sollte und sein Schwert. Doch er wird erst aufgeben, wenn ich ihn mit diesem Schwert getötet habe!«

Mojisola nickte. »Ich weiß, dass du das schaffen wirst. Jetzt komm. In drei Tagen werden wir das letzte Wasserloch vor der Wüste erreichen. Lass uns in dessen Nähe bleiben, bis dort eine Karawane kommt, mit der wir nach Farokant ziehen können. Vielleicht treffen wir sogar die ersten Truppen, die der Fürst von Entarat aus Dabazar geschickt hat.«

Sinan warf einen letzten Blick auf den in der Sonne dampfenden Eisberg. Er hatte immer noch das Gefühl, dass ein kalter Luftzug von dort unten heraufwehte. Nun, da die Reiter verschwunden waren, rührte sich nichts mehr im Dorf.

Wahrscheinlich waren wirklich alle Bewohner dem Rachedurst des Heermeisters zum Opfer gefallen. Sinan schickte ein Gebet zum Dunkelmond und bat ihn, den Seelen der Dahingeschiedenen den Weg in seine Feuer zu weisen.

Als Sinan sich vom Dorf abwandte, hätte er nicht mehr sagen können, welchen der Söhne des Dajaram er mehr hasste. Tarind, der seinen Vater, seine Familie und damit seine Ehre und die seines Hauses zerstört hatte, oder seinen hochmütigen Zwilling, der die warme Magie des Dunkelmonds mit einer Kälte vernichtete, die schlimmer war als alle Grausamkeit, die Tarind innewohnte.

Wieder schickte Sinan ein inbrünstiges Gebet an Akusu.

Vielleicht hatten Ronan und die Weisen recht. Vielleicht war ein Amadian dazu ausersehen, die Gerechtigkeit in der Welt wieder herzustellen.

Und Sinan wusste, dass er alles dafür tun würde, derjenige zu sein, der dies vollbrachte.

Kapitel 12

»Es waren die Elben des großen Waldes von Dasthuku, die sich als Erste in den Süden wagten, in die Ebene von Barat und die Felsenberge von Loranon. Und sie waren es auch, die den Menschen das Geschenk der Sprache machten und sich mit ihnen vereinten. Doch galten sie damit ihren Geschwistern, den anderen Elbenvölkern, besonders denen von Norad und Kantis, als Verräter, und es dauerte lange, bis wieder Einigkeit unter den Kindern Vanars herrschte.
Die Menschen aber dankten es den elbischen Fürsten aus dem Hause Landarias, indem sie ihre besten Erdmagier einen Palast für ihre Wohltäter errichten ließen. Auf fester Erde gebaut und umschmeichelt vom Licht der Purpursonne und doch mitten im Mondsee und im Hochwald gelegen, kündet er bis heute von den Gemeinsamkeiten zwischen Menschen und Elben.«

Von den Kriegen der Elben und Menschen
Vierte Rolle der Schriften des Klosters der Weisen Zwölf

Jeder Schritt Ronans führte tiefer in den Qentar-Hochwald von Dasthuku und weg von der Straße, die entlang des Lithon nach Kharisar führte.

Die riesenhaften und majestätischen Bäume schienen von Tag zu Tag höher zu werden, die Laubkrone in den weit entfernten Wipfeln dichter. Einen Pfad gab es schon lange nicht mehr. Auch die Wedel des Goldfarns reichten Sanara bald nicht mehr nur bis zur Hüfte, sondern überragten ihren Kopf, als sie und Ronan tiefer und tiefer in den Wald vordrangen. Grün in allen Schattierungen umgab sie, dunkles Laubgrün, helles Smaragdgrün und das satte Lind des Königsfarns, das dem Wappen der Elben von Norad die Farbe verlieh.

Das allenthalben dichte Laub ließ kaum Sonnenstrahlen durch, und der von dicken Mooskissen bewachsene Waldboden verwandelte sie in grünliches Dämmerlicht. Die Pflanzen waren seit zwei Tagen so groß, dass Sanara das Gefühl hatte, sie sei um die Hälfte ihrer Größe geschrumpft.

Es wurde auch feuchter. Die Luft war schwerer zu atmen und roch nach sumpfiger Erde, nach faulenden Stämmen und dem Laub vom letzten Jahr; manchmal mischte sich noch die schwere Süße von Raqorblüten hinein. Der Boden zu ihren Füßen war morastig und schien sich durch das ihn durchdringende Wasser sowie die Wurzeln der Bäume und Farne, die sich durch die Krume gruben, allmählich zu verflüssigen. Hier hatten Wasser und Pflanzen die Macht, es war elbisches Gebiet.

Sanara hatte davon gehört, dass in diesem Teil der Wälder von Dasthuku früher das Volk der Landari gelebt hatte. Ursprünglich hatten die Elben nur die Wälder, den Saum des Östlichen Meeres und den Schnee der nördlichen Ebenen von Kantis bewohnt. Die Elbenvölker der Landari und der Norad hatten sich früher auf den riesigen Qentarbäumen Paläste gebaut und ganze Städte dort errichtet. Städte, in denen ein Baumhaus mit dem anderen durch schmale Brücken verbunden war, viele Klafter über der Erde, hoch in der Luft, weit oben in den Pflanzen, die sie dank der Magie, die Vanar ihnen geschenkt hatte, beherrschten.

Sanara erinnerte sich an die Erzählungen ihres Vaters, der als Fürst von Guzar oft durch die Lande gezogen war und einmal auch die letzten Qentarpaläste der Elben in Darkod gesehen hatte. Heute lebten nicht mehr viele Elben auf diese Weise, die meisten hatten verlernt, solche Baumpaläste zu bauen. Selbst der Hauptzweig der Familie der Norandar hatte sich in Bathkor niedergelassen, im Zentrum der Welt, um besser herrschen zu können.

Während sie zwischen den Stämmen herging, erinnerte sich Sanara an die Bauweise der Festung Bathkor. Auch wenn sie als Zugeständnis an das Volk Akusus in den Felsen gehauen war, gab es überall zierliche Türme, Terrassen und Brücken, die Gebäudeteile miteinander verbanden und die an Bäume erinnerten. Selbst dicke Wände waren oft durch filigrane Muster durchbrochen, damit Luft und Regen die dort in der Festung wohnenden Herrscher erreichen konnten.

Die Könige der Elben kamen, so erzählte man sich, nach dem Worte der Ys aus dem Geschlecht der Norad, daher waren sie schon vor Jahrhunderten aus den Wäldern am östlichen Fuß des Zendar-Gebirges an die Mündung des Sorinas in den Lithon gezogen. Dort, ungefähr in der Mitte Vyranars, hatten sie Bandothi gegründet. Nur die Sippe der Hohepriester des Lebens lebte noch in der luftigen Stadt Darkod, die sich in der Nähe des Palasts der Stürme befand, in dem die Elben ausgebildet wurden, die die Gabe des Lebens und des Heilens besaßen.

Im Qentar-Hochwald von Dasthuku lebten heute nur noch wenige Elben. Die Landari waren unter den Ersten gewesen, die seinerzeit in die Ebenen und Gebirge zu den Menschen gezogen waren und sie darin unterwiesen hatten, die Früchte der Pflanzen zu nutzen. Doch bis heute wagten sich Menschen nicht ins Herz des Waldes, die Qentarbäume waren, so weit von den Ebenen der Länder Barat und Guzar entfernt, zu groß und zu mächtig, um von Menschen gefällt zu werden; und es war zu grün und zu feucht, als dass sich das Volk Akusus wirklich hätte wohlfühlen können.

Ronan sprach nur wenig mit ihr. Meist ging er langsam vor ihr her und sang seine Lieder. Es waren Gesänge von der Entstehung der Welt, von den Gaben, die Ys und Syth gerecht unter ihren beiden Zwillingskindern aufgeteilt und die diese jeweils an ihr Volk weitergegeben hatten. Manchmal handelten sie auch von der Freude Akusus über seine Gaben, dem Sommer, dem Herbst, den Strahlen der beiden Sonnen, der kargen Erhabenheit der pflanzenlosen Wüste, dem Licht des Feuers und der Wärme und Trockenheit der Erde, die Edelsteine von leuchtender Schönheit barg.

Wieder einmal konnte Sanara sehen, wie die Töne, die Ronan

sang, die Realität durchdrangen. Wie kaum sichtbare Bänder aus gelben, roten und schwarzbraunen Funken wehten sie hinter ihm her und hüllten ihn und Sanara in einen schützenden Kokon, der im Grün des Waldes wie ein Fremdkörper wirkte.

Sie wusste, sie hätte den schweren, süßlichen und an Verwesung erinnernden Blütengeruch, der die Luft durchdrang und den Ronans Gewebe aus Gesang nicht fernhielt, verachten müssen. Früher hatte sie den Würgereiz unterdrücken müssen, wenn sie in einen Wald geraten war. Es war nicht oft vorgekommen, doch immer war Sanara froh gewesen, wenn sie wieder eine Stadt, eine Gegend erreichte, in der nicht die Pflanzen alles beherrschten.

Doch nun war das anders. Ronans Töne hielten die goldene Macht, die die Luft durchdrang, von ihr und ihm selbst fern. Aber immer wieder ertappte Sanara sich dabei, wie sie wünschte, die kaum sichtbaren roten und orangenen Nebelfahnen, die sie immer wieder zärtlich zu berühren schienen, würden verschwinden.

Sie wusste, das entsprang nicht ihrer eigenen Sehnsucht, sondern der grünen Magie, die der Zwilling des Königs in ihr hinterlassen hatte. Und sie verschwand auch nicht, obwohl sie sich jeden Tag ein Stück weiter von Telarion Norandar entfernte.

Endlich frei zu sein hätte Freude in ihr auslösen müssen, doch je weiter sie sich vom Heermeister der Elben entfernte, desto größer wurde das Gefühl des Verlusts in ihr. Sie hatte die grüne Magie in sich – *seine* Magie – am Lithon willkommen geheißen, beschlossen, sich nicht mehr dagegen zu wehren. Der Fährmann hatte gesagt, es sei ein Geschenk der Ys, und wie hätte sie das wunderbare Gefühl vergessen können, das Telarion Norandars Nähe in ihr ausgelöst hatte, die kühle Frische eines Frühlingsmorgens, die ihr hitziges Feuer beruhigte!

Doch jeder Schritt, der sie weiter nach Norden brachte, verstärkte das Gefühl, bewusst das Geschenk, das der Schöpfergeist ihr hatte zuteilwerden lassen, ein Stück weiter von sich zu stoßen.

Der Wunsch, die dunklen, rotorangenen und buttergelben Schwaden, die Ronans Gesang entsprangen, zu zerreißen und sich durch das schillernde Grün des Laubs bis zu den sich hoch oben im endlosen Türkis des Himmels wiegenden Wipfeln aufzuschwingen, brach immer wieder hervor, so als wehre sie sich insgeheim, die Verbindung zum Zwilling des Königs zu lösen. Dann fühlten sich die roten, gelben und dunklen Funkenbänder an, als wollten sie fesseln statt schützen. Es blitzten flüchtige Erinnerungen an ein Hochgefühl auf; daran, auf einem Berggipfel oder dem Wipfel eines der höchsten Qentarbäume der Welt zu stehen, und der Wald erstrecke sich wie ein samtiger Teppich zu ihren Füßen über Hügel und Täler bis zum fernen Horizont. Nur der weite, blaue Morgenhimmel war noch über ihr. Grenzenlose Freiheit, wie kein Kind des Akusu sie je gespürt hatte, kam mit den Bildern der Erinnerung in ihr auf, sie fühlte Wind, der ihre Haare durchwühlte, Luft, die umwirbelte, prickelte und belebte wie leichter Wein.

Es beschämte sie, dass sie diese immer seltener werdenden Bilder zu lieben begann und sie schließlich von Zeit zu Zeit sogar selbst herbeirief. Es waren Erinnerungen, die nicht von ihr stammten, Bilder aus einem Leben, das nicht ihres war und doch beneidenswert.

Sanara wusste, die Bilder stammten vom Zwilling des Mannes, der ihren Vater ermordet hatte, und das war es, was sie vielleicht am meisten beschämte.

Als sie an diesem Abend anhielten, war der Wald still. Die Blutstunde ging zu Ende, im schwächer werdenden Dämmerlicht flocht Ronan im Schatten eines Qentarbaums aus den Wedeln zweier Goldfarne ein Dach, sodass eine Art kleine Hütte entstand. Am Kopfende sorgte die Wurzel eines Qentars dafür, dass man nicht sofort in den Unterschlupf hineinsah. Vorne tarnte er die kleine Höhle sorgfältig mit ein paar jungen Königsfarnen, die er ausgegraben hatte.

Sanara und er hatten über den Tag hinweg Kräuter, Nüsse und Früchte gesammelt, die jetzt als Nachtmahl dienten.

»Viel Wasser haben wir nicht mehr«, sagte Sanara und schüttelte den Wasserschlauch. »Hoffentlich kommen wir morgen zu einer Quelle.«

Ronan nickte. »Wir sind unserem Ziel schon nah. Der Mondsee ist nicht mehr weit. Wenn wir Glück haben, erreichen wir morgen den Eingang des Tunnels, der uns in den Grünen Turm bringen wird. Dort können wir vorerst bleiben und uns ausruhen. Zu den Weisen ist es dann nicht mehr weit.«

»Der Mondsee«, sagte Sanara nachdenklich. »Wir sind weit gekommen.«

Ronan lächelte. »Drei Zehntage ist es her, dass wir geflohen sind. Es ging schneller, als ich dachte.«

Sanara lachte leise. »Dachtest du, du müsstest mich tragen?«

»Das nun nicht«, sagte er amüsiert. »Aber die Magie in diesem Wald ist sehr stark. Sie schwächt Menschen, besonders, wenn ihre Magie so stark und rein ist wie deine.«

Er hielt inne.

Sanara nickte düster. »Du weißt sehr gut, dass meine Magie nicht mehr rein ist«, sagte sie. »Und deshalb werde ich es bis morgen aushalten, nichts mehr zu trinken«, fügte sie betont heiter hinzu.

»Das ist gut!«, erwiderte er erleichtert. »Zwar könnten wir die Wurzelknollen der Goldfarne öffnen, in denen ist immer Wasser, das die Pflanzen speichern. Aber hier im Herzen des Waldes wäre das nicht klug.«

Sanara sah ihn groß an. »Du glaubst, dass die Bäume dir eine Verletzung übel nähmen?«

»Sie sind Lebewesen. Sie würden auch ein Feuer übelnehmen. Deswegen sollten wir hier ja auch keines entzünden. Ich würde an diesem Ort nichts tun, was die Pflanzen beunruhigt, denn der Wald gehört ihnen. Der Raqor kam uns heute immer wieder sehr nah. Ich hatte sogar den Eindruck, dass selbst mein Gesang ihn nicht beeindruckte. Doch er hat uns nicht angegriffen.« Er sah sie liebevoll an. »Sie wissen, dass deine Feuermacht sie auf der Stelle vernichten könnte, vielleicht hat sie das abgehalten.«

Sanara nahm sich noch eine der großen Reka-Früchte und ging nicht auf Ronans Worte ein. Sie konnte sich denken, warum der Raqor ihnen immer wieder zu nahe gekommen war und sie doch nicht angegriffen hatte. Er spürte nicht die Feuerkraft in ihr, sondern die Windmagie, die ihre Seele durchdrang.

»Ich verabscheue diesen Wald wie die grüne Magie in mir«, sagte sie und vermied es, Ronan bei dieser Lüge anzusehen. »Er ist zutiefst elbisch und nicht für Menschen gemacht. Bist du sicher, dass es keinen anderen Weg zu den Weisen gibt?«

Ronan sah sie nachdenklich an, antwortete aber nicht. »Bereust du deine Entscheidung?«

Sanara biss wieder in den Reka-Apfel und kaute nachdenklich. »Nein«, sagte sie nach einer Weile. »Ich kann nicht zurück.«

Ronan nickte. »Wir werden den Turm morgen erreichen.« Er schaute über die Schulter, als befürchte er, beobachtet zu werden. »Ich kann nur hoffen, dass wir nicht von den Soldaten des Königs, die am Ufer des Sees ein Lager haben, entdeckt werden.«

Es war mittlerweile zu dunkel, um seinem Gesichtsausdruck zu entnehmen, ob er an dem, was sie sagte, zweifelte oder es bestätigte.

In der Nacht konnte Sanara nicht schlafen. Bisher hatte der Musikant durch seine Lieder und seine Umarmungen immer erreicht, dass sich die grüne Magie in ihr zur Ruhe legte. Sie war dankbar dafür und hatte seinen Händen die Wanderung über ihren Körper ebenso gestattet wie die Küsse – und sie sogar erwidert.

Doch heute Nacht war es ihm nicht gelungen, sie den Fürsten der Elben vergessen zu lassen.

Immer wieder kämpfte sie gegen den Wunsch an, die Bäume zu erklimmen, um die Monde über der Welt zu sehen, den frischen Wind im Gesicht und die Weite des dunklen, sternenübersäten Himmels zu spüren. Jede Brise erschien ihr wie eine Liebkosung von Telarions Fingern.

Dagegen stand das Bedürfnis, diesem feuchten, grünen und

treibenden Wald zu entkommen und jeden Gedanken daran mit der Wärme eines Erdfeuers zu vertreiben. Der Vater hatte von den Wüsten in Solife erzählt, den endlosen Sanddünen, der trockenen Hitze und den rosigen und gelben Farben, in denen die Felsen erglühten. Vielleicht war es dort möglich, dieses elbische Seelenstück loszuwerden, indem man es ausdörrte und verbrannte. Möglicherweise wurde ihr dann wieder warm.

Vielleicht hätte sie mit Sinan nach Süden fliehen sollen, statt sich einem Musikanten anzuvertrauen.

Müde schloss sie die Augen und konzentrierte sich auf ihr Seelenfeuer. Ihr Körper brauchte Ruhe und Wärme. Doch ihre Gedanken wirbelten in ihrem Kopf herum und ließen ihr keine Ruhe.

Schließlich gab sie auf und kroch vorsichtig erst aus Ronans Armen und dann aus dem Unterschlupf. Vielleicht wurde sie müde, wenn sie noch ein wenig herumlief. Sie wusste, der Wald würde ihr nichts tun. Er würde, wie die letzten Tage auch, erkennen, dass sie Goldene Magie in sich trug.

Der Fährmann hatte gesagt, die andere Magie sei ein Geschenk, das von Ys käme. Ys, die alle Wesen gleich behandelte. Sie blieb stehen und lehnte die Stirn gegen die raue Rinde des Qentarbaums. Als sie die Hände auf die Borke legte, hatte sie nicht das Gefühl, sie umarme den Fürsten, doch als sei es das Nächstbeste.

Es war ein kläglicher Ersatz und schürte das Gefühl, sie täte das Falsche, indem sie sich vom Zwilling des Königs immer weiter entfernte. Sie löste sich von dem Stamm, neben dem sich die Farnhütte befand. Doch kaum war sie halb um ihn herumgegangen, hörte sie ein Rascheln. Der Boden bebte beinahe unmerklich in der Stille der Nacht.

Schritte.

Sie fuhr herum. War das Ronan? Sie war sicher, dass er geschlafen hatte, als sie den Unterschlupf verließ. Er hatte mit seinem Gesang den ganzen Tag Magie gewirkt, kein Wunder, dass er todmüde und nicht einmal aufgewacht war, als sie versehentlich mit einem Zeh gegen seine eingewickelte *pathi* gestoßen war. So dauerhaft Magie zu wirken war anstrengend.

Sie ging über das Moos weiter dicht am Qentarstamm entlang, den zwanzig Mann kaum hätten umfassen können, und versuchte dabei, keinen Laut zu verursachen. Eng drückte sie sich an die feste Rinde.

Die Schritte kamen näher, und fieberhaft versuchte Sanara zu erkennen, wer oder was dort herankam. Doch das dichte Laub der Königsfarne und der Qentarwipfel schloss das Mondlicht aus. Nur einzelne, blasse Mondstrahlen in Gold oder Silber bahnten sich den Weg durch das Blätterdach.

Dann breitete sich der Geruch von Torf, stehendem Wasser und zerriebenem Laub aus.

Elben.

Die Patrouille, von der Ronan gesprochen und die er befürchtet hatte. Sie versuchte, ihre Angst zu verdrängen.

»Sei vorsichtig«, wisperte eine Stimme leise.

Sanara konnte sie kaum verstehen. »Ich spüre mindestens einen Menschen dort irgendwo im Farn. Eine Insel von trockener Wärme.«

Die Schritte hörten auf. »Aber Nadiro sah heute zwei.«

»Ich spüre nur einen.«

Sanara war verwirrt. Wieso spürte dieser Elb nur einen Menschen? Dann fiel es ihr wieder ein. Natürlich: Die Elben nahmen ihre Körperwärme nicht mehr wahr, ähnlich wie der Raqor.

Mutig geworden beugte sie sich vor und spähte in die Dunkelheit. Jetzt konnte sie zwei Schatten erkennen, die sich langsam auf den Unterschlupf zubewegten. Ein Mondstrahl blitzte auf einem *daikon* auf.

Wut stieg in Sanara hoch. Sie würde nicht zulassen, dass diese beiden Elben Ronan entdeckten und ihn festnahmen. Ihn am Ende quälten, folterten oder gar töteten. Der Heermeister und sein Bruder kannten ihn, sie waren gemeinsam geflohen. Auf ihn würde kaum Gnade warten, geschweige denn Freiheit.

So leise wie möglich rieb sie sich Hände und Gesicht fest mit Moos und Erde ein, um auch die letzten Reste des ihr eigenen Geruchs nach Honig und Obstblüten zu überdecken. Dann schlich sie sich an den Elb heran, der hinter dem anderen zurückgeblieben war und in ihrer Nähe stand. Ein verirrter Mondstrahl fiel auf sein blasses, beinahe farbloses Haar. Es war einer der Soldaten, die sie und Ronan vor vier Tagen am Fluss beobachtet hatten.

Dort hatte man sie nicht gefunden, doch nun drohte die Entdeckung.

Sanara packte ihr Messer fester. Sie hatte es in einer Dorfschänke auf dem diesseitigen Ufer des Lithon gestohlen, nachdem Odran sie hergebracht hatte. Ronan hatte für sie beide dort mit seiner Musik ein wenig Proviant ersungen. Sie hatte es einem Hirten abgenommen, und es hatte ihr bereits gute Dienste geleistet. Die Taschendieberei war eine Fähigkeit, die sie in ihren Jahren nach der Flucht aus dem Kloster des Abends erworben hatte, um in den engen Gassen von Guzarat zu überleben.

Und nun wusste sie, dass sie es immer noch konnte.

Sie überlegte fieberhaft, wie sie die beiden Soldaten, die wahrscheinlich zu der Garnison gehörten, die den Grünen Turm, das erste Ziel ihrer Reise, bewachte, ablenken konnte. Sie kroch langsam und so lautlos wie möglich hinter den Elben her.

Sie hatten den Unterschlupf, in dem Ronan immer noch schlief, fast erreicht.

Doch Sanara war ihnen auf den Fersen geblieben. Sie hob ein Stück Moos auf und warf es vorn in das Gebüsch. Die beiden Elben schreckten kurz auf, aber verfolgten das Rascheln nicht weiter.

Auch ein zweiter Wurf brachte keinen Erfolg.

Sanara hatte gehofft, dass die beiden nachsehen würden, welches Tier sich dort verbarg, und dass die Zeit ausgereicht hätte, Ronan und sich in Sicherheit zu bringen. Doch sie taten es nicht; wenn sie Ronan spüren konnten, fühlten sie wahrscheinlich auch, dass dort kein Tier in den Blättern raschelte.

Schon machte sich einer der beiden Elben an dem geflochtenen Farnvorhang zu schaffen, den Ronan gefertigt hatte. Sanara fragte sich, warum er sich nicht rührte. Er musste doch bereits aufgewacht sein!

Dann hörte sie auf einmal ein Rascheln, als arbeiteten sich dicke Wurzeln durch das Laub vom Vorjahr. Ein erstickter Schrei war zu hören.

Ronan!

Die lohgelbe Seelenflamme Sanaras loderte auf. Sie trat aus dem Farn auf eine Wurzel und stand nun etwas erhöht hinter dem ersten Elb, atmete tief durch. Er roch bittersüß, nach Raqorblüten und zerriebenen Blättern. Wieder war ein erstickter Schrei zu hören.

Vor Sanaras innerem Auge erschienen die von Wurzeln zerrissenen und von Dornen durchbohrten Körper von Ondra, Mehtid und Settar. Dann existierte auf einmal nichts mehr außer ihrer Wut, die ihr ungeahnte Kräfte und Schnelligkeit verlieh. Sie packte den rechten Arm des Elben und zog ihm mit der Linken das Messer flink und fest über die Kehle.

Du darfst nicht zögern, keinen Wimpernschlag lang darfst du zögern, hatte Pakan damals gesagt. In seinem Schutz hatte sie lange gelebt, als ihr Körper langsam zur Frau gereift war und Sinan sie in den Gassen Guzarats nicht mehr hatte beschützen können. Sie hatte sich Schutz suchen müssen, um überleben zu können, und hatte ihn für einige Zeit bei Pakan, dem König der Diebe, gefunden, der mit dem Sud aus Traumbeeren handelte, die aus Guzar stammten.

Du darfst nicht zögern. Und du musst es wollen. Denk nicht nach. Nur beim ersten Mal ist es schwer. Danach wird es leichter.

Sie hatte schnell erfahren, wie recht er gehabt hatte.

Die scharfe Klinge drang durch die Haut und das Fleisch des Elben wie durch einen Klumpen weiche Butter. Ein leises Gurgeln verriet, dass der Soldat versuchte, seinen Gefährten auf sich aufmerksam zu machen, doch das Geräusch war zu leise, als dass es den anderen alarmiert hätte. Ein leises Plätschern auf den Farnblättern verriet Sanara, dass sie die Halsschlagader durchtrennt hatte. Der Soldat brach in die Knie. Sanara hatte ihn am Kinn gepackt und seinen Kopf an ihre Schulter gedrückt, damit er nicht nach vorne kippte. Seine hellen, weichen Haare fuhren wie Spinnweben durch ihr Gesicht, als sie ihn langsam zu Boden gleiten ließ. Angeekelt zog sie sich rasch hinter einen Farnbusch zurück.

Der andere Soldat war so darauf konzentriert gewesen, Ronan mit Raqor zu binden, dass er nicht auf seinen Gefährten geachtet hatte. Doch jetzt wandte er sich um. Entsetzt beugte er sich über den Zusammengebrochenen und versuchte, ihn wiederzubeleben.

Sanara hatte sich hinter den knolligen Stamm eines Königsfarns zurückgezogen, doch jetzt huschte sie, so schnell sie konnte, zum Unterschlupf.

Ronan war betäubt, die Dornenranken umschlangen seinen nackten Oberkörper und hatten sich an mehreren Stellen in seinen Brustkorb gebohrt. Doch er sang mit geschlossenen Augen leise ein Lied, und es war zu sehen, dass die Ranken bereits schrumpften und welkten.

Dennoch fiel es ihm schwer, und seiner Stimme war der Schmerz anzuhören, den er spüren musste.

Wieder loderte Zorn in Sanara auf und fuhr wie ein Feuersturm durch sie hindurch. Ronan tat niemandem etwas zuleide, keinem Menschen, keinem Elb. Er hatte nicht verdient, qualvoll durch das Gift des Raqors zu sterben.

Bevor sie überlegen konnte, war sie bei dem Soldaten, der immer noch über seinem toten Gefährten kniete, und hielt ihm die Spitze des Messers an den Hals. Für einen Moment dachte sie daran, zuzustechen, doch dann brachte sie ihre Lippen nah an die linke Ohrmuschel des elbischen Soldaten. Erst musste sie ein paar Fragen beantwortet haben.

Erschrocken hielt er still, als er den Stahl unterhalb seines Ohrs fühlte. Das Metall war nicht kalt, sondern durch die Berührung mit ihr so heiß, als habe man es gerade aus dem Feuer gezogen. Aus dieser Nähe roch der Elb nach dem Wasser eines erdigen Tümpels.

»Wenn du auch nur atmest, werde ich dir die Halsschlagader durchstechen«, wisperte Sanara. »Du wirst innerhalb von wenigen Herzschlägen verbluten. Hast du das verstanden?«

Der Soldat schluckte hörbar und nickte dann.

»Gut«, wisperte Sanara. »Wirf dein *daikon* fort.« Als der Soldat nicht sofort gehorchte, ließ sie die Spitze der Klinge seine Haut ritzen. »Wirf es fort, sage ich!«

Er gehorchte. Die Klinge fiel etliche Schritte von ihnen entfernt in den Farn. »Gut. Ihr seid nur zu zweit?«

»Du bist die … Feuermagierin.«

Seine Stimme zitterte, und Sanara dachte an das, was Ronan gesagt hatte. *Weißt du denn wirklich nicht, was sie sich von dir erzählen? Keiner von ihnen hätte den Mut, dich aufzuhalten.*

»Das ist richtig. Und du beantwortest meine Fragen besser, sonst zeige ich dir, wie heiß mein Feuer brennt! Nun? Ihr seid also nur zwei?« Als die Antwort nicht sofort kam, verstärkte Sanara den Druck des Messers auf die Kehle des Soldaten noch einmal.

»Ja … Ein Späher sah euch heute. Dich und den Erdmagier«, kam es gepresst. »Er vermutet, dass ihr auf dem Weg zum Grünen Turm seid. Dort ist der Sitz von Rebellen des Dunklen Mondes.«

Sanara nickte grimmig und hob die Klinge, um sie dem Soldaten in die Halsschlagader zu stoßen, doch im letzten Moment wurde ihre Hand festgehalten.

»Was …«

»Im Namen der Ys, ich werde nicht zulassen, dass du unschuldige Männer ermordest!«, erklärte eine ernste Stimme neben ihr. Sie klang schwach und heiser.

Ronan.

Sanara wollte sich befreien, doch sein überraschend fester Griff verstärkte sich noch. »Lass mich los!«, zischte sie und vergaß, dass sie selbst noch vor einem Wimpernschlag gezögert hatte, den Elben zu töten. »Er wird uns verraten! Und überhaupt – glaubst du wirklich, ein Soldat der Wache Tarind Norandars sei unschuldig? Er wird es uns nicht sagen, aber ich will auch gar nicht wissen, wie vielen Frauen er schon die Kraft geraubt und wie viele Männer er getötet hat!«

Sie stieß dem Soldaten von hinten das Knie zwischen die Beine, sodass dieser stöhnend zu Boden ging. »Und wenn wir ihn jetzt verschonen, was sollen wir dann tun? Glaubst du nicht, er wird uns folgen und für den Tod seines Gefährten bestrafen? Und nicht nur uns, auch jeden, den wir treffen!«

Sanara riss den am Boden Kauernden mit einer Hand herum und kniete sich auf seine Brust. Der Wachmann rang nach Luft, doch er wagte nicht, sich zu rühren. Trotz der Dunkelheit war der Schrecken in seinen Augen deutlich zu sehen. Dann leuchteten seine Pupillen auf einmal golden auf. Schlammiges Wasser schoss rechts und links neben Sanara aus dem Boden und durchnässte Ronan so plötzlich, dass dieser Sanaras Handgelenk losließ und nach Luft rang.

Ein Fehler. Der vom Gift des Raqors immer noch geschwächte Musikant atmete das hochflutende Wasser ein, begann zu husten und nach Luft zu schnappen wie ein Ertrinkender.

Ohne nachzudenken, schloss Sanara die Augen und stellte sich eine Feuerwand vor, an der die trüben Wellen zischend zerschellten. Ihr Flammenschild loderte plötzlich so hell auf, dass der Wachmann erschrocken aufschrie und die Hände vor sein Gesicht schlug. Es half ihm nicht, die Flammen innerhalb der Wasserwand hatten das Element bereits zischend verdampfen lassen, nun fuhr es wie ein Feuersturm in ihn hinein. Er rang nach Luft und sog so die Flammen nur tiefer in sich hinein.

Ein schneller Blick auf Ronan überzeugte Sanara davon, dass der Musikant nach wie vor in den Fluten, die der Elb beschwor, gefangen war. Ronan besaß außer seiner Musikantengabe nur die Macht über die Erde. Ihm blieb weder die Zeit noch die Kraft, sie anzuwenden. Immer neues Wasser wallte über ihn hinweg, ohne dass er sich wehren konnte, und der Raqor in seinem Blut tat ein Übriges, um ihn zu schwächen.

Wut übermannte Sanara. Ronan hatte niemandem etwas getan, niemandem! Sie würde nicht zulassen, dass ein Elb ihn quälte, dass er durch die Hand eines Elben starb!

Blind vor Zorn stieß Sanara die Klinge in die Kehle des Soldaten vor ihr. Noch einmal bäumte sich der Körper unter ihr verzweifelt auf, dann sackte er in sich zusammen. Das goldene Leuchten in den Augen ihres Opfers verschwand, die Wellen ebenfalls.

Langsam zog Sanara das Messer aus der Kehle des Mannes. Er zuckte noch einmal, dann entspannte sich der Körper im Tod.

Sie stand langsam auf. Der Flammenwall um sie herum erlosch.

Schwer atmend sah Sanara auf die beiden Toten hinunter. Der wilde Zorn hatte sich in ebenso wilde Freude verwandelt, die sie überwältigte.

In ihrem Hinterkopf flüsterte eine leise Stimme, dass sie diese Tat bald bereuen würde. Es war immer furchtbar, Leben zu nehmen.

Doch dann straffte sie sich und sah auf Ronan hinab. Sie hatte es für ihn getan! Diese beiden würden niemandem mehr die Kraft nehmen, keinem Kind Akusus mehr giftige Raqordornen in den Körper treiben und es ertrinken lassen!

Ronan saß immer noch völlig durchnässt neben ihr. Er atmete schwer und hustete, hatte viel Wasser geschluckt.

Doch sein Atem wurde langsam ruhiger. Gern hätte Sanara das Wasser aus ihm herausgetrocknet, so wie die Shisans des Feuers es früher im Kloster des Abends getan hatten.

Doch noch loderte die Wut in ihr. Sie wagte es nicht.

»Ich wünschte, du hättest das nicht getan«, hörte sie Ronan dann sagen.

Die Enttäuschung war ihm deutlich anzuhören, als er weitersprach. »Ys billigt das Töten um des Tötens willen nicht. Jedes Leben ist kostbar.«

Für einen Augenblick war sie sprachlos.

»Sie hätten uns umgebracht!«, brach es schließlich aus ihr heraus. Erst jetzt flammte in ihr jähes Bedauern auf. Nicht darüber, dass sie den beiden Elben den Tod gebracht hatte, sondern dass Ronan der Flötenspieler durch das, was sie getan hatte, verletzt worden war. »Sie wollten uns finden, nicht einfach nur verfolgen, sonst wären sie in der Nacht versteckt geblieben«, sagte Sanara und reinigte das Messer mit Hilfe von Farnwedeln und Moosballen. »Oder noch schlimmer, sie hätten uns nach Bathkor bringen und dort den Folterknechten des Vogts und vielleicht auch des Königs ausliefern können!«

Folterungen, bei denen man Ronan wahrscheinlich seine Gabe genommen und ihn dann getötet hätte. Wie man es bei Siwanon getan hatte. Sie sah ihn nicht an.

»Du hast nur deinen Wunsch nach Rache an allen Elben an zwei Männern befriedigt, die dir nichts getan hatten«, erwiderte Ronan nach einer Pause, als habe er ihre Gedanken gelesen. »Ys hat dich gerufen, in ihrem Namen zu handeln, und sie missbilligt Mordgier und Rache.«

Sanara richtete sich auf. Trotz der Dunkelheit war der Vorwurf in Ronans Gesicht deutlich zu sehen. Sanara tat es leid, dass ihm die beiden Toten Kummer bereiteten. Doch sie selbst fand keine Reue in sich.

»Ich wollte sie verjagen«, widersprach sie. »Doch sie ließen es nicht zu! Lieber suchten sie nach dir, um dich zu quälen. Und das nur, weil du ein Dunkelmagier bist! Nennst du das gerecht?«

»Dass du es jetzt nicht bereust, heißt nicht, dass du es später nicht doch tun wirst«, entgegnete Ronan. »Komm, lass uns aufbrechen. Wir müssen bei Sonnenaufgang den Eingang zum Tunnel gefunden haben. Wir dürfen nicht bleiben, bis sie die beiden hier suchen.«

Sanara folgte ihm schweigend und fand auch weiterhin kein Bedauern darüber, dass sie zwei Elben getötet hatte, die Ronan nach dem Leben trachteten.

Sinan hielt den Atem an, als er hinter Mojisola über den Kamm der Berge trat, die die Savannen von der eigentlichen Wüste trennten und so eine natürliche Grenze zwischen den Reichen des Fürsten von Dabazar und dem Zaranthen bildeten.

Vor ihm erstreckten sich, so weit das Auge reichte, gelbliche Sanddünen. Er war noch weit oben in den Bergen, doch die Strukturen der Dünen, die Staubwolken, die der Wind immer wieder hochwehte, erinnerten ihn an das Saphirmeer, dss er von seinem Zimmerfenster im Herrenhaus von Guzarat hatte sehen können. Die Dünen waren wie Wellen, der Staub, der darüber wehte, die Gischt. Nur die Farbe war anders; das Saphirmeer hatte die tiefblaue Farbe von Indigo, während diese Wüste von einem satten Goldgelb war, das die Weiße und vor allem die Rote Sonne rosig und silbrig färbten.

Die Wüste von Solife war wahrhaftig das Land des Feuers, für das die Elben es hielten.

Als Sinan Mojisola weiter folgte, begann er zu erkennen, dass auch die Wüste keine Ödnis war. Zwischen den Sanddünen, die sich immer weiter fort bewegten und nie stillstanden, waren, je tiefer sie in die Ebene abstiegen, dunkelgrüne Flecken – Oasen, in denen die Itayabäume hoch aufwuchsen und in denen es Wasser gab. Dazwischen gab es ausgetrocknete Flusstäler, Felsen, die aussahen wie Bauklötze eines Riesen, und manchmal sogar Dorngras, von dem Sinan wusste, dass es den Unguli als Nahrung dienen konnte. So mussten die Händler, die Solife durchquerten, das Futter für die Tiere, die ihnen sowohl als Reit- oder Lastenträger als auch zur Verpflegung dienten, nicht auf ihre Reisen mitnehmen.

Weit im Südosten schimmerte gar eine weißliche Stelle, als sei dort ein Meer. Der Anblick erinnerte Sinan an den Eisblock, in dem der Heermeister die Bewohner des Dorfes Deri eingefroren hatte. Doch dann erinnerte er sich wieder an Mojisolas Erzählungen. Es war der Salzsee von Vanion. Dahinter lag, in flirrendem Dunst kaum erkennbar, ein weiteres Gebirge, die Kantarberge.

Sie waren das erste Ziel der beiden Schmiede. Mitten in den Bergen von Kantar befand sich das Heiligtum der Tiefe, die weiten, bunten Tropfsteinhöhlen, die dem Schöpfergeist des Chaos und der Veränderung einst als Wohnstatt gedient hatten, als er noch in der Welt gelebt hatte. Der Sage nach waren sie wunderschön, so groß, dass selbst klare Seen, leichte Winde und Lava aus den Tiefen der Erde sie durchzogen. So lebten im Tempel des Syth die Elemente Erde, Feuer, Luft und Wasser in höchster Schönheit.

Sinan war neugierig und fragte sich, ob man ihm erlauben würde, die Höhlen zu sehen, oder ob dies nur Shisans gestattet war, die dem Schöpfergeist der Vernichtung dienten.

Mojisola hatte behauptet, dass der Vanion-See in heißen Jahren ganz austrocknete und man dann durch ihn hindurchlaufen könne. Wahrscheinlich sei dies auch dieses Jahr der Fall. Sinan war dafür, es zu versuchen; je schneller sie ihr Ziel erreichten, desto eher würde er dazu kommen, sich dem Zaranthen als Kämpfer anbieten und den König oder seinen Zwilling im bevorstehenden Krieg stellen zu können.

Doch Mojisola war dagegen. Er wusste, dass der Boden des Vanion-Sees, wenn er ausgetrocknet war, aus weißem, leicht violettem Salz bestand und sich die Hitze darin sammelte. Zwei Wanderer konnten allein kaum genug Wasser mit sich tragen, um bei der langen Reise, die selbst mit den Unguli, den Lasttieren der Solifi, schwerlich zu schaffen war, nicht zu verdursten.

Er bestand darauf, dass sie in der Ebene eine Oase aufsuchten, um sich dort einer Karawane anzuschließen, deren Ziel das Kantar-Gebirge war. Sinan hielt das für Zeitverschwendung. Das Heer des Königs war unterwegs, sein Zwilling verfolgte sie. Es schien ihm müßig, in einer solchen Oase zu warten, bis jemand sich erbarmte, zwei schäbige, reisende Schmiede mitzunehmen. Ja, er fand es geradezu unklug, denn es bedeutete, dass sie vielen Fremden von sich würden erzählen müssen.

Doch Mojisola bestand darauf, dass dies die einzige Möglichkeit sei, wie man die Wüste von Solife durchqueren könne, und

Sinan hatte sich, wenn auch murrend, dem Gefährten, der nicht weit von hier in Entarat geboren worden war, gefügt.

Am gleichen Abend erreichten sie den Fuß des Gebirgszugs, doch sie wanderten nicht weiter. Hier waren sie vorerst in Sicherheit. Der Trupp des Heermeisters war in Richtung der Straße nach Sirakand davongeritten. Die Gefahr, dass man die beiden Gefährten fand, wenn sie sich in der Ebene befanden, war größer. Sie würden in einem trockenen Flussbett voller Geröll übernachten und zur Morgendämmerung sofort aufbrechen. Mojisola schätzte, dass sie dann die erste Oase, die sich am Ende der letzten Ausläufer des Grenzgebirges befand, erreichen würden, bevor die Rote Sonne zu hoch gestiegen war.

Elben, die die Rote Sonne mieden, würden in der Nacht nach ihnen suchen, denn kein Wüstenreisender mit Verstand betrat die Sandebenen von Solife, nachdem die Sonnen aufgegangen waren.

Der Marsch verlief ohne Zwischenfälle, und doch war Sinan erleichtert, als er endlich die schmalen Gemüsefelder erreicht hatte, die das Dorf, das nur wenige Gebäude aus Lehm besaß, einrahmten.

Die wenigen Solifi, die in der Oase lebten, arbeiteten auf den wenigen kleinen Gemüsefeldern. Einige bedachten Sinan und Mojisola mit neugierigen Blicken, und doch waren es nicht so viele, wie Sinan erwartet hatte. Es schien, als seien die Bauern es hier gewohnt, dass Reisende kamen.

Mojisola ging auf einen der Bauern zu, der, nur mit einem Lendenschurz bekleidet, bis zu den Knien in einem Graben stand und den Damm, auf dem sie gingen, ausbesserte.

»Sag mir, wo wir den Ältesten Eures Dorfes finden«, bat er.

Der Mann wies auf das größte der Lehmhäuser, es war das beherrschende und das einzige, das wahrscheinlich eine Dachterrasse besaß. Es stand im Mittelpunkt der Lehmhütten, die um eine Art Platz herum gebaut waren und das Zentrum der Oase bildeten. Itayabäume mit großen Wedeln erhoben sich in großer Zahl und spendeten Schatten. Vor einigen Hütten saßen die

Frauen und flochten Körbe und Matten aus getrockneten Itayablättern.

»Die Solifi besitzen die Gabe, diese Körbe wasserdicht zu flechten«, sagte Mojisola und blieb vor dem Hauseingang des Ältesten stehen. »Sie haben nur wenige Tiere, daher sind Lederschläuche für sie kostbar. Sie statten damit Reisende aus, denn die Behälter sind leicht zu transportieren.«

»Ihr seid die Wanderer, die nach Süden wollen«, erklang auf einmal die Stimme eines alten Mannes.

Mojisola verneigte sich ehrerbietig. »Das ist wahr. Sei gegrüßt.«

Sinan folgte seinem Beispiel und verneigte sich kurz. Nun, da auch die Rote Sonne immer höher stieg, wurde es wärmer. Er stand im Licht und spürte, wie die Strahlen beider Gestirne in seinem Nacken und auf den Armen brannten. Er schirmte die Augen ab und sah in den gleißenden Himmel. Die Sonnen hatten nicht einmal ihren Zenit erreicht.

»Kommt herein und trinkt«, sagte der Älteste. »Ruht euch von der Reise aus.«

Er klatschte in die Hände, als wolle er sein Haus auf Gäste vorbereiten, doch Sinan unterbrach ihn. »Mendaron, wir danken euch für Eure Gastfreundschaft, doch wir müssen noch heute weiterreisen und können nicht verweilen. Sicher könnt Ihr …«

Der Älteste hielt erstaunt inne. Bevor Mojisola etwas sagen konnte, hatte er das Wort ergriffen. »Ihr könnt nicht allein reisen. Das ist die Wüste. Selbst wenn ihr den direkten Weg durch den Vanion-See hindurch nehmt, werdet Ihr ein bis zwei Zehntage brauchen, bevor ihr die Kantarberge erreicht. Du bist nicht von hier und auch er ist kein Wüstenwanderer.« Er wies auf Mojisola. »Ihr müsst auf eine Karawane warten. Wir erwarten eine in vier Tagen. Wenn ich sie bitte, werden sie euch mitnehmen.«

Sinan schüttelte energisch den Kopf.

Mojisola runzelte die Stirn. »Sinan, wir sollten …«

»Nein!« Sinan verneigte sich ein weiteres Mal vor dem Ältesten. »Es ist nicht aus Eigensinn oder Trotz, Mendaron, dass ich nicht zu bleiben wünsche. Es wäre zu gefährlich.«

Der Älteste musterte ihn einen Moment lang stumm, dann sagte er: »Ihr werdet verfolgt.« Er schien erst jetzt den blassen Streifen zu bemerken, den sowohl Sinan als auch Mojisola um den Hals trugen. Beide hatten das Sklavenband noch in den Loranonbergen gelöst und fortgeworfen, doch die Goldene Magie darin wirkte noch nach. Das Sonnenlicht konnte die Haut an der Stelle, an der sie es getragen hatten, nicht verbrennen. Selbst Mojisolas Haut, die so dunkel war wie die der Wüstenbewohner, war dort heller geworden als gewöhnlich.

»Es sind Elben, die euch verfolgen«, sagte der Älteste langsam.

»Ja, Mendaron. Sie haben bereits ein Dorf in der Savanne, das uns gastfreundlich aufnahm, bestraft, indem sie es zu Eis erstarren ließen. Ich möchte nicht verantworten, dass Euch und den Euren das Gleiche geschieht.«

Der Älteste schwieg. Die Menschen, die sich um sie versammelt hatten, tuschelten miteinander.

In Sinan stieg Bitterkeit auf. Wieder hatte ein Elb aus dem Hause Norandar es geschafft, ihn zu einem Ausgestoßenen zu machen. Für einen Augenblick gab er seinem Hass nach und stellte sich vor, das Schwert, das er geschmiedet hatte, ins kalte Herz Telarion Norandars zu stoßen. Dafür, was Tarind dem Hause Amadian und Fürst Siwanon angetan hatte. Dafür, was der Zwilling des Königs vom Volk Akusus und der Magie des Dunklen Mondes hielt, dafür, was er Sanara angetan hatte.

Doch dann nahm er sich zusammen. Er durfte seine Rachegelüste nicht über die Sicherheit dieser Leute stellen. Wenn er allein ging, würde der Fürst ihm folgen und dieser Oase – vielleicht – das Leben schenken.

Er hob den Kopf und setzte das dem überraschten Mojisola und dem Ältesten auseinander. Doch dieser schüttelte den Kopf. »Das ist großherzig von dir, Fremder, und ich verstehe nun deine

Motive. Doch geht jetzt hinein, wascht euch und ruht. Wir werden beraten, was zu tun ist.«

Ein wenig zögernd folgte Sinan der offenen Geste. Immer noch war er der Ansicht, dass er diese Leute so in Gefahr brachte.

Mojisola musste ihn mit sich zerren. »Diese Leute sind Wüstenmenschen. Wir beleidigen sie, wenn wir nicht wenigstens eine Nacht bleiben.«

Sinan schwieg, doch er fing eines der feuchten Leinentücher auf, die man Mojisola gegeben hatte und von denen er nun eines Sinan zuwarf.

»Keine Sorge«, fügte sein Gefährte hinzu. »Sie werden dem Fürsten mit Ehrerbietung begegnen, wenn er kommt, wie sie es bei jedem Gast tun. Doch sie werden uns nicht verraten.«

»Das ist nicht meine Sorge«, brummte Sinan.

»Sei vernünftig, Sinan. Es spielt keine Rolle, was du tust«, sagte Mojisola und rieb sich mit den Leinentüchern den Staub von der Haut. »Du kannst nicht allein in die Wüste. Da könntest du dich genauso gut hier und jetzt in dein kostbares *daikon* stürzen, statt dich und das Schwert dem Zaranthen zur Verfügung zu stellen.«

Sinan gab nach. Ihm blieb wirklich nichts anderes übrig, als hierzubleiben. Er wusste selbst, dass er in der Wüste draußen kaum drei Tage durchhalten würde.

Auf einmal spürte er hier, im kühlen Hof, durch den in einem gemauerten Kanal ständig ein Strom frischen Wassers floss, wie müde er war. Er wusch sich, trank ausgiebig und streckte sich dann neben Mojisola auf einem der beiden Lager aus, die die Frauen ihnen bereitet hatten.

Sie blieben.

Drei Tage, dann vier. Am Morgen des fünften Tages weckte ihn eine der Frauen. Der dunkle, sternenübersäte Himmel, der über dem Hof zu sehen war – nachts nahmen die Bewohner des Hauses das Sonnensegel fort, um die Hitze des Tages entweichen zu lassen und die Kälte der Nacht für den Tag zu speichern –, verblasste bereits.

»Der Älteste sagt, ich soll euch wecken«, sagte die Frau. »Es nähern sich Fremde der Oase. Die Karawane kommt.«

Sinan war sofort hellwach, ebenso wie Mojisola, und griff nach dem *daikon*, das neben ihm lag.

Draußen waren bereits die Geräusche zu hören, die ertönten, wenn die Solifi der Oase erwachten. Rufen, Lachen, das Rascheln von trockenen Resten der Itayawedel, um Feuer vorzubereiten, die hier von Schwarzsteinen und dem Dung der Unguli gespeist wurden.

Sinan nahm die leichte Decke, die zu seinem Gepäck gehörte, und schlug sie zum Schutz vor der Kälte um die Schultern. Dann steckte er das *daikon* und den Sickenhammer des Klosterabtes in seinen Gürtel und ging hinaus.

Es war kalt, als er vor die Tür trat. Kälter, als er es von einer sonnendurchglühten Wüste erwartet hätte. Doch er hatte bereits in den Nächten zuvor bemerkt, dass die Temperatur bei Dunkelheit stark absank. Und auch hier galt, dass die Stunde vor Sonnenaufgang die kälteste der ganzen Nacht war.

So war er dankbar für das große Feuer, über dem nun die Früchte des Itayabaums und eine der Keosotziegen hingen, um die Karawane zu begrüßen, die die Hirten in der Ferne gesehen hatten.

Zuerst fiel es Sinan nicht auf. Doch als die ersten Strahlen der Weißen Sonne über die fernen Dünen krochen, war es immer noch nicht wesentlich wärmer geworden. Die Weiße Sonne, die kleinere der beiden, brachte kälteres Licht mit sich als die Rote. Zudem beschrieb ihr Weg über den Himmel einen wesentlich flacheren Bogen als der ihrer Schwester.

Als Sinan unwillkürlich die Decke fester um die Schultern zog, ergriff ihn ein weiterer Schauder. Die Luft war nicht von der feuchten Frische des Morgens erfüllt. Es war eine andere Kälte.

Auf einmal war er sicher, dass es nicht die Karawane war, die sich näherte.

Sinan wand sich noch einmal den Umhang, der ihm auch als

Decke diente, um die Schultern, kontrollierte, ob das *daikon* griffbereit neben dem Sickenhammer im Gürtel steckte, und erhob sich. Leise ging er vom Feuer und der Geschäftigkeit des Platzes fort, auf dem alles für das Eintreffen der Karawane bereit gemacht wurde.

Die Keosot-Hirten, deren Ziegen draußen an den Rändern der Oase weideten und in der Nacht auch als Wachen dienten, hatten gesagt, dass der Handelszug von Westen her erwartet wurde. Das war nicht ungewöhnlich; alle Reisenden, die von Sirakand nach Dabazar, Mundess oder Undori unterwegs waren, kamen hier vorbei, auch die, die nach Farokant gingen. Lieber machten die Reisenden den Umweg über die Oasen am Rand der Savanne, als wochenlang durch die Wüste zu ziehen, um erst dann mit kleiner gewordenen Wasservorräten den Salzsee zu überqueren oder zu umgehen.

Doch als er mit Hilfe einer grob gezimmerten Leiter auf die nächstgelegene Lehmhütte kletterte, war von dort aus niemand zu sehen. Die hellen Strahlen der Weißen Sonne kamen flach über die Landschaft, noch waren die Schatten lang. Im Westen der Oase, wo die Hirten die Keosot-Ziegen und manchmal auch die Unguli hüteten, die sich dort am Wasser der Oase und dem trockenen Dornengras gütlich taten, war es ebenfalls ruhig. Sinan hatte gesehen, wie die Kinder und die Halbwüchsigen in diese Richtung gerannt waren, aufgeregt und erwartungsvoll. Jeder wollte der Erste sein, der den Handelszug entdeckte und ankündigte.

Immer noch war es nicht wärmer geworden.

Wieder hatte Sinan das Gefühl, eine Spinne der Angst krieche seinen Rücken hinauf. Sein Atem beschleunigte sich, als ein trockener, aber kalter Luftzug in sein Gesicht blies. Als der Duft von zerriebenen Mayalablättern in seine Nase stieg, setzte sein Herz für einen Takt aus.

Er hastete die Leiter hinab, und zog mit einer raschen Bewegung sein *daikon* aus dem Gürtel. Doch kaum hatte er den Boden berührt, wurde er schon herumgerissen. Unwillkürlich hob er die Klinge zur Abwehr.

Das Schwert prallte so heftig auf Metall, dass Sinan aufstöhnte und in die Knie ging. Er konnte den Druck nur mit Mühe abwehren, und so gab er nach, ließ sich fallen und wich zur Seite aus. Erst im letzten Moment und mehr aus Instinkt bog er den Kopf noch ein zusätzliches Stück zur Seite. Einen Wimpernschlag später hieb eine Klinge in den trockenen Boden neben ihn. Er sah auf.

Über ihm zog ein Elb, dessen malayaholzfarbenes Haar heller zu sein schien als seine Haut, die Waffe aus dem Boden.

Der Vertraute des Heermeisters.

Einen Augenblick später wurde Gomaran geradezu brutal zur Seite gestoßen. Ein kalter, trockener Wind, der nach Yondarharz duftete, wehte Sinan so heftig ins Gesicht, dass er unwillkürlich die Augen schloss. Dann wurde er an der Kehle gepackt, hochgerissen und mit Wucht gegen die Mauer des Hauses geschleudert. Fast wäre er in die Knie gegangen, doch Telarion Norandar packte ihn an der Schulter und zerrte ihn wieder hoch.

Einen Augenblick später lag der untere Schildarm des Fürsten fest um seinen Hals und hielt ihn gegen die Mauer gedrückt. Jede Bewegung ließ Sinans Schultern schmerzen. Und doch wandte er mit Mühe den Kopf und sah zu den Dorfbewohnern hinüber. Die Soldaten des Heermeisters hatten sie auf dem Platz zusammengetrieben. Einer löschte mit seiner Wasserkraft bereits das Feuer. Als eine der Frauen hastig vortreten wollte, um die Ziege, die dort briet ,und die Itayafrüchte zu retten, die sie in die Glut geschoben hatte, sprang ein Elb vor und hob sein Schwert.

»Nein!«

Sinan und der Älteste schrien es gleichzeitig. Das *daikon* des Mannes verlangsamte sich, doch er konnte es nicht mehr bremsen. Der Hieb traf die Frau am Arm. Jammernd hielt sie sich die blutende Wunde.

Fragend sah der Soldat seinen Herrn an, der immer noch Sinan im Würgegriff hielt. Mit der freien Hand gab Telarion Norandar ein knappes Zeichen.

»Lasst diese Leute in Frieden, solange sie sich nicht wehren«, rief er dem Mann zu. Dann wandte er sich wieder an Sinan. »Selbst das schlimmste Raubtier beschützt die Seinen«, sagte er. In seiner ruhigen Stimme klang verhaltene Wut. »Dieser Instinkt ist in dir stärker als bei jedem anderen Menschen, den ich kenne. Ich frage mich also, ob du mir sagen wirst, wo sich die Feuermagierin versteckt, die zu befreien du geholfen hast.«

Sinan schnaubte mühsam. Immer noch schnürte ihm der Fürst mit seinem Griff gnadenlos die Luft ab. »Selbst wenn ich es wüsste, würde ich nie ein Kind des Akusu Euch und Eurer Kälte ausliefern, Fürst!«

Der Heerführer nickte langsam. Er gab Gomaran ein Zeichen, dann ließ er Sinan los und wandte sich von ihm ab.

Sein Hauptmann, der ein paar Schritte entfernt gestanden hatte, brauchte nur einen Augenblick, um zu Sinan zu gelangen. Doch dieser Augenblick reichte Sinan. Er zerrte mit der Linken den Sickenhammer hervor, holte aus und schlug ihn gegen Gomarans Schläfe. Der Hauptmann ächzte leise und sank bewusstlos zu Boden.

Sinan achtete nicht darauf. Er hastete hinter dem Fürsten her und holte mit seinem *daikon* aus. Umso überraschter war er, als sein Hieb, der eigentlich auf den Schwertarm des Fürsten gezielt hatte, aufgehalten wurde. Es klirrte, als Metall auf Metall prallte.

Telarion Norandar hatte die Schwerthand hochgerissen und damit Sinans Hieb abgewehrt. Jetzt wirbelte er herum und duckte sich gleichzeitig mit einer geschmeidigen Bewegung unter Sinans nächstem Schlag hindurch. Gleichzeitig ließ er Sinans Klinge an der eigenen entlanggleiten, sodass dieser keine Möglichkeit bekam, die Waffe erneut zu heben und damit auszuholen.

Sinan hatte nur wenig Kampferfahrung, doch er hatte während seiner Lehrzeit im Kloster des Westens lernen müssen, wie die

Schwerter und Waffen, die er schmiedete, gehandhabt wurden. Es gehörte zu seiner Ausbildung, denn die Shisans waren der Meinung, nur ein Schmied, der die Waffe, die er fertigte, zu führen wusste, wusste auch, worauf es bei der Fertigung ankam. Das hatte ihm in den Gassen Guzars und Badothis genützt. Doch sein nächster Angriff machte ihm klar, dass ihm der Heerführer der Elben hoffnungslos überlegen war.

Wieder parierte Telarion Norandar Sinans Schlag, dann holte er aus und ließ einen Hagel von Hieben auf den Schmied los. Jeder Schlag kam aus einer anderen Richtung, schneller, als Sinan mit den Augen folgen konnte, kraftvoller, als er selbst je hoffen konnte, zuzuschlagen. Und doch landete der Heermeister der Elben keinen Treffer.

Aber schließlich machte Sinan einen Fehler. Er versuchte durch einen Hieb mit der Hinterhand, die Deckung Telarion Norandars zu durchbrechen, verkalkulierte sich aber. Die scharfe Klinge des Heermeisters hieb knapp unterhalb der Handwurzel in die Knochen seiner Rechten.

Sinan schrie auf und ließ das *daikon* fallen, als alle Kraft seine Hand verließ. Er ging in die Knie und unterdrückte die aufsteigende Übelkeit. Blut lief über seinen Arm und tropfte in den hellen Sand. Er rang nach Atem.

Einen Herzschlag später stand der Heerführer über ihm und richtete das *daikon* auf seine Brust. Das ebenmäßige Gesicht, das vorher bestenfalls unbeteiligt gewirkt hatte, war nun vor Zorn verzerrt.

»Ein Angriff von hinten!«, presste Telarion hervor. »Und noch dazu mit dem *daikon*, das du *mir* zu fertigen versprochen hast! Wie tief willst du eigentlich noch sinken, Schmied?«

Der Schmerz in Sinans Hand wurde für einen Augenblick so übermächtig, dass sich die Gesichter der Norad-Zwillinge in ihrem Zorn übereinanderschoben.

Die Hitze … Kniete er hier im Allerheiligsten des Abendtempels? Oder in der Wüste?

Er machte Anstalten, aufzustehen, doch der Heermeister – der König? – ließ es nicht zu. Der Druck der Schwertspitze verstärkte sich, je höher er sich erhob und bohrte sich durch Sinans Lederwams hindurch in seine Brust. Sinan ließ sich wieder auf die Knie fallen. Doch er barg die verletzte Hand, die er kaum noch bewegen konnte, sichtbar an der Brust. Auf keinen Fall sollte ein Elb aus dem Haus Norandar glauben, er sei aus Ehrerbietung in die Knie gegangen.

Er hob den Blick. »Eure Überheblichkeit, Fürst, ist wahrlich größer als alles, was mir bislang im Leben begegnete!«, antwortete er gepresst.

»Mir ist heute wie damals gleich, was du über mich denkst«, stieß Telarion Norandar hervor. »Wo ist die Feuerhexe, mit der du geflohen bist? Ich weiß, dass sie mit dir ging, ich spüre ihr Feuer am Rand meines Geistes!«

Für einen Augenblick überlagerte in Sinan die Überraschung seinen Schmerz und Zorn.

Es ging nicht um ihn! Er hob den Blick und sah in die zornig funkelnden Augen des Fürsten. Für einen Augenblick glaubte er, farangelbe Flammen, durch die sich schwarzbrauner Rauch zog, in der grünen Iris glitzern zu sehen.

Ein neuer Schmerz durchzuckte ihn. Er war nicht körperlich und trieb ihm endgültig die Tränen in die Augen.

Wieder hatte er Mühe, den einen Elben-Zwilling vom anderen zu unterscheiden. Der eine hatte ihm den Vater genommen, der andere die Schwester.

»Mein Fürst«, brachte er schließlich mühsam hervor. »Was lässt Euch glauben, dass sie mit mir gemeinsam floh?«

Die Spitze des *daikons* bohrte sich tiefer in Sinans Brust.

»Ich …« Telarion zögerte kurz, als erschrecke ihn der Gedanke, dass Sinan vielleicht tatsächlich nicht wusste, wo sich seine Gefangene aufhielt. »Ich bin dessen sicher!«, stieß er dennoch hervor.

Plötzlich tauchte ein Soldat auf und blieb atemlos neben dem

Heermeister stehen. »Mendaron, wir haben alles durchsucht. Sie ist nicht hier.«

Der Heermeister fuhr herum, doch er sagte nichts. Überrascht und auch bitter stellte Sinan fest, dass diese Nachricht Telarion Norandar im Innersten traf.

Sinan hatte geahnt, dass seine Schwester sich diesem Elb ausgeliefert hatte. Nun wurde diese Ahnung zur absoluten Gewissheit. Der Fürst von Norad, Zwilling des Mannes, der Siwanon Amadian getötet hatte, hatte seine Seele mit Sinans Schwester verbunden.

Und das Schlimmste war: Sie hatte es zugelassen. Sanara hatte diesem Elben, diesem kalten Mörder zuliebe, ihr Volk, ihr Haus und ihn, ihren Bruder, verraten.

Verachtung wallte in dem Schmied auf. Und Trauer, denn nun hatte er seine Schwester endgültig verloren. Er war jetzt der Letzte seines Hauses.

Sinan musste wieder tief atmen, um den Schmerz in der Hand und nicht zuletzt den in seiner Seele unter Kontrolle zu bringen.

Als er wieder aufsah, stand Telarion Norandar immer noch reglos vor ihm. Für einen Augenblick glaubte Sinan, Tränen in die Augen des Fürsten treten zu sehen. Tränen der Enttäuschung, Tränen der Trauer.

Doch der Eindruck währte nicht lange.

»Ich war bei ihrer Flucht dabei, Fürst. Doch sie ging in eine andere Richtung davon als ich«, sagte er. »Und ich bin froh darüber. Wie hätte ich mit einer reisen können, die ihre Seele mit einem Elben verbunden hat!«

Telarion Norandars Augen weiteten sich.

Sinan schnaubte. »Glaubt Ihr, man sähe es Euch nicht an? In Euren Augen lodert das Feuer meines Hauses, so wie ich in Sanara den Wind des Hauses Norad sah. Und so gilt ihr wie Euch meine Verachtung.«

Der Heermeister trat vor und stieß Sinan wuchtig gegen die

Stirn, sodass er mit einem Stöhnen zu Boden sank. Mit einer heftigen Bewegung packte der Heermeister mit der Linken den Kragen von Sinans Tunika, die er unter dem Lederwams trug, damit sie nicht zu sehr auf der Haut reibe, und riss sie mit der Rechten zur Seite, sodass Sinans linke Brust entblößt war.

Die eisigen Finger, die Sinan berührten, erstarrten, als der Heerführer sah, welches Hauszeichen Sinan trug. Der Schmied hätte schwören können, dass er noch bleicher wurde, als er ohnehin schon war.

»Der achtzackige Diamant mit der Sonnenechse«, murmelte der Zwilling des Königs. »Das Zeichen des Hauses Amadian.« Er hob den Kopf und betrachtete Sinan genauer. »Deine Augen haben die gleiche Farbe wie ihre«, stellte er leise fest.

Sinan bemerkte die Sehnsucht, die in der Stimme des Heermeisters mitschwang. Ihm wurde übel, und er wusste nicht, ob es am Schmerz in der Hand lag oder daran, dass er seine Schwester an diesen Elben verloren hatte.

»Du bist der Sohn des Mannes, der meinen Vater qualvoll sterben ließ, so wie sie seine Tochter ist«, spie der Fürst jetzt hervor. »Und sie ging nicht mit dir? Du wolltest sie wohl beschützen! Darin gleichst du deinem verbrecherischen Vater. Siwanon selbst schützte die Seinen bis zuletzt, wusstest du das? Er gab nicht nach, er wollte mir und meinem Bruder nicht dienen, um sein Verbrechen wieder gutzumachen und ließ sich lieber qualvoll töten. Ich hätte erkennen müssen, dass du sein Sohn bist, und dir gleich bei unserer ersten Begegnung die Kehle durchschneiden sollen.«

Sinan versuchte, die Hand des Fürsten fortzuwischen, doch seine Rechte hatte keine Kraft mehr. Vielleicht würde sie nie mehr zurückkehren.

»Ich wünschte wahrlich, mein Vater hätte den Euren umgebracht und Euren Bruder und Euch gleich mit!«, stieß er bitter hervor. »Doch auch wenn ich Siwanon bis heute übelnehme, dass er meine Familie, meine kleine Schwester und die Shisans des

Abends, nicht rettete, indem er Eurem verräterischen Bruder das Leben nahm, so nahm er es auch Eurem Vater nicht!«

In den länglichen Pupillen des Heerführers, die in einer rein grünen Iris saßen, loderte es auf wie von Feuer.

Sanaras Feuer, dachte Sinan, während Bitterkeit ihm die Kehle zuschnürte.

»Eine Familie von Lügnern und Verbrechern!«, rief Telarion. »Ich bin ein Herr des Lebens, ich war meinem Vater über diese Gabe verbunden! Ich spürte, wie seine Seele in den Dunklen Feuern der Herren des Todes verbrannte! Kein Elb vermag das zu tun!«

»Und kein Kind des Akusu mit dieser Gabe, wenn es seinem Opfer nicht nah ist! Nur die Stärksten können es ohne eine Berührung, mit einem Blick direkt in die Augen oder mit den Tönen einer Flöte – doch das Opfer muss vor ihnen stehen! Ihr habt als Heiler Macht über die Essenz aller Wesen. Könnt Ihr Wunden heilen, die Ihr nicht berührt?«

Der Heermeister atmete schwer. In seiner Miene lag Zweifel. Doch seine Finger umklammerten die Tunika Sinans noch fester. Sein linkes Knie senkte sich auf Sinans Brustkorb hinab.

»Lüge!«, stieß er dann hervor. »Willst du nun auch behaupten, dass mein Bruder der Mörder ist, wie es schon deine verräterische Schwester tat?«

Sinan stöhnte vor Schmerz auf, als der Heermeister sein Knie fester gegen seinen Brustkorb stieß.

»Ich weiß nicht, wer Euren Vater tötete!«, presste Sinan hervor. »Ich weiß nur, dass Siwanon völlig richtig sagte, dass der Tod Dajarams, der wie er den Frieden wollte, nur einem nützen konnte. Fragt Euch selbst, ob das nicht vielleicht der Mann sein könnte, der jetzt die Krone trägt!«

Mit einem Wutschrei schleuderte der Fürst nun sein *daikon* von sich und legte seine Hand an Sinans Wange. Die andere presste er fest auf sein Hauszeichen.

»Tötet sie alle!«, schrie er seinen Soldaten zu. »Lasst keinen von dieser verräterischen Brut am Leben, denn sie betet den Tod an!«

Sinan wollte sich wehren, wollte protestieren, doch kalter Sturm raubte ihm Atem und Stimme. Eine farangelbe Flamme mit dunklen Schlieren – Sanaras Flamme! – tanzte erneut in den grünen Augen des Heermeisters auf, dann glaubte Sinan in den dichten Eiskristallen, die ihn umwirbelten und ihm auf der Haut brannten wie Feuer, zu ersticken. Die Lava, die in Strömen aus seinem Seelenberg geflossen war, dampfte, als eisiger Schneehagel sie traf.

Es war, als reiße ihm die Kälte die flammende Quelle seines Seelenvulkans aus dem Leib.

Die Lava floss langsamer und erstarrte mit jedem Herzschlag etwas mehr. Dann wurden auch die Herzschläge mühsamer, mühsamer als jeder Atemzug, den Sinan sich erkämpfen musste.

Schließlich erlahmte seine Kraft. Er konnte nicht mehr kämpfen, doch der Sturm hielt unvermindert an.

Wehr dich, Sinan Amadian, Sohn des Siwanon, hörte er plötzlich. *Du bist der letzte Nachkomme des Menschen, den Akusu aus Erde formte und im Feuer härtete. Die Kinder des Dunklen Mondes brauchen dich.*

Sinan wandte den Kopf. Da war nichts im wirbelnden und brüllenden Schnee. Nur die grauen Umrisse eines hochgewachsenen Mannes. Wo bei einem Menschen die Augen waren, leuchtete es farangelb.

Sinan sah an sich selbst hinab, doch seine Augen tränten, denn der Wind trieb ihnen immer wieder Eiskristalle wie Nadeln hinein. Die Kälte brannte wie Feuer. Feuer, das seine Schwester Telarion Norandar gegeben und mit dem sie die Menschen verraten hatte.

Sinan griff tief in sich hinein, in der Hoffnung, in seinem Seelenberg Glut zu finden. Glut, die das Eis hätte schmelzen können.

Doch sein Inneres war dunkel. Das nunmehr brennende Eis des Fürsten hatte auch die letzte Flamme in Sinan gelöscht.

Er sah die Gestalt aus Nebel, deren Augen farangelb leuchteten, direkt auf sich zukommen. Nun war sie klar zu erkennen.

Ich kann mich nicht gegen das kalte Feuer des Fürsten wehren, Vater.

Es ist zu spät.

Kapitel 13

»Es gibt viele, die sagen, die größte Gabe des Akusu an seine Kinder sei nicht die Musik, sondern die Fähigkeit, über die Seelen der Toten zu herrschen. Doch es gibt nur wenige Dunkelmagier, denen es gegeben ist, mit Hilfe der Musik die Jenseitigen Nebel zu betreten und den Geistern Gehorsam abzuverlangen. Man sagt, dass diese Magie der Gabe des Lebens, die Vanar seinen Kindern schenkte, ebenbürtig sei und nur ein Seelenherr, auch wenn man ihn den Meister des Todes nennen mag, in der Lage ist, das Leben zu verstehen.«

Von den Kriegen der Elben und Menschen
Vierte Rolle der Schriften des Klosters der Weisen Zwölf

Nebel wogte um sie herum.

Er wirkte lebendig, griff nach ihr und strich über ihre Haut, als neide er ihr das Leben.

Die öde, düstere Landschaft hinter den dichten, grauen Schwaden war kaum zu sehen.

Gerade noch war Sanara im Heiligtum des Akusu gewesen, im Grünen Turm der Landari-Elben, jetzt war sie auf den Jenseitigen Ebenen.

Der Eindruck von vielen Stimmen, von Klagen und Flehen lag in der Luft, auch wenn nichts zu hören war. Nur die Töne einer Flöte, deren rote Lichtbänder sich durch einen Äther woben, dem jedes Aroma und jede Bewegung fehlte. Sanara wusste, irgendwo am Ende dieser Bänder, die sie noch enger umschmeichelten als die Nebel und sie mit der diesseitigen Welt verbanden, stand Ronan. Doch er war nicht mitgekommen.

Sie stand allein in der Ödnis. Nur die Melodie seiner Flöte

knüpfte sie hier in der Leere an die geschaffene Welt. Und das Lied, das sie sang und das nicht unterbrochen werden durfte und ganz ohne Worte auskam.

Die Nebel wurden dichter.

Sanara wusste, sie hatte die Macht, den Nebeln zu gebieten. Die Macht, sich selbst eine Gestalt in dieser Welt zu formen und die Nebel fortzuschicken. Es lag in ihr.

Doch sie wirbelten, brodelten, tanzten um sie herum.

Sie stahlen ihr Wärme. Nicht, wie die Elben es taten. Es war, als weiche das Leben aus ihr, als würden die gelben Funken, die sie mit ihrem Gesang beschwor und die einen Schild um sie bildeten, schwächer.

Sanara drehte sich verzweifelt um sich selbst, um den langen, zerfasernden Fingern der Nebel zu entkommen. Sie brauchte ihre Kraft selbst, um nicht den Strang des wortlosen Lieds zu verlieren, und durfte nichts abgeben. Sie war nicht hier, um die Seelen zu leiten, und wenn sie noch so flehentlich darum baten.

Sie war auf der Suche.

Das Siegel ist sowohl in dieser Welt als auch in der Leere, in der Syth lebt. Wenn dich jemand im Leben hält, kannst du es im Jenseits finden. Die Macht liegt bei dir.

Sie nahm sich zusammen. Der Älteste des Abend-Klosters hatte gesagt, dass sie das Lied aus dem Herzen heraus singen müsse, um die Nebel der Toten zu vertreiben. Auch wenn die Kinder des Vanar das behaupteten, es war ein Lied des Lebens, nicht des Todes.

Sanara schloss die Augen und konzentrierte sich nur noch auf die Kadenzen der Melodie, die Akusu persönlich einst die Menschen gelehrt hatte, und befahl so den Toten, zu gehen.

Langsam, beinahe widerwillig wichen die Nebel zurück und machten ihr ein wenig Platz. Doch immer noch strichen sie hier und da über ihren *darstan*, ihre Wangen und Arme.

Hin und wieder tanzten Funken paarweise in den undurchsichtigen Schwaden, lodernd gelb, düsterrot, manchmal auch himmelblau oder laubgrün – der schwache Abglanz der lebendigen Magie, die allen Wesen der geschaffenen Welt innewohnte und die in der Leere jenseits dieser Welt keinen Bestand hatte. Sie leuchteten auf, als verleihe eine Berührung mit ihr dem Nebel hier und da flüchtiges Leben, doch verloschen wieder, als neue Schwaden an sie herandrängten.

Sanara ließ ihren Gesang in die Melodie übergehen, die Ronan sie im letzten Zehntag gelehrt hatte. Das Lied, das die Funken ihrer Lebensenergie dazu bringen würde, ihr das Siegel zu zeigen.

Der Nebel wurde dünner und dünner.

Mit steigendem Selbstvertrauen begann sie, sich umzusehen. Immer noch waren keine Formen, keine Landmarken, Felsen, Täler oder Berge zu sehen, und doch schien der Boden unter ihr fest zu sein. Dort, wo man auf einer Ebene einen Horizont erwartet hätte, hinter den wirbelnden Nebelschwaden, schien es heller zu werden. Doch die Konturen waren noch unscharf.

In dem ewigen Grau, das alles Licht und alles Lebendige zu verschlingen schien, erschienen plötzlich zwei violette Funken. Der Nebel, der diese Funken aus Magie trug, kam näher, nahm Gestalt an, statt sich wie die anderen zurückzuziehen.

Sanara wich zurück. Die Gestalt war die eines Menschen in schlichtem Gewand und mit langen dunklen Haaren, die von einer unfühlbaren Brise verweht wurden.

Ich habe dich gesucht, Feuermagierin. Wie gut, dass du das Lied des Siegels nun singen kannst, so konnte ich dich hier finden. Doch ich sehe, du vermagst es nicht allein. Eine Kraft bindet dich ans Leben.

Sanara erstarrte. Für einen Augenblick stockte das Lied der Ys. Dann erinnerte sie sich der Warnung: Beende nie den Gesang.

Sie erhob wieder die Stimme, doch sie hatte die Töne vergessen, die ihre Essenz auf die Suche nach dem Siegel schicken sollten, und begann wenigstens erneut mit der Melodie des wortlosen Liedes.

Wer war das? Für einen Augenblick glaubte sie, den Geist zu

sehen, den der Heermeister ihr in ihr Gefängnis geschickt hatte. Entsetzt starrte sie den Plagegeist an, der sie in den Wochen ihrer Gefangenschaft beim König nicht in Frieden gelassen hatte.

Wie hatte er sie finden können?

Sie hatte Mühe, die Melodie des wortlosen Lied nicht abbrechen zu lassen.

Doch dann spürte sie Kraft in sich.

Zorn.

Hitze wallte in ihr auf wie Feuer, verband sich mit dem dunklen Rauch und dem grünen Wind in ihr zu einem Feuersturm. Nun wusste sie, was zu tun war. Sie griff in die Flamme ihrer Magie und sah, wie sich ein Feuerball auf ihrer ausgestreckten Hand bildete. Sie sah an sich herab und erkannte, dass sie eine eigene Gestalt angenommen hatte.

Eine Frau in Reisehose, Bluse, Lederwams und mit dem *darstan*, wie die Frauen von Solife und Guzar ihn trugen.

Die wenigen Nebelschwaden, die noch da gewesen waren, wichen plötzlich zurück, als fürchteten sie sich vor dem lodernden Feuer, das sie in der Hand hielt.

Einen Herzschlag später war Sanara mit dem Geist auf einer Ebene, die sich endlos nach allen Richtungen erstreckte, allein. Kein Berg war zu sehen. Kein Fels. Keine Bodenspalte, kein Himmel, nichts.

Nur in der Ferne schienen ein violetter und ein silbriger Streifen Licht aufeinanderzustoßen und bildeten eine Art Horizont. Es war, als würden dort Blitze zucken.

Plötzlich wusste Sanara, dass dies der Ort war, wo das Siegel zu finden sein würde.

Doch im gleichen Moment wusste sie auch, dass ihre eigene Kraft niemals ausreichen würde, um dorthin zu gelangen und es zu bergen. Etwas war falsch.

Etwas an den Magien in ihr und denen, die ihr halfen. Doch sie konnte nicht den Finger darauflegen, was es war.

Der Geist trat ihr in den Weg und kam auf sie zu. Auch er

streckte die Hand aus, als wisse er, was Sanara dachte: Sie war zu schwach, um zu erreichen, wozu sie gekommen war. Die Hand des Nebelwesens war leer, und doch wollte Sanara um jeden Preis vermeiden, dass der Geist sie berührte.

Sie hatte ihn durch ihre Flucht abgeschüttelt, und Syth sollte sie holen, wenn sie sich ihm jetzt auslieferte und er in ihren Gedanken las, wo in der geschaffenen Welt sie sich befand!

Dann sah sie in die Augen des Geists. Keine Iris, keine Pupille war darin zu sehen. Nur violett.

Er selbst hätte genauso gut ein Mann wie auch eine Frau sein können. Größer als sie, schlank, ein weites Gewand, die dunklen Haare, lang und glatt wie die eines Elben.

Die Gestalt erinnerte bis auf die violetten Augenfunken an Ys.

War es der Schöpfergeist des Chaos selbst, der da vor ihr stand?

Ich habe dich gesucht, doch ich wusste, ich finde dich hier früher oder später, Seelenherrin. Sage mir, wo in der geschaffenen Welt bist du? Wer ist stark genug, dich zu halten? Doch warte, ich kann erraten, wo du in der diesseitigen Welt bist. Das Silber in dir sagt es mir. Du hast im Norden der Welt Zuflucht gesucht.

Es klang zufrieden, und wieder langte die Hand aus Nebel nach ihrer Stirn.

»Bleib mir vom Leib«, sagte Sanara, ohne das wortlose Lied zu unterbrechen. Sie fragte sich, wie man sprechen konnte, ohne im Gesang innezuhalten. Dann wusste sie auf einmal, dass ihr Körper das Lied sang, während ihr Geist – das, was hier in der endlosen Ebene stand – das Wort erhob.

Auch deshalb war das Lied des Dunklen Mondes etwas Besonderes.

Im gleichen Moment loderte die Flamme, die auf ihrer Hand brannte, erneut auf. »Du hast keine Macht mehr über mich!«

Das Gespenst wich in sichere Entfernung zurück.

Dann warf es den Kopf in den Nacken und lachte auf.

Sieh dich nur an! Eine Feuermagierin, die mit der Macht eines Elben kämpft, dem sie hoffnungslos verfallen ist!

Man kann dich wahrlich für die halten, die das Siegel finden wird! Doch sieh dich vor. Dir mangelt es an Erfahrung. Vielleicht dienst du damit nicht der Ordnung, sondern letztendlich dem Chaos.

»Ich diene der Ys!«, schrie Sanara. »Du bist derjenige, der dem Syth dient, oder bist du es gar selbst?«

Die Gestalt hob rasch die Hand und schlug ein Zeichen, so als wolle sie sich vor einem Fluch schützen.

Ich wäre gern wie mein Herr. Er ändert Dinge. Er schafft Neues. Doch Ys steht still. Sie beruhigt alles und hat damit die gleiche Macht wie der Tod. Immer heißt es, der Schöpfergeist des Chaos sei der Tod. Doch das stimmt nicht. Ys ist es. Ihre Herrschaft muss gebrochen werden.

»Niemals«, versicherte Sanara. »Ich diene dem Leben, nicht Tod und Vernichtung!«

Ah. Du dienst also dem Leben. Der Geist schien zu lachen. *Natürlich. Ist das dein eigener Gedanke, oder ließ der Zwilling des Königs ihn in dir zurück, wie er auch den Wind in dir zurückließ, der dein Feuer schürt?*

Wieder hätte Sanara sich beinahe in der Kadenz geirrt und das Falsche gesungen, als der Geist sie auf Telarion Norandar ansprach. Sie spuckte aus. »Wie könnte ich die Arroganz und Grausamkeit dieses Elben lieben!«

Wen willst du täuschen? Wieder lachte der Geist. Es klang boshaft. *Sieh die Flamme an, die du auf der Hand hast und die du aus deinem Inneren formtest. Sie ist grün!*

Die Magie Telarion Norandars ist in dir, und sie wird stärker! Eigentlich ist es ein Wunder, dass du noch die Kraft hast, dir hier in der Leere eine Form zu geben. Diese Kraft schwächt dich. Wie die meisten Geschöpfe bist du nicht in der Lage, die Magie des jeweils anderen Schöpfermondes zu meistern, wenn du sie in dir hast. Ich glaube, nur meinem Meister Syth ist es zu verdanken, dass dein Seelenbild Bestand hat.

Sanara schnaubte. »Du machst mir nicht weis, dass ich in Wahrheit auf der Seite von Chaos und Vernichtung stehe.«

Die Schöpfergeister sind eins, denn sie schufen die Welt gemeinsam aus allen Stoffen. Du bist diejenige, die die Kraft besitzt, das Siegel zu finden. Doch du weißt nicht einmal genau, wonach du suchst! Der grüne Wind in dir hindert dich daran. Das Siegel kann die Trennung, die Ys vornahm, wieder aufheben. Doch es könnte sie auch für alle Zeiten manifestieren. Du brauchst Hilfe. Sag mir, wo in der geschaffenen Welt du bist. Bist du auf dem Weg in die Zendarberge, wo sich die Weisen befinden?

»Vielleicht ging ich doch nach Süden. Und woher willst du überhaupt wissen, dass ich floh?«, fragte Sanara statt einer Antwort.

Dachtest du, deine Flucht wäre dem Heermeister oder dem König verborgen geblieben? Telarion Norandar spürte es noch in der Stunde deines Verschwindens. Er selbst nahm deine Verfolgung auf und ließ sich nicht davon abbringen. Der Geist lachte wieder, als amüsiere ihn der Gedanke. *Er konnte wohl nicht ertragen, dass du von ihm fortgingst. Und so folgte er dem Feuer, das er seit deiner Heilung in sich spürt, in dessen Heimat. Den Süden. Denn er hatte nur den Wunsch im Herzen, dich zu finden. Wie du, ist er nicht in der Lage, die Kraft des anderen Mondes in sich zu beherrschen.*

Die Flamme auf Sanaras Hand loderte bei diesen Worten jäh auf. »Geh weg!«, schrie sie und ließ dem Feuersturm freien Lauf.

Der Geist löste sich auf, wurde unsichtbar. Doch sein Lachen verfolgte Sanara weiter, hallte in ihrer Seele wider, wurde lauter und lauter.

Mein Herr war mir wohlgesonnen. Denn die Flammen in dir werden vom kalten Wind geschwächt. Und auch der Heiler des Königs trägt schwer am Feuer in sich. Zusammen mit der Hitze und dem Feuer der Wüste, die meinem Herrn gehört, wird es sein Eis und den Sturm in ihm ersticken. Der Geliebte deiner Seele wird ster…

Sanara schrie auf.

Sanara zuckte zusammen. Plötzlich hörte sie nur noch ihr eigenes Keuchen in der einer Stille, die mehr Substanz hatte als der Äther auf den Jenseitigen Ebenen. Doch ihr eigener Schrei dort hallte noch in ihr nach.

Erst nach einer Weile fand sie sich wieder zurecht.

Sie war im westlichsten Gemach des Grünen Turms, dem Heiligtum des Akusu, und wusste nicht, wer sie aus den Nebeln in die geschaffene Welt zurückgerissen hatte.

Oder hatte dieser Geist sie gestoßen?

Ein Luftzug wehte über ihr schweißnasses Gesicht. Er kam von Norden, wo die Mauer, wie im Westen, durchbrochen war und die Mondstrahlen einließ. Dort konnte man bei Tag und klarem Wetter über den Mondsee hinweg die Ausläufer des Zendar-Gebirges sehen. Doch nun war es Nacht. Der See und der Wald am Ufer waren nur unterschiedlich dunkle Silhouetten.

Flackernde Schatten tanzten an der östlichen Wand, die mit Fresken geschmückt war. Sie kamen von einem großen Schwarzsteinbecken, das auf einer mannshohen Säule im Westen des Gemachs stand und aus braunem Schiefer gemacht war.

Die elfenbeinfarbenen Äderungen des Steins schienen auf einmal zu flackernden Blitzen zu werden. Erschöpft schloss Sanara die Augen und merkte nicht, wie sie vornüber sank.

Dann war jemand über ihr, so plötzlich, dass sie erschrak.

Doch die Hände, die nach ihr griffen, waren fest und warm, genau wie der Körper, an den sie gezogen wurde, und hielten sie fest. Der Leib bot Halt und roch angenehm nach der erdigen Wärme eines nächtlichen Lagerfeuers.

Es fühlte sich gut an. Es konnte nicht falsch sein.

»Das war zu schnell, Harumad! – Es tut mir leid, meine Schöne«, wisperte eine warme Stimme in ihr Ohr. Dann begann Ronan leise zu singen.

Ihre Muskeln entspannten sich, und langsam spürte Sanara, wie die Kraft in ihre Glieder zurückkehrte. Sie schmiegte sich enger an die Brust des Musikanten.

»Was hast du erwartet? Ihr fehlt die Übung«, sagte eine nüchterne Stimme im Hintergrund.

Sanara erkannte sie. Es war Harumad, der Anführer jener Menschen, die sich hier im Grünen Turm der Landari-Elben niedergelassen hatten. Doch er war auch einer, den man zum Shisan des Westens geweiht hatte und der deshalb Ronan und ihr geholfen hatte, heute in die Jenseitigen Nebel zu gehen.

Seit einem halben Zehntag war sie nun im Turm und konnte den Frieden genießen, der hier herrschte. Die Elben der königlichen Garnison waren an Land und verbargen sich aus Furcht vor den Menschen, die in diesem Turm lebten.

Immer noch war Sanara fasziniert von dem Gebäude. Der Grüne Turm war von den Menschen einst zur gleichen Zeit wie Bandothi gebaut worden und hatte sowohl Elben als auch dem Volk des Dunkelmonds als Heim dienen sollen. Und so war es mehr eine Stadt als nur ein Palast.

Von fern glich er einem schlanken Dorn aus grün geädertem Marmor, der wie ein Baum eine Krone trug. Zu dieser Krone führten viele Treppen, die sich um den eigentlichen Turm herumwanden und immer wieder auf Zwischenebenen anhielten. Überall hatte der Turm, der höher war als jeder Qentar, astartige Auswüchse, die aus weiteren Türmen, Erkern und Balkonen bestanden. Schlanke, geschwungene Steinbrücken führten von einem Erker zum anderen und zu den kleineren Türmen, die das Hauptbauwerk umgaben.

Doch erst, seit sie hier lebte, konnte sie die wahre Schönheit des Gebäudes erfassen. Drei Tage hatte sie damit verbracht, die Erker und Brücken zu erkunden, jedes Detail: florale Muster an den Brüstungen, den Balkongeländern, den Fensteröffnungen, marmorne Ranken und Triebe, die im Maßwerk begannen und sich auf den Mauern als Relief fortsetzten und so endlos erschienen.

Der Turm schien greifbar gewordene Pflanzenmagie zu sein und bestand doch aus Marmor, der Gabe der Erde. Die schier endlosen Stufen hinauf zur Spitze verzweigten sich, strebten vom

Turm selbst weg, schwebten viele Klafter weit frei über dem Wasser, wurden zu Brücken, so schmal, dass kaum zwei Elben oder Menschen nebeneinandergehen konnten, und schwangen sich wieder zurück zum Hauptturm und bis hinauf zur Krone.

Obwohl das Bauwerk eindeutig ein elbisches war, konnte es nur mit Hilfe von Erdmagiern geschaffen worden sein. Nur Meister der dunklen Magie vermochten den Marmor so vollendet zu formen.

Nun saß Sanara hier, in einem der vier heiligen Räume des Turms, und musste sich eingestehen, dass ihr Versuch, das Siegel zu bergen, gescheitert war.

»Hast du sie nicht schreien gehört?«, sagte Harumad jetzt. »Ich musste sie zurückholen, schnell.«

Ronan unterbrach sein Lied. »Ihre Kraft ist groß genug!«, erwiderte er. »Sie muss sie nur wiederfinden und die Windkraft, mit der der Bruder des Königs sie geschlagen hat, überwinden!«

Sanara richtete sich auf und schob ihn sanft zurück. Sie sah zu Harumad, der vor der östlichen Wand saß und sie nachdenklich musterte.

»Es war nicht mangelnde Kraft, die mich in den Nebeln straucheln ließ«, sagte sie und hörte erleichtert, dass ihre Stimme nicht zitterte.

Harumad machte eine versöhnliche Geste mit der Hand. »Das mag sein. Deshalb sagte ich auch, es fehlt dir an Übung, nicht, dass du es nicht kannst.« Er sah Sanara ernst an. »Ich muss mit dir sprechen.« Mit einem Seitenblick auf Ronan fügte er hinzu: »Allein.«

Ronan wollte aufbegehren, doch Sanara legte ihm die Hand auf den Arm. »Ich bin einverstanden.«

Ronan stand auf und sah den Shisan zornig an. Er schien noch etwas sagen zu wollen, doch dann wandte er sich zu Sanaras Erleichterung ab und ging. Sein Unwille, sie allein zu lassen, lag spürbar in der Luft, auch wenn er die Bitte des Priesters respektierte.

Harumad streckte die Beine aus und sah sie nun unverwandt an.

Eine Weile war es still.

»Er ist in dich verliebt«, sagte Harumad schließlich.

Sanara senkte den Blick, doch sie antwortete nicht. Sie wusste nicht, was sie sagen sollte. Sie kannte die Gefühle des Musikanten für sie. Sie mochte ihn und genoss seine Nähe. Aber als Harumad es aussprach, klang es wie ein Vorwurf.

Sie suchte nach Worten, doch Harumad kam ihr zuvor.

»In dir ist Windkraft. Ronan sagt, der Zwilling des Königs habe versucht, dich zu unterwerfen, und dies seien sozusagen die Reste seiner Bemühungen. Doch es ist anders, habe ich nicht recht?«

Sanara schluckte. Wieder fand sie die passenden Worte nicht.

Wie hätte sie auch sagen sollen, was sie mit dem Zwilling des Königs verband? Sie redete es sich schön, indem sie sich vormachte, es sei ein Geschenk der Ys. Doch ihr Verstand sagte ihr, dass Telarion Norandar bei aller Heilmagie grausamer und kälter war als der König selbst.

Was sie diesem Elb tief im Inneren vorwarf, war Verrat. Verrat an den Menschen, ihrem Volk, am Dunklen Mond, an ihrer Familie. An Harumad. Und besonders an Ronan, der, wie der Shisan meinte, in sie verliebt war.

Und doch vermisste Sanara den Zwilling des Königs, mehr als noch in den Bergen, mehr noch, als zu Beginn der Reise, und ihr war, als habe man ihr ein Stück ihrer Selbst herausgerissen, als sie von ihm fortging.

Erst heute hatte sie auf einer der höchsten Brücken des Grünen Turms gestanden, viele Klafter über dem klaren, blaugrünen Wasser. Die Weite des Ausblicks hatte ihr Auge beinahe überfordert, doch als ihr schwindelte und sie taumelte, war eine leichte Brise aufgekommen, wie um sie zu stützen.

Mit dem leichten Wind war dieses Gefühl wiedergekehrt, das nicht aus ihr selbst zu kommen schien – grenzenlose Freiheit. Der Wind hatte sie kühl umschmeichelt, liebkost und mit einer

Lebendigkeit erfüllt, die sie nur einmal zuvor erlebt hatte – im Heiligtum der Ys. Als sie den Zwilling des Königs in den Armen gehalten hatte.

Doch er war nicht hier.

Er konnte wohl nicht ertragen, dass du von ihm fortgingst. Und so wandte er sich nach Süden und hatte nur den einen Wunsch im Herzen – dich zu finden.

Wenn es stimmte, was der Geist gesagt hatte, war sie jetzt weiter von Telarion Norandar entfernt als je zuvor in ihrem Leben. Der Gedanke schmerzte.

Für einen Augenblick musste sie die Augen schließen, denn die Sehnsucht nach dem Zwilling des Königs fegte durch sie hindurch wie die plötzliche kalte Sturmbö vor einem Gewitter.

Dann wurde sie sich wieder bewusst, dass es Nacht war, und sie im Heiligtum des Dunklen Mondes saß. Harumad betrachtete sie immer noch, als wüsste er, was in ihr vorging.

»Der Heerführer wollte mich töten«, sagte Sanara nach einer langen Pause und drängte bei der Erinnerung an diesen Moment die Tränen zurück. Der Fürst hatte sie so erschreckt, als er sich über sie beugte und seine Hände auf sie presste.

Und nun hätte sie alles dafür gegeben, dass er es wieder tat. »Er packte mich und entfachte in mir einen Sturm aus Eis, der mich töten sollte. Er wollte meinen Tod mit aller Macht, die er besitzt. Doch …« Sie unterbrach sich. »Doch dann kam es anders. Ich lebte weiter. Seitdem … seitdem ist mir, als trüge ich ein Stück seiner Magie in mir.«

Harumad stutzte. »Ich habe noch nie gehört, dass sich eine Dunkelmagierin gegen einen Magier des Lebens durchsetzen konnte, wenn dieser töten wollte«, sagte er. »Wenn es wirklich so war, dann bist du wahrlich stärker als alle, die ich kenne!«

»Nicht ich war es, die sich wehrte«, stellte Sanara klar. »Ich glaube, dass es Ys war, die mir half und die Telarion Norandar ein Stück seiner Magie nahm, um es mir einzuverleiben. So, wie sie mir ein Stück nahm, das nun in ihm lebt. Ich werde die Magie des Windes nie wieder aus mir herausreißen können, ohne eine Wunde zu hinterlassen, die meine eigene Magie ausbluten ließe. Ich würde sterben.«

Harumad schwieg lange.

»Darum ist der Kern deines Seelenbildes silbergrün. Darum besitzt die Sonnenechse auf deiner Brust nicht mehr nur rote und goldene Schuppen«, sagte er schließlich. »Ys hat dich gesegnet.«

Er stand auf und ging langsam ein paar Schritte hin und her und blieb dann neben dem Maßwerk der nördlichen Wand stehen. Er sah auf den See hinaus in Richtung der Berge und schien zu überlegen, was er mit dem, was Sanara ihm gesagt hatte, anfangen sollte.

Ihr eigener Blick fiel auf die östliche Wand. Die Figuren, die dort zu erkennen waren, schienen durch das Licht der drei Monde lebendig zu werden. Sie hatte bisher nur flüchtig gesehen, was die kunstvollen Malereien darstellten. Als sie jetzt wieder hinsah, schien sich die schlanke Frauengestalt, die am oberen Ende des Gemäldes am Fuß eines schneebedeckten Berges vor einer Art See saß, aufrichten zu wollen. Es war, als blicke diese Gestalt von den Bergen über den See hinweg. Zwei Gestalten, eine dunkelhaarige, deren olivfarbene Haut von Sommerflecken übersät war, und eine blonde mit heller Haut, knieten in respektvoller Entfernung vor ihr. Sie verneigten sich vor der in ein schlichtes, graues Gewand gehüllten Dari in einer Geste vollendeter Demut.

Es waren die Zwillingskinder der Ys und des Syth. Der eine dunkel, mit fleckiger Hautfarbe wie Sanara selbst und einer Flut aus rötlich-schwarzem, zu feinen Zöpfen geflochtenen Haar, das zu einem Knoten verschlungen war und aussah, als stünde es in Flammen.

Die andere Gestalt war das Gegenteil davon, goldblondes, offenes Haar, ein helles, reines Gesicht, so klar, dass es selbst in der Dämmerung, die im Saal herrschte, zu leuchten schien.

Als Sanara wieder zu Harumad schaute, war ihr, als sei diese Szene ein Sinnbild für die wirkliche Welt. Der Silberne Mond stand über den Bergen und sandte seine Strahlen über den See hinweg zu ihr selbst, die sie die Kräfte des Dunklen und des Goldenen Mondes in sich trug.

Harumad wandte sich schließlich um. »Weiß Ronan davon?«

»Er weiß um meine Magie«, sagte Sanara nach einigem Zögern.

»Nein.« Harumad schüttelte den Kopf. »Das meinte ich nicht. Ich meinte, ob Ronan weiß, dass Ys dir die Liebe zu einem Fürsten der Elben eingegeben hat.«

Ihre Hände ballten sich unwillkürlich zu Fäusten. »Warum muss ich mir immer wieder anhören, dass ich einen Elben liebe?«, fuhr sie auf. »Ich habe nicht darum gebeten, mein Seelenfeuer mit kaltem Wind zu mischen!«

Harumad hob die Augenbrauen. »Willst du mir sagen, du weißt nicht, was Ys' Segen bedeutet?«

Sanara starrte ihn verständnislos an.

»Ich werde versuchen, es dir zu erklären«, sagte Harumad. »Mich erstaunt, dass Ronan das nicht schon längst erkannt und dir gesagt hat. Doch ich schätze, dass ihm seine Verliebtheit in dich den Blick verstellt. Und doch hat er recht – du bist diejenige, die in den Nebeln das Siegel finden kann. Nur du hast die Kraft dazu, und er hat recht, wenn er sagt, du musst zu den Weisen. Ys kann nichts allein schaffen. Sie hat auch das Siegel nicht allein machen können. Und so kannst auch du es nicht allein finden.«

Harumad löste sich vom Fenster und ging zur östlichen Wand.

Vor dem in feuchten Putz gemalten Wandbild blieb er stehen und wies auf einen Felsen, der dort gemalt war. Er war rötlich, und dahinter, ganz im Süden der Mauer, stand jemand und beobachtete die drei Wesen, die Verkörperungen der Monde darstellten.

Ein Mann, kraftvoll und auf eine düstere Weise gutaussehend. Seine mehrfarbigen Haare waren zu Zöpfen geflochten, zu Knoten gewunden und mit Fäden umwickelt und geschmückt. Er trug prachtvolle Gewänder und die Rüstung eines Kriegers sowie eine hohe Glefe mit kunstvoll verziertem Blatt.

Es war Syth, der Schöpfergeist der Veränderung und des

Chaos. Er betrachtete die drei anderen Figuren. Doch obwohl er von ihnen abgesondert war, schien er diesen Zustand und die drei anderen nicht zu hassen oder zu verachten. Im tanzenden Licht glaubte Sanara sogar, er mustere die schlanke Frauengestalt in ihrem von Silber durchwirkten Kleid mit einem überaus freundlichen, ja zärtlichen Blick. Dennoch spürte man die Bedrohung, die von ihm ausging: die ständige Zerstörung und das Chaos, das keinem Ding die Ruhe zum Gedeihen ließ.

Wie der Geist, den sie in der Leere getroffen hatte und den ihr der Heermeister geschickt hatte.

Trotzdem schien es, als sei die Welt nur mit ihm vollständig.

Du kannst es nicht allein. Du brauchst Hilfe.

»Das ist Syth«, fuhr Harumad fort. »Er kann sein Wesen nicht ändern, konnte es aber auch nicht ertragen, dass genau das der Ys Kummer bereitete. Sie schufen das Siegel, das ihn in die Leere bannte, gemeinsam. Er tat es, um ihr weiteren Kummer zu ersparen. Doch die geschaffene Welt kann nicht nur auf einer Säule stehen. Die Dunkle Magie, die Kräfte des Feuers, der Erde und der Nebel können nicht sein ohne die Magien des Lebens, des Wassers und der Luft. All dies stammt von Ys, aber sie konnte es nicht ohne den Syth erschaffen.

Und so kann auch das Siegel nur von dir geborgen werden, denn du bist die Nachfahrin des ersten Menschen, den Akusu aus Feuer und Erde erschuf und dem er die Macht über den Tod verlieh. Du kannst es jedoch nur finden, wenn die goldenen Kräfte des Vanar dich begleiten. – Die zwei, die unterschiedlich sind und doch eins.«

Sanara starrte Harumad an. »Willst du damit sagen, Ys gab mir die Liebe ein?«

Der Shisan zuckte mit den Achseln. »Liebe entsteht, wenn wir im anderen sehen, was wir nicht haben. Es fasziniert uns und zieht uns unwiderstehlich an. Ich bin sicher, dass Ys nichts eingab, was nicht schon vorhanden war. Sie ordnet und sorgt für Klarheit da, wo in uns lediglich Aufruhr ist. Ihr könnt es nur zu zweit tun. Ys'

Segen kann eine Last sein. Und doch schenkte sie dir die Einsicht, dass du nur mit diesem Elb ein vollständiges Wesen sein wirst, und so wird dir die Aufgabe, die vor dir liegt, keine Last sein, sondern vielleicht das Schönste, was du je auf dich nehmen wirst.«

Harumad lächelte, als er Sanaras Zweifel erkannte. »Sicher hat der Heermeister Eigenschaften, die dir gefallen.«

»Die Kraft der Beherrschung«, murmelte sie.

»Wer zu viel Feuer hat, sehnt sich nach Kälte – das ist eine alte Weisheit«, sagte Harumad.

»Ich trage nun beides in mir.«

Der Shisan legte nachdenklich den Kopf schief. »Das glaubt Ronan auch, daher wollte er heute versuchen, das Siegel zu finden und zu bergen. Er glaubt, es reiche, wenn du es versuchst und er dich bindet. Doch du bist nicht ausgebildet.«

»Nein«, sagte Sanara. Sie dachte an die Nebel zurück. An diesen seltsamen Horizont, daran, dass sie plötzlich geglaubt hatte zu wissen, dass dort das Siegel sei.

Dann fiel ihr der Geist wieder ein. Sie erzählte Harumad davon.

Er schwieg und dachte nach. »Du hast recht«, sagte er schließlich. »Ich halte es für wahrscheinlich, dass du es dort finden kannst. Doch nicht allein. Und auch nicht mit Ronan.«

Er machte eine Pause. »Deine Ausbildung hätte noch Jahre weitergehen müssen. Es reicht nicht, das Lied zu singen, mit dem man in der Leere Wesen und Gegenstände finden kann. Man muss es in Verbindung mit Goldener Magie tun, und das kann dir weder Ronan zeigen noch ich. Du darfst nicht hierbleiben. Du musst fort, ins Kloster der Quelle, dort, wo die Weisen sind. Ob sie dir helfen können, weiß ich nicht. Noch nie hörte ich davon, dass sie eine Schülerin aufnahmen, die nicht schon von einem der Monde gezeichnet war und somit die erste Prüfung bestanden hatte. Und doch wirst du es versuchen müssen.«

Sanara nickte langsam. Es tat ihr leid, den Turm der Elben schon so bald verlassen zu müssen. »Ich wünschte, ich könnte hierbleiben.«

Harumad lächelte ein wenig wehmütig. »Das wäre selbst dann nicht möglich, wenn Ronan recht hätte und er derjenige wäre, der dir helfen könnte, das Siegel in den Nebeln zu finden.«

»Und wieder hatte Ronan recht – ich hätte diese beiden Elben nicht töten sollen«, sagte sie düster.

Harumad winkte ab. »Das ist es nicht. Es war dumm von diesen Männern, euch anzugreifen. Viele von uns fielen ihnen schon zum Opfer und umgekehrt. Nein, deshalb allein würde ich dich eher hierbehalten wollen. Doch ich gestehe, dass ich diesen Geist fürchte, den du getroffen hast. Du sagtest, er hatte violette Augen und lange, dunkle Haare?«

Sanara nickte. »Der Heerführer.«

»Nein«, widersprach Harumad sofort. »Es ist allgemein bekannt, dass der Heerführer die Haare kurz geschnitten trägt.«

»Ein Seelenbild entspricht der Vorstellung, die wir von uns selbst haben«, wiederholte Sanara das, was sie vom Ältesten des Abend-Klosters am Saphirmeer erfahren hatte. »Was, wenn der Heermeister dieses Bild von sich hat?«

Wieder schüttelte Harumad den Kopf. »Du sagtest gerade, die Magie dieses Wesens sei violett gewesen. Ich weiß nicht viel vom Zwilling des Königs, doch es heißt gemeinhin, dass er sich selbst als Heiler und Hüter des Lebens versteht. Man sagt, dass er seine Kunst niemandem verweigert. Deshalb die kurzen Haare. Bei den Shisans des Ostens, im Kloster des Morgens und dem Palast der Stürme ist eine solche Haartracht das Zeichen, dass man sich dem Leben und der Gerechtigkeit verschrieben hat. Ich kann mir nicht vorstellen, dass er das tut und sich doch dem Syth ergibt.«

»Eine Lüge würde zum Schöpfergeist der Unruhe und des Chaos passen.« Sanara war nicht überzeugt.

Harumad zuckte mit den Achseln. »Wer auch immer dieses Geschöpf sein mag, ich bin fast sicher, dass es nicht der Zwilling des Königs ist. Doch mir bereitet Sorgen, dass es zu wissen glaubt, wo du – seine Feindin – dich aufhältst. Ich weiß ungern die Macht des Syth gegen mich.«

Ronan saß auf der Balustrade eines der unzähligen Balkone des Grünen Turms, die nach Osten hin wiesen, aber auch einen Blick nach Norden und Süden gewährten, und blickte über die klare, grüne Oberfläche des Sees hin zum Zendar-Gebirge, das genau im Nordosten lag.

Die Späher hatten berichtet, dass neue Truppen unter der Führung eines der Berater des Königs eingetroffen waren. Ronan, Harumad und die anderen konnten sich nicht erklären, warum, aber ihnen war, als wüssten sie, dass Sanara sich hier befand. Doch nichts war zu sehen, obwohl Harumad die Wachen verstärkt und sogar Sanara und Ronan eingeteilt hatte.

Es war bereits kurz nach dem Aufgang der Roten Sonne diesig geworden, daher waren die schneebedeckten Berggipfel nicht klar zu sehen, sondern über dem Horizont und einem dünnen, dunklen Streifen Wald eher zu erahnen.

Sanara hatte gesagt, dies sei eine Landschaft, die elbischer war als alles, was sie bisher gesehen hatte. Nur Wasser, Luft und Pflanzen. Ronan lächelte leise und zupfte auf den Saiten der halbrunden *pathi* herum, die auf seinem Schoß lag. Sie hatte weder die Eisebenen von Kantis im Winter noch die Baumpaläste der Elben von Norad gesehen. Ihn überfiel Traurigkeit bei dem Gedanken, wie gern er ihr diese Gegenden gezeigt hätte, die er selbst auf seiner Suche nach ihr bereist hatte.

Sanara hatte sich seit dem Gespräch mit Harumad von ihm zurückgezogen. Sie selbst hatte nicht darüber gesprochen, doch Harumad hatte auf Ronans zornige Frage heute gesagt, dass sich Ronan fragen müsse, warum Ys Sanara gesegnet habe. Sie trage grüne Magie in sich – und Ronan wusste auch ohne Harumads Hinweise, dass Sanaras Kraft stark genug gewesen wäre, selbst die Magie des Heerführers schon nach wenigen Tagen ganz in sich zu löschen.

Es gab nur eine Erklärung für diese Tatsache: Der Heermeister hatte seine Seele mit ihr geteilt und sie die ihre mit ihm. Und Sanara begriff das als Geschenk. Sie wollte die Magie Telarion Norandars in sich nicht löschen.

Ein paar alte Lieder besangen dieses Phänomen, Lieder von der Liebe zwischen zwei Kindern beider Völker. Es waren unglückliche Geschichten, die oft bittersüß endeten, aber Ronan hatte in den Erzählungen nie den Eindruck gehabt, die so Beschenkten hätten ein anderes Schicksal gewollt, hätte man ihnen die Wahl gelassen.

Ronan fragte sich, ob es das war, was ihn so traurig stimmte. Wenn es so war wie in den Liedern, dann hatte er Sanara an diesen kalten, hochmütigen Elbenfürsten verloren. Er schüttelte den Kopf und verdrängte den Gedanken. Nur Sanara konnte wissen, woraus die Verbindung bestand, die sich in ihrer Seele festgesetzt hatte. Doch es war fraglich, ob sie ihm die Wahrheit sagen würde.

Wieder sah er über den See nach Süden, in den Wald hinein. Es war an diesem diesigen Tag nur Einbildung, das wusste er, doch für einen Moment glaubte er, hinter den dünnen Schleierwolken die Konturen des Loranon-Gebirges zu sehen, hinter dem das Flusstal des Lithon lag. Selbst Bandoth schien wie eine Luftspiegelung für einen Herzschlag lang sichtbar, obwohl es am Nordufer des Lithon hinter den Bergen lag, die man nur an ganz klaren Tagen vom Grünen Turm aus sehen konnte. Das winzige Bild zitterte wie eine Fata Morgana – unzählige Türme und Mauern aus blass ockerfarbenem und weißem Sandstein –, die einen Wimpernschlag später schon wieder verschwunden war.

Ronan starrte so angestrengt auf den Horizont, dass er blinzeln musste. Als er wieder nach Süden sah, war die Illusion verschwunden. Nur die endlosen Wälder erstreckten sich vor ihm. Die Sonne war hinter einer düsteren Wolkenwand verschwunden, ein frischer Wind kam auf. Es würde bald regnen.

Er zupfte einen Akkord, dessen Tonlage seiner Stimmung entsprach.

Corand, eine Erdmagierin, die mit ihm Wache hielt, stand langsam auf. »Gib hier weiter acht. Ich werde nach den anderen sehen.« Sie wies mit ihrem Langbogen nach Norden, hinter

Ronan. »Ein Gewitter braut sich zusammen. Das ist eine Zeit, in der …« Sie unterbrach sich.

Ronan sah erstaunt auf. »Was ist los?«, fragte er. »Warum …«

»Schsch!« Corand hob hastig die Hand. »Verdammt!«, zischte sie. »Elben!«

Ronan holte Luft, um noch etwas zu fragen, doch Corand war bereits ins Innere des Turms verschwunden. Ronan eilte ihr hinterher. Die Landzunge ragte vom westlichen Ufer aus in den Mondsee, und dieses Ufer konnte er von seinem Standpunkt aus nicht sehen. Doch als er aus dem Turmzimmer die freie Treppe hinunter in jenen Teil des Turms hastete, der zum Ufer hin wies, flog ein Pfeil knapp über seinen Kopf hinweg und landete auf der Stufe hinter ihm. Er ließ sich fallen und hoffte, dass man ihn durch das durchbrochene Mauerwerk, das die Treppe begrenzte, nicht sehen konnte. Er dankte Akusu, dass die Treppe gewunden war und nicht direkt nach Westen zeigte, so war er ein wenig von der Balustrade geschützt. Er hob den Pfeil auf und erkannte, dass es der Bolzen einer Armbrust war. Die Befiederung war blaugrün, die Farbe der Landari-Elben.

Ronan spähte durch das marmorne Blattwerk vor ihm und erkannte verschwommene Bewegungen am Waldrand. Er nickte grimmig. Diese Treppe befand sich sehr weit oben auf dem Turm, in der Nähe der Krone. Ein Pfeil, der nur mittels Körperkraft von der Sehne geschnellt wäre, hätte es kaum so weit nach oben geschafft.

Er lauschte. Befehle waren zu hören, allesamt noch weiter unten im Turm. Die Elben draußen bewegten sich mit beinahe unheimlicher Stille über die Landzunge, auf der der Turm stand.

Landari-Elben. Ronan fluchte leise in sich hinein. Eigentlich hätten die Elben keinen Angriff wagen dürfen. Und doch – es war ihr Turm, der Palast ihrer Vorfahren, den sich die Rebellen gegen den König angeeignet hatten. Nur noch wenige Elben vom Volk der Landari lebten hier in den Wäldern, und Ronan wusste, sie waren dem Ziehbruder des Königs, dessen Vater der Fürst dieses Volkes gewesen war, treu ergeben.

Dennoch hatten sich die Widerständler den Turm als eines ihrer Quartiere ausgesucht, denn er war eines der Verbindungsstücke eines alten Nachrichtenweges zwischen den Zendarbergen und dem Westufer des Saphirmeeres. Er hatte zudem eine wundervolle strategische Lage, eigentlich waren Angreifer schon von Weitem zu sehen. Natürlich war der Turm magisch gesichert, Ronan und ein paar andere Feuer- und Erdmagier hatten ihn mit dunkler Magie aufgeladen. Wer der Goldenen Magie anhing, kam nur unter besonderen Umständen hinein.

Er fragte sich, was die Elben nun dazu gebracht hatte, den Turm anzugreifen.

Die Rufe verebbten. Die Rebellen hatten ihren Platz eingenommen. Ronan spähte vorsichtig durch das Marmorgeländer, das die frei schwebende Treppe begrenzte, zum Ufer. Er hatte einen Teil der Halbinsel, auf der der Turm stand, im Blick.

Eine Gruppe Elben watete hastig durch das klare Wasser neben dem Ufer der Landzunge. Doch auf einigen der unteren Balkone hatten sich jetzt Harumad, Corand, Ravindi und andere Angehörige des Widerstands postiert. Harumad und die anderen hatten in den letzten Tagen zusätzliche Pfeile hergestellt und überall auf dem Turm hinterlassen, damit sie im Ernstfall verschossen werden konnten.

Ronan und seine Gefährten taten das, was abgemacht war: sich so gut verteilen wie eben möglich und damit mehr Leute vortäuschen, als es im Turm tatsächlich gab. Rasch sah der Musikant sich um. Auch er hatte eine Aufgabe für den Fall eines Angriffs. Er war nicht der beste Bogenschütze, doch er konnte ein Ziel treffen, wenn es sein musste. Und nicht nur das. Um seine Flöte zum Einsatz zu bringen, musste er den Angreifern nahe kommen. Er hoffte, sie nicht einsetzen zu müssen, doch es reichte vielleicht, einem oder zweien der Angreifer zu zeigen, dass er eine Knochenflöte *besaß*.

Er verwendete dieses Instrument nur selten. Eine Flöte war dem Akusu heilig, doch eine aus Knochen und Elfenbein gemacht, war besonders gefährlich. Nur die Gefährten hier im Turm wussten davon, dass er eine solche Flöte besaß, die Menschen nur zu einem bestimmten Zweck herstellten.

Einem, von dem Ronan sich wünschte, er hätte nie davon erfahren.

Er überlegte, ob er wieder nach oben hasten sollte, um dann von innen in die Kapelle des Akusu zu gelangen, wo wahrscheinlich sein Bogen und seine Flöte auf ihn warteten.

Die untere Tür war näher, doch sie wies nach Westen. Er würde durch die Schusslinie der Elben müssen. Die Gefahr, dass sie ihn hier oben mit ihren Bolzen trafen, war gering, aber Verletzungen waren nicht völlig auszuschließen.

Die Entscheidung wurde ihm abgenommen. Geduckt hastete Brannas, der große Mann aus Erathi, die Treppe herab. Er trug Ronans Bogen.

»Du kannst nicht hierbleiben. Du weißt, wir brauchen dich auf dem untersten Zweig!«

Damit meinte Brannas einen Gebäudevorsprung am »Stamm« des Grünen Turms, der sich ungefähr ein halbes Dutzend Klafter über dem Hauptportal befand. Er war mit Zinnen gesichert und gehörte zu den Verteidigungsanlagen des Turms.

Ronan nickte und nahm den Bogen sowie das Bündel Pfeile, das Brannas gebracht hatte.

»Hast du auch meine Flöte?«

Brannas nickte und zog eine Flöte aus dem Gürtel. Sie war eine Elle lang und aus einem einzigen Stück Elfenbein geschnitzt. Trotz der Länge wirkte sie robust und bedrohlich.

»Also los«, sagte Brannas. »Corand und ihre Leute schützen den Unteren Zweig nach Südwesten, Harumad und die Seinen nach Nordwesten. Kailath und Ravilas achten darauf, dass im Osten keiner über das Wasser kommt. Ravindi ist auf dem Balkon über uns.«

Ronan warf noch einen letzten Blick auf die herannahenden Elben. Wieder flog der gefiederte Bolzen einer Armbrust nur knapp an ihm vorbei. Geduckt hastete er weiter, bis er durch den Eingang in den Turm selbst schlüpfen konnte. Er legte die halbrunde *pathi* ab, dann rannte er weiter. Brannas folgte ihm. Sie hatten keine Zeit zu verlieren. Die Elben waren bereits nah an den Turm herangekommen, und Ronan wusste, sie durften ihn nicht betreten.

Doch es war zu spät. Als er den Wehrturm erreichte, kletterten bereits erste Angreifer an Ästen hoch, die sie direkt neben dem Turm hatten wachsen lassen. Einer sprang bereits durch die Zinnen auf den schmalen Wehrgang. Ronan wich sofort zurück und griff nach einem Holzspan, der in der Ecke lag. »Brannas!«, schrie er.

Der große Mann wandte sich um und begriff sofort. Er sprach ein paar leise Worte, und der Span in Ronans Hand entzündete sich. Ronan warf die improvisierte Fackel auf den Elben, der auf ihn zustürzte. Seine Kleidung ging sofort in Flammen auf. Brannas schickte einen Pfeil hinterher, der den Mann in der Brust traf. Röchelnd brach er zusammen.

Doch Ronan sah schon nicht mehr hin. Er hob die Fackel auf und schwang sie dem nächsten Angreifer entgegen. Der wich ängstlich vor dem Feuer zurück, wahrscheinlich war er ein Pflanzen- oder Wassermagier. Doch Ronan bedrängte ihn weiter, zog einen Pfeil aus dem Köcher, den er sich umgeschwungen hatte, und stach ihn dem erschrocken den Flammen ausweichenden Elben in den Bauch, als dieser die Hände hob und eine Wasserwand beschwören wollte. Es war ein Gefühl, als bohre er den Pfeil in totes Fleisch. Die Wasserwand fiel in sich zusammen.

Brannas hatte bereits einen Pfeil auf der Sehne liegen, der in der Kehle des Mannes landete. Doch der Elb fiel nicht sofort, sondern starrte Ronan mit weit aufgerissenen Augen anklagend an. Der Musikant konnte seinen Blick nicht abwenden. Der Elb ging erst in die Knie und fiel dann über seinen Gefährten.

Ronan glaubte zu sehen, wie die Seele des Wassermagiers seinen Körper verließ.

Doch Brannas ließ ihm keine Zeit zum Nachdenken. »He, Ronan!«

Atemlos sahen sich die beiden Rebellen an. Brannas nickte kurz und hastete auf die Balustrade. Dann schickte er einen Strom von Feuer die improvisierten Leitern hinunter. Ronan folgte ihm und sah entsetzt, dass bereits zwei tote Gefährten, Ravindi und Vurandos, von gefiederten Bolzen durchbohrt, auf der Arkade des unteren Astes lagen. Die Elben, die versucht hatten, trotz des Pfeilhagels von Harumad und Corand die Zinnen zu erklimmen, schrien auf, als Brannas' Flammen ihre Finger erreichten und verbrannten. Kein Wasser half gegen die Hitze; als ein Windmagier versuchte, sie zu löschen, loderten sie sogar noch auf. Die dicke Ranke, die den Angreifern als Leiter gedient hatte, zerfiel zu Asche. Die Schreie erstarben abrupt, als die Körper auf dem steinigen Boden aufschlugen.

Fürs Erste war der Wehrgang wieder gesichert, doch es würde ohne Vurandos und Ravindi schwer sein, ihn zu halten.

Ronan schloss für einen Moment die brennenden Augen und sank hinter einer Zinne in die Hocke.

»Wahrscheinlich haben sie die Leichen des Hauptmanns und des zweiten Soldaten gefunden«, murmelte Brannas.

»Das würde einiges erklären«, sagte Ronan. »Ich konnte die Spuren des Kampfes zwischen dem Soldaten und Sanara nicht vollständig verwischen. Ich habe keine Macht über die Pflanzen. Die Stelle, an der sie Feuermagie wirkte, blieb kahl.«

Brannas zuckte mit den Achseln und schoss noch einen Pfeil durch die Zinnen nach unten. Schreie der Wut antworteten ihm.

»Ich denke nicht, dass es einen Unterschied gemacht hätte«, sagte er dann. »Wenn Sanara sie nicht getötet hätte, hätten die Elben ebenfalls gewusst, dass die Tochter des Siwanon zu den Rebellen übergelaufen ist.«

»Genau das machte ihren Tod ja so unnötig«, meinte Ronan

bitter. »Jeder Tod in diesem Kampf ist überflüssig«, stieß er nach einer kurzen Pause hervor.

Brannas ließ eine glühend gelb lodernde Flammenkugel auf seiner Hand entstehen und warf sie gegen einen Elben, der erneut versucht hatte, einen Baum zum Wehrturm emporwachsen zu lassen. Dann wandte er sich zu Ronan um und wies hinauf zum südwestlichen Zweig des Hauptturms.

»Es sind nicht mehr viele. Harumad signalisiert gerade, dass er schätzt, es seien rund vier mal vier mal vier gewesen«, sagte er. »Davon haben wir vielleicht ein Drittel erwischt.« Er wandte sich zu Ravindi und Vurandos um. »Corand hat ebenfalls zwei Leute verloren. Wir müssen ihnen klarmachen, dass ein Angriff sinnlos ist, bevor wir noch mehr Opfer zu beklagen haben.«

»Ich werde mit dir, Girith und Ravilas noch heute den Bannkreis erneuern.«

»Das allein reicht nicht, das weißt du«, sagte Brannas und verschoss noch einen Pfeil.

Ein Aufschrei ließ Ronan zusammenzucken. Er sah über die Brüstung und erkannte, dass Corand und ihre Gruppe sich verzweifelt gegen giftige, fleischfressende Resatpflanzen zur Wehr setzten.

Er schickte einen Pfeil hinüber, er traf den Elben, der sie angriff, jedoch nur am Arm. Immerhin hatte ein Rebell nun die Gelegenheit, dem Angreifer sein Schwert in die Brust zu jagen. Doch Corand hatte Mühe, ihren Balkon von den Resatpflanzen zu reinigen.

Es war Sanara, die versuchte, sie mit reinem Feuer zu verbrennen, doch Ronan sah mit Schaudern, dass die Pflanzen sich schneller ausbreiteten, als seine Gefährtin sie vernichten konnte.

»Auch wenn sie die Kinder des Dunklen Mondes hassen, an der Macht des Akusu wollen sie teilhaben!« Brannas stieß den Satz mit bitterer Stimme hervor. Wieder ließ er eine orangegelbe Flamme auf seiner Hand entstehen und schleuderte sie zornig gegen die Angreifer.

Ronan sah der Feuerkugel hinterher. Brannas hatte gut gezielt, sie traf zwei Elben, deren Kleider sich sofort entzündeten. Ein Wassermagier versuchte, die brennenden Gefährten zu löschen, doch es misslang. Sie verbrannten vor den Augen der anderen zu Asche.

Und doch hinderte das die Landari nicht, nun auch auf Corands Balkon die giftigen Resatranken hinaufzuschicken. Wenn sie die Angreifer nicht bald entscheidend schlugen, würden die Widerständler keine Gelegenheit mehr dazu haben.

Ronan sagte nichts weiter, sondern wandte den Blick ab. Er zog die Elfenbeinflöte aus seinem Gürtel. Sanft strichen seine Fingerspitzen über die kunstvolle Schnitzerei, mit der man die Flöte versehen hatte. Doch er zögerte, sie an die Lippen zu setzen, saß nur reglos da.

Mitgefühl stand in Brannas' Augen. »Ich weiß, dass wir alle unter Ys in Harmonie leben sollten, und es ehrt dich, dass gerade du derjenige bist, der so fest daran glaubt«, meinte er leise. Wieder flog ein Armbrustbolzen über den großen Mann hinweg und blieb zitternd im Marmor stecken. Er legte eine Hand auf Ronans Schulter und versuchte, das Flehen in den Augen des Musikanten zu ignorieren. Dann gab er Harumad und Corand ein Zeichen. Beide nickten.

Corand verschwand hinter der Brüstung ihres Balkons.

Brannas nickte Ronan zu. »Corand, Kailath und die anderen sind gewarnt. Wir können den Turm nicht halten, wenn du es nicht tust.«

Ronan nickte. Er kauerte sich hinter einer Zinne zusammen und setzte die Flöte seitlich an die Lippen. Erst blies er vorsichtig, als wolle er nur ausprobieren, wie das Instrument klang, oder als versuche er zum ersten Mal, es zu spielen. Seine Lippen bebten. Es gelang ihm nur mühsam, ihnen die zum Spielen notwendige Spannung zu verleihen.

Die Töne kamen zittrig, beinahe wie zufällig, mit großen Pausen dazwischen und so leise, dass selbst Ronan den Eindruck hatte, man höre eher seinen Atem. Die Noten schienen keiner erkennbaren Melodie zu folgen, doch nach ein paar Takten fügten sie sich zu einem Lied voller Traurigkeit zusammen, einem Lied, das voller Geheimnisse war, die von der dunklen Magie der Seelen und ihrer Existenz in den Jenseitigen Nebeln erzählten.

Die Trauer, das Leid und der Kummer, von denen sie sprachen, waren Ronans eigene Regungen, die sich darum drehten, dass alles Lebendige irgendwann starb und die diesseitige Welt verließ, die so liebevoll von den beiden ersten Schöpfergeistern geschaffen worden war. Er wusste, dass Elben, denen Vanar das Geschenk des Lebens gemacht hatte, diese Melodie, die vom Tod sprach, nicht ertragen konnten. Syth selbst hatte sie einst den Kindern des Akusu auf dem Schlachtfeld des zweiten Krieges – des zweiten von insgesamt vier – beigebracht, in der Schlacht des Leids. In der ersten großen Schlacht zwischen Menschen und Elben hatten die Kinder des Vanar, die bereits die Gabe des Lebens besaßen, von Syth die Fähigkeit erhalten, den Menschen die Energie zu nehmen. Doch in der zweiten Schlacht hatte Syth den Menschen einen Ausgleich gewährt. Er wusste, dass den Elben die Musik fremd war. Sie schenkte Ruhe, wie die Magie der Erde und die Macht über die Seelen, und Beständigkeit.

Das stetig fließende Wasser, das immerwährende Wirbeln des Windes in den Seelen der Elben kamen zum Stillstand, wenn diese Töne sie erreichten.

Aber Ronan der Flötenspieler hielt nicht inne. Die Verzweiflung und das Leid, die die Flötentöne hervorriefen, breiteten sich weiter und weiter aus. Tränen rannen über seine Wangen, als die Trauer über all den Tod auch seine Seele ergriff.

Doch er spielte weiter und ließ seine Flöte vom ewigen Tod, in dem es keine Hoffnung gab, erzählen.

Triumphgefühl stieg in Iram Landarias auf.

Seine Schwester hatte wie immer recht gehabt. Seit dem Aufbruch des Heers hatten Ireti und er mit ansehen müssen, wie der Zwillingsbruder des Königs tiefer und tiefer in diese Seelenhexe eindrang und ihre Kraft mit seiner eigenen Magie vergiftete. Doch dabei hatte er sich selbst mehr und mehr preisgegeben – ohne sich dessen bewusst zu sein.

Seine Schwester war unruhig geworden, denn nur ein Nachkomme des ersten Menschen, den Akusu geschaffen hatte, vermochte das Siegel zu bergen, davon war sie überzeugt. Nur die Gefangene konnte das Siegel finden, mit dessen Hilfe Syth befreit werden konnte; diese Kraft musste den Elben gehören.

Doch der Heerführer unterwarf sich die Hexe nicht. Stattdessen band er sich an sie, ohne dass Ireti darauf hätte Einfluss nehmen können. Nichts, was sie tat, hatte Telarion Norandar in seinem Hochmut überzeugen können, sich von der Feuermagierin zu trennen. Erst, als sie von sich aus gegangen war, hatte der Zwilling des Königs eingesehen, dass sie ihn betrog.

Es war Irams kluger Schwester gelungen, den irregeleiteten Schwager in die falsche Richtung zu leiten. Jetzt war Iram sicher, dass der Sieg ihm und Ireti gehören würde.

Die Welt war im Ungleichgewicht. Das war sie immer, doch die Kräfte der Harmonie würden die Entwicklung dieser Welt stören, dessen war Iram sich sicher. Sie musste sich kontinuierlich verändern, doch das Urteil darüber, welche Änderungen kommen mussten, um Fortschritt zu erzielen, durfte man keinem der Schöpfergeister überlassen, geschweige denn ihren Geschöpfen.

Elben und Menschen waren zu einseitig motiviert, als dass sie Entscheidungen hätten treffen dürfen. Sowohl die Tochter des Siwanon als auch Telarion Norandar, der so stolz auf die Reinheit seiner Goldenen Magie war, waren die Letzten, denen man dieses Vorrecht hätte gewähren dürfen.

Iram war sicher, dass nur ein Haus die Herrschaft über die Welt antreten durfte: das Haus der Landarias, dessen Oberhaupt er war.

War das Siegel erst in seinem und Iretis Besitz, würden sie herrschen. Doch nur mit der Seelenmagie der Tochter des Siwanon konnten sie das erreichen.

Wie immer hatte seine Schwester schon früh erkannt, dass mit ihr die Gelegenheit gekommen war, den Schwager endlich loszuwerden. Sie hatte Telarion davor gewarnt, sich mit der Feuermagierin einzulassen, und er hatte es in seinem Hochmut dennoch getan – vielleicht sogar gerade deshalb. Dabei hatte er das getan, was ein Heiler nie hätte tun dürfen. Nie hätte er ihr Zugang zu seiner Magie, seiner Seele gestatten dürfen. Ein Shisan wie er konnte mit den Kräften, die er so in sich aufnahm, nicht umgehen.

Irams Blick fiel auf das Gebäude, das vor ihm in einiger Entfernung lag. Ein heftiger Kampf tobte davor, elbische Soldaten beschworen Raqordornen, Wasserwände und Eisstürme. Doch die Rebellen, die sich des Turms schon seit Langem bemächtigt hatten, wehrten sich nach Kräften. Erdwälle und Sandfluten entstanden, erstickten Wellen und Keime. Feuer entstand und regnete auf Irams Soldaten herab.

Wieder fiel einer der Seinen, getroffen vom glutflüssigen Stein, den diese verfluchten Kinder des Akusu auf dem Wehrgang hoch über seinem Kopf verbreiteten.

Aufmerksam betrachtete er die Balkone und Erker, auf denen sich die Rebellen postiert hatten.

Dann hatte er sie entdeckt.

Von einer der oberen Galerien lenkte ein Dunkelmagier Feuerstürme hinab. Keine Bälle, keine glühenden Steine, keine Lava. Einen wahrhaftigen Sturm aus Feuer.

Das war sie.

Iram stürmte vor. Nun, da sie den Zwilling des Königs ausgeschaltet hatten, würde diese Seelenhexe ganz ihm und seiner Schwester gehören.

Als ihm erneut ein Sturmwind aus Flammen entgegenbrauste, wusste er, sie hatte ihn gesehen. Doch er fürchtete sie nicht. In ihm verbanden sich, wie in allen Landari-Elben, die dunklen Magien mit der Magie des Vanar.

Er prüfte den Abstand. Sie war hoch über ihm. Es würde schwierig werden, doch nicht unmöglich. Er beschwor eine Hecke aus Raqordornen, die so dicht und hoch war, dass sie sich mit dem Element der Erde, den Steinen und dem Marmor des Turms verband.

Ein Kampfgefährte Irams, ein Landari, versuchte gerade, mit der schwachen Erdmagie, die er neben der Macht über die Fluten des Sees besaß, das Feuer zu löschen, das den Freund neben ihm ergriffen hatte. Doch es ließ sich selbst mit dem Ufersand nicht löschen. Es schwelte weiter unter den Körnern, und Iram wagte nicht, noch mehr Sand auf den Unglücklichen zu schütten, um ihn nicht zu erdrücken oder zu ersticken.

Dennoch wurden die qualvollen Schreie des Sterbenden immer leiser und verstummten schließlich. Der Rauch, der aus dem Erdhügel hervorquoll, stieg in Irams Nase und ließ ihn würgen, so stark war der Geruch nach verbranntem Fleisch.

Es waren jetzt nur noch halb so viele in seiner Truppe wie zuvor, die anderen lagen bereits tot oder sterbend auf der schmalen Landzunge, die zum Haupttor des Turms führte. Immer noch schleuderte die Feuermagierin, unterstützt von ein paar Rebellen, unlöschbare Flammen den Angreifern entgegen, immer noch versuchten die Erdmagier im Turm, die Wasserwände, die die Soldaten des Königs beschworen, einzudämmen.

Dann stutzte er. Der Schlachtenlärm war verebbt. Niemand war mehr zu sehen, durch die durchbrochenen Marmorbalustraden war nicht die kleinste Bewegung zu erahnen.

Iram lauschte. Die Gewitterwolken, die schon vor dem Angriff beide Sonnen verdeckt hatten, sodass die Elben nicht im Schein der Roten Sonne hatten angreifen müssen, überzogen nun den gesamten Himmel. Nur im Nordosten war noch ein heller Schimmer über dem Horizont zu sehen. Im Südwesten bildeten die Wolken bereits Schlieren und deuteten den Wolkenbruch an, der ihnen bevorstand.

Iram nickte grimmig. Bis dahin mussten sie durchhalten.

Doch statt der erlösenden Tropfen, die in den Ohren des Halbelben wie das Gemurmel eines Poeten geklungen hätten, der die Macht der Worte besaß, erklang ein anderes Geräusch.

Dort war er!

Das war der Ziehbruder Tarinds. Zorn wallte lodernd gelb in Sanara auf und erstickte jedes andere Gefühl.

Sein Blick ist kalt und wirkt leblos, ohne Gefühl, als er über die Anwesenden schweift. Sanara kann es kaum glauben, als sie erkennt, dass seine dunkelblauen Augen runde Pupillen haben wie ihre eigenen. Das ist kein Elb. Da steht ein Mensch neben dem Prinzen. Aber wie kann ein Mensch blaue Augen haben?

Der Mann, der ihren Vater festgehalten und im Namen Tarinds verschleppt hatte. Der Mann, der sie damals, bei der Weihe ihres Bruders, fast noch mehr erschreckt hatte als dieser selbst.

Sie schrie auf und richtete den Feuersturm, der in ihr tobte, auf ihn und seinen Kampfgefährten, der nun die Wasser des Sees beschwor, um seinen Herrn und sich selbst zu schützen. Die Wellen schlugen hoch und leckten bereits am steinernen Geländer der Galerie, als Sanara die Flammen herabfahren ließ.

Nur langsam wurde sie gewahr, dass jemand versuchte, sie zurückzuziehen.

Es war Harumad. »Sanara, du musst …«

»Nein!«, wehrte sie sich und versuchte, sich aus seinem Griff zu befreien. »Lass mich! Er tötete …«

Im nächsten Moment fuhr sie zurück.

Eine langsame Melodie erreichte ihr Ohr und erstickte den flammenden Zorn in ihr.

Sie fuhr zu Harumad herum, doch sie brachte die Frage, was das zu bedeuten habe, nicht über die Lippen. Es war, als rissen die Töne sie ihr von der Zunge, als nähmen sie ihr sogar die Luft zum Atmen.

Ihre Knie gaben nach, als die traurige Melodie weiter auf sie herabtropfte. Eine Note nach der anderen drang in sie und tat das, was sie seit Zehntagen gehofft und gefürchtet hatte; es war wie eine Hand, die tief in ihr Inneres griff und die grüne Magie dort packte, wo sie verwurzelt war.

Es schmerzte, und unwillkürlich hob sie die Hände, als wolle sie die grausamen Finger aus Musik, die sich so tief in sie hineingruben, abwehren. Doch sie bekam sie nicht zu fassen.

Die unerwarteten Töne tropften langsam auf Sanaras Geist wie das Blut eines Hingerichteten und regneten auf sie herab wie die Asche verbrannter Leichen. Beides, das zähe, dunkelrote Blut und der leicht fettige Ruß verbanden sich zu einem rotschwarzen Schlamm, der an ihr herabrann. Er setzte sich in den feinen Linien fest, die die Haut an den Händen und im Gesicht bildete, tropfte in ihren Kragen und durchtränkte langsam ihre Bluse, den *darstan* und schließlich die Haare.

Jemand flötete Syths Lied der Toten. Ein Lied, das den Elben galt, und sie, die Dunkelmagierin, nicht hätte berühren dürfen. Doch Sanara trug die Magie Telarion Norandars, des Elbenfürsten, in sich. Ihre Seele war mit der seinen untrennbar verbunden.

Entsetzt presste sich Sanara die Hände auf die Ohren, die so von den rauen und hohen Tönen geplagt wurden, dass die Trommelfelle zu reißen drohten. Doch sie konnte sie nicht aussperren, der blutige Regen fiel weiter auf sie herab, drang in ihre Ohren, durchtränkte ihr Haar und setzte sich in allen Poren fest. Sanara kam es so vor, als würde jeder Tropfen, der auf sie niederging, alles Entsetzen, alle Qual und alles Leid der Welt enthalten.

Sie krümmte sich, als die klebrig-warme Feuchtigkeit, die von den Tönen der Flöte erzeugt wurde, auch in ihre Nase und ihren Mund eindrang. Sie schmeckte salzig wie Tränen, bitter wie Asche und metallisch wie Blut.

Panisch sah sie sich um, doch der grüngeäderte Marmor der Galerie, selbst ihre Gefährten, schienen unangetastet. Der rotschwarze Regen schien sie nicht berühren zu können. Oder existierte dieser Regen nur in ihrer Vorstellung?

Sanara ging in die Knie und unterdrückte einen Schrei. Obwohl ihre Seele in Aufruhr war, war es immer noch unnatürlich ruhig, so ruhig, dass jeder einzelne Ton dieser grausamen Flöte die Stille wie ein Pfeil durchdrang und Leid und Qual nur verstärkte.

Noch immer blies jemand die Flöte, schickte erbarmungslos und unerbittlich Töne in die Luft, die im nächsten Moment in dicken, zähen Tropfen auf sie niederprasselten. Sanara krümmte sich, als die Finger dieser grausamen Melodie die ersten Wurzeln der kühlen Windmagie in ihr herausrissen. Ihre Seelenflamme schien zu leiden, ihre Nahrung zu verlieren, und mit einem Mal wusste sie, dass Harumad recht gehabt hatte.

Sie liebte den, der ihr diese Magie gegeben hatte, und konnte den, der sie ihr nahm, nur hassen. Der Schmerz und die Trauer nahmen überhand, als noch weitere der Wurzeln, die der Wind in ihr geschlagen hatte, mit Gewalt aus ihr herausgerissen wurden und sie sie nicht festhalten konnte.

Sie versuchte wieder, danach zu greifen, doch ihre Finger waren rutschig vom blutigen Schlamm und glitten ab.

Schließlich sank Sanara in sich zusammen und versuchte nicht mehr, sich gegen das Leid und die Verzweiflung zu wehren, die nun auch den letzten Winkel ihrer Seele durchdrangen.

Sie sehnte nur noch das Ende herbei. Den Tod. Denn ein Leben ohne den Gedanken an Telarion Norandar, ohne die Erinnerungen an seine Haarsträhnen in ihrer Hand, seine Lippen auf den ihren und die Berührungen seiner kühlen, trockenen Finger war nichts wert.

Aber Sanara starb nicht. Der blutige Regen fiel weiter, unablässig und leise, und brachte nur Trauer – aber die war schlimmer als der Tod.

Kapitel 14

»Ys und Syth betrachteten ihre Schöpfung und nannten sie Vyranar, die Wunderbare. Beide begannen Vyranar, die aus ihnen entstanden war, zu lieben und beschlossen, darin zu leben. Als Wohnstatt wählte Ys den Norden, den Gipfel des höchsten Berges im Zendar-Gebirge, den Berg Seleriad, von dem aus sie das Land überblicken konnte. Syth wählte den Süden und die tiefen Höhlen des Berges Farokant. Die eine die Harmonie, der andere der stete Wandel, liebten sie einander mehr, als die Worte der Elben und die Musik der Menschen es je werden beschreiben können, und so lenkten sie die Geschicke der Welt trotz aller Unterschiede gemeinsam.«

Von den Kriegen der Elben und Menschen
Erste Rolle der Schriften des Klosters der Weisen Zwölf

Als Ronan die Flöte schließlich absetzte, konnte er nur mit Mühe das Schluchzen unterdrücken, dass sich in seiner Kehle aufgebaut hatte.

Es war dunkel unter den Wolken, die langsam nach Südwesten hin abzogen, doch kein Regen war gefallen. Die Luft war unerträglich drückend, nichts rührte sich.

Es war still. Totenstill.

Ronan rang in der schwülen, stickigen Luft nach Atem, ließ die Flöte in den Schoß sinken und legte seine glühende Wange gegen den kalten Marmor der Zinnen. Die Flöte in seiner Hand war aus Elfenbein, dennoch schien sie ihm jetzt heiß, klebrig und glitschig, als habe man sie in halb gestocktes Blut getaucht. Der Tod, den er selbst gerufen hatte, hing noch in der Luft, satt und träge und so präsent, dass Ronan versucht war, ihn mit den Händen fortzuscheuchen wie ein lästiges Insekt.

Er warf keinen Blick neben die Zinne auf die Halbinsel, wusste auch so, dass die Elben unten auf der Landzunge vernichtet waren; dass sie starben; dass die Seen ihrer Seelen austrockneten, die Lebensbäume verdorrten und die Windwirbel zerstoben.

Das Bild vor seinem inneren Auge war das pure Grauen. Es roch faulig, eitrig, metallisch scharf wie Blut auf einer heißen Eisenklinge. Der Gestank umgab Ronan so intensiv, dass er glaubte, ihn auf der Zunge zu schmecken. Er konnte keinen einzigen Ton der Melodie mehr spielen und wünschte sich sehnlichst, Akusu hätte ihm eine andere seiner Gaben geschenkt.

Noch einmal versuchte er, die Trauer darüber, dass seine Magie so viel Leid verursachen konnte, zu ersticken, doch es gelang ihm nicht. Es würde den Toten da draußen nicht helfen.

Im nächsten Moment schlug er die Hände vor die Augen und ließ seiner Traurigkeit freien Lauf, indem er den Schmerz seiner Seele in die Stille hinausschrie.

Zunächst half es ihm nicht. Das Entsetzen wurde eher größer und drang noch heftiger auf ihn ein. Er hatte die Flöte lange gespielt, beinahe zu lange. Die Verzweiflung hatte sich, auch wenn sie auf ihn und jeden anderen Dunkelmagier weniger wirkte als auf die Elben, die er damit verhexte, tief in ihm festgesetzt.

Erschöpft hielt er schließlich inne. Es war, als käme nach einem steilen Anstieg in einer lichtlosen Höhle endlich ein schmaler Lichtpunkt in der Ferne in Sicht. Er setzte sich wieder auf und suchte an dem Marmor, an dem er lehnte, eine kühle Stelle. Erst jetzt spürte er, dass jemand ihn an den Schultern hielt und ihm sanft die Tränen wegwischte.

»Willkommen zurück im Leben, Meister der Töne«, sagte Brannas leise mit seinem tiefen Bass.

Ronan nahm einen Atemzug, dem das Schluchzen immer noch innewohnte, und ergriff das weiche Tuch, das Brannas ihm reichte. Ein Tuch, das Ronan zum Reinigen seiner Instrumente stets am Gürtel trug. »Ich … ich habe gar nicht gemerkt, dass … dass du es dir genommen hast«, murmelte er.

Brannas antwortete nicht sofort. »Ich vergesse immer, dass die Melodien für dich fast so vernichtend sind wie für unsere Feinde«, brummte der große Feuermagier.

Ronan nickte. »Syth …«

Doch wieder drang wildes Schluchzen aus seiner Kehle und brach sich Bahn. Er kauerte sich zusammen und weinte wieder um das Leben, das er vernichtet hatte, als wolle er für jeden eine Totenklage anstimmen. Brannas hielt ihn fest und presste den Musikanten an seine breite Brust. Doch er konnte nichts tun, was ihn getröstet hätte.

Schließlich versiegten die Tränen. Ronan räusperte sich, um die Trauer aus der Kehle zu vertreiben. Doch seine Worte kamen stockend.

»Syth sagte einst dem ersten Flötenspieler, dass er mit dieser Melodie die Elben zerstören könne. Doch wie es dem Geist des Chaos gebührt, verschwieg er dabei, dass das Leben von Elben und Menschen, obwohl sie nicht von gleichen Gaben sind, so doch aus dem gleichen Stoff gemacht wurde.« Ronan schob Brannas sanft von sich und schloss die brennenden Augen. »Der Tod macht vor niemandem Halt und befällt alle, ungeachtet der Gaben, die wir von den Schöpfern erhalten haben.«

Brannas nickte ernst. »Corand, Girith und Ravilas sind bereits unten auf dem Schlachtfeld und suchen nach Überlebenden.«

Ronan schluckte. Er sagte nichts. Was hätte er auch sagen können? Brannas hatte recht. Er allein hatte Hoffnungslosigkeit, Verzweiflung und endlosen Schmerz auf alle Elben in Hörweite regnen lassen. Ihre Qual war die seine, doch das würde sie nicht wieder lebendig machen. Er schwor sich, diese Töne nie wieder zu spielen.

Heilige Ys, hilf mir, das Lied deines Geliebten nie wieder zu spielen. Es muss andere Wege geben. Ich verschreibe jeden Atemzug dir, wenn du mir einen anderen Weg zeigst. Und wenn Vyranar zur

Beute des Chaos, der Veränderung und der Zerstörung wird, ich werde dieses Lied nie wieder spielen! Niemals wieder!

Es schenkte Trost, sich den Schwur wieder und wieder zu wiederholen, doch es machte die Toten nicht wieder lebendig. Es half nicht einmal, dass Ronan sich sagte, das Lied beträfe nur diejenigen, die die Dunkle Magie mit der des Vanar vernichten wollten.

Wenn sich die, die Goldene Magie in sich trugen, nur halb so schlecht fühlten, wie er gerade, dann war es das Lied nicht wert.

Erst in diesem Moment fiel ihm Sanara ein.

Sie trug die Windmagie Telarion Norandars in sich und hatte Harumad gegenüber gesagt, sie glaube, dass jeder Versuch, sie von dieser Magie zu trennen, ihre eigenen Kräfte ausgeblutet hätte.

Eine kalte Hand schien erneut nach Ronans Herz zu greifen.

Was, wenn Sanara Schaden genommen hatte? Der Gedanke flößte ihm solchen Schrecken ein, dass er nach Luft rang. Er brachte die Worte kaum hervor.

»Wie geht es … Sanara?«

Brannas senkte den Blick. Es schien, als habe er diese Frage erwartet und keine guten Nachrichten. »Harumad wollte sie warnen, doch es half nichts.« Er hob den Kopf und sah Ronan offen ins Gesicht. »Sie ist nicht tot, doch Harumad kann nicht sagen, ob sie bei Bewusstsein ist.«

Ronan schwieg. »Sie ist Herrin über die Seelen«, murmelte er dann. »Und diese Gabe ist in ihr stark und ungezähmt. Sie wusste nichts von dem Lied der Toten. Nichts hätte sie vor den Tönen dieser Flöte bewahren können.«

Ronan stand auf. »Ich muss zu ihr!«

Brannas schüttelte den Kopf. »Du bist kein Heiler. Geh in die Kapelle der Ys, und bete für sie. Wir werden alle, die der Tod berührt hat und die dennoch nicht gestorben sind, dorthin bringen. Farinai wird für sie tun, was sie kann. Spiele dort für sie ein paar Lieder vom Leben und von der Ys.«

Ronan nickte langsam und stand auf. Die Knochenflöte ließ er dort liegen, wo er sie fallen gelassen hatte. Brannas würde sie hüten und wieder in den Tempelraum des Akusu bringen, das wusste er. Er würde sie später wieder an sich nehmen, doch jetzt konnte er sie nicht anfassen.

Der Aufstieg zum Raum der Ys, der sich in der Nähe des Gipfels des Grünen Turms befand, war schwierig. Doch Ronan holte seine Holzflöte hervor und spielte ein paar Lieder der Vergebung und der Versöhnung zwischen den Völkern.

Vielleicht konnten diese Lieder Sanara aus der Leere holen, in die er ihre Seele zusammen mit den Elben da draußen geschickt hatte. Er würde es versuchen müssen.

Der Tod war so leicht zu säen. Nur ein paar sanft geblasene Töne auf einer alten Flöte.

Wieder stiegen Tränen in ihm auf. Er wünschte, er hätte Töne gekannt, die die Wunden, die er geschlagen hatte, auch wieder hätten heilen können.

Doch das hatte Syth nicht den Menschen gezeigt. Er und Ys hatten die Gabe des Lebens den Elben geschenkt.

Eine neue Welle der Übelkeit und der Trauer überkam Ronan und riss ihn wieder mit sich fort. Vielleicht hatten die Elben recht, und die Kinder des Akusu waren die Herren des Todes. Er war es ganz sicher. Selbst Sanara lag nun da und litt. Vielleicht hatte er gar ihre Seele zerstört, ihre Magie, alles, was sie je lebendig gemacht hatte.

Er ließ sich auf den Stufen einer freis chwebenden Treppe nieder und sah nach Osten, in die Richtung des Goldmonds.

Doch auf Vergebung von dort wartete er vergebens.

Ihr Name war Sanara.

In der Sprache, die die Elben einst den Menschen gebracht hatten, bedeutete das »die Stolze«.

Telarion lauschte dem Klang des Wortes nach, das der flammenden Dunkelheit in ihm einen Namen gab.

Sanara.

Für einen Augenblick war er dem Schmied – ihrem Bruder! – dankbar dafür, dass er, wenn auch zufällig, den Namen seiner Schwester erwähnt hatte. So hatte die Tochter des Siwanon nun auch für Telarion eine ganz eigene Bezeichnung.

Wieder schmeckte er ihren Namen auf der Zunge.

Sanara.

Es war, als ließen sich dank dieses Eigennamens die Verbrechen des Vaters und des Bruders von denen der Schwester trennen, die bei Weitem nicht so monströs schienen wie die ihrer Familie.

Telarion fragte sich, warum ihm das so wichtig war.

Sein Vater Dajaram war in dunkler Hitze verbrannt, in einem Feuer, das den Flammen, die in Telarions kühlem Seelenwind loderten, nur zu ähnlich war.

So wie ich in Sanara den Wind des Hauses Norad sah, lodert in Euren Augen das Feuer der Amadians!

Dunkles Feuer von der Art desjenigen, das seinen Vater getötet hatte, war in ihm. Selbst der Sohn des Siwanon hatte es gesehen. Seit dieser es ausgesprochen hatte, brannte die Scham in Telarion beinahe genauso heiß wie das Feuer selbst.

Er schloss die brennenden Augen, denen selbst die winzigen goldenen und silbernen Laternen seines *ethandin* im Heerlager seines Bruders zu hell waren, und lehnte die Stirn gegen das kalte Goldband, das den kleinen Altar säumte, vor dem er schon seit Stunden kniete. Der kaum eine Elle hohe Schrein war eine der wenigen Zierden seines Zeltes und stand im Osten. Das getriebene Gold, das den Altar zu Ehren des Goldenen Mondes schmückte, hatte die Kälte der nächtlichen Savanne draußen aufgenommen und gab sie dank der Berührung an ihn weiter. Die scharfe Kälte war wie ein Kuss seines Schöpfers, doch sie dämpfte die Scham nicht, die Telarion ob der dunklen Wärme in ihm erfüllte.

Oder war es nur Scham angesichts der Freude, die diese dunkle Wärme in ihm auslöste?

Telarion wusste es nicht.

Und er wusste auch nicht, ob der Vorwurf der Kinder des Siwanon, sein Zwilling habe Dajaram umgebracht, sich erst dank dieser Scham in ihm festzusetzen vermocht hatte.

Das schmerzverzerrte Gesicht des Schmieds tauchte vor seinem inneren Auge auf.

Ich weiß nicht, wer Euren Vater tötete! Ich weiß nur, dass Siwanon völlig richtig sagte, der Tod Dajarams, der wie er den Frieden wollte, könne nur einem genutzt haben. Fragt Euch selbst, ob dieser Nutznießer nicht vielleicht der Mann sein könnte, der jetzt die Krone trägt!

Dann wurde das Bild überlagert. Telarion befand sich wieder in dem nordöstlichen Gemach im *kastron* der Feste Bathkor. Vor ihm stand Sanara Amadian, die Bluse blutbefleckt und zerrissen. Unter dem *darstan* quollen dicke Haarsträhnen von der Farbe reifen Korns in ihr zornrotes Gesicht, das von Sommerflecken übersät war. Die bernsteingelben Augen ihres Hauses sprühten Funken.

Ich habe meine Magie nicht gegen Euer Haus gewandt, Fürst, genauso wenig wie mein Vater das einst tat! Was glaubt Ihr, warum Tarind das Massaker im Kloster des Abends anrichtete? Dort waren die, die seine Lügen hätten aufdecken können. Ich sah, dass Siwanon Eurem Bruder die Wahrheit sagte und dieser erst dann und nur deshalb mein Volk und meine Familie tötete!

Sanaras Worte waren so scharf wie die Waffen, die ihr Bruder zu schmieden verstand, und doch bewahrte Telarion ihr Bild einige Herzschläge lang vor seinem inneren Auge und versuchte, die Ungeheuerlichkeit des Gesagten zu begreifen.

Sie hatte nicht gelogen. Sie hatte zumindest geglaubt, die Wahrheit zu sprechen.

Er musste sich fragen, ob es vielleicht auch die Wahrheit *war.*

Es war elf Winter her, dass Tarind nach Guzar aufgebrochen war, um Dajaram zu rächen. Elben hatten eine weitaus längere Lebensspanne als Menschen. Er selbst und Tarind galten auch mit über fünfzig Wintern als jung; bei Dajarams Tod hatten die Fürsten von Nisan, Mundess und Kantis Tarind die Krone erst nicht geben wollen. Doch Yveth von Kantis hatte sich vor Trauer um ihren Gatten auf eine der eisigen Felseninseln im Norden des Östlichen Meers zurückgezogen, um dort zu sterben. So hatte sich der Rat der Elbenfürsten doch entschieden, dem älteren Sohn des Dajaram die Krone zu überlassen – jedoch unter Auflagen. Erst als Tarinds Zwilling, der geweihte Herr des Lebens, sich bereit erklärt hatte, sein Gelehrtenleben aufzugeben und an der Seite von Dajarams älterem Sohn Heermeister und Herr der Festung Bathkor zu werden, hatten die Fürsten von Kantis und Mundess nachgegeben.

Telarion kam die Zeit, die seit diesen Geschehnissen vergangen war, nicht sehr lang vor. Er erinnerte sich an die Ereignisse, deren Ursprung in dem unfassbaren Schmerz zu finden war, den der Tod Dajarams auf der magischen Ebene in ihm ausgelöst hatte, so genau, als seien sie nur ein paar Tage zuvor geschehen.

Doch glaubte man der Tochter des Siwanon, war auch sie Zeugin des gewaltsamen Todes ihrer Familie geworden. Und damals war sie noch ein Kind gewesen.

Telarion spürte Übelkeit beim Gedanken, ein Kind – egal, ob es nun zum Volk des Akusu oder des Vanar gehörte – könne Zeuge eines solchen Blutbades werden, wie sein Bruder es angerichtet hatte.

Nun, elf Winter später, war Sanara eine junge Frau von wohl etwas über zwanzig Wintern, immer noch ein halbes Kind in seinen Augen, doch in ihrem Volk galt sie als erwachsen und wäre, wenn sie als Adlige weitergelebt hätte, sicher die Herrin eines großen Hauses gewesen, gleichen Ranges mit den Daris, die Ireti Landarias bei Hofe umgaben.

Das Schicksal in Gestalt seines Zwillings hatte ihr ein solches Leben verweigert, sie für die Hälfte ihrer bisherigen Lebenszeit in die Gosse gestoßen und sie, eine Amadian, zur Schankdirne erniedrigt.

Sie hat es als Tochter eines Mörders und Verräters nicht anders verdient!, dachte Telarion unwillkürlich. Doch wie konnte ein

Kind von vielleicht einem Dutzend Wintern ein solches Schicksal verdienen? Ein Kind, das darüber hinaus dem Mord an seiner Familie hatte zusehen müssen?

Das Massaker hatte zudem in einem Heiligtum stattgefunden. Es musste ein hoher Anlass gewesen sein, wenn Fürst Amadian und seine ganze Familie dort im Angesicht des Dunklen Mondes versammelt gewesen waren. In der Regel geschah das zu einer Weihe, auch wenn es nicht die Sanaras gewesen sein konnte. Sie war zu jung und nicht von ihrem Schöpfer gezeichnet.

Ihr Bruder. Der Schmied. Telarion wusste mit einem Mal fast sicher, dass es wohl seine Weihe gewesen war.

Telarion lief ein Schauder über den Rücken. Er schloss erneut die Augen.

Er begann, Sinans unbändigen Hass auf ihn und Tarind zu verstehen, und zum ersten Mal kam ihm der Gedanke, dass sein Zwilling sich mit der Rache am Fürsten von Guzar gegen das Leben und die Gebote der Schöpfergeister versündigt hatte.

Nichts, auch nicht der Tod Dajarams, des Königs und höchsten Heilers der Elben, konnte ein Blutbad in einem heiligen Raum, bei einer heiligen Handlung zu Ehren eines der Schöpfermonde rechtfertigen. Ein Blutbad vor den Augen des Dunklen Mondes. Dem Mond, der dem Goldenen immer ein Bruder gewesen war. Ein Zwilling, so wie Tarind sein, Telarions, Zwilling war.

Ich habe dem Schmied gesagt, es kümmere mich nicht, was er über mich denke. Dennoch bat er für sein Volk um ein Feuer und um Heilung für die Hure, der Tarind die Kraft nahm. Er war es, der sich nicht darum scherte, ob er sich vor mir demütigte, und den es nicht scherte, ob ich ihn verachten oder mit dem Tod bedrohen würde.

In Telarion erwachte Bewunderung für den Mut, den der Schmied aufgebracht hatte. Wahrscheinlich war wirklich er es gewesen, der Sanara den *qasarag* gebracht hatte; doch die Tochter des Siwanon hatte sich lieber selbst getötet als einen anderen.

Als Telarion an die Situation zurückdachte, kam ihm plötzlich die Idee, sie habe ihn nicht aus Hass angegriffen, sondern aus

Trauer und Mutlosigkeit, weil er ihren Tod vereitelt hatte. Indem er sie heilte und ins Leben zurückrief, hatte er ihr auch die letzte Ehre genommen, die sie zu haben glaubte.

Reue über den gewaltsamen Tod des Schmieds machte sich in ihm breit.

Das getriebene Gold an seiner Stirn wurde heiß, doch Telarion löste sich nicht von Vanars Altar. Angesichts dessen, was die Kinder des Siwanon ihm vorgeworfen hatten, und des Gedankens, sie könnten recht haben, fühlte er die Schuld wie ein Gewicht, das sich auf seine Seele legte.

Wieder stand die Tochter des Siwanon in ihrer stolzen Schönheit vor seinem inneren Auge.

Man sagt gemeinhin, der Zwilling des Königs sei von großer Weisheit. Doch in dem Mann, der hier vor mir steht, sehe ich nur wenig davon. Ich kann nur Dummheit erkennen, wenn Ihr nicht sehen wollt, dass Ihr Eure Treue dem Falschen schenkt!

Niemand hatte Telarion Norandar je zuvor Dummheit oder Begriffsstutzigkeit zum Vorwurf gemacht. Allein der Gedanke, er, ein Shisan der zweiten Ordnung, ein Heiler, wäre nicht in der Lage zu erkennen, was falsch und was richtig war, hatte Telarion als Beleidigung empfunden. Dass ein Weib, eine Schankdirne, dies aussprach, wäre noch vor wenigen Tagen eine unaussprechliche Schande gewesen, die er kurzerhand mit dem Schwert beantwortet hätte.

Doch nun musste er sich selbst gegenüber eingestehen, dass die Adlige, die man in die Gosse geworfen hatte und die ein elendes Dasein als Schankdirne, als Sklavin und nun als Verfolgte führte, in allem recht behalten hatte.

Fragt Euch, ob der Tod des Königs nicht vielleicht dem nutzen konnte, der jetzt die Krone trägt!

So oder so ähnlich waren ihre Worte gewesen. Mit einem Ruck erhob sich Telarion.

Nichts erschien ihm unwahrscheinlicher, als dass sein Bruder, sein Zwilling, mit dem er den Mutterschoß geteilt hatte, den Vater getötet hatte. Doch die Tatsachen, die die Kinder des Siwanon vorgetragen hatten, fügten sich zu einer Wahrheit zusammen, die stärker war als die Treue zu seinem Bruder.

Er verneigte sich noch einmal ehrerbietig und mit ausgebreiteten Armen vor dem goldenen Ring auf dem Altar, der das Symbol des Vanar war, und wollte sein Zelt verlassen, um das *ethandin* des Königs aufzusuchen.

Zuerst sah er den Schatten nicht, der sich links hinter dem Tisch befand. Ein Rascheln ließ ihn herumfahren, als er das Tuch zurückschlagen wollte, das den Eingang des Zelts verdeckte.

Er sah genauer hin. Aus der Dämmerung schälte sich eine Gestalt, die es sich in einem der einfachen Stühle bequem gemacht hatte, die den Arbeitstisch umstanden, der von Kartenwerken und Schriftrollen über die Kriegskunst überquoll. Ein Bein hatte sie bequem auf dem Tisch und damit eine der kostbaren Rollen achtlos zerdrückt.

Telarion starrte seinen Bruder an und fragte sich, seit wann er wohl schon hier saß. Tarind Norandar trug eine mit Gold- und Silberborten gesäumte und bestickte Tunika, die neben der schlichten Einrichtung dieses *ethandin* viel zu prunkvoll und überladen wirkte. Eine Schärpe aus Seidenstoff, die im kargen Licht der Laternen schillerte, war in Höhe der Hüften um das Hemd gebunden. Der kleine Haarknoten an seinem Hinterkopf war mit einem Seidentuch der gleichen Farbe umwunden. Nur die *jora*, die weite bestickte Jacke, hatte Tarind achtlos über den Stuhl neben sich gelegt, doch auch sie war mit Gold- und Silberfäden durchwirkt.

Es war formelle Kleidung, die nicht zu einem Feldzug passen wollte und die Telarion irritierte, denn sein Bruder suchte ihn selten in solcher auf, wenn er den Zwilling allein wusste.

Der direkte und forschende Blick des Königs ließ wieder die Scham in Telarion aufsteigen, die Scham darüber, dass er seinen Bruder für einen Mörder hielt.

Schließlich ließ er sich ebenfalls auf einem Stuhl nieder.

»Wie lange bist du schon hier?«, brach er schließlich das Schweigen.

Tarind hob die Brauen. »Das sollte ich wohl dich fragen, mein Heermeister. Du bist vor mehr als drei Zehntagen ausgeritten, meine Sklavin zu finden, und stiehlst dich heimlich des Nachts ins Lager zurück. Man könnte glauben, deine Reise sei ein Misserfolg gewesen.«

»Ich kam ins Lager, als ihr bereits Halt machtet. Du weißt selbst, dass das eine Zeit ist, in der du nicht gestört werden willst, bis das Heer weiterzieht«, erwiderte Telarion ruhig und wich dem Blick des Königs nicht aus.

In Tarinds Augen blitzte es zornig auf, als fühle er sich ertappt. Doch dann lachte er plötzlich auf. »Richtig. Ich verberge meine Vorliebe für die Dunkle Magie nicht. Vanar gab jedem Elb, auch dir, die Kraft, sich die Magien des Feuers und der Erde anzueignen, ohne etwas dafür geben zu müssen.« In herausforderndem Ton fügte er nach kurzer Pause hinzu: »Und es kümmert mich nicht, dass du das verachtest, wenn nicht einmal meine Königin es tut.«

Telarions Geist tastete nach der lohgelben Flamme in sich und fragte sich, ob es ihm überhaupt zustand, Tarind für seine Gier nach Dunkler Magie zu verurteilen, wo er sie doch selbst so unwiderruflich in sich trug.

Er betrachtete den Zwilling nachdenklich. Tarind konnte skrupellos sein, nicht nur den Dirnen der Menschen gegenüber. Er setzte seine Interessen durch, ohne zu fragen, wem er damit schadete. Nicht nur Dunkelmagier hatten darunter zu leiden, Telarion hatte auch schon erlebt, dass elbische Diener bei Hof oder einfache Soldaten, die den Unwillen des Königs erregten, sich unversehens in den Verliesen wiederfanden oder das königliche *wakun* zu spüren bekamen.

Doch immer noch spürte Telarion Widerwillen bei dem Gedanken, dass Tarind auch skrupellos genug für einen Vatermord sein könnte.

Er beruhigte seinen Atem und betrachtete Tarind auf der magischen Ebene. Das Bild eines blauen Teichs schob sich vor die hochgewachsene Gestalt des Königs. Goldener Regen tropfte unablässig in das Wasser, ohne es aufzuwühlen. Er fiel sanft auf die glatte Oberfläche des Wassers, das von innen heraus schimmerte, als würde es von einer geheimnisvollen Lichtquelle erhellt, und Telarion wurde klar, dass sein Bruder sich zuvor mit einer Frau vergnügt hatte, deren Magie aus Feuer bestand.

Das Licht in Tarind war stark genug, um vermuten zu lassen, dass das Feuer in der Dunkelmagierin auf Tage hinaus erloschen war. Es würde einen Heiler brauchen, es wieder zu entfachen. Und doch war das Wasser in Tarind ruhig, nicht aufgewühlt. Das Leid der Dunkelmagierin, der er die Kraft genommen hatte, berührte seine Seele nicht.

Das ist es, was ich verabscheue. Tarind missachtet das Leben. Jedes Leben.

Auch das Dajarams?

Telarion warf erneut einen Blick auf die schimmernden Wasser von Tarinds Seelenteich und die sattgoldenen Regentropfen, die ununterbrochen hineinfielen. Das dunkle Feuer, in dem Dajarams Seele vergangen war, stammte nicht von einem Magier, der über das Wasser und geringfügig auch über das Leben selbst gebot. Tarind fehlten die Voraussetzungen, den Vater auf magische Weise zu töten.

Die Erkenntnis erleichterte Telarion nicht. Auch wenn Tarind es nicht selbst getan haben konnte, die Kälte, mit der sein Zwilling Leben vernichtete, zwang dem Heermeister geradezu die Frage auf, ob er nicht dennoch den Tod des Vaters zu verantworten hatte.

Telarion schüttelte den Kopf, stand auf und ging zu einem Tablett hinüber, auf dem eine Karaffe mit verdünntem hellem Wein und ein paar Kelche standen. Er goss sich und dem Bruder davon ein.

»Über welche der Dunklen Magien verfügt Ireti?«, fragte er unwillkürlich.

Tarind, der gerade seinen Becher an die Lippen hatte führen wollen, hielt inne und starrte ihn verblüfft an. »Die Königin?«

»Sie ist eine Landarias.«

Tarind nahm einen Schluck und setzte den Becher wieder ab. »Das ist kein Geheimnis. In ihr fließt menschliches Blut, und das ist der Grund, warum du sie immer gering geschätzt hast.«

»Ja, ich bringe dem Haus Landarias Misstrauen entgegen«, entgegnete Telarion. »Es sind Elben, Geschöpfe des Goldmonds, wie die Mundessi oder die Norad. Doch sie verachten Vanar und seine Gaben und vermengen sie in sich mit denen des Dunkelmonds, das weißt du selbst! Ireti ist eine hohe Tochter des Fürsten Indrasath. Doch kein Kind, das er zeugte und das nicht sowohl eine Magie des Goldmonds als auch eine des Akusu in sich hat, wird von ihm anerkannt, so ist es Sitte im Hause Landarias!«

»Das ist natürlich ein Umstand, der einem Heiler zweiter Ordnung und Shisan des Goldenen Mondes nicht gefallen kann«, spottete Tarind und trank einen Schluck. »Bekümmert dich das wirklich erst jetzt?« Er wechselte das Thema. »Ein guter Wein, Bruder. Er ist leicht, aber gerade deshalb eines Luftmagiers würdig.«

»Die Heiratspolitik des Hauses Landarias musste mich bisher nicht kümmern, denn Ireti ist mit dir verheiratet und nicht mit mir«, erwiderte Telarion, ohne auf seinen Weingeschmack einzugehen. »Doch nun würde ich gerne wissen, über welche Magien des Akusu die Hohe Tochter Indrasaths von Loranon gebietet.«

Tarind warf seinem Zwilling einen Blick zu. »Du solltest dich nicht über die erheben, die die Dunkle Magie höher schätzen als du, Bruder – wozu wahrscheinlich die meisten Elben gehören, die ich kenne. Denn du zogst aus, um eine Feuermagierin von großer Macht in die Sklaverei zurückzuholen, damit sie uns, den Elben und Herren des Lebens, diene. Aber du kamst mit leeren Händen zurück. Und ich muss – als König, nicht als Bruder! – darüber nachdenken, ob ich nicht recht hatte mit den Zweifeln an dir, die mich angesichts dessen stärker denn je überfallen.«

Er schien nicht zu erwarten, dass Telarion antwortete, sondern schickte sich an, das Zelt zu verlassen.

»Nun, ich weiß tatsächlich nicht, ob ich sie erneut in Ketten gelegt hätte, wenn ich sie denn gefunden hätte«, hörte sich Telarion zu seiner eigenen Überraschung sagen. Erst als er es in Worte fasste, wusste er, dass es der Wahrheit entsprach.

Tarind blieb vor seinem Bruder stehen und sah nachdenklich, ja, beinahe enttäuscht auf ihn herab.

»Ich weiß es für dich«, sagte er nach einer Weile leise. »Du hättest es nicht tun können. Und es erfüllt mich mit Traurigkeit, dass eine Zauberin, die dem Tod dient, den Nebeln, der Leere und dem zerstörerischen Feuer, die Reinheit in der Seele meines Zwillings zerstört hat.«

»Du glaubst also, die Amadians dienten dem Syth«, erwiderte Telarion.

Tarind hob stirnrunzelnd den Blick. »Du nicht? Sage mir nicht, du hättest das dunkle Feuer, das unseren Vater sterben ließ, nicht auch im Inneren dieser Seelenhexe gefunden, als du sie zu unterwerfen versuchtest.«

Telarion schloss die Augen und fühlte der von dunklen Schlieren durchzogenen Flamme nach, die in seinem Inneren brannte. Er spürte die Kraft dieser Magie, es war die Macht, auf die Jenseitige Ebenen zu wechseln und dort den Nebeln, den Seelen der Toten, zu befehlen. Es war eine Kraft wie die, welche die Seele Dajarams verbrannt hatte.

Und doch schien es mit einem Mal einen Unterschied zu geben, auf den er bisher nicht geachtet hatte. Das Feuer in Sanara leuchtete trotz der rauchschwarzen Schlieren gelb. Und der Vulkan im Inneren des Schmieds, ihres Bruders, war ebenfalls eher gelb denn rot gewesen, auch wenn die Farbe der Erde dem Gelb einen kraftvollen Orangeton verliehen hatte.

Er nahm allen Mut zusammen und tauchte in eine Erinnerung hinab, die er in einem der hintersten Winkel seines Geistes verborgen hielt, aus Furcht, sie wieder durchleben zu müssen.

Er ist wieder im Palast der Stürme.

Im Kloster, das tief in den Wäldern von Darkod verborgen ist, hat er seine Bestimmung gefunden. Sein Leben ist das Heilen, die Erhaltung der Magie in den Seelen aller Geschöpfe, die Gebete, die Meditationen in den stillen Hallen. Nur selten, an einigen wenigen Festtagen im Jahr, kehrt er an den steinernen Hof in Bandothi, die Feste Bathkor, zurück, wo sein Vater, der König aller Elben, und dessen Gemahlin, die Königin, leben. Seinen Bruder Tarind, den Wassermagier, hat er erst einmal gesehen, seit er hierhergeschickt wurde, um Heiler zu werden. Sein Zwilling lebt in Dasthuku, im Hause der Elben von Loranon.

Als Heiler spürt er die Magie aller Geschöpfe am Rande seines Bewusstseins. Doch die Seelenbilder derer, die ihm nahestehen, sind besonders stark und seiner Seele verbunden wie Glieder mit einem Körper. Da ist der Vater, der Magier des Sturms und der Heilkraft, ein goldener Windwirbel, dem seinen ähnlich. Er ist Telarion am nächsten, da die goldene Lebenskraft in Dajaram so stark ist wie in seinem jüngeren Sohn. Und doch ist Telarions Seele anders. Sein Luftwirbel hat die stille, trockene Kälte der Yveth von Kantis, der Eiselbin, die er wie eine durchsichtige, klare Form ebenfalls am Rand seines Geistes spürt. Auch sein Bruder existiert nicht nur als Gedanke. Die wohltuende, fruchtbare Nässe des Sees, in den Vanars goldene Gabe tropfenweise hineinfällt, ist ein, wenn auch kleiner, Teil seines Selbst, obwohl Telarion nicht über die Wellen gebietet.

Doch die Stille des Klosters am Fuß der Berge, in der oft nur das Gemurmel des Windes in den Bäumen und die Gebete der Shisans zu hören ist, wird an diesem Morgen von einem Schrei durchschnitten.

Ein Schrei, der von Tod erzählt, von Finsternis und Feuer, das von so dunklem Purpur ist, dass man von schwarzen Flammen sprechen könnte. Die Flammen reißen die Seele Telarions entzwei, dort, wo gerade eben noch der Vater zu spüren war, dessen goldgrüner Windwirbel für ihn das Leben bedeutet.

Für einen Augenblick glaubt er, vor Hitze vergehen, vertrocknen zu müssen und zu Asche zu zerfallen. Die düsteren Flammen, die nur am Rand durch einen dunkelvioletten Schimmer zu sehen sind, fressen sich tiefer und tiefer in ihn hinein. Sie vernichten, zerstören.

Doch in Sekunden, die der Schmerz zu Ewigkeiten dehnt, erkennt er, dass die Hitze nicht ihn vernichtet, auch wenn sie ihm die Seele zu zerreißen droht. Dann hallt eine letzter Klageschrei, der von Agonie und Trauer spricht, durch ihn hindurch; Trauer, die nur eine Seele empfindet, die vor der endgültigen Vernichtung steht.

Zurück bleibt Leere. Eine schwärzliche Wunde, eine Narbe auf Telarions Seele, die kein Heiler je wird schließen können.

Telarion Norandar wusste mit einem Mal, weshalb seine Seele die Gemahlin seines Zwillings all die Jahre verabscheut hatte.

»Bruder?«

Eine Hand lag auf Telarions Schulter. Fest, kühl, ein wenig feucht, so wie Blätter von taufrischen Kräutern, die Heilkraft besaßen. Langsam kam der Heermeister wieder zu sich. Eine leichte Brise wehte vom Eingang des Zeltes herein, kühlte sein erhitztes Gesicht und ließ die Tränenspuren auf seinen Wangen trocknen.

Die Hand des Königs ließ ihn los. Der kühlende und heilende Effekt verschwand.

Doch nicht der Schmerz in seiner Seele.

Telarion wusste, dass die Heilmagie seines Bruders nicht stark war. Aber kein Heiler, den Vanar mit der Gabe des Lebens beschenkt hatte, war bisher imstande gewesen, die Wunde genesen zu lassen, die der Feuertod des Dajaram in der Seele seines jüngeren Sohnes hinterlassen hatte.

Der König ließ seinem Bruder die Zeit, sich zu fassen.

Er trat an den Tisch, nahm eine der Schriftrollen auf und wog sie in der Hand.

»Die Vierte Rolle der Weisen«, sagte er nach einer Weile. »›Von den Kriegen zwischen den Elben und Menschen.‹ Vielleicht hättest du sie noch einmal lesen sollen, bevor du aufbrachst, Bruder, um dir in Erinnerung zu rufen, wozu die Kinder des Dunklen Monds fähig sind.«

Zorn kochte in Telarion hoch. Wut, die von der gelben Flamme in ihm genährt wurde – denn nun wusste er, dass die Tochter des Siwanon nicht gelogen hatte.

Das Feuer Sanaras, das ein Erbe ihres Hauses war wie sein Windwirbel und die Kälte das Erbe des seinen, war lohfarben. Nicht violett.

Sie hatte die Wahrheit gesprochen.

Kein Seelenherr des höchsten Hauses der Menschen hatte Dajaram getötet, es war Ireti gewesen. Tarind hatte ihn all die Jahre betrogen. Und er hatte sich betrügen lassen.

Ich kann nur Dummheit erkennen, wenn Ihr nicht sehen wollt, dass Ihr Eure Treue dem Falschen schenkt.

Telarion sprang auf. »Vielleicht solltest du selbst es tun, damit du erkennst, wozu deine Gemahlin fähig ist!«, rief er aus. »Denn ich weiß wahrscheinlich besser, als du je wissen wirst, wie grausam die Magie des Dunklen Mondes wirken kann!«

»Weißt du es, weil du selbst die Kraft der Siwanons-Tochter in dir hast?«, gab Tarind zurück. »Ich konnte nicht glauben, als man mir sagte, diese Verräterin habe das kalte Herz meines Zwillings entflammt und halte es fest. Doch es ist so, nicht wahr?« Der König spuckte aus, sein Gesicht verzerrte sich voller Abscheu. »Ein Heiler der zweiten Ordnung, ein Shisan des Vanar, wirft sich an eine Feuerhexe fort und gewährt ihr Zutritt zu seiner Seele!«

»Wie kannst ausgerechnet du es wagen, mir von Frevel zu sprechen!«, rief Telarion zornig. »Du hast im Allerheiligsten des Akusu ein Blutbad angerichtet und im Angesicht eines der Schöpfermonde dein Schwert erhoben!«

»Weil es Siwanon war, der unseren Vater Dajaram tötete! Wie nah ist diese Feuerhexe dir gekommen, dass du das vergisst!«

Telarion schnaubte. Er trat vor den König und sah ihn herausfordernd an. »Beleidige mich nicht noch weiter, indem du so tust, als wüsstest du nicht, wovon ich spreche!«, stieß er hervor. »Sage mir, Bruder, welche der dunklen Magien trägt Ireti Landarias in sich? Welche Farbe außer Blau hat ihre Seele?«

Tarind atmete schwer. »Was willst du damit sagen?«

»Weißt du es wirklich nicht? Sie ist eine Landari, und du weißt genau, was das bedeutet. Kein Abkömmling dieses Hauses trägt nur goldene Magie in sich. Iram Landarias, der älteste Sohn Indrasaths, befiehlt den Pflanzen und dem Feuer. Ich weiß, dass sie das Wasser beherrscht, so wie du selbst, doch welche der dunklen Magien nennt sie ihr eigen?«

Telarion sah, dass sein Zwilling schluckte, weil er der Frage nicht länger ausweichen konnte. Jähe Hoffnung flammte in ihm auf.

Ireti war eine hohe Tochter des Dhabyar, des Fürsten von Dasthuku, der die von ihm gezeugten Kinder nur anerkannte, wenn in ihren Seelen sowohl die Magie des Vanar als auch die seines Zwillingsmondes wohnte. Doch die Landari waren ursprünglich Elben gewesen und damit Geschöpfe des Vanar. Auch Ireti hatte nie einen Zweifel daran gelassen, dass sie sich selbst zu den Kindern des Goldmonds zählte, und wie viele ihres weitverzweigten Hauses, verbarg sie vor den anderen Völkern der Elben, dass ein Teil ihrer Kräfte von Akusu stammte.

Auch wenn Telarion nun wusste, warum seine Seele Ireti immer verabscheut hatte, er hatte nicht daran gezweifelt, dass sie seinen Bruder liebte und dieser sie. Es hätte ihn nicht verwundert, wenn Tarind dieses Thema nie groß verfolgt hätte und deshalb nicht wusste, welche der Gaben des Dunkelmonds seine Gemahlin besaß.

»Sag mir, Bruder, welche?«, drängte Telarion. Er musste es hören, musste hören, dass Tarind nicht gewusst hatte, dass Ireti und niemand sonst Dajaram getötet hatte.

Doch sein Zwilling gab nicht die Antwort, die er hören wollte.

»Warum bist du nicht in der Wüste, der Heimat von Feuer und Tod, gestorben, so wie sie es wollte?«, flüsterte Tarind, ohne dem Blick des Bruders auszuweichen. »Ich hätte dich betrauert, wie es sich für einen König geziemt, der seinen Zwilling, seinen Heermeister und seinen Truchsess verloren hat. Doch du lebst und kehrtest zurück. Ohne sie – und deshalb als Verräter.«

Telarion erbleichte.

Er suchte im Gesicht seines Bruders, das seinem so ähnlich war, nach einem Hinweis darauf, dass dieser seine Worte zurücknahm oder nicht ernst meinte.

Es dauerte lange, bis er sich zutraute, wieder zu sprechen. »Seit wann weißt du, dass Ireti den Nebeln befiehlt?«

Im Gesicht des Königs lag kein Abscheu, doch die Gleichgültigkeit stattdessen war fast noch schlimmer. »Wie kannst du annehmen, dass ich es nicht schon immer wusste?«, sagte er nachdenklich. »Nur ihr und ihrer Magie habe ich zu verdanken, dass ich heute die Krone trage. Und frag nicht, warum ich mich nicht auch deiner entledigte – du bist mein Zwilling! Von der gleichen Mutter zur gleichen Stunde geboren. Ich könnte den Gedanken nicht ertragen, dass sie dich anrührt. Doch nun? Nun, kleiner Bruder, behält sie nach all den Jahren, die ich dich schützen konnte, am Ende doch recht.«

Der Gedanke, er habe sein Leben nur der Gnade Tarinds und dessen Gemahlin zu verdanken, schürte Telarions Zorn. »Wer bist du, dass du glaubst, ein Urteil über mich sprechen zu können? Du verstärkst ständig um deiner Lust willen deine Wassermagie mit der Kraft des Dunkelmonds und trittst die Gebote des Lebens mit Füßen!«

»Und du?«, spie Tarind aus. »Du hast nicht nur das getan! Du hast nicht nur deinen Wind mit ihren Flammen gespeist, sondern mit deinem Sturm auch ihr Feuer geschürt!« Er schnaubte und ging aufgebracht hin und her. »Mein Bruder, der Gelehrte, liebt eine Schankdirne, Sklavin und Verräterin! Ich kann diese Schande nicht fassen. Ireti hat dich gewarnt, dass die Tochter des Siwanon sich in dein Herz schleichen würde, und war betroffen, als sie sah, dass es ihr gelungen war. Doch in deiner Arroganz wusstest du es besser – du gingst allein zu ihr, um sie zu heilen!«

Der Zorn in Tarinds Gesicht machte einem anzüglichen Lächeln Platz, als Telarion zurückfuhr. »Woher weißt du davon?«, brachte der Fürst mühsam hervor.

Doch Tarind ging nicht darauf ein. »Du tatest es, weil du den Gedanken an die Niederlage nicht ertragen konntest, den ihr Tod deinem Ruf als Heiler zugefügt hätte, nicht wahr? Sie hätte gewonnen, wenn sie gestorben wäre, doch deine Loyalität zu mir und dein Stolz ließen das nicht zu. Aber sie dankte es dir nicht, sondern überschüttete dich mit Vorwürfen, versuchte, dich zu töten und einen Keil zwischen dich und mich zu treiben. Sie war trotz ihrer Schwäche so stark, dass du sie wie eine Geliebte in den Arm nehmen und an dich drücken musstest, damit sie endlich begreife, wie stark die Luftmagie und die Lebenskraft des Fürsten Telarion Norandar ist.«

Für einen Augenblick war es Telarion, als müsse die Welt um ihn herum zerspringen, als sei sie aus Glasfluss und dünnem Marmor. Doch die Scherben hinterließen keine Leere und keine Trauer.

Hass explodierte in ihm, brach aus wie ein Vulkan, als ihm klar wurde, woher sein Bruder so genau über ihn und die fremde Magie in ihm Bescheid wusste. Ihm wurde beinahe übel vor Zorn, als er die Ungerührtheit sah, mit der Tarind über das Wissen verfügte, das seine Gemahlin auf so hinterhältige Weise erlangt hatte.

»Ireti hätte noch länger und genauer meinen Gedanken und denen der Tochter des Siwanon lauschen sollen«, stieß Telarion hervor. »Aber vielleicht schreckte selbst sie davor zurück, mit ihrer Macht noch unehrenhafter umzugehen, als sie es ohnehin schon tat. Denn Sanara würde ihre Magie nie benutzen, um sich in die Gedanken eines anderen einzuschleichen und ihn wie den Zaranthen gar zu töten, wie du – wie wir! – es von ihr verlangten! Sie hat sogar versucht, sich zu töten, bevor sie es so weit kommen ließ! Das ehrt sie und stellt sie mit jedem Adepten des Lebens auf eine Stufe!«

Tarind warf den Kopf in den Nacken und lachte. »Also hatte

meine Gemahlin recht! Der Fürst von Norad liebt eine Schankdirne!«

Telarion gab keine Antwort. Er hatte selbst Sanara gegenüber geleugnet, was ihm dieser Augenblick bedeutet hatte, in dem er sie im Heiligtum der Ys an seinen Leib gezogen hatte. Er würde es nie wieder leugnen, doch er würde seinem Bruder auch nicht die Genugtuung geben, es auszusprechen.

Wieder wurde Tarind ernst, als sein Zwilling nicht antwortete. »Es ist eine Schande, dass von dieser Stunde an unter den Elben dein Name der eines Verräters sein wird. Denn diese Liebe zwischen dem Sohn des Sturms und der Nachfahrin der Geliebten des Thautar ist eines langen Epos würdig, dem die wortlosen Töne der Menschen kaum gerecht werden können.« Er straffte sich und verbannte die Trauer aus seinem Gesicht. »Du bist auf dein *ethandin* beschränkt, bis meine Königin und ich darüber entschieden haben, wie mit einem Verräter wie dir zu verfahren ist. Niemand außer mir, der Königin und ihrem Bruder Iram hat Zugang. Auch Gomaran von Malebe nicht.«

Er bedachte seinen Zwilling mit einem halb verächtlichen, halb traurigen Blick. »Glaube nicht, dass ich frohlocke, weil du gestürzt bist«, sagte er nach einer Pause leise. »Ich habe heute meinen Zwilling verloren. Ireti prophezeite mir, dass es eines Tages geschehen würde, doch ich wollte es nicht wahrhaben. Doch sei dir gewiss, Telarion, das Wasser meiner Seele wird immer deinen Wind spüren, ganz gleich, was geschieht.«

Er streckte die Hand aus, um sie Telarion auf die Schulter zu legen. Der Wind in Telarion wurde bei dieser Berührung zum Sturm – einem Sturm der Trauer.

Doch auch die lohgelbe Flamme darin loderte so hoch auf, dass er kaum spürte, wie er mit der Schwerthand nach dem *daikon* griff, das auf einer Truhe neben ihm lag, die Holzscheide von der Klinge riss, fortwarf und das Schwert auf seinen Bruder niedersausen ließ.

Hart prallte Metall auf Metall. Funken sprühten.

Als hätte Tarind es vorausgesehen, presste er sein *daikon* gegen das seines Bruders und wand sich geschickt unter den beiden Klingen hindurch, wobei er Telarion gleichzeitig von sich fortstieß. Mit einer raschen und kraftvollen Drehung löste er sein Schwert von dem des Heermeisters, bis es an Telarions Kehle lag.

»Sieh an«, murmelte Tarind. »Ist das nun das Feuer der Amadians, das in deinen Pupillen brennt oder ist es das Gold Vanars?«

Für Telarion gab es nur eine mögliche Antwort. »Ich wäre geehrt, wenn Stolz und Ehre der Tochter des Siwanon auf mich übergriffen«, erwiderte er ohne nachzudenken.

Einen Wimpernschlag später hatte er sich aus dem Griff des Bruders befreit und das Heft seines *daikons* mit beiden Händen gepackt. Ein Hagel von Schlägen ging auf Tarind nieder, die dieser mit Mühe parierte. Doch der König schaffte es immer im letzten Augenblick, die stumpfe Kante des gebogenen *daikons* der Schneide von Telarions Schwert entgegenzuhalten.

Als Telarion versuchte, die Klinge seines Schwerts über das andere *daikon* zu heben und damit seinem Bruder beinahe eine Wunde zufügte, schrie Tarind vor Zorn auf.

Er sprang vor, doch Telarion wich aus, sodass die Klinge des Königs durch die leere Luft fuhr. Telarion nutzte die Gelegenheit und hieb den Knauf seines Schwerts in den Rücken des Königs, sodass dieser in die Knie ging.

Doch im nächsten Augenblick musste er hochspringen, um dem Hieb zu entgehen, den Tarind gegen seine Waden ausführte. Der König rollte sich nach vorn über den Nacken ab, doch bevor Telarion erneut ausholen und zuschlagen konnte, war er wieder auf den Beinen, hatte das Heft seines *daikons* mit beiden Händen umfasst und stand nun etwa eine Körperlänge von seinem Zwilling entfernt mit erhobenem Schwert vor ihm.

»Bist du sicher, dass du dich für diese Dirne auf einen Kampf mit mir einlassen willst?«, presste Tarind hervor.

Telarion schnaubte. »Denkst du das wirklich? Dass es mir um

sie geht? Hier geht es nicht um eine Frau, sondern um die Ehre. Und ich lasse mir die meine nicht nehmen, nicht einmal von meinem Zwilling!«

»Ich bin der König aller Elben und damit der Herrscher aller Geschöpfe, denen Vanar seine Kraft schenkte«, gab Tarind zurück. »Es kann für einen Heiler nur eine Ehre geben – die, das anzuerkennen.«

Telarion antwortete nicht. Er schloss die Augen, dann schwang er mit aller Kraft das *daikon,* gerade so, als wolle er das dicke Rohr des Süßgrases durchtrennen.

Doch Tarind hatte den Schlag vorausgeahnt und war bereits zur Seite gesprungen.

Wieder klirrte es laut, wieder sprühten Funken, als die Klingen aneinander abglitten. Dumpfe Schläge erklangen, als sich die scharfen Schneiden in altes Holz bohrten. Ein Hieb durchtrennte gar die Karten und Schriftrollen auf dem Tisch.

Wieder drang Tarind mit entschlossenen Schlägen auf seinen Zwilling ein, doch Telarion brachte es fertig, das *daikon* seines Bruders mit dem Klingenrücken des eigenen wegzustoßen.

Tarind sprang zurück. Er war außer Atem, doch ließ er seinen Heermeister nicht aus den Augen. Das Schwert hielt er mit einer Hand vorgestreckt, bereit, einen erneuten Angriff abzuwehren.

Telarion blieb stehen, das *daikon* kampfbereit mit beiden Händen über dem Kopf. Ohne Vorwarnung stieß er einen Schrei aus und ließ das Schwert auf seinen Bruder niedersausen. Wieder kreuzten sich die Klingen, bis Telarion den König fortstoßen konnte, um sich unter einem waagrecht ausgeführten Schlag hindurch ducken zu können.

Er kauerte auf dem Boden, sah, dass Tarind mit hoch über dem Kopf erhobenen Schwert auf ihn zustürzte, und holte mit dem *daikon* gerade aus, um dem Herankommenden in die Schenkel zu schlagen, als er plötzlich nach Luft rang.

Wasser füllte seine Lungen, eine Welle nach der anderen schien ihn zu überrollen, er spuckte aus, würgte und bekam doch keine

Luft. Sein Sichtfeld verschwamm, als sei er in tiefes Wasser getaucht, seine Körperspannung ließ nach, er stürzte, und es war nur der jahrelang trainierte Instinkt des Kämpfers, der ihn unter dem tödlichen Hieb des königlichen Schwerts hindurchrollen ließ.

Die Klinge des *daikons* drang mit einem scharfen, reißenden Ton durch den Webteppich, auf dem er lag.

Hustend versuchte Telarion, sich aufzurichten, doch wieder überrollte ihn eine Flut, die bis tief in seine Lungen drang und ihm die Luft zum Atmen nahm.

Er ging in die Knie.

Einen Wimpernschlag später hatten sich kraftvolle Finger erbarmungslos in seine kurzen Haare gegraben und rissen seinen Kopf herum.

»Glaubtest du, du könntest mich im Kampf besiegen?«, wisperte Tarind.

»Das …« Telarion musste wieder husten, um seine Lungen vom Wasser zu befreien, das ihn zu ertränken drohte. »Das kann ich sicher nicht, wenn du deine Magie … in einem Kampf Klinge gegen Klinge einsetzt. Denn du weißt sehr wohl, dass ich nicht über das Wasser gebiete.«

»Nein, kleiner Bruder«, sagte Tarind fast zärtlich, doch seine Finger packten Telarions Haare nur umso fester. »Das tust du nicht. Und bevor ich dem größten Verräter, den mein Volk je hervorbrachte, mit meiner Magie das Bewusstsein nehme, werde ich das Feuer töten, das diese Hexe in dir hinterlassen hat.«

Wieder spürte Telarion, wie die Wellen eines aufgepeitschten Meers über ihn hinwegrollten, ihn erfassten und in die kleinste Faser seines Seins drangen. Er schloss die Augen und griff in seinen Windwirbel, um einen Sturm zu entfachen, der das Meer von ihm fortdrängen und ihm wieder ein wenig Luft verschaffen würde. Doch die Wasser waren stärker, stürzten wieder und wieder über ihn herein und ertränkten jeden Luftzug, der das Wasser hätte vertreiben können.

Das Schlimmste aber war, dass die hereinbrechenden Wellen auch das Feuer in ihm zu löschen drohten. Telarion wurde erst jetzt, in dem Moment, in dem sie zu erlöschen drohten, bewusst, dass diese Flammen den Windwirbel seiner Seele am Leben hielten. Erst mit dem Feuer Sanaras hatte die stille, kalte Luft einer klaren und doch endlosen Nacht dem frischen Wind Platz gemacht, der den Anbruch des neuen Tages ankündigte. So wie die Weiße Sonne am Morgen das Versprechen des neuen Tages beinhaltete, hatte ihre Magie die seine genährt.

Erst jetzt wurde ihm klar, dass die Flammen, seine Verbundenheit mit der Tochter der Amadians, wahrhaftig ein Geschenk der Ys waren.

Du bist der erste Frühlingstag nach dem Winter.

Du existierst durch sie, wie sie durch dich.

Angst erfasste Telarion, als Tarind nun begann, das Leben, das Ys ihm geschenkt hatte, aus ihm herauszureißen, indem er eine Flamme nach der anderen mit seinen Wellen ertränkte.

Er wusste, wenn die letzte Flamme erloschen war, war nicht nur die Magie Sanara Amadians aus ihm verschwunden. Dann würde Tarind auch ihn getötet haben. Er musste das Feuer schützen. Nur mit diesem Feuer würde es auch weiterhin seinen Wind geben, seine Seele, seine Magie.

Ihn selbst.

Er konzentrierte sich auf das lohgelbe Feuer mit den schwarzen Rauchschlieren, griff hinein und achtete weder darauf, dass es ihm die Handflächen zu verbrennen drohte, noch dass die unablässig über ihn hinwegbrechenden Wellen ihn davonspülen wollten.

Schließlich saß eine Flamme von klarem Gelb auf seiner Hand, doch wieder wurde er von einem Wasserstrudel erfasst und musste kämpfen, um nicht darin unterzugehen. Wasser drang in ihn ein, überflutete ihn, riss ihn davon. Als der Angriff endlich nachließ, wurde Telarion bewusst, dass das Feuer in ihm erloschen war.

Es gab nur noch eine einzige Flamme – die, die er in der hohlen Hand barg.

Er verdrängte die abgrundtiefe Verzweiflung, die das in ihm auslöste, und genoss für einen Sekundenbruchteil ihre lebendig leuchtende Reinheit, die heitere Wärme, die davon ausging und das Wesen der Frau, das sich darin verbarg.

Dann blies er zart darauf und sprach ein paar Worte des Lebens. Die Flamme gehorchte, sprang in ihn hinein und erfüllte ihn mit ihrer Kraft. Rasch griff Telarion in den Sand, mit dem man den Boden seines *ethandin* ausgestreut hatte, bevor man die Bodenteppiche und die Rindenstücke des Yondarbaums darüberlegte, und der nun aus dem Riss, den das *daikon* des Königs verursacht hatte, hervorquoll.

Die einzelnen Körner in Telarions Hand glühten auf, als das Feuer in ihm in den Sand fuhr, doch sie konnten ihn nicht mehr verbrennen. Seine Finger umklammerten den Sand unwillkürlich, denn ihn abzugeben, sie fortzuwerfen, schien den Tod seines eigenen Wesens einzuschließen – warf er damit doch das letzte Feuer, das er noch von Sanara besaß, fort.

Doch erneut erfasste ihn eine der magischen Wellen Tarinds und füllte seine Lungen mit Wasser. Telarion wusste, wenn sein Körper starb, dann war nichts mehr da, was die Seele, so unvollkommen sie sein mochte, halten würde.

Es war reiner Überlebensinstinkt, der ihn die glühenden Sandkörner mit einem Schrei, der halb auf der Seelenebene, halb in der Wirklichkeit erklang, ins Gesicht seines Zwillings schleudern ließ.

Die Wasser im Teich seines Bruders zischten bösartig. Bläulicher Nebel erschien, Dampf, der dort entstand, wo der glühende Sand auf die Fluten traf.

Tarind taumelte zurück und fasste sich ins Gesicht.

Die Wellen hielten inne, der reißende Strudel, der Telarion festgehalten hatte, löste sich mit einem Mal auf.

Telarion dachte nicht nach. Er griff mit der Schwerthand rasch nach dem *daikon*, das ihm aus den Fingern geglitten war, sprang auf und hieb es Tarind über die Brust. Der kostbare Stoff von des Königs Hemd zerriss, und Blut quoll aus der tiefen Wunde hervor, die sich über die ganze Brust zog.

Tarind schrie vor Wut auf, wollte wieder seine Wassermagie beschwören, doch stattdessen zischte es erneut, als gieße man Wasser in einen glühenden Kessel.

Telarion keuchte, als er den magischen Angriff des Bruders mit letzter Kraft abwehrte. Der Sand, erhitzt von der Feuermagie Sanara Amadians, glühte noch und gestattete dem König nicht, seine Magie mit voller Kraft zu wirken.

Telarion wusste, eine weitere Flut würde er nicht mehr aufhalten können, das Feuer in ihm war zu schwach geworden. Als er verzweifelt das Schwert erhob, um den Schlag des Bruders zu erwidern, sah Telarion entsetzt, wie sich die magische Glut der Sandkörner, die er Tarind ins Gesicht geschleudert hatte, ausbreitete.

Es würde keine Flut mehr kommen. Das letzte Feuer Sanara Amadians hatte ihm geholfen, die Quelle der Magie in seinem Bruder zuzuschütten.

Hass und Zorn in Telarion verrauchten auf der Stelle.

Er warf das *daikon* von sich und stürzte zu seinem Bruder. Das war sein Zwilling, er musste ihn heilen! Schon griff er in den Windwirbel seiner Seele, um dort eine Handvoll seiner Heilkraft hervorzuholen, mit der er den Teich seines Bruders, der in glühendem Sand erstickt war, wieder freilegen konnte. Doch als er vor Tarind stand, spürte er auf einmal einen wilden Schmerz im Schildarm.

»Fort mit dir«, zischte der König und zog die Klinge seines *daikons* fest über Telarions Unterarm. Der Heermeister stöhnte auf. Einen Augenblick später lag die Klinge des Schwerts auf Telarions Kehle.

»Rühr mich nicht an! Deine Magie, deine Seele ist von den dunklen Schlieren des Todes durchzogen!«

»Rede keinen Unsinn, Bruder!«, stieß Telarion hervor. »Lass mich dich heilen!«

Der Druck der scharfen Schneide verstärkte sich und grub sich in die Haut unter seinem Kinn. Langsam hob er die Hände, als wolle er seinem Bruder klarmachen, dass er unbewaffnet sei.

Es schien Tarind nicht zu kümmern. Langsam begann er, die rasiermesserscharfe Klinge fortzuziehen. Sie schnitt in die Kehle, tiefer und tiefer. Der plötzliche Schmerz ließ Telarion leise aufschreien, doch Tarind hielt nicht inne.

Telarion wusste, der Bruder hatte keinen Finger gekrümmt, um Ireti davon abzuhalten, Dajaram zu ermorden. Vielleicht hatte er es sogar befohlen. Er würde nicht davor zurückschrecken, auch seinen Zwilling zu töten.

Ohne nachzudenken, griff Telarion in den Hosenbund und zog das in zartes Linnen geschlagene Päckchen hervor, dass er nicht ablegte. Ohne auf den Schmerz zu achten, den der *qasarag* auf der bereits brennenden Handfläche hinterließ, umklammerte Telarion den gläsernen Griff der magischen Waffe. Sie schien zu pulsieren, lebendig zu sein.

Er hob den Kopf, was den Druck von Tarinds Klinge etwas minderte. Doch noch lag die Klinge in der Wunde, feuchtes, klebriges Blut lief ihm über Schlüsselbein und Brust. Tarinds Atem ging schwer, doch sein Gesicht, in dem die glühenden Sandkörner tiefe Wunden hinterlassen hatten, sprach von Entschlossenheit.

Er wollte, dass sein Bruder hier und jetzt von seiner Hand sterben sollte.

Mit einem Ruck stieß Telarion Norandar seinem Zwilling den *qasarag* in die Brust.

Tarind keuchte auf und rang nach Luft. Das *daikon* in seiner Hand fiel scheppernd zu Boden.

Der König starrte erst den Griff des Dolches, dann seinen Bruder an, der den *qasarag* noch so festhielt, als könne er nicht begreifen, was dieser getan hatte. Er sprach nicht, als er in die Knie ging.

Für einen Augenblick war es dem Fürsten, als würden die feurigen Adern im Schwertblatt aus Nachtfeuer zu Blitzen, die den Wirbelwind seiner Seele zu einem heftigen Gewittersturm aufpeitschten.

Erschrocken ließ er den Griff des Dolches los, nicht aber den Bruder, dessen Kopf nun an die Brust des Zwillings fiel. Als der Körper Tarinds zu Boden zu gleiten drohte, fing Telarion ihn auf. Er zog den Bruder auf seinen Schoß und spürte mit Entsetzen, wie die Magie in Tarind langsam erlosch. Telarion griff in sich, strich heilende Magie über die Wunde, schickte den Wind in den glimmenden Sand, der die Quelle in Tarind verschüttet hatte, um sie wieder freizulegen.

Vergeblich. Der glühende Sand hatte bereits den Teich erstickt. Nun bedeutete die Kraft des *qasarags* den Tod. Der goldene Regen wurde weniger, bis er nur noch tröpfelte.

Plötzlich stießen kühle Hände ihn mit einem düsteren Ruf, der wie Donner nicht nur in der Realität erklang, sondern auch in der Seele schmerzte, von Tarind fort.

»Fort von meinem Gemahl!«

Telarion, der immer noch den brennenden Sand im Teich seines Bruders vor dem Bild der Realität sah, bemerkte jetzt, dass sich eine dunkle Gestalt zwischen ihn und Tarind schob und ihrerseits den Kopf des Königs aufnahm. Es war eine Flamme, die alles Licht zu schlucken schien, sodass nur ein tiefvioletter Rand auf ihre Form schließen ließ.

Telarion blinzelte und erkannte, dass Ireti Landarias neben Tarind kniete. Sie trug eines ihrer weiten Gewänder, ihr nachtdunkles Haar hing wie ein düsterer Vorhang neben ihrem blassen Gesicht und war wie immer nur zwischen den Schulterblättern lose von einem dünnen Band gehalten.

Ihre blassen Finger glitten langsam über Tarinds Gesicht, dann seine Kehle hinab bis zur Wunde in der Brust des Königs, wo sie schließlich an der Waffe innehielten, die Telarion in seinen Bruder gestoßen hatte.

»Ein *qasarag*«, murmelte die Königin. Sie umfasste langsam den Griff aus Amethystglas, dann riss sie die Waffe mit einem Ruck aus dem Leib ihres Gemahls.

Telarion schrie auf und stürzte vor. »Dummes Weib, so wird er ohne einen Heiler, der es noch verhindern könnte, ausbluten!«, rief er und schlug Ireti die Waffe aus der Hand.

Einen Augenblick später wurde er mit einer Kraft fortgeschleudert, die nicht von der Königin ausging.

Die Spitze eines Langschwerts der Menschen bohrte sich in seine Wange.

»Ihr werdet meiner Schwester kein weiteres Leid zufügen, Fürst«, sagte Iram Landarias. »Und auch nicht meinem Ziehbruder und König!«

Plötzlich war ein Jammern zu hören, das immer lauter wurde und bis auf die Seelenebene hallte.

»Nein! Nein, mein Gemahl, geh nicht fort, bleib hier!«

Ein schluchzender Schrei erklang, der in Telarion widerhallte, als stünden sie in den weiten Grotten, den heiligen Hallen des Vanar, am Östlichen Meer. Die Klage verebbte nur langsam, dann herrschte Stille.

»Er ist tot! Die Seele des Königs ist fort!«, flüsterte die Königin.

Telarion hörte es, als wispere sie es direkt in sein Ohr, und doch hatte er den Eindruck, als erreiche ihre Stimme ihn aus einer Ferne, die ihren Ursprung in der Leere jenseits der diesseitigen Welt hatte.

Langsam richtete er sich auf und sah hinüber zu dem schlaffen Körper, den Ireti in ihren Armen wiegte. Die Augen der Königin, sonst von strahlendem Blau, waren nun dunkel, als habe ihre runde Pupille darin sich geweitet und die Iris verdrängt. Der König in ihren Armen war leblos, das Gesicht dort, wo keine Brandwunden mehr schwelten, war grau geworden.

Telarion konnte es nicht glauben. Er schloss kurz die Augen, um wieder die Abbilder zu sehen, die alle magischen Wesen auf der Ebene der Seelen in ihm hinterließen.

Er sah den Baum der Magie des Iram Landarias, der Flammen als Früchte trug, und auch die dunkle Flamme Iretis, geschwungen wie die Wellen des Meeres.

Dahinter tauchten jetzt viele andere auf, blau, türkis und dunkelgrün wie die Pflanzen, einige wenige gesprenkelt mit Gelb und Rot. Die Soldaten und Generäle kamen heran, um zu sehen, was hier, im *ethandin* des Heermeisters, vor sich ging.

Langsam, als fürchte er sich, richtete Telarion den Blick auf den leblosen Körper seines Zwillings.

Doch über dem Leib seines Bruders war kein Abbild mehr zu sehen. Da war nur Dunkelheit.

Telarion war allein.

Neben Iretis dunkler, lodernder Seelenflamme blitzte etwas auf.

Der *qasarag*.

Der Anblick des Dolches schmerzte den Heermeister, als habe man ihn damit verletzt, und kurz zuckte die bittere Ironie durch Telarions Gedanken, dass es ausgerechnet dieser Dolch gewesen war, der seinen Zwilling getötet hatte.

Dieser Schmied ist wahrlich ein Nachfahre des Vakaran. Seine Waffe hat ihren Zweck erfüllt, auch wenn er es so sicher nicht beabsichtigte.

Die Weisen sagen, die Strafe der Schöpfergeister lässt sich nie verhindern. Wer es versucht, der wird erst recht ihren Zorn zu spüren bekommen.

Die Weisen hatten recht. Telarion hatte dem Bruder Vatermord vorgeworfen – und sich eines Brudermordes schuldig gemacht.

Er horchte wieder in sich hinein.

Der Windwirbel seiner Seele wehte noch. Doch es erfreute ihn nicht.

Die frische Kälte und das goldene Leben, denen er sein eigenes verdankte, waren schon lange fort.

Heute hatte der Kampf mit Tarinds Wassermagie das Feuer gelöscht, das ihn ihm gebrannt und die Luft in ihm vor Freude hatte wirbeln lassen. Und nun war auch das Wasser, das den Wind nährte und ihm Substanz gab, sodass er Wolken bilden konnte, verschwunden.

Da war nur noch leerer Wind ohne Licht, ohne Kälte, ohne Leben und ohne Wasser; Wind, der weinte und heulte, als fege er durch lange verlassene Ruinen und finde dort niemanden mehr.

Es gab nur noch Trauer.

Telarion fiel auf die Knie, barg das Gesicht in den Händen und schrie den Verlust und die Einsamkeit, die seine Seele nie wieder verlassen würde, hinaus.

Die Weiße Sonne verschwand hinter den fernen Bergkämmen, und die Rote Stunde brach an.

Das Licht wurde düsterer, aber die Hitze des Tages verging noch nicht.

Telarion Norandar trat aus der kühlen Dunkelheit seines Unterschlupfs in das Licht, das die Savanne unter ihm noch einmal erwärmte, bevor es sich in der Kälte der Nacht verlor.

Er fürchtete die Rote Stunde nicht mehr. Das Land unter ihm sah aus wie mit Blut übergossen, genau wie die Abhänge der Berge, deren Gipfel er sich näherte. Nur noch ein oder zwei Tage, dann konnte er mit dem Abstieg zum Lithon beginnen.

Bisher hatte er die letzte Stunde des Tages immer im Dunkeln zugebracht, wenn möglich vor dem Schrein des Vanar. Doch den kleinen Reise-Schrein hatte er zurücklassen müssen, und so war diese Zeit des Tages nun der Erinnerung an Sanara Amadian gewidmet und ihrem Feuer in ihm. Er versäumte es nicht mehr, dem Untergang der Roten Sonne zuzusehen. Jeder Strahl war ein Gruß, war wie ein Streicheln ihrer ungewohnt warmen Finger auf seiner Haut.

Er blickte auf das armselige Lager. Es war nichts weiter als eine Sandkuhle, in der die Decke lag, die er als eines der wenigen Gepäckstücke behalten hatte.

Sein Proviant ging allmählich zur Neige. Das getrocknete Fleisch, das Brot und die gedörrten Früchte, die er hatte mitnehmen können, würden gerade eben noch reichen, bis er am Lithon ankam. Er würde dort einen Ort finden müssen, um über den Fluss zu setzen und seinen Weg nach Norden fortsetzen zu können; wenn er Glück hatte, konnte er dort vielleicht seine Heilkünste einsetzen, um neue Lebensmittel zu erhalten.

Bitter dachte er an seine Flucht zurück. Iram Landarias hatte ihn mit Feuerdorn gebunden, der violett gefärbte Brandnarben an seinen Handgelenken hinterlassen hatte. Es war, als wäre zu den grünen, goldgeränderten Wolken, die seinen Schildarm über die Schulter hinweg bis auf die Brust bedeckten, wo sie in den Luftbaum der Norandar-Elben übergingen, ein anderes, fremdes Zeichen hinzugekommen: Ranken, die sich bis in sein Inneres hineingefressen hatten, auch wenn sie nur an den Unterarmen zu sehen waren und langsam verblassten.

Telarions Sturm, die ihm eigene Kälte, hatte den Dorn erfrieren lassen, sodass er ihn in einem unbeobachteten Moment hatte zerbrechen können, doch es hatte Mühe gekostet, das unheilige Feuer, das Iram mit Hilfe seiner Macht über Triebe und Ranken entfacht hatte, erstarren zu lassen, sodass es sich nicht tiefer in ihn fraß und seine Magie verletzte.

Telarion musste lächeln, als ihm die Ähnlichkeit seiner Flucht mit der Sanaras bewusst wurde. Es lag eine gewisse Gerechtigkeit darin.

Die Rote Sonne näherte sich dem Horizont, und nichts in der weiten Steppe unter ihm wies auf Verfolger hin. Das beruhigte ihn ein wenig, doch auch wenn er heute wieder niemanden gesehen hatte, wusste er, sie würden kommen. Seit Tagen bereits hatte er das untrügliche Gefühl, dass man ihn beobachtete, auch wenn sich tagsüber keine Spuren einer Verfolgung entdecken ließen.

Doch Telarion wusste nun, dass Ireti ihre dunkle Gabe, die Jenseitigen Ebenen zu besuchen, auf jede Weise nutzen würde, und sei sie noch so unehrenhaft.

Er war fast dankbar dafür, dass er selbst nur die Magien derer klar zu sehen vermochte, die in seiner Nähe waren. Auf die Entfernung hin verschwamm diese Empfindung, und er konnte dann nicht mehr unterscheiden, zu wem oder was die Magien gehörten, die er spürte. Man sagte, dass den Menschen mit Iretis dunkler Gabe die Seelen aller Geschöpfe als Geister erschienen, als Gestalten aus dem lichtlosen Nebel, der die jenseitige Leere erfüllte. Sein Meister im Palast der Stürme gar hatte gesagt, dass die Seelenherren sich einen Körper aus diesem Nebel zu weben verstünden und diesen mit Licht versehen konnten, der ihrer magischen Begabung entsprach.

Telarion schauderte, als er versuchte, sich die Königin als Nebelgeschöpf vorzustellen. Er dachte an die dunkle Flamme aus Schwarzlicht, die sich im Augenblick seines Todes über Tarind gebeugt hatte.

Die Kraft in ihr konnte nicht sehr stark sein, sie war von ihrer Elbenmagie verwässert. Grauen erfasste ihn bei dem Bild, das vor seinem inneren Auge entstand; ein blasser Körper, kaum erkennbar, sich verändernd wie Tinte, die in Wasser zerfloss, der sich immer wieder neu zusammenfand und doch dabei im Dunkeln und verschwommen blieb.

Seine Gedanken wanderten wieder zu dem Feuer, das die unbarmherzigen Fluten seines Zwillings in ihm gelöscht hatten. Die Magie in der Tochter des Siwanon war stark, ihre Kraft stärker als alle Magie, die Telarion je gefühlt hatte.

Glaubte man den Worten seines Meisters, wäre ihr Seelenbild wohl leuchtend farangelb. Telarion wünschte sich mit einem Mal, er könnte es sehen.

Ihm war, als erklänge heiteres Lachen in der Ferne. Dass diese Magie aus ihm verschwunden war, erfüllte ihn mit Trauer.

Die Sonne war jetzt nur noch ein Funken über dem Rand der Steppe. Er musste nach Norden aufbrechen. Gern wäre er in den Palast der Stürme zurückgekehrt, um nun, da er kein Heermeister und auch kein Truchsess mehr war, sein Gelehrtenleben wieder aufzunehmen. Doch er war sicher, dass man ihn dort, in Darkod, nicht weit von der Heimat Dajarams, zuerst suchen würde.

Vielleicht würde er zu den Verwandten seiner Mutter gehen, die in Yakonak, der Eisstadt in den Ebenen von Kantis lebten, auch wenn das bedeutet hätte, dass er einen Großteil des Jahres auf die tröstenden Strahlen der Roten Sonne, die ihn an die Tochter des Siwanon erinnerten, verzichten musste.

Doch noch vor allem anderen war es nötig, seine Seele zu heilen.

Vielleicht war es das Beste, wenn er zuerst zu den Weisen ging. Man sagte, ihre Tempel befänden sich in den westlichen Zendarbergen. Der Weg dorthin war weit, aber auch nicht weiter als nach Darkod oder Yakonak.

Es war müßig, schon jetzt darüber nachzudenken. Das genaue Ziel würde er festlegen, wenn er den Lithon überquert und die Wälder nördlich des Loranon erreicht hatte. Dort würde er sicher sein, denn sie waren zu groß, als dass man ihn, den Fürsten der Elben, dort hätte finden können. Dann erst würde er entscheiden, wohin er sich wandte.

Er drehte sein Gesicht mit geschlossenen Augen in Richtung der Roten Sonne und genoss die letzte Wärme des Abends. Für einen Augenblick wurde die Erinnerung an Sanara und das Gefühl, ihren zerbrechlichen, menschlichen Leib im Arm zu halten, lebendig.

Doch in diesen andächtigen Moment fuhr plötzlich eine feuchte Brise, als habe der Wind gedreht und brächte die Ahnung eines kühlen Waldes mit sich.

Telarion fuhr herum und verbarg sich rasch hinter einem der vorstehenden Felsen. Er hatte keine echte Waffe, aber einen selbstgefertigten Schlagstock aus dem Holz eines Resatbusches. Der Stab war stabil und am Ende angespitzt, sodass er auch als Lanze dienen konnte. Doch der Fürst war sich darüber im Klaren, dass er einem *daikon* nur begrenzt standhalten konnte.

Man hatte ihn gefunden. Er kauerte sich tiefer in die Schatten des Felsens.

Der Duft des Waldes wurde stärker. Der Geruch von Pferden mischte sich darunter, dann erklangen sowohl die Hufe zweier Reittiere auf dem festen Boden als auch die kraftvollen Schritte des Mannes, der sie führte. Ein Schwertgehänge klirrte leise, der Geruch von Leder breitete sich aus. Das bittere Aroma, das ähnlich freigesetzt wurde, wenn man das aromatische Laub des Mayalabaums, der in den Urwäldern von Mundess zu finden war, zu Brei zerstampfte, verstärkte sich noch einmal, als die Schritte vor dem Felsen, hinter dem er kauerte, verhielten, als suche der Verursacher etwas.

Telarion lächelte unwillkürlich, als ihn am Rand seiner Magie die feuchte Kühle des Urwaldes von Malebe berührte und sich sanft mit der trockenen Kälte seines Windes mischte. Das Grün des Luftwirbels verstärkte sich, der Wind stieg auf und wurde zu einer frischen Brise, die seinen Geist belebte.

Der einsame Wind, der suchend und voller Trauer durch die Ruinen seiner Seele gestrichen war, hatte nun also doch einen Gefährten gefunden.

Epilog

Die Weiße Sonne ist noch nicht aufgegangen, dennoch lässt ihr Licht bereits den ewigen Schnee auf den Gipfeln der Zendarberge rosig schimmern.

Er hat in der Nacht Wache gehalten, obwohl ihnen kein Mensch und kein Elb begegneten, seit sie vor einem Zehntag den Grünen Turm verließen.

Der Wald scheint so hoch im Norden wie leer gefegt, doch Ronan weiß, dass dieses Gebiet von den Weisen selbst geschützt wird. Sogar die Elben von Dasthuku und Norad respektieren das und halten sich fern.

Er und Sanara bewegen sich durch die bergige Region. Doch der Weg zu den Hallen der Weisen ist noch weit, denn das Zendar-Gebirge ist das höchste Gebirge der Welt und die Tempel liegen hoch oben in einem unzugänglichen Taleinschnitt am Rand der Baumgrenze.

Müde sieht Ronan zu, wie die letzten Spuren der Nacht weichen. Sanara schläft noch und hat den Kopf auf seinen Schenkel gebettet. Sie sieht erschöpft aus, die Magie des Goldenen Mondes und die feuchte Kühle, die das Unterholz erfüllt, zehrten an ihr. Die wenigen Tage, die ihre Reise vom geheimen Ausgang des Tunnels unter dem Mondsee bis hierher gedauert hat, haben sie mehr Kraft gekostet als die vorherige Flucht von den Südlichen Loranonbergen zum Mondsee.

Ronan ist hin- und hergerissen, denn er weiß, dass die geliebte Frau ihre Erschöpfung ihm zu verdanken hat, ihm und seinem Flötenspiel.

Sanft lässt er seine Finger über ihr Gesicht gleiten. Sie wollte zum Anbruch der Weißen Stunde geweckt werden, doch Ronan bringt es nicht übers Herz. Er weiß, diese Stunde würde Sanara an das erinnern, was ihre Seele verlor: die frische Kälte des Morgens. Es ist die Erinnerung an den Fürsten der Elben, die Erinnerung an die Magie, die er, Ronan, in ihr tilgte.

Darum lässt er sie weiterschlafen, auch wenn sie später vielleicht ihren Holzlöffel nach ihm werfen wird.

Er weiß, sie braucht den Schlaf, denn sie ist nicht mehr dieselbe. Sie, die immer so fröhlich war, so lebendig wirkte, ist still geworden, seit das Lied des Syth die kalte Windkraft in ihr löschte, und sosehr Ronan das bedauert, so erleichtert ist er, dass seine Geliebte nicht mehr die Magie des kalten, hochmütigen Elbenfürsten im Herzen tragen muss. Er weiß, dass ihr das Trauer bereitet, aber er ist auch sicher, dass man in den Hallen der Weisen die Zerrissenheit ihrer Seele wird heilen können.

Er freut sich auf die Zukunft mit ihr in den Tempeln. Er will den Ältesten bitten, der ihn unterrichtete, sich Sanaras anzunehmen. Vielleicht gestattet es der Meister sogar, dass Ronan einen Teil des Unterrichts übernimmt, so würde er mehr Zeit mit ihr verbringen können.

Als über den dunklen Baumwipfeln eine Sternschnuppe niedergeht, bekräftigt er für sich den Wunsch, den Gesang aber, der in seinem Herzen aufsteigen will, unterdrückt er.

Plötzlich wird Sanara unruhig, vielleicht träumt sie schlecht. Ronan zieht die Decke, die er über sie gebreitet hat, ein wenig höher. Er kann nur hoffen, dass die Erinnerung an Telarion Norandar aus ihr schwindet, und er ertappt sich dabei, die Knochenflöte wieder an seine Lippen zu heben, um das Seine dazu beizutragen.

Doch er verdrängt den tödlichen Gedanken rasch wieder und summt leise eine Melodie der Ys, die von Frieden erzählt, während er den Morgennebeln zusieht, die sich langsam unter den dunklen Bäumen aus den breiten Wedeln des Königsfarns erheben. Das Licht, das den Schnee auf den Berggipfeln bereits zum Glänzen bringt, hat den Schatten unter den Bäumen noch lange nicht erreicht.

Während er sich der leisen Melodie hingibt, die ein silbrig-rötliches Gespinst um ihn und seine geliebte Sanara webt, scheinen die Nebelschwaden hinter dem Königsfarn in Bewegung zu geraten.

Ronan achtet nicht darauf. Er geht ganz in der Melodie auf, die die Sternschnuppe ihm eingab.

Als er die Augen wieder öffnet, kommt es ihm vor, als wäre die Zeit stehengeblieben.

Immer noch funkeln die Sterne am Himmel, immer noch scheint die Weiße Sonne nicht weiter am Horizont aufgestiegen zu sein, immer noch liegt nur eine Ahnung des Morgens in der Luft und erfüllt die Welt mit einem seltsam violetten Licht.

Nur die Nebel, die aus dem Moos unter den großen Wurzeln der Qentar aufsteigen, haben sich verändert. Sie sind dichter geworden. Dunkler. So dunkel, dass sie das Licht zu verschlucken scheinen.

Die Nebel – oder sind es Schatten? Ronan vermag es nicht zu sagen – nähern sich ihm und der Schlafenden und machen etwa zwei Klafter vor ihm Halt. Graue Schwaden wirbeln, brodeln und verleihen dem Gestalt, was sich darin befindet, auch wenn die Konturen verschwimmen.

Ronan schließt langsam die Augen und konzentriert sich. Sein Gesang wechselt.

Das Lied, das gerade noch heiter und sanft über seine Lippen kam, ist nun traurig und ernst. Es ist das Lied, das ihn bei Besuchen der Jenseitigen Ebenen in der diesseitigen Welt halten soll.

Als er dort die Augen wieder öffnet, sieht er sie. Klar zu erkennen steht eine Frau vor ihm. Sie grüßt ihn mit einem Nicken.

Ronan starrt den Geist verblüfft an.

Die düstere Schönheit der Nebelgestalt fasziniert ihn. Ihr Haar ist dunkel wie die Nacht selbst und unterhalb der Schulterblätter lose mit einem Band zusammengefasst, das im Licht der letzten Sterne glitzert. Ein paar Strähnen fallen an den Wangen vorbei über die Schultern. Ein weites Gewand schmiegt sich um die Figur, die hochgewachsener wirkt, als Menschen üblicherweise sind.

Ronan weiß nicht, ob es das Rot seines Seelenbildes ist, das dem schwarzblauen Licht ihrer Gestalt den Anschein verleiht, violett zu sein.

Ein Lächeln erhellt ihr Gesicht, als sie sein Erstaunen bemerkt, und er erwidert es.

Ich habe nach dir gesucht, Musikant. Nach dir und deiner starken Magie. Endlich habe ich dich gefunden.

Er verneigt sich und breitet die Arme aus, ein Gruß, wie er einer Königin gebührt. »Seid mir im Namen der Weisen willkommen, Ireti von Loranon.«

ENDE DES ERSTEN TEILS

Die Geschichte geht weiter in:
GOLDMOND

»Ein starker Mystery-Roman mit einer großartigen Protagonistin und packendem Setting« LOCUS MAGAZINE

Laura Bickle
FEUERSTURM
Roman
Aus dem amerikanischen
Englisch von
Frauke Meier
352 Seiten
ISBN 978-3-404-20674-2

Anya ist die seltenste Art von Medium: Sie kann Geister sehen, sie absorbieren und vernichten. Ihr Element ist das Feuer. Deshalb arbeitet sie als Ermittlerin bei der Feuerwehr und hilft dabei, unerklärliche Brände zu untersuchen. So wie im Fall von Jasper Bernard: Der alte Mann ist in seinem Haus verbrannt. Doch der Tatort ist weitestgehend unversehrt und von dem Opfer sind so gut wie keine Überreste zu finden. Auf dem Fensterbrett findet Anya eine Salzspur. Anscheinend hatte Bernard sich davor gefürchtet, dass etwas Magisches in sein Haus eindringt.

»Die Leser werden Anyas übernatürlichen Fällen entgegenfiebern«
PUBLISHERS WEEKLY

Bastei Lübbe Taschenbuch